U0024856

新世紀叢書
當代重要思潮・人文心靈・宗教・社會文化關懷

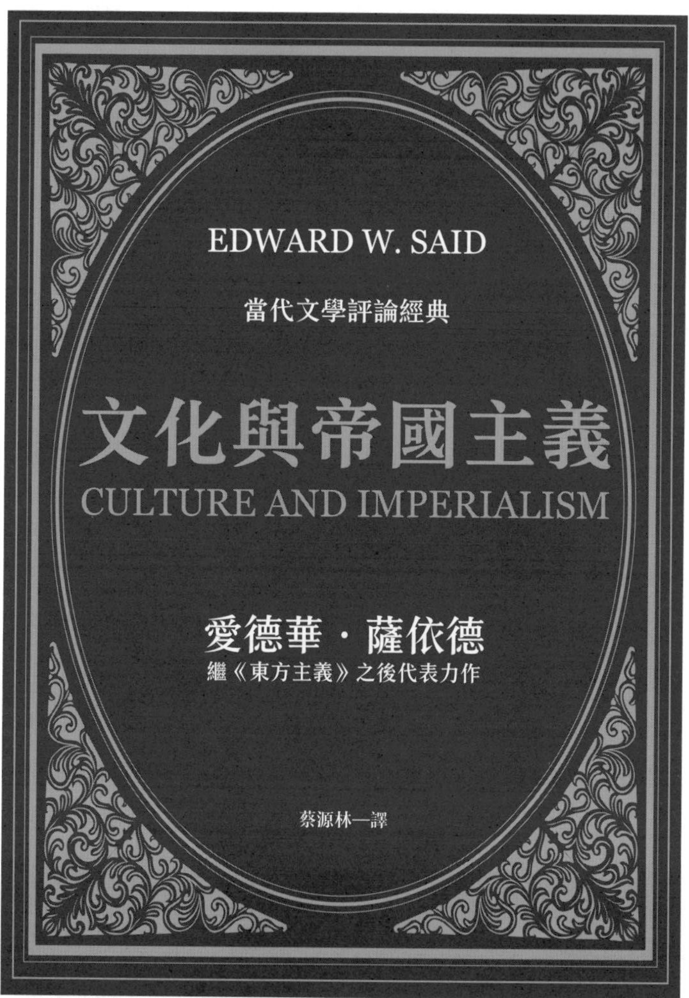

作者◎愛德華・薩依德（Edward W. Said）
譯者◎蔡源林

假如《東方主義》是薩依德的《午夜之子》，
則《文化與帝國主義》便是他的《撒旦詩篇》，
一部移民和變形的史詩、船民的《伊里亞德》。

——《民族》（*The Nation*）

英文版相關評論：

愛德華・W・薩依德，在他的世代佔有主導地位的文學批評家之一，美國學院的罕見典範，也是一位就歐洲意義上的知識份子……簡言之，薩依德是一位睿智與獨一無二的大師，集學者、藝術家、政治活躍家於一身，對正在尋求其文化認同的年輕一代批評家而言，是一個發人深省的角色模範……

《文化與帝國主義》具有其他文學批評著作中罕見的雄辯式與迫人之主題風格……他的學養具全球性的視野……挑戰並激發了吾人對所有知性領域的新思維。他是一位具有深刻情感和倫理想像的人。他的散文提醒我們華爾特・帕特（Walter Pater）的《伊比鳩魯派馬留斯》（*Marius the Epicurean*）：沉穩、莊嚴、明晰和哀悽。文學批評正奮力要搭建連接文藝和政治之鴻溝的橋樑，必須要學著去聆聽薩依德與他自我對話內涵的每一件事情。

——**卡蜜兒・帕格里奧**（Camille Paglia），**《華盛頓郵報書香世界》**（*Washington Post Book World*）

在今日人文學界的熱門論戰中，
展現了其嚴謹但不失可讀性的學術風格……充滿熱情與勇氣……
薩依德挑戰所有讀者，
使之盡可能以最通盤性的方式來閱讀小說作品。

——《**費城詢問報**》（*Philadelphia Inquirer*）

眞知灼見的……自始至終都是如此引人入勝……
薩依德先生對個別小說的評價展現出淵博的學識和對文學眞誠的熱情……。

這部作品以緊湊逼人的寫作方式提出對此一領域的更迫切需要之綜合，
其他批評家無人能及，
薩依德使他自己卓然特出。

——《**紐約時報**》（*The New York Times*）

薩依德在文化戰爭的喧嚷聲中發出一個冷靜的聲音……
提出一個橫越當代文學批評的知性礦藏之激勵人心的指南。

——《**芝加哥論壇報**》（*Chicago Tribune*）

闡明了許多建立在西方文化的帝國教條
——從康拉德《黑暗之心》以迄今日無所不在的「媒體文化」
——薩依德揭示了殖民者和被殖民者的認知，
如何被一百年前驅使帝國主義以至今日的認知所交織在一起。

——**約翰．皮爾格**（John Pilger），**《新政要》**（*New Statesman*）

《文化與帝國主義》對其主題提供深刻、綜合、敏銳而詳細的說明。
假如人們必須仰賴有關帝國文化的任何單本之材料書的話，
當然就是這本百科全書式的研究作品，
它極實際地觸及歐洲現代史每件重大的帝國冒險行動，
並且以史無前例的細膩性，
集中探討十九世紀法國和英國殖民系統的精心謀略，
橫跨從小說、詩歌、歌劇至當代大眾媒體的文化生產之領域……
一部巧思、大膽和迫切需要的作品。

——**《倫敦書評》**（*London Review of Books*）

從他的里程碑研究《東方主義》迄今，
薩依德一直主張西方文化是由龐大的、隱形的帝國主義之單一事實所型塑；

在這本令人屏息的博學新著中，
他的全球性想像涵蓋了從威爾第至格蘭西、
從尼采到聶魯達、從華爾特・司各特到沃爾・索因卡。

——**泰利・伊格頓**（Terry Eagleton）

直觀、激情，經常是熱情奔放的……
充滿啓示性的旅程，深入白種人性格的核心。

——**《洛杉磯時報書評》**（*Los Angeles Times Book Review*）

一個至關重大的文化批判之睿智呈現。
明晰、學養豐富，以及就其最深刻的意義而言，充滿人文性，
《文化與帝國主義》的出版是有關西方及世界其他部分的論述之主要大事。

——**小亨利・路易斯・蓋茲**（Henry Louis Gates, Jr.）

在《文化與帝國主義》中，
愛德華・薩依德持續其獨特與極爲重要的批判作品。
有時當文學批評逐漸變成一種奧祕的遊戲之際，
薩依德強調它和今日世界整體所面臨的巨大問題息息相關，

且以萬鈞之力討論探索誠實的知識份子所需要的態度上之根本轉變。

——**法蘭克・凱默德**（Frank Kermode）

這是他的鉅作——一部超越他的古典作品《東方主義》的文本，
並且帶領我們深入並穿越我們時下的文化和政治旋風。

——**康乃爾・維斯特**（Cornel West）

凡熟悉薩依德精確而優雅之超凡分析技藝的讀者，
對《文化與帝國主義》將不會失望；
而那些首次探究薩依德的讀者，也將深深地被感動。

——**東妮・莫里遜**（Toni Morrison）

薩依德幫助我們了解我們是誰和我們必須做什麼，
如果我們決心要成為道德的行動者，而非權力的奴僕。

——**諾姆・杭士基**（Noam Chomsky）

文化與帝國主義

【目錄】全書總頁數672頁

II 鞏固的觀點 129

III 抗拒與反對 363

〈導讀〉

對抗西方霸權

清華大學外語系教授
廖炳惠

薩依德(Edward W. Said)是當今最重要的一位馬克思主義與文化評論者，在他於一九七八年推出《東方主義》(*Orientalism*，或譯作《東方學》)後，全球各地的學者無不視之爲反西方霸權論述的代言人，影響所及，不僅在文學與文化研究界起了典範變化，即使歷史、人類學、藝術與科學史的領域，也興起所謂的「後東方」及比較社會、文化的研究，因此一九八〇年代中葉以來的思潮，幾乎被後殖民理論所全盤主導，不斷激勵第三世界的知識份子，針對支配性的新、舊殖民勢力及其符碼，發展其批判立場及本土位置。

事實上，《東方主義》的範圍只限法、英、美國在中東地區的想像、學問與掌握方式，並未廣泛討論帝國、地理與文化霸權的叙事結構及其普遍意涵。這些面向得在薩依德的《文化與帝國主義》才眞正拓展開來，尤其有關抗拒、對峙、獨立與反支配的挑戰、反思、距離、遷徙、流動等可能位勢，逐漸進入批評視野，不再像以往那麼將知識與權力看作是西方都會文化的專利。

《文化與帝國主義》主要是拿十九、二十世紀的小說敘事，當作分析對象，不過，薩依德也論及音樂（如《阿伊達》）、藝術與美學表達（如現代主義）。薩依德先從艾略特、康拉德開始，那與他的博士論文似乎有些因緣；**然而，重點則是要將「帝國主義」的威權及其餘緒加以鋪陳，顯出帝國主義作爲普遍的文化領域，充斥著特殊的政治、意識型態、經濟、社會力道**。準此，不僅我們要質問隱沒於浪漫小說、詩篇的閒暇情趣之下的奴役及殖民體制，同時也得就「比較文學」、「英國文學」的研究方法及其歷史脈絡加以細究。

薩依德提出「比較帝國主義文學」的觀點，透過都會與殖民地的空間對位思考，去重新釐清彼此交錯、重疊的多重歷史。由於這種「對位」思考，薩依德時常以「雙重視野」、「兩面」的觀點，去分析殖民者與其掌控的殖民地、文化與帝國之間的關係，最後並以脫離殖民、獨立解放、挑戰權威的政治運動、人口移動等形式作結，探究反支配的自由活動。薩依德也對美國主流多元文化論及學院的新保守作風，乃至媒體、環球文化經濟、主流消費文化等所造成的「規範國際化」現象，痛加撻伐。他更看出了第三世界之中新興統治著不斷扭曲的新權力結構。

薩依德本身的流亡身分及其所進行的「入世批評」（secular criticism），不斷是以遷徙、移民、流放、邊緣、外在、格格不入的方式，去建立其新社會實踐與論述位勢，因此，他在國家、帝國之外，別立公共空間中永不停留的流亡者此一可能性，認爲那是解放搏鬥的力量來源，同時也是許多當代小說的主題。在這一點上，我們可看出他由個人心路歷程到公共文化變遷的複雜關係。

「帝國主義以全球的規模將各種文化及身分加以混合；但它最惡質而又最弔詭的贈禮卻是讓世人相信他們只是白或黑、西方或東方人」。《文化與帝國主義》透過小說文本去分析排斥他者、獨尊「吾人」的區分及其高下階層化的策略，鼓勵我們從歷史事物的連結點裡找到「其他回音」，以具體、同情、對位的思考，關照他人，而不只是光想到本身的權益。**除了以馬克思、葛蘭西等人有關對立及拒抗霸權的思想爲主之外，這本書往往提醒我們有關帝國所形成的歷史「共業」，將都會（中心）與邊緣，白與非白的分野加以解構、交錯起來，可說是突破了《東方主義》之中霸權籠罩的格局。**

在《文化與帝國主義》中，薩依德不斷以空間的延展、交錯、互動，來談帝國及其他地方的關連，例如在奧斯汀的小說《曼斯斐爾公園》裡，公園需要來自海外的人力去維持，殖民者的莊園更是倚賴蔗園奴役勞工，而且這些空間也是不同帝國之間競爭、角力的場所。以這種空間、歷史、認同的交錯與移動爲準，薩依德其實已提出許多後殖民批評家所發展的觀念，如「雜匯」(hybridity)、「交織」(in-between)、「雙重中心」等；不過，薩依德卻始終沒有或忘具體人們、地方、歷史所遭到的壓迫、排擠與扭曲，不像後殖民理論家那麼蹈空。

除了《文化與帝國主義》之外，薩依德同一時期所撰述的著作如 *Musical Elaborations*, *Representation of the Intellectual* 均可與本書合看，前者對音樂創作演奏及其美學理論的「鴨霸」氣息有很精闢的分析，而後者則是《文化與帝國主義》末章的進一步發揮，很值得對照參考。當然，他的傳記《鄉關何處》雖只談到早期的求學經驗及其心路歷程，卻頗能勾勒出他在《文化與帝國主義》中最後一章所提及有關流亡、邊緣及格格不入的多重身分與歷史交錯。

〈譯者序〉

流亡、認同與永恆的「他者」

蔡源林

記得第一次接觸到薩依德的《文化與帝國主義》一書，是在一九九三年春季，當時尚在美國從事博士班研究，擔任宗教史學研究方法論課程的林貝莉絲（V. Limberis）教授在某次的課堂一開始，就拿出一份《紐約時報》書評之剪報影印發給各位同學，她告訴我們：著名的文化評論家薩依德又出版一本新書了，凡喜歡他所討論的主題者絕不能錯過。當時，只覺得薩依德這個名字有點陌生，依稀記得他在好久以前寫過一本《東方主義》的書。由於沒讀過任何他的作品，就很好奇地在課後看了那份書評，從此就和薩依德的作品結下不解之緣了。之後，就發覺許多課堂的教授也都有討論到他的思想，其時正是「後殖民主義」（post-colonialism）的論戰橫掃美國許多社會和人文領域之際，而因爲個人在天普大學宗教學所主攻的宗教傳統是伊斯蘭教，故有相當多機會接觸到這位充滿爭議性但仍活躍於文化界的當代思想家之作品，**對他所提出的議題覺得不只對學術研究有價值，也在世紀之交觀察全球化的大局勢時，提供台灣社會一個另類而重要的參考**

點，故在回國任職之後，就想寫一些和薩依德與「後殖民主義」有關的東西，唯教學與個人瑣事繁冗，故也無法如願，正好去年立緒在出版了中譯的《東方主義》之後，又要再出版這部我首次接觸到的薩依德原著之中譯本，故也不管自己是否有足夠時間將這部超過四百頁的巨構在公元兩千年之前翻譯出來，就一口答應了。對立緒肯出這樣一本可能會是叫好不叫座的大部頭著作，也願意鼎力支持。

全球化中的後殖民論述

薩依德在〈導論〉中已將本書中心思想、主要議題和個人關懷說得非常清楚了，不需我在這個譯者序言再贅述，在此想以個人的親身經歷來對薩依德的「文化與帝國主義」主題做些註腳。正在翻譯本書的前後這兩年來，雖然在嘉義南華任教，但仍有多次機會赴國外參加學術研討會和蒐集研究與教學資料，往返奔波於西方的第一世界（美國）和東方的第三世界（東南亞和印度），故對於薩依德書中所提到的那種西方帝國主義和第三世界民族主義之間的全球性矛盾衝突和正反辯證關係，除了文字上與理論陳述上的了解外，又多了一層現實的體認。老實說，以薩依德這樣激烈地對西方帝國主義做尖銳（及深刻）之批判的學者，對於習慣於用美國或西歐的第一世界之文化和思想做爲主要參考點，且缺乏對西方殖民主義之於第三世界的影響有比歷史教科書之外更多的了解之一般讀者而言，很可能會只看其激烈與尖銳的一面，甚至會像目前在這場後殖民論戰中繼續維持西方中心主義的學者一樣，對薩依德的論點打入偏激之反西方論者、加以窄化或低調處理等等不願（也無能）正視問題的反應。我在幾次國際學術研討會中，看到一些美國的區域研究專家正是用這種態度來面對薩依德，而另外一些支持他的學者則又熱烈地贊同薩依德的批判性論點。一位身為世界超強公民的美國人，對薩依德的批判會有許多防禦性反應也是非常自然的，但反過來說，身在亞洲地區、同樣歷經不同類型的殖民主義或新殖民主義入侵的人們，或者和第一世界的公民對此一後殖民論戰會有不同的立場、不同的想法吧！只是，習於與歐美文明（尚有日本文明）為馬首是瞻的一般台灣知識界和社會大衆，或者也不見得就不會在心態上是站在殖民者那邊，自鳴得意於已經進入已開發國家之林，也像西方國家一般，以鄙夷的方式看待其他第三世界國家，視其為落後地區。這種心態若有之，則只能更加證明薩依德所言之帝國主義文化霸權的無遠弗屆，台灣社會大概不可能自外於這場全球性的文化與帝國主義之論戰了。

有機會能到薩依德所批評的那些英國文學大師筆下的第三世界去，不論是吉卜齡和佛斯特筆下的印度，或康拉德筆下的東南亞，除了享受當地本土文化和殖民文化所相互激盪出來的異國情調之餘，對薩依德所呈現之西方帝國主義的優越性經濟與文化的生產和輸出、第三世界資產階級民族主義者的共謀行為、第三世界受壓制的民衆之宗教和文化的活力，但卻又缺乏挑戰西方和本土統治者宰制的力量等等，這一切都是歷歷在目，與薩依德震撼人心的字句交互迴響著，腦海中的思緒縈迴、揮之不去。一方面是街道整齊、鐵公路交通便捷、到處有販賣西式商品的餐館、百貨公司、超級市場和觀光旅館的殖民城市，其中殖民時代的政府大廳及貴族資本家的豪華宅邸都是主要地標；另一方面，進入傳統城鎮和鄉村地區，則是骯髒狹窄的街道、在車站和通衢大道叫賣的小販、人聲鼎沸的市集、沿路向觀光客乞討的老人與孩童。

後現代的「印度之旅」

但對這些卑微的民眾，還有一樣最重要的精神泉源，就是他們的宗教祭典和儀式。在恆河畔祝禱亡魂超渡彼岸的印度教徒、沿著通往菩提迦耶和靈鷲山的大路上踽踽而行的佛教朝聖者、在星期五下午虔誠地在清眞寺參加集體禮拜並準備捐獻或接受救濟的伊斯蘭教徒，還有那些成千上萬地湧入供奉著救世主般的克里須納大神和擁有毀滅和創生能力的濕婆大神的廟宇，和佛斯特準備接受祭司祝福的印度教信徒，這一切交織成一幅如吉卜齡筆下的複雜多樣、難以穿透、不可化約成幾個簡單要素的印度景象。殖民主義改變了什麼?或創造了什麼呢?是我在新加坡和吉隆坡看到的人潮洶湧之購物中心和穿著時髦的青年男女，或者是加爾各答街上西裝筆挺、一口流利英語的印度紳士嗎?當然不只是這些。在一般民衆難以接近的政府大樓內部，本土政客正在玩著相同的西方議會民主之遊戲，發表有關如何發展經濟和維持民族文化的老調；而與外在世界多少有些隔絕的大學和研究機構，正在引進西方優越的科技、語言、學術理論和教學方法，第三世界知識份子也學著第一世界在五星級旅館開著國際學術研討會，邀請來自世界各地的學者專家，以南腔北調的英語討論著一般民衆難以了解的議題，享用著西式餐點，當然肯定也會有些本土風味的食物和本土文化的老調重彈了。這一切構成一幅多麼不協調的後殖民景象，台灣沒有這種景象嗎？

記得在前往印度教恆河聖地的火車車廂內，閱讀當地的報紙，看到印度國會正在辯論著發展國家經濟的議題，執政黨官員主張開闢像矽谷一般的電腦尖端科技工業區，以增加就業機會，趕上全球網路通訊時代的熱潮，但反對黨議員則質疑，電腦科技對年年發生水患的成千上萬阿薩密省的難民有何利益呢？高科技就能讓災民塡飽肚子嗎？不知何故，腦海突然回到台灣老家的時空情境，汐止北二高新台五路交流道旁巍然矗立的幾棟高科技產業大樓，交錯著兩年前汐止市區水患的情境，一幅很不協調的場景突然闖入我的思緒之中……。豈料在我的「印度之旅」幾個月後，汐止老家再度發生遠比兩年前更嚴重的水患，「綠色矽島」vs.「汐止水患」的荒謬意象再度浮現腦海，這次是台灣的場景把我又帶回到幾個月前難忘的「印度之旅」種種如幻似眞的所見、所聞、所思之中……。這應該是另類形式的「全球化」與「後殖民」經驗吧！我想薩依德所呈現的那幅充滿矛盾衝突的「文化與帝國主義」圖像，會比西方全球主義論者的和諧富庶之「地球村」圖像，更能呼應著我的個人經驗吧！

《文化與帝國主義》的基本架構是極為簡單的，即西方帝國主義和第三世界民族主義之間的辯證關係，這個辯證過程在兩個層面被開展出來，即政治歷史的現實層面和文化與意識型態的精神層面，但兩者之間密不可分的辯證統一體才是薩依德所苦心經營的。做為他的方法論之核心概念：「對位式閱讀」（contrapuntal reading），指出了其作品所一貫具備的那種如交響曲般的雄渾氣魄、高潮迭起、卻又是結構嚴密、首尾一貫。此一音樂式的類比，不單純只是一個簡單的比喻而已。無疑地，除了文學批評的學術專長外，音樂是薩依德另一個具有天賦的領域，他的寫作受到其音樂愛好的影響是顯而易見的。不只是在第二章對威爾第歌劇的細膩分析與批評，顯示他的音樂鑑賞力，而交響曲的結構也可極為適切地用來分析這部磅礴鉅著，四個長大章節的形式呼應著交響曲的四樂章形式，每一章節又隱然可辨其呈式部、開展部與再現部的三段曲式，而其中心主題便在此一嚴密結構下有了不同的變奏、對位和和聲，這一點值得讓用心的讀者自己慢慢地去品味。

正如薩依德的分析和批判方式，乃是將這些現代歐洲文學大師的作品置於其所處身的政治與文化史的具體脈絡中一樣，要想深刻了解《文化與帝國主義》和薩依德的其他作品，也有必要將他放在其所置身之當代歷史的脈絡和薩依德個人的生活史中。薩依德本人的自傳《鄉關何處》（*Out of Place*）已有彭淮棟先生的中譯（亦由立緒出版），讀者可自行參閱細節，不再贅述。個人在此要特別指出的是，薩依德之所以能對西方殖民主義提出如此深刻的批判，而在其行文中又充滿著劇烈之不可解的矛盾衝突和對現代歷史的悲劇感，無疑與其巴勒斯坦阿拉伯裔基督徒家庭的特殊背景有關，這個身分認同使他在他的阿拉伯祖國和在自我流放的僑居地美國，都感受到格格不入。當二次世界大戰之後，大部分第三世界國家均在民族主義的浪潮下脫離西方帝國主義的政治支配，取得獨立，但巴勒斯坦人卻反而淪爲新殖民勢力——錫安主義的以色列和爲其撐腰之新殖民強權的美國——所徹底宰制，成爲後殖民時代中最悲慘的次殖民地之一。薩依德身爲西方殖民之子，自然也和其祖國本土的阿拉伯伊斯蘭文明有所疏離，而在流亡到美國之後，卻又因美國對中東政局的強力介入、一面倒的偏袒以色列，使大衆媒體不斷地呈現出薩依德的巴勒斯坦同胞乃是落後和野蠻的恐怖份子之形象，這自然使薩依德對美國主流文化實在難以忍受。令人激賞的是，薩依德將此種個人的屈辱和受難昇華爲一種普世性關懷的層次，對被壓迫者之悲天憫人，並堅持知識份子不妥協的性格和冷靜客觀地批判現實的態度，使他對西方和第三世界雙方的文化都有賞識讚揚和尖銳批判的兩種態度並存，並非一面倒地傾向反西方的狹隘本土主義立場。

但薩依德除了敏銳的批判外，提供了讀者任何積極建設性的參考方案嗎？在第四章〈脫離宰制、邁向自由的未來〉之結論處，提到了他對伊朗什葉派充滿反叛精神的知識份子、也是伊朗革命初期的學運領袖阿里・薩里阿提(Ali Shariati)的讚許，並引述他的話：「人，是一充滿辯證的現象……因此，所有固定不移的準則何其可悲啊！……人是一場『抉擇』、一場鬥爭、處在一個持續不斷的變化之中。他是一場無限的遷徙，自我內在之遷徙，從黏土到上帝；他是自我內在靈魂的遷徙者。」接著又引用了十二世紀的**薩克森僧侶聖維克多的雨果**(Hugo of St. Victor)之一段話來做為韻味深長的尾聲：**「凡是一個人覺得其家園是甜蜜的，則它仍然只是一位纖弱的初學者而已；認為每一寸土地都是其故土者，則已算是一位強者；若將整個世界視為是異域，則他已是一位完人了。纖弱的靈魂只將他的愛固著在世界的某一定點上；強人則將他的愛擴充到所有的地方；完人則止息了他的愛。」**薩依德經常強調自己是一位世俗的人本主義者，對宗教教條和各種宰制人性的意識型態充滿厭惡，但在如此充滿關鍵性的結尾處，卻引用了兩個來自全然不同傳統、不同時代的宗教思想家來為其終極的關懷提出闡釋，這點豈不矛盾和突兀嗎？

以宗教隱喻的兩種認同觀點

顯然有兩種全然不同的宗教思維，形成在薩依德這部著作的結尾之最後一個正反辯證法，一方為嚴苛的宗教正統派；另一方則為充滿反叛和密契精神的異端派。事理總有對立的兩方，一位「世俗」的文化批評家也可從宗教傳統中尋求其靈感泉源。但擺在結尾的顯著位置，自然有比隨機式的借用更深刻的內涵。薩依德的近東祖國在歷史上充滿著宗教衝突，但同時也曾存在著各種宗教相互包容、共存共榮的情況，今日充滿暴力衝突的局面固非歷史的必然，故未來何嘗不是充滿著無限希望呢？薩依德的阿拉伯祖先正是在茫茫大漠中過著浪跡天涯的游牧生活，雖然物質匱乏，但精神上卻是自由自在、四海爲家。不正是在這種環境底下，可以培養著「認爲每一寸土地都是其故土」的「強者」，甚至是「將整個世界視爲是異域」的「完人」嗎？還有比這種情懷更能體現出後現代主義所謂遊牧精神的嗎？薩依德的自我放逐生活不正是此種精神的最佳體現嗎？這不正是其阿拉伯祖先的生活方式嗎？這種遊牧生活並非沒有方向感或毫無目標的漫遊者，這是現代人虛無的靈魂才會產生的「後現代」式扭曲。

反觀篤信伊斯蘭教的阿拉伯遊牧民族心中都有一個明顯的方向，它們是在茫茫大漠中踽踽獨行的朝聖者，不畏艱難地踏向通往眞主安拉居所的麥加聖地，聖地可以不一定是一個特定的場所或地點，而是其無所不在的心靈歸宿，因而使朝聖者可以有著「何處爲家、處處是家」的感受，因爲一心堅持嚮往著超越塵世的神聖境域，故所有艱難的旅程都變得充滿著意義和超越的契機了！這也許就是薩依德爲我們提供的醫治後現代苦悶之一帖良方吧！只是有多少人肯捨棄安樂舒適的現代資本主義高科技和物質富裕的生活，去追求心靈的大自在境界呢？這又是另外一個問題了！還有比宗教的基本教義派更加不妥協與不包容的意識型態的嗎？反之，還有何種形式的自由與人性解放比宗教的大自在、大解脫更爲徹底的嗎？可嘆的是，後現代人的物質生活和心靈中有著太多「生命中不可承受的重」，既揮之不去、亦難以捨棄，奢望解放與超越，究屬惘然！

在翻譯過程中，特別感謝國立台北師範學院林志明教授針對部分的法文所做的翻譯。另外還有南華宗教學所洪文娟同學的耐心打字與細心的校訂工作，同所張少鳳同學和生死學所孫舒羚、許瓊文兩位同學耐心的打字；最後，特別由衷的感激內人陳美華博士的仔細閱讀原稿與潤稿、提供修改意見，並在個人學期中之教學和研究工作繁忙之際，慨然分擔部分翻譯工作（第一章的前四節），使全書得以在年底前完成，以及在這一年多來的支持與鼓勵，個人深覺幸運，有這樣的賢內助兼學術工作上相互扶持的伴侶，得以度過許多艱辛的日子。無論如何，若本譯文有任何錯謬之處，全由譯者本人負責。

導論 Introduction

在《東方主義》（*Orientalism*）於一九七八年出版的五年後，我便開始整理一些在我寫作該書時，已經逐漸醞釀的有關文化與帝國一般關係之理念。初步成果乃是我在一九八五和一九八六兩年間，在美國、加拿大和英國各大學所發表之系列演講。這些演講組成現在這本書的核心議題，從那時起它們即已充塞我心，揮之不去。許多人類學、歷史與區域研究的學術成果已經將我在《東方主義》一書所開展出來，但僅限於中東地區的議題，做了更進一步的發揮。因此，我也打算在本書擴大前書的論證，以便陳述現代西方宗主國地區與其海外疆域間關係之更爲一般性的型態。

本書將採用哪些非中東地區的文獻材料呢？包括歐洲人有關非洲、印度、部分遠東地區、澳洲和加勒比海地區的寫作；如同某些人所言，這些非洲學和印度學的論述，乃是一般歐洲人企圖統治遠方的土地與民族之事業的一部分，因此和對伊斯蘭世界的東方主義式敘事，以及和歐洲對加勒比海諸島、愛爾蘭和遠東之特殊的再現方式有關係。在這些論述中最令人訝異的是，讀者將在「神祕的東方」以及「非洲人的（或印度人的、愛爾蘭人的、牙買加人的、中國人的）心靈」等刻版印象的描述中，一而再、再而三地遭逢某種修辭上的樣版，諸如：將文明帶給幼稚或野蠻民族的想法；當他們行爲不當或反叛時，必須以鞭撻或死刑等嚴厲懲罰來制止的令人困擾而熟悉的觀點，因爲「他們」很清楚武力與暴力是最佳方案；「他們」和「我們」不一樣，因此「他們」應該被好好地治理。

然而，幾乎在非歐洲世界的每一個地方，白人的來臨經常引發某種反抗。我在《東方主義》所略而不談的是對西方支配的回應，且終於導致了遍及第三世界的大規模去殖民化運動。與十九世紀四處遍布的武裝反抗，舉凡阿爾及利亞、愛爾蘭和印尼等地均有發生，同時出現的是幾乎每個地方也都致力於相當可觀的文化抗拒、民族主義認同之肯定，以及在政治領域上以自決和民族獨立爲共同目標的志願組織和政黨的締造。帝國的遭遇絕不是積極的西方入侵者對付因循苟且和怠惰散漫的非西方土著的戲碼，總是有某種形式的積極反抗，且基於反抗者在大部分的情況佔絕大多數，最後反抗終得勝利。

這兩大要素——帝國文化泛世界的普遍型態和反抗帝國的歷史經驗——以許多方式宣示了本書的主題，這使它不只是《東方主義》的續集，也包含了其他企圖。在這兩本書中，我都強調以一個相當普遍的方式來陳述我所謂的「文化」。當我使用「文化」一詞，乃特別意指著兩件事情。首先，文化意指所有這些實踐方式：諸如描述、溝通和再現的藝術，有其獨立於經濟、社會和政治領域的相對自主性，且經常以美學的形式存在，而其主要的目的之一便是享樂。當然這包括有關世界遙遠地域的大衆化之風土民情知識和在民族誌、史地學、語言學、社會學和文學史等學科的可運用之專業知識。既然在此我的焦點特別放在十九和二十世紀的現代西方帝國，我格外關注像小說這樣的文化形式，我相信它在帝國的態度、指涉和經驗的形成中特別重要。我不是認爲只有小說重要，但我認爲它是**此種**美學對象，與英國和法國正在擴張的社會發生聯繫，研究此種聯繫是特別有趣的。現代寫實主義小說的原型是《魯賓遜漂流記》（*Robinson Crusoe*），當然絕非偶然地，這是一本描寫一個歐洲人在一片遙遠的非歐洲土地上，開創一個屬於自己領地的故事。

最近，許多文學批評集中探討敘事小說，但卻極少注意到它在帝國世界與歷史的地位。本書的讀者很快就會發現到敘事對於我這裡的論證是根本的，我的基本論點是故事處於探險家和小說家所述及的世界陌生地區之核心；它們也變成被殖民的人們用來肯定自己的認同和自己的歷史之存有的方法。當然，帝國主義的主要戰鬥乃是爭取土地，但當涉及誰擁有土地、誰有權利定居其上、工作於其上、誰繼續保有它、誰將之爭取回來、誰現在可以計劃其未來——這些議題在敘事中被反省、被論爭，甚至有時在其中被決定了。正如某一位批評家所提到的，民族自己本身**就是**敘事。敘事的權力，或者是阻礙其他敘事之形成發展，對文化和帝國主義都是非常重要的，也構成了兩者之間主要關聯的其中之一。最重要的是，解放和啓蒙的偉大敘事在殖民世界動員人民起義以便揚棄對帝國之臣服，在此一過程中，許多歐洲人和美洲人也被這些故事和它們的主角所激勵，他們也努力爭取有關平等和人類社群的新敘事。

其次，幾乎不能被察覺到的一個事項乃是：文化是包含一個細緻化和提升性要素的概念，正如馬修・安諾德(Matthew Arnold)在一八六〇年代所提到的，文化是每一個社會所知與所思及的最佳事物之寶庫。安諾德相信文化能緩和現代充滿攻擊性、商業氣息和殘暴的都市生活存在的仇恨，縱然它未能完全將這些情況加以中性化。你閱讀但丁和莎士比亞以便能趕上所知及所思及的最佳事物，並且以最佳的見解來看你自己、你的人民、社會和傳統。其間，文化經常攻擊性地和民族與國家結合在一起，這使「我們」和「他們」區別開來，幾乎總是具有某種程度的偏執狂式的排外心態。在這個意義下，文化是認同的泉源，且以相當戰鬥性的方式爲之，正如最近我們所看到的一些對文化和傳統之「回歸」。這些「回歸」結合嚴格的知性和道德行爲的典則，對容許與諸如多元文化主義和**雜種性**(hybridity)這類相對地自由派的哲學相結合的主張持反對的立場。在先前殖民化的世界，這些「回歸」產生紛然雜陳的宗教和民族主義的基本教義派主張。

在這第二層意義上，文化是一種劇場，許多政治和意識型態主張在其上彼此互相交涉。文化一點也不似阿波羅式優雅的靜謐領域，可能甚至是各種主張攤開在陽光之下，彼此競爭的一個戰場，並使下列事實成爲顯而易見者：比方說，美國、法國或印度的學生，在閱讀其他作品之前，就被教導去讀**他們的**民族古典作品，並被期待能鑑賞、且經常是毫不批判地效忠於他們的民族和傳統，同時詆毀或與其他民族的傳統戰鬥。

目前，此一文化的理念所帶來的困擾是它不只包含對本身文化的尊崇，也是視其爲超越性的，因而就某些方面可以脫離日常生活世界的方式來思考之。結果，大部分專業人本主義者無能在一方面是諸如：奴隸制度、殖民主義和種族的壓迫、帝國的臣服等持續實行其卑鄙的殘暴行爲，和另一方面是進行這些實踐之社會的詩歌、小說和哲學，這兩者之間找出其關聯。在處理這本書時，我發現令人困窘的眞相之一是，在我所讚賞的英國和法國藝術家中，極少人有探討到「臣服」(subject)或「劣等」(inferior)種族的觀念，儘管在那些實行上述理念以便理所當然地統治印度或阿爾及利亞的殖民官員之間，這種觀念是非常普遍的。它們都是廣被接受的觀念，且有助於點燃整個十九世紀在非洲的帝國疆域之掠奪。想到卡萊爾(Carlyle)或羅斯金(Ruskin)，或甚至狄更斯(Dickens)和薩克萊(Thackeray)，我相信批評家會將這些作家有關殖民擴張、劣等種族或「黑鬼」(niggers)的觀念貶謫到一個與文化非常不同的部門，而文化則是這些作家「眞正」所屬的且從事他們的「眞實」重要創作活動之昇華的領域。

文化以這種方式被認知的話，就可能變成一個受保護的封地：在你進入之前先在門口檢查你的政治觀點。若某人終其專業生涯都在教授文學作品，且成長於第二次世界大戰之前的殖民世界，我發現要這種人**不**去以這種方式來看文化——也就是消毒式地從其世間的牽扯中隔離出來——且將文化視爲充滿著企圖和努力之極爲多樣化的場域，著實是一項挑戰。我在這裡之所以分析這些我納入考量的小說和其他作品乃因爲，首先，我發覺它們是藝術上和學術上可加以評估和讚許的作品，我和許多其他讀者得以樂在其中，並從中獲益。其次，這項挑戰不只是將它們和樂趣與利益聯結在一起，也和它們顯然而毫不隱瞞地成爲帝國進程之一部分發生關聯；既不是去譴責，也不是無視於它們在其社會參與其中的無可置疑之現實情況，反之，我認爲我們所能從這個迄今被忽視的層面所學習到的，實際上眞的可以增長我們閱讀這些作品之理解。

這裡讓我使用兩本著名且非常偉大的小說，稍微說明一下我心裡所想到的。狄更斯的《大希望》(*Great Expectations*, 1861)主要是一本有關自我妄想的小說，關於皮普想要成爲一位紳士名流的終歸徒然之企圖，但他既不努力工作，也沒有扮演這種角色所需要的貴族般所得之來源。在他早年生活中幫助過的一位被判刑的囚犯，阿貝爾・馬格維奇，在被轉送到澳大利亞之後，馬格維奇以一大筆錢報答他的年輕恩人；因爲受委託的律師在交付這筆錢時，什麼也沒說，皮普就說服自己相信一位年長的貴婦，哈維珊小姐，才是他的資助人。然後，當馬格維奇非法地再度現身於倫敦時，因爲他身上的每件事情都散發著罪行和令人不悅的氣息，皮普並不歡迎他。然而結局的時候，皮普和馬格維奇、也和他自己的現實處境達成和解：最後，他認這位被四處搜尋、逮捕且生病垂危的馬格維奇爲他的義父。雖然，馬格維奇事實上無法令人接受，他正從澳大利亞這個流放殖民地回來，該地是被設計做爲英國罪犯徙置而不再遣返的新生地。皮普並不否定或拒絕他。

大部分的讀者，如果不是所有的，欣賞這部引人入勝的作品時，都將之置放在英國小說的宗主國歷史情境來看，而我則相信它應屬於比這種詮釋所容許的更具包容性且更有動態性的歷史之中。這個歷史已被放入比狄更斯更晚近的兩本小說——羅伯特・休斯(Robert Hughes)的權威之作《致命的海岸》(*The Fatal Shore*)和保羅・卡特(Paul Carter)充滿炫人之冥想的《通往園藝灣之路》(*The Road to Botany Bay*)——揭發了有關於冥想與體驗澳洲的巨大歷史，這是一個像愛爾蘭一樣的「白人」殖民地，我們可以將馬格維奇和狄更斯置於那裡，不只是把他們當作在這部歷史中偶然湊巧提到的人而已，而是經由這部小說和經由更爲古老的、更廣泛的英國和其海外疆域接觸的經驗，成爲歷史的參與者。

澳洲在十八世紀末期主要是被建立爲一個流放殖民地，如此英國可以將一批無可救藥、沒人想管的過剩之重刑犯，轉送到這片原來是由科克船長(Captain Cook)所探勘的地方，這也可以作爲取代已失去之美洲的殖民地。追求利潤、建立帝國，以及休斯所稱的社會性之**種族隔離政策**(apartheid)整個加起來產生了現代澳洲，狄更斯首次對它發生興趣的時間是在一八四〇年代（在《塊肉餘生錄》〔*David Copperfield*〕中，維金斯・米考伯快樂地移民到那裡），直到那個時代澳洲已頗有發展，算是有利可圖且形成某種「自由系統」，假如條件許可的話，勞工在那裡可自力更生，過著不錯的生活。然而，在馬格維奇的身上——

> 狄更斯在他轉運到終點時，湊合了幾條線索指出英國人對澳洲囚犯的看法。他們可能成功，但在真實的意義上，他們幾乎不可能回來了。他們可就技術上及

法律上免除掉他們的罪名，但他們在那裡所受的痛苦將使他們被扭曲為永遠的外來者。然而，只要他們還居留於澳洲，他們還是可能獲得救贖的。①

卡特探索他所謂的澳洲空間史供給我們此一相同經驗的另一版本。在此，探險家、囚犯、民族誌學家、投機客、士兵劃分了這片廣大和相對空曠的大陸，每一群人置身於一個論述之中，並排擠、取代或兼併其他論述。因此，《園藝灣》首先是一個有關旅行和發現的啓蒙論述，然後是一組旅行中的敘述者（包括科克），他們的言談、航海圖和意向累積成這些陌生的疆域，逐漸將之轉變成他們的「家園」。在邊沁式的空間組織（產生了墨爾本這個城市）和澳洲灌木林的顯然失序狀態之間的緊鄰在一起，正如卡特所顯示的，已變成社會空間之樂觀式的轉換，在一八四〇年代產生了紳士們的**極樂世界**（Elysium）和勞動者的伊甸園。②狄更斯爲皮普所開創的，即成爲了像馬格維奇這樣的「倫敦紳士」，大致等同於英國的仁政爲澳洲所開創的展望，好像某一社會空間認可了另一個一般。

但《大希望》並不像休斯或卡特一樣，在其寫作中有關注到本土澳洲人的觀點，它也未預設或預告了澳洲寫作的傳統，事實上也就是稍後包括了大衛・馬勞夫（David Malouf）、彼得・卡雷（Peter Carey）和派屈克・懷特（Patrick White）等人的文學作品。禁止馬格維奇返鄉不只是刑罰，也充滿了帝國的意味：臣民們可以被遣送到像澳洲這種地方，但他們不被允許「返回」宗主國的空間，正如所有狄更斯小說所證實的，這個空間細密地被宗主國政要所組成的階層制度所劃分、所宣示支持並加以設定。因此，一方面，像休斯和卡特這樣的詮釋者，在十九世紀英國寫作中，澳洲相對地薄弱的呈現之基礎上逐漸擴張，在二十世紀表現出獨立於英國的澳洲歷史之完滿性，並爭取到其嚴整性；然而，另一方面，對《大希望》正確的解讀必須注意到在馬格維奇的罪行可說是被赦免之後，也就是在皮普救贖式地承認他對這位年老、艱苦地振奮起來、充滿仇恨的囚犯負有債務之後，皮普自己崩潰了，而且以兩種顯然積極的方式重新振作起來。一位新皮普出現了，不像舊皮普那樣滿載著過去的枷鎖，他以孩子的模樣被投以驚鴻一瞥，仍被稱作皮普；舊皮普現在和它童年的朋友赫伯特・帕契著手一項新的事業生涯，這次他不是一位懶散的紳士，而是成爲在東方世界賣力工作的貿易商，這裡有英國其他殖民地提供了澳洲所不可能提供的某種常態性。

因此，甚至當狄更斯解決了澳洲的困境之際，另一個態度和指涉的結構出現且暗示英國透過貿易和旅行，和東方從事帝國式的交往。在他的做爲殖民商人的新生涯中，皮普幾乎不算是特例的人物，既然幾乎所有狄更斯筆下的商人、剛愎自用的相關人士和令人恐懼的外來者，都有和帝國相當正常和穩定的關係。但只有在最近幾年，這些關係才被認爲具詮釋上的重要性。一個新生代的學者和批評家——在某些情況下，他們是去殖民化之子，是其故鄉推展自由化的受益人（像性別、宗教和族群的弱勢群體）——在如此偉大的西方文學之文本中，看到了過去被認爲是更次等的世界，住滿著次等的有色民族，被描繪成是張開雙手等著由許多魯賓遜式的人物來加以干涉模樣的地區和人民，對其有著持續的興趣。

直到十九世紀結束的時候，帝國不再只是在暗影下的形象，或僅只是以一位不受歡迎的逃犯之模樣體現出來而已，在像康拉德(Conrad)、吉卜齡(Kipling)、紀德(Gide)和羅逖(Loti)這些作家的作品中是一關注的核心領域。康拉德的《諾斯托洛摩》(*Nostromo*, 1904)——我的第二個例子——場景位於一個中美洲共和國，獨立(不像他早期小說中的非洲和東亞殖民地的背景)但同時又因爲其巨大的銀礦，仍被外來利益所支配。對一個當代的美洲人而言，這部作品最震撼人心的面向是康拉德的先見之明：他預告了拉丁美洲共和國的難以止息的動亂和「不當統治」的狀況(他引用玻利維亞的例子說：統治他們像艱苦地穿越海洋一樣)，他以一種決斷性但又幾乎難以辨識的方式點出了北美洲對當地情況之特殊的影響模式。霍洛伊德這位舊金山的金融家力挺查理士·高爾德這位聖湯米礦場的所有人，前者警告他的被保護人說：做爲投資者，「我們將不被捲入任何重大的困擾」。然而，

> 我們可以坐觀其變。當然，終有一天我們會進場，我們必得如此。但不要太匆忙。時間本身也必須要伺候於屬於上帝的整個宇宙中最偉大的國度之旁。我們將爲每一件事情命名——工業、貿易、法律、新聞、藝術、政治和宗教，從合恩角(Cape Horn)橫掃到蘇利絲海峽(Surith's Sound)，甚至超越之，假如有任何事物值得佔有的話，甚至北極我們也要抵達。然後，我們將有空暇可以奪下地

球上邊緣之島嶼和大陸。不論這個世界喜歡與否，我們都要經營全球的事業。這個世界不得不如此——我猜想，我們也不得不如此。③

自從冷戰結束後，美國政府所宣布的「新世界秩序」的許多修辭用語——具有強烈自誇自詡的味道、毫不掩飾的勝利姿態、對其重責大任之宣示——已經被記錄在康拉德筆下的霍洛伊德了：我們是世界第一、我們必得領導世界、我們代表自由與秩序等等。沒有美國人能免疫於此種感情的結構，但包含在康拉德的霍洛伊德和高爾德的畫像之中所蘊涵的警告很少被反省到，既然權力的修辭被配置在一個帝國的場景時，一切就會輕易地產生一種仁慈的幻覺。然而，這種修辭法最可詛咒的特質是它過去不止一次地被使用（被西班牙和葡萄牙），接著在現代史時期以震耳欲聾般地被英國人、法國人、比利時人、日本人、俄羅斯人，和現在的美國人所經常不斷地反覆著。

然而，只是將康拉德的偉大作品解讀爲是我們在二十世紀的拉丁美洲所看到的，包括：聯合水果公司、上校、解放武力和美國所資助的傭兵相互串聯的情景之一個早先的預言，則是不夠完整的。康拉德是西方人對第三世界觀點的先聲，我們仍可在一些差異性很大的小說家之作品，諸如：格拉翰・格林 (Graham Greene)、奈波爾 (V. S. Naipaul) 和羅伯特・史東 (Robert Stone)；在帝國主義理論家的著作，如：漢娜・鄂蘭 (Hannah Arendt)；以及專門提供非歐洲世界的材料給歐洲和北美的讀者去分析和判斷，或滿足其異國情調的品味之旅行作家、電影製片家和政策辯護專家的作品中，看到這種觀點。因爲，假如康拉德確實反諷地看到了聖湯米銀礦場的英國和美國之所有人的帝國主義，將被自己的虛僞和不可能實現的野心導向毀滅，則下列事實也是眞確的：康拉德本人寫作時，對非西方世界的**西方式**觀點是如此根深柢固，以致無視於其他民族的歷史、文化和靈感之啓發。康拉德所能看到的一切是全然由大西洋的西方世界所支配的一個世界，在其中對西方的每一次反對只不過肯定了西方邪惡的勢力。康拉德所不能看到的是對這個殘酷的套套邏輯之替代方案。他既不能了解印度、非洲和南美洲仍充滿生命力和文化，有其嚴整性，並非完全被世界的帝國主義者和改革者所控制，也不允許自己相信反帝國主義的獨立運動不全都是墮落腐敗，且由倫敦和華府的傀儡大師們所支付費用的。

這些在觀點上根本的局限和其角色與情節，同樣都是《諾斯托洛摩》的一部分。康拉德的小說體現相同之帝國主義家長式的傲慢，誠然他以高爾德和霍洛伊德的角色來嘲弄之。康拉德似乎說：「我們西方人將決定誰是一位好或壞的土著，因爲所有的土著乃因我們的承認而具備充分的存在。我們創造他們，我們教他們說話和思考，當他們反叛時，只是肯定了我們將他們視爲被他們的某些西方主宰所欺瞞的愚蠢小孩此一觀點。」這事實上是美國人對他們南方鄰居的感覺：獨立只是就**我們**所同意之獨立方式的範圍內，才可望給予他們。任何其他事情均不可接受，更壞的是，不必加以考慮的。

因而，一點也不弔詭，康拉德同時是反帝國主義者和帝國主義者。當無懼地且悲觀地提到海外支配的自我肯定和自我妄想的腐化時，他是先進的；當承認非洲或南美洲可能曾有其獨立的歷史和文化，雖被帝國主義者激烈地擾亂，但最後他們終究是會被其歷史和文化所打敗時，他卻又深切地反動。然而，恐怕我們以支持的態度來思考康拉德，並視他爲其時代產物的同時，我們會更加注意到最近華府和大部分西方決策者和知識份子的態度顯示並未比他的觀點進步多少。康拉德慮及隱藏在帝國主義之內心深處的慈善心腸實乃一無可取之處——他們的意圖包括這種想法：「使世界安定以支持民主政體」——而當美國政府試圖要遍及全球，特別在中東地區遂行其慾望時，它仍無能體認到康拉德的此一觀點。至少，康拉德有勇氣看到如此的計畫從未成功過——因爲它們使計畫者陷於更多全能和誤導式的自滿之幻想當中（正如越南的情形），且因爲這些計畫的極端本質，它們否決了證據。

假如閱讀《諾斯托洛摩》時留意到其驚人的強度和先天的局限，所有這些論點值得牢記在心。蘇拉寇的新興獨立國家在小說的結尾出現，它只是其所分離出來且在財富和重要性上被它取而代之的更大國家的一個較小、更緊密被控制和更不容忍異己的翻版而已。康拉德允許讀者視帝國主義爲一個體系。生活在一個臣屬的經驗領域，乃是被支配者領域的虛構和愚行所銘印著。但反之也是眞的，正如在支配者社會中的經驗，乃是依賴於毫不批判地認定自己必須施予**文明之使命**(la mission civilisatrice)的土著及其疆域。

無論《諾斯托洛摩》如何被解讀，它提供一個非常不可原諒的觀點，且相當直截了當地促成了在格拉翰・格林的《沉默的美國人》(*The Quiet American*)或奈波爾的《河曲地》(*A Bend in the River*)等具有非常不同議題的小說，而其所呈現的西方帝國主義幻覺有同等嚴苛之論點。在越南、伊朗、菲律賓、阿爾及利亞、古巴、尼加拉瓜、伊拉克等地的動亂之後，今日少有讀者會不同意，正是像格林筆下的皮爾或奈波爾筆下的惠斯曼神父這種人的狂妄無知，認爲土著可以被教育而同化於「我們的」文明，才會搞到這些「原始」社會產生了凶殺、顚覆和無止境的動盪。相似的憤怒遍布於一些電影，像是奧立佛・史東(Oliver Stone)的《薩爾瓦多》(*Salvador*)、法蘭西斯・福特・柯波拉(Francis Ford Coppola)的《現代啓示錄》(*Apocalypse Now*)和康士坦丁・柯斯塔—加華拉斯(Constantin Costa-Gavras)的《失蹤》(*Missing*)，在這些電影裡，中情局的漫無節制之操作和狂熱於權力的軍官，同時玩弄了土著和善意的美國人。

然而，所有這些作品都要感激康拉德在《諾斯托洛摩》的反帝國主義之反諷手法，它們認爲世界具有意義的行動和生命之泉源仍在西方，其代表人物似乎自由自在地探訪著一個哀莫大於心死的第三世界，在其中展現其狂想與善行。就這個觀點來看，世界的邊緣地區沒有生命、歷史或文化值得一提，若沒有西方，這些地區就沒有值得呈現的獨立性和嚴整性。若有些什麼事情可以描述，就遵循康拉德吧，提些當地難以言語形容的腐化、墮落、無可救藥。但康拉德寫《諾斯托洛摩》時，正處於歐洲無可匹敵的帝國主義狂熱的時代，反觀當代的小說家和製片家，學習他的反諷手法何等巧妙，卻是在去殖民化的時代**之後**才完成其作品，也就是在西方人對非西方世界的再現方式被從事大規模的知性、道德和想像力的重新檢討和解構**之後**，在法蘭茲・法農(Frantz Fanon)、阿米卡・卡布洛(Amilcar Cabral)、詹姆士(C. L. R. James)、華爾特・羅德尼(Walter Rodney)的作品**之後**，在齊紐・阿契比（Chinua Achebe）、努及・瓦・提安哥（Ngugi wa Thiongo）、沃爾・索英卡（Wole Soyinka）、撒門・魯西迪（Salman Rushdie）、加布里爾・賈西亞・馬奎茲（Gabriel García Márquez）和許多其他人的小說和戲劇**之後**。

因此，雖然康拉德的繼承人幾乎沒有藉口可以爲他們作品經常是細緻卻不加反省的偏見自圓其說，但康拉德本人則已通過他殘存的帝國主義習性了。這不只是西方人對外國文化沒有足夠的同情和了解的問題而已——既然事實上已有一些藝術家和知識份子橫越到彼岸了——尙・吉奈（Jean Genet）、巴塞爾・大衛森（Basil Davidson）、亞伯特・梅米（Albert Memmi）、強・戈伊提索洛（Juan Goytisolo）和其他人等。恐怕與此更相關的問題是：有無政治意願去認眞地思考帝國主義的替代方案，其中包括承認其他文化和社會的存在。不論是否人們相信康拉德不凡的小說肯定了西方人對拉丁美洲、非洲和亞洲的習慣性懷疑，或者是否人們在像《諾斯托洛摩》和《大希望》這些小說中看到了一個令人驚異的持久之帝國世界觀的輪廓，其能夠同時曲解讀者和作者看事情的角度：但這**兩個**用來解讀眞實之替代方案的方式似乎已經過時了。今日世界並未存在著我們可以去悲觀或樂觀，或是我們的「文本」可以據以判斷是精妙絕倫或乏味無比的一幅景象。所有這些態度牽涉到權力和利益之配置。從什麼方面，我們可以視康拉德爲對他的時代之帝國意識型態之批判或再生產；就什麼範圍，我們可以賦予我們自己現在的態度某些特質：對支配的渴望、詛咒的能力或理解和探究其他社會、傳統、歷史的精力，是願意投注心力或加以拒斥，這都和權力和利益之配置有關。

自從康拉德和狄更斯之後，這個世界已變化多端，已經令宗主國的歐洲人和美國人感到驚訝，且經常使他們心生警惕，他們現在面對一大群非白人移民人口住在他們中間，也面對了一大串令人印象深刻的新起之強力聲浪，在要求他們所述說的能被聽到。我這本書的論點是：這些人們和聲浪要感謝由現代資本主義所發動的全球化過程，使他們已出現在那裡有一段時間了；無視於其存在，或者低估西方人和東方人重疊的經驗，也就是透過計畫以及對立之地理學、叙事和歷史，使殖民者和被殖民者在相互依存的文化藩籬中彼此共存、相互戰鬥的經驗，就等於錯過了過去一個世紀以來這個世界基本的事物。

現在，這是第一次帝國主義與其文化的歷史可以不再是以石器時代的遺址或化約式的間隔化、分離、區別的形式來加以研究。眞的，分離主義和沙文主義的論述已經令人困擾地爆發出來了，無論是在印度、黎巴嫩或南斯拉夫，或者是以非洲中心主義的、伊斯蘭中心主義的，或歐洲中心主義的方式宣告出來；這些文化論述的化約主張一點也沒有使力圖從帝國的統治自由解放出來的鬥爭變得不正當，實際上它們證明了一個基本的解放論能量的正當性，這個能量賦予獨立的渴望能量，自由地說出來，不必去挑不公正的宰制之重擔。無論如何，理解這個能量的唯一方式是歷史的，因而，本書的意圖涵蓋相當寬廣的地理和歷史範圍。我們渴望我們的聲音被聽到，但我們經常忘了這個世界是一個擁擠的地方，假如每一個人必須堅持自己的聲音具有極端的純正性和優先性，我們所有的一切將變成是無止境的爭吵所形成的驚人嘈雜聲，以及流血的政治亂象，這種情況已經開始在各地被察覺到了，既在歐洲的種族主義政治之再度出現中，也在美國有關政治正確性和認同政治的論爭所形成的刺耳喧囂中，以及——說到我自己生長的地區——在俾斯麥式專制政權的宗教偏見和幻想式的許諾之不寬容性，就像海珊(Saddam Hussein)和他的許多阿拉伯的模仿者和翻版一樣，這眞的令人感到恐怖。

因而，不只是一如往昔一樣，只研讀我們自己這一邊的東西，而且還要掌握到像吉卜齡這樣偉大的藝術家（少有人比他更帝國主義和更反動），如何以如此的技巧展現印度，在這麼做的時候，他的小說《金姆》(*Jim*)又如何不只依賴盎格魯—印度觀點的長期歷史，並且也多多少少不太明確地預示了這個觀點，因堅持印度的現實情況事實上需要乞求於英國之監護地位的信念，而變得站不住腳了，縱然這個觀點表面上並未懷疑此一信念。這是多麼嚴肅和發人深省的事情啊！我以爲偉大的文化檔案是知性和美學在海外領土之投資製造出來的場所。假如你是生活在一八六〇年代的英國人或法國人，你會看到並感受到印度和北非混合著熟悉性和距離感，但從不認爲它們有分離的主權。在你的叙事、歷史、旅行故事和探險中，你的意識會再現爲主要權威，形成一個活躍的能量點，不只了解殖民化活動，也了解異國的地理和人民。首先，你的權力感幾乎不會去想像那些看起來卑屈或悶悶不樂又不合作的「土著」竟然能夠在最後使你放棄掉印度和阿爾及利亞；或能夠說出一些恐怕足以矛盾、挑戰或甚且崩解掉現行論述的話來。

帝國主義的文化不是隱形的，也沒有隱藏其世間的瓜葛和利益，其文化的主要趨勢是十分清晰的，我們可以對記錄其中的、且經常是審愼構思過的觀點加以討論，也可討論爲何它們尚未被留意到。例如：以現在的觀點來看，將某一部作品和其他作品放在一起，使其相互激盪會是很有趣的，這並非源自一種翻舊帳式的報復心態使然，而是護衛其必要的串聯和關係。帝國主義的成就之一就是拉近世界的距離，雖然在這個過程中，英國人和土著的隔離基本上是一個潛藏的不正義關係，我們之中大部分的人現在應該把帝國的歷史經驗視爲共通的，其中誠然存在著恐怖、流血和復仇的苦澀，但當務之急便是以同屬於印度人和英國人、阿爾及利亞人和法國人，或者西方人和非洲人、亞洲人、拉丁美洲人、澳洲人等兩造的觀點來敘述事情。

我的方法是盡可能集中在個別作品。首先，將他們解讀爲創造力或詮釋想像的偉大產品，然後將他們呈現爲文化和帝國關係的一部分。我不相信作者機械式地由意識型態、階級或經濟史所決定，但我也相信作者深深地置身於他們社會的歷史之中，在不同程度上被其歷史和他們的社會經驗所形塑，但這些作者也同時形塑了後者。作品所包含的文化和美學形式衍生自歷史經驗這個事實，是本書的主要題旨之一。正如我在寫作《東方主義》時所發現到的，你不可能只用條列和目錄的方式掌握歷史經驗，不論你能提供多少篇幅，某些書本、文章、作者和理念還是會遺漏掉，因而我要試圖去檢視我認爲是重要和根本的事物，先行容許選擇性和意識上的取捨來規範我所做的。我希望本書的讀者和批評者，運用這點來探索有關帝國主義的歷史經驗所開展之探究和論證的線索，分析和討論此一事實上是遍及全球的過程。我有時也會採通盤性和總結式的說法，然而我確定沒有人會期待這本書比它現有的篇幅還更冗長吧！

此外，有許多帝國不在我的討論之列：奧匈帝國、俄羅斯、鄂圖曼、西班牙和葡萄牙。無論如何，這些省略一點也不意味著俄羅斯對中亞和東歐的支配，伊斯坦堡對阿拉伯世界的統治、葡萄牙對今日之安哥拉和莫三比克的統治、和西班牙對大洋洲和拉丁美洲的統治，是仁慈（因而受到認同）或更不那麼帝國主義的。我所論及之英國、法國和美國的帝國經驗，有其獨特的一致性和一個特殊的文化集中性。英國當然本身自成一個帝國的類別，比任何其他帝國更大、更恢宏、更具壓迫性；將近兩個世紀以來，法國直接與英國競爭。既然，叙事在帝國的訴求中扮演如此引人注目的重要角色，因此一點也不令人訝異，法國和（特別是）英國有一個未曾間斷的小說創作傳統，其他地區無有可相與匹敵的。在美國，十九世紀時開始形成帝國，但在二十世紀的後半期，也就是在英、法帝國的去殖民化過程之後，它才直接追隨其兩位偉大的前輩。

我之所以集中在這三大帝國，還有兩個額外的理由。其一爲海外統治的理念——跳過臨近疆域，直達非常遙遠的土地——在這三種文化中有一特權式地位。這個理念，無論它被表現在小說、地理或藝術中，都和某些圖謀非常有關，且透過實際的擴張、行政、投資和承諾，使得這個圖謀得以持續地展現出來，因而帝國文化有某種系統性。其他帝國並不像英國或法國，或者在不同的方面上，像美國一樣，表現得如此顯而易見。當我使用這個名詞——「態度和指涉的結構」（a structure of attitude and reference），上述之系統性便是我心裡所想到的。其二，這三個國家的統治領域也正是我出生、成長和現在生活的範圍，雖然我都感覺到這些國家像是我的家鄉，我仍然是一位來自阿拉伯和穆斯林世界的土著，也就好像是屬於**另一邊**的人一樣，這使我就某種意義上，同時生活在兩邊，並嘗試成爲兩邊的媒介。

總之，這是一本關於過去與現在、關於「我們」與「他們」的著作，其中的每件事情經常都是由諸多相互對立、彼此隔離的派別以其立場來看待的。也可說，這本書正處在冷戰結束後的歷史階段，美國成爲最後超強之際。做爲一個有阿拉伯背景的教育工作者和知識份子，身處於此時此刻，實意含著一些相當特殊的關注點，這一切都反映在這部作品中，正如事實上它們也影響著自從《東方主義》以後，我所寫的每件事情一樣。

首先，看到或讀到時下有關美國政策規劃的一些東西，就令人升起沮喪之情。每個圖謀進行全球性支配的偉大宗主國中心竟然都說出和做出許多相同的事情，可嘆啊！總是在處理弱小民族的事務上訴求於權力和國家利益；當這一切進行得稍微不順利時，或者當土著開始起而反抗一個已被帝國強權所圈套住和所支持、順從且不受歡迎的統治者時，總會出現相同的毀滅性狂熱；總是出現令人恐怖的、可預期之宣示，說什麼「我們」是例外，不是帝國主義，不會重複先前的強權所犯的錯誤，這種宣示例行性地會緊接著就犯了同樣的錯誤，如同我們在越戰和波斯灣戰爭所看到的。然而，更壞的是由一些知識份子、藝術家和新聞編輯所做出之令人驚訝的，或許經常是消極的共謀行徑，這些人在國內的相關事務之立場是進步的，且充滿令人讚許的熱情，但在面對著以他們的名義在海外做出的一些事情時，情形卻是相反的。

因而，我的希望（恐怕是幻想）是一部有關以文化之名展現帝國拓殖事業的歷史，並可以提供某種闡明和甚至是反制的目的。誠然帝國主義在十九和二十世紀以不可遏抑之勢進行侵略，對其反抗也在同時進行。因而，就方法論來說，我試圖同時呈現這兩種力量。這無論如何並不會使受盡委屈的被殖民人們豁免於受到批判；對後殖民國家進行任何探究，將揭露出民族主義的幸與不幸，它們也常被稱為分離主義或本土主義，這一切不總是構成一個值得稱頌的故事。如果眞能呈現出總有不同於阿敏(Idi Amin)和海珊的替代方案，我們就必須把他說出來。西方帝國主義和第三世界民族主義可說彼此相輔相成，半斤八兩，但是甚至在其最壞的情況下，既非磐石永固，也不是全然被決定的。此外，文化也不是堅石般一成不變的，不是東方或西方的專有財產，也不是一小撮男女所能獨有的。

然而，這段故事確實常是灰濛濛的、令人失望的。今日能稍微緩和這種情形的是到處出現的一種新的知性和政治的良知。這是本書之所以寫作的第二個關注點。無論對現行之老式的人文學課程之屈服於政治壓力、屈服於所謂的控訴文化、屈服於各種基於「西方的」、「女性主義的」，或「非洲中心的」和「伊斯蘭中心的」價值所做的一些驚人浮誇的口號，存有多少感嘆，今天這已不代表一切了。就拿急遽變遷之中東研究做為一個例子好了，這個領域在我寫《東方主義》的時候，仍被一股具侵略性地陽剛的和壓縮的時代精神所支配。但只稍微提一下在過去三、四年間所出版的一些著作——莉拉・

阿布—盧果德(Lila Abu-Lughod)的《蒙上面紗的情感》(*Veiled Sentiments*)、蕾拉·阿合瑪(Leila Ahmed)的《伊斯蘭的婦女與性別》(*Women and Gender in Islam*)、費德瓦·瑪爾蒂—道格拉斯(Fedwa Malti-Douglas)的《婦女的身體，婦女的世界》(*Women's Body, Women's World*)，④我們可看到一種對伊斯蘭、阿拉伯人和中東地區非常不同的想法已挑戰了、甚至在某種程度上破除了舊有的專制做法。這些作品是女性主義式的，但不是排他性的；它們展現了東方主義和中東（全然是男性的）民族主義之整體化論述底下運作之經驗的分殊性和複雜性；它們在知性上和政治上是複雜的，與最佳的理論和歷史學術同步，充分投入但又不煽情，對女性經驗敏感但不感傷動情；最後，這些作品由彼此的背景和教育均相當不同的學者所寫，它們均和中東婦女的政治情境有所對話，且對之做了一些貢獻。

包括莎拉·蘇蕾莉(Sara Suleri)的《英屬印度的修辭》(*The Rhetoric of English India*)和莉莎·洛(Lisa Lowe)的《批判的形勢》(*Critical Terrains*)，⑤這種修正主義式的學術成果，就算沒有完全破除將中東和印度視爲同質的、可化約式地被理解的區域之地理學，至少也改變了一些情況。與民族主義和帝國主義的事業密不可分的那種二元對反的公式已經遠去了。取而代之，我們開始感受到舊權威不可能僅僅是由新權威所取代，且新的結盟跨越疆界、類型、民族和本質，迅速地出現，正是那些新結盟現在喚起對基本上是靜態的「認同」觀點加以挑戰。在帝國主義的時代，這種認同一直是文化思想的核心。歷經歐洲人和他們的「他者」之間始於五百年前的系統性交流，少有改變的一個觀念是：存在著一個壁壘分明的「我們」和「他們」，兩者均固定不變、清晰可見，且其自明性是無懈可擊的。正如我在《東方主義》所討論到的，這種區別可以追溯到古希臘人對野蠻人的想法，但無論何人開創這種「認同」的想法，直到十九世紀爲止，它已成爲帝國主義文化和那些試圖反抗歐洲侵略的文化之正字標記了。

我們仍然是這種認同風格的繼承者，藉此人們可以由其歸屬的民族所界定，並進一步從一個被設定的延續不絕的傳統衍生出其權威性。在美國，此種對文化認同的關懷，當然已孳生出對於那些著作和那些權威組成「我們的」傳統之論戰。重要的是，試圖去說這本或那本書是（或不是）「我們的」傳統之一部分，可以想見是最令人疲累虛脫的運動之一。此外，它所造成的過分膨脹之效果遠比它對歷史之眞實性的貢獻更要來得多了。因而基於前車之鑑，我實在不能忍受此一立場，即「我們」應該只能，或主要是關注在什麼是屬於「我們的」問題，同樣地，我對規定阿拉伯人要讀阿拉伯文著作、使用阿拉伯方法等等諸如此類的觀點，實在不屑予以回應。正如詹姆士(C. L. R. James)所常說的，貝多芬屬於西印度群島人，正如他屬於德國人一樣，因爲他的音樂現在已是人類遺產的一部分了。

然而可理解地，對認同之意識型態的關懷糾結著許多團體的利益和其相關議程——並非他們所有人都是屬於被壓迫的弱勢團體——期待建立某些選擇的優先次序則反映了這些利益。既然本書的一大部分都是關於閱讀晚近的歷史，要讀什麼及如何去讀的問題，在此我只能迅速地總結我的想法。在我們能夠對美國人的認同是由什麼所組成的問題取得同意之前，我們必須退一步地承認做爲一個移民墾殖者的社會，建置在有著爲數可觀的土著生息遺跡的廢墟之上，美國人的認同其實複雜多變，難以形成一個統一和同質性的事物；事實上，其中的論戰乃是發生在單一認同的倡導者和視整體乃是複雜而非化約式的統一體的兩造之間。這個對立意含著兩個不同的角度，兩種史地學，其中一個是線型且規約式的，另一個則經常是對位的且像遊牧民族般的。

我的論點是只有第二種角度才是充分敏感於歷史經驗的現實狀況者。部分是因爲帝國的關係，所有文化彼此涉入；無一是單一且純粹的，所有文化都是雜種的、異質的、極其分殊的，並非是磐石永固的。我相信這個描述對當代美國和對現代阿拉伯世界而言，都是眞實的，而這兩個世界各別地都製造了許多所謂「非美國主義」和所謂對「阿拉伯主義」之威脅的危機。可嘆啊！防衛式的、反動的、甚至妄想症式的民族主義時常被交織成爲教育的基本架構，學童和更年長的學生在其中都被教導去尊敬和讚頌他們的傳統之獨特性（經常且惹人反感地以犧牲其他傳統爲代價）。如此毫不批判及不加思維的教育和思想的形式，正是本書所要指出的，以便能加以矯正，提供一個具有耐心的替代方案，一個開誠布公去窮根究柢的可能性。在寫作的過程中，我仍然利用了大學所提供給我的烏托邦式場所，我相信這個地方必須維持其做爲這些生動議題接受檢視、討論和反省的所在。若讓它變成現實之社會和政治議題被強加其上或被解決掉的一個場所，就會排除了大學之功能，轉而使其成爲任何當權政黨的跟班而已。

我不想被誤解。撇開其特有的文化歧異性不談，美國一直是，且當然仍將是一個和諧一致的民族。這對其他英語國家（英國、紐西蘭、澳大利亞和加拿大）而言，甚至對現在包容了一大群移民的法國而言，也同樣是眞的。亞瑟・史勒辛格（Arthur Schlesinger）在《美國的失合》（*The Disuniting of America*）一書談到許多爭辯之立場分明和兩極化論調傷害了歷史之硏究，這當然確實存在著，但就我的觀點，這並未預示了共和體制的解散。⑥就整體而言，最好是去探索歷史，而不是壓制或否定之；事實是美國包含如此許多歷史，現在它們其中有許多正喧嚷著要引人注目，既然它們原來就一直存在那裡了，無論怎麼說都不該驟然感到恐懼，而且事實上從這中間，**一個**美國的社會和政治（甚至一種歷史寫作的風格）被創造出來。換句話說，現在對多元文化主義的論辯之結果，似乎不太可能會演變成「黎巴嫩化」，假如其論辯指出了一條政治變遷的道路，並改變了婦女、弱勢族群和新近移民看待自己的方式，這就沒什麼好恐懼或有什麼好防衛的了。有必要牢記在心的是，解放與啓蒙的敘事在其最強力的形式中同時也是「整合」而非隔離的敘事，這包括了過去被排除於主流團體但現在正爭取其應有位置的人民之故事。假如主流團體的舊有和慣性的理念不具彈性或足夠慷慨去承認新興團體之存在的話，這些理念就有必要改變，這遠比拒絕這些正在崛起的團體更要好得多了。

我想要提出的最後一個論點是，本書是一個流亡者的著作。基於我無法掌控的某些客觀的理由，我在接受西方教育的阿拉伯人之背景中成長。打從我有記憶開始起，我就感覺到我屬於兩個世界，且無法完全地屬於其中的任何一方。無論如何，我個人生涯中阿拉伯世界的部分是我涉入最深的，但現在這個世界的各個部分要不是已經全然被內亂和戰爭所改變，就是被徹底滅絕了。持續一段很長的時間，我在美國只是一位外來者，特別是當美國正對阿拉伯世界（一點也不完美）的文化和社會發動戰爭且深深地與之對抗的時刻，更是如此。然而，當我說「流亡」時，我並不意指有什麼悲哀或被剝奪的事情。與此相反，如同過去一樣，同屬於帝國分立的兩邊，使你能夠更容易了解他們。此外，紐約是這整部書所寫作的地方，在許多方面來看，是**特別顯著**的流亡城市；它也包含著法農所述及之殖民城市的摩尼教式二元結構。恐怕所有這一切都刺激了在此所進行的一些利益與詮釋，但這些環境當然也使我感受到宛如我不只是屬於一個歷史或一個團體。然而，是否如此一種狀態，可以眞的被視爲是對於屬於唯一文化、感覺只效忠於一個國家的常態之有益的替代方案，現在應由讀者自行決定了。

本書的論題於一九八五年至一九八八年期間首次發表在英國、美國和加拿大各大學的一些演講系列上。能有這些額外的機會，我大大地得力於肯特大學、康乃爾大學、西安大略大學、多倫多大學和艾塞克斯大學的教師和學生的協助，以及就此一論題的更早先之版本，也得力於芝加哥大學之助。本書個別段落的稍後之版本也仍以演講方式發表於史立果的葉慈國際學校、牛津大學（在聖安東尼學院的喬治・安東尼斯講座）、明尼蘇達大學、劍橋大學的國王學院、普林斯頓大學戴維斯中心、倫敦大學的博克貝克學院和波多黎各大學。我感謝狄克連・契博德、西瑪斯・汀、德瑞克・霍伍德、彼得・納塞羅斯、東尼・譚納、納坦莉・戴維斯和蓋楊・普拉卡許、華頓・里茲、彼得・胡姆、戴爾德勒・戴維斯、肯・貝茨、泰薩・布萊克史東、伯納德・夏列特、林・因尼斯、彼得・穆福德、喬瓦西歐・路易斯・賈西亞，和瑪莉亞・狄・洛斯・安琪莉絲・卡斯特羅諸人之支持、邀請和作東，給予我溫馨和眞誠的對待。在一九八九年，當我被要求在倫敦的雷蒙・威廉斯紀念講座上做首次演講時，我受到禮遇；在那個場合中，我講關於卡繆的部分，並感謝格拉翰・馬丁和已故的喬伊・威廉斯，對我而言，那是一次難忘的經驗。幾乎不用多說了，本書許多部分乃充塞著雷蒙・威廉斯的理念及其人性和道德的典範，他是偉大的友人和偉大的批評家。

當我寫這本書時，我毫不慚愧地運用了各類知性、政治和文化的關係網絡。那些人包括擔任期刊編輯之親近私交，本書某些篇章便是首次出版於此：湯姆・米契爾（在《批判研討》〔*Critical Inquiry*〕）、理查・波伊勒（在《拉里坦評論》〔*Raritan Review*〕）、班・桑南柏格（在《大街》〔*Grand Street*〕）、西瓦南登（在《種族與階級》〔*Race and Class*〕）、喬安・維皮傑夫斯基（在《民族》〔*Nation*〕）和卡爾・米勒（在《倫敦書評》〔*London Review of Books*〕）。我也感謝《守衛者》（*Guardian*，倫敦）的編輯們和企鵝出版社的保羅・契根，在他們的贊助之下，本書的某些理念首次呈現出現。提供我所憑藉的認眞、愛護和批評的其他友人是唐納・米契爾、易卜拉欣・阿布—盧果德、三善正雄、尚・法蘭科、瑪莉安・麥唐納、安華・阿布達爾—馬列克、伊克巴・阿合馬、約納森・庫勒、蓋亞翠・史碧瓦克、洪米・峇峇、班尼塔・派理和芭芭拉・哈洛。我特別欣悅地誌謝我在哥倫比亞大學的許多學生的才氣和聰敏，許多老師都會感謝這樣的學生。這些年輕的學者和批評家給我他們的充分有助益且令人振奮的著作，這些作品現在都已出版且很有名氣：安・麥克林塔克、羅伯・尼克森、蘇文蒂・佩莉拉、高莉・維斯瓦納森和提姆・布林納。

在準備這份手稿時，我在許多方面受到雲納・西迪契、阿米爾・穆夫提、蘇珊・洛塔、大衛・賓斯、鮑拉・狄・羅比蘭特、狄博拉・普爾、安納・道皮考、皮爾・迦尼爾和凱南・甘迺迪的得力援助。札內比・伊斯特拉巴地從事膽出我的駭人之手稿的困難任務，然後以令人激賞的耐心和技術將之變成按照次序的初稿。我也頗受惠於她不吝惜的支持、善意的幽默和聰慧。在編輯準備的各個階段，法蘭西斯・考地和卡門・卡里爾是我嘗試在此寫出的東西之甚有助益的讀者和良友。我必得也記下我對伊莉莎白・西弗頓之深摯的感激和幾乎是如雷般的讚許：一位多年好友、卓越的編輯、精確且總是充滿同情理解的批評家。喬治・安德里奧在這本書進入出版過程時，提供不可多得的協助，務求其正確無誤。我的家人們：馬莉恩、華蒂和納吉拉・薩依德，和本書作者一起生活在經常充滿試煉的環境中，個人發自內心深處地對他們的持久之摯愛與支持由衷感謝。

紐約州紐約市，一九九二年七月

註釋：

① Robert Hughes, *The Fatal Shore: The Epic of Australia's Founding* (New York: Knopf, 1987), p. 586.

② Paul Carter, *The Road to Botany Bay: An Exploration of Landscape and History* (New York: Knopf, 1988), pp. 202-60. a supplement to Hughes and Carter, see Sneja Gunew, 'Denaturalizing Cultural Nationalisms: Multicultural Readings of "Australia,"' in *Nation and Narration*, ed. Homi K. Bhabha (London: Routledge, 1990), pp. 99-120.

③ Joseph Conrad, *Nostromo: A Tale of the Seaboard* (1904; rprt. Garden City: Doubleday, Page, 1925), p.77. Strangely Ian Watt, one of Conrad's best critics, has next to nothing to say about United States imperialism in *Nostromo*: see his *Conrad: 'Nostromo'* (Cambridge: Cambridge University Press, 1988)。對有關地理、貿易和商品拜物教之間的關係，在 David Simpson, *Fetishism and Imagination: Dickens, Melville, Conrad* (Baltimore: Johns Hopkins University Press, 1982), pp. 93-116可發現到一些具建議性的洞見。

④ Lila Abu-Lughod, *Veiled Sentiments: Honor and Poetry in a Bedouin Society* (Berkeley: University of California Press, 1987); Leila Ahmed, *Women and Gender in Islam: Historical Roots of a Modern Debate* (New Haven: Yale University Press, 1992); Fedwa Malti-Douglas, *Woman's Body, Woman's World: Gender and Discoures in Arabo-Islamic Writing* (Princeton: Princeton University Press, 1991).

⑤ Sara Suleri, *The Rhetoric of English India* (Chicago: University of Chicago Press, 1992); Lisa Lowe, *Critical Terrains: French and British Orientalisms* (Ithaca: Cornell University Press, 1991).

⑥ Arthur M. Schlesinger, Jr., *The Disuniting of America: Reflections on a Multicultural Society* (New York: Whittle Communications, 1991).

I

重疊的疆域、交織的歷史

Overlapping Territories, Intertwined Histories

來自主體或有關主體的沈默，
乃是日常的次序。
有些沈默被與整飭策略共生共存的作者打破了，
有些則被保持了。
我感興趣的是可以打破沈默的策略。

——東妮・莫里森(Toni Morrison)
《暗夜的遊戲》(*Playing in the Dark*)

換句話說，歷史不是計算機。
歷史在人類的心智與想像中展開，
在一個民族文化的多方面反應中成形；
它本身是物質現實、
基礎經濟面與狹隘客觀性的無限巧妙之媒介。

——巴塞爾・大衛森(Basil Davidson)
《近代史中的非洲》(*Africa in Modern History*)

訴諸過去是詮釋現在最通用的多種策略之一。這種訴求的激發，不僅是對過去所發生過的事或什麼是過去，有相左的看法；而且也對過去是否眞的已經過去、結束和終了，或者是否可能以不同的形式延續下去而感到無法確定。這個問題激發了各種各類的討論——有關於影響力的、有關於咎責與評斷的，也有關於對現在的現實情況和未來的優先要項的討論。

在艾略特(T. S. Eliot)的一篇非常著名的早期批判性論文中，他就曾涉及了相似的論題群。雖然他這篇論文的寫作時機和意念，幾乎是純屬美學的，但是可以借用他的公式，去運用到經驗的其他領域。艾略特說，詩人很顯然是一個個別天才，但是他也是在傳統之內創作，而且不能只靠傳承，還必須投入「極大的功夫」才能達到。他接著說，

> 傳統，首要包含歷史感。這對任何一個過了二十五歲，仍然可以繼續成為一個詩人的人來說，是不可或缺的；並且，歷史感也包含了不僅是對過去的過去

性，也是對它的現在性的一個理解；歷史感迫使一個人不僅寫他扎根的那一代，也要寫出自荷馬以降的整個歐洲文學的感覺，而在此中，他自己國家的全部文學，有一個同時的存在，並且建構了一個同時的次序。這個歷史感，既是永恆的，也是短暫的，而且也是永恆與短暫結合在一起的，才使得一個作家具現傳統。同時，也使得一個作家能够非常敏銳地意識到他在時代中的地位，以及他自己的同一時期性。

沒有一位詩人或任何藝術領域的藝術家，能具有其獨存而完整的意義。①

我認爲，對具有批判性思考力的詩人，和對某些在其作品中試圖對詩的寫作過程有一個近度賞析的評論家而言，以上這段引文，都同樣具有說服力。主要的理念是在，即使我們必須完全地理解過去的過去性，但是也沒有一個適當的方法，可以把過去從現在中隔離出來。過去與現在彼此互通訊息、相互隱含，以艾略特所提純屬理想的觀念而言，兩者也是相依並存的。簡言之，艾略特的建議，是一種文學傳統的觀點，雖然重視暫時的連續，卻不完全是由它統馭。無論是過去或是現在，也沒有任何詩人或是藝術家，能有一個獨存而完整的意義。

無論如何，艾略特對過去、現在和未來的綜合，只是一個理想，而且有他個人奇特歷史的重要功能；②他綜合的時間觀，忽略了個人與體制之間，對決定什麼是，或不是傳統，何者相關，或不相關的鬥爭性。但是他的中心理念則是有效的，即我們如何明確地陳述或再現過去，形塑著我們對現在的理解和觀察。讓我舉個例子來說明。在一九九○年到一九九一年的波斯灣戰爭期間，伊拉克與美國之間的衝突，是兩種基本對立的歷史所造成的，並被兩方國家的官方體制利用來獲取利益。在伊拉克復興黨（Baath）的解釋下，現代阿拉伯歷史顯示了對阿拉伯獨立所未實現與未履行的承諾，此承諾被「西方」以及一群更近來的敵人，如阿拉伯反動派和猶太錫安主義（Zionism）所中傷。因此，伊拉克的血腥侵佔科威特，不僅在俾斯麥式的基礎（Bismarckian grounds）上，而且也因爲阿拉伯人相信必須爲自己討回公道和奪回被帝國主義所拿下的最大獎之一，而有其正當的理由。反之，在美國人對過去的觀點下，美國不是一個古典的帝國強權，而是一個全世界的正義主持者，在追緝暴政和捍衛自由上，無分地域也不惜任何代價。此一戰爭無可避免地以這兩種對過去不同版本的認知，來對抗著彼此。

艾略特對過去和現在之間的關係複雜性所持的理念，在有關「帝國主義」意義的討論中，特別引人聯想；此一名詞與其理念，在今天是如此地引起爭議，且充滿各種問題、質疑、論辯和意識型態的議據，以至於幾乎完全拒絕去使用。當然，在某種程度上，此討論本身涉及到對此一概念的定義與劃定界限的嘗試：帝國主義主要是在經濟方面的嗎？已經擴展到了什麼地步？它的肇因爲何？是體制性的嗎？何時（或是否）終結？在歐、美對此一討論有所貢獻的學者名單，是令人印象深刻的，有考茨基（Kautsky）、希爾法亭（Hilferding）、盧森堡（Luxemburg）、霍布森（Hobson）、列寧（Lenin）、熊彼德（Schumpeter）、鄂蘭（Arendt）、馬格道夫（Magdoff）、保羅・甘迺迪（Paul Kennedy）。以及近年來在美國出版的著作，如保羅・甘迺迪的《強權的興衰》（*The Rise and Fall of the Great Powers*），威廉・艾波曼・威廉斯（William Appleman Williams）、迦布利爾・柯爾寇（Gabriel Kolko）、諾姆・杭士基（Noam Chomsky）、霍華・辛（Howard Zinn）與華爾特・賴費伯（Walter Lefeber）等人的修正主義史，還有各式策略學家、理論家和哲人，爲美國的政策爲非帝國主義者而不遺餘力的辯護或說明的寫作——這一切都使得帝國主義，與其適用（或不適用）於美國這個當今的主要強權國家的問題，仍方興未艾。

這些權威討論的主要內容是政治和經濟的問題。然而，就我相信的，卻很少注意到文化在近代帝國經驗中的優越地位；也很少正視到，古典的十九世紀和二十世紀初期歐洲帝國主義極度全球性的擴張，仍有大片陰影籠罩在我們的時代之事實。幾乎所有今天仍健在的北美、非洲、拉丁美洲、加勒比海與澳洲——不勝枚舉——的人士，都受到了過去帝國的波及。英國與法國分別佔了極大的領土：加拿大、澳洲、紐西蘭、北美、南美與加勒比海的殖民地、一大片的非洲、中東、遠東（香港在一九九七之前仍是英國的殖民地），以及整個印度次大陸——這些地方都受到英國或法國的統治，也都適時掙脫其統治而獲得解放；此外，美國、俄國與幾個歐洲次強國家，日本與土耳其也不在話下，在十九世紀某一或整個時期也都是帝國強權。此一管轄或佔有的模式，也確實爲當今全球性的世界打下了根基。電子傳播、全球性的貿易、資源取得、旅遊以及有關天氣型態和生態改變的資訊，已將世界即使是最偏遠的角落，都聯結在一起了。我相信，這系列模式，最先是由近代帝國所創立且使其成爲可能。

我在個性上與哲學立場上，都反對大規模的體制建構或人類歷史的整體理論。但是我必須指出，已經在近代帝國中學習也確實生活在其中的我，對帝國如何不斷擴張及其無情的整合，感到驚愕。不論是在馬克思或如西萊(J. R. Seeley)的保守論述，或是如費爾德豪斯(D. K. Fieldhouse)和艾爾德瑞奇(C. C. Eldridge)——《英國之使命》(*England's Mission*)是其代表作③——的現代分析，都使人看出了大英帝國將許多事物整合並融合其內，並與其他帝國聯手將世界合而爲一。然而沒有人，當然也不是我，能看清或完全掌握此一整體的帝國世界。

當我們閱讀當代歷史學家派屈克・歐布萊恩(Patrick O'Brien)④與戴維斯(Davis)和賀登巴克(Huttenback)——其重要著作《財神與帝國之追求》(*Mammon and the Pursuit of Empire*)試圖稱量帝國活動的實際利益⑤——之間的論辯，或當我們看較早期的論辯，像羅賓森—迦拉格(Robinson-Gallagher)的爭議事件，⑥或是細看依賴式和世界累積式經濟學家安德烈・耿德・法蘭克(Andre Gunder Frank)和沙米爾・阿敏(Samir Amin)⑦的著作時，身爲文學和文化歷史學家，我們不能不問，這一切對詮釋維多利亞時代的小說，或是法國的史地學、義大利歌劇或同一時期的德國形上學，有著什麼樣的意義。在我們的著作和研究中，我們身處在一個無法忽視帝國和帝國主義脈絡的關鍵時刻。一如歐布萊恩所說的，「爲一個擴張中的帝國所創造出來之安全的幻想和錯誤的期望做宣傳，以爲對那些在自己國界以外的投資者，可以產生很高的報酬」，⑧事實上說的正是一種由帝國和小說、種族理論和地理探勘、國家認同的概念和都市（或鄉村）的慣例所創造出來的氣氛。「錯誤的期望」一詞，暗示的是《大希望》；「在自己的國界之外投資」則是指約瑟夫·席德萊和貝姫·沙普（Becky Sharp）；而「創造的幻想」則暗示了**隱伏的幻想**（Illusions perdues）——文化與帝國主義之間的交錯令人注目。

串連這些不同的領域，顯示文化與擴張的帝國有所牽連，觀察藝術則保有其獨特的資賦，又同時策劃加入結盟的行爲，這都不是容易做到的事，但是我粗淺地認爲，我們必須盡力嘗試，並將藝術融入全球、現世的脈絡中。疆界與財產、地理與勢力都瀕於險境。有關人類歷史的一切，都根植在土地上，這意指我們必須思考住所，但也指出了人們計畫要**擁有**更多的領土，因而也就必須對其原住民有所處置。就某種相當基本的程度而言，帝國主義意指去思想、佔領並控制不屬於你所有的、偏遠的，並由別人居住和擁有的土地。然而一般說來，文學史學家在研究十六世紀的偉大詩人，譬如愛德蒙·史賓塞（Edmund Spenser）時，並不會將他對愛爾蘭的凶殘計畫，即他想像一支英國部隊幾乎將當地的原住民滅種，與他的詩人成就或至今仍持續存在的英國統治愛爾蘭的歷史聯繫在一起。

基於本書的宗旨，我的焦點專注於土地的實際爭奪與其人民的身上。我嘗試在歷史經驗中做一種地理性的探究，我心中也牢記著一種理念，即地球實際上是一個世界，其中沒有人居住的空間幾乎不存在，一如沒有人能自外於或超越地理之外而生存，我們也不能完全擺脫因地理而起的爭奪。這種鬥爭複雜而有趣，因爲它不只限於戰士與大砲，也包含了理念、形式、形象與想像的鬥爭。

在所謂西方或宗主國世界，以及第三或前殖民世界中的人，都分享了一個相同的經驗，即高度或古典的帝國主義時代，仍繼續以不同的方式在當今具有相當大的文化影響；在其高峰時期，歷史學家艾力克・霍布斯邦（Eric Hobsbawm）曾饒富意味地將其稱之爲「帝國時代」，而在二次世界大戰後，巨大殖民結構的解體，也多少正式終戰。基於各種理由，他們有一種新的迫切感，想要去了解過去性**或是尚未**成爲過去，而這種迫切感，也延伸至對現在和未來的理解。

在這些理解的重心裡，有一項不爭的事實，是在十九世紀中，史無前例的勢力，都集中在英國與法國，後來則集中在其他的西方國家（特別是美國）——當年羅馬、西班牙、巴格達或君士坦丁堡的勢力，相形之下，就顯得難以敵對了。此一世紀使得「西方的崛起」達到高潮，而西方的勢力也允許帝國宗主中心，以令人驚愕的規模去奪取並累積領土與屬民。試看，在一八〇〇年，西方的勢力聲稱佔有全球百分之五十五，但是實際上是佔有大約百分之三十五的土地面積，然而到了一八七八年，此一比例已增至百分之六十七，每年以八萬三千平方英里的速度增加。到了一九一四年，年增率更高達二十四萬平方英里，而歐洲更將全球總面積大約百分之八十五的土地列爲殖民地、保護地、屬地、領土與聯邦。[9]歷史上沒有比這更大的殖民地組合，也不曾有過如此全面的統治，且在權力上與西方宗主國如此地不平等了。結果，威廉・麥克尼爾（William McNeill）在《權力的追求》（*The Pursuit of Power*）中指出：「世界被前所未見地統一成一個單一互動的整體。」⑩而歐洲本土在十九世紀末，幾乎沒有一個生活的層面不會碰到帝國的事實；經濟渴求海外市場原料、廉價勞力與獲利巨大的土地，國防與外交體系也益形致力於保有偏遠領土的廣闊地帶與大量被統治的民族。當西方強國不爲更多殖民地而彼此激烈甚至殘酷正面抗爭時——凱南（V. G. Kieman）指出，⑪所有近代帝國均相互仿效，他們就致力屯墾、探勘、研究，當然也統馭他們所管轄的領土。

理查・范・阿爾斯泰恩（Richard Van Alstyne）在《崛起中的美國帝國》（*Rising American Empire*）一書中明白地指出，美國經驗，自起始就創立在「**統治權**的理念——一種可以擴張人口與領土，和增強力量和權勢的主權、國家或宗主權」。⑫因而，聲言要爲北美的領土奮戰和爭取（有驚人的成就）；要去統治土著民族，並以各種方法將之滅絕、驅逐；之後，隨著共和國年齡與對半球勢力的增長，則有被判定爲對美國有重大利益的偏遠地區需要去介入與奮戰——例如菲律賓、加勒比海、中美、「北非海岸」、部分歐洲，和中東、越南、韓國。然而怪異的是，諸多論述堅稱美國的特殊性、利他主義和機會如此具有影響力，卻很少且直到近年才使用「帝國主義」一詞或意識型態去談論美國的文化、政治和歷史。可是帝國的政治與文化之間的聯繫是極其直接的。美國人對美國的「偉大」、種族階層、**其他**革命的危險（美國革命則被視爲獨特且是世界其他任何地區所無法仿效的）⑬之態度始終一貫，也統馭、掩飾了帝國的事實，且使辯護者爲美國在海外的利益辯護時，堅稱美國是無罪的、行善，且是爲自由而戰的。格拉姆・格林（Graham Greene）的名著《沈默的美國人》（*The Quiet American*）一書中的人物派爾，就無情而精確地體現了這種文化的形成。

然而，對十九世紀英國與法國公民而言，帝國則是文化談論中並不忌憚的一個主要話題。單僅英屬印度與法屬北非就在英國與法國社會中的想像、經濟、政治生活和社會組織各層面上，佔有難以估計的份量，如果我們提起如德拉克洛瓦(Delacroix)、愛德蒙・柏克(Edmund Burke)、羅斯金(Ruskin)、卡萊爾(Carlyle)、詹姆斯(James)和約翰・史都華・彌爾(John Stuart Mill)、吉卜齡、巴爾札克(Balzac)、耐華爾(Nerval)、福樓拜(Flaubert)或康拉德的大名，所能觸及的也無非是比他們的才華之總和遠爲浩瀚的滄海中之一粟而已。這兩個帝國強權核心之外的領土上，有無數的學者、行政人員、旅遊人士、貿易商、國會議員、生意人、小說家、理論家、投機者、冒險家、夢想家、詩人以及各形各色的流浪人與落魄者，他們每個人都對存在於宗主國生活內的殖民現實之形成有所貢獻。

我這裡所用的「帝國主義」一詞，意指統治偏遠領土的主控宗主國中心的實踐理論與態度；而「殖民主義」幾乎永遠是帝國主義所產生的後果，則是指在偏遠領域上殖民屯墾。一如麥可・道爾(Michael Doyle)所說的：「帝國是一種正式或非正式的關係，在這樣的關係中，一個國家控制另一個政治社會的實際政治主權。這可藉由武力、政治合作、經濟、社會或文化的依賴而達成。帝國主義純粹是建立或維持一個帝國的過程或政策。」⑭在我們當今的時代，直接的殖民主義大都已經終止；而帝國主義，一如我們應該看見的，則始終在原地陰魂不散，以一種普遍性的文化領域，或是特定的政治、意識型態、經濟和社會慣例存在。

帝國主義與殖民主義均非只是單一的累積或謀取的行動。兩者均由令人印象深刻的意識型態結構所支持，甚或所驅使，這包含某些領土與人民需要和懇求統治的想法，也包含各種加盟於統治陣營的知識形式：典型的十九世紀帝國文化詞彙，充滿著如「低劣（的人）」或「屬民種族」、「附屬民族」、「屬地」、「擴展」與「權威」等字眼與觀念。在帝國經驗以外，有關文化的概念都經釐清、加強、批判或排斥。一個世紀之前，西萊十分怪異卻或許情有可原地倡導了一種理念，認為一些歐洲海外帝國的建立起先只是無心插柳的結果，如此自然不難想像這些帝國在取得與治理上的毫無定見、一意執拗且趨向體制化，更遑論其擴建的統治與全然的威力了。大衛・蘭迪斯（David Landes）在其著作《獲釋的普羅米修斯》（*The Unbound Prometheus*）中指出：「某些歐洲強權決定……建立『殖民農場』，也就是將他們的殖民地當作一種持久的企業，姑不論何謂道德，卻也是一項重大的創新。」⑮這正是本書中我所關切的問題：鑑於自歐洲向世界各地延伸、擴展的帝國，其起因與動機縱令隱晦不明，但何以其理念與實踐，卻促成了持久企業的一貫性和密集性，而且一直推展到十九世紀晚期呢？

英、法帝國的龍頭地位，倒也不見得令近代擴展相當突出的西班牙、葡萄牙、荷蘭、比利時、德國、義大利，以及不同型態的俄國和美國相形失色。不過，俄國的帝國領土幾乎全自其鄰國取得。不似英國或法國躍出其邊界數千英里之外到其他的大陸，俄國是移向其國界邊上去吞沒身旁任何可能的土地或民族，一直向東和向南越伸越遠。但以英、法為例來說，激發其獲取範圍極廣的利益宏圖，則全然是偏遠距離的誘人領土，而這也正是我在此的焦點所在，一部分是因為我對檢視它所產生的一套文化形式和情感結構（structures of feeling）感興趣，另一部分則是因為海外統治地是我生長而且目前仍然生活的世界。俄國和美國共同享有的超級大國地位，尚且少於半個世紀，是源自相當不同的歷史和不同的帝國途徑。其中有多種不同的統治方式，也有多種不同的回應，但「西方的」一詞，以及因之而激發的抗拒，則是本書的主題。

在大西方帝國的擴展中，利潤與持續獲利的希望，顯然無比重要，百年以來，香料、糖、奴隸、橡膠、棉花、鴉片、錫、黃金和白銀的吸引力即是明證。同樣地，累積而成的惰性、已經運行的企業投資、傳統以及維持企業運作的市場或體制的壓力也是十分重要。但是，帝國主義和殖民主義卻不僅止於此。在利潤之上，還有一種承諾，一種不斷循環與再循環的承諾，它一方面允許有教養的男女接受偏遠領土與其土著民族**應該**被統治的觀念，另一方面為了使這類高尚人士可以將之視為是一種長期的，且幾近形上義務的去**統治**附屬、劣等或不進步的民族，所以重新補充宗主國的能量。我們不應忘記，這些帝國在國內幾乎沒有遭到什麼抗拒，雖然在建立與維持的過程中，經常會出現相反甚至不利的狀況。殖民者不但承受了巨大的艱困，而且也永遠存在著一種介於一小撮千里迢迢、遠離故鄉的歐洲人，和數量遠為眾多的當地土著之間的實質之不對等的無比風險。例如，一九三〇年代的印度，「只有為數不過四千的英國公務人員，在六萬士兵和九萬百姓（大都爲商人和敎會神職人員）的支援下，駐守在一個三億人口國度裡」。⑯維持如此龐大事業所需具備的意志、自信，甚至自負，我們只能去猜測，但是就如我們將在《印度之旅》(*A Passage to India*)和《金姆》兩書中所看到的，這些心態，少說也與軍方或文職人員的數量，或英國自印度獲取的數以百萬計的英鎊，同樣意義非凡。

一如康拉德似乎已經如此強烈地了解到的，由於帝國企業有賴於**擁有帝國的理念**，而所有的準備工作都在一個文化中爲它孕育而成；因而帝國主義也獲得一種凝聚、一套經驗和一種在此文化中存在的統治者與被統治者的情況。一位精通帝國主義的當代學者指出：

> 現代帝國主義是一種份量不等的元素添加物，可以在每一個歷史時代中追溯得到。或許它的終極原因，與戰爭的終極原因，與其說是有形物質的需求，不如說是遺階級分立而扭曲的社會之緊張不安，反映在人們心智上的曲解理念。⑰

針對國內或宗主國社會中的緊張情勢、不平等和不公平的現象如何嚴重地折射，且在帝國文化中精鍊而成的情況，傑出的保守派帝國歷史學家費爾德豪斯做了一項敏銳的暗示，他說：「帝國主義權威的根基，在於殖民者的心態，因爲他接受隸屬——不論是經由與母國有共同利益的一種積極意義，或是沒有能力構想出任何其他的出路——而使帝國能夠維持不衰。」⑱雖然費爾德豪斯討論的是美洲的白人殖民者，但是他的普遍性論點則不局限於此：帝國的延續是由統治者與偏遠的被統治者兩方所支持的，也因而各自根據本身的展望、歷史感、情緒和傳統，對他們的共同歷史各有一套詮釋。今天一個阿爾及利亞知識份子，對他國家的過去殖民記憶，竟是強烈地焦距在解放戰爭中，法國對鄉村的軍事攻擊和對囚犯的虐待，以及一九六二年獨立的狂喜等等這樣的事件上；而對一個可能參與過對阿爾及利亞事務或其家人在阿爾及利亞居住過的法國知識份子而言，他可能對「失去」阿爾及利亞感到遺憾，對法國的殖民大業持較正面的態度——設立學校、規劃完整的都市和愉快的生活——甚或是一種「搗亂份子」和共產黨攪亂了「我們」和「他們」之間悠閒關係的感受。

十九世紀高度帝國主義在極大程度上已經結束：二次世界大戰後，法國和英國放棄了他們最耀眼的屬地，次強國家也放手了其偏遠的領土。然而，一旦再度重溫艾略特的詞句，雖然那個時代有它自己本身的認同，帝國過去的意義並未全部包含在其中，但是卻已深入億萬人民的生活現實中，它的存在是一種共同的記憶，也是文化、意識型態和政府政策高度衝突的構造，並且至今仍然威力十足。法蘭茲•法農(Frantz Fanon)說：「我們應該斷然拒絕西方國家試圖指責我們的一些情況。殖民主義與帝國主義從我們的領土撤走他們的旗幟和警察軍隊時，並未償還對我們的虧欠。幾世紀以來，（外國）資本主義者在未開發世界的行徑，其實與罪犯無異。」⑲我們必須檢討帝國的鄉愁，與其在被統治者中所激發的憤怒和反感，我們也必須審愼且整體地檢視滋生帝國的情緒、理由，特別是想像的文化。並且，我們也必須試圖去捕捉帝國主義意識型態的霸道，這在十九世紀末已經全然深植在各種文化事務中，而至今我們仍然歌頌它較少令人悔恨的特質。

我相信，在我們今天的批判性意識裡存在著十分嚴重的分歧，也因而使我們耗費大量時間在深思熟慮如卡萊爾和羅斯金的美學理論上，而沒有注意到他們的理念，也同時授與權威去統治次等民族與殖民領土。再舉另外一例來看，除非我們能夠理解偉大的歐洲寫實小說如何達成它的主要目的之一——即，幾乎無形中支持了社會對海外擴展的默許，這種默許以霍布森來看，是指「指導帝國主義自私的武力，應當利用在無私慾運動的保護色彩」，⑳例如：慈善活動、宗教、科學和藝術方面——否則，我們將會錯誤解讀文化在過去和現在帝國中的重要性和反響。

這樣做並不是要對歐洲或是一般所謂的西方藝術和文化以全面地非難方式扣上批判的惡名，絕不是如此。我所想要檢視的是，帝國主義的運作是如何超越經濟法則和政治決策而發生，而且——經由偏好可辨識的文化型態之權威，以及教育、文學和視覺與音樂藝術內在的不斷強化——而在另外一個非常重要的層面，亦即民族文化中體現出來，此民族文化通常被我們視爲是一個無害又不會改變的知性紀念碑，並且自外於世界聯盟之外。威廉·布雷克(William Blake)毫無保留的談論了此一論點，他在註解約書亞·雷納德(Joshua Reynolds)的《論述》(*Discourses*)時說：「帝國的根基是藝術與科學。將之排除

或貶低，帝國就不再存在。帝國遵循藝術，而非如英國人所認爲的相反方式。」㉑

然則，在追求國家帝國目標和一般的民族文化之間又有什麼關聯呢？近來知性的與學術的論述已經傾向去分離和分裂如下的情形：大部分的學者是專業領域的專家；專業知識地位所關注的是相當自主、獨立的主題，例如：維多利亞時代的工業小說，法國在北美的殖民政策等等。許久以來我都主張，當文化經驗的特質、詮釋和方向或傾向成爲議題時，把專業領域和專門化次分和擴散的傾向，對整體的理解是有所矛盾的。比如說，如果對狄更斯筆下所再現的維多利亞時代的商人所處的國家和國際脈絡加以忽視或視而不見，卻只聚焦在他小說內這些人物角色的內在統一，顯然是錯失了他的小說與其歷史世界之間的本質性關聯。而且，理解這個關聯，並不會貶低或減少這類小說作爲藝術作品的價值：相反地，因爲他們的**世間性**(worldliness)，因爲他們與眞實背景的複雜關聯，反而使他們**更**有趣且**更**有作爲藝術作品的價值。

在《佟拜與其子》(*Dombey and Son*)開宗明義的一章中，狄更斯就希望能夠強調出，佟拜之子的出生對佟拜的重要性：

> 土地是為了給佟拜與其子做交易的，而日和月則是為了給他們光線；河流和海洋的形成，是為了讓他們行船；彩虹是給他們美好天氣的允諾；風為他們的事業興衰而吹動；星辰與地球運轉於它們的軌道，則是為了去維護以他們為中心之不可侵犯的體制。在他的眼中，普世通用的縮寫有了新的意義，而且也是其

唯一的所指：A.D.（西元）無關乎於 anno Domini（吾主的紀元），而是表示 anno Dombei——和兒子。[22]

對佟拜驕傲的自願承擔，他的自戀式遺忘，和他對剛剛出生小孩的威脅與壓迫態度，上面這一段文字有很清楚的描述。但是我們也必須去追問，佟拜**怎麼會**認爲宇宙和整個時間是供他做交易的呢？我們也應該在這一段文字中看出一個假設——這絕不是這本小說的中心——特指一個一八四〇年代的英國小說家——亦即，就像雷蒙·威廉斯所說的，這是「一個文明新階段的意識正在被形成和被呈現的決定性時期」。但是，爲什麼威廉斯描述「這個轉變、解放和險惡的時代」，[23]**沒有**提到印度、非洲、中東和亞洲，這些地方正是狄更斯巧妙地指出，在轉變後的英國生活所擴及和涵蓋的所在？

威廉斯是一位優秀的評論家，對於他的著作，我很讚嘆，也從中學習不少，但是我感受到他個人情感的一個局限，也就是英國文學主要就是有關英國，這樣一個理念，是他著作的中心，也同樣是大部分學者和評論家的中心概念，並且研究小說的學者也多少有點兒只是處理他們（雖然威廉斯並不是這類學者中的一個）。這些習慣似乎是被一種強而有力卻可能不嚴密的觀念所指引，認爲文學作品是獨立自存的，其實，就如我將在全書中試圖呈現的，文學本身就不斷地提及它在某種程度上參與了歐洲的海外擴張，並且因此創造了威廉斯所謂的「情感結構」說，它支持、盡心竭力和鞏固了帝國的實行。誠然，佟拜既不是狄更斯本人，也非英國文學的全部，但是狄更斯表達佟拜的自我主義之方式，喚起、嘲弄，卻也終究是依賴可靠和正確的帝國主義自由貿易論述、英國商人的社會思潮，以及前進海外商業擴展的無窮機會意識。

這些內容不應該從我們對十九世紀小說的理解中分離出來，就如文學不可自歷史和社會中砍除一般。藝術作品假想的自主性，其自成一格的分離，我認爲這是加諸的無謂限制，是作品本身絕不會強制執行的。不過，我仍有意避免提倡將文學和文化以及帝國兩者之間的關聯，發展到一種精密周全的理論。而我所希望的，則是這種關聯可以在各種文本中從他們很明顯的位置上產生，並在其圍繞的情境——帝國——中，去關聯、發展、思慮、擴展或批評。不論是文化或帝國都不是靜止的，因此在他們之間做爲歷史經驗的關聯，也是動態而複雜的。我的主要目的，不是要去分離而是要去聯結，而且我之所以對此感興趣，主要是由於哲學和方法論上的理由，亦即，文化的形式是混雜、綜合、非純粹的，並且文化分析也已經到了需要去重新聯結他們的分析與現實之間的關聯之時刻了。

2 過去之純淨和不純淨的形象
Images of the Past, Pure and Impure

在二十世紀將近結束之際，幾乎各地都產生了一種聚集的意識，注意到了界於文化之間的界線、分歧和差異，這不僅允許我們去區別不同的文化，而且也使我們能夠看出，文化是人爲的權威和參與結構，對他們所包涵、合併和認可仁慈以對，而對其排斥和貶抑的，則就較少去仁慈對待了。

凡是由民族所界定的文化，我相信，對主權、操縱和支配都有一種野心。法國和英國、印度和日本的文化因此不謀而合了。同時又很弔詭的是，我們從來不曾像現在這樣清楚地察覺到，歷史和文化的經驗是如何奇特地雜種、如何參與了許多常常是相互矛盾的經驗和領域，跨越了國家的界線，挑戰單一教條的政策行動和高漲的愛國主義。文化並非統一、單一或自主的事物，它其實含有比它有意識排除掉的，包含了更多的「外來」元素、變化和差異。有誰在今日的印度或阿爾及利亞，能夠篤定地將過去英國或法國的成份從現在的現實中隔離出來，並且又有誰在英國或法國能夠清晰地圈畫出英國的倫敦或是法國的巴黎，而將這兩個帝國城市排除在印度和阿爾及利亞的衝擊之外呢？

這並不是懷舊的學術或理論的問題，只要簡單的去遊歷一、二次就可以確定，這些問題有很重要的社會和政治結果。倫敦和巴黎兩地都有大量的移民從其前殖民地移入，而這些移民本身在其日常生活中，也有大量的英國和法國文化的殘留，這只不過是個極明顯的例子。舉一個比較複雜的例子來看，比如說，將古典希臘遺風或傳統的形象做爲一個國家認同的決定要件之著名議題。相關的研究，如馬丁・伯納爾（Martin Bernal）的《黑色雅典娜》（*Black Athena*）和艾力克・霍布斯邦（Eric Hobsbawm）與特連斯・蘭傑（Terence Ranger）合著的《傳統的發明》（*The Invention of Tradition*），就已經強調，我們把在過去中不需要的因素、軌跡和敘事排除，而去建構一個優越、宗譜學上有用的過去之純粹（甚至滌淨）形象，對今日的焦慮和行事議程有著極大的影響。所以，根據伯納爾的說法，雖然希臘文明原本是被認爲有其根源在埃及、閃族和其他多種南方和東方的文化，但是這種說法，在十九世紀時期被重新設定爲「亞利安」印歐文明，而其閃族和非洲的根源，不是主動地被滌淨掉，就是被隱藏在認知或視域之後了。由於希臘作家自己公開認知到他們文化混雜的過去，歐洲語言學家則以意識型態的習性來蒙混過關似地對待這些令人尷尬的章節而不做註解，爲的是保留古雅典的純粹性。㉔〔這也令人回想起，直到十九世紀，研究十字軍聖戰的歐洲歷史學家才開始不去談及法蘭克騎士有吃人的行爲，但是，吃人肉一事卻被無掩飾（忌憚）地在近代十字軍東征的編年史中提及。〕

不只是希臘的形象，歐洲的權威形象也是在十九世紀時期被架撐和形成，除了在儀式、典禮和傳統的製作外還有那些可能呢？這正是《傳統的發明》一書中的霍布斯邦、蘭傑和其他幾位作者所強調的論點。當內在鞏固前現代社會的老式團體和組織開始式微，治理大批海外領土與大量新增的國內人口而形成的社會壓力高漲時，歐洲統治菁英感受到了一個很清楚的需要，即要在時間中向後展現其權勢，而也只有傳統與萬壽無疆可以賦予它一個歷史和合法性。因此，在一八七六年，維多利亞宣示爲印度女皇，他的總督李頓勳爵（Lord Lytton）被派往印度巡視，全印上下以「傳統的」盛宴和大典來恭迎並歡慶，同時還在德里舉行了隆重的帝國謁見禮，有如女皇的統治不僅只是主要關乎權勢和單向的敕令，更是攸關古老的禮俗。㉕

謀叛的「土著」對其前殖民的過去，也從對立的一邊做了相似的建構，就以阿爾及利亞的獨立戰爭（1954-1962）爲例，去殖民化鼓勵了阿爾及利亞人和穆斯林去創造一個他們自認爲是在被法國殖民之前的自我形象。這個策略在殖民世界其他地區的獨立或解放鬥爭中，也呈現在許多民族詩人或文人的言說和寫作中。我想藉此強調各種形象和傳統的動員力量，以及其虛構的或至少是帶有浪漫色彩的奇想特質。想想詩人葉慈（William Butter Yeats）對愛爾蘭過去的描述，其詩中所呈現的庫楚連和巍峨的房舍，也給了民族主義運動一些東西去復振和敬慕。在後殖民時期的民族國家，諸如塞爾特精神（the Celtic spirit）、**黑人認同**（negritude）或伊斯蘭教等信念所應負的責任相當明確，即：這些不僅是與本土的攬權操縱者有關，他們也藉此去掩飾當代的錯失、腐敗和專政；並且也與這些信念產生自隨時備戰的帝國主義脈絡，及其在此脈絡中的必要性有關。

雖然大多數的殖民地已贏得他們的獨立，但許多潛藏在殖民主義征服之下的帝國主義心態仍然持續。一九一〇年，法國殖民主義的提倡者朱利斯・哈曼德(Jules Harmand)曾說：

> 因此，種族和文明有其階級高低，以及我們屬於優越種族和文明的這一事實，有其必要去接受做為一個原則和出發點，但我們也仍然承認，當優越階層給與權利時，也加諸嚴格的義務以做為回報。征服土著民族的基本合法論，也是堅信我們是優越的，不僅只是在我們的機械、經濟和軍事上的優越，更在我們的道德優越上。我們的高貴有賴於此一品質，此一品質也奠定了我們去指導其他人類的權利基礎。物質力量無非只是達到那個目的的一個手段。㉖

做爲一個今日論爭的先進者，諸如有關西方文明優於其他文明、被保守派哲學家如艾倫・布魯姆(Allan Bloom)所讚頌的純粹西方人文的至上價值，對「撻伐日本者」(Japan-bashers)聲稱非西方人的卑劣本質(和威脅)、意識型態的東方主義和亞、非「土著」退化論的評論家之種種爭論，哈曼德的宣示確實是驚人的先見。

因此，較過去本身更爲重要的，是它對現在的文化心態有重大的影響。基於部分根植於帝國主義經驗的理由，殖民者與被殖民者之間的舊有分歧，已經再度浮現於經常被言及的南—北關係中，而導致了自我辯解、形形色色的修辭和意識型態鬥爭，以及一種接近沸騰的敵意，那十分可能觸發毀滅的戰爭——在某些情況下它已經發生了。除了區隔性的名詞之外，還有沒有其他的方式我們可以重新認知帝國主義的經驗，來改變我們對過去和現在兩者的理解，以及我們對未來的態度呢？

我們必須從設定出人們處理帝國主義糾結且多面遺產的最普通方式開始，不只爲離開殖民地的人，而且也爲原本就在那裡，而今仍生活在那裡的土著設想。在英國有許多人或許對他們國家的印度經驗感到某種的悔意或遺憾，但也有許多人懷念美好的往日，儘管當年的許多價値觀，其所以終結的理由和他們本身對本國帝國主義的態度，都是未有定論且仍然易變的議題。這在牽涉到種族關係時特別是如此，譬如撒門·魯西迪(Salman Rushdie)的《撒旦詩篇》(*The Satanic Verses*)出版後所引發的危機，以及隨後由柯梅尼(Ayatollah Khomeini)所頒佈的追殺魯西迪**敕令**。

然而，同樣地，有關殖民主義實踐和在其背後支持的帝國主義者之意識型態爭辯，也極爲激烈紛紜。不少各界人士相信，幾近奴役的經歷加諸於他們的痛苦和恥辱，卻也帶來了各種利益——自由理念、民族的自我意識和科技產品——久而久之，似乎使得帝國主義並不全然可憎。另有一些後殖民時代的人，在回顧殖民主義時做了較好的反映，而去理解新獨立國家目前的困境。民主、發展和命運的眞正問題，可由國家對公然且勇敢地推行他們的思想和實踐之知識份子加以迫害來證明——像巴基斯坦的伊克巴·阿合馬(Eqbal Ahmad)和法伊茲·阿合馬(Faiz Ahmad)，肯亞的努及·瓦·提安哥(Ngugi wa Thiongo)，或在阿拉伯世界的阿布都拉赫曼·穆尼夫(Abdelrahman el Munif)——這些主要的思想家和藝術家們所受到的煎熬，並未減弱他們不妥協的理念，或是抑制了加諸於他們的嚴酷懲罰。

不論穆尼夫、努及或法伊茲，或是任何與他們有相似思想的人，對移植來的殖民主義或是維持其進行的帝國主義的怨恨，都不會是沒有節制的。諷刺的是，不論是在西方或他們自己社會的統治權威，都只有少數人聽取他們的看法。他們似乎一方面被許多西方知識份子視爲對耶利米式(Jeremiahs)的緬懷，而譴責過去殖民主義的邪惡，另一方面則被他們在沙烏地阿拉伯、肯亞和巴基斯坦的政府，視爲是外來勢力的買辦，應該被監禁或放逐。這個經驗的悲劇，事實上也是許多後殖民經驗的悲劇，源自於企圖去處理對被兩極化的、極不均衡的不同記憶之各種關係的局限。各種領域、緊張地區、重大事務議程，以及在宗主國和前殖民世界中的擁護者，只有部分重疊。被視爲具有共識的少數範圍，現下所能提供的也無法超過一種或許可以被稱爲**責備的修辭法**(rhetoric of blame)。

我首先要對後帝國主義公開論述中的知性地帶共同和差異的現實性做考慮，特別是要集中注意於是什麼因素在此論述中，激發和鼓勵了責備的修辭法和政治學。然後，使用或許可以將其稱之爲帝國主義比較文學的面向和方法，來考慮一種重新思考或修正觀念的途徑，去看一個後帝國主義的知性態度，如何能夠擴建宗主國和先前被殖民的社會之間的重疊社群。以對位的角度來檢視不同的經驗，組合出一套我稱之爲交織且重疊的歷史，我將嘗試確切的陳述一種可以替換責備的政治和甚至更具破壞性的對抗與敵意政治學的途徑。如此，一種更具趣味的世俗詮釋就能浮現，總比對過去的譴責、爲其終結而感到遺憾，或——甚至更徒勞的，因爲激烈且過於容易且吸引人——引發西方和非西方文化間的敵對危機，來得更有報酬。世界太小了，又相互依存，而不能讓這些事情消極地發生。

3 《黑暗之心》的兩個觀點

Two Visions in *Heart of Darkness*

支配與權力和財富的不均是人類社會長久的事實。但是，在今日全球的架構來看，這些事實也可以從與帝國主義歷史和其新形式有關的面向來詮釋。當代的亞洲、拉丁美洲和非洲國家在政治上是獨立的，但是在許多方面仍舊一如當時他們直接被歐洲勢力統治時一般地被支配和依附。一方面，這是自作傷害的結果，就如評論家奈波爾(V. S. Naipaul)常說的：**他們**（人人皆知「他們」是指有色人種、中東佬、黑人）咎由自取，叨敘帝國主義的遺孽是沒有用的。另一方面，將現今的災難全盤歸罪於歐洲人也不是辦法。我們需要做的，是將這一切視爲一個相互依賴的歷史網絡，去壓抑它是不正確且無意義的，去理解它才是有益和有趣味的。

此處的論點並不複雜。如果在牛津、巴黎或紐約，你對阿拉伯人或非洲人說他們是屬於一個基本上病態或不知革新的文化，你大概很難說服他們。即使令他們降服了，他們也會不顧你的明顯之財富和權勢，也不會去承認你在本質上的優越或是你有權利去統治他們。這種較勁的歷史，在白人主人中曾經一度不被挑戰，但是最後終究遭到驅逐的所有殖民地中，都可明顯看出。相反地，得勝的本土人士很快地發現他們需要西方，而全面獨立的理念無非是一種民族主義的虛構，主要是爲法農所稱的「民族主義資產階級」而設計，而此一階級的人卻又常以緬懷與仿效以前主人的無情、剝削的專政來治理新國家。

因此，在二十世紀晚期，上一世紀的帝國主義週期又以某種方式自行複製，雖然在今天，實在已經沒有大範圍的空曠空間，沒有可擴及的邊境，也沒有令人興奮的新殖民地可以去開發建設了。我們都生活在同一個地球環境中，有數不盡的生態、經濟、社會和政治壓力，似在撕裂著它只被懵懂認知、基本上未被詮釋也未被理解的構造。任何人（甚至）只要能夠對這一切有一個模糊的意識，都可以警覺到如此冷酷自私和狹隘的利慾——愛國主義、沙文主義、民族的、宗教的和種族的仇恨——實際上是如何能夠導致集體毀滅。這個世界已經無法承受這樣地一再重演了。

一個人不應自欺欺人的認爲一個和諧的世界秩序模範是唾手可得的，而以爲當權力被「重大的國家利益」或無限主權的侵略觀念驅使爲行動時，和平與社群的理想就會有更大的機會，也同樣是虛假不實的。由於石油而導發的美國與伊拉克戰爭，以及伊拉克入侵科威特，就是明顯的例子。奇怪的是，在學校教育中此類相當偏狹的思想與行動，仍然十分普通、未經檢驗、未加批判地被接受，且一再循環地被複製在一代復一代的教育中。我們都被教導去崇敬我們的國家民族和讚羡我們的傳統：我們被教導要強毅地追求自己國家與傳統的利益，而不顧其他社會。就我看來，一種新的、可怕的部落意識正危害著我們的社會，分離各種民族、助長貪婪血腥衝突和強調少數民族或團體特性的無趣主張。很少時間是被用在「學習其他的文化」——這句子有著空洞的模糊——卻是用在研究繪製互動關係的地圖、發生在日復一日的實際且經常是生產性交流，和甚至是以分秒爲計的國家、社會、團體、認同關係。

沒有人能將這整個地圖放入他或她的腦中，這也就是爲什麼探討帝國的地理和創造帝國基本結構的多面帝國經驗時，應首先考量幾個顯著的型態。回溯十九世紀，我們首先可以看出，驅使帝國的那股動力，結果導致地球上大多數的土地落入幾個強國的統治中。要了解此一現象的部分意義，我建議不妨研讀一組豐富的文化檔案，其中對歐美一方與被帝國主義化的另一方之間的互動關係，有生動的描述與資訊，且使其十分清晰地對遭逢彼此的雙方而言都是一種經驗。但在我以歷史的和系統的面向來研讀這些文獻之前，先對近來的文化討論中殘存的帝國主義做一番檢視，應不失爲有用的先前準備。這個殘餘屬於一個濃密富趣味的歷史，而似矛盾地，它同時是全球性又是地方性的，它也是一種跡象，顯示了何以帝國的過去仍然陰魂不散，仍在引發著格外強烈的論證及反論證（因爲是當代的且容易信手拈來），這些在現在的過去軌跡，指引了一條研究歷史的道路——「多元」是個熟慮過的用詞——這些由帝國創造的歷史，不僅述說著白種男人和女人的故事，也道出了與非白人的土地和生命有關的史實，即令他們的聲訴始終受到拒絕或漠視。

一個有關帝國主義殘餘的具有意義之當代論辯——「土著」如何被西方傳播媒體再現——說明了這種互相依賴和重疊關係的持續，不只是存在於此一論辯的內容，也在於它的形式，不只是在說了什麼，也在於如何說、由誰說、在何地和爲誰說。雖然這是有賴不易培養的自我訓練，但是這能夠使人洞晰高度發展、引人入勝且運用自如的對抗策略。一九八四年，遠在《撒旦詩篇》問市之前，撒門・魯西迪就察覺到有關英國統治印度的電影和文章之氾濫，包括了電視影集《皇冠之珠》(*The Jewel in the Crown*)和大衛・連(David Lean)的影片《印度之旅》。魯西迪指出，這些對英國統治印度充滿深情回憶的懷舊鄉愁和福克納群島戰爭有所巧合，並且「英國統治印度的修正主義，因這些小說的轟動而突顯出來，正是現代英國崛起的保守主義意識型態的藝術對等物。」評論家回應了他們所認爲的魯西迪之當衆哭號與哀訴，卻似乎無視於他的首要論點。魯西迪嘗試提出一個較大的論題，這想必應該已經投合知識份子，對他們而言，喬治・歐威爾(George Orwell)將知識份子在社會中的位置，以在鯨魚的內部和外部來劃分的著名描述，已不再適用了；以魯西迪的話語來說，近代現實實際上是「沒有巨鯨的，這個世界上是沒有安靜角落的，人們很難在其中輕易地逃離歷史、遠離爭端、避開可怕與煩人的瑣事。」[27]但是魯西迪的主要觀點，並沒有被視爲是值得接受挑戰和論辯的觀點。取代這個爭論重點的卻是在殖民地被解放之後，是否第三世界的情況其實沒有反倒落後了，和是否從整體來說不如聽從少數——所幸，我可以補充是極少數——第三世界知識份子的看法，他們充滿氣概地將他們現今大部分的野蠻、專制和退化歸咎於他們自己的本土歷史，那種在殖民主義之前就相當糟糕，又在殖民主義之後復歸原狀的歷史。因此，出現了這種論調，即與其聽取荒謬高姿態的魯西迪，不如贊同無情誠實的奈波爾。

人們可從魯西迪本身的例子所引起的情緒激盪得到一項結論，即在西方有許多人感到已經受夠了。在越戰和伊朗事件之後——請注意，這些標籤通常等同於是被用來喚起美國國內的創痛（一九六〇年代的學生運動、一九七〇年代因被劫人質所引起的公衆憤怒），一如國際衝突和越南與伊朗的「失陷」於激進派民族主義份子手中一般——在越戰和伊朗事件之後，界線是必須要被嚴加防守的。西方民主受到打擊，即使儘管物質上的破壞是發生在海外，但一如吉米．卡特（Jimmy Carter）曾經相當突兀地指出，西方有一種「相互毀滅」（mutual destruction）的感覺，這種感覺又引發西方人士重新思考去殖民化的整個過程。依據他們新的評估來看，難道不是「我們」給予「他們」進步和現代化的嗎？難道不是我們曾經提供給他們秩序和某種穩定性，而那是他們始終都無法自求的嗎？相信他們有能力獨立難道不是一種嚴重誤置的信任嗎？因爲這造就了博卡薩斯（Jean Bedel Bokassas）和阿敏（Amins），他們的知性相關者是像魯西迪這樣的人一般嗎？難道我們不該嚴守殖民地，管制屬民或次等種族，恪盡我們的文明責任嗎？

我知道我上面所重現的並非整個事件的本身，或許只是一幅諷刺畫。然而，卻與許多想像他們本身是在代表西方發言的人所說的，有著令人不安的相似。對單一整體的「西方」確實存在的說法似乎很少懷疑，整個前殖民世界一波又一波橫掃的概括描述也少有置疑。伴隨著訴諸於西方的捐贈和慷慨施捨的想像歷史，和跟隨著一個令人髮指的結果，即對那個崇高施捨的「西方」之手的忘恩負義的反咬，而產生了本質和普遍化的跳躍。「爲什麼他們不激賞我們，在我們爲他們所做了那些事之後？」㉘

這竟可如此輕易地被濃縮進入那個不被激賞的寬大雅量之簡單公式裡！而被漠視或遺忘的則是那些被掠奪的殖民地人民，他們忍受了數世紀的立即裁判、無盡的經濟壓迫、他們的社會和私人生活的遭到扭曲，和對不變的歐洲優越性之無償降服。而唯一謹記在心的是數以百萬計的非洲人被當作奴隸交易，則是去承認維護那個優越性的難以想像之成本。但是最常被漠視的，顯然是在殖民干涉的無比繁複、殘暴的歷史中的無窮形跡——分分秒秒、時時刻刻地——在個人和集體的生活中，在殖民分水嶺的兩邊。

有關這類假設西方的卓越和甚至完全中心性的當代論述，值得重視的是它的形式是何等的總體化，它的態度和架勢又是何等的無所不包，甚至在它包含、濃縮和鞏固時，它排除的又有多少。我們突然發覺自己在時間中倒流回到十九世紀末。

這種帝國的心態，我相信，康拉德在其一八九八年至一八九九年間完成的偉大中篇小說《黑暗之心》中，以複雜和豐富的故事形式漂亮地捕捉出來。一方面，叙述者馬羅認識到各色人等的悲劇困境——「任何時代中個人存在的生命感覺是不可能傳達的——那製造它的眞理、它的意義之存在——它的微妙和滲透的本質——我們活著，一如我們作夢——那是孤獨的」㉙——但是仍然能夠經由他自己旅行到非洲內陸尋求克茲的過度精鍊之叙事，傳達了克茲非洲經驗的巨大力量。而此一叙事又被直接關聯到歐洲在黑暗世界的使命中的救贖力，和浪費與恐怖上。在馬羅極為懾人的詳述中，任何遺漏、省略甚或捏造，也都在敘事的全面歷史動力、短暫的向前運動中被彌補了——有離題、描繪、刺激的遭逢和其他。在敘述他如何前往克茲「內站」(Inner Station)的旅程中，馬羅自己已變為其泉源和權威了，他來回穿梭在大小漩渦裡，正如他溯流而上的路線情節，被他前進的主要軌道融入他所稱的「非洲心臟」中。

因此，馬羅在叢林深處與身著極不相稱白色西服的教士相遇，就供給他一些旁枝離題的段落，而他稍後遇到因獲得克茲的餽贈而大受感動、半瘋狂、似小丑般的俄國人，也有著同樣的功能。然而，奠基在馬羅的莫衷一是、閃爍和對自己的感受及理念所做的怪異冥想之下的，則是這段無情險惡路線的行程本身，儘管障礙重重，卻也熬過了叢林、時間和困難而終於到達了中心地帶，克茲的象牙貿易王國。康拉德要我們明白，克茲的偉大掠奪探險、馬羅逆流而上的旅程和敘事的本身，是如何分享了一個共通的主題：歐洲人在（或有關）非洲中，展現了帝國技藝和意志的表演藝術。

使康拉德與其同時代的其他殖民作家不同之處，部分原因是因為殖民主義將他這位波蘭流亡者轉為帝國主義體制下的一名雇員，也在於他對自己的所做所為是如此清醒的自我意識著。所以，就像他的大多數其他小說，《黑暗之心》不可能只是馬羅探險的一個直接敘事：這也是一個前身為殖民地流浪者馬羅本人的戲劇，在一個特殊的時間和特定的地點，向一群英國聽眾講述他的故事，這群聽眾大部分來自商業界，正是康拉德用來強調一八九〇年代時期，一度只是探險性質且通常是個體企業的商業王國，在此時已經轉變成商業帝國這一事實的方法。(很巧合地，我們應該注意到，大約就在同時，一位探險家、地理學者，也是開明派帝國主義者的哈福德・麥金德(Halford Mackinder)正在倫敦銀行家學院(London Institute of Bankers)發表一系列談論帝國主義的演講，㉚或許康拉德知道這件事。)雖然，馬羅幾近壓迫感的叙述威力，使我們相當確切的感受到無法扭脫帝國主義的主權歷史之力量，並且它有一種體制權力，不但代表而且也爲其統治範圍內的所有事務發言，但是康拉德也向我們顯示出馬羅的所做所爲是偶發性的，是爲一群有著相同心態的英國聽衆而表演的，也受到那一情境的限制。

然而，不論是康拉德或是馬羅，都沒有將克茲、馬羅，在奈莉號輪船甲板上的那一個聽衆，和康拉德所具體化的什麼才是征服世界心態之外的整體面貌呈現給我們。我指的是，《黑暗之心》之所以令人如此折服，是因爲其政治和美學可以說是帝國主義者的，這在十九世紀結束期間似乎也是一種無可避免和不能作廢的美學、政治，甚至是認識論。因爲，如果我們不能眞正理解別人的經驗，而且如果我們必須因此而依賴如克茲般在叢林中運用其爲白人的權力，或如馬羅般的另外一個白人運用其爲叙述者的權力所具有的專斷權威，那麼也就無須另尋非帝國主義者的抉擇了；因爲帝國主義體制根本消除了這類抉擇，也使之匪夷所思。整個事情的循環性和完美的封閉性，不僅是美學上的，也是心理上的無懈可擊。

康拉德在將馬羅的故事安排在叙述的瞬間時是如此的自我意識，他讓我們同時了解到帝國主義畢竟不曾吞沒了其本身的歷史，也在一個更廣大的歷史中進行與設定，而那個歷史就在奈莉號甲板上那個封閉緊密的歐洲人圈子的**外頭**。不過，無論如何，似乎沒有人居住在那個地方，所以康拉德就讓它空白著。

除了帝國主義者的世界觀之外，康拉德可能恐怕也沒有別的可藉馬羅來代爲呈現的了，當時康拉德或馬羅所見到的非歐洲現狀也就是那般情景。獨立是白人和歐洲人的事；次等或屬民是被統治的；科學、智識、歷史是從西方擴散出來的。誠然，康拉德很謹愼地記錄了比利時和英國殖民主義心態之間不同毀譽的差異，但他只能想像世界被分割入一個或另一個西方統治的範圍內而已。但因爲康拉德對其本身被放逐邊陲有一種極強烈的殘餘感，他相當小心地（有人或許會說是令人激怒地）賦予馬羅的敘事一種暫時性，那是來自立足於這個世界與另一個無可名狀卻不同的世界之交叉點上。康拉德當然不是像西索・羅德斯（Cecil Rhodes）或佛烈德力克・魯加德（Frederick Lugard）一樣是帝國主義者企業大師，雖然他十分理解這兩人分別在漢娜・鄂蘭的筆下，是如何進入了「一個無止境擴張過程的大漩渦中，他將、也確實已經不再是以前的他，而只服從於這個過程的律則，認同他自己應該效命於隱名的勢力，爲的是使這整個過程能夠運作，他將只把自己想成是一種功能，最後把如此的功能性，這樣一種動態趨勢的體現，視爲他所可能達到的最高成就」。[31] 康拉德了解的是，如果帝國主義如敘事般地獨佔了整個的再現體制——以《黑暗之心》爲例，讓敘事不但爲非洲人而且也爲克茲和其他探險者，包括馬羅和他的聽衆發言——你的自我意識做爲一個局外人可以讓你主動地理解這一機制如何運作，只要你與它在基本上不全然同步或配合。康拉德是個從未整個融入或全然被其文化改變的英國人，也因此能在他的每一部作品中，保持一種諷刺的距離。

康拉德的叙述形式也因而能夠在繼他之後的後殖民世界中，產生兩種可能的論證、兩個觀點。一個論證給予舊的帝國企業全面的空間，可以依慣例地去扮演它自己，以歐洲官方或西方帝國主義的觀點去描述這個世界，並在第二次世界大戰之後鞏固它自己。西方人或許在實質上已經離開了他們在非洲和亞洲的舊殖民地，但他們不僅將其保留做爲市場，而且也將其做爲意識型態版圖上的區域地點，並在道德和智性上繼續統治這些地方。「舉出一個祖魯族（Zulu）的托爾斯泰給我看看」，一位美國知識份子最近曾經這樣指出。這個論證之專斷主權式的包納性，不但游走於今天爲西方和西方曾經有過的所做所爲說話的人士之言談中，而且也爲世界其他地區的現在、過去和可能的未來發言。這個論述的專斷，藉由爭論殖民世界就本體論而言，在某種程度上一開始就失落於無可救贖的、毫無異議地劣等位置，而排除了曾被再現爲「失去」的地域。再者，這個論述的焦點並不是專注在殖民經驗中彼此分享了什麼，而是專注在什麼是絕不可分享的事物上，也就是伴隨強大勢力和發展而來的權威和公正。修辭上來說，它的用詞是政治激情所組成的，借用朱里安・班達（Julien Benda）對現代知識份子的批判言詞，那些言詞也是他充分覺察知道的，不可避免地會導致大屠殺，即使不是眞正的大屠殺，也一定是修辭上的屠殺。

第二個論證是比較無可反駁的。一如康拉德對自己叙述創作的認知，這個論證認識到本身受到時代和地域的局限，既不是無條件的眞，也不是絕對的明確。我在前面曾經說過，康拉德無法給我們的感覺是，他可以爲帝國主義想像出一個全然理解的替代形式：他所描寫的非洲、亞洲或美洲的原住民都無能獨立，而且因爲他似乎想像歐洲的監護已是一個已知事項，他也就無法預見這種監護一旦終止時會發生什麼狀況。但是結束終究會來臨，即使只是因爲——像一切人類的努力，像言論本身——它將有它的瞬間，那麼它也就必然會過去。由於康拉德**記載**了帝國主義的**年代**，顯示了它的偶發性，也記錄了它的幻覺和驚人的暴力，以及浪費（例如在《諾斯托洛摩》中所描述的），他允許他晚期讀者去想像一個有別於被瓜分成十幾塊歐洲殖民地的非洲，即使就他本人而言，他也不清楚那個非洲會是什麼面貌。

回到康拉德的第一個論辯路線，可以看到帝國復甦的論述證明了十九世紀帝國主義的遭逢在今天仍然繼續劃分路線和防守藩籬。奇怪的是，這種極爲複雜和沈穩有趣的交替，也存留在以前殖民時代的搭檔之間，譬如說英國和印度，或是法國和非洲法語國家之間。但是這些交流有被支持與反抗帝國主義者兩極化論辯的喧囂對立給淡化的傾向，這些人刺耳地談論著民族命運、海外利益、新帝國主義等等，將同樣心態的人——有侵略性的西方人士，以及十分諷刺地，那些新民族主義者和死灰復燃的柯梅尼派所說的非西方人士——從其他正在進行的交替中拉離了出來。在每一個緊縮得令人興嘆的陣營之內，都駐守著一群無咎的、公正的和忠心的人士，由那些對自己和別人的眞相都瞭然的全權人士領導著；而佇立在這些陣營之外的，則是種種抱怨挑剔的知識份子和言語無味的懷疑論者，他們不停地埋怨過去的一無是處。

在一九七〇年代和一九八〇年代之間，一次重大的意識型態轉變，伴隨著這種緊縮的視域，可從《黑暗之心》中延伸出來。我所謂二條路線中的第一條路線中發生了（例如，一個人可以在思想家們的強調重點和，相當明確地說，方向的巨大改變中，找到他們的激進主義立場）。晚期的尚—法蘭科伊斯・李歐塔(Jean-François Lyotard)和米歇・傅柯(Michel Foucault)這兩位卓越的法國哲學家，在一九六〇年代以激進主義的提倡者和知識份子的叛逆崛起，描述了李歐塔所說的解放和啓蒙的偉大合法化敘事中的一種驚人之信仰新匱乏。他在一九八〇年代指出，我們的時代，是後現代主義者的，所關心的只是地方性的議題，不是歷史而是有待解決的問題，不是偉大的現實而是遊戲競賽。[32]傅柯也將其注意力自現代社會的反對勢力中移開，他曾研究過這些力量對排斥和局限——流氓、詩人和被社會遺棄等等一類人——的不撓反抗，並且決定，既然權力無所不在，不如專注在圍繞個體四周的權力之局部的微視物理學上或許更好些。自我因而是被研究、教化，和如果必要的話，是被重新設計和建構的。[33]在李歐塔和傅柯兩人的論述中，我們可以清楚地發現，他們在說明對解放政治學的失望時，使用了相同的修辭：敘事設定了一個賦與能力的起點和一個辯護的目標，它已不再適用於架構社會中的人性軌道了。我們已經沒有什麼可以期待的了：我們膠著在自己的圈子中，而此時路線已被圈圈封閉住。在經年的支援阿爾及利亞、古巴、越南、巴勒斯坦和伊朗的反殖民鬥爭之後，再現了許多西方知識份子他們在反帝國主義者的去殖民化政治學和哲學上面的最深度投入，以致落到精疲力竭和失望沮喪的地步。㉞人們開始聽到也讀到支持革命是何等的徒勞無功，掌權的新政權是如何的野蠻，去殖民化運動是如何地——這是一個極端的狀況——助益了「世界共產主義」的說法。

這時恐怖主義和野蠻上場了。前殖民專家也不甘潛伏，他們行銷良好的訊息是這些殖民地民族只該接受殖民政策，或者因爲「我們」撤出南葉門的亞丁、阿爾及利亞、印度、中南半島和其他各地是不智的，因而認爲重新入侵這些領域或許是個好主義。上場的，還有研究解放運動、恐怖主義和蘇聯國家安全局(KGB)之間關係的各種專家和理論家。珍・寇克派翠克(Jeane Kirkpatrick)所稱之西方盟邦的威權（相對於專制）政權，也獲得了起死回生的共鳴。再加上雷根主義、柴契爾主義和與其相關思潮的興起，開啓了歷史的另一新頁。

此外，儘管或許從歷史的角度是可以理解的，但斷然地把「西方」從它自己在「邊陲世界」的經驗中撤出，對一個今日的知識份子而言，必定曾是且至今仍是一個不很光彩或無補於事的舉動，這將關閉知識的可能性，和發現何謂身在巨鯨之外的可能性。讓我們回到魯西迪的另一個洞察：

我們了解到去創造一個政治解放的虛構宇宙，一如去創造一個沒有人需要工作、或吃飯、或怨恨、或戀愛、或睡眠的世界一樣，是虛妄的。在巨鯨外面，變得必要，甚至令人雀躍地，去設法對付由政治素材的混合所創造出來的特殊問題，因為政治既是鬧劇又是悲劇，而且有時候〔例如齊亞(Zia)的巴基斯坦〕同時是兩者。在巨鯨外面，作家務須接受他（或她）自己是群衆的一部分，是海洋的一部分，是暴風雨的一部分，因此客觀性變成一個偉大的夢想，就像完美一般，是一個不太可能達成的目標，為了使一個人必須奮力追求而不顧成功的不可能性，在巨鯨外面的世界，是撒姆耳・見克特(Samuel Beckett)的著名公式：「**我不能這樣下去，我將繼續這樣下去。**」[35]

魯西迪的描述用語雖然是借自歐威爾，對我而言似乎是更有趣地與康拉德產生了共鳴。因爲，這是從康拉德叙述形式的第二條路線所引出的第二個結論；在它對外面的明確指涉裡，它指的是在馬羅和他的聽衆所提供的基本帝國主義者的再現之外的一個觀點。它是一個深奧的世俗觀點，它既不是由有關歷史命運的想法和注定似乎總是相隨的本質主義，也不是由歷史的冷漠和任命所蒙賜。在裡面，就會關閉帝國主義的全部經驗，將其修改並歸屬於一個歐洲中心和總體觀點的支配之下；而這裡的另一觀點是，顯示一種不爲單方所有的特殊歷史特權的領域之存在。

我無意對魯西迪做過多的詮釋，或是在他的文句中加入或許不是他意圖表達的概念。在與英國國內媒體的爭議裡（在《撒旦詩篇》迫使他隱匿之前），他聲稱他無法在大衆媒體對印度的再現中，認識到他本身經驗的眞相。我本身更要推進一步並指出，這種政治和文化及美學串聯一起的優點之一是，他們允許把被爭議本身所掩蓋的共通基礎揭露出來。或許對直接捲入的交戰者而言，是特別困難去看清這個共通基礎的，尤其是當他們的交戰多過反思時。我能夠完全理解引燃魯西迪的論證之憤怒，因爲跟他一樣，在一種將第三世界視爲應討厭的障礙，一種在文化上和政治上均是拙劣的所在之強勢西方的一致看法下，我也感到人寡而勢弱。其實，當我們以邊陲少衆的心聲來寫作和發言時，我們的新聞雜誌和學術評論人士則是屬於一個富有的資訊和學術資源連鎖的體制，擁有報紙、電視網、評論性季刊和機構可資遣用。如今，他們大都加入高亢之聲討的右傾式非難中，在此他們將什麼是非白人、非西方人和非猶太基督徒從可以接受和認定的西方思潮中分離出來，然後將其扣上各種貶抑的印記，比如恐怖份子、邊陲者、次等人或無足輕重者。去攻擊這些範疇中所涵括的，也就是去維護西方的精神。

讓我們再回到康拉德和我所提及的在《黑暗之心》中，所提出的第二個較不具帝國主義專斷的可能性。再度回想康拉德將故事背景設置在一艘泊於泰晤士河的輪船甲板上；當馬羅述說他的故事時，夕陽西下，而在敘事的結尾時，黑暗之心已經再度浮現在英國；在馬羅的這群聽衆外面，存在著一個未被界定和不明的世界。康拉德有時候似乎想要將那個世界包容在被馬羅所再現的帝國主義宗主國的論述中，但是藉由他游離的主體性，他抗拒了這種作法的效果和成果，而我總是認爲，他之所以能夠如此，所憑藉的大都是正式的管道。康拉德的自我意識循環敘述形式突顯了其自身矯柔造作的建構，鼓勵我們去發覺一種似乎是帝國主義所無法達到的潛在現實，超越了它的控制，並且直到一九二四年康拉德去逝之後才得到的一個重要肯定。

這點需要更多的解釋。雖然姓名和舉止都是歐洲人的，但是康拉德筆下的敘述者並非一般對歐洲帝國主義全無反應的見證人。他們並非純然接受以帝國理念之名所進行的事務：他們對此做了很多思考，他們憂心此事，他們實際上相當焦慮於是否他們能夠使它變成似乎是例行的事，但是那是從無可能的。康拉德在展現正統的和他自己個人對帝國的觀點之間的差異所採用的方法，是不斷引發注意力在理念和價值觀如何經由敘述者所使用語言的轉位而被建構（和解構）。此外，多種詳述也被精心安排：敘述者是一個演說者，他的聽眾和他們聚在一起的理由、他語態的特質、他所說內容的效果——都是他敘述此故事的重要且甚至是堅持的面向。譬如，馬羅從不直言無諱。他交替於饒舌廢話和絕妙雄辯之間，而且也幾乎不抗拒使用驚人的僞述，或隱晦和矛盾的描述，使怪異的事物似乎更爲離奇。因此，他會說，一艘法國戰艦開砲「射入了大陸」；克茲的辯才不但是啓發的又是欺詐的等等——他的演說充滿了這些如此怪異的差距（被依安·瓦特(Ian Watt)精彩地論述爲「延誤的解碼」[36]），而最後的效果是要讓在場的聽眾和讀者，都能眞確的感覺到他所呈現的並非事實所應是或顯然是的那個樣子。

然而，克茲和馬羅所談論的整個要點，其實就是帝國的技藝、白種歐洲人支配黑種非洲人和他們的象牙、文明統御原始的黑暗大陸。藉由強調官方的帝國「理念」和明顯錯誤定位的非洲現實性之間的差異，馬羅不僅攪亂了讀者對帝國此一理念的感覺，而且也使他們對更基本的，也就是現實本身動搖了。因爲，如果康拉德能夠展示出所有人類的活動均有賴於控制一個根本上不穩定的現實，而文字只能經由意志或習俗來接近此一現實，那麼，帝國、崇敬的理念以及其他等等，也是同樣的道理。因此，對康拉德而言，我們是在一個大抵都是在被製造和被破壞的世界。表面上看似穩定和安全的——例如在角落的警察——也只不過是比在叢林中的白人稍微安全一點而已，而且同樣必須持續地（但也是靠不住的）去戰勝一片瀰漫的黑暗，這在故事的結尾也顯示出了在倫敦和在非洲都是一樣的。

康拉德的天賦使他了解到那始終現存的黑暗是可以被殖民或被揭示的——在《黑暗之心》中充滿著**文明的使命**、仁慈又殘酷的陰謀之指涉用語，爲的是以意志的行動和權力的擴展爲這個世界上的黑暗地方和民族帶來光明——但那也必須被承認其爲獨立的。克茲和馬羅均認知到黑暗，前者在其將死之際，後者則是在他回顧式地回想克茲最後遺言的意義時。他們（當然還有康拉德）在他們的時代之先就理解到，他們所稱的「黑暗」有其本身的自主性，而且能夠重新入侵和奪回被帝國主義搶走並據爲己有的東西。但是馬羅和克茲也是他們時代的產物，也無法邁出下一步，也就是可能去認知他們以無能又輕蔑地眼光視爲非歐洲的「黑暗」，事實上是個反抗帝國主義的非歐洲世界。期望有朝一日能重獲主權和獨立，而不是如康拉德還原式的說法，要去重建黑暗。康拉德悲劇性的局限是，縱令他能夠很清楚地看到，在某一程度上帝國主義是本質上純然的支配和掠奪土地，但是在那時他卻不能推斷帝國主義必須終結，以便「土著」能從歐洲的支配中解放出來而過自由的生活。由於他是那時代的產物，除了對奴役土著的帝國主義予有嚴厲的批判外，康拉德並不能給予土著們自由。

康拉德在他的歐洲中心論所犯的錯誤，從文化和意識型態上可列舉的實證，可說是既令人印象深刻又豐富。一部反抗和回應帝國的整體運動、文學和理論的確存在——這也是本書第三章的主題——而且在極大差異的後殖民地區，人們看到了巨大充沛的努力去與宗主國世界進行平等的論辯，以期能為非歐洲世界的多樣性和差別性，以及其本身的議題、首要事務與歷史做證明。此一證言的宗旨是要銘刻、再詮釋和擴張與歐洲競爭的職責領域和地帶。某些這類活動——例如，兩位重要且積極的伊朗知識份子阿里・薩里亞提（Ali Shariati）和賈拉爾・阿里・阿合馬（Jalal Ali i-Ahmed）的著作，他們利用演說、書籍、錄音／影帶和文宣冊子為伊斯蘭教革命鋪路——以主張本土文化的絕對對立來詮釋殖民主義：西方是敵人、是疾病、是邪惡；而其他的例子是，小說家像肯亞的努及和蘇丹的塔伊伯・沙里赫（Tayib Salih），在他們的小說中，以殖民文化的重大**主題**作為進入未知世界的探索和旅程，並聲明其為他們自己的後殖民時代之目標。沙里赫的英雄在其書《向北遷徙的季節》（*Season of Migration to the North*）中，做了（也是）相反於克茲所為（所是）之事：一個黑人向北旅行進入白人的領土。

在典型的十九世紀帝國主義和其所引發的本土反抗文化之間，一個頑強的對質和一個交叉討論、相互借用的論辯因此就兩者並存著。許多最有趣的後殖民作家都在其自身之中承受他們的過去——有羞辱傷口的疤痕、爲了不同實踐的唆使、爲邁向一個新的未來而對過去可能的修正眼光、迫切地加以重新詮釋和重新推動的經驗，而在此經驗中，以往沈默的土著在其自帝國那邊奪回的領土上發言並行動。一個人可以在魯西迪、德瑞克・華爾科特(Derek Walcott)、艾米・沙塞爾(Aimé Césaire)、齊紐・阿契比(Chinua Achebe)、帕布洛・聶魯達(Pablo Neruda)和布萊恩・弗萊爾(Brian Friel)等人的作品中看到這些面向。如今這些作家都能夠眞確地閱讀偉大的殖民傑作，那些作品不僅錯誤地再現了他們，而且假設他們沒有能力閱讀和回應到直接與他們有關的著作，就像歐洲民族誌認爲土著無能介入有關他們的科學性論述一樣，現在讓我們試著更全面性地檢視這個新情境。

4 差異的經驗 Discrepant Experiences

讓我們以接受這個概念來開始，即雖然人類經驗有一個無法消滅的主體核心，而此一經驗也是歷史和世俗的，它是可以加以分析和詮釋的，而且——最重要的——它不會被整體理論詳細述盡，不是以教義或民族界線來標誌和限制，也不是用分析建構一次就能完全界定的。如果一個人相信格蘭西所說的，知識專業是一種社會的可能也是令人願望的，那麼沿著排他理念建構歷史經驗的分析，則同時是一種令人無法接受的矛盾，例如：認定只有女人才能理解女性經驗，只有猶太人才能理解猶太人的痛苦，只有前殖民地屬民才能理解殖民的經驗等等的排他意識。

我所指的，並不是人們順口而說的每個問題都有兩面的那種意義。本質主義理論和排他性理論，或是藩籬和邊界的困難，是在於它們產生了較多赦免和寬恕無知與煽動，因而產生兩極化而非促進知識。縱使最粗略地瀏覽一下近來盛行一時的各式有關種族、現代國家和現代民族主義本身的理論，就能證實此一可悲的事實。如果你預先知道非洲、伊朗、中國、猶太或德國的經驗，基本上是整體性、連貫性且個別的，所以也因而只有非洲人、伊朗人、中國人、猶太人或德國人能理解，那麼你就首先假定了某些本質性的事物，我相信，那是歷史地創造和詮釋的結果兩者——即非洲式、猶太式或德國式的存在，或是所謂的東方主義和西方主義。其次，你多半會因而去維護那種本質或經驗的本身，而不是去提升它的全面知識，以及他和其他知識的糾纏和依賴關係。結果，你將會把其他人的不同經驗貶低到劣等的地位。

如果一開始我們就認知到龐大地糾結且複雜的、特殊但也重疊和交互連接的各種經驗之歷史——婦女的、西方人的、黑人的、民族國家和文化的——那麼就沒有一個特殊的知性理由給予每一個或所有的經驗一種理想和本質上分離的地位。可是我們也希望保留各自的獨特性，只要我們也能保留一些有關人類社群和對它的形成確有貢獻的爭論，以及他們都是其中一份子的意識。這個路徑的一個最佳範例，就是我在前面已經提及的，在《傳統的發明》一書中的一些評論，那些評論認爲，有些被發明的傳統是極爲特殊且是地方性的（例如印度的謁見禮和歐洲的足球賽），即使它們十分不同，卻也分享了相似的特質。該書的論點是，這些相當不同的實踐可以被一起閱讀和理解，因爲它們屬於同等的人類經驗領域，也就是霍布斯邦所描述的，試圖「以適當的歷史性過去來建立延續性」。㊲

爲了要了解英國的加冕儀式和十九世紀晚期的印度謁見禮儀之間的一個關聯，需要有一種比較的或更好的一種對位式的觀點。也就是說，我們必須要能夠把差異的經驗放在一起思考和詮釋，各個經驗有其特殊的程序和發展的進度、有其自身內在的形成、有其內在的一致性和外在關係體系，而它們全部也都與其他彼此共存和互動。例如，吉卜齡的小說《金姆》，在英國小說發展和晚期維多利亞社會都佔有非常特殊的地位，但它的印度描繪卻存在於一個與印度獨立運動發展強烈對反的關係中。不論是小說或是被再現和詮釋的政治運動，沒有任何其一的話，也就失去了帝國眞實經驗所賦予它們之間的重大差異。

有一點需要進一步的澄淸。「差異經驗」概念的提出，並不是爲了要規避意識型態的問題。相反地，沒有任何一種被詮釋或被反映的經驗能夠被歸類爲眼前即時的，就如沒有任何批判者或詮釋者能夠被完全地相信，如果他或她聲稱已經成功的達到一個既不隸屬於歷史也不屬於社會背景的阿基米德式觀點。在彼此並置的經驗中、在讓彼此一決勝負的競賽中，我的詮釋性的政治目的（以最廣義的意義而言），是要使那些在意識型態上和文化上接近彼此的觀點和經驗，以及那些企圖去距離化或壓制其他觀點和經驗的觀點和經驗，能夠是同時並存的。絕非是想要減弱意識型態的重要性，而是差異的揭發和戲劇化強調了它的文化重要性；如此有助於我們賞識它的力量和理解它的持續影響。

那麼讓我們對照兩部大約是同時期的十九世紀初期文獻（兩者都是在一八二〇年代）：一部是浩瀚、驚人連貫的《埃及描述》（*Description de l'Egypte*），一部是篇幅較小的賈巴提（'Abd al-Rahman al-Jabarti）的《徵兆之奧妙》（*Ája'ib al-Athar*）。這二十四巨册記述拿破崙遠征埃及的《描述》，是由他帶領同行的法國科學家團隊所完成的。賈巴提則是一位埃及的名人和**學者**（alim），或宗教領袖，他活過、見證了法國的遠征。首先看看下面一段由尚—巴普提斯特—約瑟夫・傅立葉（Jean-Baptiste-Joseph Fourier）對《描述》所撰寫的通論性介紹：

> 埃及位於非洲和亞洲之間，又與歐洲交通便利，因而佔據了古代大陸的中心。這個國家只呈現偉大的記憶，它是藝術的故鄉，並保存了無數的遺跡；由其君主承襲的首要廟宇和宮殿至今仍然屹立，雖然其少數的古老建築在特洛伊戰爭時代就已經興建了。荷馬（Homer）、賴喀葛士（Lycurgus）、梭倫（Solon）、畢達哥拉斯（Pythagoras）和柏拉圖（Plato）均曾遠赴埃及研究科學、宗教和法律。亞歷山大大帝在那裡建立了一座豐裕的城市，長時間以來享受了商業的霸權，和見證了龐培（Pompey）、凱撒（Caesar）、馬克・安東尼（Mark Antony）和奧古斯都（Augustus）等君主，相繼決定了羅馬和整個世界之間的命運。因此，這個國家吸引了掌握國家命運的優秀君王的注意，是相當合理的。
>
> 無論在西方或在亞洲，沒有任何曾經聚積龐大力量的國家，而不將那個國家的注意力轉向埃及，它在某種程度上被視為是那些國家自然的邦土。㊳

傅立葉的說法，猶如是一七九八年拿破崙入侵埃及的合理化代言人。他所傳喚的偉大人名的迴響，在歐洲存在的文化軌道之內的對外征服之設置、立基和正常化——這一切都將征服從一個介於勝利和失敗軍隊之間的衝突，轉變成一個更長久、緩慢的過程，這顯然對包含在其自身文化假設之內的歐洲感情而言，是更可接受的，比起一個忍受過征服的埃及人所曾經受到的破滅經驗而言。

幾乎就在同一時期，賈巴提在他的書中記錄了一系列對這次征服的痛憤和認知的反省；他以一個備戰的宗教名士而寫，記錄了他的國家所遭受到的侵略和他的社會的破壞。

> 這一年是偉大戰役時期的開始；嚴重的後果突然以令人駭怕的型態產生；不幸無止境地繁衍，事物的運作陷入困境，生活的共同意義淪喪，且破壞叢生，災難遍野。〔之後，身為一個好的穆斯林，他轉回反省他自己和他的人民。〕「真主，」《古蘭經》(11:9)說：「不會不正義地毀壞正義居民的城市」。[39]

法國這次的遠征有一整個科學家的團隊隨行，他們的任務是進行前所未有的埃及勘查——其成果就是《描述》這部龐然鉅著——但是賈巴提目光則僅專注到權力的事實上，他感受到它的意義是視爲構成對埃及的一個懲罰。法國勢力使他的存在成爲一個亡國的埃及人，對他而言，那是一種被壓縮成爲一顆被控制之微粒的存在，幾乎只能記錄法國大軍的來臨和離去、它的專制法令、它過度粗暴的措施、它的可怕和似乎無節制的能力去做任何它想做的事，以及實爲賈巴提的同胞們所無法領受的命令。介於生產《描述》的政治學和賈巴提立即反應的政治學之間的差異是瞭然清晰的，而且也突顯了他們的爭論地帶是如此地不平等。

如今要去推斷賈巴提的態度所產生的結果並不困難，事實上歷代的歷史學家也已經如此做了，一如我在本書的稍後也將在某種程度上如此做。他的經驗產生了一個根深柢固的反西方主義，那是埃及、阿拉伯、伊斯蘭教和第三世界歷史的一個持續主題；人們也可以在賈巴提身上發現伊斯蘭教改革主義的種子，此一主義隨後被偉大的艾滋哈爾大學(Azhar)教士和改革家穆罕默德・阿布都(Muhammad 'Abdu)與他傑出的同行賈拉爾・丁・阿富汗尼(Jamal al-Din al-Afghani)所廣為傳播，主張伊斯蘭教最好進行現代化以便與西方競爭，要不就是應該重返它的麥加根源來與西方抗爭；此外，賈巴提在民族自覺意識巨大浪潮的歷史初期就發出了先聲，此一浪潮在埃及獨立、在納塞派的理論和實踐中，也在所謂伊斯蘭教基本教義派的當代運動中達到巔峰。

雖然如此，歷史學家仍不能容易地就拿破崙的埃及遠征來閱讀法國文化和歷史的發展。(英國之統治印度亦是如此，而此範圍與財富均如此龐大的統治，以至於對帝國文化的成員而言，已經變成一種自然的事實)。但是晚期學者和評論家談論對由於《描述》的整理才使得東方的征服成為可能的相關歐洲文獻，令人感到有趣的是，這種情形實為早期的對抗一個有點減弱但深具內涵的作用。今天去寫有關耐華爾(Nerval)和福樓拜這兩位其作品是如此大幅地依賴東方的作家，就是在原初由法國帝國的勝利所繪製的版圖上工作，去跟隨它的腳步，並將其延伸為一百五十年的歐洲經驗，雖然這樣說人們又再度突顯了賈巴提和傅立葉之間的象徵差異，帝國的征服並不只是一個一次地撕開面紗，而是在法國生活中一個繼續重複、制度化的面貌，在此回應介於法國文化和被征服的文化之間的沈默和合併的差別性，呈現出變化多樣的形式。

其間的不相稱是驚人的。在一種情形下，我們認定在殖民地歷史中較好的部分是帝國干預的一個功能；在另一種情形下，又同樣頑固地假定殖民事業對偉大宗主國文化的中心活動，是邊際的和或許甚至是乖離的。因此，歐洲和美國人類學、歷史學和文化研究的傾向是，可用一種西方特級國民的眼光來看待整個世界的歷史，他們的歷史性意義和懲戒的嚴厲，不是將歷史從「沒有」歷史的人民和文化中奪走，就是在後殖民期間為他們重建歷史。很少全面性的評論研究已經專注在現代西方帝國主義與其文化之間的關係，那種深度共生關係的奧祕正是這關係本身所產生的結果。尤其特別的是，偉大的法國和英國寫實小說格外地在形式和意識型態上依賴帝國的事實，也從未以一個一般性理論的立場被研究過。這些省略和否認，我相信，全都是在有關去殖民化的嘈雜新聞性的爭辯中被再生產，在此帝國主義一再重複地被記錄成，儼然是說，事實上，你們之所以有今天全是因為我們；我們離去後，你們又回復到你們的淒慘狀態；認清此事，否則你們將什麼都不知道，因為帝國主義實在是被認識的太少了，那或許可以幫助現在中的你們或我們。

如果有關帝國主義知識價值觀的分歧，只是有關在文化歷史中方法論或學術觀點的一個辯論的話，那麼我們可能還有充分的理由去認爲，這雖然或許值得注意，但並非十分嚴重。可是事實上，我們正談論的是一個在權力和民族的世界中，極爲重要而有趣的結構。譬如，無疑地，在過去十年中世界各地對部落和宗教情感的格外強烈之回歸，已經伴隨和深化了各政體間的許多差異，那是從歐洲帝國主義的顚峰時期——如果他們實際上不是被此時期創造出來的話——就已經持續存在的了。再者，國家、民族主義、少數族群團體、地區和文化實體間爲爭取支配而有的各種掙扎，也已將一個意見和論述的操縱、一個意識型態的媒體再現之生產和消費，和一個廣大複雜性的簡化與還原，導引和擴大成爲簡易的通貨，比較容易在國家政策的利益下去擴張和剝削它們。這一切，知識份子都扮演了一個重要的角色，而且依我之見，沒有比在經驗和文化重疊的領域中更爲決定性**和**更妥協的，而此一領域則是殖民主義的遺產，在此，世俗詮釋的政治學以極高賭注被繼續進行著。自然，權力的優勢是在自我構成的「西方」社會和做爲西方社會的辯護者與意識型態學者的公衆知識份子的一邊。

但是在許多以往被殖民的國家中，對這種不平衡也已經做了有趣的反應。近來的研究，特別是在有關印度和巴基斯坦方面〔例如：「賤民研究」(*Subaltern Studies*)〕，已經突顯了後殖民時代的安全狀態和知識份子民族主義菁英份子之間的複雜性；阿拉伯、非洲和拉丁美洲的反對立場，知識份子也已經生產了類似的批判研究。但是，在此我應將焦點更密切地放在一股不幸的匯流上，即未經批判地驅使西方強權進入反對已擺脫殖民的民族之行動中。在我正在撰寫這本書的期間，由於伊拉克的入侵和兼併科威特所造成的危機，正處鼎沸狀態：數十萬美國大軍、戰機、船艦、坦克和飛彈抵達沙烏地阿拉伯；伊拉克訴諸於阿拉伯世界（在美國的支持者像埃及的穆巴拉克（Mubarak）、沙烏地王室、存留的波斯灣族長、摩洛哥人，和公開的反對者像利比亞和蘇丹，或夾在中間的國家像約旦和巴勒斯坦之間，有著嚴重的分裂）的支援；聯合國也在制裁和美國的封鎖之間出現分裂；最後，美國得逞，而一場蹂躪的戰爭於是爆發。有兩個中心理念很清楚地是從過去而來，而且仍然發揮著威力：其一是偉大強國有權利去保護其偏遠的利益，甚至不惜進行軍事侵略；其二是較弱的國家也是較劣等民族，擁有較少的權利、道德和要求權。

在此，被媒體塑造和操縱的認知和政治態度是重要的。在西方，從一九六七年的戰爭以來，對阿拉伯世界的再現一直是粗糙的化約主義式、粗鄙的種族主義式，一如在歐洲和美國的諸多批判文學中，已經對此做過探究和證實一般。然而，電影和電視節目對阿拉伯人的描繪仍總歸是傾注在卑賤的「駱駝騎士」、恐怖份子和不肖的富豪「長老」（sheikhs）上。當媒體在布希總統通告保存美國人的生活方式並且把伊拉克趕回去的動員之後，有關阿拉伯世界的政治、社會、文化現實卻很少被提及或呈現（其中許多國家深受美國的影響），這些現實製造了薩達姆・海珊這號令人毛骨悚然的人物，同時也產生了另一個複雜的組合，根本不同的結構——阿拉伯小說（它的卓越實行者那奎伯・馬夫茲（Naguib Mahfouz）獲得一九八八年的諾貝爾文學獎）和在殘留的文明世界中倖存的許多機構。雖然媒體在處理諷刺和感動的事情，比處理文化和社會的緩慢過程，確實有更好的裝備，但是形成這些誤解的更深刻原因，則是帝國動態和尤其是其分離的、本質的、支配的和反動的傾向。

自我界定是所有文化實踐的活動之一：它有一套修辭、一組事件和權威（例如，國家的慶典、危機時代、開國元勳、基本文獻等等），以及其本身所自有的一個熟悉性。然而，在一個由電子傳播、貿易、旅遊和能夠急速擴張的環境和區域衝突的迫切性，而前所未有地緊密聯繫在一起的世界中，認同的主張絕不只是一種儀式的內容。使我感到尤其危險的是，它能以回歸遠祖的方式挑起激情，將人們丟回一個較早期的帝國時代，當時西方和它的對手競賽甚至體現的道德，並非是原本設計好的所謂道德，而是為了戰爭。

對這種回歸遠祖論(atavism)的一個或許微不足道的例子，是出現在一九八九年五月二日《華爾街日報》(*The Wall Street Journal*)的一篇專欄寫作，由在美國工作的資深東方學者之一的伯納德‧路易士(Bernard Lewis)所寫。路易士加入了一場有關改變「西方正典」的論辯，對投票決定修改課程而包含更多非歐洲與婦女等等教材的史丹福大學學生和教授，路易士——以一個伊斯蘭教的權威發言——採取了極端的立場，即：「如果西方的文化眞消失了，那麼許多事物將隨其消失，並且其他事物會來取代它們的位置。」從來沒有人說過像「西方的文化必須消失」這樣荒唐的話，但是路易士的論證焦距在比嚴格的正確性更為寬廣的內容上，充滿了驚人的主張，因為閱讀名單的修正就等同於西方文化的讓位，此類主題（他還特別舉出）如奴隸制度的恢復、一夫多妻制和童婚即將隨著應運而生。對這個驚人的論題，路易士還補充說，他相信是西方獨特之處的「對其他文化之好奇」也將進入結局。

這個徵候，甚至是有些可笑的論證，不僅是在文化成就上，西方排他性的一個高度膨脹感的暗示，也是對其他世界的一種極端局限、幾近歇斯底里式地敵對觀點的一個象徵。認爲沒有西方，奴隸制度和重婚就將死灰復燃，無異是排除了任何專制和野蠻主義的進步能夠或已經發生在西方之外的可能性。路易士的論證有驅使非西方人進入一個暴力憤怒的效果，或同樣是沒有教誨作用的結果，即吹噓有關非西方文化的成就。不去肯定不同歷史的彼此**交互**依賴，和當代社會**相互**之間的必要互動性，反而斷言文化的修辭性隔離，必定導致文化之間的一個凶殺式的帝國競爭——令人遺憾的故事一再一再地重演。

另一個例子發生在一九八六年後期，是關於一部電視記錄片《非洲人》（*The Africans*）的播映以及隨後而來的相關討論。這個專輯節目原本是由英國廣播公司（BBC）監製並資助部分經費，由一位密西根大學政治學的傑出學者和教授阿里・馬茲瑞（Ali Mazrui）撰寫腳本和擔任主講，他是肯亞人，也是穆斯林，他位居第一流學術權威的資格和信譽是無需置疑的。馬茲瑞的此一專輯有兩個前提：一，這是第一次在被西方所支配的非洲再現的歷史上（引用克利斯多福・米勒（Christopher Miller）的《空白的黑暗》（*Blank Darkness*）一書中的說法，在任何情形和其變奏下，都徹底是一個非洲主義者的論述），㊵

由一位非洲人來再現他自己和非洲在一群西方的觀衆之前，很顯然地，這些觀衆所屬的社會曾經數百年來掠奪、殖民和奴役非洲；二，非洲歷史是由三種元素，或以馬茲瑞的語言來說，三個同心圓所組成：本土的非洲經驗、伊斯蘭教的經驗和帝國主義的經驗。

一開始，「美國國家人文基金」(the National Endowment for the Humanities)取消了對此紀錄片的播映贊助，雖然後來仍由美國公共電視廣播網(PBS)播出。之後，美國首要報紙《紐約時報》(*The New York Times*)接連刊出由當時擔任電視特派員的約翰・柯利(John Corry)所撰寫的抨擊此專輯的文章（刊於一九八六年九月十四日、十月九日和二十六日）。用無情和半歇斯底里來形容柯利的文章，應不算誇張。柯利主要是指控馬茲瑞個人的「意識型態式」排他和強調，譬如，他從未提及以色列（在一個有關非洲歷史的節目裡，對馬茲瑞而言，以色列顯然可能是不相關的），和他極度誇張了西方殖民主義的邪惡。柯利的抨擊特別指出馬茲瑞之「道德的和政治的定位」，是一種怪異的婉轉言詞，暗示了馬茲瑞只不過是一個不慎謹的宣傳者，而更能挑戰馬茲瑞相關於此形象的，則是像修建蘇彝士運河的死亡人數、阿爾及利亞解放戰爭中的傷亡人數等等數據。隱藏在柯利散文強橫且失序的表面之下的，是（對他而言）馬茲瑞的表現本身令人不安和無法接受的現實。終於，在西方黃金時段的電視上，出現了一個非洲人膽敢指責西方曾經有過的所做所爲，也因此而重新開放了一個被認爲是已經結束的檔案。馬茲瑞也爲伊斯蘭教美言，他展現了駕馭「西方的」歷史學方法和政治學修辭的能力，最後，他以一個令人信服的眞實人類典範出現——這一切都與柯利，或許無心地，所說的重新被建構的帝國意識型態大相違背。在其內心有一個定理，非歐洲人不應再現他們對歐洲和美國歷史的觀點，一如歐美那些侵犯殖民地的歷史一般；如果他們如此做了，就必須被堅決地抵制。

介於能夠被隱喻式地稱爲最終只看到帝國政治學的吉卜齡，和試圖回顧過去繼承古典帝國的民族主義者主張之法農間緊張狀態的整個遺產，總是相當擾人不安的。有鑑於歐洲殖民權力和被殖民社會權力之間的差距，讓我們承認，殖民壓力創造反殖民抵抗的存在，是有其歷史的必要性。令我關心的是，數代之後此一衝突將持續在一個貧瘠的，也因而更危險的形式，這要感謝知識份子和權力體制之間的一個未經批判的結盟所賜，再生產了一個早期帝國主義者的歷史模式。這導致了，如我前面所指出的，一個責備的知性政治學和一個由公衆知識份子和文化歷史學家所提議去注意和辯論的整串資料徹底化約之結果。

什麼是不同策略的清單，可能被用來拓寬、擴展和深化我們對過去和現在帝國之間的彼此遭逢互動的覺醒呢？這對我而言似乎是一個有迫切重要性的問題，而且也確實說明了本書的基本理念。讓我用兩個我認爲是以軼事體形式被有用地呈現出來的例子，來非常簡要地闡明我的理念。在隨後的數頁裡，我將對隨之而起的這些議題和文化的詮釋與政治學，提出一個更正式的和方法論上的說明。

幾年前，我有一個機會和一位阿拉伯基督教牧師相遇，他告訴我他到美國是爲了一個非常緊急又討厭的任務。因爲，我本身正巧生來就是他所服務的那個小而重要的少數族群之一個成員——阿拉伯基督新教教徒——於是我對他所說的感到極大的興趣。自從一八六〇年代以來，有一個由一些教派所組成的新教社群分散在地中海東部諸國家和島嶼，大都是因爲帝國列強在土耳其帝國爭取皈依教徒和選民所造成的，主要是分散在叙利亞、黎巴嫩和巴勒斯坦等國。當然經過一段時間之後，這些教會——長老會、福音會、聖公會、浸信會和其他教派等——取得他們自己的認同和傳統，以及他們自己的體制，沒有例外地，這些教派全都在阿拉伯文藝復興時期扮演了一個榮耀的角色。

但大約在一百一十年以後，這些曾經授權和實際也支援早期傳教工作的同一歐洲和美國的宗教會議與教會，相當出人意料地在重新思考這段往事。他們清楚的認識到東方基督教確實是由希臘正教會所組成的（應該注意到的是，絕大多數的地中海東岸居民改信了基督新教者來自希臘正教會：十九世紀基督教傳教士不論在讓穆斯林或猶太人改信基督教的努力上，可說是徹底地失敗了）。而在一九八〇年代的今天，阿拉伯新教社群的西方教長們又鼓勵他們的助手們重返正教的懷抱。有人倡言要撤消經濟資助、結束教會和學校，在某種意義上也就是要取消一切。傳教權威當局在一百年前因切斷東方基督教徒與主要教會的關係已犯下一個錯誤，現在他們又應該回歸主流了。

對我這位教士朋友而言，這眞的是一個完全難以預測的結果；如果不是那股純然難平的氣憤感受，一個人或許可以將這整個事件只是當作一場殘酷的玩笑。不過使我受到最強烈衝擊的是，我這位朋友建立他論證的方式。他到美國是爲了要向他的神職教長們說：他能夠理解目前執行的新教主旨，現代普世教協主義應該普遍地走向解散小教派和保留支配的社群之方向，而不是鼓勵這些教派從主要教會脫離出來保持獨立，那個你們可以討論。但是他說，將超過一世紀的阿拉伯新教經驗一筆勾銷，有如未曾發生過的全然輕視，似乎是可怕的帝國主義者和整個權力政治學的領域。他們似乎不了解，我憂容滿面的朋友告訴我，雖然我們曾是他們的改宗信仰者和學生，但是事實上我們成爲他們的夥伴早已遠遠超過一世紀之久了，我們信任他們和我們自己的經驗，我們已經發展出我們自己的嚴整性，並在我們自己的領域中以我們自己阿拉伯新教的認同生活著，但是在精神上也是同在於他們的之中，他們怎麼能夠期待我們去抹殺我們的一個自主的近代歷史呢？他們怎麼能夠說他們在一世紀以前所犯下的錯誤，今天就能夠在紐約或倫敦被一筆改正過來呢？

一個人應該注意到，這個感人的故事關心的是一個帝國主義的經驗，在本質上是同情和一致，而不是敵對、怨恨或反抗。其中一方的呼籲是針對一個共同經驗的價值觀。誠然，過去曾經是主從關係，但是也曾經有過對話和溝通。一個人可以在這個故事中看到，我認爲是，賦予或撤消關注的權力，一種對詮釋和對政治完全根本的權力作用。這個由西方傳教權威當局所製造的隱含論證是，阿拉伯人從賜予給他們的事物中獲得了某些有價值的東西，但是在這種歷史性依賴和隸屬的關係中，所有的賦予都是單向的，而價值只在一邊。相互性被認爲根本上是不可能的。

這是一則有關注意力區域的寓言，區域範圍或大或小，但在價值和品質上則大約是相等的，而這則寓言是由後帝國情境所提供以爲詮釋之用的。

第二個我要提出的一般主旨，也能夠藉由例子來說明。近代思想史的正典主題之一，是在科學、社會和文化探索的主要領域中。支配論述和學科傳統的發展，沒有例外地，就我所知道的，其主題的典範均取自被認爲是純然西方的資源。傅柯的著作是一例，在另一領域的雷蒙・威廉斯又是一例。在大體上，我對這兩位難以匹敵的學者在宗譜學研究的發現上，有相當大的共鳴，並且受益良深。然而，對他們兩位而言，帝國經驗儼然不相干，只是一個理論上可忽略者，在西方文化和科學學科中的基準，除了偶發的人類學史之研究——像約翰尼斯・法比恩(Johannes Fabian)的《時代與他者》(*Time and the Other*)和泰拉爾・阿薩德(Talal Asad)的《人類學與殖民遭遇》(*Anthropology and the Colonial Encounter*)——或是社會學的發展，猶如布萊恩・騰納(Brian Turner)的《馬克思與東方主義的終結》(*Marx and the End of Orientalism*)等少數例外。㊶我撰寫《東方主義》一書背後的部分動機是，要去展現看似分離和非政治的文化學科間的依存關係，有賴於一個相當卑賤的帝國主義意識型態和殖民主義實踐的歷史。

但我必須坦承，我是有意地試圖要表達對政策研究所築起的一道否定厚牆的不滿意，該研究冒充了不具爭議性的、本質地實用主義的學術事業。如果沒有西方和先前殖民世界中年輕一代學者們有心對他們的集體性歷史做一番嶄新的估評，我這本書所獲得的任何成就恐怕就不會發生了。儘管他們的努力引來了刻薄和反責，但是許多重要的修正作品也出現了（實際上，他們早在一百年前非西方世界對帝國的反抗時期就已經開始出現了）。在本書它處所討論的許多這類更晚近的作品，都是很有價值的，因爲他們超越了東方對峙西方的具體化兩極性，而且在一個智性和具體的方式上，嘗試去理解異質的和經常是怪異的發展，那是所謂的世界歷史學家和殖民的東方學者過去所一向逃避的，這些學者傾向於用簡單和涵蓋一切的規則來群聚管理龐大巨量的資料。值得一提的例子包括：彼得・格蘭（Peter Gran）對埃及現代資本主義的伊斯蘭根源之研究、朱迪斯・塔克（Judith Tucker）對帝國主義影響下的埃及家庭和鄉村結構的探討、漢娜・巴塔圖（Hanna Batatu）有關阿拉伯世界現代國家體制形成的鉅著，以及阿拉塔斯（S. H. Alatas）的卓絕研究《懶惰土著的神話》（*The Myth of the Lazy Native*）。㊷

然而，很少著作已經處理到當代文化和意識型態較複雜的宗譜學問題。這方面一個值得注意的努力，是一位來自印度的哥倫比亞大學博士班學生最近出版的著作，這位訓練有素的學者兼英國文學教師的歷史和文化研究，我認爲，發掘出了現代英語研究的政治根源，並將之置放在一個強制實行於十九世紀印度土著身上之殖民教育體系的重要地位。高莉・維斯瓦納森（Gauri Viswanathan）費盡心力的作品《征服的面具》（*The Masks of Conquest*），有著獨特的趣味，而且單是她的中心論點就很重要：一般約定成俗地認爲是和被英國少年所整個創造出來的一套學科訓練，最初是由十九世紀早期殖民行政官員，爲了對一些潛藏反叛的印度人民的意識型態安撫和矯正所創造出來的，之後輸入英國，是爲了一個非常不同但也相關的用途。㊸其證據，我認爲是不容置疑的，而且也免於一個大部分後殖民作品上特別易犯的「本土主義」(nativism)困窘。然而最重要的是，這類研究繪出一種不同且交織的知識考古學，其現實性仍然深藏在表面之下，至今已被認定是我們所研究的文學、歷史、文化和哲學的眞正場所和文本。其隱含是廣大的，並且這些隱含也可將我們從談論西方的優越性超過非西方的模式之例行化的爭論中拉離出來。

無法閃躲的事實是，當前的意識型態和政治的契機，對我在本書中所建議的知識作品之它種替代規範確是困難的。同樣也無所逃避於緊急而迫切的呼喚，我們許多人大概都需要對紛爭的原因和戰鬥的混亂場域加以回應。身爲阿拉伯人的諸般種種，哎呀，是個絕佳適當的實例，而這些諸般種種也被對我成爲一個美國人加重地施以壓力。雖然如此，一個抵抗者，或許是由存在於知識性或批判性的使命本身之對立能量的絕對主觀成分所構成，而一個人也必須依靠於動員這個成分，特別是當集體的激情似乎最容易被利用來做爲愛國的統御和民族主義的高壓政治之動力時，這即使是聲稱爲人道主義的研究和學科也是如此。要勇於面對和挑戰它們的權力，我們應該試著借助於我們能夠對其他文化和時期的眞正理解上。

對比較文學訓練有素的學者而言，一個領域的源起和目的，是去超越偏狹性和地域主義，也去了解幾個文化和文學對位式地放在一起時的狀況，這類對抗化約式民族主義和未經批判的教條有所作用的解毒劑，很顯然地已有相當程度的投資。畢竟，比較文學的構成和早期目標，是在各人自己的民族之處取得一種觀點，了解某類的整體性，而不是由各人自己的文化、文學和歷史提供防禦性的小補片。我建議，我們首先看看比較文學原本是什麼，當作是一種觀察和實踐；諷刺地，我們將看出「比較文學」研究開始於歐洲帝國主義高度發展時期，而且是無法擺脫地與它聯結在一起。然後，我們可以自比較文學隨後的運行軌道中，對它能夠在帝國主義仍然持續發揮著影響之現代文化和政治的時刻做些什麼，汲取一個更好之認知。

5 串聯帝國與世俗的詮釋

Connecting Empire to Secular Interpretation

自從第二次世界大戰之前很久直到一九八〇年代初期，在歐洲和美國的比較文學研究之主要傳統大大地由一種現在幾乎已經消失的學術風格所主導，這種舊式風格的主要特質，根本上是學術的，不是我們向來所稱之批評。今天無人像過去的艾力克‧奧爾巴哈(Erich Auerbach)和里奧‧史派澤(Leo Spitzer)那樣接受訓練，這兩位偉大德國比較文學學者，因爲法西斯主義而流亡到美國來：這是一個量的事實，也同樣是質的事實。正如今天的比較專家將會展現他或她對法國、英國和德國在一七九五年至一八三〇年期間浪漫主義的素養，反之，昨日的比較專家更傾向於，首先，研究一個更早時期；其次，會持續許多年在許多領域、許多大學從事一個長期的學徒生涯，向許多語言學和學術專家學習；第三，對所有或大部分的古典語言、早期歐洲方言和其文學作品有一個穩固的札根功夫。二十世紀初期的比較文學專家是一位**語言學家**，正如法蘭西斯‧佛固森(Francis Fergusson)在他對奧爾巴哈的《模擬》(*Mimesis*)之評論所述，如此學養豐富、如此精力充沛，以至於讓「我們最不讓步的『學者』——他們以最直接地面對科學嚴格和鉅細彌遺

來虛飾——（會表現出）膽小和鬆散。」㊹

在此種學者背後的，是一個甚至更長期的人文主義學術傳統，導源於世俗人類學的興盛——包括語言學科的革命——我們將之和十八世紀末期這類大家，如：維科(Vico)、赫德(Herder)、盧梭和許勒格(Schlegel)兄弟結合在一起的。做爲「他們的」作品基礎的是如下之信念：人類形成一個令人讚頌的、幾乎是交響曲般的整體，其進步和形構，再度呈現爲一個整體，可以特別地視爲一個協調一致和世俗的歷史經驗而被研究，而非做爲神聖的典範化。因爲「人」創造歷史，故研究歷史有一特別的詮釋學方式，在意向以及方法上不同於自然科學。這些偉大的啓蒙洞見變得流行起來，在德國、法國、義大利、瑞士，接著在英國被接受。

論及爲什麼如此一種人類文化的觀點，在一七四五年至一九四五年兩個世紀期間，變得在歐洲和美國以一些不同形式流行起來，其主要理由是在相同時期，民族主義驚人的崛起，這並非一種歷史的庸俗化。學術（或文學，就那方面而論）和民族主義的制度之間相互的關係，一直沒有如其應然如此地被嚴肅研究，然而顯見的是，當大部分歐洲思想家禮讚人性和文化時，他們主要是禮讚他們所歸屬於自己的民族文化之理念和價值，或是歸屬於歐洲的，與有別於東方、非洲或甚至美洲。部分賦予我的東方主義研究活力的，是我對諸如古典研究的一些領域所宣稱之普世主義（更不用提史地學、人類學和社會學）所展現的極端歐洲中心主義方式之批判，好像其他文學和社會要不是劣等的就是被超越了的價值（甚至於產生柯提斯和奧爾巴哈這樣尊貴的傳統中訓練出來的比較專家，顯示對亞洲、非洲或拉丁美洲文本缺乏興趣）。在十九世紀期間，當歐洲國家之間的民族和國際競爭逐步升高時，在一個民族的學術詮釋傳統和另一個之間的競爭之激列程度也同樣增加了。恩斯特・雷南對德國和猶太傳統之論辯是這點的一個著名例子。

然而這種狹隘、經常令人刺耳的民族主義，事實上被柯提斯和奧爾巴哈的知性祖先所代表的更寬容文化觀所制衡。這些學者的理念出現於前帝國時代的德國（恐怕是做爲政治統一跳開此一國家所做的補償），稍晚之後，在法國，這些思想家將民族主義視爲暫時的而且是次要的現象：遠爲重要的是人民和精神的協調，並超越官僚、軍隊、習俗之藩籬和排外心態的卑劣之政治領域。從這個歐洲的（與民族的相對立）思想家在激烈衝突的時代所訴求之普世性傳統，出現了比較文學研究可以提供文學來表現的超民族，甚至超人類角度的理念。因此，比較文學的理念，不只表現了普世性及語言學家有關語言家族所取得的此種理解，還象徵了一個幾乎是理想境界的免於危機之寧靜、卓然獨立於所計較的政治事務之上，既是一種人類學式的伊甸園，其中男男女女愉快地生產所謂文學的事情，也是馬修・安諾德和他的門徒設計爲「文化」的世界，在此只有「所思所知的最佳事情」能被認可。

歌德的**世界文學**（Weltliteratur）理念——在「鉅著」（great books）和**所有**世界文學作品的一個籠統綜合之間游移的一個概念——對二十世紀初期的比較文學專業學者是非常重要的。但我已提過了，就文學與文化所牽涉到的範圍來看，其實際上的意義及運作上的意識型態，歐洲是獨領風騷且是主要興趣的主題。在偉大學者的世界中，諸如：卡爾・

沃斯勒(Karl Vossler)和狄・桑克提斯(De Sanctis)，其最特定的意涵，是以「羅馬人之地」(Romania)爲主，它使這一切變得可了解，並提供了生產爲數龐大、流通全世界的文學作品之中心；羅馬人之地支撐歐洲，正如(在一種奇特地倒退方式)教會和神聖羅馬帝國保障了歐洲文學核心之嚴整性。在一個更深刻的層面上，降生自基督教的化身，我們所知道的西方寫實主義文學作品出現了。這個已經根深柢固的主題，解釋了但丁對奧爾巴哈、柯提斯、沃斯勒和史派澤的極端重要性。

因而，談論比較文學是去談論世界文學彼此互動的情況，但此一領域在認識論上已由一種科層制度所組織起來，以歐洲和其拉丁基督教文學作品爲其中心和頂峰。奧爾巴哈在一篇寫於二次大戰之後相當著名之題爲〈**世界文學**的語言學〉(Philolgie der *Weltliteratur*)的論文中，注意到似乎已經有許多「其他」文學語言和作品出現了(好像不知從哪裡冒出來的：他沒提到殖民主義或去殖民化)，看到這種他似乎不太樂意去面對的景象時，表現出更多的苦悶和恐懼，而非愉快。羅馬人之地遭受威脅了。[45]

當然，美國的實行家和學院的各部門覺得這種歐洲模式適宜加以效法。第一個美國比較文學系在一八九一年設立於哥倫比亞大學，第一份比較文學期刊亦然。想想喬治・愛德華・伍德柏利(George Edward Woodberry)——該系第一位專任教授——對他的領域說了什麼：

> 世界的各部分匯聚在一起，伴隨而來的是知識的各部門將慢慢地締結成一個知

性的國度，超然於政治領域之上，與法官所組成之法庭及紳士們所組成的議會同樣建制性的機構，最後將導致全世界真正的團結一致。現代學者比其他公民享有更多擴大和相互交流的利益，這個時代同樣在一個大規模的範圍上擴張和凝聚，開創了民族之間和每個民族與過去歷史之間無限地擴大和親近的水乳交融；在他的日常心靈經驗中，比其前輩們包含更多種族記憶和種族想像，他對過去和未來的領域將有一更為廣大的地平線；他生活在一個更廣大的世界——事實上，一出生下來，無論多麼高尚，不再只是生活在一個城鎮的自由，而是在一個興盛的國家之新公民——從柏拉圖到歌德的所有偉大學者所做過的較朦朧或較閃亮的夢景——不用疆界、種族和武力，只有理性至高無上。新的研究領域，以「比較文學」而得名，出現並成長起來，與更廣大的世界之來臨和學者投入其工作因緣際會、同步並進：這個研究將有其發展進程，將和其他匯合的要素一起朝向著以科學、藝術和博愛所組成之精神統一體為條件而形成之人類大一統的目標。㊻

這種說詞簡潔而天眞地與克羅齊和狄・桑克提斯的影響呼應著，也與威爾黑姆・凡・洪保德(Wilhelm von Humboldt)的早期理論之論調相同。但在伍德柏利的「法官所組成之法庭及紳士們所組成的議會」之說法，有某種特別古怪的調調，這比他所言「更廣大的世界」之生活現實情況相違背之處何止一些而已。處身在歷史上偉大的西方帝國霸權時代，伍德柏利有意忽略政治統一性的宰制形式，以便禮讚一個更爲崇高、極爲理想的統一性。他並不清楚「科學、藝術和博愛的精神統一體」如何能去面對更不令人愉快的現實界，對如何「精神統一體」可以被期待去克服物質、權力和政治區隔的事實更不清楚了。

比較文學的學術工作包括下列想法：歐洲和美國兩者爲世界的中心，不僅是基於其政治地位，還因爲他們的文學是最值得研究的。當歐洲屈服於法西斯主義，美國從許多來此流亡的學者獲得如此豐富的益處，可理解的是，他們並未有多少危機意識萌生出來。例如：《模擬》寫於奧爾巴哈逃離納粹佔領下的歐洲而流亡於伊斯坦堡之際，不只是一種文本式闡述的練習，但是——在我先前所引之他於一九五二年論文中所說的——一個文明圖存之行動。似乎對他而言，他的比較文學專家之使命，恐怕是最晚近的一次努力去展現出從荷馬到維琴尼亞・吳爾芙(Virginia Woolf)的歐洲文學之所有變異類型的複雜演化。柯提斯有關中世紀時代的拉丁著作也由相同之恐懼驅力所形成。然而，在成千上萬受這兩本書所影響的學院派文學學者之中，殘留有這種精神的是多麼的少啊！《模擬》被讚許爲是一本引人注目、淵博分析的作品，但其使命感經常扼殺於對該書之瑣碎的引用。[47]最後，在一九五〇年末期，《史普尼克》號(*Sputnik*)出籠，使外語研究——和比較文學研究——轉型爲直接關涉國家安全的領域，「國防教育法」(National Defense Education Act)[48]鼓勵這個領域的研究。可歎的是，伴隨的是一個甚至更自滿的我族中心主義和隱藏的冷酷好戰主義，比伍德柏利所能想像的甚至猶有過之。

無論如何，《模擬》所立即揭發之建立在比較文學研究眞正核心的西方文學理念，主要強調戲劇化，並讚揚某種特定的歷史理念，與此同時，模糊了強化此一理念的基本地理和政治現實。包括在該書和其他比較文學學術作品的歐洲或西方文學史的理念，根本上是唯心主義式的，一種非系統性的黑格爾式思想。因此，「羅馬人之地」被認爲已取得支配所推行的發展原理，是兼併式的和綜合式的。從中世紀的編年史到十九世紀敘述小說的巨構——斯湯達爾(Stendhal)、巴爾札克(Balzac)、左拉(Zola)、狄更斯、普魯斯特(Proust)的作品——越來越多的現實面被包容在逐步擴大並精心構思的文學作品中。隨著時代的推進，每部作品代表了對擾亂著在《神曲》(*Divine Comedy*)中以如此難忘的方式展現出來的根本基督教秩序充滿疑問之要素的一個綜合體。階級、政治動盪、經濟型態和組織的更迭、戰爭：所有這些主題，對像賽萬提斯(Cervantes)、莎士比亞、蒙田(Montaigne)，以及對一群更次要的作家，是被封閉在反覆更新的結構、觀點和穩定性之中，所有這一切證實了由歐洲本身所代表的持續之辯證秩序。

「世界文學」的有利觀點在二十世紀取得一個救贖的機會，並和殖民地理學理論家所發表的東西因緣湊巧地匯聚在一起。在哈福德・麥金德、喬治・齊梭姆(George Chisolm)、喬治・哈代(George Hardy)、拉羅伊—比留(Leroy-Beaulieu)和魯西安・費泊(Lucien Fevre)的寫作中，呈現出一個對世界體系更爲公然的稱許，同樣是都會中心的和帝國主義的；但現在不只是歷史而已，帝國和實際的地理空間勾結，以產生由歐洲主導的「世界帝國」。但這個地理上被表達出來的觀點（正如保羅・卡特(Paul Carter)在《通往園藝灣之路》(*The Road to Botany Bay*)所呈現的，此中觀點多半植基於實際地理探險和征服的製圖學式結果），同樣有一種對歐洲人本來就是無比優越的信念有強烈的投注，以致齊梭姆所謂之歐洲的「歷史優勢」進而促使其能凌駕所掌控的更肥沃、富裕和更易抵達地區的「自然優勢」。㊾費泊的《人類革命的領域》(*La Terre et l'evolution humaine*, 1922)乃是一部生動和整合的百科全書，就其範圍上和其烏托邦主義可與伍德柏利相抗衡了。

就十九世紀末期至二十世紀初期的讀者看來，這些偉大的地理綜合者，提供了蓄勢待發的政治實況技術性解釋。歐洲**已經**主導全世界了；帝國的地圖**已經**許可這種文化觀點了，對我們而言，一個世紀之後，一個世界體系的觀點和另一個在地理和文學史之間的巧合或相似性，似乎是有趣但有疑問的。對此種相似性，我們應該如何處理呢？

首先，我相信，它應當**清晰表達**(articulation)並**賦予活力**(activation)。這兩點僅在我們對現在的情形認眞地思考，留意到古典帝國的解體和成打的先前被殖民人民和疆域的新興獨立狀態，才有可能實現。我們必須看到當代全球場景——重疊的疆域、交織的歷史——已經預現並銘印在地理、文化和歷史之間的巧合和匯通，這對比較文學的先驅者是如此重要的。然後，我們可以一種嶄新且更爲動態的方式掌握到激發比較專家的「世界文學」宏圖之唯心論式歷史主義與同一時刻具體的帝國之世界地圖兩者。

但若不能接受兩者的共通處便是權力的精心策劃，就不可能做到這點。信仰並操作

「世界文學」的人們十分深奧的學術，意含著一位坐落在西方世界的觀察者之非凡特權，此人事實上可能以至高無上的出離態度來探索世界的文學成就。東方學家和其他有關非歐洲世界的專家——人類學家、歷史學家、語言學家——也有這種權力，如同我試圖在其他地方所呈現的，他經常和具有意識地從事帝國事業手牽手、心連心。我們必須表達出這麼繁多的至高無上之癖性，並看待其共通的方法論。

一個明顯的地理模式由格蘭西的論文〈南方問題的某些層面〉(Some Aspects of the Southern Question)所提供。不常被閱讀與被分析，這篇研究論文卻是格蘭西所寫的（雖然他從未完成之）一篇貫穿著政治和文化分析的作品；他提出爲展開行動所面對的地理上之難題，及他的同志所做的分析，其中牽涉到：因爲南義大利的社會解組，使其似乎難以理解，但卻又弔詭地對理解北方至關重大，故應該如何去思考、籌劃並研究南義大利乃是重大問題。我想格蘭西明智的分析超越了其於一九二六年義大利政治的策略相關性，因爲它提供了在一九二六年爲止他的新聞工作之總結，並劃下句點，而且成爲《獄中札記》(*The Prison Notebooks*)的序曲，其中他付出了他的偉大之同道盧卡奇所沒有談到之疆域、空間和地理的基礎最主要的關注。

盧卡奇屬於馬克思主義中的黑格爾傳統，格蘭西爲其維科式、克羅齊式的轉向。對盧卡奇而言，他的主要作品《歷史與階級意識》(*History and Class Consciousness*, 1923)整部的核心問題意識是時間性；對格蘭西而言，甚至只要對他的概念詞彙所立即呈現的做一個粗劣檢討，也會看到社會史和現實狀況乃是以地理學術語來掌握的——諸如：「地勢」(terrain)、「疆域」(territory)、「區段」(blocks)和「區域」(region)等字眼極為普遍。在《南方問題》中，格蘭西不只是苦心地要呈現出義大利北部和南部的區隔，並且如他時處在僵局狀態的全國工人階級運動所採取的政治作為面臨之挑戰極為根本，對當所言，因為在一方是龐大未分化的農民大眾，另一方是「大」地主、重要的出版社和特出之文化形構，兩者之間有驚人的對比，所以在描述南方的特殊情勢時，格外難以令人滿意、格外挑剔。克羅齊自己，義大利最令人印象深刻和著名的人物，被格蘭西視為具備機敏特質的南方哲學家，對他而言，似乎更容易和歐洲及柏拉圖比和他自己破碎的南歐環境產生關聯。

因而，問題是如何聯合南方，其貧窮和巨大的勞動力匯聚的結果乃是停滯不前，難以抵禦北方的經濟政策和權力，但北方卻又依賴南方。格蘭西從許多方面來設想回答此一問題，並預告了他在《札記》(*Quaderni*)中對知識份子著名的責難：他認為皮羅・戈貝帝(Piero Gobetti)，是一位了解有必要聯合北方無產階級和南方農民的知識份子，此一策略與克羅齊和裘斯提諾・佛勤納托(Guistino Fortunato)的生涯截然對立，戈貝帝基於其組織文化的能力來串聯南方。他的作品「提出南方問題，經由將北方的無產階級引進其中，而使其問題立基於和傳統不同的形勢之中(傳統上視南方只是義大利的落後地區)。」㊿但格蘭西繼續討論道，除非人們記得知性的工作是更慢的，其運作根據的是比任何其他社會團體更延長的時間表，否則此種引介不可能發生。文化不可能以一種立即而明顯的事實被看到，但必須被視為（如同他在《札記》中所說的）**永恆的次類型**(sub specie aetemitatis)。在新文化的形構出現之前，許多時間飛逝而過，依賴於經年累月的準備、行動和傳統三者的知識份子，對此一過程的形成是必要的。

格蘭西也了解到在一個文化像珊瑚般形成的曠日彌久期間，人們需要「一個有機式的破除」。戈貝帝代表此一破除，在義大利歷史上如此長期地支持並隱瞞南北差距的文化結構之內開出一道裂縫。格蘭西以明顯的溫暖、賞識和熱誠來對待戈貝帝個人，但他對格蘭西的南方問題分析之政治和社會意義——這篇未完成的論文驟然地結束於對戈貝帝的思考乃是適切的——是他強調發展並精心策劃一個社會形構之必要性，並建立在由他的作品所架構之破除上，以及他的堅持於知性的努力本身提供在人類歷史中分離且顯然具自主性的不同區域之間的串聯。

我們可以稱戈貝帝的因素運作起來好像一個賦予活力的串聯式，以如此動態和有機的方式表現並代表了比較文學發展豐富的內容和帝國地理學的出現兩者之間的關係。若說兩個論述只是帝國主義式的，等於並未說到他們是在哪裡及如何發生的。首先，他留給我們可能做的是將它們**一起**表達出來，作為一個綜合體，有某種比巧合、併發和機械的更多之關係。就這點，我們必須從一種反抗的、逐漸升高又升高的挑戰性替代方案之觀點，來看待對非歐洲世界之宰制。

沒有顯然的例外，現代歐洲和美國的普世化論述先設非歐洲世界的沈默、樂意或其他相似觀點，有兼併；有包容；有直接統治；有強制。但只有很少的情況下，才會體認到被殖民人民的聲音要被聽到、他們的理念要被知曉。

可以討論西方文化本身的持續生產和詮釋，確實讓這個相同的假設邁向二十世紀，甚至在「邊陲」世界對西方強權的政治反抗蓬勃發展之時亦然。正因爲如此，正因爲它擁有領導地位，似乎對被帝國所促成的地理區隔弄得支離破碎的西方文化檔案加以再詮釋，現在成爲可能的，進而從事一個相當不同類型的解讀和詮釋。首先，比較文學、英語研究、文化分析和人類學諸領域之歷史，可以被視爲與帝國相結合，而且說起來可謂是甚至貢獻其方法以維繫西方人凌駕非西方土著的優勢，特別是假如我們體認到在格蘭西的「南方問題」所典範化的空間意識。其次，我們詮釋角度的改變，允許我們去挑戰此種宣稱超然的西方觀察者之至高無上且無可挑戰的權威。

西方的文化形式可以從屏障它們的自主性封閉區域中抽離出來，反過來將之置於由帝國主義所開創的全球性動態環境之中，它本身則被修正爲一個逐漸進行中的北方與南方、宗主國與邊陲地區、白人和黑人之間的對抗。因此，我們可以思考帝國主義做爲宗主國文化的一部分所發生的過程。此一文化有時承認、其他時候則含糊了帝國本身所支撐之事業。重點是——一個十分格蘭西的說法——何以英國、法國和美國的民族文化維繫對邊陲地區的霸權？何以在他們之內，可以取得被統治者之同意並繼續鞏固對土著民族和疆域的遙遠之統治？

當我們重新檢視文化檔案時，我們開始以並非單面意義地，而是**對位式地**重新解讀，並同時體認到被敘述出來的宗主國歷史和反抗（以及同時並存）其支配性論述運作的其他歷史兩者。在西方古典音樂的對位法上，許多主題彼此交互展現、相互爭勝，且只有一個臨時性的特權在任何特定段落中被賦予；然而，在此一引導出來的多聲部中有其協調與秩序，一種從主題所引申出來的有組織之交替呈現，而非加諸一部作品之外的嚴格旋律或形式的原理。我相信，我們可以同樣方式閱讀並詮釋英文小說，例如：對西印度群島或印度之涉入（經常在大部分情況是壓制的），是如何由殖民化、反抗和最後是本土民族主義的特定歷史所形塑，恐怕甚至是被其所決定的。就這點上，替代方案或新的敘事出現了，他們變成制度化或推論性穩固的實體。

極爲顯然地，並沒有一個拱衛性的理論原則統治帝國主義整個綜合體；必定同樣顯然的是，建基於西方和世界其餘部分之間區隔的支配和反抗的原理——從非洲批評家秦維祖（Chinweizu）自由地採借過來——像一道裂縫從中貫穿。這道裂縫影響了在非洲、印度和其他邊陲地區所在的許多區域之糾葛、重疊和相互依存，每一個均有不同，均有其自己的結盟和形式之密度、自己的主旨、工作和制度，以及——從我們身爲重新閱讀的讀者之觀點來看最重要的——其知識之特有的可能性和條件。就糾葛所發生的每一個區域，帝國主義的模式解組了，其兼併、普世化和整體化的典則表現得毫無效果且難以運用，於是一種特殊類型的研究和知識開始締造。

這種新知識的一個範例是對東方主義或非洲主義的研究，以及與之相關的組合，英國民族性或法國民族性的研究。今天，這些認同不是以上帝所賦予的本質來分析，但是例如，在非洲歷史和英國的非洲研究之間掛勾的結果，或者是法國歷史的研究和在第一帝國期間知識重組之間掛勾的結果，就某種重要意義而言，使我們所處理的文化認同之形成不是理解爲本質化（雖然他們持久的訴求一部分是它們似乎被認爲好像是本質化），而是對位式的綜合體，因爲無任何一種認同可以只憑恃自己而存在，而無需一整套的相反、否定和對立：希臘人總是需要野蠻人、歐洲人需要非洲人、東方人等等，這種對反當然也是眞實的。甚至在我們的時代，涉及這類本質化「伊斯蘭」、「西方」、「東方」、「日本」或「歐洲」有關的龐大糾葛，承認了一種特別的態度和指涉的知識與結構，這些有待細心分析和研究。

假如人們研究某些主要的宗主國文化——例如：英國的、法國的和美國的——在他們追求（和統御）帝國的鬥爭之地理脈絡中，一種獨特的文化地形學就突顯出來了。使用「態度和指涉的結構」這個名詞，我心中所想到的便是這個地形學，正如我心中也想到雷蒙．威廉斯的原創性名詞「情感結構」。我所說的是位置和地理的指涉事項之結構，呈現在文學、歷史或民族誌的語言之方式，有時候暗示性地，有時細心地被籌劃，並遍及一些彼此似乎並未有所關聯或與「帝國」的官方意識型態有關的個別作品之中。

例如，在英國文化中，人們可以發現到在史賓塞、莎士比亞、狄福和奧斯汀有一個持續一致的關懷，即：固著於社會上可欲之事，強化宗主國英格蘭或歐洲之空間，並經由設計、動機和發展，將之與遙遠或邊陲世界（愛爾蘭、威尼斯、非洲和牙買加）相聯結，視其爲可欲的但次等的。伴隨著這些細密地被維繫的指涉事項而來的是態度——有關統治、控制、利潤、強化和適切性——從十七世紀到十九世紀結束為止，以驚人的力量成長。這些結構並非產生於某些預存的（半陰謀式的）由作家所操縱之設計，而是與英國的文化認同發展相結合，好像這個認同在一種地理上被認知到的世界中想像它自己。相似的結構可以在法國和美國的文化中被論及，以不同的理由和明顯地不同的方式成長起來。我們尚未達到我們可以說是否這些全球性整合結構是為帝國控制和征服而準備的階段，或者是否它們結合這種事業，或是否以某種反省的或無心的方式，使它們成為帝國的結果。只能說我們是處在我們必須檢視最強勢地宰制廣布四方的疆域之三個西方文化，其地理概念的表達極驚人地頻繁出現的階段。在本書第二章，我探討這個問題，並進一步對之提出一些論證。

我盡其可能地去研讀並理解這些「態度與指涉的結構」。對那些觀點很少有任何不滿、有所迴避、有所異議：全然沒有異議的是臣屬種族應被統治、他們**正是**臣屬種族；反之，某個種族值得並持續地贏得被認為其主要任務是從其本身的疆域向外擴張的種族之權利（事實上，如西萊在一八八三年所論及的，英國——法國和美國有他們自己的理論家——只可能被以此種方式來理解）。恐怕令人驚訝的是，宗主國文化的部門顯然已變成我們時代的社會對抗之先鋒，故而它們也是這個帝國共識之從不訴苦的成員。除了少數例外，婦女和工人階級運動是擁護帝國的。當人們必須一直煞費苦心去呈現出不同的想像、情感、理念和哲學是在運作中，每一個文學或藝術作品有其特性，基於下述理由，還是會形成目標上實質的統一性：帝國必須被維繫下去，它**正被**維繫著。

以這種新穎的方式來催化並重新宣示，去閱讀並詮釋宗主國主要的文化文本，不能沒有在邊陲地區各處都發生的反抗帝國之運動爲其條件。在本書的第三章，我主張一個全新的全球性意識，聯合所有不同地區之反帝國抗爭的行動綱領。今日，來自先前殖民化世界的作家和學者，已經將他們分歧的歷史加諸於歐洲中心地區的偉大正典文本，並在其中畫出它們區域的地圖。新的閱讀方式和知識，正開始從那些重疊又千差萬別的互動中呈現出來。人們只要想想發生在一九八〇年代結束時，無比驚人強大的動盪——破除障礙、大衆叛亂、跨越疆界、在西方，移民、流亡人士和少數族群之權利所隱約浮現的問題——看看舊有的策略、僵硬的隔離措施及安適的自主性，是多麼過時了。

雖然，去評估這些實體是如何建立的，並去理解，例如，一個不被阻撓的英國文化之理念，如何耐心地獲取其權威和權力，去使自己放諸四海皆準，這些都非常重要，但這對任何個人而言，都是龐大的任務，而來自第三世界的一整批新世代學者和知識份子正在著手實行此一事業。

在此，細心和愼重之言詞有其必要，我所考慮的一個主題是民族主義和解放之間不易處理的關係，人民從事反抗帝國主義所具備的兩個理想和目標。大體上，在後殖民世界中，非常多的新興獨立民族國家之創造，已成功地重建所謂想像的社群之優位性，卻被像奈波爾和康納・克魯茲・歐布萊恩這樣的作家所諷刺和辱罵，其成果也被一群獨裁者和小寡頭專制者所竊奪，它們並被供奉在許多國家民族主義政權中，這是實情。然而，一般而言，許多第三世界的學者和知識份子意識中存有反對的特質，特別是（不是只有他們）那些在西方的流亡者、放逐者或難民和移民，他們之中有許多人是二十世紀初期的放逐者，如：喬治・安東尼奧斯和詹姆士所寫的作品之繼承者。他們的作品試圖跨越帝國的區隔去串聯經驗，重新檢討偉大的正典，以便實質上產生一種批判文學，一般而言，這不可能從未被復興的民族主義、專制主義、不寬容的意識型態所提供，他們均擁護了民族主義獨立的現實情況，卻背叛了解放論理想。

此外，他們的作品應被視為與宗主國本身內部的弱勢團體和「被壓制」的聲音分享著重要的關懷：女性主義者、非裔美國作家、知識份子、藝術家，還有其他人等。但是在此，警惕和自我批判也是基本的，既然存在著一種先天上的危險，導致制度化、由邊際性轉為分離主義、因抗拒過於強硬而變成教條的各種相反作用。確實，在知性生活中儲備並重新規劃政治挑戰的積極進取精神，應被保障以反制正統性。但總是有必要在壓迫之前，維護社群共同生活、在僅止於團結一致之前允許批判，並在同意之前容許警惕。

既然在這裡，我的主題是《東方主義》的某種續篇，像這樣一本書寫於美國，對美國文化和政治環境的某些考慮乃是理所當然的。美國不是普通的大國，美國是最後的超強，一個具有巨大影響力，在全世界幾乎每個地方經常行使干預權的國家。美國的公民和知識份子對美國和世界其餘部分之間關係的發展，具有一個特殊之責任，這種責任，無論如何不能因為說：蘇聯、英國、法國或中國過去是，或現在是更糟糕的，而輕易加以免除或實現之。事實是我們確有責任，因而更有能力去影響**這個**國家，其影響之方式是我們過去對前戈巴契夫的蘇聯或其他國家所沒有的。因此，我們應該首先仔細留意到在中美洲和拉丁美洲——只提最明顯的——以及在中東、非洲和亞洲，美國如何已取代了早期的偉大帝國，並且是**這個**主宰的外來力量。

謙虛一點來看，這個紀錄並不好。美國自從第二次世界大戰後，軍事干預發生在（仍然發生）幾乎每一個洲，許多是極為複雜並規模甚大，且有龐大的國家投資，這是我們現在才剛開始了解到的。所有這一切，以威廉・艾波曼・威廉斯的術語而言，帝國乃是一種生活方式。對越南戰爭、對美國支持尼加拉瓜「叛軍」、對波斯灣危機，許多內幕持續揭發出來，這只是此一複雜的干預故事之一部分而已。人們並未充分留意到下列事實：美國的中東和中美洲政策——是否在伊朗所謂的溫和派之間採用某種地緣政治的通路，或援助所謂的反叛之自由戰士以推翻尼加拉瓜民選的合法政府，或從事對沙烏地阿拉伯和科威特王室家族的援助——可以只被描述為是帝國主義式的。

儘管我們必須認可，如同許多人所想的，美國的外交政策根本是利他主義的，並奉獻於這個無可指責的目標，如：自由和民主，對這點有相當可以懷疑的空間。艾略特在〈傳統與個人天賦〉（Tradition and the Individual Talent）中討論到歷史感相關的事情，顯然極為重要。難道我們不是反覆著在我們之前的法國和英國、西班牙和葡萄牙、荷蘭和德國之所做所為的另一個民族嗎？然而，我們沒有想要視我們自己在某些方面豁免於在我們之前的更卑劣之帝國冒險事業嗎？此外，在我們這方面，難道沒有毫不被質疑的預設，認爲我們的使命是去統治和領導世界，我們已經指派我們自己這項使命，做爲我們奔向原野的一部分嗎？

簡言之，我們做爲一個民族，面對我們與他人的關係——其他文化、國家、歷史、經驗、傳統之此一深切地、沈重地煩擾人且令人心慌的問題。在這個問題之外，沒有阿基米德點，可以使我們站在那裡去回答這個問題；沒有任何優勢地位，足以超出不同文化之間、不平等之帝國和非帝國權力之間、我們和他人之間關係的現實情況；無人有認識論的特權，足以在某方面判斷、評估並詮釋世界，免於受他們之間進展中的關係之阻撓的利益和糾葛之影響。也就是說，我們屬於這些關係之中，並未在其外或超出這些關係。它賦予我們做爲知識份子、人文主義者和世俗批評家的義務，以便了解美國是處在諸民族所構成的世界之中，並「處在」現實情況之中來行使權力，做爲其中的參與者、不是超脫的外來觀察者，像奧立佛・哥德斯密（Oliver Goldsmith）一樣，以葉慈完美的詞句來說，後者只是愼重地啜飮著我們心靈點滴的蜜汁。

最近，歐洲和美國人類學的苦心經營之成果，以一種徵候與有趣的方式反映了這些迷亂和糾紛。這些文化實踐和知性活動，做爲主要的構成元素，運作於外來的西方民族誌學家—觀察者，和幼稚的、或至少是不同的，但當然是更脆弱和更低度發展的非歐洲、非西方人之間的基於勢力差異所呈現的不平等關係。在《金姆》的格外豐富文本中，吉卜齡揷入了那種關係的政治意義，並將之體現在克瑞頓上校的角色中。一位民族誌學者，負責印度調查，也是英國在印度情報工作的首腦，即年輕的金姆所屬的「大遊戲」的領袖。現代西方人類學經常重複那種頗成問題的關係，一些最近理論家的作品中處理了建基於武力之上的政治現實，和一種科學與人文的慾望，其以一些模式且不受武力所影響的詮釋性及同情瞭解的方式來理解他者之間，有著幾乎不可超越的矛盾。

是否這些努力成功或失敗，會比什麼是他們所突顯的特色，及使其成爲可能的東西是什麼的問題，更不那麼有趣：即對於滲透一切、無可避免的帝國場景之敏銳而尷尬的察覺。事實上，就我所知的，沒有任何方式，可以從美國文化（其背後具有一整部滅絕與兼併的歷史）的內部來理解世界，卻又不必了解帝國對抗本身。我要說的是，這是一個具有格外之政治和詮釋之重要性的文化事實，然而在文化和文學理論中尚未被如此承認著；在文化論述中，例行地被繞過或被隱瞞。閱讀大部分的文化解構論者、馬克思主義者或新歷史學家，乃是閱讀其政治水平、其歷史位置處在一個深刻地陷入於帝國的支配之社會和文化的作家之作品。然而，這個水平很少被注意到，這個場景很少被公然承認、這個帝國的終結本身則很少被允許眞正實現。取而代之，人們有下列印象：其他文化、文本和民族的詮釋——基本上，這是所有詮釋都會牽扯到的——發生於一個無時間性的眞空狀態，如此充滿寬恕和特許，以至於直接將詮釋導入一種普世主義，擺脫依戀、禁制和利益。

當然，我們生活在一個不只有商品，還有再現的世界，再現——其生產、流通、歷史和詮釋——是文化的眞正元素。在許多最近的理論中，再現的問題注定是重心所在，然而它卻很少擺在其完整的政治脈絡來看，原本就是處在一個帝國的脈絡。取而代之，一方面，我們有一個隔離的文化領域，被確信是自由地且無條件地可從事無重狀態式的理論冥想和探究作用；另一方面，一個被貶抑的政治領域，不同利益間眞實鬥爭被認爲發生於此。對專業的文化學者——人文學家、批評家和學者——只有一個領域有關，尤有甚者，人們接受兩個領域彼此分開。事實與此相反，這兩者不只相結合，且終極上是相同的。

一個根本的曲解，又在這種分離上被建立了。文化可以免於與權力的任何牽連，再現只被認爲是無關政治的形象，一如許多文法變化般的被分析和解釋，而且，現在與過去的分離也被認定是已經完成了。可是，這種領域分割絕非是一個中立或偶然的選擇，它的眞正意義是在於做爲一種共謀的行動，即人道主義者的一種僞裝、剝蝕、有系統地淨化文本的範例，以便超越一個更具備戰性的範例之選擇，其首要特質將不可避免地環繞在帝國本身問題的持續掙扎上。

讓我以大家所熟悉的例子，用不同的方式來說明。至少十年以來，在美國有一場針對自由教育的意義、內容和目的所進行的文雅、認眞的辯論。此場辯論大都但並非全部，是由一九六〇年代的動亂之後，在大學中所激發的，當時是本世紀美國的教育結構、權威和傳統，受到社會與知性所啓發的刺激而釋放出來的爆發性活力所挑戰。在學術上的較新潮流，以及什麼是叫做理論（在此種印記之下，集聚了許多新的學科，像精神分析、語言學和尼采哲學，都是從傳統的領域，比如哲學、道德哲學和自然科學中被逐出門牆）的力量，獲得了聲望和利益；他們顯然毀壞了既有正典、高度資本化的領域、合格審查的漫長程序、研究和知識勞力分工的權威和穩固。這一切都在溫和而設限的文化學術實踐領域中，同時與反戰、反帝國主義者抗議的大浪一起發生，那不是偶然的，而是一個眞實的政治和知性的時機。

相當諷刺地，我們在宗主國對一個嶄新奮發和回歸傳統的追尋，是跟隨著現代主義的枯竭而來，而且被以不同的方式表達爲後現代主義，或如我在前面所說的，引用李歐塔之言，視爲西方解放和啓蒙叙事合法化權力的失落；同時，現代主義和在先前的殖民地、邊際世界中被重新發現，在那裡，反抗、大膽的邏輯以及對古老傳統（在伊斯蘭世界是 *al Turath*〔傳統〕）的不同探究，共同譜出了曲調。

西方對此新契機的一個反應，那時是極端的保守：致力於再聲言舊的權威和正典，努力重新安排十或二十或三十本一個西方人不讀它就不算受過教育的必備西方書籍，這些努力都在備戰的愛國主義修辭中被表白出來了。

但是可能有另一種反應，値得在此回顧，因爲它提供一個很重要的理論契機。文化經驗或，事實上，每一個文化形式在本質和精髓上都是雜種的，如果自伊曼紐爾・康德(Immarnuel Kant)以來，在西方的實踐就是把文化和科學孤立在世界的領域之外，那麼今天是將它們合併的時候了。這絕不是一個簡單容易的事，因爲——我相信——在西方至少自十八世紀晚期以來，這已是經驗的本質，就是不僅取得偏遠地區的支配和加入霸權，並且將文化和經驗領域分割成顯然是分離的地球領域。實體，就如種族和民族、本質，諸如：英國性格或東方主義、生產模式，諸如：亞洲的或東方的，所有這些，就我之見，都印證了一種意識型態，其文化的相互關係早就在帝國領土的實際累積之前，就已在世界上廣泛地出現了。

大部分的帝國歷史學家在提及「帝國時代」，都視此時代大約是自一八七八年「爭奪非洲」一時正式開始的。但在一個更深度的檢視文化現實時，就可以發現有關於海外歐洲的霸權，已有一個更早先、更深化和更頑固的觀點存在；我們可以在接近十八世紀結束之時，找到一個連貫的、充分被動員的理念系統，而且隨後就出現了一套整體的發展，諸如在拿破崙統帥之下的首次大規模有系統的遠征、民族主義和歐洲民族國家的興起、大範圍工業化的出現，以及中產階級權力的鞏固。這也是一個小說形式和新的歷史敘事成為卓越的，以及主體性的重要性，在歷史時代中取得牢固的把持之時期。

然而，大部分的文化歷史學家，和當然所有文學學者，都沒有指出**地理的**註釋、理論的繪圖和領土的製圖，都構成當時西方小說、歷史寫作和哲學論述的基礎。首先是歐洲觀察者——旅行者、商人、學者、史學家和小說家——的權威，接著是空間的科層制度，藉此宗主國的中心，逐漸地，以及宗主國的經濟，被認為是有賴於一種領土控制、經濟剝削的海外體制和一種社會文化的觀點；沒有這些，家鄉的穩定和繁榮——「家鄉」是一個極具共鳴效能的字眼——將是不可能的。對於我說的，可以在珍・奧斯汀的《曼斯斐爾公園》找到最佳例子，小說中湯瑪斯·柏特蘭在安地瓜的奴隸農場，對曼斯斐爾公園的平靜和美麗，有著神祕的必要性，而曼斯斐爾公園是被早就存在於非洲之前，或帝國時代正式開始之前的道德和美學的字眼描述著。如約翰·史都華·彌爾（John Stuart Mill）在《政治經濟學原理》（*Principles of Political Economy*）一書中所提到的：

這些〔我們的境外領土〕幾乎不應被視為是國家……更確切地說，它們是屬於更大的社群之境外的農業和製造業的產地。例如，我們的西印度群島不可以被看作是有它們自己生產性資本的國家……〔而是〕英國發現它們可以滿足蔗糖、咖啡和其他一些熱帶商品生產的所在地。[51]

將這段卓越不凡的文字和珍·奧斯汀的小說一起閱讀，一幅較不親切的圖像呈現出來，而不是在前帝國主義者的時代中，通常所見到的文化形構。在彌爾的論說中，我們聽到了白人主人無情的資產擁有者之口吻，用來抹殺跨越古典航線運輸而來的數百萬奴隸之現實、工作和痛苦，只還原到一種「爲了資產擁有者的利益」之合併狀態。這些殖民地，彌爾說，只是被視爲是一種便利，這種態度也被奧斯汀證實，她在《曼斯斐爾公園》中，將加勒比海地區生存的痛苦，昇華到對安地瓜所提及的少量粗略實例上。而大致相同的作法，也出現在英國和法國的其他經典作家；簡言之，宗主國從對偏遠殖民地產業的貶低和剝削中，將其權威擴展到一個相當大的程度（那麼，並非無故地，華爾特・羅德尼（Walter Rodney）會將其一九七二年偉大的去殖民化論述定名爲《歐洲如何低度發展非洲》（*How Europe Underdeveloped Africa*）了」。

最後，觀察者和歐洲地理中心感的權威，被一種貶謫和限制非歐洲人爲一種次等種族、文化和本體狀態的文化論述所支持。然而，這種次等性，弔詭地，是歐洲人至高無上感的根本；這當然是被沙塞爾、法農和梅米所揭發的矛盾，而這只不過是在許多現代批判理論中的一個反諷而已，它幾乎還很少被閱讀之辯難（aporias）和不可能性的探究者所探索著。或許那是因爲強調的重點不是放在**如何**閱讀，而是放在閱讀了**什麼**以及有關在**何處**撰寫和再現上。康拉德的巨大貢獻，是在於已經於一個如此複雜而破裂的說法中，吹響了眞實帝國主義者的音符——你如何用一種自我肯定的意識型態動力（亦即馬羅在《黑暗之心》中所稱的致力於一個理念背後的能力，而「那個」理念則是指從那些有著較黑膚色和較扁鼻子的人們手中掠奪土地），來支援全球性累積和統治的威力，並且同時又將此一過程罩上一層屏風，而說藝術和文化與「那個」理念毫不相關。

讀什麼以及在閱讀過程中要處理什麼，是這個問題的完整形式。所有能量注入批判理論，注入小說和去神祕化的理論實踐，像新歷史主義、解構和馬克思主義，我可以極篤定地說，他們都規避了現代西方文化的主要政治地平線，換言之，帝國主義。這個龐大的規避行爲支撐著一個教條式的包括和排除：你包括了盧梭、尼采、華茨華斯、狄更斯、福樓拜等等，同時你又排除了他們與排除長期、複雜和有機可循的帝國運作之關係。但爲什麼這會是讀什麼及有關於什麼場所的重要事項呢？非常簡單，因爲批判論述對過去兩個世紀以來，對歐洲和美國的帝國主義擴張之抗拒所產生出來的巨大、令人興奮且繁多的後殖民文學，沒有一點認知。閱讀奧斯汀，可以不用同時閱讀法農和卡布洛——等等——乃是將現代文化從其糾葛和依附中抽離出來，那是一個應該被逆轉的過程。

但還有更多必須做的，批判理論和文學史學術研究，重新詮釋和重新正當化西方文學、藝術和哲學的主要樣品。這裡面有許多是令人興奮和動人的作品，僅管人們經常會感覺到一種精心巧思和細膩刻畫的能量，多過於我們所謂的世俗的和串聯式的批評所具有的某種全副心力之投入；這種批評不可能沒有對有意識地選擇歷史模型是如何，和沒有社會及知性變革息息相關具有相當強烈的體認，卻還能順利進行的。然而，假如你閱讀並詮釋現代歐洲和美國文化與帝國主義相關之處，就變成你也要負起義務，去基於文本所提到的場所之並未充分聯繫於歐洲的擴張、並未充分地加重其份量的部分，去重新詮釋該正典。用不同的方式來呈現，這個程序內涵著將正典解讀為歐洲擴張的一個多聲部伴奏，賦予一個修正的新方向和新評價給像康拉德和吉卜齡這類作家。他們過去被體育報導般地被閱讀，而非被視為是明白地揭示出在更早期作家，比方說像奧斯汀和夏多布里昂的作品中，長期潛伏或隱含和可以預料到的生動之帝國主義題材。

其次，理論著作必須開始規劃帝國和文化的關係。有一些里程碑——例如：凱南的作品和馬丁．格林（Martin Green）的作品——但對此一議題的關注尚未緊密。無論如何，事情開始改變，如我先前所強調的。其他學科的一整串作品之中，有著一群新的、大致上是更年輕的學者和批評家——在這裡、第三世界和歐洲——開始從事理論和歷史的事業；他們中有許多人似乎從不同的方面匯合於帝國主義論述、殖民主義實踐等問題。理論上，我們只不過還在試圖去列出帝國所從事的**文化質問**（interpellation）之清單的階段，但這些努力迄今所開創的只稍微比萌芽期更多些而已。當文化研究延伸到大眾媒體、大眾文化、微觀政治學等等，放在權力和霸權模式的焦距就會變得更清晰敏銳。

第三，我們應該在我們研究之前，先牢記現在的情況乃是對過去歷史之研究的路標和典範具有優先特權。假如我們堅持過去與現在、帝國推動者和被帝國宰制者、文化和帝國之間的整合和聯繫，我們必須做的是不要弭平或化約差異，且要傳遞出事情之間相互依存的更迫切之體認。帝國主義做為一個具備文化基本層面的經驗如此龐大，又如此鉅細靡遺，故而我們必須說重疊的疆域、交織的歷史，對男人與女人、白人與非白人、宗主國居民和邊陲地區居民、過去、現在以及未來都是共通的；這些疆域和歷史只可能從世俗的人類歷史之整體角度來看待。

註釋：

① T. S. Eliot, *Critical Essays* (London: Faber & Faber, 1932), pp. 14–15.

② 參見 Lyndall Gordon, *Eliot's Early Years*(Oxford and New York: Oxford University Press, 1977), pp. 49–54.

③ C. C. Eldridge, *England's Mission: The Imperial Idea in the Age of Gladstone and Disraeli, 1868–1880* (Chapel Hill: University of North Carolina Press, 1974).

④ Patrick O'Brien, "The Costs and Benefits of British Imperialism," *Past and Present*, No. 120, 1988.

⑤ Lance E. Davis and Robert A. Huttenback, *Mammon and the Pursuit of Empire: The Political Economy of British Imperialism, 1860–1920* (Cambridge: Cambridge University Press, 1986).

⑥ 參見 William Roger Louis, ed., *Imperialism: The Robinson and Gallagher Controversy* (New York: New Viewpoints, 1976).

⑦ 例如 André Gunder Frank, *Dependent Accumulation and Underdevelopment* (New York: Monthly Review, 1979)和 Samir Amin, *L'Accumulation à l'echelle mondiale* (Paris: Anthropos, 1970).

⑧ O'Brien, "Costs and Benefits," pp. 180–81.

⑨ Harry Magdoff, *Imperialism: From the Colonial Age to the Present* (New York: Monthly Review, 1978), pp. 29 and 35.

⑩ William H. McNeill, *The Pursuit of Power: Technology, Armed Forces and Society Since 1000 A. D.* (Chicago: University of Chicago Press, 1983), pp. 260–61.

⑪ V. G. Kiernan, *Marxism and Imperialism* (New York: St. Martin's Press, 1974), p. 111.

⑫ Richard W. Van Alstyne, *The Rising American Empire* (New York: Norton, 1974), p. 1。也參見 Walter LaFeber, *The New Empire: An Interpretation of American Expansion* (Ithaca: Cornell University Press, 1963).

⑬ 參見 Michael H. Hunt, *Ideology and U.S. Foreign Policy* (New Haven: Yale University Press, 1987).

⑭ Michael W. Doyle, *Empires* (Ithaca: Cornell University Press, 1986), p. 45.

⑮ Darid Landes, *The Unbound Prometheus: Technological Change and Industrial Development in Western Europe from 1750 to the Present* (Cambridge: Cambridge University Press, 1969), p. 37.

⑯ Tony Smith, *The Pattern of Imperialism: The United States, Great Britain, and the Late Industrializing World Since 1815* (Cambridge: Cambridge University Press, 1981), p. 52。史密斯在這點上引用甘地的見解。

⑰ Kiernan, *Marxism and Imperialism*, p. 111.

⑱ D. K. Fieldhouse, *The Colonial Empires: A Comparative Survey from the Eighteenth Century* (1965; rprt. Houndmills: Macmillan, 1991), p. 103.

⑲ Frantz Fanon, *The Wretched of the Earth*, trans. Constance Farrington (1961; rprt. New York: Grove, 1968), p. 101.

⑳ J. A. Hobson, *Imperialism: A Study* (1902; rprt. Ann Arbor: University of Michigan Press, 1972), p. 197.

㉑ *Selected Poetry and Prose of Blake*, ed. Northrop Frye (New York: Random House, 1953), p. 447。少數幾本處理布雷克之反帝國主義的作品之一，是 David V. Erdman, *Blake: Prophet Against Empire* (New York: Dover, 1991).

㉒ Charles Dickens, *Dombey and Son* (1848; rprt. Harmondsworth: Penguin, 1970), p. 50.

㉓ Raymond Williams, "Introduction,"收錄於 Dickens, *Domber and Son*, pp. 11-12.

㉔ Martin Bernal, *Black Athena: The Afroasiatic Roots of Classical Civilization*, Vol.1 (New Brunswick: Rutgers University Press, 1987), pp. 280-336.

㉕ Bernard S. Cohn, "Representing Authority in Victorian India,"收錄於 Eric Hobsbawm and Terence Ranger, eds., *The*

Invemtion of Tradition（Cambridge：Cambridge University Press, 1983）, pp. 185–207.

㉖引用自 Philip D. Curtin, ed., *Imperialism*（New York：Walker, 1971）, pp. 294–95.

㉗ Salman Rushdie, "Outside the Whale,"收錄於 *Imaginary Homelands：Essays and Criticism, 1981–1991*（London：Viking/Granta, 1991）, pp. 92,101.

㉘這個訊息出自 Conor Cruise O'Brien's "Why the Wailing Ought to Stop," *The Observer,* June 3, 1984.

㉙ Joseph Conrad, "Heart of Darkness,"收錄於 *Youth and Two Other Stories*（Garden City：Doubleday, Page, 1925）, p. 82.

㉚就麥金德的論點參見 Neil Smith, *Uneven Development：Nature, Capital and the Production of Space*（Oxford：Blackwell, 1984）, pp. 102–3。康拉德和凱旋論的地理學是 Felix Driver, "Geography's Empire：Histories of Geographical Knowledge," *Society and Space*, 1991.

㉛ Hannah Arendt, *The Origins of Totalitarianism*（1951；new ed. New York：Harcourt Brace Jovanovich, 1973）, p. 215 也參見 Fredric Jameson, *The Political Unconscious：Narrative as a Socially Symbolic Act*（Ithaca：Cornell University Press, 1981）, pp. 206–81.

㉜ Jean–François Lyotard, *The Postmodern Condition：A Report on Knowledge,* trans. Geoff Bennington and Brian Massumi（Minneapolis：University of Minnesota Press, 1984）, p. 37.

㉝特別要參見傅柯的後期作品，*The Care of the Self,* trans. Robert Hurley（New York：Pantheon, 1986）。一個大膽的新詮釋論及傅柯整體作品乃是有關自我，特別是他自己的自我，在 *The Passion of Michel Foucault* by James Miller（New York：Simon & Schuster, 1993）一書有所推展。

㉞例如，參見 Gérard Chaliand, *Revolution in the Third World* (Harmondsworth: Penguin, 1978).

㉟ Rushdie, "Outside the Whale," pp. 100-101.

㊱ Ian Watt, *Conrad in the Nineteenth Century* (Berkeley: University of California Press, 1979), pp. 175-79.

㊲ Eric Hobsbawm, "Introduction,"收錄於 Hobsbawm and Ranger, *Invention of Tradition*, p. 1.

㊳ Jean-Baptiste-Joseph Fourier, *Préface historique*, vol.1 of *Description de l'Egypte* (Paris: Imprimerie royale, 1809-1828), p. 1.

㊴ 'Abd al-Rahman al-Jabarti, '*Aja'ib al-Athar fi al-Tarajum wa al-Akhbar*, vol.4 (Cairo: Lajnat al-Bayan al-'Arabi, 1958-1967), p. 284.

㊵參見 Christopher Miller, *Blank Darkness: Africanist Discourse in French* (Chicago: University of Chicago Press, 1985)和 Arnold Temu and Bonaventure Swai, *Historians and Africanist History: A Critique* (Westport: Lawrence Hill, 1981).

㊶ Johannes Fabian, *Time and the Other: How Anthropology Makes Its Object* (New York: Columbia University Press, 1983); Talal Asad, ed., *Anthropology and the Colonial Encounter* (London: Ithaca Press, 1975); Brian S. Turner, *Marx and the End of Orientalism* (London: Allen & Unwin, 1978)對這些作品部分之討論，參見 Edward W. Said, "Orientalism Reconsidered," *Race and Class 27*, No.2 (Autumn 1985), 1-15.

㊷ Peter Gran, *The Islamic Roots of Capitalism: Egypt, 1760-1840* (Austin: University of Texas Press, 1979); Judith Tucker, *Women in Nineteenth Century Egypt* (Cairo: American University in Cairo Press, 1986); Hanna Batatu, *The Old Social Classes and the Revolutionary Movements of Iraq* (Princeton: Princeton University Press, 1978); Syed

Hussein Alatas, *The Myth of the Lazy Native: A Study of the Image of the Malays, Filipinos, and Javanese from the Sixteenth to the Twentieth Century and Its Functions in the Ideology of Colonial Capitalism* (London: Frank Cass, 1977).

㊸ Gauri Viswanathan, *The Masks of Conquest: Literary Study and British Rule in India* (New York: Columbia University Press, 1989).

㊹ Fancis Fergusson, *The Human Image in Dramatic Literature* (New York: Doubleday, Anchor, 1957) pp. 205-6.

㊺ Erich Auerbach. "Philology and *Weltliteratur,*" trans. M. and E. W. Said, *Centennial Review 13* (Winter 1969)。我對這部作品的討論，參見收錄於 *The World, the Text, and the Critic* (Cambridge, Mass.: Harvard University Press, 1983), pp. 1-9.

㊻ George E. Woodberry, "Editorial" (1903)收錄於 *Comparative Literature: The Early Years, An Anthology of Essays,* eds. Hans Joachim Schulz and Phillip K. Rein (Chapel Hill: University of North Carolina Press, 1973), p. 211。也參見 Harry Levin, *Grounds for Comparison* (Cambridge, Mass.: Harvard University Press, 1972), pp. 57-130; Claudio Guillém, *Entre lo uno y lo diverso: Introducción a la literatura comparada* (Barcelona: Editorial Critica, 1985), pp. 54-121.

㊼ Erich Auerbach, *Mimesis: The Representation of Reality in Western Literature,* trans. Willard Trask (Princeton: Princeton University Press, 1953)。也參見 Said, "Secular Criticism,"收錄於 *The World, the Text, and the Critic,* pp. 31-53 and 148-49.

㊽ 國防教育法（NDEA）。美國國會在一九五八年所通過的法案，提撥二億九千五百萬美元之支出以

發展科學和語言，兩者對國家安全注定是非常重要的。比較文學系所乃是這個法案的受惠者。

㊾ 引自 Smith, *Uneven Development,* pp. 101–2.

㊿ Antonio Gramsci, "Some Aspects of the Southern Question，收錄於 *Selections from Political Writings, 1921–1926,*trans. and ed. Quintin Hoare (London: Lawrence & Wishart, 1978), p. 461。對格蘭西有關「南方主義」理論之不尋常的應用，參見 Timothy Brennan, "Literary Criticism and the Southern Question," *Cultural Critique,* No.11 (Winter 1988–89), 89–114.

51 John Stuart Mill, *Principles of Political Economy,* Vol. 3, ed. J. M. Robson (Toronto: University of Toronto Press, 1965), p. 693.

II

鞏固的觀點

Consolidated Vision

雖然我們的祖先已爲我們鋪設了通往東方的軌道，
但我們稱我們自己爲「入侵」的一夥人，
因爲我們意圖破門闖入
一向被衆人接受之英國外交政策的殿堂，
在東方建立一個新民族。

——勞倫斯(T. E. Lawrence)，
《智慧的七大支柱》(*The Seven Pillars of Wisdom*)

一 敘事和社會空間 Narrative and Social Space

在十九世紀和二十世紀初期，英國和法國文化的每一個角落裡，我們幾乎都可以找到對帝國之事實的暗示，但恐怕沒有比在英國小說中表現得更具規律性及頻率更高的了。把它們放在一起看，這些暗示構成了我所說的態度和指涉的結構。

在《曼斯斐爾公園》裡，珍・奧斯汀小心地界定了在她的其他小說中也常呈現的道德和社會價值，也就是涉及湯瑪士・柏特蘭爵士的海外資產是以此種模式被編造出來：它們賦予他財富，使他有時雖不在現場，卻設定了他在家鄉及在海外的社會地位，使他的身價成為可能，最後芳妮・普萊斯（甚至奧斯汀她自己）也認同這些價值。假如這是一部有關於**命定**(ordination)的小說，如同奧斯汀所言，擁有殖民地資產的權利直接有助於建立個人在家鄉的社會地位和道德優越性；再一次地，《簡愛》(*Jane Eyre*)中羅徹斯特精神錯亂的太太柏莎・馬森，是一位西印度群島人，被關閉在閣樓的小房間，有令人恐怖的樣子；薩克萊的《浮華世界》(*Vanity Fair*)中之約瑟夫・席德萊，是一位富有而奢靡的印度人，其狂暴的行為和多不勝數的（恐怕他不值得那麼多）財富和貝姬最後之令人不可接受的邪惡特質相互輝映；然後這又和艾蜜莉亞的謹守禮教形成對比，結局時她獲得了適當的報償。約瑟夫・多賓在小說的結尾則平靜地開始著手寫一部旁遮普的歷史；在查理士・金斯利（Charles Kingsley）的《呵！航向西方》（*Westward Ho!*），性能甚好的玫瑰號航行於加勒比海和南美洲；在狄更斯的《大希望》中，阿貝爾・馬格維奇是一位囚犯，逃往澳大利亞，他的財富使皮普以地方青年的身分，搖身一變而成爲在倫敦發跡的紳士，馬格維奇的財富則因其罪有應得而被虧損一空，反諷地使皮普所享受的大希望成眞。狄更斯許多其他小說中，商人和帝國發生關係，佟拜和奎爾普是兩個著名的例子；狄斯累利的《唐克雷德》（*Tancred*）和伊利奧特的《丹尼爾・德隆達》（*Daniel Deronda*）中，東方部分是原住民（或歐洲移民人口）的棲息地，但部分則是在帝國的擺布之下；亨利・詹姆士（Henry James）在《仕女圖》（*Portrait of a Lady*）中之拉夫・陶卻特在阿爾及利亞和埃及旅行；當我們論及吉卜齡、康拉德、亞瑟・柯南・道爾（Arthur Conan Doyle）、萊德・賀迦（Rider Haggard）、史蒂文森（R. L. Stevenson）、喬治・歐威爾、喬埃斯・凱利（Joyce Cary）、佛斯特（E. M. Forster）、勞倫斯，帝國在其書中每一處都是重要的場景。

法國的情形有所不同。在十九世紀初期，法國帝國的使命和英國不同，英國之殖民由其政府之持續及穩定的政策所支持。法國自從法國大革命及拿破崙時代期間，就苦於政策之轉變、殖民地之喪失、佔領權之不穩定性、哲學思想之遞移，這意味著其帝國之形象在法國文化中更不具備穩當之認同及表現。在夏多布里昂及拉馬丁的作品中包含帝國氣派之修辭；在其繪畫、其歷史與語言學作品、在其音樂及戲劇中，也經常可以找到在法國海外佔領地之生動的禮讚。但在其文化領域的大部分，直到十九世紀中期以後，像英國的那種帝國使命之哲學性認知，幾乎已是無足輕重了。

與這些英國和法國作品同時代的一部分頗具份量的美國作品，也同樣顯示了特別明晰之帝國出擊的味道，雖說很弔詭地，美國對舊世界的抨擊，以狂熱的反殖民主義爲主導。例如：人們試想清教徒之**奔向原野**(errand into the wilderness)和後來庫柏、馬克・吐溫、麥爾維爾和其他作家對美國西部開拓之格外執拗的關注，以及北美印第安原住民生活全然的殖民化及毀滅〔由理察・史洛金(Richard Slotkin)、派翠西亞・里馬利克(Patricia Limerick)，和麥可・保羅・洛金(Michael Paul Rogin)以令人回味無窮的方式研究之〕，①其帝國之主題可和歐洲相匹敵（本書第四章我將處理美國本世紀末期更晚近之帝國形式的某些層面）。

在歐洲十九世紀的大部分時期，帝國有多重功能，做爲一個參考點、一個界定點、一個與旅行、財富、服務相關之易於被設定的場所，雖然可能只是具邊際性的低曝光率，但已被典則化地表現在小說，像是大豪宅之僕人一樣，在這些小說作品中，其作用被視爲當然，甚至很少被指名道姓，也很少被研究〔雖然最近布魯斯・羅賓斯(Bruce Robbins)有寫這方面的東西〕，②或很少嚴密地被處理、引用。另一發人深思的類比是，帝國佔領地很有用地擺在**那裡**，匿名與集體式的，好像種姓制度中的賤民一般〔由賈列斯・史泰曼・瓊斯(Gareth Stedman Jones)所分析〕，③從事一些短期臨時工、半時雇工、季節性工匠等；其存在總是一個事實，雖其名字及其身分不必在意，有他們在是有利可圖的，但他們無須全天候在那裡，這是在吳爾夫(Eric Wolf)有些自吹自擂的作品所說的「無歷史民族」文學上的相等物，④這是一群帝國維繫其經濟與政體所依賴的民族，但他們的現實世界，並未歷史性地及文化上地獲得應有之注意。

在所有這些事例中，帝國的事實和被保有之佔領地相結合，遼闊、有時是陌生的異域、離經叛道或難以忍受的人物、一些帶來財富和狂想的活動，諸如：移民、賺錢、性冒險。不受寵的年幼孩子被送到殖民地去；寒酸的年長親戚到那裡嘗試補償其損失的財富〔如同巴爾札克的《貝蒂表親》(*La Cousine Bette*)〕；事業心強的年輕旅行者去那裡播種野燕麥和蒐集外國土產。殖民疆域是充滿可能性的場域，並總是和寫實主義的小說連在一起。魯賓遜若非殖民化的任務，容許他能創造一個屬於他自己的新世界，遠達非洲、太平洋，及大西洋的原野，其故事是全然難以想像的。但大部分十九世紀的偉大寫實主義小說家對殖民統治和佔領地比狄福或以後的作家，像康拉德或吉卜齡，更不那麼肯定的陳述出來。在後者的時代，因爲大幅之選舉改革和群衆參與政治，使帝國的競賽變成更迫切的內政議題。在十九世紀結束的時候，列強競逐非洲、法國帝國大一統的鞏固、美國兼併菲律賓，及英國統治印度次大陸之鼎盛時期，帝國已成爲普遍關注的焦點。

我必須強調這些殖民和帝國之現實情況在文學批評中卻常被忽視。若非如此，這些批評將可格外地對尋找討論之議題上，特別透徹而題材豐富。相對地少數的作家和批評家討論文化與帝國的關係——其中，馬丁・格林（Martin Green）、莫里・馬福德（Molly Mahood）、約翰・麥克魯爾（John McClure）、特別是派屈克・布蘭林格（Patrick Brantlinger）——有卓著貢獻，但他們的模式基本上是敘述性和描繪性的——指出主題之呈現、特定歷史串聯之重要性、帝國主義理念之影響或堅持——他們涵蓋了大量之材料。⑤幾乎在所有的個案中，他們都寫出對帝國主義和其生活方式的批判，如威廉・艾波曼・威廉斯所述，此種生活方式和其他各種意識型態勸說是完全相容的，甚至是反道德論者亦然。所以在十九世紀「帝國之擴張使其必須發展一種可用的意識型態」，並和其軍事、經濟、政治方式相結合。這使其能「保存和擴展帝國，無須浪費其心理、文化，或經濟實體。」在這些學者的作品中有一些暗示，再一次引用威廉斯的話，指陳了帝國主義產生令人困擾的自我形象，例如：「仁慈與思想進步的警察」之形象。⑥

但這些批評家主要是描述性的和實證主義的作家，和一小群更具一般性理論和意識型態之貢獻的思想家非常不同——他們之中有約拿哈・拉斯金（Jonah Raskin）的《帝國主義的神話》（*The Mythology of Imperialism*）、戈登・路易士（Gordon K. Lewis）的《奴隸制、帝國主義和自由》（*Slavery, Imperialism, and Freedom*），和凱南（V. G. Kieman）的《馬克思主義和帝國主義》（*Marxism and Imperialism*），以及他最重要的作品《人類的主宰》（*The Lords of Human Kind*）。⑦所有這些作品，均借用許多馬克思主義之分析和前提，指出帝國主義思想在現代西方文化的核心特質。

然而，他們無人獲得其應有之影響力，以致能改變我們對十九和二十世紀歐洲文化經典作品之閱讀方式，主要的批評專家就是無視於帝國主義。例如：最近重讀了廖內爾·崔林（Lionel Trilling）有關佛斯特（E. M. Forster）的細膩之小書後，我很感訝異，在他的還算是對《霍華山莊》（*Howards End*）具有洞察力之分析中，從未提到一次帝國主義，但我讀這本書時，對這點卻覺得難以忽略，更不可能完全無視之。儘管亨利·威爾考克斯和其家庭是殖民的橡膠栽培者：「他們有殖民精神，總是到某些地方開疆闢土，使白種人能挑起未被發現之重擔。」⑧佛斯特經常將那個事實和在英國本土所發生之變遷相對照、相結合。這些變遷影響及里奧納德、賈姬·巴斯特、許勒格家族和霍華山莊本身。或者，雷蒙·威廉斯（Raymond Williams）是更令人訝異的個例。其《文化與社會》（*Culture and Society*）中完全不處理帝國之經驗（在某一次專訪中，威廉斯被問到有關這個極大的缺失時，他回答說：既然帝國主義「不是次要和外在的事物——它絕對構成了英國政治和社會秩序的整體本質之……**此一**突出的事實」。⑨他的威爾斯經驗應會使他能思考帝國的經驗，但在他寫《文化與社會》的時候，帝國經驗卻是在一種「暫時被擱置的非常狀態」）。⑩在《鄉村與城市》（*The Country and the City*）的少數充滿挑逗性的扉頁中，有觸及文化和帝國主義，但就本身的主要理念而言，是邊際性的。

為何有這些落差呢？為何帝國景象的中心地位被生產它的文化所註明及支持，然後在某種程度上又將之加以虛飾，且加以轉換呢？自然地，假如你自己有殖民的背景，帝國的主題在你的生命形塑過程中具有決定性，假如你是位獻身於歐洲文學的批評家，你也會注意及此。試想，一位研究英國文學的印度和非洲學者以一種批判的熱切心態來讀《金姆》或《黑暗之心》，和同樣讀該書的美國或英國學者之感受必然是相當不同的。但我們如何用某種方式來將文化和帝國主義的關係公式化，以超出只是提出個人證言的聲明呢？先前的殖民主題顯現而為帝國主義及其偉大文化作品的詮釋者，已賦予帝國主義一種可洞悉的——若不提強人所難的——身分認同，並可成為研究及生趣盎然之修正論點的主題。但如何可能使那種經常被擺在批判論述之邊緣地位的後帝國之證言及研究，可以帶來和現行之理論關懷有積極之接觸呢？

我認為視帝國的相關事物對現代西方文化之構成具有意義，是指我們要同時從反帝國主義的對抗和支持帝國主義的辯護的兩個角度來考量文化。這意味著什麼呢？這意指我們要牢記直到二十世紀中葉為止的西方作家，無論是狄更斯、奧斯汀、福樓拜或卡繆，當他們提到，或運用歐洲人所支配的海外領土為題材來寫出一些角色、地點，或情況，他們心理上還是只為西方讀者而寫作。但若只因為奧斯汀在《曼斯斐爾公園》中提到安蒂瓜（Antigua）或在《勸服》（*Persuasion*）中提到英國海軍所造訪過的地區，卻從未想過加勒比海或印度之當地居民有某些可能的反應，我們卻沒有理由做出同樣的事情。現在，我們知道這些非歐洲民族並未毫不在意地接受加諸他們身上的權威，或者保持沉默，就像當他們以各種不同之被稀釋的形式出現時所被指定的那樣。因而，當我們閱讀偉大的經典文本，甚至恐怕還包括現代和前現代歐美文化之所有檔案文件時，有必要努力伸展、擴張、強調在那些作品中以沉默者、以邊緣角色出現者，或者意識型態地被再現者（我想到的是吉卜齡的印度人角色），並使他們能夠發言出聲。

以實踐性的術語來說，就是我所謂的**對位式閱讀**（contrapuntal reading），意思是說閱讀文本時，試圖理解當作者呈現主題時，何項內容被牽扯發展出來。例如：殖民式之蔗糖栽培，可視為對維繫英格蘭特定生活模式的過程具有其重要性。此外，像所有文學文本一樣，它們並未被其形式上的歷史起點和終點所局限著。《塊肉餘生錄》中提到澳洲，在《簡愛》中提到印度，因為她們只是「可能是」，因為英國的權力（不只是小說家的幻想），使得這些龐大之佔有地成為可能的；更進一步的訓示也同樣千眞萬確：這些殖民地努力要從直接或間接統治中解放出來。當英國（或法國、葡萄牙、德國等等）仍在那裡的時候，這個解放的過程已經揭開序幕了，雖然這些作品只在偶然的情況下才會提到鎮壓本土民族主義的努力。我的論點是對位式閱讀必須思考這兩個過程：帝國主義的及反抗帝國主義的。會這麼做，我們是要對文本之閱讀延伸到包括過去被強迫排除的事物——例如：在《異鄉人》中，包括：先前之法國殖民主義之歷史，及其導致阿爾及利亞政權之崩潰，到晚近主權獨立之阿爾及利亞的出現（卡繆反對之）。

每一文本內含有其特殊之天才，正如同世界上每一個地理區亦有其特殊之稟賦，並有其特有的重疊交錯經驗和相互依存的衝突歷史。就文化作品所涉及者而言，在特殊性和主權（或退避式的排他性）之間做一區別是有用的。明顯地，沒有任何一種閱讀方式應當試通則化以至於完全抹殺了一特定文本、其作者及其動態之特性。同樣地，這仍允許有關一個特定之作品及作者到底爲何或好像是什麼的問題可以接受爭議。吉卜齡在《金姆》一書中的印度，有一種持久和無可避免的特質，不只屬於這本奇妙的小說，但也屬於英屬印度、其歷史、行政官吏和爲其辯護者。同樣重要的，該小說也屬於印度民族主義者所奮鬥不懈以爭取獨立的祖國印度。藉由對吉卜齡筆下的印度中呈現之一系列的壓力和反壓力加以說明，我們理解到這部偉大藝術作品所處理之帝國主義本身及其後來之反抗帝國主義的過程。深入閱讀某一文本，必須同時開放性地理解什麼形成文本之內容，以及什麼是作者所排除掉的。每一文化作品正是某一剎那的觀點，我們必須在那個觀點中插入許多它以後所引發的修正版本——在《金姆》的個例，乃後獨立時代之印度民族主義的經驗。

此外，必須將敘述的結構和其依恃之理念、概念、經驗聯結起來。例如：康拉德的非洲可說是產生自一龐大的「非洲主義」（Africanism）書庫，以及來自康拉德個人的經驗。在文本之語言中，沒有對世界之「直接」經驗或反省這種事情。康拉德的非洲印象不可避免地受有關於非洲之知識及寫作的影響。他在《個人筆記》（*A Personal Record*）中有暗示到他在《黑暗之心》所提供的，是他對相關文本之印象敘述的規定及慣例、他個人之特殊天賦、歷史三者之間的創造性互動所產生的結果。若說這種格外豐富的混合物已「反映」了非洲，或甚至反應了非洲經驗，這是有點小家子氣，確實也有點誤導。《黑暗之心》——一本具有重大影響力、激發許多閱讀與形象的作品——包含一個政治化的、充滿意識型態式的非洲，就某些方面來說，是帝國化的場所，許多利益和理念狂暴地在其中運作，故不只是一種照相式的文學「反映」而已。

恐怕這會過分誇大事實，但我想強調《黑暗之心》和其非洲的形象一點也不「**只是**」純文學作品，這部作品格外著墨於「爭霸非洲」，事實上，這是其作品一個有機部分，這也與康拉德之寫作同其時代。確實，康拉德的讀者只是一小群人，但他對比利時之殖民主義相當具批判性也是眞的。但對大部分的歐洲人而言，閱讀像《黑暗之心》這樣相當精鍊的文本，經常就像來到非洲身歷其境一樣，在這種較限定的意含之中，其已變成是歐洲人努力要掌握、思考和圖謀之非洲的一部分。再現非洲也就是進入爭霸非洲的戰場，不可避免地和以後的抗拒、去殖民化等等有所關聯。

文學作品，特別是那些以帝國爲明示之主題者，在如此緊密地被設定的政治背景之中，先天上有著雜亂的，甚至是笨重的層面充斥著。然而，撇開它們之難纏的複雜性，像《黑暗之心》這種文學作品是經過蒸餾、簡化，或由作者所做的一組選擇，其內容比現實世界更不那麼雜亂和混淆。但若認爲它們只是抽離過的事物，也並不公平，雖然像《黑暗之心》這樣的小說由作者殫精竭慮地模塑出來，讀者則充滿焦慮期待其內容能適合某些敘述之必然性。因而我必須補充一點，這促成了一個非常特殊的方式進入爭奪非洲的鬥爭中。

如此雜種、不純、複雜的文本在詮釋時特別需要警覺。現代帝國主義是如此地全球性、無所不包，全然沒有事情可以逃避之。此外，如同我說過的，十九世紀的帝國競賽仍然持續到今日。

因而，無論讀者是否要看有關文化之文本和帝國主義的關係，「事實上已經採取」了一種特定立場——或者是研究這種關聯以便批判之，並思考其替代方案；或者是不研究，以便令其不受檢驗，假設其不受改變，而維持之。我寫這本書的理由之一是揭示出如何尋找、關懷、意識到海外之支配可以擴張到多遠。不只是在康拉德，也在其他的文學大師，過去我們從未想過他們的作品有處理這種關聯，像是薩克萊和奧斯汀——和對批評家而言，留意這種材料是多麼重要並豐富我們的視野，這不只是爲了明顯的政治理由，也是因爲如同我所一直討論的，這種特別的留意方式使讀者能以一種全新開展的興趣來詮釋十九世紀和二十世紀的經典作品。

讓我們回到《黑暗之心》。在這本書中，康拉德爲了與這些艱困事務在鄰近的角落纏鬥，他提供了一個神秘的建議做爲立足點。回想馬羅以一種古怪的認知方式，對比古羅馬的殖民者和他們現代的翻版，闡明了權力、意識型態能量、實用之態度等賦予歐洲帝國主義特色之要素的奇特混合，他說古羅馬人，「不是殖民者；他們的行政事務除了壓榨之外，就沒有其他的了」。這種民族只征服，沒做其他事。與此相較，「效率拯救了我們——對效率之奉獻」，不像羅馬人只依恃粗暴的武力，而這只不過就是「從其他民族的脆弱狀態中發生的一個意外事件而已」。今天，無論如何，

> 征服全球，大部分意味著把土地從那些和我們有不同的膚色或稍微有更扁平鼻

> 子的人手中奪過來，當你更清楚透視這件事情，會覺得這絕不是一件美事。能救贖此事的只不過是理念而已，其背後有一套理念；不是一種感情上的托詞，而是一套理念；一種對理念無私的信仰——這是某種你可以建立，對之膜拜，對之犧牲奉獻的某些事情……⑪

在其大河之旅的報告中，馬羅延伸此一論點，以便標示出就帝國主義的行徑而言，比利時的貪婪和英國的理性（就其涵義來說）是判然有別的。⑫

在此一脈絡中，拯救(salvation)是一有趣的觀念。它使**我們**和被詛咒者區隔開來，鄙夷古羅馬人和比利時人。他們的貪慾未能輻射出任何對他們的良知或他們屬民之土地及肉體有益的事情來。**我們**可被拯救，首先，因爲我們無須直接去看待我們所做所爲的結果；我們是被套上效率行動的光環；甚至乾脆我們自己將之套在自己身上好了，基於效率、土地和人民被充分運用，疆域和其居民完全被我們的統治而團結起來；當我們有效率地回應許多緊迫需要時，我們有效率的統治轉而完全將我們團結起來。尤有甚者，透過馬羅，康拉德談及救贖(redemption)，在某種意義，比拯救還跨出一步。如果拯救解救了我們，節省了時間和金錢，也解救我們脫離僅僅短期征服所帶來的破壞，然後救贖將拯救推及更遠。救贖可見之於一種理念或使命持續之自我正當化的實踐中，並在一個無所不包和被你們所尊敬的結構中運作，儘管你們首先建立此一結構，但反諷地，之後卻因爲你們將之視爲理念，故不再仔細地加以研討之。

因爲康拉德濃縮了帝國主義兩個相當不同但密切相關之層面：建立在使用權力以掌握領土的理念，非常清楚地以武力來實現確然之結果的理念；和基本上矯飾或含糊此一理念的實踐方案，藉由在帝國主義的罪犯及其犧牲者之間，去發展一種可以自我擴張及自我生產權威之具正當性的政權來運作之。

假如我們將這一論題從《黑暗之心》拿掉，就像將瓶中的訊息拿掉的話，我們將會全然忽略掉此一論題之巨大迫人的力量，康拉德之論述正是銘印在他所傳承及實踐的此種非凡叙述形式之中。我想就這麼說吧！沒有帝國，就根本沒有我們所知道的歐洲小說。事實上，假如我們探討產生這種小說的衝力，我們將會看到：一方面，構成小說之叙述權威的模式；另一方面，做爲帝國主義傾向的基礎之某種複雜的意識型態形貌。兩者匯合在一起，一點也不是偶然的。

每位小說家和每一位歐洲小說的批評家和理論家，會注重小說制度性的特色。小說基本上與布爾喬亞社會密切相關；用查理士・莫拉澤（Charles Morazé）的詞來說，它結合且事實上已成爲西方社會征服世界的一部分，他將之稱爲「布爾喬亞的征服者」（les bourgeois conquérants）。同樣重要地，在英格蘭，小說始於《魯賓遜漂流記》，該作者的主角是新世界的發現者，他爲基督教和英格蘭展開治理和開拓的工作。確實，正如魯賓遜明顯地被海外擴張的意識型態所激發——直接和十六、十七世紀之航海大發現之叙述文的寫作風格和形式有關，而大發現則爲偉大的殖民帝國奠立基礎——狄福之後的重要小說，甚至狄福晚年的作品，似乎也不只是單純地因爲興奮於海外開拓之遠景所驅使而做的。《辛格頓船長》(*Captain Singleton*)是有關在印度及非洲到處旅行之海盜的故事，《法蘭德斯的女流氓》(*Moll Flanders*)由在新世界生活之可能性所形成，內中有女英雄充滿高潮迭起的、從罪犯的生活中獲得救贖的故事。只不過，費爾汀(Fielding)、理察遜(Richardson)、史摩列特(Smollett)和史坦(Steme)沒有直接將他們的敘述故事和在海外致富及開疆拓土的行動直接聯繫起來。

無論如何，這些小說家將他們的作品置於當時大英帝國的情境，並小心地研討這片廣大的疆域，從中引申出創作之題材，這和狄福之先見之明的開創性作品有關。然而，雖對十八世紀英國小說的卓越之研究——即依安・瓦特(Ian Watt)、林納德・戴維斯(Lennard Davis)、約翰・李卻替(John Richetti)、麥可・麥凱恩(Michael McKeon)——對小說和社會空間之關係多所著墨，但帝國的角度仍被忽略。⑬這其實不僅是一件不確定的事情，例如：是否理察遜對布爾喬亞誘惑及貪婪的細膩刻畫，實際上和在此同時所發生在印度之英軍攻擊法國的軍事行動有關呢？很明顯地，從嚴格之字面上的意義來說，它們無關；但在兩個領域中，我們可以發現到有關競賽、克服古怪及阻礙之事，及忍辱負重，透過聯結原則與利益的藝術以建立持續穩定之權威。換句話說，我們必須對在《克蕾麗莎》(*Clarissa*)或《湯姆・瓊斯》(*Tom Jones*)的兩個巨大空間如何交雜在一起有一批判性的認知：一方面是帝國遠征計畫之海外現身和支配如何和國內情勢有相應之結合，另一方面是一種在空間中有所爲之擴張及行動的具體實踐之敘述，在相關學科界限可以被接受之前，必須被積極地定位和欣賞享用。

我並無意說小說——或廣義下的文化——**導致**（caused）帝國主義，但小說做為一種布爾喬亞社會之文化產品，和帝國主義若彼此毫無關係，是難以想像的。在所有主要的文學形式中，小說是最近出現的，其形成最有資料可考，也是最西方式的文學體裁，其社會權威的規範性模式是最高度結構式的；帝國主義和小說相互護持，其程度之深，使我認為若要以某種方式閱讀小說，卻不去處理帝國主義，根本是不可能的。

這討論尚未涵蓋一切。小說是一種綜合性的、擬百科全書式的文化形式。包裝其題材的是一種高度被規制的情節機制和一整套社會參考系統，此一體系有賴現存之布爾喬亞社會建制，其權威及權力。小說家筆下的男女英雄展現了充滿事業心的布爾喬亞式永不休止及充滿精力的個性，在他們從事的冒險中，經驗揭示給他們的是其靈感湧現的界限，以及哪裡他們可以去、他們可以變成什麼的界限，在這些界限的範圍才允許從事其冒險。因此，小說或者以英雄或女英雄之死做結局：朱里安・索萊爾、艾瑪・包法利、巴札洛夫、沒沒無聞的玖德，他們因為精力過於充沛，未能符合世間事務的有序架構，最後主角由絢爛趨於平淡，過著安定的生活（經常以結婚或以被肯定的身分之方式來表現，如同奧斯汀、狄更斯、薩克萊、喬治・伊利奧特之小說所提供之個案）。

但人們或者會問，為什麼如此特別地強調小說及英國呢？我們如何可能搭建橋樑，以跨越分隔此一獨特之美學形式與諸如「文化」和「帝國主義」此類龐大主題和事業之間的距離呢？重要的一個事實是直到第一次世界大戰為止，大英帝國毫無疑問佔有主導地位，這是從十六世紀末開始的一連串過程所導致的結果；此一過程是如此強大有力，如此顯而易見，其所導致之結果，正如西萊(Seeley)和霍布森(Hobson)在十九世紀結束時所論述的，是英國歷史的核心事實，且包含了許多歧異的活動。⑭英國也生產且維繫了一個小說創作的制度，確實沒有其他歐洲國家可與之匹敵與競爭，這狀況並非全是偶然之巧合，法國有更高度發展的知識建制——學院、大學、機構、期刊等等——至少在十九世紀的前半段爲一大批英國知識份子所稱道和感嘆，包括：安諾德、卡萊爾、彌爾、喬治·伊利奧特，但爲此一落差帶來額外之補償的是英國小說之穩定成長及逐漸地無可爭議之主導地位。只有在一八七〇年之後的法國文化中，北非在其都會文明中現身之後，我們才看到了一種差堪比擬之美學及文化的形構開始流行，這是羅逖、早年之紀德、都德(Daudet)、莫泊桑(Maupassant)、米勒(Mille)、皮西察利(Psichari)、馬爾勞(Malraux)，和其他專寫海外奇聞異事的作家，如西格倫(Segalin)，當然還有卡繆，投射出國內情勢及帝國情勢之間的全球性協調一致景象。

直到一八四〇年代的英國社會，英國小說可以說已經完全取得**此種**美學的形式及一種主要知性之代言者的卓越角色。因爲在「英國情況」(the condition of England)的問題上，小說已經取得了如此重要的地位，結果如同我們可以看到的，其也參與英國海外帝國擴張。將雷蒙·威廉斯所謂之英國男人與女人們的「知性社群」(knowable community)清楚表達出來，珍·奧斯汀、喬治·伊利奧特、蓋斯凱爾太太(Mrs. Gaskell)以賦予認同表現並可再運用之表述的方式來形塑英國理念。⑮此種理念部分是**家鄉**和**海外**的關係。

因此，英國被探究、評價、被清楚表現出來，正如海外之地只是被提到或簡明地被呈現出來，無須像在描述倫敦、鄉村地區或北方工業中心，如曼徹斯特、伯明罕那樣，以具現及身歷其境的方式多費筆墨。

小說所從事之這種穩定的、幾乎等於再肯定的工作，是英國獨一無二的現象，從國內的觀點來說，必須視為一個重要但尚未被記錄與研究的文化關聯，與發生在印度、非洲、愛爾蘭，或加勒比海地區的事務有關，這可和英國的外交政策及其財政、貿易之間的關係相類比，此種關係已經被研究過了。我們可從普列特(D. C. Platt)的古典(但仍有爭議性)之研究：《英國外交政策之財政、貿易和政治，一八一五—一九一四》(*Finance, Trade and Politics in British Foreign Policy, 1815-1914*)，獲得對此一議題之緊密與複雜生動的認知，並對英國貿易和帝國擴張的非凡之孿生關係是多麼依賴文化和社會因素有深切之了解，諸如：對教育、新聞編輯、通婚和階級。普列特說：「社會和知性的接觸〔友誼、慈善、互助、共通之社會和教育背景〕對英國外交政策之實際壓力賦予能量。」他繼續說道：「〔對這種接觸之實際成果〕之具體證據大致上從未存在。」然而，如果注意到政府對「外國貸款……債券持有人之保護、海外契約和轉讓之獎勵」這類議題之態度是如何發展出來的，我們可以發現到他所謂的「部門觀點」(departmental view)，由一整串對帝國負責的人們所持有對帝國的一種共識，這將「涉及官員和政客如何回應的可能方式」。⑯

什麼是賦予此種觀點其特色的最佳方式呢？學者之間似乎都同意：大約直到一八七○年代，英國政策（例如：狄斯累利當政初期）不是擴張帝國領土，而是「支撐及維繫之，防止帝國四分五裂」。⑰此一任務的核心是印度，在**部門**的想法中，這個觀點獲得一驚人之持久性地位。在一八七○年之後（熊彼得（Schumpeter）引用狄斯累利一八七二年在水晶皇宮的談話，做爲侵略式帝國主義的里程碑，「內政的流行口號」（the catch phrase of domestic policy）」，⑱保護印度（其相關因素越變越龐大）並對抗其他列強之競逐，如：俄羅斯，大英帝國在非洲、中東、遠東的擴張有其必要性。因而在全球之一個區域接著另一個區域，「英國事實上要全力以赴以確保其原先所擁有的，」普列特說：「無論英國獲得什麼，都是必要的，因爲這有利於保留她原先所有的，她屬於**追求滿足**（les satisfaits）的一夥，但必須持續加倍奮鬥以保有這一切，也因而她擁有最多可能喪失的事物」，⑲一種英國政策的「部門觀點」基本上是小心謹愼；隆納德・羅賓森（Ronald Robinson）和約翰・迦拉格（John Gallagher）在他們對普列特主題的重新界定上強調這點：「如果可能的話，英國經由貿易而擴張並獲得影響力；但如果必要的話，將經由帝國直接統治。」⑳他們提醒我們不該小看或忘掉一八二九至一八五六年之間，印度軍隊有三次被用在中國領土上；一次在波斯（一八五六）、衣索比亞和新加坡（一八六七）、香港（一八六八）、阿富汗（一八七八）、埃及（一八八二）、緬甸（一八八五）、恩加斯（Ngasse）（一八九三）、蘇丹和烏干達（一八九六）。

除了印度，英國政策明顯地在英國本土（以及愛爾蘭，當時仍爲一持續之殖民問題）

及所謂白色殖民地（澳大利亞、紐西蘭、加拿大、南非，和甚至先前美洲佔領地）創造了保護屏障以利於帝國商業活動。持續的投資、例行的英國海外及本土疆域之維護，在其他歐洲和美洲的列強中我們未見有明顯之可相提並論的例子。其他列強更常出現的是放棄、突然之取得或喪失、倉卒成軍等狀況。

簡言之，英國的勢力持久，且不斷增強。在相關及經常是緊密相關的文化領域中，權力被詳盡而清楚地表達在小說裡，其佔有中心地位且持續不斷的出現之情形是無可比擬的，未見之於其他地區。但我們必須盡可能挑剔些。小說既不是一艘巡洋艦，也不是銀行匯票。小說首先是小說家的創作而存在著，其次才是讀者閱讀之對象。經過一段時間之後，小說逐步累積，變成哈利・李文(Harry Levin)所謂之文學建制，但他們不曾失去其做爲事件的地位，及其特別的精密性，並成爲被讀者和其他作家所認可和接受之持續事業的一部分。雖然有其社會表現，但小說不可化約爲一種社會學式的趨勢，也不可能在美學上、文化上，及政治上只是階級、意識型態及利益之輔助形式而已。

同樣地，無論如何小說不**只是**孤獨天才之產物（如同海倫・凡德勒(Helen Vendler)這樣的現代詮釋學派所嘗試的），被視爲只是無條件之創造力的宣示。最近最令人興奮的某些文學批評理論——佛烈德力克・詹明信(Fredric Jameson)的《政治潛意識》(*The Political Unconscious*)和大衛・米勒(David Miller)的《小說和警察》(*The Novel and the Police*)是兩個最著名的範例[21]——顯示出一般的小說，特別是敘述性的，在西歐社會有一種規制性的社會表現。然而，這些從其他方面而言還算有價值的描述中，卻有一些東西漏失掉了，也就是小說和敘述文所發生的眞實世界之相關暗示，做爲一位英國作家，意味著其在某些事情上是相當特別，而使其可說是不同於法國作家或葡萄牙作家，對英國作家而言，**海外**是隱約地及不適當地被感受到在那裡，或是異域的及陌生的，或者從某方面而言，是**我們的**而可加以掌控的，可**自由地**與之貿易，或者當原住民被鼓動起來從事公開軍事及政治反抗時，可以加以鎭壓的。小說極具意義地促成這些感覺、態度和指涉，而變成了在此全球性之鞏固的觀點或部門的文化觀點中一個主要的要素。

我認爲應該區分小說家的貢獻爲何，及反過來說，小說既未制止、也未禁絕之有關一八八○年之後更充滿攻擊性的大衆帝國主義情感之宣示。[22]在讀者的經驗當中，小說在很早的歷史階段乃至晚近的時期，都是現實世界的圖像。事實上，他們細膩刻畫並維繫它們傳承至其他小說的現實世界，並以其創作者的情境、天賦、癖好，再加以陳述出來，它使之再度大衆化。普列特正確地指出了在此種「部門觀點」中，**保存**(conservation)的功能；這對小說家而言也是有意義的：十九世紀的英國小說家強調英國之永續長存(故反對革命顚覆)。此外，他們**從未**提倡放棄殖民地，但提出一個長期的觀點：既然這些殖民地已在英國支配的範圍之內，**這種**支配是一個規範，因此要永保殖民地。

我們所慢慢建立起來的一幅英國圖像是——社會上、政治上、道德上以龐大又精密的細節中被描繪和分辨出來的——以英國爲中心，其邊緣有一系列的海外領土與其相連。整個十九世紀大英帝國政策的**持續性**——事實上是一篇敘述——積極地被小說家創作的過程所結合，其主要目的是不要提出更多問題，不要擾亂注意或者在其他方面又太過沈迷，而是使帝國或多或少保持穩固。例如：在《浮華世界》和《簡愛》中，小說家幾乎很少有興趣對印度著墨太多，頂多只是簡短提及；或者《大希望》中的澳大利亞也是一樣。主要想法是（遵循自由貿易的一般原理）外圍領土可以經由作者個人的判斷，經常隨意地用在一些相對簡單的目的，諸如：移民、致富、放逐。例如：在《艱苦時代》（*Hard Times*）結尾的時候，湯姆航向殖民地，直到十九世紀中葉之後，帝國變成作家注目的基本主題，像賀迦、吉卜齡、道爾、康拉德，同樣也出現在民族誌、殖民行政理論、經濟、非歐洲區域的史地學，和某些更專門的主題，如東方學、奇風異俗錄、及大衆心理學等逐漸成形的論述中。

由小說所彰顯之緩慢而穩定的態度，和指涉結構所導致之實際的詮釋結果是分歧的。我將分成四項來討論：第一，文學史上，在稍早期的敘事，通常不被認爲和帝國有何干係——和更晚期之明顯與帝國**有關**的敘事之間，可以發現一種不尋常的有機連續性，吉卜齡和康拉德之作品已由奧斯汀、薩克萊、狄福、司各特，和狄更斯做好準備了；有趣地，他們也和同時代的作家，如哈代和詹姆士有所關聯。通常他們被認爲只因巧合，才和他們的更爲奇特之小說家對手所呈現的海外題材有所牽扯。但所有那些小說家的作品之形式特質和內容屬於相同之文化形構，差別只在於其細部之變化、強調和偏重而已。

第二，態度和指涉的結構提出了整個有關權力的問題。今日的文學批評者不能也不應驟然給一本小說立法式的及直接的政治權威：我們必須牢記小說參與並成為一個極端緩慢的、細微的政治過程之一部分，並奉獻其間。此一政治過程釐清、強化，甚至恐怕偶然也促進了人們對英國及世界的認知和態度。令人驚訝的是在小說中，在英國以外的世界從未被認眞看待，除了視為附屬者和被支配者，英國的形象則被視為規範的及正軌的。在《印度之旅》中，阿濟茲審判之特殊的虛構性部分是因佛斯特承認：「法院之薄弱的架構」㉓不可能持久運作，因為讓英國權力（事實）對保護印度人之不偏頗的正義（不眞實）妥協，是一種「狂想」（fantasy）。因而，他準備（甚至以一種受挫的不耐煩）解消此一場景，以印度的（複雜性）一筆帶過。但二十四年前在吉卜齡的《金姆》才剛問世，他們兩人主要的差別是反抗的土著所帶來之衝突、混亂對佛斯特的知覺產生威脅。佛斯特不可能無視於吉卜齡輕而易舉就放進來的東西（就像當吉卜齡述及一八五七年之著名的「兵變」（mutiny）只不過是印度人不受管教的行為時，根本不將之視為印度人對英國統治之激烈反對）。

除非讀者在個別作品中實際找到一些跡象，和除非小說的歷史中可以看到一個繼續不變的事業之一致性，否則我們不會察覺到小說強調與接受此種權力不對等的狀況。正如同英國對外圍領土的持續穩固和矗立不搖之「部門觀點」在整個十九世紀都維繫不墜，因此同樣地，在文學創作裡，對海外土地的美學（因而也是文化的）之掌握，作為小說之一部分，也是維繫不墜，有時候是偶然的，有時候則非常重要。其**鞏固的觀點**形成一整個系列的交錯重疊的肯定，由此一個幾近無異議的觀點之下被支持著。這是在每一個媒介或論述（小說、旅行寫作、民族誌）的術語中被處理，而不是從外強加之術語，因此涉及順從性、合夥、願意，但不必然是表現在一種明示及外顯的政治議題，至少直到這個世紀之末期之前均是如此。同時，帝國的綱領本身則更彰顯出來，更屬直接的政治宣傳。

第三點，最好稱之爲**速成的解說**（rapid illustration）。《浮華世界》全篇有許多地方暗示印度，但無不是只以偶然的方式順便提到，就是在貝姬的幸運大逆轉的時候，但同時也在多賓、約瑟夫、艾美莉亞等人的地位轉變之際被提到。雖然所有這一切使我們察覺到英國和拿破崙之間逐漸升高的競爭，滑鐵盧爲其衝突最高點。這個海外的面向幾乎不能使《浮華世界》成爲像亨利‧詹姆士以後所稱之具備「國際性主題」的小說。薩克萊只不過屬於像華爾坡（Walpole）、雷德克立夫（Radcliffe）或路易士（Lewis）這些將其作品之舞台幻想式擺在海外的這種所謂哥德式小說家的俱樂部。甚且，我認爲薩克萊和十九世紀中葉的所有英國重要小說家都接受一個全球化的觀點，事實上不可能（大部分的情況是沒有）無視於英國勢力在海外無遠弗屆的狀況。如同我們前面所引用《佟拜和兒子》的一段小小的例子，國內的秩序被結合於、放置於一種特殊之**英國的**海外秩序，且由後者加以闡明之。無論是柏特蘭爵士在安蒂瓜之農場，或一百年後，威爾考克斯的奈及利亞橡膠園，小說家將海外所享有之勢力和特權與家鄉之可類比的活動串聯起來。

當我們留神地閱讀這些小說時，我們就會得出一個遠比單調乏味的「全球性」或我先前所述及之帝國式的觀點更加可淸晰分辨及細膩的觀點。這點帶出我所謂之態度和指涉的結構的第四點結果。我們必須堅持一項藝術作品之嚴整性，拒絕將個別作者之諸多貢獻搗毀以便放入一般主題，我們必須接受許多小說使其相互關聯之結構根本不存在於小說本身之外，這意味著我們只能在個別小說中獲得特殊具體的「海外」經驗；反過來說，唯有個別之小說可以促成，比方說使英國和非洲之關係更爲生動、淸楚陳述，並具體展現。這迫使批評家們閱讀和分析作品，而不只是將之總結或評判，甚且這些作品之可以解釋的內容，批評家們仍可在政治上及道德上加以否定掉。一方面，當齊紐·阿契比在一篇著名的論文中批判康拉德的種族主義，他要不是根本完全無視於小說做爲一種美學形式所加諸於康拉德身上的限制，要不就是加以漠視之；另一方面，當阿契比在他自己的某些小說中，以殫精竭慮及原創性的方式重寫康拉德時，他顯示了他自己對此種美學形式之了解。㉔

所有這一切特別地是英國小說的眞實狀況，因爲只有英國有海外帝國，在如此一片廣大區域，如此長的一段時間中，支持並護衛其國家使其具有令人嫉羨的卓越地位。誠然，法國可以與之匹敵，但我前面已說過，直到十九世紀末期，法國的帝國意識是間歇性的，實際上太常遭受英國之打擊，在系統、利潤及範圍上仍太落後。重要的是十九世紀的歐洲小說是一種鞏固、精鍊，和表述「現狀」之權威的文化形式。無論如何，例如：狄更斯大部分作品挑起他的讀者反對法制系統、省立學校，或官僚，但最後他的小說促成了某位批評家所說的「解決之虛構」(fiction of resolution),㉕有關此點最常出現的場面是家庭再團圓。在狄更斯的事例上,這總是做爲社會之縮影。在奧斯汀、巴爾札克、喬治・伊利奧特、福樓拜——把這許多卓越的名字擺在一起——權威之鞏固事實上包括了建立私有財產和婚姻制度的網絡,這些制度極少受到挑戰。

我所謂小說對權威之鞏固的基本層面不只是和社會力與統治的功能相結合,且必須表現出規範性及主權,換言之,在敘述文的內容中自我正當化。這被認爲是矛盾的,唯若人們忘了敘述主題的憲章,無論其多麼反常或罕見,仍然是一**獨特**之社會行動,故在其背後及其內部有歷史和社會之權威。首先,有作者之權威——某人以一種可接受之制度化的樣式寫出社會過程,謹守慣例、遵循模式等等。然後是敘述者的權威,其論述撐起敘述內容於可認知的,因而是存在式地可參照的環境。最後,有所謂社區的權威,其代表最常見的是家庭以及民族、特定地域和具體的歷史瞬間。在十九世紀初,小說以一種史無前例的方式開展出歷史,這些權威便共同以最精力充沛、最引人注目的方式發揮其功能。康拉德的馬羅直接傳承所有這一切。

盧卡奇以令人激賞的技術研究歷史主題在歐洲小說的出現㉖——斯湯達爾,特別是司各特,將他們的敘述放在公衆歷史,融入其中,使其歷史讓每個人均可接觸到,不像從前一樣,只有國王和貴族。因此,小說是具體的歷史敘述,被眞實民族的眞實歷史所形塑。狄福將魯賓遜放在境外區域的某個不知名的無人島;莫爾被送到模糊地爲人所知的卡洛琳島；但湯瑪士・柏特蘭和約瑟夫・席德萊則出現在歷史上被兼併的領土——分別是加勒比海和印度——在一特定的歷史瞬間，謀取其特定之財富和利潤。如同盧卡奇以具說服力的方式顯示司各特建構英國政體於一種歷史社會的形式，從國外之冒險㉗（如十字軍）和兩敗俱傷的國內衝突（一七四五年叛亂、互相爭戰的高地部族）中開創出自己的道路，變成一個定居的都會政權，對抗地方革命和歐陸的挑撥，取得相同的成果。在法國，歷史肯定了波旁王朝復辟所主導的後革命反動；斯湯達爾為令人悲哀的成就——對他而言——寫下了編年史。以後，福樓拜為《一八四八年》做了相同的事。但小說也被米歇烈(Michelet)和麥考萊(Macaulay)的歷史作品所支援，其敘述對民族認同的構造增加其緊密度。

歷史之採用、過去之歷史化、社會之敘述化，所有這些賦予小說力量，包括社會空間之累積和分化，也就是具有社會目的的方式來運用空間。在十九世紀末的殖民小說中這更為明顯。例如：吉卜齡筆下的印度，土著及殖民政府分別居住在其固有的不同空間，吉卜齡以其非凡之天才設計了金姆這位令人驚嘆的角色，年輕及精力充沛，使他能探索這兩個不同的空間，以勇敢而可親個性從一方遊走到另一方，好似他已完全將殖民藩籬之權威加以破除了。這種社會空間的藩籬也存在於康拉德的作品，以及賀迦、羅遜、道爾、紀德、皮西察利、馬爾勞、卡繆和歐威爾。

為社會空間奠基的是疆域、土地、地理區域、帝國實際在地理上之勘界奠基工作、以及文化競爭。思索遙遠的地方、殖民之、使其人口繁衍或減緩其人口壓力：所有這些均因爲土地而發生，既發生在土地之上，也爲爭奪土地而起。實際取得對土地在地理上之佔有權是帝國終極追求之目標。當巧合發生的瞬間，也就是眞實的控制與權力——涉及一個既得的地方是什麼（可能是什麼，或可以變成什麼）的想法——和一個眞實的地方之間發生巧合之關係時，爲帝國而鬥爭於是揭開序幕。這個巧合同時是西方人擁有土地，和在去殖民化期間，用來抗拒土著要求歸還土地的邏輯。

帝國主義和與之相結合的文化肯定了地理學的優位性和領土控制的意識型態。地理學的認知產生許多計畫——想像、圖學、軍事、經濟、歷史，或一般意識下的文化。這也使許多種知識的建構成爲可能的，所有這一切在不同方面均有賴於一種特殊的地理學之被意識到的特色和使命。

在此應提出三個相當有限的論點。第一，在十九世紀末期的小說，明顯地出現了空間的分化，這不僅僅只是突然出現，而爲一個侵略性的「帝國時代」之消極的反應而已，但持續性地引申自更早先的歷史與寫實主義小說中已被權威化之社會歧視。珍・奧斯汀視柏特蘭爵士海外財產的合法性，爲曼斯斐爾公園的靜謐、秩序、美麗的自然延伸，一個中心地位的房地產使邊緣之他者的經濟上支援的角色變成是正當的。甚至在殖民地不甚穩固或甚至不被明顯地認知的地方，叙事本身認可一空間的道德秩序，無論是否在國家動亂期間，具有關鍵重要性的中程鎭之社區復建，或在倫敦的地下世界，狄更斯看到充滿偏差和不穩定的境外地區，或是在勃朗特（Brontë）的暴風雨中的山莊。

第二，當小說的結論肯定並強調家庭、財產、民族之做爲基礎的階層制度，仍有一個非常強烈的空間感**這裡**(hereness)被授與此一階層制度。《荒屋》(*Bleak House*)中有一令人驚異的場景，狄德拉克女士被人看見在她逝去已久的丈夫墳墓旁啜泣，使我們所感覺到她的秘密之過去獲得一些「證據」——她的冷酷無人性的表現、她的令人困擾的、已不甚充足的權威——就在她成爲一位逃亡者而躲藏在墓園裡的時刻。這不只和傑利比機構（其以古怪的方式和非洲有所關聯）之失序的混亂狀態，且和艾舍及她的監護人兼丈夫所住的被愛惜的房子形成對比。這個敘述內容探索、通過、最後賦予這些場所歸順式的正面和（／或）負面的價值。

在敘述文和內部空間之間的互動中所形成的「道德共量」(moral commensuration)是可延伸的，事實上也是可以再生產的，超出了像巴黎和倫敦等都會中心之外的世界。接著，這些法國或英國的地方便有一種出口價值：不管家鄉的這些地方是好或是壞，都被輸出，並在海外被指定了可相比擬的道德或敗德。羅斯金於一八七〇年在牛津大學擔任史列德教授的就職演說中說道英國是純種的，然後，他繼續告訴其聽眾要使英國轉變成「再度〔是〕國王的王座之國、王權之島，對全世界而言，是光之源，是和平的中心」。這段引用莎士比亞意味著重新建立及重新定位對英國的依戀之情。此時無論如何，羅斯金明瞭英國**正式地**在一種全球的格局發揮其功能。對島國之認同情感是莎士比亞曾在大體上想像過，但並不特別限於對家鄉，很令人驚訝的是，這種情感被動員起來擁護帝國主張，實際上就是相當具攻擊性的殖民事務。羅斯金似乎是在說：變成殖民者，發現

「殖民地，盡〔你〕可能的越快、越遠越好。」㉘

第三，像敘述小說和歷史（再一次地，我強調敘述的成分）這種國內的文化事業是以中心的權威化之主體；或自我的記錄、排序、觀照之權利爲前提。若以一種擬似套套邏輯的方式來述及此一主體，我們可說因爲它**能**寫，它就寫出來了，這不只涉及國內社會，也包括外在世界。

再現、描繪、賦予特色和勾勒敘述的能力不是那麼簡單地就可爲任何社會的任何成員所取得；此外，「事物」之再現中的「什麼」和「爲何」固容許相當的個人自由度，但仍被局限於一定範圍，並社會性地被規制。在最近幾年，我們對有關女性的文化再現之局限性、和對劣勢階級和種族的被塑造再現的壓力，已變得非常警覺了。在所有這些領域——性別、階級、種族——相關批評已正確地將焦點放在現代西方社會的制度性強制力，如何能形塑出對基本上被視爲是從屬地位者的再現，並爲其立下界限；因此，再現本身被視爲是確保從屬地位者的從屬性，及劣勢地位者的劣勢性之基本方式。

2 珍・奧斯汀與帝國
Jane Austen and Empire

凱南說：「帝國必須有一套理念和制約反射的模式不斷地注入，使年輕的民族夢想自己在世界上佔有一個偉大的位置，正如同年輕人夢想名譽和財富一般。」㉙因而我們與他一起站在相同之穩固的基礎，正如我一直強調的。但如果因此以為在歐洲或美洲文化的每一件事只是為帝國之偉大理念做準備或加以鞏固罷了，這未免太簡單與化約了。無論如何，忽視那些傾向，從歷史觀點而言，同樣也是不正確的——無論是否在敘述題材、在政治理論，或在圖像技藝上——那些傾向促使並鼓舞西方世界準備去預設與享用帝國的經驗，或者加以肯定之。假如對帝國使命之觀念出現文化上之抗拒，則在文化思想的相關主要部門中，對此種抗拒不會有多少支持的，雖然本身是自由派，彌爾——就此點而言，算是很有說服力的例子——仍會說：「文明之民族所擔負的神聖責任，應歸功於彼此相互之獨立自主性及其民族性，但就那些民族性和獨立性對其而言確為罪惡之事，或恐怕不見得是好事的民族而言，就不需要擔負此種神聖責任。」像這種觀點並非彌爾所原創的，在十六世紀英國制服愛爾蘭之際，這些觀念已經很流行了。正如尼古拉斯・肯尼(Nicolas Canny)用極具說服力之方式所顯示的，這些觀念也被同樣地用在英國人對美洲之殖民化的意識型態中。㉚幾乎所有的殖民計畫綱領始於原住民落後之假設，而賦予其獨立、**平等**地位，及與殖民者相同之對待方式，通常並不妥當。

爲什麼一定是如此呢？爲什麼某人所面臨之神聖責任對另一人而言就不應適用呢？爲什麼某人擁有若干權利，另一人卻被否決呢？這些問題最好以某一文化所立基之道德、經濟，甚至形上學之規範的說詞來加以理解。這一切的規範只是被設計用來認可一種令人滿意之區域建制，也就是歐洲式的，但在海外適用相似之建制的權利卻被宣告無效。如此一種論調看似反常或偏激，事實上，其論點公式化了歐洲之善意及其文化認同，和帝國海外疆域之收服的吹毛求疵與慎重其事之間的關聯性。今天我們之所以會對認定其間有任何的關聯感到困難，部分是因爲我們傾向於將此一複雜的事情簡化成一種表面上的單純因果關係，轉而產生了一種責備及防禦性的說詞。我並不是說早期歐洲文化的主要因素導致了十九世紀末期的帝國主義，我也沒有意含所有先前殖民世界的問題都應歸咎於歐洲。無論如何，我強調的是歐洲文化經常——如果不是一直——以這種方式將自己表現出某些特質，同時也以之使其自己的偏好具有正當性，同時又在對遙遠地區之帝國統治中倡導那些偏好。當然，彌爾就做過這種事：他總是提議印度**不**應該被賦予獨立地位。基於某些理由，正當在一八八〇年之後，歐洲之帝國統治更加緊密時，這種精神分裂式的習性變得更爲有用了。

現在首先要做的第一件事是或多或少揚棄簡單的因果性，去思考歐洲及非歐洲世界的關係，並解除在我們思想中牢不可破的同等簡單之時間次序。例如：我們無須承認任何觀點、主張，認為因為華茨華斯、奧斯汀和柯立奇在一八五七年**之前**寫出他們的作品，因此實際上，他們導致了在一八五七年**之後**，先前英國政府對印度統治之建立。取而代之，我們應嘗試審慎考慮在英國作品中有關英國之描述的顯在模式及對英倫諸島之外的世界之再現之間的對比。此一對比的內在模式不是時間，而是空間，在明示之有計畫地殖民擴張——**爭霸非洲**——之偉大時代之前的階段，作家如何將他們自己和他們的工作置於更廣大世界的情境及如何看待之呢？我們將會發現他們正使用令人震撼且審慎的策略，他們之中許多人從預期之材料中引出創作靈感——家園、民族、其語言、適合之制度、善行、道德價值之正面看法。

但這種正面看法不只是賦予**我們的**世界正當性，他們同時傾向貶抑其他世界。恐怕更重要的是，從一個內省之觀點而言，他們並未防止、制止，或者抗拒可怕地、毫無吸引力之帝國主義的實踐。不，像小說或歌劇之文化形式，並未導致人們出去從事帝國主義化的作為——卡萊爾沒有直接驅使羅德斯，當然不該**譴責**他對今日的南非問題要負責任——但人們所看到的有關英國之偉大人文主義理念、制度、古蹟的眞相是如何地少啊！這些我們仍奉為圭臬，有其迫人之力量，並以反歷史性的方式要求我們去認定其偉大；對它們如何在加速帝國擴張之過程中有所作用，人們所知又是如此之少！這實在是令人感到困惑。我們有權質問為何這種人文主義理念本身可如此高枕無憂地和帝國主義並存，以及為什麼——**在帝國的疆域之內**，在非洲人間、亞洲人間、拉丁美洲人之間已發展出對帝國主義之反抗——在殖民母國裡，少有對帝國有重大意義之反對和阻撓。恐怕區別**我們的**和**他們的**家園和建制的習慣已發展成一個嚴格的政治規則，以便能累積更多**他們**來加以統治、研究及臣服。在由主流歐洲文化所宣告之偉大的人本理念和價值中，我們正好看到凱南所說的**理念和制約反射的模式**，已經使整個帝國之事業後來完全流注其中。

在那些方面，這些理念實際上被運用於不同的現實場所之間地理上之區別，是雷蒙・威廉斯內容最豐富之著作——《鄉村與城市》(*The Country and the City*)的主題。他的論證涉及英國城鄉地方之間的互動，指出其中最劇烈之轉型——從蘭連(Langland)之田園式民粹主義、歷經班・詹遜(Ben Jonson)的鄉居詩和狄更斯的倫敦小說、直到二十世紀文學中的都會景觀。

當然，這是一本有關英國文化如何處理土地、所有權、想像及組織的書。當他提到英國對殖民地的出口時，如同我先前所提到的，威廉斯以一種比實際運作之狀況較不專注及較缺乏擴充性的方法來處理這個課題。在《鄉村與城市》接近結尾處，他自承「至少從十九世紀中葉之後，和更早先的某些重要的事例，有一種更廣大的脈絡（英國及其殖民地之關係對英國人的想像所產生的效應，「比一般用較尋常方式所探尋到的層面可能要更深切一些」），每一理念、每一形象均有意識地或無意識地在此一脈絡中被作用著」。他很快地接著引用**移民到殖民地的理念**來例示普遍地在許多狄更斯、勃朗特姊妹、蓋斯凱爾的小說中所呈現的形象。他說的很對：「新的鄉村社會」全爲殖民地式的，已經透過吉卜齡、早期之歐威爾，及毛姆的寫作進入英國文學的想像式都會經驗的萃鍊中了。在一八八〇年之後，有一「景觀和社會關係之劇烈擴張」：這多少正確地符應了帝國之偉大時代。㉛

不同意威廉斯的看法確有危險，而我更進一步要說：假如人們要開始在英國文學中找到像帝國之世界地圖的東西，將會發現在十九世紀中葉之前，已有一幅令人驚異的一致性及頻繁出現之圖像。它不只具有停滯不前的規律性，顯示某些事情被視為理所當然，但還——更有趣地——被編織成為語言及文化，而為實踐之組織結構的一個生動部分。從十六世紀開始，英國海外拓殖的利益已在愛爾蘭、美洲、加勒比海地區和亞洲被穩固建立，甚至一個簡單的目錄可顯露許多詩人、哲學家、歷史家、劇作家、政治家、小說家、旅行作家、編年史家、軍人及神怪作家也持續關心這些利益，禮讚之、關照之、追求之（在彼得・胡姆（Peter Hulme）的《殖民遭遇》（*Colonial Encounter*）一書中對此已有許多討論）。㉜相似論點亦可適用於法國、西班牙、葡萄牙，這些國家不只以一己之力發展出海外強權，並成為英國的競爭者。我們如何在現代英國的帝國時代來臨之前，換句話說，從一八〇〇至一八七〇年的期間，就能檢視到這些利益是在運作當中呢？

我們應好好的遵循威廉斯所開啓的道路，首先來審視在十八世紀結束之際，英國廣泛遍布之圈地運動所導致的危機時期。老式的有機鄉村社群已解體，在國會立法活動、工業化及人口遷移所帶來的衝擊之下，新社會型態逐漸成形，而且一個英國社會之重新安置的過程發生了（法國也有），並將其國家擺在世界地圖的更大一圈的範圍中。在十八世紀前半段，英法在北美和印度的競爭很激烈；在後半段，英國和法國之間在美洲、加勒比海地區、地中海東岸，及，當然，在歐洲本土，都爆發了許多武力對抗。在法國和英國的前浪漫主義時期之主要文學作品包含了許多提到海外管轄地區的片段，形成一個穩定的潮流：人們不只想到許多百科全書派學者雷納修士（Abbé Raynal）、德・布洛西斯（de Brosses）和佛尼（Volney），還包括了愛德蒙・柏克（Edmund Burke）、貝克福（Beckford）、吉朋（Gibbon）、約翰森（Johnson）和威廉・瓊斯（William Jones）。

在一九〇二年，霍布森描述帝國主義爲民族擴張，這意味著此一過程主要是以考量**擴張**（expansion）爲這兩個名詞中較重要的一個而來理解，既然**民族性**（nationality）是已經完全成形的定量，[33]然而一世紀之前，它仍處於**被形成**的過程，在家鄉及在海外同時並進。在《物理學和政治學》（*Physics and Politics*, 1887）一書，華爾特・巴格赫（Walter Bagehot）以特別與之相關的方式說**民族締造**（nation-making）。在十八世紀末期，英法兩國之間有兩場競賽：戰鬥以爭取海外戰略利益——在印度、在尼羅河三角洲、在西半球——和戰鬥以追求民族躍升。兩場戰鬥使**英國性**和**法國性**相對立。無論這個被預設之英國或法國之**本質**看起來多麼密切和封閉，他們幾乎總是認爲民族性正被締造之中（與**已經**存在於此相反），正在和其他偉大的競爭者奮戰以追求之。例如：薩克萊的貝姬・夏普是一位暴發富，那是因爲她具有一半的法國血統。在此世紀的更早時期，威柏霍斯（Wilberforce）和其盟友嚴厲的絕對主義式姿態，部分也是從一種爲使法國霸權在安地列斯

群島鞏固，而努力奮鬥的慾望所發展出來的。㉞

上述這些考量驟然提供了《曼斯斐爾公園》（一八一四）一個興味盎然的新增面向。本書是奧斯汀小說中最明顯地提出其意識型態及道德論斷者。一般而言，威廉斯再一次地證明他是非常正確的。奧斯汀的小說表現了一種**可企及的生活品質**(attainable quality of life)，從金錢及財產之取得、道德分辨之宣示、在正確的場合做正確的抉擇、正確的**改良**之執行，以及對細膩地表達出來的語言加以肯定及歸類。然後，威廉斯繼續討論，

> 凡〔柯貝特〕所指名道姓之事——跨著過去的歷史上路——均和階級有關。珍·奧斯汀來自深閨內院，可能從未正視她對社會之刻劃所包含的各種複雜情況。可以理解的，所有她的歧視是內含且排他的。她關心那些在改良後的繁文縟節之中，反覆嘗試使他們自己進入某一階級的人們之行為表現。但只有一個階級被看到，而非很多階級同時被看到。㉟

威廉斯對奧斯汀如何精心巧思以便提升特定之「道德分辨」成爲「一個獨立之價值」做出一般性的描述，在這點上他是卓越不凡的，無論如何，就《曼斯斐爾公園》所關注的面向，我們還有更多內涵要加以說明淸楚，以便使威廉斯的探究有更大的明晰性及寬廣度。恐怕這樣會使奧斯汀，以及事實上，大部分前帝國主義時代的小說看起來會比我

們乍看之下所呈現出來的，隱含有更多對帝國主義之擴張的合理化藉口。

在盧卡奇和普魯斯特之後，我們變得習於思考小說的情節和結構，乃主要是由時間性所構成，而忽視了空間、地理及地點的功能。因爲，不只是非常年輕的史蒂芬・狄達勒斯，還包括其他每一位在他之前的年輕主角亦然，都把自己看成從家鄉的立場出發，發展出一個逐漸加寬的螺旋狀提升的運動，在愛爾蘭，或在全世界。像許多其他小說一樣，《曼斯斐爾公園》非常正確地描述了在空間上一系列過去所發生的大小不等之遷移及安置的事情。在小說結尾，芳妮・普萊斯這位年輕女孩變成曼斯斐爾公園精神上的女主人。這個地方本身則被奧斯汀置於一個利益和關懷跨越半個地球的圓弧之中心點，涵蓋了兩大洋、四大洲。

正如奧斯汀的其他小說一樣，男女主角們最後以**被指定**(ordained)之結婚與分財產收場，且不是特別以血緣關係爲基礎。她的小說描述了某個家庭的部分成員之間關係的破裂（以嚴格的意義來說，與其他成員和一、兩位被選中的或受考驗的外來者之結合）。換句話說，血緣關係不足以肯定持久性、階層關係、權威，無論是在家庭內部或國際上皆然。因此，芳妮・普萊斯——這位可憐的姪女，來自普茨茅斯城市邊緣的孤兒，是一位受到輕視、叛逆、挺立不屈的牆頭花——逐漸取得了與她的大部分更富裕親戚平起平坐的社會地位，甚至猶有過之。就這種締結連理的模式和她所被認定的威望來看，芳妮・普萊斯相對而言是消極的。她抗拒了其他人的輕薄和糾纏不休，只在極偶然之下，她才自做主張，展開行動；雖然整體而言，人們會有下列印象：奧斯汀爲她安排一切，芳妮自己幾乎無法了解這一切，正如整個小說中，除了她自己之外，芳妮被每個人認爲是「安逸舒適」且「貪求享受」的。像吉卜齡的金姆．歐哈拉一樣，芳妮只是一個更廣泛的類型和一位小說家完全發展成熟的角色裝備和工具而已。

芳妮和金姆一樣，需要旁人指導，需要呵護和外來的權威，而這是她自己困厄的經驗所無法提供的。她意識到的一些關係必定與一些特定的人們和場所有所牽扯，但小說揭露了其他的一些她只有些微了解的關係，然而這仍有待她的出場和服侍才能實現。她來到一個場景，由一組複雜的動作揭開序幕，並置放在一起，有待理出頭緒、調整和重新安排。柏特蘭爵士被一位華德妹妹所吸引住，其他人沒好好表現，導致「一個致命的決裂」爆發了，他們的「圈子是多麼與衆不同」，他們之間的距離如此遙遠，以致有十一年雙方未曾接觸；㊱處在艱苦的時期，普萊斯家人尋找到柏特蘭家人。逐漸地，儘管芳妮不是最年長的孩子，卻變成注目的焦點，她被送到曼斯斐爾公園，在那裡開始其新生活。相似地，柏特蘭家人放棄了倫敦（乃因柏特蘭女士「微恙的健康和過於怠惰所致」），決定完全定居在鄉下。

在物質上維持此種生活模式的是柏特蘭在安蒂瓜的產業，其事業並未經營得很大。奧斯汀苦心地呈現給我們兩個明顯分立但實際上卻又匯合的過程：芳妮對柏特蘭家族的經濟、包括安蒂瓜產業的重要性與時俱增；她堅強地面對許多的挑戰、威脅和震撼。在這兩個過程中，奧斯汀的想像力以一定模式運作，且像鋼鐵般的嚴格，我們稱之爲地理和空間的釐清。芳妮的無知表現在當她以一個受到驚嚇的十歲小女孩抵達曼斯斐爾公園時，竟然無法「把歐洲的地圖拼湊在一起」。㊲這部小說前半段的大部分，其中所有一連串的主題所涉及的行動，其公分母便是空間，無論是被誤用的或誤解的皆然。不只湯瑪斯爵士在安蒂瓜把那裡和家園的事情處理得很好，甚至在曼斯斐爾公園，芳妮、艾德蒙和她的姑媽諾里斯在她所居住、讀書、工作的地方和升火煮飯的地方，也把一切事情協調得很好；這些朋友和堂兄弟姐妹們關心著產業的營運狀況之改善，而教堂對家務事的重要性（換言之，宗教權威）被注意到且爭辯著。當克勞福家人提議表演一齣戲時，這是設計用來挑起某些事端的（法國的鈴璫以有點詭異的方式掛在他們的背景之後，有其意含），這時芳妮的窘迫感表現的極爲激烈。她不能參與其中，不能輕易接受這間客廳被轉變成劇場，雖然充滿著角色和目標的混淆，這齣戲，寇澤布（Kotzebue）的《愛人的誓言》（*Lovers' Vows*），無論如何已被準備妥當了。

我想，我們必須推測當湯瑪斯爵士前往他的殖民花園時，一些無可避免的不守規矩事情發生了，這明顯地和女生們「不遵守法度」有關係。顯然不只是三對青年朋友在公園天眞無邪地閒逛而已，他們都不期然地失去對方的蹤影，但又不期然地相遇，但最明顯地是，在這些青年男女之間各式各樣的調情和交往中，卻沒有眞正的父母權威來管束他們，柏特蘭女士漠不關心，諾里斯太太則毫不適任。有吝嗇、嘲諷、誇張地裝模作樣的各種角色，所有這一切當然聚集起來，以準備扮演這齣戲。其中有些極其危險地幾近放蕩之舉將要上演了（卻從未眞正實行）。芳妮早先之疏離、距離和恐懼的感覺，源自她的首次離鄉背井，現在卻變成一種代理式的良知，讓她能分辨何爲正確的，怎麼做算是逾越尺度的。然而，她卻無力去將其不舒服的察覺付諸行動。這場漫無紀律的脫軌行為持續到湯瑪斯爵士突然從「海外」回來才結束。

當他出現的時候，籌備這齣戲的工作立即停止，在一段以引人注目的方式呈現其明快的處事作風的章節中，奧斯汀敘述了湯瑪斯爵士重建居家規則的情況：

> 對他而言，這是一個忙碌的早晨，和他們任何人的談話只佔去他很小部分的時間。他必須重新恢復其對曼斯斐爾日常生活慣有之關照，看看他的侍從和管理人，在歇業期間，檢查和核算帳目，走進他的馬廄、花園和最近的農場；他做得積極而有條不紊，不只在晚餐時重回他這個做為宅邸主人的寶座之前，就已完成所有這些事情，他也要求木匠將最近很遲才被豎立在撞球室的布景拉下來，這位被他所免職的布景畫師將這個工作拖了很久，因為他自以為是地相信當時柏特蘭爵士至少遠在北安普頓，並暗自竊喜。布景畫師走掉了，只是污損了一個房間的地板，破壞了所有教練所坐的海綿墊，使下人中的五位變成懶散且無法令人滿意；湯瑪斯爵士希望隔一、兩天後，必須塗掉每一個暴露於外的任何殘跡，甚至消毀在房內每一個肆無忌憚之《愛人的誓言》副本，其實他要銷毀一切印入他眼簾的東西。㊳

這段引文勁道十足，一針見血。不只是某種魯賓遜式的場景，所有事情都井然有序，也像是一位早期新教徒那樣，排除了所有輕浮浪費行爲的跡象。無論如何，如果我們假設湯瑪斯爵士在他的安蒂瓜「農場」正是在一個更大的規模之上做了同樣的事情，則《曼斯斐爾公園》所看到的任何事情都不會令我們感到矛盾。若——有什麼事情不對勁的話——華倫・羅伯茲所蒐集到的內部證據暗示經濟恐慌、奴隸制和與法國的競爭都是當時爭議中的問題㊴——湯瑪斯爵士也能應付自如，由此他可以維繫對其殖民疆域的控制。在奧斯汀的小說中，這比其他部分更清楚地同時展現出家庭內部與國際的權威，且清楚明白的指出諭令、法律和禮儀這類高層次事情的價值，必須穩固地植基於實際上對疆域的統治和佔有。她淸楚地看到了掌握和治理曼斯斐爾公園也就是掌握和治理鄰近的帝國產業，更不用說與它有不可避免的結合了。足以確保家庭內部的寧靜和和諧者，同時也確保另一方的生產力和規範之下的服從。

無論如何，在雙方可以充分被確保之前，芳妮必須變得更積極的投入開拓事業的行動。她從受驚嚇和經常被犧牲掉的可憐關係中脫離出來，逐漸成爲直接參與曼斯斐爾公園柏特蘭家業的一員。我相信爲了這點，奧斯汀設計了本書的第二部分，不只包含了艾德蒙和瑪麗・克勞福戀情之失敗，以及莉蒂亞和亨利・克勞福的可恥放蕩行爲，也包含了芳妮・普萊斯對她的普茨茅斯老家的再探訪和揚棄，湯姆・柏特蘭（長子）的受傷和殘廢，威廉・普萊斯海軍生涯的開始。這個涵蓋整體的關係和事件，最後以艾德蒙和芳妮的婚事來收場，她在柏特蘭女士家居生活的地位，被她的妹妹蘇珊・普萊斯所取代。

將《曼斯斐爾公園》的結尾段落詮釋為，對可欲之英國秩序核心有爭議且不自然的（最少最少是不合邏輯的）原理之禮讚，其實一點也不誇張。奧斯汀大膽的觀點被她的口氣稍微做了些虛飾，除了偶爾的俏皮之外，還算可以理解且格外謙虛。但我們不應誤解這些零星地對外在世界提及之處，她的稍事強調地對工作、過程和階級的暗示之中，她得以抽離出（以雷蒙·威廉斯的詞語來說）「終究是和其社會基礎分離出來之無可妥協的日常德性」。事實上，奧斯汀一點也不是缺乏自信的，其實她是非常嚴肅的。

在芳妮身上可以發現這些線索，或者我們應以更嚴格地方式來思考芳妮，便可看到這點。確實，她拜訪了她的普茨茅斯老家，她的最親密家人仍居住於此，結果攪亂了她在曼斯斐爾公園中慣有之美感和情緒的平衡；確實，她一開始視周遭美妙奢華的行為是理所當然的，甚至認為基本上是必要的，這些乃是去到一個新場所相當平常和自然的結果。但奧斯汀談到兩件其他事情，我們不能錯過。一者為芳妮最近對何為**在家**所形成的擴張之感受；在她去到普茨茅斯之後，她內心深處裝滿了一堆事情，而不單只是擴展空間而已。

> 芳妮幾乎是愣住了，房子之狹窄、牆壁之單薄，使每件事情好像緊靠著她，這一切又加重了她旅途之困頓及最近的一切所累積之憤慨，使她幾乎不知道要如何去忍受。在房間**之內**，一切都很寧靜，因為蘇珊和其他朋友消失得無影無蹤了，很快地，只有她父親和她自己留在家裡；她拿出一份報紙——一位鄰居習

慣上會借他們家人看，她自己就仔細研讀它，似乎全然忘了她自己的存在。孤單的燭火在她自己和報紙之間，沒有任何事情可以令她滿意；但她什麼也不做，很樂意地讓燭光照耀她疼痛的頭部，此時她坐著，陷入困惑、心碎和憂鬱的冥想。

> 她已在家了。但可嘆啊！不是這樣一個家，她從未接受過這樣的歡迎式，此時她審視她自己；她是無可理喻的……一、兩天之內可以出現這樣大的差別，她只能去責備。然後，她認為在曼斯斐爾，一切就不會如此了。不，在她叔叔的家裡，可以有許多時間和季節的暇想，服從規範、禮節，對每個人都能留心照顧，這裡卻不是如此。[40]

在這麼狹小的空間，你不可能想清楚，你不可能獲得適當的規範和照顧。奧斯汀描述細節之細膩性（「孤單的燭火在她自己和報紙之間，沒有任何事情可以令她滿意」），非常正確地呈現出非社會性、孤獨地與外界隔絕、消退的知覺之危險性，這些情況在更大的和被管制地更完善的空間中，就可以獲得矯正。

這樣的空間對芳妮而言不是經由直接的繼承、合法的頭銜，或經由接近、相鄰或交接（曼斯斐爾公園和普茨茅斯相隔幾個小時的路程），這正是奧斯汀的要點。謀取在曼斯斐爾生活的權利，你必須首先離鄉背井成爲某種契約雇僕，用較極端的說法來談此事，成爲某種被轉送的商品——這是芳妮和她的弟弟威廉的命運——但這時，你就會有未來榮華富貴之期盼。我想奧斯汀看到了芳妮在國內的空間上進行小規模的運動，正呼應了她的導師湯瑪斯爵士的更寬廣、更開敞的殖民運動，她將繼承此人的產業，這兩個運動彼此互賴。

關於奧斯汀所說的第二件更複雜的事情，雖然是以間接方式帶出來的，卻提出一個有趣的理論議題。奧斯汀所體認到的帝國顯然極爲不同，比起康拉德或吉卜齡的帝國，以更爲偶然的狀況下被暗示到。在她的時代，英國人在加勒比海地區和南美洲極爲活躍，特別是巴西和阿根廷。奧斯汀似乎只是含糊地體認到這些活動的細節，雖然對海外延伸的西印度群島農場之重要性，在宗主國的歐洲有非常普遍的認知。安蒂瓜和湯瑪斯爵士的旅程在《曼斯斐爾公園》有清晰的功能，我已說過了，雖然兩者偶爾才出現，只以立即帶過的方式提到，卻對人物的行動有絕對根本的關鍵性。我們如何去評估奧斯汀對安蒂瓜少數幾處提及的部分呢？我們要怎麼才能去詮釋，以便組合起來呢？

我的爭論點是，經由偶然性及刻意強調兩者非常奇怪的混合，奧斯汀自己呈現出**預設**（在這個字眼的雙重意義而言，芳妮也同樣預設）帝國對家庭情境的重要性。讓我進一步地說明，既然奧斯汀在寫作《曼斯斐爾公園》中提到並運用安蒂瓜，在此她的讀者有必要以相等的努力，以便具體地了解到這個提示的歷史價位；從不同方式來說，我們應試著理解**何者**是她所提到的，爲何她賦予它如此的重要性，以及爲何事實上她做了這個選擇，其實她可以用某些不同的方式來確立湯瑪斯爵士的財富。讓我們現在來測量在

《曼斯斐爾公園》中提及安蒂瓜所表現之意義的能量；他們是如何佔有他們現有的位置，它們在那裡做什麼呢？

對奧斯汀而言，我們必須下結論：無論這個英國場所（例如：曼斯斐爾公園）多麼與世隔絕，閉居內陸，它需要海外的支持。湯瑪斯爵士在加勒比海地區的財產一直是由奴工（直到一八三〇年才廢除）所維持的蔗糖農場：沒有僵硬的歷史事實，但奧斯汀當然知道實在的歷史現實。在英法競爭之前，西方早期帝國（羅馬、西班牙、葡萄牙）主要的明顯特質是致力於劫掠，正如康拉德所述，將寶藏從殖民地轉運到歐洲，很少注意到殖民地內部的發展、組織和系統。英國，在一個更小程度上，法國也是，都想要使他們的帝國長期穩定、有利可圖、持續成爲關注事項，他們在這項事業上彼此競賽，沒有地方會比加勒比海地區的殖民地更要來得激烈，在此地，奴隸的轉運、大規模蔗糖農場的運作和蔗糖市場的發展，促成了保護主義、壟斷和價格的議題——所有這些或多或少成爲持續地激烈爭辯的議題。

一點也不只是有些東西「擺在那裡」而已，英國在安地列斯和利瓦德群島的殖民領土，在珍・奧斯汀的時代是英法殖民競爭的重要舞台。革命理念從法國出口到此，導致英國人的利潤持續下降；法國蔗糖農場以更低成本生產更多蔗糖，無論如何，海地此起彼落的奴隸反抗使法國勢力減弱，激發英國更直接干預以圖利，並在地方上獲得更大權利。此外，和更早先國內市場的優勢相比，十九世紀英國加勒比海蔗糖生產必須和在巴西和模里西斯的替代性蔗糖供應相競爭，也和歐洲甜菜糖工業的出現和自由貿易意識型態之實施與逐漸的主導性相抗衡。

在《曼斯斐爾公園》中——就其形式特質和內涵皆然——許多趨勢匯合在一起，最重要的是宣示殖民地完全降服於宗主國。湯瑪斯爵士不在曼斯斐爾公園時，也從未在安蒂瓜中**出現**，而這個地方在小說中最多提到六次。有一段引文，我先前引用一部分，是彌爾的《政治經濟學原理》（*Principles of Political Economy*）可以攫獲奧斯汀運用安蒂瓜的神髓。在此我將之完全引用出來：

> 這些〔我們的境外領土〕幾乎不應被視為是國家，並與其他國家進行著商品交換，更確切地說，它們是屬於更大的社群之境外的農業和製造業的產地。例如，我們的西印度群島不可以被看作是有它們自己生產性資本的國家……〔而是〕英國發現它們可以滿足蔗糖、咖啡和其他一些熱帶商品生產的所在地。所有被採用的資本是英國資本；幾乎所有工業之施行乃為英國之使用者；除了一些主要原料商品外，少有其他產品，這些都被送到英國，而且並未與之交換一些產品，並將之出口到殖民地，由當地居民所消費。卻只是將之賣到英國，使那裡的業主獲得某些利潤，和西印度群島交易幾乎不應被考慮為是國外貿易，但更像是城鄉之間的交流而已。㊶

就某個範圍來說，安蒂瓜像是倫敦或普茨茅斯，比鄉村產業，如曼斯斐爾公園，更不那麼令人渴盼的場所，雖然由一小群貴族和仕紳所擁有並維護，卻生產了每個人都會消費的產品（直到十九世紀初期，每位英國人都使用蔗糖）。《曼斯斐爾公園》中的柏特蘭家族和其他角色是在這一群少數人中的一個次團體，對他們而言，這個海島是富庶的，奧斯汀視之為可以納入禮節、秩序之管理的所在，並在小說的結尾，成為安適生活的附帶財貨。但為什麼是「附帶的」？因為奧斯汀在最後幾章意有所指地告訴我們，她想要「使每個人回復到可容許的舒適安逸生活，他們本身沒什麼大錯可言，剩下的部分就是這樣處理的」。㊷

這可以做如下的詮釋：首先，意味著小說已經讓「每個人」的生活處在動盪之中太久了，現在必須在剩下的部分讓他們安定下來；實際上，奧斯汀明白地提到這點，以有點形上——小說式的不耐煩提出來，而小說家竟然評論自己的作品，好像已進行的夠長了，現在必須要加以收尾一樣。其次，這可能意味著「每個人」現在終於可以被允許實現那些在家庭中合適的事情，並處在休息狀態，無須四處徘徊或來回奔波（這並未包括年輕的威廉，我們可以假定他將繼續在英國的海軍服役，漂泊四海，凡商業上或政治上任務有需要，則全力以赴。這類事情奧斯汀只是給予一個最後的輕描淡寫，提到威廉的「持續之好表現和升高之榮譽感」，就這樣一筆帶過而已）。至於對那些最後定居在曼斯斐爾公園的人而言，更像是以幸福美滿的家居生活之好處賜予那些現在已經全然適應新環境的生靈，沒有比湯瑪斯爵士本人更近於此者。他首次了解到過去在他的孩童教育中失落的東西，弔詭的是，他了解這一切乃是在經由外在不知名力量所給予他的機緣而獲得的，可說就是從安蒂瓜的財富和芳妮・普萊斯這樣的外來之模範所賜予的。在此要注意到這種外在和內在的奇特轉換，如何遵循由彌爾所界定之經由使用，使外在**變成**內在之模式，使用奧斯汀的字眼，便是**性情**（disposition）：

> 在此〔基於教誨子女的方式，允許諾里斯太太扮演太多角色，卻造成子女虛飾和壓抑情感等缺失〕，一直存在著令人傷心的管教失當問題，雖然正像過去一樣壞，但他逐漸感覺到這並不是他的教育綱領中最可怕的錯誤。某些事情必然是**源自內在**的渴望，或許時間會將許多病態效果排除掉，他恐懼原則，積極的原則一直渴望著，他恐懼著他們從未正確地被教導去約束他們自己的癖好和性情，只有責任感才能提供此種教導。他們理論上以其宗教被教導著，但從未要求將之帶入日常的作息中。只是要求高雅和成就卓越——他們年輕時代的權威化目標——不可能在這個方面有何影響，無法在心靈上產生道德效應。他認為他們是善良的，但他的關注著眼在諒解與儀態，而非性情；以及著眼於自制和羞恥的必要性，但他恐怕他們未曾從別人的言談中聽到可能使他們獲益的事情。㊸

源自內在所期望者，事實上是由西印度群島農場和一位可憐之鄉下親戚所提供的財富，兩者一起被帶入曼斯斐爾公園，並有效運作。然而，既非前者，亦非後者，可以自給自足，他們彼此互賴，然後更重要的是，他們有待行政上的安排，這進一步有助於改善柏特蘭家族的其他方面。所有這一切，奧斯汀留給她的讀者來自行提供文學闡釋之道。

這是對她的文學蘊意之解讀。所有這一切，與經由她的暗示性和抽象性語言之提示、由外面被帶進來、似乎就與正確無誤地呈現**在那裡**的東西有關。所謂「源自內在所期望」的原則，我相信正是意圖喚起我們記得湯瑪斯爵士不在安蒂瓜，或是這三位集合許多缺點的華德姐妹們之情緒和幾近反覆無常的行為，就因為這樣，一位小女孩從一個地方被遷移到另一個地方。但正是如此，所以柏特蘭家族若未全然完美，也至少變得比以前更好了，某種責任感賦予她們，她們學到如何約束自己的癖好和性情，並將宗教帶入日常作息，她們「性情被導正」了：所有這一切乃因外來（或者多少是外圍的）的因素適切地被安置於內心深處而產生的，變得更習慣於曼斯斐爾公園的生活，而芳妮這位女孩成為其最終之精神上的女主人，艾德蒙這位次子則是其精神上的男主人。

一個附帶的好處是諾里斯太太搬走了；這被描述為是「湯瑪斯爵士生活上的一大賞心悅事」。㊹正當原則被內化之後，舒適安逸隨之而來：芳妮此時在桑頓・拉賽家安頓下來，「一切以留心照顧，使她生活安適為主」；她的家園以後變成「溫暖和安適的家園」；蘇珊「首先以讓芳妮有安適的生活為目的被找來，然後成為一位助手，最後成為她的代理人」，㊺同時這位新進者將芳妮的地位擺在柏特蘭女士的旁邊。在小說開頭所建立的模式明顯地持續不變，只是現在出現了一個內化的和回溯性地被保障的理由，奧斯汀企圖就這樣一直走下去。這便是雷蒙・威廉斯所描述之爲「一種日常生活中毫不妥協的德性，終究是和其社會基礎分離開來，且可能以其他方式轉而去否定此一基礎」的這種理由。

我試圖呈現德性事實上和其社會基礎不可分離：奧斯汀貫徹到最後一句話，一直肯定並反覆了地理擴張的過程，其中涉及到貿易、生產和消費，這些預示了德性，爲其奠立基礎，並加以保障之，正如迦拉格提醒我們的，無論是否「人們喜歡或不喜歡以殖民統治方式爲之（的擴張行動），透過各種模式以取得慾望之滿足，則一般均會被接受。因此，在這種情況下，對擴張少有內部的限制。」㊻大部分的批評家傾向於忘記或忽略這個過程，似乎它對批評家而言，比對奧斯汀自己所能想到的更不那麼重要。但詮釋珍・奧斯汀還得看是**誰**來詮釋的、**何時**被詮釋的，以及同樣重要地，站在**什麼立場**來詮釋的。假如是女性主義者，或像威廉斯這樣敏感於歷史和階級的偉大文化批評家、或文化與風格的詮釋者，我們就會對由他們的個人興趣所提出的議題敏感起來了。我們現在應該開始將世界的地理區隔視爲——對《曼斯斐爾公園》是極其重要的——不是中性的（就如同階級和性別不是中性的），且應視其爲政治上被界定的，並要求對其能有相應之比重的注目和淸楚的闡釋。因此，問題不只是如何理解和以何種方式將奧斯汀的德性和社會基礎聯繫起來，問題還包括要解讀它的**什麼**。

再次拿偶然提到的安蒂瓜來做例子吧！湯瑪斯爵士在英國的需求，如此輕易地就被一次加勒比海的遊歷，對安蒂瓜毫不迂迴、不加反思的引述所滿足了（或是地中海區，或是印度，這便是柏特蘭女士在一次發狂般不耐煩的盛怒之下，要求威廉應該要去的地方，「去那裡，她說：『我會有一條圍巾。我想我將會有兩條。』」）㊼它們代表著**在那裡**的意含，足以架構出**這裡**眞正重要的行動，但它們本身並非具有重大意義。然而，涉及**海外**的種種跡象包含一個豐富和複雜的歷史，儘管它們也將之壓抑住了。其歷史已經佔有其地位，而這是柏特蘭家族、普萊斯家族和奧斯汀本人一直不會也不可能加以承認的。稱其爲**第三世界**，也就是開始面對現實狀況之際，但無論如何，不會完全道盡其政治的或文化的歷史。

我們首先必須仔細探究到《曼斯斐爾公園》已預示出了後來呈現在小說中的英國歷史。在《曼斯斐爾公園》中，柏特蘭有用的殖民地可以被讀作是預示了在《諾斯托洛摩》中查理士・高爾德的聖湯米礦場，或是在佛斯特《霍華山莊》的威爾考克斯之帝國和西非橡膠公司，或是在《大希望》中任何一處遙遠但令人滿足的藏寶地點、尚・萊斯(Jean Rhys)之《遼闊的藻海》(*Wide Sargasso Sea*)或《黑暗之心》——被探訪、談論、描述，或因國內之理由，爲了宗主國地方上的利潤，被讚賞的資源。假如我們往前推想這些小說，湯瑪斯爵士的安蒂瓜準備取得比間歇地、沈默地在《曼斯斐爾公園》的扉頁中被塑造的模樣稍微要更大的密度。因而，我們對小說的解讀已經開始展現了那些反諷地正是奧斯汀寫得最精簡、她的批評家(人們勇於如此說嗎？)最忽略的論點。如此，她的「安蒂瓜」不只是稍微提到的地點而已，卻是標示出威廉斯所言的國內進展之外在限制的一個明確方式，或是對取得海外領土以便做爲地方財富來源的重商式冒險一個明快的暗示，或是許多足以應證充滿其中的不只是儀態和禮節，也包含理念的競賽和與拿破崙的法國之鬥爭的事跡，並體認到在世界史的革命期間驚天動地般的經濟和社會變遷之歷史敏感性的指涉事項之一。

第二，我們必須視「安蒂瓜」在奧斯汀的道德地理學中佔有一個確切的位置，在她的散文中，經歷許多歷史變局，她的小說像在浩瀚大海上漂浮的船舶一樣。柏特蘭家族若沒有奴隸買賣、蔗糖和殖民屯墾階級，就不可能有現有的一切榮華富貴；湯瑪斯爵士乃是社會上的一個典型人物，對十八和十九世紀初期的讀者，若了解此一階級透過政治遊戲〔像坎伯蘭(Cumberland)的《西印度群島人》(*The West Indian*)〕和許多其他公共活動(大宅邸、著名的宴會和社會禮儀、耳熟能詳的商業公司、人人稱羨的婚姻)所形成的政治影響力，都會相當熟悉這類人物。當舊有受到保障的壟斷系統逐漸消失，而新的移民屯墾階級取代舊有的**不在地主**(absentee)系統之際，原有的西印度群島利益失去其主導性：棉紡織業、更爲開放的貿易系統、奴隸制度的廢除，削減了像柏特蘭家族這類人的權力和聲望，他們在加勒比海地區經常性的旅遊也將銳減。

因此，湯瑪斯爵士以不在地的農場主人身分，前往安蒂瓜旅行的次數減少了，多少反應了他的階級權力之削弱，此種削弱的狀況直接表現在羅威爾・拉格茲(Lowell Ragatz)古典名著《英屬加勒比海地區移墾階級的沒落，一七六三～一八三三》(*The Fall of the Planter Class in the British Caribbean, 1763-1833*, 1928)的標題上。但在奧斯汀小說中被隱藏或暗示到的東西已比一百年後在拉格茲的著作更充分地被陳述明白了嗎？一部寫於一八一四年的偉大小說之美學上的沈默和間斷性，已在一整個世紀的歷史研究之主要著作中獲得精確的闡明了嗎？我們可以假設詮釋的過程已被完滿實現了嗎？或是它將繼續成爲一個新材料，隨時等待重見天日呢？

儘管拉格茲學養豐富，它仍然發自內心地說出這樣的話：「黑奴人種，」有下列特質：「他偷竊、他說謊、他心靈單純、疑惑、無效率、不負責任、懶惰、迷信、性關係不節制。」㊽因而，這種「歷史」終究樂意地讓位給加勒比海歷史家，像艾力克・威廉斯（Eric Williams）和詹姆士的修正式作品，以及更最近的羅賓・布萊克本（Robin Blackburn）的著作《殖民奴隸制的推翻，一七七六～一八四八》（*The Overthrow of Colonial Slavery, 1776~1848*）；這些作品呈現出奴隸制度和帝國促進了資本主義的興起和鞏固，遠超出舊式的移墾壟斷制，並形成一種強大的意識型態系統，其原有之與特定經濟利益的掛勾已一去不復返，但其效果還是持續了幾十年。

> 這個時代的政治和道德理念必須在與經濟發展非常密切的關係上被加以檢視……。
>
> 一個已趨衰敗的利益，雖然就歷史的觀點而言，其破產已可上達天聽了，但卻還是足以造成阻擾和破壞的效果，這只能以它先前所提供的強大服務以及先前所造成的侵害來加以解釋了……。

建築於該利益之上的理念，在這些利益已被摧毀之後還持續很久，並繼續行使他們舊有的惡行，而因為其所服膺的利益不再存續了，使這一切更具危害性。

㊾

艾力克・威廉斯在《資本主義和奴隸制度》（*Capitalism and Slavery*,1961）如是說。詮釋的問題，事實上包括寫作本身，與利益的問題密不可分，我們已看到在美學上與在歷史寫作上雙方並行不悖，過去與現在皆然。我們也不必說既然《曼斯斐爾公園》是一本小說，它和一般下流無恥的歷史之牽扯是無關緊要的或已被超越的，不只因爲這麼說是不負責任的，也因爲我們對這些均已知之甚詳，因而必須忠實地將之說清楚。若是將《曼斯斐爾公園》解讀爲是一個擴張性帝國主義事業結構的一部分，人們就不可能只將之回歸到**偉大文學巨構**的正典——當然它應該是當之無愧的——只是把它視爲如此而已。更恰當地說，我認爲小說，就算是以低調方式爲之，已持續不斷地彰顯了帝國主義國內文化的寬廣視域，沒有這種文化，英國接踵而至的領土兼併將不可能出現。

我已花了不少時間用《曼斯斐爾公園》以說明一種分析的類型，這卻不常在主流的詮釋中碰到，或者基於這個緣故，它很少出現在嚴格地建立在某一個先進理論學派的讀本中看到，因而只有正視在珍・奧斯汀和她的小說主角中所隱含的全球性觀點，才可能使這部小說相當令人驚訝的普遍性立場得以釐清，我想這個解讀方式可以完滿或補足其它解讀方式，但並未貶損或取代後者。況且因爲這個解讀方式強調《曼斯斐爾公園》將英國海外權力的現實情況和在柏特蘭產業中之國內的糾葛串聯起來，故除非完整地遍讀全本小說，否則無法像我這樣去解讀它。若沒有完整地閱讀它，無法理解到此種「態度和指涉的結構」，也無法理解此一結構的強度，以及它在文學作品中被推動和維繫的方式。但經由小心地閱讀，我們可以感受到有關臣屬種族和其疆域的理念，如何可以同時被國外任職的行政人員、殖民官吏、軍事戰略家，和被以道德評價、文學均衡感和風格之潤飾的細膩觀點來涵養自己的知性小說讀者，雙方所堅持著。

在閱讀奧斯汀的小說時出現一個詭論，我感到印象深刻，但無論如何無法加以解決。所有這些證據指出甚至在西印度群島的蔗糖農場，從擁有奴隸一事的最例行層面來看，也是殘酷的事實。我們所了解之有關奧斯汀和她的價值之每一件事，均和奴隸制度的殘酷性頗不相稱。芳妮・普萊斯在問到湯瑪斯爵士有關奴隸買賣之事後，提醒她的堂兄，「一切變得如此死寂」，㊿好似暗示著其中一個世界不可能和另一個世界產生聯繫，因為雙方根本沒有共通的語言，這是真的。但刺激了生命中意外波折的是大英帝國本身的崛起、衰弱和沒落，結果就出現了一個後殖民的意識。為了更正確地閱讀像《曼斯斐爾公園》這類作品，我們必須將他們視為主要是正在抗拒或規避其他的場景，這是他們先前無所不包的特性、歷史的真誠和先知式的暗示所不可能完全隱藏的。當奴隸制度被直接述說出來，使這個主題變成是對歐洲為何的新理解佔有中心位置之際，這個時候的反應就不再只是一片死寂了。

期待珍・奧斯汀能對待奴隸制度像是一位廢除奴隸論者或一個剛被解放的奴隸所具

有之情感，將是愚蠢之事。因而，我所謂的責備之修辭法，現在經常被次等公民、少數族群及不幸的吶喊者所採用，以回溯的方式抨擊她和其他與她相似的作家，說他們是白人、特權階級、無動於衷、共謀。是的，奧斯汀屬於一個擁有奴隸的社會，但因此我們就唾棄她的小說只是以美學式的存心不良來從事許多瑣碎的頭腦體操嗎？我認爲一點也不，如果我們認眞地履行自己的知性和詮釋之職責來從事串聯工作，僅可能處理多方面的證據，充分且確實地研讀呈現於此或沒有呈現於此的內容，最重要的是，正視互補性和互賴性，而非只視其爲排除並禁止人類歷史的雜種化入侵之充滿隔離、崇敬或形式化的經驗。

《曼斯斐爾公園》是一部豐富的作品，它的美學與知性的複雜性有必要進行更延長和更緩慢的分析，或因其地理學的疑點，這個分析也有其必要，這本小說植基於對英國所屬加勒比海的一個海島統治風格之維繫的迴響。當湯瑪斯爵士前往有著他的產業的安蒂瓜或從那裡回來時，這卻和來到曼斯斐爾公園及從此離開一點也不是同一件事，在這裡他的出現、抵達和離開有極爲顯著的結果。但奧斯汀在某一脈絡中以如此綜述的方式處理，卻又在其他脈絡有如此發人深省的豐富內容，正是因爲那種不平衡性，我們能夠深入這部小說，揭露和強調在其絢爛的扉頁之中很少被提及的互賴性。若是一本次要作品，則會更坦然地穿上其歷史的牽扯，其世故性是簡單與直接的，正如在**救世主**(Mahdist)起義或一八五七年印度叛亂中出現的一個好戰小調，直接與其所反映的情況和地區產生聯繫。《曼斯斐爾公園》記載下許多經驗，而不只重複之。從我們後來者的角度來看，可以詮釋湯瑪斯爵士進出安蒂瓜的權力乃是衍生自個人認同、行爲和**命定**(ordination)之無言的民族經驗，並以曼斯斐爾公園的此種反諷手法和特殊品味來推展之。這個詮釋的任務是既不會喪失對前者之某種眞實的歷史感，也不會喪失對後者之充分的享受或鑑賞，而是在這個當下，將兩者擺在一起來看。

3 帝國的文化嚴整性 Cultural Integrity of Empire

直到十九世紀中葉前後，在法國文化中幾乎找不到可和曼斯斐爾公園（小說和其場所）與海外疆域之間那種持續密切之貿易交流型態相當的東西。在拿破崙之前，確實存在著大量有關歐洲以外世界的觀念，旅行、論辯和冥思的法國文學作品，比方說，想一想佛尼或孟德斯鳩的作品（在茨維坦・塔多洛夫（Tzvetan Todorov）的近作之一《我們與他人》（*Nous et les autres*）有論及一部分）。㊶無顯著之例外，這類文學作品要不是專門在某一領域——例如：雷納修士著名的殖民地報告——就是屬於某種文體（例如：道德論辯），運用如死亡、奴隸制度或貪污等議題爲題材，來對人性做一般性的討論。百科全書派和盧梭是後一類文體之卓越範例。

做爲一個旅行家、回憶錄作者、雄辯式自我分析之心理學家和浪漫主義者，夏多布里昂體現了一種無可匹敵的基調上與風格上的個人主義；當然，要在《勒內》（*René*）和《阿大拉》（*Atala*）中指出他是屬於像小說那樣的一種文學建制，或像史地學或語言學那樣的學術論述，是非常困難的。此外，他對美洲和近東生活的敘述太過古怪了，不易被掌握或駕馭。

因此，法國呈現了一種有點間歇式的，恐怕甚至是零星式的，但當然是局限的和專門的文學或文化的關懷，涉及到商人、學者、傳教士或士兵所到的東方或美洲諸領域，在那裡他們遭遇到其英國的對手。在一八三〇年取得阿爾及利亞之前，法國沒有像印度這樣的殖民地；我在其他地方也討論過，法國曾有短暫輝煌的海外經驗，之後便從絢爛回歸平淡，變成只存在於記憶或文學的寓喻中，而非實況。一個著名的例子是波依雷修士(Abbé Poiret)的《野蠻人書信》(*Lettres de Barbarie*, 1785)，描繪了法國人和非洲穆斯林之間的一種常是令人難以理解，但卻又扣人心弦的正面遭遇。法國帝國主義最卓越的思想史家拉勿爾・吉拉迭(Raoul Girardet)指出，在一八一五至一八七〇期間，法國有諸多殖民浪潮起起落落，但無一能帶動風潮，影響社會其他部分，或在法國社會中顯著而根本地形成氣候。他指出軍火商、經濟學家、軍人和傳教士等圈子，對如何在國內讓法國的帝國建制維繫不墜負有責任，然而不像普列特和其他有關英國帝國主義的學者那樣，吉拉迭無能明白地界定出一種法國式的「部門觀點」。[52]

人們很容易就會對法國文學的文化特質做出錯誤的結論。因此，值得舉出一系列法國和英國之對比。英國呈現出到處擴散、未專門化、且隨處可見之對海外利益的體認，是法國所不能相比的。奧斯汀筆下的鄉村士紳或狄更斯筆下的商賈，偶爾便會提到加勒比海或印度，在法國文學中不易找到與之相當的。然而，法國的海外利益以兩、三種不同方式呈現在文化論述中。相當有趣地，其中之一是偉大的、幾乎是聖徒般的拿破崙式角色〔如雨果的詩歌〈他〉(Lui)〕，他體現了法國浪漫式的海外拓殖精神，不似一個征服者（事實上，在埃及，他正是一位征服者），卻展現出一種充滿憂思的、通俗劇式的樣貌，其實人物角色只是一個面具，透過這個面具呈現出不同的現實反映。盧卡奇已經敏銳地討論過拿破崙的生涯對法國和俄國文學之小說式英雄角色所產生的巨大影響了。在十九世紀初期，科西嘉式的拿破崙同樣有一種異國情調。

若沒有拿破崙，斯湯達爾筆下的年輕人是無法了解的。在《紅與黑》(*Le Rouge et le noir*)，朱里安・索萊爾完全被他對拿破崙事跡的閱讀所吸引著（特別是聖赫勒拿島的回憶錄），一場又一場的宏偉景觀，地中海式衝勁的感情，以及鹵莽又野心勃勃，此種氛圍複製於朱里安的生涯，採取了一系列額外的轉折，所有這一切呈現在當時充斥著平庸和詭譎之反動的法國，雖緊縮了拿破崙傳奇，卻未減損其對索萊爾的影響力。在《紅與黑》中，拿破崙式的氛圍是如此強而有力，但拿破崙的事跡並未在小說任何部分有直接提到，這點令人驚訝且發人深省。事實上，書中唯一提及法國以外世界的一處是在馬希蒂傳遞其對朱里安之愛的告白之後，斯湯達爾強調她現身於巴黎所帶來的風險，超出她到阿爾及利亞去旅行。典型地，正是在一八三〇年的時刻，法國保住了其主要的帝國屬地，於是在斯湯達爾唯一提及之處，只是進而意味著危險、驚異和某種可預期到的漠視。這和同時候英國文學中川流不息、如家常便飯般的提到愛爾蘭、印度和美洲是非常不同的。

在文化上，採用法國的帝國關懷之第二個媒介，是嶄新且相當具有魅力的科學。原本這是由拿破崙之海外冒險所推動，並完美地反映了法國式知識的社會結構，完全不像英國的業餘式作風，而是經常令人驚異地古板的知性生活。巴黎的偉大學術機構（由拿破崙所推動）決定性地影響了考古學、語言學、史地學、東方學、實驗生物學的興起（許多學科都積極參與《埃及描述》(*Description de l'Eygpte*)的工作）。基本上，小說家引用有關東方、印度和非洲之被學術所規範的論述——例如：巴爾札克的《驢皮記》(*La Peau de chagrin*)或《貝蒂表親》——其專業的知能和光彩與英國相當不同。英國海外臣民的寫作中，從沃特萊・蒙太噶女士(Lady Wortley Montagu)到韋伯夫婦(the Webbs)，呈現著一種即興式觀察的語言；在所謂殖民「專家」（像柏特蘭爵士和彌爾父子等）的作品，雖有研究，但基本上缺乏互相合作且具有非官方式的態度；在行政和官方的文章中，麥考萊在一八三五年所寫的〈印度教育雜論〉(Minute on Indian Education)是一著名的例子，傲慢但仍有點個人式的頑固。在十九世紀初期的法國文化中很少有這種情形的，因爲學院的及巴黎的官方威望模塑了每一個論調。

我先前已討論過了，甚至在偶發的對話中，再現宗主國的文明疆域以外的事物之權力，乃是從帝國社會的權力中衍申出來的。這種權力採用一種推論的形式，以便重塑及重新安排「粗糙」或原始的材料，使之成爲歐洲敘事及正式表達方式的地方慣俗，以法國爲例，乃指具學科規則之系統性知識。這便沒有必要去取悅或說服「土著」的非洲人、印度人或穆斯林聽眾接受其看法。事實上，在大部分最具影響力的事例中，均預設土著是沉默的。當述及歐洲宗主國文明之外的事物，再現的藝術和學科——一方面，有小說、歷史、旅行寫作、繪畫；另一方面，有社會學、行政和官僚寫作、語言學、種族理論——有賴於歐洲再現非歐洲世界的權力。最好是能夠看到它、支配它，最重要的是要掌握它。菲立浦・柯汀(Philip Curtin)兩册的《非洲形象》(*Image of Africa*)和巴納德・史密斯(Bernard Smith)的《歐洲觀點和南太平洋》(*European Vision and the South Pacific*)恐怕是現行可用之對這種權力運作的最擴大之分析。一個通俗的優良範本由巴塞爾・大衛森所提供。他對直到二十世紀中葉爲止有關非洲的書寫之研究中提到：

> 非洲之發現與征服的文獻正如同發現與征服之過程本身一樣，龐大而紛歧。然而，除了少數卓越的例外，大部分的紀錄全然建基於一個單純的支配態度：它們是堅決地從外來者的立場來看待非洲所編的雜誌期刊。我並不是說他們可以被期待著以另一種方式來做此事，重點是他們觀察的特質乃是局限在一緊縮的範圍內，今天我們要讀這些作品時要將這點牢記在心。如果他們試圖了解他們所認識的非洲人之心靈和行動，都是採取此種方式，其內容甚為淺薄。幾乎他們全部都自以為是地認為他們面對「原始人」，他們的本性乃自史前時代即是如此，他們的社會自歷史之初始即延續至今〔布萊恩・史崔特(Brian Street)的重要作品《文學中的野蠻人》(*The Savage in Literature*)詳述在學術和通俗文學中如何呈現其實況的步驟〕。這種觀點乃和歐洲難以匹敵之權力和財富的擴張、歐

洲政治的強度和複雜，以及信仰其多少是上帝所選召之地齊頭並進。那些聲譽卓著的探險家之所思所行，可以在如亨利・史坦利(Henry Stanley)的作品中，或是在西索・羅德斯和他的採礦買辦者的行為中見其一般。一旦條約之履行有所保障，他們就可以表現得好像他們是非洲友人的忠實盟友一般，透過這些條約，他們所服務及組成的政府或私人利益集團可以保證「有效地佔領」該地。[53]

所有文化都會再現外來的文化，最好能支配或以某種方式加以控制之。然而，不是所有文化都正在再現外來的文化，且能在事實上支配或控制，我相信這是現代西化文方的特點，這需要對西方世界之於非歐洲世界的知識與再現加以研究，同時對那些再現方式及它們所展現的政治權力加以研究。十九世紀末期的藝術家，像吉卜齡和康拉德，或十九世紀中葉的大家，像吉龍(Gérôme)和福樓拜，不僅複製海外疆域：他們運用由馬克斯・穆勒(Max Müller)、雷南、查理士・天普(Charles Temple)、達爾文、班傑明・契德(Benjamin Kidd)、艾米・狄・瓦托(Emer de Vattel)等思想家所提供的敘述技巧、歷史與探索性的態度和實證的理念處理素材，並賦予其生命力。所有這一切發展並增強了歐洲文化中的本質主義立場，宣稱歐洲人本該統治世界，非歐洲人應被統治。尤有甚者，歐洲人**已經**統治世界了。

現在我們已有相當理由去體認到這類素材是如何嚴密，其影響是如何廣泛了。拿史蒂芬・傑・高爾德（Stephen Jay Gould）和南西・史蒂本（Nancy Stepan）對種族觀念在十九世紀科學的發現、操作和機構的勢力之研究做爲例子好了！㊹他們發現對黑人劣等民族的理論、先進或落後（以後並變成「臣屬」）種族的階層理論，並無任何具有重大意義的異議出現。這些狀況既引申自歐洲人在其海外疆域所發現之劣等人種的直接證據，也在許多情形下，二話不說地將之應用於其上，甚至當歐洲人的勢力相對於巨大的非歐洲帝國的勢力，呈現不成比例的成長時，確保白種人無可挑戰之權威的思想綱領之力量，也出現同樣的成長。

沒有任何一個經驗領域不被這些階層觀念的無情運用所入侵。在爲印度而設計的教育系統中，學生視被教導去讀英語文學，且強調英國人種的先天優越性。就如同喬治・史塔金（George Stocking）所述，在非洲、亞洲和澳洲等地所做的民族誌觀察逐漸形成一門新科學，許多對此一學科有所貢獻的學者帶著細緻的分析工具和一長串有關野蠻論、幼稚論和文明相關之形象、觀念和擬科學的概念來從事研究；在初起的人類學學科中，達爾文、基督教、功利主義、唯心主義、種族理論、法制史、語言學和大無畏的旅行家知識，以令人困惑的方式結合在一起。無論如何，當其論點肯定了白人文明（換句話說，英國文明）的優越價值時，無一前述之理論會對此舉棋不定。㊺

對這種論調讀得越多，以及對現代學者有關此議題的研究讀得越多，則會對述及「他者」時所內含之基本論點的堅持及一再反覆感到印象深刻。舉例而言，比較卡萊爾在《過去與現在》（*Past and Present*）一書中對英國性靈生活之冠冕堂皇的重估和他談到黑人的地方，或在他的〈黑人問題偶論〉(Occasional Discourse on the Nigger Question)中提到兩個令人震撼的顯著因素：一者是卡萊爾重新復振英國雄風的慷慨激昂之責難批評，以期喚醒英國人努力工作、有機的結合、無限的熱愛工業與資本主義發展；然而另一方面，這些事情似乎完全無法賦予「奎西」活力，這位虛擬的黑人「醜陋、懶散、叛逆」，註定永遠處於次人類的地位。

卡萊爾在〈黑人問題偶論〉一文中對此很坦白：

> 不，除了南瓜外（卡萊爾筆下的「黑人」特別偏愛的農作物），諸神尚有所欲。在西印度群島生產香料和有價值的產品，他們決意想要這些東西，因此造就了西印度群島——他們毫無限制地欲求更多，於是這些勤勉的人們佔領了他們的西印度群島，而非這些散漫的兩腿笨牛，無論他對其豐收的南瓜感到多麼快樂！從這兩件事情中我們可以確定，不朽的諸神已決意，通過他們「國會的永恆立法」以獲取這些；雖然所有塵世的議會和團體誓死反對之，這些事情仍應該去做。假如奎西不想要協助培植香料，他自己將再度變成奴隸（這種狀況將使他比現在的情況更不那麼醜陋些），既然其他方法不可行，施以慈善的鞭笞將迫使奎西必須去工作。56

當英國迅速擴張其勢力，微不足道的香料沒什麼值得一提的，英國文化轉變成以國內之工業化和保護海外之自由貿易爲基礎。黑人的地位由「國會的永恆立法」所宣告，因此他們沒有眞正的機會爭取自助，向上提升、或其他甚至比嚴格的奴隸制度更好的事情（雖然卡萊爾說他反對奴隸制度）。問題重點是：是否卡萊爾的邏輯和心態完全是他自己的（因而是古怪的），或者是否它們以一種極端和特殊的方式表達了某些基本心態，和奧斯汀在幾十年前或約翰・史都華・彌爾十年後所說的沒有什麼不同呢？

其間的相似處値得討論（當然他們之間的差異也相當大），因爲整體文化的重量迫使其難以有其他的表達方式。奧斯汀和彌爾完全未提供非白種的加勒比海人任何想像性的、推論性的、美學性的、地理上的，或經濟上的地位，除了只是永遠地附屬於英國人的地位下成爲蔗糖生產者。當然，這是支配的具體意義，其另一方面便是**生產力**。卡萊爾的黑人奎西像是湯瑪斯爵士的安蒂瓜產業一樣，用來生產可供英國人使用之財富。因此，奎西的機會便是安靜地**在那裡**，對卡萊爾而言，這便是等於服從且愼重其事地工作，以便使英國人的經濟和貿易維持下去。

卡萊爾對此一主題的寫作中，第二件値得注意的事情是，他的說詞旣非含糊不清、也非隱晦不顯，或是有何奧義。他說出他對黑人的看法；他對他所施加之威脅和處罰也非常坦白。卡萊爾道出整體而普遍性的語言，以對種族、民族、文化的本質之不可搖撼的確定性來支持之。所有這一切無須詳細說明，因爲他的讀者熟悉這些，他說出宗主國的英國文明之通用語言：全球的、綜覽的，並具備如此巨大的社會權威，因此對每個想要述及民族國家之整體者，均可加以利用之。這個通用語言將英國放在世界的焦點，以其權力君臨天下，以其理論的文化將之發揚光大，並由其道德導師、藝術家及立法者的態度來維繫其生產力。

人們在一八三〇年麥考萊的作品中，聽到相似的論調，接著四十年之後，再度幾乎毫無改變地在羅斯金的作品中看到。他在一八七〇年牛津大學的史列德演講中，以莊嚴地宣告英國的使命為開端。這段講詞值得大幅加以引述，並非因為它以壞的一面來展現羅斯金，而是因為它幾乎架構了羅斯金有關藝術之長篇累帙著作的每一論點。羅斯金作品權威的版本，庫克和維登班版，包含這段文字的註腳，強調其重要性；他視其為「所有他的教誨中『最蘊義深刻且最基本』的部分」。(57)

現在我們可能面對一個使命——其為從古到今一個民族所必須接受或拒絕的使命中之最至高無上的。我們的人種尚未墮落；我們的人種混合著北方民族血統之優秀者。我們的性情尚未放蕩掉，仍然堅強地足以統治，兼具文雅且深知服從。我們教導一種純正仁慈的宗教，現在我們必須選擇它，或者背叛它，或者必須學習去發揚光大以便維繫不墜。我們有豐富之追求榮譽的遺產，透過上千年高貴的歷史傳給我們，故應該日以繼夜地渴求將之發揚光大，永不饜足。因而，假如貪求榮譽是一種罪過，則英國人必定是最桀驁不馴的生靈。最近幾年，我們已有自然科學的定律快速成長，其光華炫人耳目；我們有交通與傳播工具創造出適宜居住的全球王國。一個王國——但誰將是其國王呢？難道在其中沒有國王，竟然使你、我和所有人只從其個人的看法去做自認正確的事嗎？或是只有恐怖的國王，和猥褻、拜金和敗德的帝國嗎？或者你們諸位英國的年輕人們，讓你們的國家再度成為國王之尊貴王座；一個王權之島、普世的光源、和平的中心；學術和藝術的女王——在充斥著不敬和短視近利觀點的時代中，成為偉大回憶的忠心護衛者——在享樂的實驗之誘惑和放縱的慾望之下，成為歷經時代考驗的原理之忠僕；和在充滿著粗暴及喧囂式嫉妒的衆多民族之中，禮敬著對人類之善意的奇特勇氣？

29「主日受難曲」(Vexilla regis prodeunt)。是的，但哪位國王呢？有兩面旗幟，我們必須將之插在最遙遠的島上，是在天空中飄揚著的那一面，或是用俗氣污穢的黃金絲線所編織、笨重地掛著的那面呢？事實上，有一條恩澤榮耀的大道在我們面前展開，這是任何一群可憫的腐朽生靈所不曾獲得的。必是如此的——它「正」與我們同在，現在，「統治或者死亡」。我們應說我們的國家：面對每次的崩潰，做出偉大的拒斥(Fece per viltate, il gran rifiuto)；這頂冠冕的拒絕將是最可恥且最不合時宜的，這一切將被載之史册。這就是我們國家必須做的，要不，就是滅亡。

她必須盡其所能，以盡快的速度，航向盡可能遙遠的地域去建立殖民地，組成她最具活力和最有才華的人民——掌握她所能踏過的每一片可用之荒地，教導她那邊的殖民者其首要德性便是效忠國家，他們的首要目標是海陸並進去拓展英國的權力；雖然，他們生活在邊遠地區，他們必須視自己如同船艦上的水手一樣，被免除了他們在祖國的權利和義務，因為他們飄泊四海。因此，嚴格地說，這些殖民地必須像停泊的船艦；船上每一個人必須服從艦長和軍官的權威，他們的號令所及不是在艦隊的行伍上，而是在田野與街道上；處在這些靜止不動的海軍艦隊上（或者，以真確及最強力的意義而言，靜止不動的**教會**，由遍布世界的加利利湖上的舵手所統領），英國必須「期待每一個人善盡其職」；體認到此一職責事實上在和平時期與戰爭時期都是一樣的；假如我們能用極少的酬勞招募到為熱愛英國而挺身砲口的勇士們，我們也可以找到肯為她耕耘撒種的人們，為她而表現仁慈與正義，教育子女敬愛她，他們將在她的榮耀之光中歡慶，比在所有熱帶天空的光芒之下更加歡愉。但他們或許都能做到這些，她必須使她自己的至上尊榮純潔無染；她必須使他們均能具備以祖國為傲的想法。英國是半個地球的女王，不可能令其只是一堆槁木死灰，任由爭鬥與可憫的群衆踐踏；她必須重振昔日英國的榮耀，表現其完美的面向——更加歡樂、更加超然、更加純潔，在她的天空中——不為不聖潔之雲彩所污染——她能夠正確地命名每一座在天際閃耀的星辰；在她的原野，如此整齊、遼闊和清淨，叫喚每一株沾滿露水的作物；在她的魔術花園綠蔭大道的樹影下，神聖的塞斯女神，真實的太陽之女，她必須引導著遠方國度的人類技藝，搜尋著其神聖的知識，化野蠻為人道，從絕望中獲得救贖，以登太平之境。[58]

大部分——或者不是全部——對羅斯金的討論避開這段文字。然而像卡萊爾一樣，羅斯金也說得很坦白；他的含意雖充滿了暗喻和修辭的矯飾，但卻淸楚明白。英國必將統治世界，因爲她是最完美的；必須使用權力；她的帝國競爭對手微不足道；她的殖民地不斷增加、繁榮、緊密與她結合在一起。羅斯金勸誡性口吻的迫人之處是他不只狂熱的堅信其所倡導者，且將他有關英國支配世界的政治理念和他的美學與道德哲學結合起來。當他熱情地相信其一，他同時也會熱情地相信另一方，政治和帝國的層面之拓展，就某種意義上，確保了美學和道德的層面。因爲英國是全球之「王」，一個「王權之島，普世的光源」，她的年輕人必須成爲殖民者，他們的首要目標是海陸並進去拓展英國的權力；因爲英國必須這麼做，「或者滅亡」，就羅斯金的觀點，她的藝術和文化有賴於強固的帝國主義。

輕率地忽視這些觀點——幾乎在十九世紀的任何文本中，都可信手拈來的觀點——我相信就好像描述一條道路，卻忽略其所在的周圍風景一樣。無論何時，一種文化形式或論述觸發完整性或總體性的靈感時，大部分的歐洲作家、思想家、政治家和重商主義者傾向於以全球性論點來思考。這不只是修辭上的飛躍，還是相當正確地符應了他們國家之實際上無遠弗屆的全球性擴張。凱南在一篇極爲犀利地批判丁尼生（Tennyson，羅斯金同時代的人）和他的《國王的牧歌》（*The Idylls of the King*）之帝國主義的文章中，檢視了英國海外擴張活動極其驚人的範圍時，發現所有這一切促成了疆域佔領之鞏固和取得。有時候丁尼生親眼目睹這些活動，有時候（透過某些相關事項）間接與其產生關聯。由於凱南所列的事件和羅斯金的生平同一時期，故我們先看看柯南所引的這些事件：

一九三九—四二　中英鴉片戰爭
一八四〇年代　對抗南非卡菲爾人和紐西蘭毛利人之戰爭；征服旁遮普
一八五四—五六　克里米亞戰爭
一八五六—六〇　第二次中英戰爭
一八五七　進攻波斯
一八五七—五八　鎮壓印度兵變
一八六五　牙買加艾爾總督事件
一八六六　阿比西尼亞征伐
一八七〇　擊退加拿大芬尼亞人的擴張
一八七一　粉碎毛利人的反抗
一八七四　對抗西非阿善提人的關鍵性戰役
一八八二　征服埃及

此外，凱南認爲丁尼生「全是爲了忍受來自阿富汗人的實非無理的要求」。⑲羅斯金、丁尼生，梅瑞狄斯（Meredith）、狄更斯、安諾德、薩克萊、喬治・伊利奧特、卡萊爾、彌爾——簡言之，這是維多利亞時代重要作家的清單——所看到的是英國的勢力在國際舞台上的巨大展現，橫行全球，全然無可抵擋。那是合乎邏輯且極易從某一方面就讓他們自己認同於這種權力，透過許多管道，他們已經馴服地認同英國了。像他們一樣地談論文化、理念、品味、道德、家庭、歷史、藝術和教育，去再現這些主題，試著影響或在理智上及修辭上模塑這些主題，便會逼使他們在全球的範圍上體認到這些主題。英國的國際認同、英國商業和貿易政策的格局、英國武力的效能和動員能力，都提供了難以抗拒的模式使人們去追求這些目標，接著便開始構圖設計，然後付諸行動以實現。

因此，再現本國或宗主國文明疆域以外的事物，幾乎從一開始就是去**確證**歐洲的權力，此中有一令人印象深刻的循環論證：因爲我們有權力（工業、科技、軍事、道德），我們得以支配；他們沒有，因爲他們無能支配；他們是劣等的，我們是優越的……等等。在英國十六世紀以降對愛爾蘭及其人民的觀點中，我們可以看到此種非常執著的套套邏輯之論證；這種論證仍出現在十八世紀對澳洲和美洲之白人殖民者的看法上（直到二十世紀，澳洲人仍繼續是一劣等種族）；逐漸地，它的適用範圍擴大到實際上已經包含了英國海岸以外的整個世界了。在法國文化中，也出現了一個可相比擬之反覆運用且無所不包之套套邏輯，來呈現法國疆界以外的地區。在西方社會的邊緣，所有非歐洲地區的居民、社會、歷史和其他存在的事物，被再現爲一種非歐洲的本質，是劣於歐洲的，接著便是顯示歐洲要繼續控制非歐洲世界，並以此種方式再現非歐洲人，以便支持其控制。

這種同一性和循環論證對思想、藝術、文學和文化論述而言，一點也沒有拘束力或壓制性。這個十分重要的眞理必須持續地堅持下去。唯一不變的關係是在宗主國和一般海外屬地之間的階層關係，也就是在歐洲—西方—白人—基督教—男性和那些地理上和道德上居住在歐洲以外地區的民族（非洲、亞洲，在英國的情況，則又加上愛爾蘭和澳洲）。[60]若非如此，則某種狂想式的精心設計是被允許置於關係的兩造，通常的結果是每一方的認同均被強化，甚至雖然在西方這一邊的變異性增加了。當帝國主義的基本主題被提出來時——例如像卡萊爾這樣的作家，把每一件事情都說得非常清楚明白——它串聯組合一大堆的同意認可之詞，在同時又形成許多有趣的文化版本，每一個均有其獨特之變奏、癖好及形式特質。

當代文化批評者的問題是如何將這些主題擺在一起，詮釋其意義。就如同許多學者已提到，正是直到十九世紀的後半葉，對歐洲作家而言，積極之帝國主義意識，充滿攻擊性、自我期許之帝國任務的意識，才變成是難以擺脫的想法——經常被接納、被提到，並活躍於各處（在一八六〇年代的英國，**帝國主義**一詞經常是被用來指像法國這樣由一位皇帝所統治的國家，且有點鄙夷的味道）。

但是直到十九世紀結束時，高尚的或官方的文化仍然設法逃避本身對形塑其帝國動力所扮演的角色的探究與考察，無論在何時人們論及帝國主義的成因、利益或邪惡時，這種官方文化神祕般地豁免於被分析，似乎這些內容都被固執地堅守著，不容許被批判。這是我的主題中一個頗爲有趣的層面——文化如何能夠參與帝國主義，卻又多少能夠對其所扮演的角色獲得原宥。〔例如：霍布森輕蔑地提到吉汀斯（Giddings）難以置信的**回溯式同意**的觀念[61]（隸屬的臣民首先被迫屈服，然後就被回溯性地假設他們同意其受奴役的地位）〕，但他沒有進一步地問像吉汀斯這種人在那裡和如何產生這種觀念，且還搬弄一套充滿自詡式迫人力量的流利說詞。在一八八〇年之後，對帝國做出理論性的證明之偉大雄辯家——在法國，有拉羅伊—比留、在英國有西萊——配置一種語言，其成長、肥沃與擴張的意象，其特質與認同的目的論結構，其對區分**我們**和**他們**的意識型態歧視，在其他方面也已成熟了——在小說、政治科學、種族理論、旅行寫作；在像剛果和埃及這樣的殖民地，康拉德、羅傑·凱斯蒙（Roger Casement）和威弗利德·史卡溫·布蘭特（Wilfrid Scawen Blunt）已記錄下白人的濫權以及幾乎毫無心腸、漫無節制的獨裁統治，與此同時，拉羅伊—比留也在其國內譜寫下殖民化本質的狂想曲：

> 社會秩序像是在家庭中長幼有序一般，不只世代交替，而且教育也是重要的：…從人性深處，它賦予生殖繁衍一種新產品……人類社會的形成，不只是單純的人口組成，不能放任其自然變遷……因而殖民化是一種由經驗中學習的技藝……殖民化的目標是置一個新社會於最佳狀況，以追求繁榮和進步。[62]

英國直到十九世紀末葉，一般而言，帝國主義被認爲對英國的高生育率，特別是母愛的天性，有根本重大的關係；[63]若仔細研讀巴登—鮑威爾（Baden-Powell）生平事跡，就會發現他的童子軍運動可以直接追溯到在帝國和全民族健康之間所建立的關聯（對手淫的恐懼、生活腐化、優生學等因素）。[64]

當時幾乎沒有任何例外，主張帝國統治的觀念驚人地流行著，人們經常在意識型態上支持執行其統治。讓我們將一整套現代的研究中不同領域的學術成果做一簡單的綜合，依我個人的看法，所有這一切可以總結於**文化與帝國主義**之研究，這點可系統地羅列如下：

一、對西方和世界其他部分之間的基本之本體論區別沒有異議。在西方和非西方的邊陲地區之間的地理和文化之疆界如此強烈地被感受到、察覺到，我們或許會覺得這些疆界是絕對的。此一區別是至高無上的，於是形成約翰尼斯・法比恩（Johannes Fabian）所謂的，在時間上否定**同時性**（coevalness），在人類空間上存在一個根本的不連續性。[65]因此，**東方**、非洲、印度、澳洲，儘管有許多不同種族居住於此，是由歐洲人所支配的地方。

二、基於民族誌的興起——如同史塔金所述，此外，也可在語言學、種族理論、歷史的分類中看到相似情形——出現了**差異的典則化**（codification of difference），以及許多演化的架構，從原始到次等的人種，最後達到優等或文明的民族。哥畢諾（Gobineau）、梅恩、雷南、洪保德等人特別重要。最常被使用的範疇如：原始的、野蠻的、退化的、自然的、不自然的，都屬於此類觀念。[66]

三、西方對非西方世界積極的支配，目前已成爲歷史研究中教條式地被接受的一環，當然是具有全球性視野的（例如：潘尼卡（K. M. Panikar）的《亞洲和西方的支配》（*Asia and Westem Dominance*），或麥可・阿達斯（Michael Adas）的《機器做爲人的尺碼：科學、科技和西方支配的意識型態》（*Machines as the Measure of Men: Science, Technology, and Ideologies of Westem Dominiance*）。⑥⑦帝國巨大的地理幅員，特別是大英帝國，和普遍化的文化論述兩者合流。當然，是權力促成此種合流成爲可能的；有了權力，便有能力到達遙遠的地方，學習其他民族的狀況，並編訂與傳播知識，加以標示、運送、配置，並展示其他文化的樣版（透過展覽、遠征、攝影、繪畫、調查、學校），最重要的是統治他們。接著，所有這一切便產生了所謂對土著的**責任**，需要在非洲和其他地方建立殖民地，以追求土著的**利益**，⑥⑧或是追求殖民母國的**尊嚴**。這就是**文明化使命**（la mission civilisatrice）的修辭法。

四、支配不是停滯不動的狀態，著重在各方面揭示宗主國的文化；其在帝國疆域本身的影響，也是直到現在才開始被從日常生活的細節上加以研究的。晚近一系列的著作⑥⑨已經述及帝國的主題如何和通俗文化、小說、歷史、哲學和地理的修辭之結構交織在一起。幸賴高莉・維斯瓦納森的作品，我們發現英國在印度的教育體系——其意識型態引申自麥考萊和班亭克（Bentinck）——瀰漫著種族和文化不平等的觀念，且在課程上被傳授著；這是一整套課程和教學法的一部分，其目的就查理士・托雷維利安（Charles Trevelyan）這位辯護者的看法，乃是：

> 就柏拉圖式的觀點而言，喚醒殖民地之臣民記住他們先天上已趨墮落的性格……且是由於東方社會封建主義的性格。在此一普世化的敘事中，由早期傳教士所供給的情節被鄭重地宣告出現，英國政府被再塑造成理想的共和國，印度人自然必須以自我的自動自發表現，立志追隨英國。英國統治者所建立的政體，已贏得了做為柏拉圖式監護者之精神象徵的地位。[70]

既然我們討論的意識型態觀點並不只是由直接支配和武力所執行和支撐著，更是由**勸說之方法**長期而有效地加以運作，故霸權之日常運轉過程——經常是極有創造性、嶄新、有趣和最重要的實作性——很令人驚喜地，極適合做分析和闡明。在最可見的層面上，帝國的領域具有外貌上的轉變，或者是透過阿弗列德・克洛斯比（Alfred Crosby）所說的**生態帝國主義**（ecological imperialism），[71]包括物質環境的改造，或者是行政、建築和制度的工程，諸如殖民城市的建築物（阿爾及耳、德里、西貢）；在殖民母國，新帝國菁英、文化和次文化的出現（帝國之**助手**養成學校、機構、系所、科學——諸如地理學、人類學等等——有賴持續不斷的殖民政策）、新風格的藝術，包括：旅行攝影、異國風味和東方主義式的繪畫、詩歌、小說、音樂、紀念性雕像和新聞編輯（莫泊桑的《俊友》（*Bel-Ami*）對此做了令人難忘的描述）。[72]

這種霸權的根基在法比恩的《語言和殖民權力》（*Language and Colonial Power*）和拉納吉特・古哈（Ranajit Guha）的《孟加拉的財產權法規》（*A Rule of Property for Bengal*）中，以

深刻的洞見加以研究；在霍布斯邦和蘭格的文集中，伯納德・孔恩（Bernard Cohn）的〈再現印度維多利亞時代的權威〉（Represerting Autority in Victoria India）（此外還有他的《歷史學者中的一位人類學者》（*An Anthropologist Among the Historians*）中，有關英國人對印度社會的再現與調查之發人深省的研究）也是另一著例。㉓這些作品呈現了在日常生活的動態中，日常性權力壓迫，及土著、白人和權力機制之間的往返互動。但在這些帝國主義的微觀物理學中，最重要的因素是在**溝通至命令**之間反覆的來回進行中，一個統一的論述——或是正如法比恩所說的，「進行的場域，穿越和交叉運行的理念之場域」，㉔——發展出來，它建立在西方人和土著之間區別的基礎，而這種區別是如此完整和具調適性，故而加以改變幾乎不太可能。我們從法農對殖民體系的**摩尼教式善惡二元論**（Manicheanism）和其所導致之暴力訴求的評論中，可以感受到由這種系統長久持續運作所產生的憤怒和挫折。

五、帝國的態度有其範圍和**權威**。此外，在其海外擴張及內部社會動盪的時期，也具有偉大的創造力。在此，我不只要提及一般性的**傳統之發明**（the invention of tradition），也要提到生產奇特的自主性知識與美學形象的能力。東方學、非洲學和美洲學的論述發展出來，並來回交織成歷史寫作、繪畫、小說和大眾文化。傅柯**論述**的觀點在此頗切題；正如伯納爾（Bernal）所述，在十八世紀期間，一種理路一貫的古典語言學肅清了雅典式希臘語的閃族—非洲語之根源。正在此時——如隆納德・因登（Ronald Inden）的《想像印度》（*Imagining India*）㉕嘗試要呈現的——整個半自主性的宗主國文化形構出現了，這和帝國的佔有及其利益密切相關。康拉德、吉卜齡、勞倫斯、馬爾勞都是其敘述者；他們的前輩和掌門人，包括：克里夫（Clive）、哈斯汀（Hastings）、杜普雷克斯（Dupleix）、布鳩德（Bugeaud）、布魯克（Brooke）、艾爾（Eyre）、帕默斯頓（Palmerston）、朱利斯・菲利（Jules Ferry）、里奧泰（Lyautey）、羅德斯；就這些人的偉大帝國敘述故事中〔《智慧的七大支柱》、《黑暗之心》、《吉姆爺》（*Lord Jim*）、《諾斯托洛摩》和《王道》（*La Voie royale*）〕，一種帝國的性格變得突顯出來。十九世紀末期帝國主義的論述，更進一步被西萊、狄爾克（Dilke）、佛勞德（Froude）、拉羅伊—比留、哈曼德和其他作家的論證所流傳著，這裡面許多人今天已被遺忘，或無人讀之，但在當時他們影響力甚強，甚至像是先知。

西方帝國權威的形象自然還存在著——陰魂不散、奇特地迷人、令人震撼：在喀土木的戈登將軍，在喬伊（J. W. Joy）著名的繪畫中，凶狠地盯視蘇丹的雲遊僧侶，只佩帶著左輪手槍和入鞘的寶劍；康拉德筆下的克茲，生活在非洲的中心，聰穎、瘋狂、劫數難逃、勇敢、貪婪、能說善道；阿拉伯的勞倫斯，身爲其阿拉伯戰士的首領，身歷沙漠傳奇、發明游擊戰術和王公貴族及政客交往甚密、翻譯荷馬作品、試圖掌控英國的「褐色屬地」；西索・羅德斯在很年輕的時候就建立了村莊、不動產和基金，同年紀的其他人也頂多生育小孩、開始創業而已；布鳩德收服了阿布達爾・卡德（Abdel Qader）的武力，開創了法屬阿爾及利亞；吉龍筆下的妃妾、舞女、婢女；德拉克洛瓦的薩丹那帕路斯王；馬蒂斯的北非；聖桑（Saint-Saëns）的《參孫和大利拉》（*Samson and Delilah*）。有一長串的目錄，其寶藏無比豐富。

4 運作中的帝國：威爾第的《阿伊達》

The Empire at Work: Verdi's Aida

我現在想要來揭示這類材料對一些特定領域的文化活動影響有多深，且多麼富有開創性，甚至及於那些今天已不被認爲和齷齪的帝國剝削相關聯的領域。幸好許多年輕學者已經充分發展出帝國權力的研究，以致讓我們可以觀察到在埃及和印度之調查和行政運作中內蘊的美學成分。例如，我記得提摩西・米契爾(Timothy Mitchell)的《殖民埃及》(*Colonising Egype*)，[76]呈現了這個表面上是鄂圖曼土耳其屬地，實際上是歐洲殖民地之建立模範村落的運作，揭發其深閨生活的私暱性，及建立新型軍事操練活動的情況，這些活動不只是再次肯定歐洲的權力，而且也造就了調查及統治這塊地方的附帶之樂趣。在帝國統治中，權力和愉悅的結合，在萊拉・金妮(Leila Kinney)和賽內普・契利克(Zeynep Çelik)對肚皮舞的研究中有令人讚嘆的呈現。在此，由歐洲人的發現所提供的擬民族誌展演，事實上與植基於歐洲本身的消費主義式休閒娛樂密切相關。[77]與此相關的兩個支派由克拉克(T.J. Clark)對馬奈(Manet)和其他巴黎畫家的研究：《現代生活的繪畫》(*The Painting of Modern Life*)所發掘出來，他特別探討法國宗主國文明異常的休閒娛樂和情慾主義的出現，某些是被異國模式所影響的；以及馬列克・阿勞拉（Malek Alloula）對二十世紀初期法國之阿爾及利亞女人的明信片之解構式的閱讀：《殖民深閨》（*The Colonial Harem*）。⑱明顯地，東方做為一個許諾及權力之地，在此是非常重要的。

無論如何，我想提一下為什麼我所著手之對位式閱讀恐怕會有些奇特和古怪。首先，雖然我通常是沿著年代次序，從十九世紀的開始直到此一世紀的結束來進行分析，事實上我並無意提供一個事件、趨勢和作品相互連接之時間次序。每一個別作品都是從其本身或後人的詮釋所特有之對過去歷史的觀點來看待的。其次，我的整體論證是，這些引發我興趣的文化作品，輻射出或介入許多建立在文體、時段化、民族性或風格之上的表面上穩定且難以穿透的範疇，它們先設西方及其文化全然自主於其他文化，也自主於世俗之權力、權威、特權和支配的追求。與此不同，我想呈現**態度和指涉的結構**在各類不同方法、形式和場所中，四處瀰漫且深具影響力，甚至在官方所設定之帝國的時代開始之前。這一切和其處身的歷史世界密切相關，一點也不是自主的或超越的；它是雜種的，一點也不是固定不變和純粹的，分享著種族優越論以及藝術的巧思，同時具有政治和技術的權威，兼具簡單的化約與複雜的技巧。

想想威爾第著名的**埃及**歌劇《阿伊達》。《阿伊達》乃是一視覺、音樂和舞台的奇觀，在歐洲文化中成就了許多事情，其中之一是肯定了東方基本上是異國情調的、遙遠的和古老的地方，歐洲人可以在其上炫耀其武力。與《阿伊達》的作曲同時，歐洲**普世**的探勘發掘例行上會包含殖民的村落、市鎮、法院和其他相關的樣版；次等或更低的文化之可馴服、可傳輸的特性被強調著。那些下等文化在西方人面前被展覽出來，如同帝國的巨大疆域之縮影。假如有，也很少能在這個架構下允許有例外的非歐洲人被創造出來。[79]

《阿伊達》等同於獨一無二的十九世紀高峰期類型的**大型歌劇**。與一群非常少數的其他作品並列，《阿伊達》享譽超過一個世紀，同時既被視爲是一部偉大的通俗作品，也被音樂家、樂評家和音樂學者所普遍推崇。然而，雖然《阿伊達》的壯麗和卓越對任何看過或聽過它的人都是顯而易見的，它卻內含許多複雜的內容，與當時存在之各種各類冥想式的理論有關，主要是那些理論使《阿伊達》本身和其所處之西方世界的歷史和文化時期相關聯。在《歌劇：浮華的藝術》(*Opera: The Extravagant Art*)中，赫伯特・林登柏格(Herbert Lindenberger)提出下列富想像力的理論，認爲《阿伊達》、《波利斯・哥都諾夫》(*Boris Godunov*)和《諸神的黃昏》(*Götterdämmerung*)代表一八七〇年的歌劇，分別和考古學、民族主義史地學，以及語言學有關。[80]威蘭德・華格納(Wieland Wanger)在一九六二年於柏林製作《阿伊達》，用他的話來說，視這齣歌劇爲一部**非洲的神祕**。他視其爲他祖父之歌劇《崔斯坦》(*Tristan*)之先聲，在其核心中存在著不可化約的**文明精神**(Ethos)和**生物本能**(Bios)之衝突(威爾第的〈阿伊達〉，是一齣表現了在倫理與生命之間、在道德律法與生命需求之間消融與衝突的歌劇)。[81]在他的架構中，安妮莉斯是主角，被一個**龐大的陽具**(Riesenphallus)所支配，掛在她的身上像一根強力的棍子；就歌劇內容而言，「大部分時間只看到阿伊達俯伏於地或畏縮在背景的一角而已」。[82]

縱使我們忽略掉第二幕著名的凱旋場景所經常導致的庸俗感，我們應留意《阿伊達》是威爾第歌劇在風格及視野上發展的顛峰，從一八四〇年代的《那布果》（*Nabucco*）和《倫巴底一世》（*I Lombardi*），經歷一八五〇年代的《弄臣》（*Rigoletto*）、《吟遊詩人》（*Trovatore*）、《茶花女》（*Traviata*）、《西蒙・波卡尼可拉》（*Simon Boccanegra*）和《假面舞會》（*Un Ballo in Maschera*），直到一八六〇年代頗有爭議的《命運之力》（*Forza del Destino*）和《唐・卡洛斯》（*Don Carlos*）。三十年期間，威爾第變成他的時代義大利最傑出的作曲家，他的生涯伴隨著義大利復興（Risorgimento），也似乎爲其做了註腳。在他轉向基本上是本土的，雖然仍有其張力的兩齣歌劇：《奧塞羅》（*Otello*）和《法斯塔夫》（*Falstaff*）之前，《阿伊達》是他所寫的最後一齣公眾及政治的歌劇。在寫前述的兩部作品之後，他便結束其作曲生涯了。所有重要的威爾第學者——朱里安・布登（Julian Budden）、法蘭克・華克（Frank Walker）、威廉・魏佛（William Weaver）、安德魯・波特（Andrew Porter）和約瑟夫・韋須斯堡（Joseph Wechsberg）——強調《阿伊達》不只重新使用了傳統音樂曲式，像詠嘆調（cabaletta）和協奏曲式（concertato），但也增加一種新的半音階法，細膩的管弦樂合奏和戲劇性的流暢精鍊，這些在當時任何其他作曲家的作品中從未見過的，除了華格納之外。約瑟夫・克曼（Joseph Kerman）在其《歌劇做爲戲劇》（*Opera as Drama*）中提出有趣的異議，有趣之處在於他對《阿伊達》的獨特性到底體認到多少：

就我的看法，《阿伊達》的成就乃在歌劇腳本內容特別油腔滑調的單調性和音樂表現之驚人的複雜性之間，幾乎持續不變的不對稱性——當然就威爾第的技巧而言，從未有如此豐富者。只有安妮莉斯展現生命力；阿伊達徹底地含混不清；拉達梅斯好像又回溯到要不是梅塔斯塔西奧(Metastasio)，至少是回到羅西尼(Rossini)，不用說，某些篇章、樂段和場景不得不令人讚嘆的，這些理由就足以使這齣歌劇非常受歡迎。然而，《阿伊達》有某種奇特的虛矯性，極其不像威爾第的風格，這令人困擾地想起梅耶比爾(Meyerbeer)，而不只是高潮、祭祀和管樂隊的這些大型歌劇的裝備。⑧③

就其所論的內容而言，無可否認地算是頗有說服力；克曼對《阿伊達》的虛矯性提出正確之論，但他無能清楚解釋其原因為何。首先，我們要記得威爾第先前的作品之所以引人注目，乃因其大部分直接投義大利觀眾之所好，吸引他們的注意。他的音樂劇所描繪的是本性難移、醉心於爭奪權力、名聲及榮譽（經常是亂倫的）而至熱血沸騰的男女主角，但——正如保羅・羅賓森(Paul Robinson)在《歌劇與理念》(*Opera and Ideas*)中令人信服的論及——他們幾乎全是政治性歌劇，充斥著修辭上的尖銳刺耳、好戰的音樂和狂放不拘的熱情。「恐怕威爾第修辭風格最明顯的成分是——直截了當地說吧——純然的喧鬧嘈雜。他和貝多芬是所有偉大作曲家中最吵鬧的……像政治演說家一樣，威爾第不會安靜片刻的。隨機地放一張威爾第歌劇的唱片來聽，你將會經常被報以一陣實實在在的喧囂。」⑧④羅賓森繼續說到，威爾第華麗的喧鬧效果極佳地被插入「遊行、集會和演說」⑧的場景中。在義大利歌劇復興期間，威爾第的這種音樂被視爲現實生活場景之擴大的描述（《阿伊達》當然不是例外，例如在第二幕開始的那段精采的合唱曲〈尼羅河萬歲〉，由一個大合唱團伴著幾位獨唱者演出）。如今衆人皆知，在威爾第最早期歌劇〔《那布果》、《倫巴底一世》和特別是《阿提拉》（*Attila*）〕的曲調激發了他的聽衆瘋狂的參與，其影響是立即的，其所牽涉到之同時代事物相當清晰，且相當有效率地驅使每一個人投入迫人的大舞台高潮的純然技巧之中。

威爾第較早期的歌劇，撇開經常有一些異國情調或誇張的題材，主要是針對義大利和義大利人而寫的（相當弔詭地，在《那布果》特別強而有力），與之相較，《阿伊達》是以遠古的埃及和埃及人爲主題，這比威爾第所寫過的樂曲更爲遙遠和有著更少被處理到的現象。《阿伊達》並不乏他慣有的政治嘈雜性，正是在第二幕第二景（所謂凱旋場景）是威爾第爲舞台所寫過最龐大的一景，全然是一個歌劇院所能夠蒐集及排列展示之每一件事物的大會串。但《阿伊達》算是自我克制的，破例地收斂起來，沒有任何與之有關的熱情參與之事跡被紀錄下來。例如，儘管在紐約大都會歌劇院，該劇比任何其他作品演出的次數更多，也無此一紀錄。威爾第的其他作品有處理到遙遠的或異國的文化，無論如何也沒有限制其觀衆認同它們。也像早期歌劇，《阿伊達》裡面有一位男高音和女高音想談戀愛，但卻被一位男中音和女中音所阻撓。《阿伊達》有何不同呢？爲什麼威爾第慣有的合成品卻產生了如此不凡之大師級的才華和情緒的中立性之矛盾結合體呢？

《阿伊達》的首演和其所寫作期間的環境，在威爾第的生涯中是極特殊的。威爾第創作此劇期間在一八七〇年初至一八七一年底，其政治的、當然還有文化的環境，不只包括了義大利，還有帝國主義之歐洲和總督府所管的埃及。埃及雖然形式上屬於鄂圖曼土耳其帝國，但當時已逐漸成爲歐洲所支持和其附庸的一部分。《阿伊達》的特殊性——其題材和背景、其里程碑式的壯觀、其奇特地不煽情的視覺和音樂效果、其過度渲染的音樂和緊綳的家務事般的情景、其在威爾第作曲生涯中所佔有之古怪的地位——這一切有待我所謂的對位式詮釋，既不可能將之聯繫到義大利歌劇的標準觀點，也不可能將之概括性地串聯到十九世紀歐洲文明的偉大經典作品之流行觀點。《阿伊達》像形式本身一樣，是雜種的、非常不純粹的作品，同樣屬於文化史和海外支配的歷史經驗之範圍。它是一個合成作品，環繞著許多不對稱和不連貫的內容所建構起來的，這些部分或者被忽視，或者尚未被探討，這些可以被敘述性地加以喚回並拼湊成形；它們既關聯到特殊興趣，而其本身也甚有趣。透過這些內容，會比只是將分析集中在義大利的歐洲文化，更可使《阿伊達》的不連續性、反常、其局限性及沉默之處，變得更可以了解。

我將把那些不可能被忽略、但弔詭地已經有系統地被忽略的材料，擺在讀者面前。這主要是因爲《阿伊達》的困窘之處，歸根結柢，與其說是**有關**（about），倒不如說是**屬於**（of）帝國的支配。與珍・奧斯汀的作品相似處——就藝術牽涉到帝國的情形來看，同樣是似乎不太可能的——就出現了，如果從這個角度來詮釋《阿伊達》，體認到這齣歌劇是寫有關於威爾第從未有所關聯的非洲國家，且在當地首演，許多新的特點將會一一突顯出來。

威爾第自己在一封信中已述及與此種影響有關的一些事情，這等於是揭開了他的幾乎還是完全隱密的與一齣埃及歌劇發生關係的序幕。他寫信給一位親密的朋友，卡密奧·杜·羅克洛(Camille du Locle)，後者正好才從**東方之旅**後回來。威爾第在一八六八年二月十九日提到：「當我們碰面後，你必須描述你的旅程中所有的事情，你所看到的奇聞軼事，以及那些過去曾有偉大文明，而我未能加以讚美之國度的美妙與醜惡。」[86]

一八六九年十一月一日，開羅歌劇院的開幕典禮，正好是在慶祝蘇彝士運河開航期間，這是一件盛事；《弄臣》在此被演唱。幾個星期之前，威爾第已經拒絕了卡地夫·伊斯瑪儀(Khedive Ismail)的邀請，爲這個典禮寫一首讚美歌。在十二月，他寫給杜·羅克洛一封長信，談到**補綴式**(patchwork)歌劇的危險；「我期待**藝術**的任何充分之表達，不是**造作**；不是**技巧**；也不是你個人偏好的**系統**。」他說著，並強調他自己期待**統一**的作品，「理念是**一**，每一件事必須匯合成**一體**」。[87]雖然這些論斷是回應杜·羅克洛之提議，要威爾第爲巴黎寫一齣歌劇，它們在他寫作《阿伊達》期間出現許多次，因而成爲一重要的主題。在一八七一年一月五日，他寫給尼可拉·德·吉奧薩(Nicola de Giosa)的信提到：「今天歌劇在寫作時，已塡滿了許多不同的戲劇性和音樂性的意圖，以至於幾乎不可能註釋它們；對我而言，假如這位作者在他的作品首次被製作出來時，先送給一個人，使其在作者本人親自指導下小心地研究此一作品，令他共同參與製作的工作，我想無人會覺得不爽了。」[88]在一八七一年四月十一日，他寫給李寇帝（Ricordi）時，說他只容許他的作品「只有一位作者」，就是他自己：「我不將創作權讓給歌者或演奏者，因爲我先前說過，這是一個通往地獄的原則。」[89]

爲什麼那時威爾第終於還是接受卡地夫・伊斯瑪儀之要求，爲開羅寫一齣特別的歌劇呢？當然，錢是一個理由：他獲得十五萬金法郎。此外，他也被諂媚了，既然他是排在第一順位，還在華格納和古諾（Gounod）之前。我想同樣重要的是——由杜・羅克洛提供給他的故事，後者從著名的法國埃及學家奧古斯特・馬里葉特（Auguste Mariette）接到一份草稿，是爲了改編成歌劇而準備的。在一八七〇年五月二十六日，威爾第在給杜・羅克洛的一封信中提到他已讀過「這份埃及大綱」，他認爲很好，「它提供一個絢爛的舞台布景。」[90]他自然強調這部作品顯示「出自非常專業的手筆，這位作者習於寫作，且非常清楚舞台場景」。直到六月初，他開始寫作《阿伊達》，立刻對李寇帝表達他的不耐煩，提到所有事情進展的如何緩慢，甚至他要求一位叫安東尼奧・吉斯蘭佐尼（Antoni Ghislanzoni）的人來做編劇時也是如此。「這些事情應該盡速去做。」他對此抱怨道。

在此一單純、緻密和最重要的，由馬里葉特提供之眞實的**埃及**情節，威爾第看到一個統一的意向，一個大師級專業的意志之標記或跡象，他期望能夠以音樂來表現。在他的生涯充滿了失望、無法實現的意圖，以及與歌劇經紀人、售票者和演唱者之間不令人滿意的合作關係之際——《唐・卡洛斯》巴黎的首演是最近一次傷痛猶存的事件——威爾第視此爲一個轉機，使他能夠創作一部作品，其中每一細節，從草稿到首演之夜，他都能夠加以監督。此外，這次的演出有王室的支持：事實上，杜．羅克洛提到埃及總督不只不顧一切地想要將這齣歌劇據爲己有，且還協助馬里葉特寫草稿。威爾第可能假設一位富有的東方君主和一位眞正具有才華且心地單純之西方考古學家合作提供給他一個機會，可以具有統御全局且不受干擾的藝術表現。這個故事之疏離般的埃及源頭及場景，弔詭地似乎刺激了他浮現出技巧全盤掌握的感覺。

就我個人所能確定的範圍而言，威爾第一點也沒有對現代埃及有任何感覺，這和他對義大利、法國和德國相當先進的觀點形成對比。儘管在這兩年中，他進行其歌劇創作，可以確定自己正爲埃及做一國家層級的事情。的確如此，開羅歌劇院的經理德拉奈特．貝(Draneht Bey)〔原名帕夫洛斯．帕夫利狄斯(Pavlos Pavlidis)〕，告訴他這點；馬里葉特在一八七〇年夏季來巴黎準備服裝和布景時（接著因爲普法戰爭而滯留該地），也經常提醒他，爲了完成一齣眞正壯觀的大戲，任何代價在所不惜。威爾第企圖使歌詞和音樂正確無誤，確定吉斯蘭佐尼已找到最完美的**台詞**；⑪，全神貫注地監督演出的每一細節。在爲選擇安妮莉斯第一人選所進行之錯綜複雜的談判交涉中，威爾第製造了不少糾紛，爲他贏得「世界頭號耶穌會士」的頭銜。⑫在他生命中，埃及順服的或至少是可忽視的表現，使他能夠用一種毫不妥協的嚴密性來追求他的藝術意向。

但我相信威爾第將這種複雜且終究是協調合作的能力，以使一個遙遠的歌劇傳說具有生命力之事，和浪漫主義的一個有機整合、天衣無縫的藝術作品，且只由一位單一創作者的美學意向做主導的理想兩者，致命地混淆在一起了。因此，藝術家帝國的觀念便完滿地和一種非歐洲世界的帝國觀念吻合起來了。對歐洲作曲家而言，非歐世界的表現不是無關緊要，就是根本不存在。對威爾第而言，此一結合必然是極爲值得加以支持運用的。許多年來，屈服在歌劇院人事的荒唐糾葛中，現在他可以不受挑戰地統治其王國；正當他在準備這齣歌劇開羅演出的兩個月以後（一八七二年二月），即在拉·斯卡拉（La Scala）劇院的義大利首演之際，李寇帝告訴他：「你將是拉·斯卡拉劇院的毛奇將軍（Moltke）。」（一八七一年九月二日）[93]這種全權掌握的地位之吸引力是如此強烈，在一封給李寇帝的信中，威爾第明白地將其美學目標和華格納的關聯起來，更重要地，和拜魯特劇院（Beyreuth，當時也只是一個理論綱要而已），在後者的演出中，華格納意圖使自己能通盤掌控。

管弦樂團座位的安排比一般所相信的遠為重要——對樂器的**組合**、對音量、對效果均然，這些小幅的改良以後將開展出其他的革新之道，終有一天這確定會來臨的；例如：將觀衆包廂自舞台拿走，將布幕移向腳燈，或者使**管弦樂團隱藏起來**。這不是我的想法，而是華格納的，這是精闢之論，今天我們似乎不可能容忍，例如：一群身著邋遢**燕尾服**和白領結的人和著埃及、亞述或塞爾特魯伊德（Druidic）等民族服裝的人混雜在一起，尤有甚者，若站在舞台正中央，還看到豎琴的頂端、低音提琴的頸部和指揮家的棒子在空中揮舞著。[94]

威爾第這裡所說的一種戲劇表現，從歌劇院慣有的干擾被**移開來**，並隔離開來，使觀衆能形成權威和逼眞的虛擬式合成印象。與此異曲同工的是史蒂芬・班(Stephen Bann)在《克麗奧的服裝》(*The Clothing of Clio*)所說的「場所之歷史組合」。可見諸於像華爾特・司各特和拜倫這樣的歷史小說家。[95]差別在於，威爾第可能事實上是首次在一齣歐洲歌劇中運用埃及學的歷史觀點和學術權威者。就威爾第而言，此一科學體現於奧古斯特・馬里葉特此人之手筆，他的法國民族性和學術訓練基本上是帝國系譜的一部分。恐怕威爾第對馬里葉特並沒有辦法知之甚詳，但他被馬里葉特安排的情節深深打動了，且了解他的專業資格，充分勝任於用正統的可信度再現古埃及。

這裡提出一簡單的論點，即埃及學就是埃及學，不等於埃及。馬里葉特的成就之所以可能，乃因兩個先驅工作，兩者都是法國式的、既是帝國的，也是**重構式的**(reconstructive)，若只使用一字，我想借用諾斯洛普・佛萊(Northrop Frye)的**展現性的**(presentational)：第一個是拿破崙策劃的考古學巨作《埃及描述》；第二個是錢波里恩(Champollion)在一八二二年《給戴瑟之信》(*Lettre à M. Dacier*)和一八一四年的《象形文字系統述要》(*Prècis du sytème hièroglyphiqve*)中對象形文字的闡述。所謂**展現性的**和**重構式的**，我意指一些特質，這對威爾第而言，似乎像是爲他量身訂作的一樣。拿破崙軍事征服埃及，由掌控埃及的欲望所激勵，以便威脅英國，顯示法國的勢力；但拿破崙和其學者專家也去那裡將埃及拿來擺在歐洲之前，某種意義上是將其古老文物，其關聯的財富、文化的重要性和獨特的風味放在舞台上，以饗歐洲觀衆。但若無美學和政治意圖，則不可能辦到。拿破崙及其團隊所發現的是埃及的古老層面，已被穆斯林、阿拉伯和甚至鄂圖曼人的出現而遮蔽了，他們到處橫阻在入侵的法國軍隊和古埃及之間。如何能夠通往另一個更古老、更輝煌的部分呢？

這裡開啓了埃及學之特殊的法國面向，繼續出現在錢波里恩和馬里葉特的作品中。埃及必須在模型和素描中被重構，其格局、**投射式的奇觀**(projective grandeur)，使用**投射式**乃因如果你翻閱《描述》，你就知道通篇所看到的是有關塵封的、老朽的和被忽視的法老王遺跡之素描、圖形及繪畫，看起來很賞心悅目且輝煌燦爛，但好像沒有現代埃及人，只有歐洲的觀賞者）。和異國的遙遠感，眞是史無前例的。因而《描述》的再生產不是描述，而是**歸功**(ascriptions)。首先，寺廟和宮殿以一種取向和角度去複製，使古埃及的實景好像是透過帝國之眼在舞台上反映出來一樣；然後——既然所有這一切是空泛和無生命力的——以安佩烈(Ampère)的話來說，它們必須被說出來，因而這是錢波里恩闡釋之效果；最後便是它們可以從其脈絡被搬移出來，並轉運到歐洲，在那裡使用。我們將可看到這便是馬里葉特的貢獻。

這個持續的過程大約從一七九八年一直進展到一八六〇年代，這是法國式的。不像英國擁有印度，也不像德國，在某一程度上，擁有高度組織的學術機制來處理波斯和印度，法國擁有一個相當具想像力和開拓事業的領域，如同雷蒙・許瓦伯(Raymond Schwab)在《東方文藝復興》(*The Oriental Renaissance*)說道：學者「從隆吉(Rouge)以迄馬里葉特（由錢波里恩的作品開其端）……是……過著孤立的探險家生涯；以自力救濟方式來學習每件事」。[96]拿破崙時代的「專家」都是自學的探險家，既然沒有有關埃及的組織化、眞正現代化的科學知識機構可以採用。正如馬丁・伯納爾所述，雖然整個十八世紀爲止，埃及的聲譽相當可觀，它卻和像共濟會一樣玄奧和神祕的趨勢聯結在一起。[97]錢波里恩和馬里葉特是古怪且無師自通，但他們被科學及理性的能量所驅使。以法國考古學中埃及再現的意識型態術語而言，其意便是埃及可說是「首次而根本地東方對西方的影響」。對此一宣稱，許瓦伯相當正確地指出其謬誤，既然它忽略了歐洲學者對其他古代世界所做的東方學作品。無論如何，許瓦伯說：

> 一八六六年六月〔正在此時德拉奈特、卡地夫・伊斯瑪儀和馬里葉特開始意識到形成《阿伊達》的素材〕，魯道維克・維泰特(Ludovic Vitet)在《兩世界評論諷刺劇》(Revue des Deux-Mondes)中稱頌地寫道：東方學者在過去五十年有「無可匹敵的發現」。他甚且說「東方是考古學革命的舞台」，但冷靜地斷言：「此一運動由錢波里恩開其端，每一件事因為他而起。他是所有這些大發現的出發點。」維泰特自己的進展也是遵循此一在大衆的心靈中已被建立之典範，然後他轉向亞述遺跡，最後談一點吠陀時代。維泰特沒有延伸下去。清楚地，在拿破崙征服埃及之後，那裡的遺跡和埃及考古遺址的學術使命已經人盡皆知了。印度則從未復振起來，除了紙上談兵之外。[98]

奧古斯特・馬里葉特的生涯就許多有趣的方面而言，對《阿伊達》意義重大。雖然他之於《阿伊達》腳本的眞正貢獻尙有某些爭議，他的介入已明確地由尙・洪伯特(Jean Humbert)宣稱道是**此一**歌劇的重要起頭。[99]（在歌劇腳本之後，緊接著，他在一八六七年巴黎國際博覽會中的埃及館扮演了其展覽古物的主要設計師角色，而一八六七年博覽會爲帝國能力之最偉大及最早期的展覽之一）。

雖然考古學、大型歌劇和歐洲的環球博覽會明顯地是不同的世界，但像馬里葉特此人卻以發人省思的方式將它們串聯起來。對於是何者促使馬里葉特可以這樣穿越三個世界有一明晰的說明：

> 十九世紀的環球博覽會旨在建立許多小宇宙，以便總結整體人類的經驗——過去與現在，並投射到未來。在其細心表述出來的秩序中，它們也意指支配性的權力關係。秩序和特質化可以排列等級、合理化，並對象化不同的社會。然後形成階層制度，世界被描繪成由不同種族、性別和民族，各自佔有其固定場所，這是由主辦國的博覽會委員指派給他們的。在這個展覽會場裡，非西方文化透過不同形式被再現出來，這些形式本身是由**主辦**國的文化，即法國內部已經建立起來的社會安排所指定；因此，描述這些媒介很重要，因為它們樹立國家再現的模式，並提供文化表達的管道，透過這些媒介，博覽會生產的知識得以廣泛流行。[100]

在他為一八六七年博覽會所寫的目錄中，馬里葉特極為盡力地強調**重構**的面向，無人會有絲毫懷疑是馬里葉特本人將埃及首次帶到歐洲的，正是如此。當然他可以這麼說，因為他輝煌的考古學成就，大概發掘了三十五個遺址，包括：吉薩（Giza）、沙卡拉（Sakkarah）、艾德福（Edfu）和底比斯（Thebes）諸地，用布萊恩・法根（Brian Fagan）適切的字眼來說，他以「豁出去的態度來挖掘」。[101]此外，馬里葉特在常態下同時進行挖掘和搬空遺址的工作，如此一來，歐洲博物館（特別是羅浮宮）的埃及寶藏大幅增加，馬里葉特相當嘲諷地顯示出，埃及本身原來真正的墳墓已經空蕩蕩了，在他向「失望的埃及官員」解釋時保持一種溫文和泰然自若的神情。[102]

在為卡地夫服務時，馬里葉特碰到費迪南・德・雷塞普斯（Ferdinand de Lesseps），蘇彝士運河的工程師。我們都知道這兩個人在許多復建及館藏的計畫中互相合作，我確信兩人有相似的觀點——恐怕可回溯到更早期的聖西蒙學派、共濟會和歐洲通神論者對埃及的看法——從這裡他們發展出他們相當不凡的計畫。值得強調的是，這些計畫的效果隨著兩人之個人意志力的聯合而增加，他們都具有追求戲劇性和科學的使命之癖好。

馬里葉特為《阿伊達》而做的腳本使他也負責設計服裝和布景，這可回溯到《描述》中頗值注意的先知式場景設計。《描述》中最令人驚嘆的扉頁，好像在訴求某些偉大的行動和人格來填充其中，它們的空蕩和規模好像歌劇布景等待人們去上演一般。它們內含的歐洲脈絡是權力和知識的舞台，與此同時，它們在十九世紀埃及實際的背景卻輕易地被扔掉了。

在《描述》中提到的菲列(Phylae)神廟(不是在曼斐斯(Memphis)那個被認爲是眞跡者),當然是在馬里葉特設計《阿伊達》第一景時,幾乎就在他的心中了。雖然威爾第可能並未看過這些非凡的原版,他應該看過廣泛流傳於歐洲的複製版本;看過它們之後,使他認爲要配上頻繁地出現在《阿伊達》前兩幕的驚天動地之軍樂,將更容易了。此外,大概馬里葉特對服裝的想法也來自《描述》的插圖,雖然實質上有所不同,他有將之做些調整,然後放入歌劇中。我想,馬里葉特心裡想著將法老王的原樣轉化成一稍微現代的模樣,使史前埃及人看起來像流行於一八七〇年裝扮的風格;歐洲化的臉孔和鬍鬚是露出馬腳的部分。

其結果是創造了一個東方化的埃及,威爾第降臨於此,寫出具有他個人風格的音樂。著名的範例大部分出現在第二幕:女祭司的吟唱和稍後的儀式舞蹈。我們了解到威爾第最關心這一景的精確性,既然這需要最眞實無誤,也促使他提出最詳細的歷史問題。在一八七〇年夏季,由李寇帝送給威爾第的一份文獻,包括許多古埃及的材料,其中最詳細的是有關祭祀、祭司儀式和其他有關古埃及宗教的史實。威爾第使用這份文獻不多,但這些素材指出了歐洲人對東方世界之通則化的認知,引申自佛尼和克留澤(Creuzer),再加上錢波里恩最近的考古工作。無論如何,所有這些只涉及男祭司,沒有提到女性。

威爾第對此一材料做了兩件事。他將一些男祭司改爲女祭司,遵循歐洲慣有的作法,讓東方女性成爲異國情調的中心角色:他的女祭司在功能上等同於舞女、女奴、侍妾和出浴的深閨美女，這些均流行於十九世紀中葉的歐洲藝術，直到一八七〇年代，也流行於娛樂圈。這些**東方式**女性愛慾的展示，「表達了權力關係和揭發了透過再現以顯示優越性的慾望」。[103]在第二幕安妮莉斯閨房的場景中，可以輕易窺得此一情況，官能性和殘忍性不可避免地結合在一起（例如：在摩爾奴隸的舞蹈）。威爾第所做的另一件事，是轉化一般東方學有關宮廷生活的口頭禪，成為更直接攻擊男祭司階級的暗諷。蘭菲斯(Ramfis)大祭司，我想乃是表現了威爾第的文藝復興之反教權主義和他對專制之東方君主的想法，這位祭司充滿純然嗜血式的以牙還牙心態，但卻戴上法制主義和經典先例的假面具。

至於這個樣版的異國情調音樂，我們從他的信件中得知威爾第諮詢法蘭科伊斯—約瑟夫·費提斯(François-Joseph Fetis)，一位比利時音樂學家，他似乎同樣地激發了威爾第的興趣。費提斯是首位歐洲人企圖去研究非歐洲音樂，將之做為音樂通史的一個分部之學者。這個看法寫於其《音樂史哲理大要》(*Resumé philosophique de l'histoire de la musique*, 1835)。他未完成的《古今音樂通史》(*Histoire générale de la musiqve depuis les temps anciens à nos jours*, 1869–76)，將此一構思更進一步發展，強調異國音樂及其完整認同的獨特性。費提斯似乎知道蘭尼(E. W. Lane)有關十九世紀埃及的作品，和《描述》中兩冊的埃及音樂。

對威爾第而言，費提斯的價值是在其**東方**音樂的作品，他可以在其中讀到不少範例——慣用的和聲常被用在節慶典禮狂歡中，以便緩和過度高亢的音調——東方樂器的範例中有些符應了《描述》一書所呈現的：豎琴、笛和至今已爲人所熟知的典禮用喇叭，威爾第將之放在義大利，可說是有點可笑的作法。

最後，威爾第和馬里葉特極富想像力的合作——就我的看法，這是最成功的——創造了第三幕所謂尼羅河場景相當美妙的氣氛。這裡拿破崙的《描述》中理想化再現又成了馬里葉特此景的可能樣版，同樣威爾第也運用更不嚴謹、更大膽嘗試的音樂手法，以提升其古老東方的概念。結果形成了一幅宏偉的音畫，配以渲染式的全景，撐起了此幕開場靜謐的繪景效果，然後開啓了阿伊達、她的父親和拉達姆斯之間狂暴衝突的高潮。馬里葉特對這個壯麗場面的布景草稿像是**他的**埃及之集大成：「此景代表了王宮的花園。左邊是一座亭子的傾斜外表——或**帳篷**。舞台背景有尼羅河奔流而下，在地平線上，利比亞山脈高聳，活生生地被夕陽餘暉照耀著。雕像、棕櫚樹和熱帶灌木。」[104]也難怪他像威爾第一樣，自認爲是位創作家：「《阿伊達》，」他在一封寫給這位耐心又博學多聞的德拉奈特（一八七一年七月十九日）的信中說道：「實質上這是我的作品。我使總督滿意並下令上演這齣歌劇；總而言之，《阿伊達》是我絞盡腦汁創造出來的。」[105]

因此，《阿伊達》結合並融會了許多關於埃及的材料，形成一種威爾第和馬里葉特兩人均可義正詞嚴地說是他們首創的形式。然而，我認爲這部作品受制於——或至少是特殊的——其選擇性與過於強調其所包含的材料，這意味著排除了一些東西。威爾第必然有時也會好奇現代的埃及人如何看待其作品，個別的聆聽者如何回應其音樂，在首演之後這齣歌劇又會變成怎樣呢？但很少有關於這方面的紀錄被留下來，除了一些發脾氣駁斥歐洲樂評家對其首演批評的信件外；他們使他的不受歡迎公開出來，他說得相當氣憤。在給菲利比(Filippi)的信中，我們已經開始感覺到威爾第欲和此歌劇保持距離，我相信一種**疏離效應**（Verfremdungseffekt)已經寫入《阿伊達》的場景和腳本了。

……你在開羅嗎？這是一個人所能想像之最有力地為《阿伊達》做**公開宣傳**的機會！但若藝術以此種方式來搞，藝術好像已不再是藝術，而是一種商業，一種享樂的遊戲，或一種狩獵，去追逐某種東西似的，假如不成功，也必須藉此得到一些東西，至少不惜一切代價、名聲！我對此的反應是厭惡和羞辱！我總是記得我年輕時候是充滿愉悅的，那時候幾乎沒有朋友，沒有人談到我，無須準備、不受任何影響，以自己的歌劇面對公衆，準備受到**責難**；假如我能成功地激起某些支持擁護的觀感，就已覺得相當快樂了。現在，多麼充滿自誇自大的歌劇啊！！！新聞記者、藝術家、合唱團員、指揮家、演奏者等等。所有這些人都必須帶自己的石頭來為「公開宣傳」奠基，因此這使雕蟲小技的構想流行起來，對歌劇本身的價值並未增添什麼；事實上，他們使真實的價值變得含糊了（假如有任何真實的價值）。這真是可悲，非常可悲啊！！！

感謝你禮貌的邀請我前往開羅，但前天我寫給波提西尼(Bottesini)有關《阿伊達》的每一件事。對這齣歌劇，我只希望有一好的、最重要的**靈巧**之聲樂和器樂演奏，以及舞台布置。至於其他的，聽天由命好了！我的事業生涯是這樣開始

的，也希望能就這樣地結束掉……⑯

在此，威爾第的抗議已經擴及他對歌劇的單一意圖之態度了：《阿伊達》是自給自足的藝術作品，他似乎告訴我們，讓它維持原貌吧。但難道沒有弦外之音嗎？某種意含不就牽涉到威爾第寫了一齣歌劇，乃是為了一個和他無關的地方，而其故事的結局又是一無望的僵局和全然的滅亡？

威爾第意識到《阿伊達》的不協調性在其他地方出現。有一次，他反諷地說將帕勒斯提那(Palestrina)加入埃及音樂的和聲。他似乎也意識到從某種程度而言，古埃及不只是一個已死的文明，且還是死亡的文明，其表面上征服的意識型態（如同他從希羅多德(Herodotus)和馬里葉特所學得的觀點）和其死後生命的意識型態有關。當他創作《阿伊達》時，他對義大利歌劇復興的政治有相當陰鬱、清醒而仍有殘存之藕斷絲連的涉入，這便出現了此一作品，故而軍事成就內含了個人之挫敗，或者也可以這麼說，政治勝利乃是以人類困境中矛盾對立的曲調被演出的。簡言之，一切都是**政治現實**(Realpolitik)。威爾第似乎想像著像拉達姆斯做為**大家長**的正面特質，卻落到在**告別塵世**的葬禮曲調中結束其一生。當然，第四幕的分割場景——可能來自《描述》的一幅插圖——中反映之安妮莉斯的無所報償之激情和阿伊達與拉達姆斯充滿喜悅的死亡之間的**不協和的共鳴**(discordia concors)，也在他的心靈產生了強力的深刻印象吧。

《阿伊達》的沈默和窒滯，在芭蕾舞演出和凱旋遊行時才稍微緩和，但甚至這些表演因某些方式而被破壞：威爾第太過精明又單純，不使這些內容不被觸動到。第一幕中蘭菲斯的凱旋祭典之舞，當然導致拉達姆斯在第三、四幕中的毀滅，因此很少有值得高興之處；在第二幕第一景摩爾奴隸之舞，是當安妮莉斯心懷惡意地和其奴隸對頭阿伊達玩耍時，娛樂安妮莉斯的奴隸之舞。至於第二幕眞正著名的部分，即第二景，這裡恐怕我們找到了《阿伊達》能夠驚人地感動觀衆和導演兩方的核心點了。人們將其視爲一個可以或多或少隨心所欲的機會，正因爲其浮誇與充滿炫耀的表演。事實上，不能說這一點也不是威爾第的意圖。

舉三個現代的例子如下，第一：

> 《阿伊達》在辛辛那提（Cincinnati）演出（一九八六年三月）。來自辛辛那提歌劇院的一則消息指出，為了這季的《阿伊達》演出，下列的動物將在凱旋場景中參加演出：一隻食蟻獸、五隻驢子、一隻大象、一條蟒蛇，一隻孔雀、一隻巨嘴鳥、一隻紅尾鷹、一隻白虎、一隻西伯利亞山貓、一隻白鸚鵡和一隻非洲豹——總共十一隻！這次演出參與者總共有二百六十一位，包括八位主角，一百一十七位合唱團員（四十名正規編制，七十七名額外加入者）、二十四位芭蕾舞者、一百零一位臨時演員（包括十二位馴獸師）和十一隻動物。[107]

這大致上是不太費心、部分是喜劇式的華麗揮霍之《阿伊達》，在卡勒卡拉溫泉（the

Baths of Caracalla)以無可比擬之庸俗不斷一演再演的雜耍技藝。

與此相對比的是威蘭德・華格納的第二幕第二景，這場遊行由衣索匹亞囚犯組成，他們帶著圖騰、面具、儀式道具等做爲一種呈現給觀衆的民族誌展覽之要素被運用。這便是「整部作品的場景，從法老王的埃及轉移到史前時代的黑暗非洲」：

就布景而言，我試圖要做的是賦予《阿伊達》色彩繽紛的芳香——不是來自埃及博物館，但來自內在於作品本身的氣氛。我想擺脫錯誤的埃及匠氣和不實的歌劇式宏偉景觀，也要擺脫好萊塢式歷史圖像，以回歸古樸之風——也就是基於埃及學——回到前王朝時代。⑩⑧

華格納強調**我們的**和**他們的**世界之差別，當然也是威爾第所強調的。他體認到這齣歌劇首次精心構思，絕對**不是**爲了巴黎、米蘭或維也納這些地方的演出。相當有趣地，這一體認把我們帶到一九五二年《阿伊達》在墨西哥的上演，在此主要的演唱者，馬莉亞・卡拉絲(Maria Callas)，壓倒整個合唱團，結束時唱到高降E音，比威爾第原先譜寫者高出一個八度音階。

在所有這三個例子中，都努力採用這一景以便開啓威爾第在這部作品中所允許做的，透過打開這道隙縫，他似乎讓人們進入一個外在世界，這原本是被禁止進入的世界。雖然他的條件是嚴苛的，他似乎正在告訴人們：進來！成爲異國搜奇者或俘虜，停留一會兒，然後讓我表現一番。爲了鞏固他的疆域，在音樂上他訴諸過去幾乎從未使用過的設備，所有這一切爲了提醒觀衆，一位音樂大師精通學院傳統技術，卻被同時代一味追求唯美風格者所輕蔑，現在這位大師正在展現絕活了。一八七一年二月二十日，他寫給一位通訊記者裘瑟普・皮洛里（Giuseppe Piroli），說道：「對年輕作曲家，我期待他們能長時間且嚴格地練習各種形式的對位法……**不要研究現代作品！**」⑩這是和他所寫的這首歌劇之葬禮場面配合在一起的（他曾說道，讓木乃伊歌唱），這開啓了一篇嚴格的教條式作曲；威爾第在《阿伊達》的對位和**賦格**技巧達到了昇華之緊密度和一種他過去少能成就之嚴格的規律性，結合了突顯於《阿伊達》總譜之軍樂（某些地方以後變成了卡地夫統治下埃及的國歌），這些學究般嚴謹的段落強化了歌劇宏偉景觀和——更確切地說——其像城牆一般的結構。

簡言之，《阿伊達》相當精確地喚回其委託作曲時的環境，像回音之於原音一般，符應了其同時代脈絡的一些面向，而這原是作品努力要加以排除的。做爲一非常專業化的美學記憶形式，《阿伊達》體現了在歐洲十九世紀歷史的某一瞬間，歐洲版的埃及之權威性，正如其所欲實現的一般。一八六九至一八七一年期間的開羅，正是這個歷史最適合不過的一個展現場所了。對《阿伊達》充分對位式的鑑賞，揭發了一個指涉和態度的結構，一個加盟、串聯、決定、合作之網絡，這些可以解讀爲是放下一組幽靈式註解於視覺和音樂的文本之內。

思考一下這齣歌劇的故事：一支埃及軍隊打敗了衣索匹亞的武力，但這場戰役的年輕埃及英雄被抨擊爲叛國者，處以死刑而被悶死。假如我們對照一八四〇年代至一八六〇年代，英國和埃及在東非對抗的歷史背景，來解讀這段古代非洲內部的對抗之插曲，可獲得相當的迴響效果。英國視卡地夫・伊斯瑪儀統治下的埃及爲目標，伊斯瑪儀熱中於向南擴張領土，英國視他爲對其紅海霸權及通往印度之路的安全之一大威脅；雖然如此，慎重的轉變政策使英國鼓勵伊斯瑪儀向東非發展，以便阻撓法國和義大利對索馬利亞和衣索匹亞的野心。直到一八七〇年代初期，此種轉變宣告完成，以迄一八八二年英國完全佔領埃及。從法國的觀點，由馬里葉特所結合的《阿伊達》，戲劇性地展現了埃及在衣索匹亞的武力政策之成就的危險性，特別是自從伊斯瑪儀本人——做爲鄂圖曼帝國的總督——對這樣的發展甚有興趣，做爲使其更能獨立自主於伊斯坦堡的手段。[110]

《阿伊達》的單純與嚴肅的外表之內尚隱藏更多東西，特別是既然這部歌劇和被建立起來以便上演威爾第作品的歌劇院相關的許多事情，和伊斯瑪儀本人及其統治（一八六三—七九）有關。最近一群相當數量的著作處理到在拿破崙征服後八十年期間，歐洲人在埃及發展的經濟和政治史；許多作品和埃及民族主義史家〔薩布里(Sabry)、拉菲易(Rafi°)、戈爾博(Ghorbal)〕所採取的立場相互呼應，他們主張構成穆罕默德・阿里(Mohammad Ali)王朝的總督繼承人，其功績具一脈相承的次序〔除了阿巴斯(Abbas)這位頑固不化者爲例外〕，使埃及更深地涉入所謂**世界經濟**的發展之中，[111]但更正確地說，乃是涉入這些**歐洲**金融家、商業銀行家、貸款公司和商業投機所構成的鬆散之結合體。這不可避免地導致一八八二年英國之佔領，以及同樣是不可避免地，格默爾・阿布達爾・納瑟(Gamal Abdel Nasser)在一九五六年七月突然宣告收回蘇彝士運河。

直到一八六○年代至一八七○年代，埃及經濟最引人注目的特質是棉花銷售的快速成長，這正好發生在因美國內戰關閉美國棉花對歐洲紡織廠之供應的時候；但這只是更加速了區域經濟的許多扭曲（直到一八七○年代，根據歐文(Owen)之研究，「整個尼羅河三角洲已被轉換成一個出口部門，只是針對兩、三種農作物的生產、加工和出口而已」，⑫而這只是一更巨大、更令人沮喪情境的一部分而已。埃及打開大門歡迎各種建設計畫，有些很瘋狂，有些頗能造福人群（如鐵路和公路建設），所有成本都很高，特別是運河。發展之資金來自發行債券、印製鈔票、增加預算赤字；公債的成長增加了許多埃及的外債、服務成本，和使該國更進一步地受到外國投資者及其區域買辦的滲透。外國貸款的總成本大約在其面值的百分之三十到百分之四十（大衛・蘭迪斯(David Landes)的《銀行家和省長大員們》(*Bankers and Pashas*)供給這整齣卑鄙卻又可笑的揷曲詳細的歷史。⑬

除了加深其經濟之孱弱和對歐洲財政之依賴外，伊斯瑪儀統治下的埃及進行一系列重要的反命題式發展。同時候，人口以自然方式成長，而外國居民社區之規模卻呈現幾何級數之成長，一直到一八八○年代初期共有九萬人。財富集中在總督家族和其管理者，轉而建立了全然封建的地主及都市特權階級的社會型態，更進一步促進了民族主義式反抗意識的發展。輿論似乎反對伊斯瑪儀，因爲他被認爲將埃及交給外國人，以及因爲外國人表現出視埃及的沉默和脆弱爲理所當然。令人氣憤的是，埃及歷史家薩布里說，在運河通航大典中，拿破崙三世的演說中只提到法國及**它的**運河，從不提及埃及。[114]光譜的另一端是，伊斯瑪儀公開地被支持鄂圖曼的新聞記者所抨擊，[115]因爲他的歐洲之旅花費相當昂貴〔在喬治・道因（Georges Douin）的《卡地夫・伊斯瑪儀統治史》（*Histoire du Règne du Khedive Ismail*）第二冊中，對此一歷史事件有幾乎令人作嘔的細節記載〕，[116]他刻意表現自己完全獨立於伊斯坦堡，他對其人民課稅甚重，浪費地邀請歐洲人來慶祝運河通航，這些都被批評爲愚蠢之舉。卡地夫・伊斯瑪儀越想要表現得更獨立，他的厚顏無恥就越讓埃及耗費越大；鄂圖曼帝國對他的獨立之舉越加憤慨，他的歐洲債主則越能將他牢牢地掌控住。伊斯瑪儀的「野心和想像力驚訝了他的聽衆。在一八六四年炎熱、困乏的夏季，他不只想著運河和鐵路，以及尼羅河上的巴黎，也想像著伊斯瑪儀非洲皇帝之頭銜。開羅將擁有都會的**大道**（grands boulevards）、證券交易所、劇院、歌劇；埃及將有一支龐大的軍隊、一支強大的艦隊。爲什麼？法國領事問道。他大概也會問，要如何達到呢？」[117]

「如何達成？」必須著手開羅之革新，這需要雇用許多歐洲人（其中有德拉奈特）和一個新興城市中產階級居民的發展，他們的品味和要求預示了地區市場的擴張，以便趕上昂貴的進口產品。正如歐文所言：「在那裡，外國進口產品若是重要的……便是因爲要滿足一大群外國人口，以及那些開始生活在開羅和亞力山卓的歐洲化地段歐式住宅的埃及本土地主和官員之全然不同的消費型態，在那裡幾乎每件重要的物品都從海外買進——甚至建築材料。」[118]此外，我們還可以補充，歌劇、作曲家、演唱家、指揮家、布景和服裝。這些計畫的重大附加利益是讓外國債主滿意，做爲他們的錢是被花在好的用途之眼見爲憑的證據。⑲

不像亞力山卓，無論如何，開羅是一個阿拉伯和伊斯蘭城市，甚至在伊斯瑪儀的盛世亦然。除了吉薩考古遺址的浪漫史外，開羅的過去並未能輕易且友善地和歐洲產生交流；這裡沒有希臘化或地中海東岸的聯繫，也無輕柔的海風，也無地中海熙攘的海港生活，開羅之於非洲、之於伊斯蘭、阿拉伯、鄂圖曼世界的巨大關鍵的中心地位，似乎對歐洲的投資者而言像是不可突破的障礙，而期待能使它更可親近、更吸引他們，正好促使伊斯瑪儀支持這個城市之現代化。他所做的基本上分割了開羅。在此我們沒有更好的方式比引用開羅的本世紀最佳研究報告來說明此點了，即美國都市史家吉奈・阿布—盧果德(Janet Abu-Lughod)的《開羅：勝利之城一千零一年》(*Cairo: 1001 Years of the City Victorious*)。該書提到：

> 因此，直到十九世紀結束為主，開羅由兩個物質條件上截然有別的社區組成；兩者之間區分的籓籬遠比標示其界線的一條簡單的小街更要寬得多了。埃及之過去與未來之間的不連續性，在十九世紀初期看來像是一條小裂縫，在該世紀結束時已經加寬成為一道鴻溝了。這個城市的物質條件的雙元性只是其文化斷裂的一個表現而已。
>
> 東邊一帶是原來的城市，基本上仍然採用前工業時代之技術、社會結構與生活

方式；西邊是**殖民**的城市，有蒸汽動力的科技，具有更快步伐和車輪啓動之交通和歐洲式之外觀。東邊是迷宮般的街道格局，尚未鋪平的**窄街**與**曲巷**。雖然直到此時，城門已被拆除了，兩條新建的通衢大道切入陰暗的房舍；西邊是寬闊筆直的碎石大街，兩側有寬敞的走道和路障，這些大街井然有序地縱橫交錯成正直角，或會合在一個圓環或**廣場**。雖然西城的居民有自來水，由一個妥善的導水管網絡連接河邊的蒸汽幫浦站傳給每一户居民，東城區域的居民自然依賴巡迴全城之供水水販。東區在入夜以後一片漆黑，而煤氣燈則照亮了西區的大道。既無公園，也無行道樹能減緩此一中世紀城市的沙塵和泥濘景象；此外，西城被法式的整齊花園一排排裝飾的花圃和人工修剪的樹木妝點得五彩繽紛。人們進入舊城時，可能是坐著商隊篷車，用徒步或騎著駝馬等繞行街市；進入新城，則是坐著火車，並乘著維多利亞式馬車穿越大街小巷。簡言之，這兩個城市的部分除了在地理上是緊鄰的之外，從其他方面來看，其社會特質相差十萬八千里，其科技上則相差了好幾個世紀。(120)

伊斯瑪儀爲威爾第所建的歌劇院正好坐落在南北軸的軸心上，一片空曠廣場的中央，面對歐式的西城，往西直走就到達尼羅河岸。北邊是火車站、牧羊人旅館和阿茲巴契亞花園（Azbakiyah Gardens）。阿布—盧果德說：「伊斯瑪儀引進法國景觀建築師來設計此花園，他極爲讚賞這位建築師在巴黎布龍森林和演兵場的作品，並委派他重新將阿茲巴契亞花園設計成像蒙梭公園，完全使用不拘形式的池塘、洞穴、橋樑和望樓等這些構成十九世紀法式花園必然的慣用風格。」⑫南邊則是阿布丁王宮，在一八七四年由伊斯瑪儀重新設計成爲他的主要宅邸。在歌劇院背後則爲穆斯契(Muski)、薩伊達·札伊那布(Sayida Zeinab)和阿塔巴·哈德拉(Ataba al-Khadra)等擁擠的區段，被歌劇院迫人之規模和歐式的權威所屏障著。

開羅開始醞釀著改革之知性氣氛，某些是，但不全然是，在歐洲入侵的影響之下出現的，導致了賈克斯·柏克(Jacques Berque)所說的，處在一種生產的混淆中。⑫這點非常完美地在恐怕是對伊斯瑪儀時代的開羅最細膩的說明：阿里·帕夏·莫巴拉克(Ali Pasha Mobarak)的《重建計畫》(*Khittat Tawfikiya*)中被指出來。這位古怪而精力充沛的公共工程和教育部長是一位工程師、民族主義者、現代化派、永不倦怠的歷史學家、一位卑微的鄉下**法學家**(faqih)之子。他既對西方世界充滿樂趣，也對伊斯蘭東方的傳統和宗教奉行不渝。人們會覺得開羅在這段期間的變化迫使阿里·帕夏記錄了這個城市的生活，他體認到開羅的動態，現在有待對其細節之全新而現代的注意，這些細節刺激了這位本地開羅人史無前例地辨識與觀察。阿里沒有提到歌劇院，雖然他也提到伊斯瑪儀過度的開銷細節，包括：他的王宮、花園、動物園和對來訪之名流人士的展覽表演。稍後的埃及作家將像阿里一樣，注意到這個時期的活力，但也注意到〔例如：安華·阿布達爾—馬列克(Anwar Abdel-Malek)〕歌劇院和《阿伊達》代表著國家的藝術生活的反道德論**和**其對帝國主義的臣服象徵。

在一九七一年，這棟木造的歌劇院在大火中焚毀；它從未在原地被重建，其遺址首先被停車場所佔，然後在其上蓋了一個好幾層的停車場。在一九八八年一個新的文化中心以日本人的資金支持下，在吉茲拉島興建；這中心包括了一個歌劇院。

顯然我們應下結論，開羅不可能長期支持《阿伊達》，這齣歌劇只是爲了一個時機和地點而寫的，這個地點將比其歌劇更長命，甚至雖然《阿伊達》已征服西方舞台數十年了。《阿伊達》的埃及表象，只是此一城市之歐洲外表的一部分罷了。其單純性和嚴謹性，銘印在那些隔開此一殖民城市的本土區域和帝國區域的想像之牆。《阿伊達》乃一分離的美學，我們在《阿伊達》不可能看到它和開羅之間的協調感，如同濟慈（Keats）看到了希臘古甕的紋飾和與其符應的「虔敬的早晨、空蕩無居民」之市鎮和城垣之間那種協調感。對大部分的埃及人而言，《阿伊達》只是一個帝國的**奢侈品**，被一小撮雇主的信貸所購買，他們的娛樂與他們眞正的目的相比，一切只是偶然。威爾第視其爲他的藝術創作中的里程碑；伊斯瑪儀和馬里葉特，各有不同之目的，則用他們過剩的精力和無休止的意志力浪擲其上。撇開其缺點，《阿伊達》可以被欣賞和註釋爲一種博物館的藝術，其嚴謹和平易近人的架構，以殘酷的死亡邏輯令人憶起一個眞實的歷史瞬間和一種特別能反映其時代的美學形式，一幕帝國的奇觀被設計來疏離並震撼一批幾乎清一色的歐洲聽眾。

當然，這根本一點也不是《阿伊達》在今日文化資產中的地位；當然，確有許多偉大的帝國美學成果被記住和被稱頌，不用背負支配的包袱，而這卻是他們從孕育到生產過程中一直背負的。然而，帝國遺留著折射與痕跡，有待去讀、去看、去聽。人們不去思索帝國主義的態度和指涉結構，他們認爲甚至像《阿伊達》這樣的作品似乎和對領土與控制之鬥爭無關，我們將這些作品化約爲卡通漫畫，雖是精緻的，但恐怕仍然還是卡通漫畫。

人們也必須記得，當某人屬於在帝國與殖民遭遇中較強勢的一邊時，他相當可能會忽略、遺忘，或無視於**在那裡**所發生之事的令人不快之層面。文化機制——觀賞用的，如《阿伊達》，或由旅行家、小說家、學者所寫的眞正有趣著作；或興味盎然的攝影和異國情調的繪畫——對歐洲觀衆有其美學和報導的效果。當這種保持距離與美學化的文化實踐被採用時，許多事情相當難以改變，因爲它們會分離出來，然後麻醉了宗主國的意識。在一八六五年英國的牙買加總督艾爾命令對黑人施以報復性屠殺，因爲一些白人被殺了；這對許多英國民衆揭發了殖民生活的不公和恐怖；接下來的討論有許多著名的公衆人物參與，有些**支持**艾爾宣告戒嚴令和屠殺牙買加黑人（羅斯金、卡萊爾、安諾德），另一些**反對**他的作法（彌爾、赫胥黎、柯克柏恩首席大法官（Lord Chief Justice Cookburn））。無論如何，一段時間後這個案例就被遺忘了，其他**行政屠殺**又在帝國內發生了。然而，用某位歷史家的話說：「大英帝國設法維繫國內之自由與海外帝國的權威（他描述其爲「壓制和恐怖」）之間的區別。」[123]

馬修・安諾德苦悶的詩歌或其著名的文化禮讚理論之大多數現代讀者，也不知道安諾德將艾爾所下令的「行政屠殺」和英國對殖民之愛爾蘭強硬的政策連在一起，並強烈支持兩者；《文化與無政府狀態》（*Culture and Anarchy*）是在一八六七年海德公園暴動期間印行出版，安諾德對文化的特殊信念是：認爲文化可對猖獗的社會失序產生遏制作用——社會失序有來自：殖民的、愛爾蘭的、國內的、牙買加人、愛爾蘭人、女人和某些歷史學家在**不恰當**的時機談論這些屠殺。但安諾德作品的大部分英美讀者仍然將之遺忘了，視這些觀點——假如他們眞的注意到——乃和安諾德所想要向所有時代的人推廣之更重要的文化理論沒有相關之處。

（容我加個小註，無論反擊海珊粗暴佔領科威特的法理基礎爲何，重要的是沙漠風暴行動之發動部分也是爲了平撫**越南徵候群**的幽靈，以便肯定美國可能贏得一場戰爭，迅速取得勝利。爲了支持這項動機，人們必須忘掉二千萬越南人被屠殺，戰爭結束後十六年，東南亞仍是滿目瘡痍。因而讓美國更強大和建立布希總統做爲領導人的形象優先於摧毀一個遙遠的社會之考量。高科技和巧妙的公共關係被用來使戰爭看起來好像令人興奮、乾淨且合乎道德的。當伊拉克的社會解組，鎭壓叛亂和大規模生靈塗炭突然發作蔓延之時，美國人則因其大衆利益，僅只是雀躍叫好。）

對十九世紀末期的歐洲人，有一長串有趣的選項可用，但全都建立在土著之臣服和犧牲的基礎上。一爲在權力之運用中形成忘我的愉悅——從遙遠的領土和人民身上進行觀察、統治、掌控和牟利的權力，這點開展出發現之旅、暴利之貿易、行政、兼併、學術遠征和展覽、地方的盛會，和一群殖民統治者與專家形成之新階級；其二爲削弱，然後重組土著人民，以利於統治和管理的意識型態說詞。有不同的統治風格，如湯瑪斯·霍吉金(Thomas Hodgkin)在其《殖民地非洲的民族主義》(*Nationalism in Colonial Africa*)中加以描述分類之——法國笛卡兒主義、英國經驗主義、比利時柏拉圖主義。⑫4我們發現這些意識型態被銘印在人文學術事業的領域本身：許多殖民的學校、學院和大學，遍及非洲和亞洲，本土菁英被創造出來和加以操控；第三，西方透過**文明化使命**(civilizing mission)的解放和救贖之理念，由理念專家（傳教士、教師、顧問、學者）和現代工業和傳播的專家聯合起來支持之，對落後地區加以西化的帝國理念達成了泛世界的持久地位，但正如麥可·阿達斯(Michael Adas)和其他人所言，這一切總是和支配相結合。⑫5第四，追求安定的情勢，容許征服者不去看他所從事之暴力的眞相，文化的理念本身，如同安諾德加以精鍊之，設計用來將實踐提升到理論的層次，解開意識型態的強制力，以反擊叛亂的要素——國內和海外均然——從世俗和歷史的層次進入到抽象和通則的層次。「所思、所行之最佳者」必須以無懈可擊的立場來考量；國內和海外均然。第五，在土著已從其土地上所佔有的歷史位置被遷移出來後，他們的歷史改寫的過程乃是帝國運作的一個功能。這個過程使用敘事文體，以便驅散矛盾的記憶和掩飾暴力——異國情調以逢迎好奇心態取代了權力之印象——帝國的出現如此具有支配力，以至於要以任何的努力使其從歷史的必然性分開來，根本是不可能的。所有這一切造就了有關於被累積、被支配的統治疆域之敘述和觀察的藝術綜合體，被統治的居民似乎註定是不可能逃避而持續成爲歐洲意志的創造物。

5 帝國主義的享樂
The Pleasures of Imperialism

《金姆》在魯雅德・吉卜齡的一生和其創作生涯中，乃至整個英語文學中都是獨一無二的。它問世於一九〇一年，印度是他的出生地，在吉卜齡離開印度後十二年，他的名字就將和此一國家永遠聯繫在一起。更有趣的是，《金姆》是吉卜齡唯一一本成功地歷久不衰及成熟的長篇小說；雖然它可以被青少年以消遣娛樂方式來閱讀，它也是可以被一般成年讀者和批評家以尊敬和興趣來閱讀的文學名著。吉卜齡的其他小說組成短篇故事〔或其選集，如《叢林奇談》（*The Jungle Books*）〕或有嚴重暇疵之長篇作品〔像《勇敢的船長》（*Captains Courageous*）、《失敗之光》（*The Light That Failed*）和《史托基公司》（*Stalky and Co.*），其內容或有其他有趣的地方，卻經常因爲前後之連貫性、觀點或判斷力上的敗筆，使其光芒被掩蓋住了。〕只有康拉德，另一位風格大師，可和吉卜齡這位比他稍年輕的同儕並列，兩人都以帝國的經驗爲其作品之主要題材、並以鉅力萬鈞之勢表現出來的作家；儘管這兩位藝術家在筆調和風格上相當不同，他們基本上帶給島國和地域心態的英國讀者其海外殖民事業的色彩多姿、充滿魅力和浪漫的故事，當時其海外拓殖已爲本國社會某些專業階層所熟知了。這兩人中，吉卜齡——比康拉德較缺乏反諷性、技巧上的自我意識和更不模擬兩可——在早期即贏得一批讀者的喜愛，但這兩位作家都持續對研究英國文學之學者產生許多困惑。他們認爲這兩位作家是古怪的，經常令人困擾，最好對之小心謹愼或敬而遠之，而非將之納入文學經典來加以馴服，並與狄更斯和哈代諸人擺在一起。康拉德對帝國主義的主要觀點中，與非洲有關者爲《黑暗之心》（1899），與南海有關者爲《吉姆爺》（1920），和南美洲有關者爲《諾斯托洛摩》（1904）；但吉卜齡最偉大的作品專注於印度，這是康拉德從未寫過的地區。直到十九世紀末期，印度已成爲所有英國，恐怕甚至是全歐洲殖民地中最大、最持久、最有利可圖者。從一六〇八年英國首次遠征該地，直到一九四七年最後一位英國總督離開爲止，印度對英國人的生活產生巨大的影響，不論是在商業和貿易上、工業和政治上、意識型態與戰爭上，或者在文化和生活的想像上。在英國文學和思想中，這一長串處理和寫到與印度有關的偉人名單，乃是驚人地且令人印象深刻的，他們包括：威廉・瓊斯、艾德蒙・柏克、威廉・麥克皮斯・薩克萊、傑利米・邊沁（Jeremy Bentham）、詹姆士・史都華・彌爾與約翰・史都華・彌爾父子、麥考萊爵士、哈列特・馬提紐（Harriet Martineau），當然還有魯雅德・吉卜齡。他們的重要性在於，對大英帝國全盛時期之印度和英國的關係加以界定、想像和公式化，這是無可否認的。此時，也正處在整個英屬印度統治的基礎開始分崩離析的前夕。

吉卜齡不只寫有關於印度的，且其生平是屬於印度的。他的父親洛克伍德

(Lockwood)是細膩的學者、教師和藝術家（他是在《金姆》第一章中那位仁慈的拉合爾博物館長的樣版），在英屬印度擔任教職。魯雅德生於一八六五年，在他生命中最初幾年都是說北印度語，過得非常像金姆，一位身著土著服裝的**殖民大人**(Sahib)。在六歲那年，他和他的姐姐被送回英國就學；令人難忍地充滿傷痛，他在英國最初幾年的生活經驗〔由南海鎮的哈洛威太太(Mrs. Holloway)照顧〕提供吉卜齡持久的寫作題材。其中年輕人和令人不悅的權威之間的互動，對他而言，終其一生都充滿著高度複雜的情緒和矛盾對立的情結。然後，吉卜齡就學於一間初級中學，這是爲了殖民公務員子弟而設立的學校，「呵！航向西方」鎮的聯合服務學校〔the United Services College at Westward Ho!，這類學校最大的一間是海萊柏立，但只保留給殖民菁英的上等階層〕。他在一八八二年回到印度，他的家庭仍住在那裡，這樣過了七年，他在逝世後才出版的自傳：《關於我自己的瑣事》(*Something of Myself*)中談到那些事情，其間他在旁遮普擔任新聞記者，首先在《民事和軍事方誌》(*The Civil and Military Gazette*)，然後在《先鋒報》(*The Pioneer*)。

他早期的幾篇故事來自此一經驗，在當地出版；那時候他也開始寫詩〔艾略特稱之爲「韻文」(verse)〕，首先蒐集在《部門小調》(*Departmental Ditties*, 1886)。吉卜齡在一八八九年離開印度，從此以後他從未回到那裡居住一段時間，然而他其後的生命中，早年印度生活的記憶仍提供其創作的靈感泉源。接著，吉卜齡在美國和南非停留一段時間〔與一位美國女人結婚〕，在一九〇〇年之後就定居英國。《金姆》寫於其貝特曼寓所，直到一九三六年過世爲止他一直住在那裡。他迅速贏取極大名聲和一大批忠實讀者；在一九○七年他獲頒諾貝爾文學獎。他的許多朋友都很富有且擁有權勢，包括：他的表兄史坦利．鮑德溫（Stanley Baldwin）、喬治五世、湯瑪斯．哈代；許多卓越的作家，包括：亨利．詹姆士和康拉德，提到他都非常尊敬。在第一次世界大戰後（其子約翰死於戰場），他的視力嚴重衰退。雖然他是一位托里黨帝國主義者，他的故事充滿著對英國及其未來的荒涼景象，內容有著古怪的動物和擬似神學般的情節，這也預示著他的聲望即將轉變。在他逝世時，被授與英國保留給其最偉大作家的殊榮：葬在西敏寺墓園中。他仍維持其在英國文壇的建制性地位，雖然總是有點和大主流背離，但仍受推崇，有時被稍加貶損，或被賞識，卻從未完全被納入經典之林。

吉卜齡的讚賞者和追隨者經常提到他對印度的再現，宛如他筆下的印度是無時間感、永恆不變和**本質的**場域——幾乎是既充滿著詩意，同時在地理上又是具體眞實的一個場所。我想，這對他的作品是一個嚴重的誤讀，假如吉卜齡的印度有根本不可改變的特質，這是因爲他深思熟慮地以那種方式來看印度。畢竟我們不應預設吉卜齡後期有關於英國和布爾戰爭的故事，乃是有關一個**本質的**英國和**本質的**南非；反之，我們應正確地推論出吉卜齡在歷史中的特定時期回應了他在當地的一些感受，並運用想像力，重新模塑這些感受；同時，吉卜齡的印度必須被詮釋爲一個由英國支配了三百年的疆域，直到那個時刻才開始出現動亂，因而導致去殖化和獨立建國，這個切入點同樣也是眞實的。

我們詮釋《金姆》時兩個因素必須牢記在心。一是不論我們喜歡與否，其作者不只是在一個殖民屬地從白人支配的觀點來寫作，而且也是從一龐大的殖民體系之觀點，該體系之經濟運作和歷史已全然取得了自然事實的地位。吉卜齡基本上預設一個無可匹敵的帝國，在殖民制度之區隔的一方是白人、基督教的歐洲，其國家主要是英國和法國，但仍包括：荷蘭、比利時、德國、義大利、俄羅斯、葡萄牙和西班牙，控制了地表上大部分地區；另一方有一大批異質的疆域和人種，他們所有的人民都被認爲是次要的、低等和依附的臣民。**白人**殖民地，如：愛爾蘭和澳大利亞，也被認爲由劣等民族組成，例如一幅杜米埃(Daumier)著名的素描，明顯地將愛爾蘭白人和牙買加黑人聯在一起。一個次等的臣民被分類並放在一個由學者和科學家，諸如喬治・庫維爾(George Cuvier)、查理士・達爾文(Charles Darwin)和羅伯特・諾克斯(Robert Knox)等人以科學加以證明與確認的人種學架構中。白人和非白人的區隔，在印度或其他地方是絕對的，在整部《金姆》和吉卜齡其他作品中隨時被暗示到；殖民大人是殖民大人，任何的友誼和……也不可能改變種族差異之本質。吉卜齡從不質疑此一差異和歐洲白人統治的權利，就好像他不會討論喜馬拉雅山的存在一樣。

第二個因素是和印度本身一樣，吉卜齡是一歷史存有，同時也是一位重要的藝術家。《金姆》寫於他生涯中一個特定時期，當時英國人和印度人的關係正在轉變中。《金姆》佔有帝國的擬官方建制之時代的中心位置，故在某些方式再現了帝國。儘管吉卜齡抗拒此一現實情況，印度已經開啓了通往激烈反抗英國統治之路（印度國大黨(Indian National Congress)建立於一八八五年）；同時在英國殖民官員的支配種姓中，軍職和文職皆然，在一八五七年叛亂之後，態度上也發生了重要轉變。英國人和印度人均有所進展，且是攜手並進。像《金姆》這樣值得探討且複雜的小說，正是這段歷史之非常鮮明呈現的一部分，正像任何偉大的藝術創作一樣，充滿著強調、變奏、審慎的包容和排除特定素材，因爲吉卜齡在英——印關係的情境中不是一位中立的角色，而是其中卓越的演員，這使情形更加有趣。

雖然印度在一九四七年取得獨立（且被瓜分），如何詮釋去殖民化之後的這個時期印度和英國歷史的問題，正像所有如此緊密和高度衝突的遭遇一樣，縱使其解答不總是發人深省的，也仍然還是一個非常吃力不討好的爭辯議題。例如有人主張這樣的觀點：帝國主義永久地傷害和扭曲了印度人的生活，以至於甚至在獨立後幾十年，印度經濟已爲了滿足英國人的需要和操弄而流乾了血，持續生活在困苦中。反過來說，有英國知識份子、政治人物和歷史家相信，放棄帝國——其象徵爲蘇彝士運河、亞丁港（Aden）和印度——對英國和對「土著」都很不好，雙方都從那時開始，在每一方面都一直走下坡，而迄於今日。[126]

今天我們讀吉卜齡的《金姆》，可以觸及到相關的許多議題。吉卜齡將印度描繪成劣等的嗎？或在某些方面是平等，但非常不同的呢？明顯地，一位印度讀者會將答案集中在某些因素而非其他（例如：吉卜齡對東方人個性的刻板印象——某些人稱之爲種族主義者），而英國和美國讀者將會強調他對印度大樹幹路（Grand Trunk Road）的生活特有之情懷。然後，我們如何以做爲一本十九世紀末期的小說來讀《金姆》，且有司各特、奧斯汀、狄更斯和伊利奧特的作品爲其先導呢？我們不應忘了本書究竟是在一系列小說中的一本，在其中有超過一種以上版本的歷史被記憶著，帝國的經驗經常被視爲是純政治的，但其實這個經驗也已進入宗主國西方的文化和美學生活中了。

在此，簡要地將小說的情節大綱做個複習。金姆波爾．歐哈拉是一位印度軍隊之士官長遺留下來的孤兒；他的母親也是白人。他是在拉合爾市集長大的孩子，隨身帶個護身符和一些可以證明他出身的文件，他遇到一位聖徒式的西藏僧侶。這位僧侶正在尋找可以洗滌他的罪惡之聖河。金姆變成他的弟子或門徒，他們兩人在印度四處流浪，成爲浪跡天涯的苦行僧，並從拉合爾博物館的英籍館長獲得一些協助。就在此時，金姆涉入了一個英國情報計畫，以打擊俄國之陰謀挑起一個北方旁遮普省份地區的動亂爲目標。金姆被指派爲馬哈布伯．阿里——一位阿富汗馬販，爲英國工作——和克瑞頓上校——情報頭子和民族誌學者——之間的信差。以後，金姆碰到在**大遊戲**（Great Game）中的克瑞頓上校工作團隊之其他成員：盧甘．薩希伯和胡利．巴布，後者也是一位民族誌學者。克瑞頓碰到金姆之後，才知道這位男孩是白人（雖是愛爾蘭人），並非如外表看起來像當地土著，於是他被送到聖．沙勿略（St. Xavier）學校就讀，他在那裡完成了做爲一位白人男孩的教育，這位西藏上師則設法資助金姆的學費，在假期中，這位老者和他年輕的門徒繼續他們的旅程。金姆和老者碰到俄國間諜，在這些**外國人**毆打這位聖者後，這位男孩用某些方法從他們身上偷取了一些密謀的文件，雖然這個計謀已被揭穿和因此宣告結束，弟子和他的導師變得絕望並且生了病，他們兩人後來被金姆神奇的復原力量和重回大地的懷抱所治癒。老者瞭解到透過金姆，他已發現到聖河了。小說結束時，金姆又回到**大遊戲**中，結果成爲全職的英國殖民公務員。

《金姆》的某些特色將令讀者震撼，這無涉於政治和歷史。這是一部全然是男性的小說，以兩位奇妙地吸引人的男主角爲其核心——一位逐漸長大成年的男孩和一位年老的苦行僧。環繞在他們周圍的有許多男性，某些是他們的同伴，其他的是同事和朋友；這一切都構成這部小說主要的鮮明事實。馬哈布伯・阿里、盧甘・薩希伯、大巴布、以及印度老兵和他的躍馬疾馳之子，還有克瑞頓上校、巴涅特先生和維克多神父，這些人只不過是這部內容豐富之著作的一部分角色而已；所有人講著男人們之間私下交談的語言，相較之下，女性在這部小說相當少，她們所有人從某些方面來說是被貶抑的，或不值得男性的注意——娼妓、老寡婦，或是糾纏人家和精力充沛的婦女，像山姆萊的寡婦；「永遠被女人糾纏，」金姆說，就受阻礙而無法玩「大遊戲」了，最好只由男人來玩。我們正在一個由旅行、貿易、冒險和詭計所支配的男性世界之中，這是一個獨身者的世界，其中小說常有的愛情浪漫故事和結婚的天長地久之建制性被抑制、被避免，根本就是被忽視不提的。女人所能協助做的事情最好只是：幫你買票、煮菜、照顧病患……和玩弄男人。

雖然在小說中，金姆從十三歲成長到十六、七歲，但他始終是一個小男孩，像孩子般熱愛詭計、惡作劇、聰穎的俏皮話，花樣百出。吉卜齡似乎終其一生自憐於他自己小時候被成人世界那些專橫的學校老師和神父所困住巴涅特先生在《金姆》中是一位格外令人厭煩的怪人，他們的權威必須時時聽從，一直到另一位權威角色出現為止，即克瑞頓上校，他對待年輕人充滿諒解和愛心，但其權威性不下於前者；聖・沙勿略學校——即金姆上過一段時間的地方——和**大遊戲**（在印度的英國情報計劃）中的工作之間的不同點，不是在於後者有更大的自由；正好相反，**大遊戲**要求更精確嚴格。差別在於前者強迫一個無用的權威；反之，情報工作對金姆的迫切要求是令人興奮之正確的服從，他很樂意接受。從克瑞頓的觀點而言，**大遊戲**是一種控制的政治經濟學，如同他曾告訴金姆的，在其中最大的罪過是無知，不想去明白了解事實眞相。但對金姆而言，**大遊戲**的所有複雜模式他不可能都察覺到，縱然他可充分享受其為一種擴大規模的惡作劇。金姆與其年長的朋友或敵人的嘲弄、交涉和應對的場景，指出了吉卜齡似乎取之不盡、用之不竭的孩童般享樂歡愉於玩遊戲的瞬間快感的資源，無論何種遊戲均然。

我們不該對這些孩童式的享樂有所誤解。他們並未和英國控制印度以及英國對其它海外領土宰制之整體政治目的有所矛盾：與此相較，**享樂**在許多形式的帝國——殖民寫作，以及圖像和音樂藝術的不斷出現，卻經常未被討論，而這正是《金姆》不可否認的成份。這種混合樂趣和單純之政治嚴厲的另一個特殊的例子，可見於巴登—鮑威爾爵士的童子軍概念，在一九〇七至一九〇八年，這個活動被成立和推動。巴登—鮑威爾幾乎正是與吉卜齡同時代的人，他曾說過他深受吉卜齡筆下之兒童的一般性影響，特別是毛格里；巴登—鮑威爾的**孩童學**（Boyology）理念直接將那些小說的男孩形象帶入帝國權威的大架構中，最後形成了大童軍結構，以**保衛帝國的長城**（fortifying the wall of empire），這肯定了娛樂和服務的嶄新結合，促使閃亮眼睛、熱心和花樣百出的小小中產階級公僕，能以排列整齊的行伍爲帝國效命。[127]然而，金姆是愛爾蘭裔和社會下層的種姓，在吉卜齡的眼中，這促使他更能成爲這項任務的候選人。巴登—鮑威爾和吉卜齡在其他兩個要點上相互呼應：男孩們終究應該體認到其個人生命和帝國整體乃由不可違抗的律法所統治，故而當想到這項任務不只像一個故事而已——線型、連續和時間性的——更像遊戲場所——多面向的、不連續的、空間的——之時，更可以去享受其快感。由歷史學家曼根（J. A. Mangan）所寫的一部近作中，就將此點完美地總結在其標題：《遊戲倫理與帝國主義》（*The Games Ethic and Imperialism*）。[128]

吉卜齡對人類可能性的界面，有相當寬廣的認識角度與如此奇特的敏感度，因而他賦予自己情感上的另一個偏好其充分的統馭性，以抵銷此一服務倫理，這個偏好由這位奇特的西藏喇嘛和他與本書主角的關係表現出來。儘管金姆被徵召加入情報工作，這位具有天賦的男孩早已在小說一開始時就著迷似地成爲這位喇嘛的弟子了。這兩位男性同伴之間幾乎有若牧歌式的關係，其實這種關係具有一個有趣的系譜，像許多美國小說一樣〔《頑童流浪記》（*Huckleberry Finn*）、《白鯨記》（*Moby-Dick*）和《獵鹿人》（*The Deerslayer*）是立即可以想到的〕，《金姆》歌頌在艱困、有時還充滿敵意的環境中，兩位男人的友誼。美國的邊疆和印度的殖民地是相當不同的，但兩者都賦予**男性肝膽相照**

(male bonding)比家庭的或多情的兩性結合更高的優位性。某些批評家冥想著在這些關係中，存在著隱藏的同性戀主題，但也有一類文化主題，長期以來和**惡漢故事**(picaresque tales)結合在一起，其中一位男性冒險家（假如有太太或母親還存在的話，大都安全地留在家裡）和他的男性夥伴一起從事特別的尋夢之旅——像詹遜、奧狄修斯，或甚至更震撼人心的唐·吉訶德和桑科·潘札，在原野上或在開闊的大路上，兩個男人可以更輕易地一起旅行，他們可以比和女人在一起時，更有保障地在危險時互相援助。因此，這個冒險故事的長期傳統，從奧狄修斯和其水手開始，到獨行俠(Lone Ranger)與騰托、福爾摩斯和華生、以及蝙蝠俠和羅賓，似乎維繫了這個一貫的傳統。

金姆的聖師特別屬於所有文化中所共通之朝聖或探索之旅的活生生宗教模範。我們知道吉卜齡是喬叟(Chaucer)的《坎特伯利故事集》(*Canterbury Tales*)和班揚(Bunyan)的《天路歷程》(*Pilgrim's Progress*)之讚美者。《金姆》像喬叟作品的部分比像班揚作品的部分更要多得多了。吉卜齡有中部英國詩人的眼光，善於掌握變動不居的細節、古怪的角色、生活中的吉光片羽、對人性弱點和歡樂的喜悅感。不像喬叟或班揚，無論如何，吉卜齡對宗教本身的目標較乏興趣（雖然我們不懷疑這位喇嘛高僧的虔誠），而對具地方色彩之事，對仔細留心觀察異國情調的細節和**大遊戲**無所不包的現實較有興趣。吉卜齡獲致的成就之偉大處在於，他毫不想三言兩語就打發掉這位老者，或有任何一點減損他的宗教探索之古怪的誠意，然而吉卜齡卻穩穩地將他自己置於英國統治印度的防護性軌道之內。這在第一章中有象徵式的表現，當這位年老的英國博物館長贈予高僧他的眼鏡時，便增加了此人精神上的尊貴和權威，鞏固了英國仁政的正直和合法性。

就我個人的看法，這個論點常被許多吉卜齡的讀者所誤解或甚至否定掉了。但我們不該忘了喇嘛既依賴金姆的支持和引導，而金姆的成就也並未背叛了喇嘛的價值觀，也沒荒廢了他做一名小間諜的工作。透過整部小說，吉卜齡清楚地顯示給我們喇嘛誠然是一位智慧的好人，也需要金姆的年青活力、他的引導和機智；喇嘛甚至明顯地承認他對金姆之絕對的宗教式需求。當第九章快結束時，在貝拉納斯，喇嘛告訴金姆〈本生經〉(Jataka)中幼象（**佛陀自己**）解救了陷於腳鐐的老象（阿難）之寓言。顯然，喇嘛高僧視金姆為他的解救者。以後，在與挑撥反抗英國的暴動之俄國情報員致命的對決之際，金姆幫助了喇嘛（也被喇嘛所助）。在這段吉卜齡所有小說中最動人場景之一幕中，喇嘛說：「我靠你的堅強而活下來，正如一棵老樹倚靠著舊牆上的灰泥活下來一般。」然而，金姆也同樣因對他的上師之摯愛而感動，但從未放棄他在**大遊戲**的責任，縱然他向老者坦誠他同樣「因某些其它事情」而需要他。

無疑地，那些「其它事情」是信念和堅定不移的目標。《金姆》的主要敘述線索之一，便是不斷回歸此一訴求的目標，即喇嘛為了從生命輪迴中救贖出來而從事之探索，此一輪迴由他隨身放在其口袋中的複雜圖表所代表；而金姆則追求在殖民公務中一個安定的位置。吉卜齡對兩者均不加以屈意逢迎。他追隨喇嘛，無論前往何處，均期盼能從「肉體的迷惑」中解脫出來，而這正是我們所涉入的這本小說**東方式**的層面其中的一部分。吉卜齡幾乎不用錯謬的異國情調來處理，我們相信小說家對這位朝聖者的尊敬。的確，喇嘛博得幾乎每一個人的注目和尊重。他一言九鼎地爲金姆的教育籌措經費；他依約定的時間和地點與金姆碰面，人們以敬意和奉獻聆聽其訓誨。在第十四章中，一段特別美妙的筆觸中，吉卜齡令他講出「一段魔幻與神蹟所交疊出來的奇妙故事」，這是關於在他的家鄉西藏山嶺上發生的奇聞軼事，小說家小心謹愼地克制自己不對這些事件做重複叙述，似乎告訴我們這位年老聖者有其自己的生命，不可能以按時序安排的英語散文來複製。

喇嘛的探索和金姆的疾病在小說的結尾被一起解決了。許多吉卜齡其他故事的讀者會很熟悉批評家湯普金斯(J. M. S. Tompkins)適切的說法，即所謂**治癒的主題**(the theme of healing)。⑫⁹叙述的發展在此不可逆轉地通往一個大危機，在一幕難以忘懷的場景中，金姆攻擊一群毆打喇嘛的邪惡外國人，老人像幸運符般的圖表被撕破了，這兩個孤零零的朝聖者，又驚慌又生著病而致痛苦地在山林中徘徊。金姆等著被解除其委派的任務，即他從外國間諜偷來的一包文件；這位喇嘛難以忍受地體認到，現在他抵達精神的終極目標之前，到底還要等多久。在傷心欲絕的情況下，吉卜齡介紹了這部小說中兩位重要的墮落女人之一（另一位是庫路的老寡婦），山姆萊的女人，老早已被她的克里斯坦大人所遺棄了，然而仍舊強壯、有活力和充滿熱情〔這裡令人回想起吉卜齡最動人的早期短篇故事之一，〈李斯佩西〉(Lispeth)，處理一位被某歸國而去的白人男士所愛，但終究不能結合的一位土著女人的困境。〕在金姆和這位精力充沛的山姆萊女人之間性接觸的最簡單暗示出現後，立刻被驅散了，金姆和喇嘛再度向前進發。

在金姆和老喇嘛得以獲致平靜之前，他們必須通過什麼樣的治癒過程呢？此一極端複雜、有趣的問題只能慢慢地、深思熟慮地被解答，因此吉卜齡小心地不堅持於一種極端愛國主義的帝國式解答之局限性中。吉卜齡不會讓金姆和老僧不受傷害地處在一種好像是完滿解決一件簡單的工作、賺得一些報償的華而不實的滿足中。這種謹愼的作法當然是好小說通常的處理方式，但仍有其他必然性存在——情緒的、文化的、美學的。金姆必須處在一種生命的狀態，可和他堅毅地奮鬥以追求認同相稱的狀態，他已經抗拒盧甘大人虛幻的誘惑和肯定他是**金姆**的事實；甚至當他仍只是一位在市集和屋頂上的優雅小男孩時，他也要維持自己**大人**的尊貴地位，他這場遊戲玩得很好，冒著他的生命危險，並偶爾運用其聰明機智爲英國奮鬥；他已抵擋了山姆萊女人的誘惑了。他將立足於何處呢？這位令人敬愛的老僧又將往何處去呢？

維克特·騰納(Victor Turner)人類學理論的讀者將體會到，在金姆身上的變易不居、虛飾和足智多謀的（通常是有益的）個性，乃是騰納所謂之**範閾性**(liminal)的基本特質。騰納說：某些社會需要有一中介角色，以便使其緊密結合成一個社群，使其成爲一個不只是行政和法制結構的集合體。

> 範閾（或門檻）性實體，諸如：新進教徒的入教儀式或青少年的成年禮，可以被以一無所有而呈現出來。他們可以被裝扮為惡魔，只穿著丁字褲或甚至完全裸

身，以便顯示他們沒有身分地位、財產和榮譽……好像他們被貶低到或剝除到只剩下一個單純的狀態，而後再重新改造並賦予額外的力量，使他們能應付生命中新的狀況。⑬

金姆本人是一位愛爾蘭低賤階級出身的男孩，以後成為英國情報工作的**大遊戲**基本隊員，這指出了吉卜齡對社會之運作和操控之非凡的理解。就騰納而言，社會既非嚴格地被**結構**所運轉，也未完全由邊際的、先知式的，或那些疏離人物，如嬉皮或千禧年運動的信徒所傾覆；社會必須有些轉變，某一方的統制可由另一方的靈感啓發來加以增強或緩和。範閾性**角色**有助於維繫社會，這個過程使吉卜齡能推展情節之高潮起伏和金姆個性上的轉變。

為了處理這些情節，吉卜齡促使金姆生病和喇嘛遭遇淒涼的景況。此外，尚有一個小設計，即讓無可抑制的巴布——赫伯特・斯賓塞(Herbert Spencer)難以置信的信徒，金姆在**大遊戲**中本土和世俗的導師——出來保護金姆努力獲致的成果。這一包罪行的文件可以證明俄——法諜報機構和印度王子卑鄙的詭計，後來安全地從金姆處被取走。然後，金姆以奧塞羅的話來表現出其開始意識到他的職位已經喪失了的感受：

所有這一切他所感受到的，雖然無法用語言來表示，但他的靈魂已經和其環境脫節了——一顆齒輪完全無法和任何機件連結，正好像擺放在角落的一台廉價的比希阿榨糖機之閒置而無用的齒輪。微風輕拂其上，鸚鵡對他聒叫，擁擠之房舍的吵雜聲在其後——爭吵、喝令、譴責——撞擊著痲木的雙耳。⑬¹

事實上，金姆在現世的生命已終了，像史詩英雄或範鬮性人物一樣，降臨於地底世界，假如他能再度現身，他將比以前成長得更強壯、更能掌控全局。

金姆與**現實世界**的決裂現在必須被癒合。下一頁或許不是吉卜齡藝術創作的顛峰，但確已逼近於此了。這段文字是環繞在對金姆的問題逐漸地曙光乍現的答案所建構起來的：「我是金姆，然而什麼是金姆呢？」接著發生了：

他不想哭了——在他的生命中，從未感覺有像現在這樣不想哭泣的時候——但突然輕易而愚蠢的眼淚從其鼻端涓滴而下，他感覺存有之輪迴又再度將他鎖在外在世界，好似可聽到喀搭聲。眼前事物在滑入其定位之前，在他的眼球上無意義地瞬間飛馳而過。道路是為徒步而造的、房舍是為居住而建的、水牛乃為驅使、田地乃為耕作、男女乃為彼此交談。他們所有一切都是千真萬確的實在——穩固地被立定腳跟，完滿地可以充分理解——他的泥土成份始終是不多也不少的……⑬²

慢慢地，金姆開始感到與他自己和與世界合爲一體，吉卜齡繼續寫道：

在離此半哩路的小丘上站著一輛空牛車，在其後有一棵小榕樹——好像挺立於新犛的田地之上向前眺望；他的眼睛沐浴在微風中，當他越靠近，眼皮就越沉重。地上是乾淨的沃土——沒有新生草木，只有活著但已半是枯萎的狀態，不過希望的泥土環抱著種子以便繁衍生命。在感受到在他腳趾間的土地，用他的手掌輕拍，貪婪地嘆息著，他身體一節又一節的躺下，完全舒展在由木頭所釘接的馬車陰影下。大地之母與這位女伴侶（庫路的寡婦，一直照顧著金姆）一樣忠心耿耿地照顧著他。她向他呼著氣，以使她美妙的氣流能夠使他恢復正常，他躺在一張鋪著的小床上已有一段時間，尚未復原，他的頭無力地倚靠在她的胸前，他張開雙手，任由強健的她來擺布。這棵盤根錯結的大樹伸展在他的上方，甚至被人處理過的死木塊也在其旁，它們都知道所追求的東西，而他自己過去卻不知道。一個小時又一個小時地過去了，他比睡眠更深沉地躺著。[133]

當金姆睡著時，喇嘛和馬哈布伯討論這位男孩的命運；兩人都知道他已被治癒了，因此剩下來的問題便是他的人生目標了。馬哈布伯希望他回去從事情報工作；但因爲男孩之天眞無邪似的蠢笨，喇嘛向馬哈布伯建議他應該和上師及弟子們在一起，以便走向朝聖的正道。小說結尾是喇嘛向金姆顯示現在一切都很好，因爲他們已看見了：

「全印度，從海上和錫蘭到山顛上，以及在如是禪（Suchzen）我所彩繪的岩石上，我看過每一個營地和村落，直到最小的，我們曾在那裡休憩過。我在某一剎那、某個地點看過他們，因為他們全在靈魂之內，直到此刻，我了解到靈魂已超越了時間、空間和事物的幻象。直到此刻，我了解我是自由的。」(134)

這段話裡有些是曖昧難解的宗教術語，但不應該完全被視為無意義的。喇嘛對自由的百科全書式觀點令人驚訝地與克瑞頓上校的印度調查相似，其中每一營地和村落妥善地記錄下來。差別是在英國領地範圍之地點和人民的實證論式的條目，以喇嘛之慷慨的包容性表現出來，對金姆而言，竟變成救贖和治療的觀點，現在每一件事情被串聯在一起了。金姆居於其中心，這位男孩的游魂能夠再度掌握事物，「好似可聽到喀搭聲」。靈魂的機械式隱喻被再度放在軌道上，可說有點破壞了昇華與陶冶的氣氛，但對一位英國作家而言，將一位年輕白人男孩腳踏實地的置於像印度這種國家的情境，這個意象是適切的。畢竟，印度的鐵路是英國所建的，這也在某種程度上比過去更加確立了對此地的全盤掌控。

在吉卜齡之前，其他作家已寫過這類**重新掌握生命**的場景，最著名的是喬治・伊利奧特的《中程鎮》（*Middlemarch*）和亨利・詹姆士的《仕女圖》（*The Portrait of a Lady*），前者影響到後者，在這兩個例子中，在其愛人的背叛被突然揭發出來後，兩位女主角（桃樂西亞・布魯克和伊沙貝爾・阿恰）都感到驚異——若不是震驚的話——桃樂西亞明顯地看到了威爾・拉迪斯勞和羅莎曼德・溫西在調情，而伊莎貝爾也直覺到她的丈夫和摩爾夫人在眉來眼去。兩者在事情揭發了之後，卻歷經了苦悶的漫漫長夜，和金姆的病痛也近似。然後，女士們覺醒起來而重新體認自己與現實世界，在兩部小說中的此一場景是非常相似的，桃樂西亞・布魯克的經驗可以用來描述這兩個情況。她穿越了「她的悲慘命運之狹窄囚室」，重新注視著這個世界，看到了：

> 在大門入口處之外的遠方田野。在路上有一個男人揹著一捆包袱和一個女人抱著嬰兒……她感受到世界的寬廣和人們無數次的覺醒起來，以便從事勞動並堅忍地生活下去。她是那不由自主地悸動的生命之一部分，既不可能只從她奢華的居所純以一位觀察者的眼光注視著生命，也不能只將她的眼光隱藏在自私的怨天尤人之後。[135]

伊利奧特和詹姆士企圖使這個場景不只是道德再覺醒，也讓其成爲女主角得以拋下——事實上是寬恕——她們的折磨者，而得以用更寬闊的世事之架構來看待自己的瞬間。伊利奧特的部分策略是讓桃樂西亞先前要協助她的朋友之計畫被宣告出來，再覺醒的場景因而肯定了積極入世的衝力。相同的動作同樣發生在《金姆》，唯一不同的是在後者，世界被視爲是易使個人靈魂深陷其中不能自拔的。我先前所引用的《金姆》一段文字有種道德昂揚感，並體現在目的、意念和自由意志論的增強之變奏中：事物滑入定位、道路是爲徒步而造的、事物是完滿地可以充分理解的、穩固地被立定腳跟等等。在上段文字之前是金姆存有的**輪迴**好像將他們「再度鎖在外在世界」的這段。這一系列的動作接著被強化和鞏固，即當金姆倒臥在牛車之旁，感受到大地之母的祝福：「她向他呼著氣以便讓他恢復正常。」吉卜齡描繪了一個強而有力的、幾乎是本能的欲望，以便使小孩恢復與其母親的那種前意識的、不受污染與非性愛的關係。

但桃樂西亞和伊莎貝爾被描述爲不可避免的變成是「不由自主地悖動的生命」之一部分，金姆則被描繪爲重新自主地掌握了自己的生命，我想其間的差別是極關重要的。金姆嶄新的對主控權的敏銳體認；「鎖在」的、「穩固」的，以及從範疇性而至支配的過程，所有這些用語和情境從一極大的程度而言，乃是在殖民地印度身爲**大人**的一種功能：吉卜齡使金姆完成了一個重新佔有的祭典，英國（透過一位忠誠的愛爾蘭屬民）再次掌握了印度。自然，即是恢復健康的非自主性律動，在由吉卜齡所特別指出之首次以金姆爲主的政治——歷史的姿態之後，降臨到金姆身上。相反地，對於在歐洲社會的歐洲和美國女主角而言，世界再度被重新發現；這無需任何人特別去引導之，或在其上運用主權來統治。這絕非英屬印度的情況，除非道路被正確地步行著、房舍以正確的方式建造、男女之間以正確的聲調彼此交談，否則印度將通往混亂或叛變的狀態。

《金姆》的最佳評論之一，乃是馬克・金契德—維克斯（Mark Kinkead-Weekes）所寫，其中提到《金姆》所以成爲吉卜齡的著作中最獨特的，乃因小說中清楚地提出的解答沒有能夠眞正解決問題。取而代之的，金契德—維克斯說，其藝術的成就甚至超出了作者吉卜齡本身所意圖的：

> 〔這部小說〕乃是對事物不同的觀點之間形成的特殊張力之產品；對外在現實界的萬花筒本身充滿激情、喜悅；穿透人們態度的肌裡，去瞭解彼此和人我之間的真實差異之反向能力；最後，小說最終的產品，但也是最深刻和最具創造力的，一個反自我的高超成就！如此強而有力，它變成其餘每一件事的試金石——即喇嘛此一角色的創造。這牽涉到想像一種觀點和一種人格，幾乎是與吉卜齡本身的觀點相差最遠者；然而，它以如此令人摯愛的方式被探索著，最後不得不成為一個催化劑以促成一個更深刻的綜合。從此一特殊的挑戰——防止我執、比僅僅看到外於自我的客觀現實世界的觀點探測的更深、使他當下能夠**超越**自我去觀看、思考和感覺——《金姆》的新觀點出現了，變得比任何其他作品更包容、複雜、人性化與成熟度。[136]

無論我們對此一相當細膩的解讀中的洞見能有多少同意，就我的看法，這是太過於反歷史了。是的，喇嘛是一種反自我；是的，吉卜齡以某種同情理解穿透他人之肌裡；但是不，吉卜齡從未忘懷金姆是英屬印度無可辯駁之一部分：無論這位喇嘛編了多少寓言故事，**大遊戲**繼續進行，金姆仍參與其中。自然地，我們有權利將《金姆》視爲最偉大的世界文學名著之一的小說來閱讀，在某種程度上，可免於被其歷史和政治環境的牽絆。然而，同樣地，我們無須片面地就否決掉**其中**的關聯，並且被吉卜齡謹慎地察覺到，使其和當時的實際情況有所牽扯。當然，金姆、克瑞頓、馬哈布伯、巴布，甚至喇嘛，都以吉卜齡的方式看印度，視其爲帝國之一部分，當吉卜齡讓金姆——一位卑微的愛爾蘭男孩，比純種的英國人處在社會階序更底層——在喇嘛現身來祝福他們之前，就已經重新確認了英國的優先性，吉卜齡當然也就微妙地保存了這種觀點的某些蛛絲馬跡了。

吉卜齡最佳作品的讀者通常會嘗試爲吉卜齡解圍。常常是這樣做卻反而肯定了艾德蒙·威爾遜(Edmund Wilson)對《金姆》著名的論斷：

> 現在讀者大概會期待，金姆最後將了解到他正逐漸陷入服侍英國侵略者的地位，過去他一直視英國人為自己的同胞，現在不同忠誠之間的鬥爭於焉展開。吉卜齡為讀者確立了——以相當戲劇性的效果——東方和英國的對比。東方充滿神祕主義和官能性，混合著聖徒性格和流氓行徑的兩個極端；英國則有卓越的組織，對現代方法有信心，他們具有掃除像蜘蛛網般盤據的土著神話和信仰的本能。我們看到了兩個全然的世界並存一起，彼此沒有真正的相互了解，我們也看到了金姆來回穿梭擺盪在兩個世界之間。但平行線從未交會；金姆所感受到的動人之吸引力從未導致一個真實的鬥爭……吉卜齡的小說根本沒有戲劇

化任何根本的衝突，因為他從未真正面對任何衝突。⑬⑦

我相信在這兩個觀點之外，有另一替代方案，也就是對十九世紀末期英屬印度的實際情況——正如吉卜齡和其他人所看到者——更正確和更具敏感度的認識。在金姆的殖民服務工作和他對印度夥伴的忠誠之間的衝突之不可解，不是因爲吉卜齡無能面對之，而是因爲吉卜齡根本就認爲**沒有任何衝突**；事實上，這部小說的目的就是在顯示毫無衝突，於是金姆的疑團被解開了，喇嘛對聖河的渴求被撫平了，印度的困境被一些暴發戶和外國幹員所消弭了，**若是眞有**一場衝突，吉卜齡或許會想到印度是如此不悅地臣服於帝國主義，我們也就不會有所懷疑了，但他不這麼認爲，對他而言，印度最好是注定由英國所統治。以一個平等、但相反的化約論來講吧！假如某人解讀吉卜齡不只是視其爲一個**帝國主義的吟遊詩人**(imperialist minstrel，他絕不是)，且把他看作是已讀過法農的作品、碰過甘地，並吸取他們的訓誨，但仍頑固地不爲所動的那種人，這人已嚴重地曲解了吉卜齡的歷史脈絡。其實他已經相當細膩、深思熟慮且闡明了此一脈絡。重要的是，要記得吉卜齡所持的帝國主義世界觀在當時根本是無可抵擋的，同樣的，正如康拉德也無法找到對帝國主義的替代方案一樣，無論他能夠洞悉多少其邪惡的本質。因而，吉卜齡不會被印度獨立的觀點所困擾，雖然確實他的小說也再現了帝國及其意識上的合法化。在小說中（與論述性的散文相反），此種再現招致了反諷，和在奧斯汀和威爾第作品中所遭逢的這類問題相同，我們將立刻看到在卡繆作品中也有此種問題。以此一對位式的閱讀來說，我們的論點是強調並點出**意義對反**（disjunctions）之處，而非忽略或減損之。

思考一下《金姆》中的兩個插曲。在喇嘛及他的弟子離開了溫巴拉（Umballa）之後，他們隨即碰到一位年老枯槁的老榮民，「他在**兵變**（Mutiny）期間爲政府效命」。對當時的讀者而言，**兵變**乃是十九世紀英—印關係中最爲重要、著名和暴力的插曲：一八五七年的**大兵變**始於五月十日的米路特，最後導致德里之佔領。大量的著作〔例如：克里斯多福・希伯特（Christopher Hibbert）的《大兵變》（*The Great Mutiny*）〕，不論是英國人或印度人寫的，都有意掩蓋**兵變**的事實〔被印度作家視爲一次**叛亂**（Rebellion）〕。導致**兵變**的原因——這裡我使用英國人意識型態式的用語——是在印度軍隊中印度教和伊斯蘭教徒士兵懷疑他們的子彈被塗上牛油（對印度教徒不潔）和豬油（對伊斯蘭教徒而言不潔）。事實上，**兵變**的原因形成於英國帝國主義本身，軍隊的下級成員大多是土著，但卻由英國先生大人們任軍官，以及和東印度公司統治的失序狀態都有關係。此外，社會底層有許多的不滿，白人基督徒竟然統治了有許多其他種族與文化的國家，這些人大概都視他們之臣服於英國人爲墮落的，這些兵變者無人不認爲他們在人數上遠超出他們的上級軍官。

在印度和英國的歷史上，**兵變**爲一明顯的分水嶺。無需涉入從那時候開始迄今有關此一事件的行動、動機、事件、道德等複雜結構之爭辯，我們可以指出對粗暴與嚴厲地鎮壓**兵變**的英國人而言，他們所有的行動只是報復性的而已；他們說兵變起事者謀殺了歐洲人，這已被證明了——好像證據已齊全了——印度人應該被屬於更高的歐洲文明的英國所降服；在一八五七年之後，東印度公司被更為正式的印度殖民政府所取代。對印度人而言，**兵變**除了針對濫權、剝削和似乎無人理會之土著的抱怨之外，是一場毫不妥協地自我肯定之民族主義者反英國統治的起義。在一九二五年，愛德華．湯普森（Edward Thompson）出版了他的一篇強而有力的短評：《勳章的另一面》（*The Other Side of the Medal*）之後——一篇充滿熱情的反對英國統治和支持印度獨立的宣言——他挑出**兵變**做為印度和英國雙方形成全面的和意識上的大對決之重大象徵性事件。他戲劇性地呈現了印度和英國歷史於再現此事時最巨大的分歧。簡言之，**兵變**強化了殖民者和被殖民者之間的差別。

在這樣一個民族主義和自我肯定的爆發情勢中，做為一個印度人，乃是意味著深深感到和英國報復行為的犧牲者自然形成同仇敵愾的團結；做為一個英國人，意味著感到厭惡和受害——更不用說正義的宣示了——**土著**完全體現了他們被認定的野蠻人角色，其令人不寒而慄的殘酷表現實在令人髮指。對一位印度人而言，沒有上述同仇敵愾的感覺大概屬於非常少數。因而，非常寓意深長的，吉卜齡會選擇一位印度人來敘述**兵變**，竟是一位看他的同胞之叛亂是一種瘋狂舉動的忠誠士兵。一點也不令人驚訝，吉卜齡告訴我們，英國「助理調查專員（Deputy Commissioners）從大馬路上繞過來拜訪他」，這位老榮民獲得他們的尊敬和嘉許。吉卜齡所排除掉的內容可能是他的同胞視他為（至少是）

印奸。在幾頁之後，這位老榮民告訴喇嘛和金姆兵變之事，他對這個事件說法充滿了英國人對事件的合理化說法：

> 瘋狂吞噬了軍隊，他們起來反抗他們的長官，這是罪大惡極的，假如他們就此住手，事情也不至於會不可挽救。但他們卻進而殺害先生大人們的太太和小孩。然後從海外來的先生大人們給予他們這些叛徒最嚴厲之懲罰。⑬⑧

將印度人的憤慨、印度人的抗拒（就如其被稱呼的那樣）化約為英國人無動於衷的「瘋狂」字眼，將印度人的行動視為主要是殺害英國婦女和小孩的本能式抉擇——這不只是對印度民族主義事件無心的化約式論調，恐怕還是別有用心的說法。當吉卜齡讓這位老兵敘述英國人鎮壓叛亂的行動時——白人以致力於**道德**之行動來行使其恐怖的報復——稱其為「給予」印度叛變者「嚴厲之懲罰」，如此我們已經離開了歷史世界，進入了帝國主義辯護的世界了。從後者的觀點而言，土著自然是不良份子，白人是嚴厲且道德的父母和法官。因此，吉卜齡提供我們英國人對**兵變**事件的偏激論點，並由一位印度人口中說出，與其立場相反且更有可能之民族主義和深感痛心者之觀點從未在這部小說中被看到。〔同樣地，馬哈布伯·阿里，克瑞頓上校的忠心副官，屬於帕坦民族(Pathan)，整個十九世紀的歷史中，一直處在難以撫平之反英動亂的狀態，然而在此被視為對英國統治感到快樂，甚至成為其同路人了。〕因此，吉卜齡根本未將兩個世界的衝突呈現給我們，他只是費力地給我們其中之一，而排除了衝突出現的任何機會。

我舉的第二個例子肯定了第一個例子。它也是一個細瑣但意義重大的瞬間。金姆、喇嘛和庫路的寡婦在第四章中正前往沙哈倫坡。金姆被以興致洋溢的筆調描繪「在**它**的中心，比任何人更清醒、更興奮，」這個**它**根據吉卜齡的叙述，代表了「眞理實相的世界，便是他將擁有的生命——忙碌、喧嚷、扣緊皮帶、鞭打水牛、車輪咯吱上路、取火煮飯、新的景象在每一次的眨眼中掠過。」[139]我們對印度的這一面已經看多了，其多采多姿、興奮、趣味以各種不同的變化被展露，以便供英國讀者利用受益。雖然，吉卜齡必須從某種程度上表現其對印度的權威，恐怕因爲才在幾頁之前，他還感受到在這位老兵對**兵變**的恐嚇式說明，似乎有必要先行制止更多**瘋狂**之舉。畢竟印度本身對金姆所享受的地方文化之活力和對大英帝國的威脅都要負責。一位地方上的警察分局長快步走來，他的出現觸發了老寡婦的回想：

「這種人才能維護正義。他們通曉這塊土地和習俗。其他人則全部剛從歐洲過來，由白種女人哺育長大，從書本學習我們的話，竟比瘟疫更可怕。他們害了國王陛下們。」[140]

無疑地，某些印度人相信英國警官比土著還更知道他們的國家，這些警官——而非印度統治者——應掌握統治權力，但要注意的是，在《金姆》，無人挑戰英國之統治，無人表達出地方上印度人對英政權之任何挑戰，那時候明明這是非常顯而易見的——甚至對如吉卜齡一般頑固不化的人亦然。然而，我們看到一個角色明白地說出一位殖民警官應可統治印度，還補充說她偏好老式的警官（像吉卜齡和他的家庭一樣），和土著生活在一起，因而比新到的那些受過學院訓練的官僚更好。這是所謂東方主義者在印度討論事情的一種版本，他們相信印度人應訴諸東方式的印度模式來統治，且和印度人**合作**，但在此一過程中，吉卜齡將牽涉到東方學的所有哲學和意識型態的方法一概斥之為學院式的，而加以否定。那些不被信賴的統治風格有福音主義（由巴涅特先生所仿效，主要為傳教士和改革者所提出）、功利主義和斯賓塞主義（由巴布所仿效）；當然，還有許多未點名出來的學院派，全被抨擊為「比瘟疫更可怕」。有趣的是，用這種方式措詞，寡婦所贊同的已經廣泛到足以包含像分局長這樣的警官、像維克多神父這樣的有彈性之教育家，和克瑞頓上校這種沉默式的權威性角色。

讓這位寡婦來表達對印度及其統治者的某種事實上是無可匹敵的規範性判斷，是吉卜齡用來顯示只要做得正確，土著都可接受殖民統治的表現手法。歷史上，這一直都是歐洲帝國主義自愉之道。還有什麼方法可比由土著臣民來表現出對外來者的知識與權力之認可，且隱含地接受歐洲人對土著社會之未開發、落後和退化狀態的判斷，更能使歐洲人的自我形象變得更完美呢？假如人們只將《金姆》解讀為是一本小男孩的冒險故事，或視其為對印度生活之豐富、可愛的細膩全景，則根本沒有眞正讀到吉卜齡這本小說所寫的內容，且用上述這些觀點如此小心地刻畫出來，或者有意壓制和省略某些觀點。正如法蘭西斯・胡欽斯（Francis Hutchins）在《永恆的幻象：印度的英國帝國主義》（*The Illusion of Permanence: British Imperialism in India*）所述，直到十九世紀末，

> 想像的印度已被創造出來，其中並未包含社會變遷或政治威脅的要素。東方化，是努力要將印度社會視為根本沒有對英國統治之永垂不朽存在敵對的要素所造成的結果。也就是在這種假想式印度的基礎上，東方化的推動者企圖建立永恆的統治。(141)

《金姆》對這種想像式的東方化印度是主要的貢獻，它也是歷史學家後來所說的**傳統的發明**。

在此，有更多論點要強調。《金姆》的組織架構到處綴滿了對東方世界不變本質的編輯式旁白，此一東方世界和白人世界判然有別，而後者也同樣是不變的。因此，例如：「金姆像東方人一樣的躺下來」；在稍後，「一天二十四小時中的每一個小時，對東方人而言是一樣的。」或者當金姆以喇嘛給他的錢付火車票時，每花一個盧比，他就爲自己留下一個安娜，吉卜齡說這是「亞洲千古以來慣行之回扣」（the immemorial commission of Asia）；之後，吉卜齡又提到「東方的小販本能」（The huckster instinct of the East）；在火車站月台上，馬哈布伯的僕從「是土著」，所以沒有盡職地將行李從卡車上

卸下；金姆能在火車行駛的怒吼聲中睡覺，是「東方人對吵鬧聲不介意」的例子；當營帳倒塌了之後，吉卜齡說它「迅速地」被做成，「東方人理解速度——冗長的解釋、亂搞、嘮叨不停、粗心大意、只是一些芝麻小事沒做，也要檢查上百遍」；錫克教徒被描述為特別「愛錢」；胡利先生將孟加拉人等同於膽小鬼；當他將從外國情報員那邊奪取的公文包藏起來時，這位先生「將寶物藏在全身各處，只有東方人會這麼做了」。

不是只有吉卜齡會這樣寫，對十九世紀末西方文化最粗略的研究，可以發掘到這一類的通俗智慧之龐大寶庫。可嘆的是，其中有許多仍流傳至今。尤有甚者，正如約翰・麥肯芝(John M. MacKenzie)在其甚有價值的著作《宣傳與帝國》(*Propaganda and Empire*)所示，從香煙紙牌、明信片、樂譜、曆書、音樂廳娛樂表演手冊、玩具兵、管樂團演奏和棋盤等操控式設備，無不是稱頌帝國，強調其對英國的戰略、道德和經濟效益之必要性，同時也將膚色更深或劣等民族描述成未能革新，必須以壓制、嚴厲統治和無限期的臣服者。對軍事將領的人格崇拜相當突出，經常是因為這種人能夠給一些深色皮膚者迎頭痛擊。對掌控海外疆域，會提出不同的理由，有時候，這是有利可圖的；其他時候，會造成和其他帝國列強在戰略上相互競爭的態式。〔正如安格斯・威爾遜(Angus Wilson)在《金姆：魯雅德・吉卜齡奇異的航程》(*Kim: The Strange Ride of Rudyard Kipling*)一書中提到早在十六歲時，吉卜齡便在一次學校的辯論中提出一個動議：「俄國人在中亞的進展對英國勢力充滿敵意。」〕⑫持續不變的一件事情是非白人之臣服。

《金姆》是一部具有偉大美學成就的作品，它不可能只是被斥為是一位被困擾和超反動的帝國主義者之種族主義式的想像而已。喬治・歐威爾當然也正確地評論到吉卜齡獨一無二的功力，已爲語言增添了許多片語和概念——東方是東方、西方是西方；白種人的負擔；蘇彝士運河以東的某地——若說吉卜齡的關懷是庸俗的和永恆的，則說其充滿迫切的利益，也是正確的。⑭吉卜齡之所以有如此的功力，乃因他是位天賦不凡的藝術家；在他的藝術創作中所做的，是把原本一點也不永恆，且根本是庸俗的理念，加以詳細闡明。若非他的藝術創作，這些將被時間淘汰了。但他也被十九世紀歐洲文化中許多權威化的里程碑所支持（因而也會加以運用），而有色人種的劣根性、他們應該被優越民族所統治的必然性，和他們絕對無可改變的本質，或多或少是現代生活中不可置疑的公理。

眞的，對殖民地要如何統治，或是否要放棄其中的一部分有許多爭論。然而，無人有任何力量足以影響公衆討論或公共政策，去駁斥白種男性歐洲人的根本優越感，去改變他們自認爲應該一直維持優勢地位的心態。像這種說法「印度人天生上是不實在的，且缺乏道德勇氣」，竟是智慧之語，非常少人，特別是孟加拉歷任總督，對之持有異議。相似地，像艾爾略特爵士(Sir H. M. Elliot)這樣的印度史家，計畫寫其著作時，中心主題竟是印度人之野蠻性格。氣候和地理賦予印度人特定之個性與氣質；東方人，就克羅莫爵士(Lord Cromer)的觀點而言——他們最令人畏懼的統治者之一——不可能學會在人行道上走路、不可能說實話、不可能運用邏輯；馬來西亞土著基本上是懶惰的，正如北歐人基本上是精力充沛且多才多藝的。凱南的著作：《人類的主宰》，在早先我有提到，對這些觀點如何廣泛傳佈提供值得探討的圖像。先前我已提到，像殖民的經濟學、人類學、歷史和社會學這些學科，都是從這些格言建構出來的，結果幾乎無論男女，凡歐洲人處理過像印度這樣的殖民地者，竟變得完全與變遷及民族主義的事實隔絕開來了。一整套經驗——在麥可・愛德華茲（Michael Edwardes）的《大人們與蓮花》（*The Sahibs and the Lotus*）中有鉅細彌遺的叙述——包括其完整的歷史、飲食、方言、價值觀和比喻，或多或少與印度本身充滿著矛盾的現實脫節，並全然不在意地持續下去。甚至卡爾・馬克思也臣服在一成不變的亞洲村莊、農業或專制主義的思想中了。

一位年輕的英國人被遣往印度後，將變成**擔負契約**（covenanted）的文職之成員，便是屬於對每一個印度人行使其國家支配的階級，無論其爲貴族或富人，其支配是絕對的。他將會聽到相同的故事、發相同的書本、學習相同的課程、參加相同的俱樂部，正如所有其他年輕的殖民官員一樣。然而，麥可・愛德華茲說：「很少人眞正會費心去將他們所統治的人民之語言學得很流利，他們相當依賴其土著助理，後者則非常努力學習他們的征服者之語言，在許多情況下，這些土著們一點也不會介意去利用他們的主人之無知來謀取自己的利益。」⑭佛斯特在《印度之旅》中，以隆尼・希斯洛普展現出這種官員之最生動的一幅畫像。

這一切和《金姆》有關，而其世間權威的主要代表人物是克瑞頓上校。這位民族誌學家——學者——士兵，不只是一位虛構出來的角色，他大概是從吉卜齡在旁遮普的生活經驗中擷取的角色。最有趣的是，他可被詮釋爲在殖民地印度初期那種權威人物，也可詮釋爲能完美地達成吉卜齡新目標的開創性人物。首先，雖然克瑞頓不常被看到，他的個性不像馬哈布伯・阿里或巴布一樣完全被勾勒出來，然而，他的出現乃是行動的參考點、相關事件之有謀略的導演，其權力値得令人尊敬。然而，他不是一位粗暴的紀律嚴明者。他以勸說來主導金姆的人生，而非以位階來強迫之。若是一切合理，他會很有彈性——在金姆無拘無束的假日中，還可能發現比克瑞頓更好的老闆嗎——而當事情發生時，他又會嚴肅面對。

其次，格外有趣的是，他是一位殖民官員兼學者。這種知識與權力合爲一體的人物和道爾的夏洛克・福爾摩斯（其中心人物，擔任書記的華生醫師，是印度西北邊區的退役軍醫）。是同時代的人，他的人生觀包括了對法律常態之尊敬和保護，並結合了追求科學之卓越和專業的理智。在這兩個人物中，吉卜齡和道爾爲他們的讀者呈現了具有非正統的處事風格之人，且他們的行事手法又被新的經驗領域轉化成的擬學術之專業知識所合理化了。殖民統治和偵察犯罪幾乎已取得了和古典著作和化學一般的敬重和規律。當馬哈布伯・阿里讓金姆回去接受教育時，克瑞頓偷聽到他們的談話，認爲：「如果這個孩子眞如傳言的那麼好，就不該被浪費掉。」他以全然是系統性的觀點來看這個世界。因爲在印度的每一件事情，對克瑞頓的治理工作是重要的，所以他對印度的每件事都有興趣。克瑞頓的民族誌和殖民工作之間的交替互動是流暢的；他可以探究這位有天賦的男孩，將他看做未來的情報員；也可以人類學式的好奇心研究之。因此，當維克多神父奇怪克瑞頓對金姆的教育太過在意，倒像是官僚體系般的鉅細彌遺，質疑是否有必要時，這位上校免除了這個顧慮。維克多神父質問道：「像你的紅牛軍隊名牌，如果轉變成一種拜物教的對象，而金姆竟遵循之，這會是非常有趣的。」

基於其他理由，克瑞頓的人類學家身分是重要的。在所有現代社會科學中，人類學是歷史上最密切與殖民主義有不解之緣的，既然人類學家和民族學家經常向殖民統治者就土著民族之特性和風俗提出建言〔克勞德・李維——史陀（Claude Levi-Strauss）提到人類學家爲**殖民主義的侍女**就是體認到這點；由塔拉・阿薩德（Talal Asad）所編之卓越的論文集：《人類學與殖民遭遇》（*Anthropology and the Colonial Encounter*, 1973）中，更進一步地闡揚了其間的關係，在羅伯・史東（Robert Stone）有關美國的拉丁美洲事務之小說：《迎向朝陽之旗幟》（*A Flag for Sunrise*, 1981）中，主角霍利威爾便是一位和中情局（CIA）有曖昧關係之人類學家。〕吉卜齡是最早描繪西方科學和政治權力在殖民地運作之邏輯關聯的小說家之一。[145] 吉卜齡一直對克瑞頓這個角色很認眞，而這也是爲何巴布先生會在那裡的理由之一。這位本土人類學家，明顯地是一位聰明人，他一再提到想進入「皇家學會」（the Royal Society）的雄心大志，這並非毫無根據的。他總是很有趣，不善交際，在某些方面有些滑稽，並不是因爲他沒有能力或不能適任——相反地——因爲他不是白人；換句話說，他從不可能是克瑞頓。吉卜齡對此非常小心，正如他不可能想像不受英國掌控的印度呈現於歷史潮流中；同樣地，他也不可能想像印度人能在他和其他同時代的人認爲只有西方人探索的領域中有傑出和嚴謹的表現。他或許是可愛和令人稱道的，但巴布依舊在本質上只是一位有趣的土著，具有扮鬼臉供人取樂的刻板印象，毫無指望地企圖要表現得像**我們**。

我強調克瑞頓的角色，乃是英國在印度之權力經過幾代之後的變遷而臻顛峰狀態的擬人化表現。在克瑞頓背後的是十八世紀末期的冒險家和先驅，如華倫・哈斯汀(Warren Hastings)和羅伯特・克利夫(Robert Clive)，他們革新派的統治方式和個人的濫權，驅使英國必須以法律來制服印度政府毫無限制之權威。在克瑞頓身上所殘留的克利夫和哈斯汀之內涵，是對自由的體認、改革的意願、偏好非正式的途徑。在這些無情的先驅之後，接著來的是湯瑪斯・門羅(Thomas Munro)和蒙特史都華・艾芬史東(Mountstuart Elphinstone)，他們是改革者和集大成者，屬於最早的資深學者──行政官員，他們的管轄方式反應了專業知識的處事風格。此外，還有許多偉大學者，對他們來說，在印度服務是一個研究異文化的機會──像是（亞洲的）瓊斯爵士、查理士・維金斯(Charles Wilkins)、納珊尼爾・賀黑德(Nathaniel Halhed)、亨利・柯爾布魯克(Henry Colebrooke)、約拿單・鄧肯(Jonathan Duncan)。這些人基本上屬於商業企業界團體，他們似乎沒感覺──如同克瑞頓一樣（吉卜齡也是）──在印度工作有其固定模式，是經濟性的（就嚴格定義來說），同時也是在經營一整套系統。

克瑞頓的規則是不受利益所左右的政府。政府不是建立在突發奇想或個人偏好（克利夫的情形正是如此），但建立在法律、秩序與控制的原理。克瑞頓體現了：除非你了解印度，你不能治理印度的觀念；而了解印度意指理解其運作的方式，這種理解在威廉・班亭克擔任總督期間發展出來，並汲取東方學和功利主義的原理，以最大多數人的利益（對印度人和英國人皆然）來統治最大多數的印度人，[146]但這一直是被封閉在大英帝國權威的無可改變之事實中來進行的，這使總督和一般人民隔離開來。對大部分民眾而言，有關於是非和善惡的問題，就情感層面來說關涉重大。對代表英國統治印度的政府官員而言，主要問題不在於是否某件事情是善是惡，所以必須加以改變或保留，而是在於其有效與否，是否其有助於或有礙於統治這個異文化實體。因此，克瑞頓可令吉卜齡滿意，使他想像一個理想的印度，毫無改變且令人著迷，永恆地成為帝國整體的一部分。「這」是人們必須歸順的一個權威。

諾爾・安南（Noel Annan）在他的一篇著名論文：〈吉卜齡在觀念史中的地位〉（Kipling's Place in the History of Ideas）中提到吉卜齡對社會的觀點相似於當時新興之社會學家——涂爾干（Durkheim）、韋伯（Weber）和帕雷圖（Pareto）——的觀點：

他們都把社會看作是團體的網絡；行為模式乃由這些團體在無意識之間建立起來的，而非人類的意志或像階級、文化或民族傳統等這類含糊的事物優先來決定人類的行動。他們探討這些團體如何能促成社會秩序或社會不穩定，正如他們的先輩學者探討是否特定的團體可促使社會進步一樣。[147]

安南繼續強調，從吉卜齡相信在印度建立效能之政府有賴於「社會控制力（宗教、法律、習俗、慣例、道德）來迫使個人遵守特定之規則，如果他們違反之，必遭厄運」的觀點來看，他的觀點頗類似現代社會學論述的建立者們。下列的看法幾乎已變成大英帝國理論的共通點：大英帝國和羅馬帝國不同之處（比後者更好）在於前者建立了——秩序和法律普及的嚴格系統，而後者只爲了搶劫和利潤。克羅莫在《古代和現代的帝國主義》(*Ancient and Modem Imperialism*)中強調這個觀點，馬羅在《黑暗之心》也是如此說的。[148]克瑞頓完美地瞭解這點，這就是爲什麼他和穆斯林、孟加拉人、阿富汗人、西藏人共事，卻不曾表現出渺視他們的信仰或因他們之間的差異而看輕他們。對吉卜齡而言，這是一個先天的洞見，使他想像克瑞頓爲一位科學家，他的專業包括對一個複雜社會之精細運作，而非只是一個殖民官僚大人或貪婪的唯利是圖者。克瑞頓之奧林匹亞式的幽默、他的熱情但不與人同的態度、他的怪異舉止，都是吉卜齡對一位理想化之印度官員精心構思和潤色加工後呈現出來的。

克瑞頓這位組織者，不只統籌**大遊戲**（其最終受益者當然是**印度皇帝**或**女皇陛下**及她的英國人民），而且和小說家本人攜手合作。假如我們可以從吉卜齡身上得出一個一致性的觀點，我們可在克瑞頓身上比其他人看到更多。像吉卜齡一樣，克瑞頓尊重在印度社會之中的各種區分。當馬哈布伯・阿里告訴金姆他從未忘記他是一位大人時，他說得好像就是克瑞頓所信賴的、富有經驗的部屬一樣。像吉卜齡一樣，克瑞頓從未攪亂種姓、宗教、族群、種族的階層關係、主從尊卑和特權；爲他效命的男女夥伴們也從未如此。直到十九世紀末期，所謂**先例委任令**(Warrant of Precedence)——根據傑夫瑞・摩爾豪斯(Geoffrey Moorhouse)的說法，始於承認「十四個不同等級的地位」——擴大到有「六十一個，某些只是爲某一人而設，其他則有許多人分享」。⑭摩爾豪斯推測在英國人和印度人之間的愛恨交加關係衍申自出現在兩個民族之中複雜的階層性的態度。「每一個人緊握另一人的基本社會前提，不只充分了解它，且下意識地將之視爲自己的社會地位奇異的變種，而加以尊重之。」⑮我們可以看到這種思維方式幾乎在《金姆》中到處被複製著——吉卜齡對印度不同種族和種姓的耐心細緻的記載，每一個人（甚至喇嘛）都接受種族隔離的教條，以及那些不可能輕易地被外來者所逾越之界限和習俗。《金姆》中的每一個人，同樣都是對其他團體而言是局外人，對自己的團體則是局內人。

克瑞頓賞識金姆的能力——敏捷、隨機應變、能夠像土著一般融入當地情境——就像小說家對這位複雜和變色龍一般的角色之興趣一樣，他神出鬼沒於冒險、詭譎的情節之中。**大遊戲**和小說本身是最終的類比。能夠充分掌控到觀察之優勢地位來看全印度：這是極大的滿足。另一個滿足是，有一位可以冒險地跨越界線、來去自如於不同領域的角色可以在手頭運用自如，他是屬於全世界的小朋友——金姆・歐哈拉本人。好像將金姆置於小說的核心（正如克瑞頓這位間諜頭目將小男孩擺在**大遊戲**中），吉卜齡便能夠**擁有**印度，並加以享用，此種方式甚至帝國主義也從未夢想得到的。

就十九世紀末期寫實主義小說如此典則化和組織化的結構之觀點而言，上述情況意味著什麼呢？吉卜齡和康拉德並列，他們所寫小說中的主角都屬於一個充滿驚奇、不尋常的外國冒險及個人之超凡魅力的世界。金姆、吉姆爺、克茲可說是充滿旺盛意志的人物，預示了以後的冒險家，像是《智慧的七大支柱》中的勞倫斯和在馬爾勞的《王道》中的普庚。康拉德的主角，似乎被一種不尋常的反省和宇宙式的反諷力量所折磨，其堅毅、經常不畏艱難、勇往直前的個性，令人印象深刻。

雖然他們的小說屬於冒險式——帝國主義的文體——和萊德・賀迦、道爾、查理士・里德（Charles Reade）、沃南・費爾汀（Vemon Fielding）、韓提（G. A. Henty）和上打的次要作家並列——吉卜齡和康拉德可謂深獲嚴肅的美學和文學批評觀點之注目。

但掌握吉卜齡不尋常之處的一個方式，是簡單地回顧一下與他同時代的人們。我們習於將他和賀迦與布坎（Buchan）等量齊觀，而忘了做爲一位藝術家，他足可和哈代、亨利・詹姆士，梅瑞狄斯、吉辛（Gissing），後期的喬治・伊利奧特、喬治・摩爾（George Moore）或撒母耳・巴特勒（Samuel Butler）等名家相比擬。在法國，他的同儕是福樓拜和左拉，甚至普魯斯特和早期的紀德。然而，這些作家的作品基本上是幻滅和除魅的小說。然而《金姆》不是，幾乎毫無例外的，十九世紀的小說主角都瞭解到他或她自己生命的目標——渴望成名、致富或出類拔萃——只不過是幻想、幻覺和夢境而已。福樓拜的《情感教育》（*Sentimental Education*）的佛烈德力克・莫盧、《仕女圖》中的伊莎貝爾・阿恰，或巴特勒《眾生相》（*The Way of All Flesh*）之恩斯特・龐提費克斯，這些角色都爲年輕男女，痛苦地從對成就、行動和榮耀的虛幻夢想中覺醒出來，接著便被迫面對降格的地位、背叛的愛情和令人厭惡之資產階級社會，感受到粗鄙而庸俗。

《金姆》中並未發現到這一種覺醒，沒有比拿金姆來和與他的幾乎是同時候的小說人物玖德·郝萊之間做一比較，更能讓我們貼近地、更有力地看到這點了，後者是湯瑪斯·哈代的《無名的玖德》(*Jude the Obscure*)之主角，客觀上來看，兩人都是古怪的孤兒，與其生存環境無法調和，金姆是印度的愛爾蘭人；玖德是一位小有天賦的英國鄉下男孩，他對希臘文的興趣遠高過種田，兩人均想像著屬於自己的生命，對此深深著迷，兩人企圖透過某種學徒生活來實現其生命之目標，金姆變成雲遊四方的喇嘛僧之門徒，玖德則成為一位生計艱困的大學生。但從此之後，可以比較之處便結束了。玖德被接二連三的逆境所困；他和不太相配的阿拉貝拉結婚，悲慘地愛上蘇·布萊德赫德，所養育的小孩自殺身亡，在幾年可悲的流浪之後，終其一生沒沒無聞，金姆相比之下，連連奏捷，成就耀眼。

然而，我要再次強調《金姆》和《無名的玖德》之間相似處的重要性。兩位男孩，金姆和玖德，不尋常的家世背景值得挑出來一談；不像一般「正常」男孩，有雙親和家庭照顧，保障其平順的一生，他們的困境之核心問題為認同——是什麼、到那裡、做什麼的問題。既然他們不可能像其他人一樣，他們是誰呢？他們是永不休止的追尋者和流浪者，像小說此一文學形式本身的英雄原型唐·吉訶德一樣，以及像盧卡奇在《小說理論》(*The Theory of the Novel*)一書所稱之「失落的超越性」(lost transcendence)，決定性地以其墮落、不快的狀態，標示出小說世界與充滿快樂、滿足的史詩世界之差別。盧卡奇說，每位小說英雄努力要恢復其已失落的想像世界，但在十九世紀末期的小說中，幻滅乃是一個不可實現的夢境之表徵。⑮玖德，像佛烈德力克・莫盧、桃樂西亞・布魯克、尹莎貝爾・阿恰、恩斯特・龐提費克斯和許多其他人一樣，注定要面對這樣的命運。個人認同的弔詭性乃是內含於這種失敗的夢境中。假如不是因爲玖德徒勞無益的奢望成爲學者，他不會找到他自己。意圖逃離社會上無足輕重的狀態支撐了個人對解脫的嚮往，但這是不可能實現的。結構性的反諷正是其間所存在的關聯：你所期望的正是你不可能擁有的，在《無名的玖德》中，苦澀與幻滅的希望已等同於玖德的認同。

因爲金姆・歐哈拉超脫了這種令人癱瘓、沮喪的困境，他是一個如此不尋常的樂觀角色。像帝國小說的其他主角一樣，他的行動導致勝利，而非挫敗。他使印度恢復正常，而入侵的外國幹員被逮捕並驅逐出境。他的強處，部分來自深邃的、幾乎是本能式的認知到他與他周遭印度人之間的差別；他有一個特殊的護身符，是童年時別人給他的，他不像和他一起玩耍的其他男孩——在小說一開頭即已確立了這點——他天生稟賦先知性格，兼具獨特的命運，他期待使每個人知道這點，以後他顯然已體認到他是一位殖民大人，一位白人。每當他躊躇不決時，就有人會來提醒他。事實上，他是一位殖民大人，擁有此一特殊階層的所有權利和特權。吉卜齡甚至使這位聖徒般的上師肯定了白人與非白人之間的差別。

但是單只是這點，尚不能賦予這部小說奇妙的享樂和信賴的感受，和詹姆士和康拉德比較起來，吉卜齡不是一位內省式的作家，他自己並不認爲自己是位藝術大師，像喬埃斯一樣——從我們現有的證據來看，他的最佳作品之力量來自其平易和流暢，他的叙事和人物的刻畫自然而生動，他創造力之令人目不暇給的多樣性，是可和狄更斯與莎士比亞匹敵的。語言對他而言，不像康拉德那樣，視之為一種抗拒性的媒介；語言是透明的，輕易地可以著上許多色調與折射之光彩，所有這一切直接反應了他所探索之世界，這種語言賦予金姆活潑和機智、精力充沛和吸引人的特質。從許多方面來看，金姆和十九世紀更早期的一些作家所刻畫的角色相似，例如，斯湯達爾對法布里斯・德爾・丹果和朱里安・索萊爾生動的描繪，同樣混合了冒險和渴望，斯湯達爾稱之為**西班牙風**(espagnolisme)。對金姆，正如對斯湯達爾筆下的角色一樣，而不像哈代的玖德，世界充滿著諸多可能性，非常像是卡立班之島，「充滿著嘈雜、樂音、甜蜜的空氣，賦予喜悅、絕不傷人。」

有時候，那個世界是靜謐的，甚至美的像首牧歌般。因此，我們不只獲得大樹幹路的熙攘和活力，也和老兵（第三章）一起享受了旅程沿途的悅人、優雅的田園風情和美景，當這一群旅人安詳地休憩著：

> 炎陽中的小生命發出昏昏欲睡的嗡嗡聲，鴿子咕咕叫著，水車疲睏的淅瀝聲穿過原野，喇嘛緩慢而動人地開始誦講。十分鐘結束、老兵滑下坐騎，他說可以聽得更清楚，坐著時手腕上繞著韁繩。喇嘛的聲音微顫——間隔拉長了。金姆忙著注視一隻灰色松鼠，當這一小撮叱責般的尾毛緊挨著樹枝，然後消失，講道者和聽眾迅速入睡，老軍官過度修整的頭枕在他的臂彎，喇嘛仰身靠著樹

幹，樣子看起來像黃象牙。一位赤身的小孩搖擺地走上前來，注視片刻，以敬畏激動之情快速移向喇嘛，在他面前莊嚴地以小手合十為禮——只是這位小孩又矮又胖，竟然搖晃著跌倒路旁，金姆嘲笑著他的朝天伸展、粗笨的雙腿。這位小孩又驚嚇又氣憤，高聲叫嚷著。152

環繞著這個伊甸園般的寧靜詳和的是大樹幹路的**奇妙景觀**，這位老兵形容這裡是：「所有種姓和形形色色的人們來來往往……婆羅門和遊民、銀行家和補鍋匠、理髮師和賣餅小販，朝聖者和陶匠——全世界在此會合和分離。對我而言，這裡好像一條大河，我則像一根圓木被一陣洪水沖來此地。」153

金姆與此一熙攘而出奇友善的世界相處之道，有一引人入勝的指標，即是他不尋常的偽裝本領。我們首先看到他高坐在拉合爾廣場上的一尊古砲上——直到今天它仍矗立於此——就如同他也是許多印度男孩中的一位。吉卜齡小心地區別了每一位男孩的（穆斯林的、印度的、和愛爾蘭的）宗教和社會背景，但也同樣小心地顯示給我們這些個人的認同，雖然這構成對其他男孩之間相處的障礙，但對金姆則根本不是問題。他可以從一種方言、價值觀和信仰跳到另一種。整本書中金姆使用無數種印度族群的方言；他說烏都語、英語（吉卜齡對他的矯揉做作之印度腔英語有一極有趣但溫和的嘲諷，和巴布浮誇式冗長的英語有細緻的區別）、中亞語、印度語和孟加拉語；當馬哈布伯說巴須圖語（Pashtu）時，金姆也能說；當喇嘛說中式藏語時，金姆也能了解。成為這個方言巴別塔的管弦樂團成員之一。在這不折不扣的諾亞方舟上坐著散錫斯人(Sansis)、克什米爾人、阿卡利人(Akalis)、錫克人和其他各色人種，吉卜齡也讓金姆生龍活虎般地來去自如、遊走其間，像一位偉大的演員，經歷每一個情境都好像家常便飯一般。

這一切和歐洲資產階級黯淡無光的世界是多麼不一樣啊！就每位重要小說家所提到的歐洲氛圍來說，等於再次認定了同時代生活的墮落，所有激情、成就和異國冒險之夢想的幻滅。吉卜齡的小說提供一個反命題：因爲他的小說世界坐落在由英國所統制的印度，對流離異邦的歐洲人經驗不做任何保留。《金姆》顯示了一位白種殖民大人如何能夠在這種多采多姿的環境中享受人生；我以爲對歐洲入侵之所以不存在任何抗拒——由金姆能夠相對地無憂無懼行走於印度各地一事所象徵者——歸因於其帝國主義的觀點。對一個人不能在自己的西方環境有所成就——試圖要在這個地方實現功成名就的偉大夢想，意味著挺身突破本身的平庸地位並力拒世界的腐化和墮落——可在海外實現之。難道不可能在印度爲所欲爲嗎？不是做什麼都可以嗎？不是毫髮無傷地去那裡都可以嗎？

試從金姆流浪各地的模式來思考其如何影響到這部小說的結構。金姆旅程的大部分在旁遮普省、環繞著由拉合爾和溫巴拉所構成之軸心，而後者是英國在這些兼併省份的邊疆要塞城鎮。大樹幹路爲十六世紀末期偉大的穆斯林統治者舍·閃(Sher Shan)所建，從白夏瓦直達加爾各答，不過喇嘛從未去到超過貝拉那斯之更南和更東邊的地方。金姆的行程則到過西姆拉、盧克瑙，之後前往庫拉谷；與馬哈布伯同行，他還去到南邊的孟買，向西直抵喀拉蚩，由這些旅程所造成的整體印象是毫無掛慮的閑逛。有時候，金姆的旅行因聖・沙勿略學校學年的規定而中斷，但僅有的幾次重大事情對主角構成暫時壓力者，只有：(1)喇嘛僧的探索，其實這也是不太固定的；(2)追蹤並驅逐試圖在西北邊疆挑起事端的外國幹員。這裡沒有詭計多端的放高利貸者，沒有鄉下老學究、惡毒的謠言，或令人厭煩且無情的暴發戶，而這些都是與吉卜齡同時代的重要歐洲小說中常出現的。

現在和吉卜齡相當鬆散的結構相比——它置放奢侈的地理上和空間上的遼闊——與他同時代的歐洲小說則有相當緊湊，嚴苛地無可原宥之時間結構。如同盧卡奇在《小說理論》所說，時間是偉大的嘲諷者，在這些小說中，幾乎等於是一個角色。它可驅使主人翁進入幻想和瘋狂狀態，也可向他或她揭示其幻想毫無根據，空泛且注定徒勞無功。[154]在《金姆》中，你會有這種印象：因爲地理環境多少是隨心所欲，任你遨遊，因此時間也是站在你這邊。當然，在金姆的耐心等待中，以及在他偶發式的、甚至是模糊的狀態中時現時隱之際。他可感受到這點，克瑞頓亦然，印度在空間上的豐富性、以及英國凌駕一切的表現，這兩個因素之間的互動傳達出自由的感受，爲《金姆》的扉頁中所輻射出來之奇妙的積極氣氛增色不少。這絕不是在福樓拜和左拉小說中所看到的充滿侷促不安、大難臨頭的壓迫性世界。

我想這部小說輕鬆的氣氛也來自吉卜齡自己對印度故鄉追憶思念的感受。在《金姆》中，印度政府的代表似乎對置身**海外**也沒有問題；對他們來說，印度無需具備自我意識的辯護，既不尷尬、也不困擾。說法語的俄國幹員承認：在印度，「我們尚未在任何地方留下我們的踪跡」⑮，但英國很淸楚他們做到了，以至於胡利——自認爲是**東方人**——對俄國人顚覆印度殖民政府的陰謀感到憤慨，雖然統治者並非自己的同胞。當俄國人攻擊喇嘛並撕毁他的地圖時，也隱喻了印度本身受到污辱，以後金姆補救了此一污辱。吉卜齡在結局時費心處理和解、治癒和圓滿的情景，他的方式是地理式的：英國重獲印度，以便再一次地享受其廣袤性，再一次地將印度視同親如故鄉。

在吉卜齡重新確定對印度在地理上之掌控，和卡繆寫於幾乎是半個世紀之後的一些阿爾及利亞故事之間，有著驚人的巧合。我相信他們的態式代表某種徵兆，但並未充滿信心，具有一種潛伏且經常不被承認的不安。因爲假如你已身在其中，你不必一直要提到它或呈現它：你正是在那裡，好像在《異鄉人》(*L'Etranger*)中沉默的阿拉伯人或在《黑暗之心》的絨毛般捲髮的黑人，或在《金姆》中的許多印度人。但殖民的，也就是地理上的佔有，需要如此肯定式的變奏，這些加強點正是帝國文化重新對自己和爲自己肯定的標誌。

吉卜齡的《金姆》中之地理和空間的統治，不像宗主國歐洲小說的時間性，因某些政治和歷史因素而特別突出。就吉卜齡這部分來看，它表現出一種不可化約的政治判斷，好像他正在說：印度是我們的，因而我們可以用最無可匹敵的、閒逛式的，和圓滿的方式來看它，印度是**他者**，重要的是，因爲它之奇妙的廣大幅員及無比的多樣性，由英國來掌控會更安全些。

吉卜齡安排了另一項美學上令人滿意的巧合，我們也要將之納入考量，這便是克瑞頓的**大遊戲**和金姆永不耗竭的、不斷翻新的僞裝和冒險犯難的能力之間的匯合，吉卜齡讓這兩者緊密結合。前者是政治監控和操縱的設計；後者在一更深刻和有趣的層面上，是某人想像著讓每一件事都有可能發生，且能夠去任何地方，做任何事情之一種狂想式期望。勞倫斯在《智慧的七大支柱》中一而再、再而三地表現了此種狂想，他提醒我們他以一位白皮膚、金頭髮、藍眼睛的英國人，如何能夠遊走於沙漠中的阿拉伯人之間，好像他也是他們的一份子。

我把這個稱做狂想，乃因爲正如吉卜齡和勞倫斯永無止境地提醒我們，沒有人——尤其是殖民地中現實的白人和非白人皆然——會忘記**變成土著**或玩**大遊戲**，有賴歐洲勢力像磐石一般的基礎。曾有任何土著被像金姆和勞倫斯這種藍或綠眼睛，且置身於他們之間從事於情報工作的冒險家所蒙騙了嗎？我懷疑這點。正如我也懷疑任何白人男女，既生活在歐洲帝國主義的勢力範圍，卻會忘掉在白人統治者和土著臣民之間的權力，有著絕對的差別。由於這是根深柢固的文化、政治和經濟現實，他們也執意最好不要加以改變之。

金姆這位積極的少年英雄以喬裝方式旅行全印度，穿越疆界、攀過屋頂，出入於帳幕和村落，永遠對克瑞頓的**大遊戲**所代表的英國勢力負責。我們所清楚地看到的理由是自從《金姆》寫成後，印度已經逐漸獨立了，正如自從紀德的《背德者》（*The*

Immoralist)和卡繆的《異鄉人》出版後，阿爾及利亞也逐漸脫離法國獨立出來一樣。以回溯和**多調性的**(heterophonically)方式來閱讀帝國時代的這些主要作品，並將之以對位的方式和其他的歷史和傳統並列，以去殖民化的基礎來閱讀之，既不是要渺視他們偉大的美學力量，也不是要將他們貶低爲帝國主義的宣傳。然而，若剝除掉這些作品與足以表現和促成它們的權力事實之間的關聯去閱讀之，則是更爲嚴重的錯誤。

由吉卜齡所發明、英國用以掌控印度的設計（「大遊戲」）和金姆之僞裝的狂想，與印度合爲一體，和後來之癒合印度所受污辱，在細節上有許多巧合，明顯地，沒有英國帝國主義是不可能發生這種巧合的。我們必須視這部小說爲一個龐大的逐漸累積過程之實現來加以閱讀。在十九世紀結束的最後幾年中，此一過程已達到其最後重大的時刻，以迄印度獨立：一方面，監控和操縱印度；另一方面，對每一細節的熱愛和興味盎然的留意。對前者之政治掌控和後者之美學和心理學式的享樂之間的重疊關係，乃因英國帝國主義本身而成爲可能；吉卜齡了解這點，然而許多以後的讀者拒絕接納這個令人困擾，甚至是令人尷尬的眞理。這不只是吉卜齡對英國帝國主義一般性的體認，且是對歷史上那個特定時刻的帝國主義之了解，但在同時卻幾乎忽略了一個人性和世俗眞理之逐漸展開的動態面：眞理是印度已在歐洲人來臨之前就存在了，而一個歐洲列強加以掌控之，然後印度對此一列強的抗拒，不可避免地將促成持續鬥爭，以便擺脫英國的鎭壓。

今日閱讀《金姆》，我們可以看到一位偉大的藝術家，在某種程度上，被他自己有關印度的見解所蒙蔽了，於是混淆了他所看到的多采多姿和奇妙無比的現實和他所認爲的這些都是永恆和本質的觀念。吉卜齡取出小說的形式特質、企圖追求此一基本上是充滿迷惘的目標。但這正是一個偉大的藝術反諷，他置身在此一迷惘中，他沒有眞得達成目標。他意圖運用這部小說以追求此一目標，這又重新肯定了他的美學嚴整性。《金姆》肯定絕「非」一本政治手冊。吉卜齡選擇小說的形式和他的主角金姆‧歐哈拉來深刻地處理印度，這個他所愛但無能確實擁有的印度——這是我們應該牢記在心，將之視爲本書的中心意義。然後，我們可以將《金姆》解讀爲其歷史時刻的一篇偉大的文獻，也是一座美學的里程碑，一直通往一九四七年八月十四——十五日午夜的這個歷史時刻，此一時刻所誕生的子孫們已經做了許多努力，以便修正了我們對過去歷史的豐富性及其持久問題的認知。

6 掌控下的土著 The Native Under Control

一方面，我嘗試將焦點放在帝國主義成果迅速擴展之際，爲其所用之逐步形成的歐洲文化之某些面向；另一方面，描述帝國的歐洲人如何無法也無能看到他或她正是一個帝國主義者，以及反諷地，在同一環境中的非歐洲人，把歐洲人只看作帝國的。「對土著而言，」法農說，此種歐洲的價值觀「具有客觀性，總是指向與他相對立的方向。」⑯

即便如此，我們能說帝國主義是如此深植於十九世紀歐洲，以至於變得與其文化整體不可分離嗎？當運用在吉卜齡之極端愛國主義的作品和其更細膩的文學作品時，**帝國主義**一詞意所何指呢？或者用在他的同時代作家，如丁尼生和羅斯金時又如何呢？理論上，每一種文化產品均內含其中嗎？

在此，兩個答案自然呈現出來。不，我們必須強調像**帝國主義**這種概念具有通則化的特質，以至因爲其令人難以接受的含糊性，而障蔽了西方宗主國文化的充滿趣味之異質性。當涉及到帝國主義時，必須在某一類文化作品和另一類之間做區別；所以我們可以強調，例如，縱然約翰・史都華・彌爾對印度的看法顯然含有反自由主義的思想，他對帝國觀點的態度，比起卡萊爾或羅斯金（彌爾在艾爾事件的作法，算是有原則的，甚至以回溯方式來看，令人激賞），更加複雜和開明。若以康拉德和吉卜齡做爲藝術家來和布坎和賀迦相比，也和彌爾有同樣的情形。然而，若斷然就否定文化應被視爲帝國主義之一部分來考量，這可能變成只是防止人們不要嚴肅地將兩者聯合起來的策略罷了。若小心看待文化和帝國主義，我們可以考慮此一關係的不同形式，如此將可有助於描繪其間的關聯，豐富了我們對重要的文化文本之解讀，其詮釋更爲敏銳。當然，弔詭的是，歐洲文化一直支援帝國經驗的大部分面向，因而同樣地變得複雜、豐富和有趣。

讓我們來看看康拉德和福樓拜，兩位作家均寫作於十九世紀後半葉，前者明白地關心著帝國主義，後者則潛在地牽涉其中。撇開他們之間的差別，兩位作家同樣強調故事的主角有能力把自己隔離並包圍在自己所創造的結構中，且採取了和殖民者將自己放在其所統治帝國的核心一樣的形式。《勝利》中的艾克索・海斯特和《誘惑》中的聖・安東尼——都是兩人的後期作品——撤離到一個場所，像是一個魔幻世界統一體的護衛者一樣，他們合併了一個充滿敵意的世界，肅清了其中對他們的掌控之令人困擾的反抗。這些孤獨的退隱者在康拉德的小說中有一長期的歷史——奧梅耶、**內站**(Inner Station)中的克茲、帕土珊的吉姆、和最令人難忘的蘇拉寇之查理士・高爾德；福樓拜的作品在《包法利夫人》之後，此種退隱以逐漸緊密的態勢反覆出現。然而，不像在孤島中的魯賓遜，這些帝國主義者的現代翻版雖企圖達到自我救贖，反諷地，注定要苦於干擾和分心，他們所企圖從其孤島般的世界排除出去的事物，卻還是滲透進來了。福樓拜想像出來的孤寂式傲慢中潛藏之帝國式掌控的影響，若將之和康拉德的公然再現並列，則其對比是引人注目的。

在歐洲小說的典則中，包含著對一個帝國計畫出現的許多干擾，而其實這些正是實際上提醒讀者，無人可能眞的從世界中退隱且進入一個私人專屬的現實界。此一關係可以回溯到唐・吉訶德，這是顯而易見的，而小說形式本身制度性層面的延續性亦然。在此，逸出常軌的個人經常因集體認同的利益而受到訓戒與懲罰。在康拉德醒目的殖民舞台中，崩解乃由歐洲人所觸發，他們在一個敘述結構中被揭開序幕，且回溯性地被重新附屬在歐洲人的明察秋毫之下，以便加以註釋和質問。我們可以在早期作品《吉姆爺》和晚期的《勝利》看到這點：當這位理想主義的或者退隱的白人男性（吉姆和海斯特）過著一種有點像唐・吉訶德的隱修生活，他的空間被**梅菲斯特式**(Mephistophelian)的光芒所入侵，然後冒險家們的惡行被一位敘述故事的白人男性回顧式地加以審視。

《黑暗之心》是另一個例子。馬羅的讀者是英國人，他自己混入克茲的私人領地，以一顆西方人探究之心，試圖要了解一部末世的啓示。大部分的解讀正確地專注在康拉德對殖民事業的懷疑論，但他們很少論及在敘述其非洲旅程的故事中，馬羅反覆肯定了克茲的行動：經由歷史化並敘述非洲之奇特性，以便恢復歐洲人對非洲之霸權。野蠻人、蠻荒性，甚至向遼闊的大陸射砲彈的明顯蠢事——所有這一切再度增強了馬羅將殖民地置於帝國地圖之上的需求，而且是在可敘述的歷史之時間性的拱衛之下，無論其結果如何複雜和迂迴。

舉出兩個在實際歷史上可和馬羅等量齊觀的卓越範例，即亨利・梅恩爵士（Sir Henry Maine）和羅德利克・摩契森爵士（Sir Roderick Murchison），這兩人因他們磅礴的文化和科學著作而聞名——若非將之放在帝國之脈絡來看，他們的作品實難以理解，梅恩的巨著《古代法律》（*Ancient Law*, 1861）發掘了在原始父權社會中的法律結構，乃是訴諸特權以確定個人之**身分地位**（status），而直到其轉變成一種以**契約**（contractual）爲基礎之法律結構爲止，其社會才能變成是現代的。梅恩巧妙地預示了傅柯在《訓誡與懲罰》（*Discipline and Punish*）一書中所提到的歐洲歷史轉移，即從**主權式**（sovereign）到行政式的監控，其差別是對梅恩而言，帝國乃是證明其理論的某種實驗場所（傅柯視邊沁式的圓形監獄使用在歐洲的感化機構做爲他的論據）：被提名爲印度總督府所屬諮議會的法制委員，梅恩視其東方之旅爲**擴大的田野旅行**。他抨擊功利主義者有關印度立法的全面改革議題（他撰寫了二百篇文章），並詮釋其任務爲對印度人身分之認同和保存，可以把他們從**地位**法律解救出來，且小心地栽培一批菁英，轉化他們以接受英國政策之契約或法制基礎。在《村落社區》（*Village Communities*, 1871）和以後的瑞德（Rede）演講中，梅恩提出其理論大綱，令人驚訝地，非常像馬克思的想法：在印度，封建制度已被英國殖民主義所挑戰，其爲必然之發展；他論及，屆時，封建地主將建立個人所有權的基礎，並允許一種原始資產階級之出現。

同樣引人注目的羅德利克・摩契森原爲士兵，轉任地質學家、地理學家和皇家地理學會的行政人員。正如羅伯特・史代福（Robert Stafford）在一篇對摩契森生平和事業的深入研究所指出的，因爲此人的軍人背景、專橫的保守主義、過度的自信和意志力，和無與倫比的科學探索和追求新知的狂熱，不可避免地，他對其地質學家工作採取的途徑，好像是征服一切的軍隊，其從事的征戰爲大英帝國添加更多勢力和全球性擴張。⑰無論是在英國本土、俄國、歐洲或在南半球、非洲或印度，摩契森的工作**正是**帝國。他曾說過：「旅行和殖民化，一如在拉烈（Raleigh）和德列克（Drake）的時代一般，英國人統治的熱情至今仍維持不變。」⑱

因此，康拉德的故事再次開展出帝國全然是爭奪全球的態勢。就在強調其不可化約的反諷時，他也同時再現了其利得，他的歷史主義或觀點凌駕其他各種被包含於敘述時序中的歷史；其動力則認可非洲、克茲和馬羅——撇開他們激進的古怪性格——成爲一個優越的西方式（但誠然是有問題的）、**構築式**（constitutive）的理解對象。然而，我已說過，許多康拉德的敘事充滿了要迴避做明確表達的事物——叢林、絕望的土著、大河、非洲的壯麗、無可磨滅的黑暗生活。在兩件事端的第二件發生時，一位土著說出一個可理解的語詞後，他猛然推開一個「粗野黑人的頭」，穿過大門口以便通告克茲的死訊，好像只有用一個歐洲人爲藉口，才可提供一位非洲人足以清楚一致地說話的理由。不太能夠體認到非洲人根本上的差異，馬羅的敘述使非洲經驗進一步承認歐洲對世界之重大意義；非洲的完整意義又退縮掉了，好像因爲克茲逝去後，非洲再次變得一片空白，而這正是他的帝國意志企求加以克服的。

康拉德同時代的讀者不期待能夠質問或關心這些土著會變成怎樣。對他們而言，重要的是馬羅如何瞭解每一件事，因爲如果沒有他經過深思熟慮後編造出來的叙事，就沒有任何歷史值得去訴說，沒有小說值得去賞玩，沒有權威值得去諮商了。這比里帕德國王(King Leopold)的國際剛果協會之說明相差沒幾步了，他主張「提供持續而不受利益左右的服務，以便實現進步之目標，」[159]在一八八五年，一位讚美者描述其爲「從過去、現在，乃至未來所嘗試做過的對非洲之發展最高貴與最自我犧牲的計畫。」

齊紐．阿契比對康拉德著名之批評（說他是一位完全將非洲人民去人性化的種族主義者），並未更進一步地強調在康拉德早期小說所提到的內容在其後期作品更清楚明白地宣示出來，但後者卻未處理到非洲。[160]在《諾斯托洛摩》中，哥斯塔瓜那(Costaguana)的歷史，是一個白人家庭充滿浮誇的伎倆和自殺式的逐利之殘酷歷史。既非地方上的印第安人，也不是蘇拉寇的西班牙裔統治階級，提供替代的觀點：康拉德以同樣之可憫的鄙視和異國情調的態度來對待他們，這是他先前的小說中保留給非洲黑人和東南亞農民的。結果，康拉德的讀者是歐洲人，他的小說並非挑戰，而是具有肯定了此一事實的效果，並鞏固了其意識，儘管弔詭地，他自己的腐蝕性懷疑論藉此獲得紓解。相似的動力出現在福樓拜的身上。

撇開它們細膩和抽絲剝繭般引人入勝的情節，就其涉及**土著**的部分來看，處理有關邊緣的非歐洲場景之無所不包之文化形式，顯然是意識型態的及選擇性的（甚至是壓制性的），正如同撇開其**寫實主義**風格，十九世紀殖民繪畫的異國風格⑯也是意識型態與壓制性的：它有效地使**他者**沉默；它將差異重構爲認同，它所統制和再現的領域被佔領的勢力所盤據，而非被動的土著居民。有趣的問題是，如果有的話，是什麼東西可以抗拒像康拉德這樣直接地帝國式叙事呢？歐洲鞏固的觀點是無懈可擊的嗎？或者它只是在歐洲內部才是不可抗拒且不被反對的嗎？

事實上，歐洲帝國主義在十九世紀中葉至該世紀末，發展出歐洲的反對者——如桑頓（A. P. Thornton）、波特（Porter）和霍布森所揭示的；⑯當然，例如：**廢除奴隸論者**（Abolitionists）、安東尼·特洛普（Anthony Trollope）和哥德溫·史密斯（Goldwin Smith），都是相對地在許多個人和團體的運動中有聲望的人物。然而，像佛勞德、狄爾克和西萊等人，則代表了更強而有力、更成功且難以抵擋之擁護帝國的文化。⑯傳教士，雖然他們在整個十九世紀經常也履行了不同的帝國強權之買辦的功能，有時候他們也能夠抑制最惡劣的殖民濫權，正如史蒂芬·奈爾（Stophen Neill）在《殖民主義和基督教會》（*Colonialism and Christian Missions*）所論者。⑯歐洲人帶來現代科技的變革——蒸汽引擎、電報，甚至教育——使某些土著受惠，其利益持續超出了殖民的時代也確是事實，雖然並非沒有負面的層面。但在《黑暗之心》中，帝國訴求之令人驚異的純粹性——當馬羅承認他總是感覺一股熱情要在地圖上的大片空白中塡上一些東西——仍然是巨大無可抵擋的現實，在帝國主義文化中，是一個建構性事實。在其衝勁中，此種態勢令人回想起像羅德斯、摩契森和史坦利這些活生生的開拓者和帝國主義者。不用小看帝國主義所建立的差異之力量及其在殖民遭遇之延伸。康拉德所強調的那種眞實性，不只是存在於克茲對「野蠻習俗革除學會」的十七頁報告之內容，也在其形式之中：其目的是要帶來文明，並照亮黑暗之地，兩者是反命題，但在邏輯上也等同於其實質的結果：意欲**根絕野人**(exterminate the brutes)，也就是那些不合作或招惹有關反抗之觀念者。在蘇拉寇，高爾德是礦場的雇主**兼**計畫要摧毀這個產業的人。沒有必然的連接詞，帝國的觀點在同一瞬間促成土著的生與死。

當然，土著不可能眞的**全**被搞到消失無蹤，事實上，他們越來越會斥責帝國的意識。接著便是設計分化土著——非洲人、馬來人、阿拉伯人、柏柏人、印度人、尼泊爾人、瓜哇人、菲律賓人——從白人男性的觀點，並以種族和宗教爲基礎來劃分，然後爲了將這些民族重新組合建構，需要有歐洲人出現，或許是一個殖民栽培農場，或者是一個主宰性的論述，在其中這些民族各適其位，並被要求工作。因此，一方面，我們看到吉卜齡的小說將印度人定位爲顯然須由英國人監護的生物，這便是此種加以包圍，然後同化印度之敘事的其中一面，既然沒有英國，印度將會因其腐化和落後而消失無蹤。(在此，吉卜齡重複了彌爾父子和其他功利主義者在他們任職於印度總督府時期的著名論點。)⑯

另一方面，我們看到了殖民資本主義的影子論述，其根源來自自由放任的貿易政策(也來自於福音文獻)，例如：在此一政策之下，懶散的土著再度成爲某種先天墮落且個性散漫，必須由歐洲人主宰之角色。我們在一些殖民統治者的觀察中看到這點，諸如：賈列尼(Galieni)、胡伯特・里奧泰、克羅莫爵士、休斯・克利福(Hugh Clifford)和約翰・鮑寧(John Bowring)：「他的手粗大，他對已經過去的事件僅能保留依稀的記憶。問他的年齡，他將無法回答：誰是他的祖先？他既不知道也無心於此……他的主要惡習是懶散，這和他的知足常樂有關。勞動之必然性則對他而言卻是很勉強的。」[166]我們在學術性的殖民社會科學家，諸如經濟史家克利夫・迭(Clive Day)的專題式嚴謹說明中看到這點。他在一九〇四年寫道：「實際上，我們已經發現，借由訴諸於追求更美好生活和提昇生活水準的雄心壯志，以確保土著（爪哇）人民的勞作是不可能的。沒有什麼比立即之物質享受更能激發他們脫離懶散的例行性生活。」[167]這些描述商品化土著及他們的勞動，且掩飾了實際的歷史條件，拐走了困苦和抗拒的事實。[168]

但這些說明誘拐、隱瞞且略過觀察者眞實的權力，基於某些理由，他們僅由權力及其與**世界史**的精神之結合所保障。他們從一個超客觀性角度的隱形觀點來宣告土著民族的現實世界，並使用新科學的規範和術語來替換**土著**的觀點。例如：羅米拉・薩帕(Romila Thapar)指出：

> 印度史變成宣傳這些利益的工具之一。傳統印度歷史寫作強調歷史傳記和編年史，幾乎被忽略掉。歐洲人對印度史的寫作意圖創造一嶄新歷史傳統。印度過去之史地學模式在十八、九世紀的殖民期間形成，大概和出現在其他殖民社會

的歷史著作的模式相似。[169]

甚至反對立場的思想家，如：馬克思和恩格斯，和法國與英國政府發言人同樣，也都擅於提出這種宣言；例如：兩個政治陣營均依賴殖民文件，其乃充分被典則化的東方主義論述和黑格爾對東方和非洲之靜態、專制和無涉於世界史的觀點。在一八五七年九月十七日恩格斯說阿爾及利亞的摩爾人是「膽小的種族」，因爲他們受到壓抑，「然而保留了他們的殘忍和復仇的性格，同時他們的道德品格是非常低的，」[170]他只不過對法國殖民教條做出迴響。康拉德同樣使用懶惰土著的殖民論說，正如馬克思和恩格斯編造出東方人和非洲人無知和迷信的理論出來。這是無言的帝國式期望的第二個層面。因爲假如頑固的土著素材可以從卑屈的存有者轉化成劣等人類，然後殖民者也同樣可以轉化成隱形書記，他們以寫作來報導**他者**，同時也堅持其科學中立，不受利益左右的特質，且〔正如凱薩琳・喬治（Katherine George）所指出的〕[171]原始人的生活條件、個性和習俗之逐步改善，乃是他們和歐洲文明接觸的結果。[172]

在二十世紀初帝國主義的顛峰期，一方面，歐洲的論述性寫作之歷史化典則，設定了一個普世皆可採用的，可做爲泛民族、非人格化之審查的文化世界；另一方面，一個龐大殖民化的世界。兩者因緣聚會、相互融合，此一鞏固觀點的對象，一直都成爲犧牲者，或者只扮演一個非常局限的角色，永遠地被嚴厲的懲罰所威脅，撇開他或她的許多德性，提供許多勞務或成就，本體論式地被排除於享有這些從事征服、調查和文明開化工作的外來者所提供的少許報酬。對殖民者而言，兼併的機制需要永無休止的努力來維繫。對犧牲者而言，帝國主義提供下列選項：服侍，或者毀滅。

然而，並非所有的帝國都是一樣的。法國的帝國，根據其最著名的歷史學家之一的說法，雖然對利潤、經濟作物、奴隸的興趣並不少於英國，但法國主要是基於「尊榮」(prestige)而激發殖民主義的。[173]三個世紀期間所獲得（有時也失去了）的許多領土，是由其光芒四射的「天才」所統籌管理。以德拉維恩(Delavigne)和查理士・安德烈・朱里安(Charles André Julien)——一本引人入勝的作品：《法國海外屬地的打造者》(*Les Constructeurs de la France d'outre-mer*)的編纂者[174]——的觀點而言，這是法國的「優越天職」(vocation superieure)本身的一個功能。其主角的陣容始於錢伯倫(Champlain)和黎希留(Richelieu)，包括：令人膽寒的殖民地總督布鳩德，即阿爾及利亞的征服者；布拉札(Brazza)，建立法屬剛果者；賈列尼，馬達加斯加的綏靖者；里奧泰，以及克羅莫，穆斯林阿拉伯人之歐洲統治者中最偉大的。但我們覺得並無可和英國的**部門觀點**等量齊觀者，卻更像是以龐大的同化事業來經營的法國式個人風格。

是否這只是一種法國人的自覺，事實上無關宏旨，既然在事情發生之前、期間和之後，都要求其一致性和規律性，這便爲疆域的奪取提供自圓其說的驅力。當西萊（他著名的作品在一八八五年被翻譯成法文後，贏得許多讚賞和評論）談到英國的帝國時，說它只是無心插柳而獲得時，他這麼說只不過是描述出一種和同時代的法國作家對帝國有著非常不同的態度而已。

如同安格尼斯・墨菲(Agnes Murphy)所說的，一八七〇年的普法戰爭直接刺激了法國地理學會組織的增加。⑰地理知識和地理大發現，此後便和帝國的論述（和爭奪）密切結合。從像尤金・艾尊〔Eugene Etienne，一八九二年「殖民團體」(Groupe Coloniale)的建立者〕這樣的人取得卓越之公衆聲望來看，人們可以去構想法國帝國理論已經崛起的情節，且這幾乎成爲一個精確的科學了。在一八七二年之後，根據吉拉迭的說法，首次在法國政府的最高當局發展出一個殖民擴張之前後一貫的政治教條；在一八八〇至一八九五年期間，法國殖民領地從一百萬平方公里增加到九百五十萬平方公里，其中的土著居民從五百萬增加到五千萬。⑯在一八七五年，第二屆國際地理科學大會有第三共和總統、巴黎市長、國民議會主席、海軍上將拉・羅西爾(La Rouciere)等政要參與。李・瑙利(Le Noury)的開幕致詞揭示了瀰漫於這次會議的態度：「各位先生們，上帝的恩寵已指示我們了解地球並加以征服的責任。這一至上的命令，是銘印在我們的理智和我們的活動之上的迫切責任之一。地理學乃是一門激發如此美妙奉獻之科學，在其名下，已有許多人爲其犧牲，它已成爲地球的哲學了。」⑰

社會學〔由拉・彭所啓發〕、心理學〔由里帕德・狄・索緒爾(Leopold de Saussure)發其端」、歷史，當然還有人類學，流行於一八八〇年之後的數十年內。他們有許多在國際殖民大會（一八八九、一八九四等等）或其他專業團體（諸如：一八九〇年國際殖民社會學大會或一九〇二年巴黎之民族誌科學大會）中大放異彩。全球的所有區域都成了**殖民**學術留意之對象；雷蒙・貝茲（Raymonel Betts）提到「國際社會學評論」（Revue Internationale de Sociologie）在一九〇〇年對馬達加斯加做了年度調查；在一九〇八年，則爲寮國和柬埔寨做相同的調查。[178] 殖民同化的意識型態理論始於法國大革命，後來崩潰了，轉變成種族類型理論——古斯塔夫・拉・彭（Gustave Le Bon）的原始、劣等、中等、優等之四等種族理論；恩斯特・塞雷爾（Ernst Seillere）的純種力量哲學；亞伯特・沙勞（Albert Sarraut）和保羅・拉羅伊—比留的殖民實踐之系統學；朱利斯・哈曼德的支配原理[179]——指導著法國的帝國策略。土著和他們的土地不被視爲可轉變成法國式的實體，而是有待隔離和臣服的佔領地，有其不可轉變的特質，儘管這並未排除了**文明化使命**的可能性。傅依烈（Fouillée）、克洛佐（Clozel）和紀蘭（Giran）的影響，使這些理念轉化成一種語言，在帝國的領域本身，則變成一種與科學非常類似的實踐，一種統治劣等民族的科學，而法國對這些民族的資源、土地和命運有責任。最好如同惹內・毛尼爾（René Maunier）在其作品《殖民地的社會學》（*Sociology of Colonies*）所論者，法國和阿爾及利亞、塞內加爾、毛利塔尼亞、中南半島的關係乃是透過**階層式夥伴關係**（hierarchic partnership）而「結合」起來的[180]，但貝茲正確地強調著，然而「帝國主義的理論不是經由邀請，而是經由武力而產生的，長期來看，只有此一**終極理由**（ultima ratio）彰顯出來，所有思考過的高貴教條才會成功。」⑱

若比較法國人提出或所支持過的帝國論辯和其帝國征服的實際情況，將會對其間的不相稱和反諷感到驚訝。實用性的考量一直爲像里奧泰、賈列尼、懷多伯(Faidherbe)和布鳩德——將軍、總督、行政官員——這類人所允許，以致不惜採取武力和嚴峻的極刑來實施統治。政客，像朱利斯・菲利在事件之後（或期間）則發表帝國政策，主張保留追求理所當然之目標的權利，要求土著要節約資源，「以實現民族資產的經營與……保衛」。⑱對說客和我們今天所稱的時事評論家——從小說家、好戰的愛國主義者，到官僚士大夫哲學家——而言，法蘭西帝國特別與法國民族認同相結合，也和其輝煌燦爛、文明動力、特有之地理、社會和歷史發展不可分開。這些並無一能夠和在馬丁尼克島(Martinique)、阿爾及利亞、加彭或馬達加斯加的日常生活實況取得一致和相符應。講得緩和些，這令土著感到困擾。此外，其他的帝國——德國、荷蘭、英國、比利時、美國——正排擠法國，與它進行全面戰爭（如在法梭達）、與它交涉如在一九一七——一八年在阿拉伯半島、威脅它或與它競爭。⑱

在阿爾及利亞，自從一八三〇年之後，無論法國政府的政策多麼不一致，無可挽回的過程進行著，使阿爾及利亞變成法國的。首先，土地從土著手中奪走，他們的住宅被佔領；然後法國移民控制了製軟木塞的橡樹森林和礦藏地。之後，正如大衛・普洛恰斯卡(David Prochaska)指出，在安那巴（原名爲本），「他們遷移阿爾及利亞人，歐洲人大量移入本（和類似的其他地方）。」⑱在一八三〇年之後的幾十年，「分贓資本」主導了經濟，土著人口減少，移民團體大增。雙元經濟出現：「歐洲式經濟可以比擬作大規模的以公司為中心的資本主義經濟，而阿爾及利亞經濟可被比做市集導向的前資本主義經濟。」⑱因此，當「法國在阿爾及利亞把自己複製出來」時，⑱阿爾及利亞人淪為邊際性和貧窮的地位。普洛恰斯卡拿一個法國殖民者對本之情況的說明來和由一位阿爾及利亞愛國主義者的說明相比較，後者對在安那巴事件的說法，「像是將法國歷史家所寫的本之歷史顛倒過來讀。」⑱

> 超越一切其他諸事之上，阿瑙德（Arnaud）吹捧了在阿爾及利亞人離開本而留下了爛攤子之後，法國人使當地變得進步繁榮。「不是因為『舊城』是髒亂的」，所以它應被保持完整不變，但因為「它獨自可以使訪客……更能了解到法國人在這個國家，這個原本是荒蕪、貧瘠、全然沒有天然資源的國家」，這個「只有一千五百人的小而醜陋的阿拉伯鄉村，達成了輝煌而美麗的成就。」⑱

難怪赫森・德多爾（H'sen Derdour）有關安那巴的書中，在其寫一九五四至一九六二年阿爾及利亞革命的那一章中，使用了這樣的標題：「阿爾及利亞，一個全球集中營的囚犯粉碎殖民主義而獲得自由。」⑱

鄰近本十八英里遠的是蒙多維村，在一八四九年由一群被法國政府從巴黎轉運到此的「**赤色**」勞工所建（此爲掃除政治困擾份子的方法），他們被配給由阿爾及利亞土著所徵收來之土地。普洛恰斯卡的研究顯示蒙多維如何從本旁邊的釀酒衛星鎮發跡，而亞伯特・卡繆於一九一三年在此地誕生，他是一位「**西班牙清潔女工和法國酒窖管理員**」之子。[190]

卡繆是法屬阿爾及利亞作家之中，可說是毫無爭議被認爲是世界級的大師。如同一個世紀之前的珍・奧斯汀，卡繆也是其作品中帝國的實況如此清楚地被看到，但此一事實卻被後人棄之不顧的小說家；奧斯汀的小說中，與世隔絕的「**精神**」持續著，一種浮現普世性和人本主義的精神卻深深地和在小說中被直接明白地描述出來的地理區位非常不協調。芬妮擁有曼斯斐爾公園和安蒂瓜農場；法國擁有阿爾及利亞，在這相同的敘述性掌握中，繆索特卻有著令人驚訝地存在的隔離。

卡繆在法國二十世紀去殖民化的陣痛期間所發生的醜陋之殖民動亂中，顯得格外重要。他是一個非常晚期的帝國人物，不只活在帝國的高峰期，且直到今天被視爲是「普世性」的作家，其作品則植根於現在已被遺忘的殖民主義中。他和喬治・歐威爾的回溯性關係更是有趣。像歐威爾一樣，卡繆也因和一九三○和四○年代熱門的議題有所牽連，而成爲知名作家：法西斯主義、西班牙內戰、反抗法西斯侵略、從社會主義論述中來看待貧窮和社會正義的課題、作家與政治之間的關係和知識份子的角色。兩人都以他們的明晰和坦白的風格而著稱——我們應該回想羅蘭・巴特在《寫作的零度》（*Le Degré zéro de lécriture*, 1953）中對卡繆風格的描述，即**平鋪直敘**（écriture blanche）——以及他們的政治公式之不矯揉做作的澄徹性。兩人也同樣在戰後幾年間做了轉型，其結局不甚愉快。簡言之，兩人都在去世後再度引起人們的興趣，因爲他們所寫的敘述故事以現在的觀點來看，似乎涉及到某種情境，如果更密切地審視，將會呈現非常不同的意義。歐威爾對英國社會主義的小說式檢討，在冷戰之論戰場域中，顯示一種先知式的特質（假如你喜歡，會如此認爲；假如不喜歡，則會認爲它顯示某種徵候）。卡繆的反抗和存在式的對決之敘事，過去似乎被認爲是抗拒或反對死亡與納粹主義，現在可以被解讀爲是有關文化和帝國主義的爭論之一部分。

撇開雷蒙．威廉斯對歐威爾的社會觀點提出相當有力的批判，歐威爾通常被左翼和右翼的知識份子所擁護。[192]究竟他是如諾曼．波多瑞茲（Norman Podhoretz）所稱的，領先於他的同時代之一位新保守主義者呢？或是如同克里斯多福．希金斯（Christopher Hitchens）更具說服力的論證，他是一位左派的英雄呢？[193]卡繆似乎較不被利用在今天英美世界關心的議題上，但他在有關恐怖主義和殖民主義的討論上，仍以批評家、政治道德家和令人激賞的小說家被引述。[194]在卡繆和歐威爾之間引人注目的平行是，兩人都在他們個別的文化中變成典範型人物，他們的重要性引申自他們的本土情境中立即可見的勢力，雖然如此，似乎他們也超越了這些勢力，這個重點極完美地在一篇對卡繆的描述中被擊中了。康納．克魯茲．歐布萊恩在他的一本書中，對卡繆有敏銳的去神祕化手筆，在其結尾時即觸及到這點。就許多方面來看，這部著作和雷蒙．威廉斯在《現代大師》（*Modern Masters*）中對歐威爾的研究有異曲同工之妙（歐布萊恩的著作也是爲這同一系列而寫的）。歐布萊恩說：

> 大概與他同時代的歐洲作家中，無人像他一樣，對他自己和下一個世代的想像力，同時也在其道德和政治意識中，留下如此深刻的印記。他是極端歐洲式的，因為他屬於歐洲的邊疆地區，並察覺到一種威脅。這個威脅也在對他揮手。他拒絕之，但也不得不經歷了一場鬥爭。沒有其他作家，甚至康拉德也算在內，更能在與非西方世界產生關係時，成為西方意識和良知的代言人。他的作品之內在戲劇是這種關係的發展，且是在逐步增強的壓力之下，和逐步增長的苦悶當中。[195]

假如他能夠更精確地，甚至更無情地揭發卡繆最著名的小說和阿爾及利亞的殖民情境之間的關聯，歐布萊恩就可讓卡繆脫離困境了。在歐布萊恩的卡繆觀點中，有一細膩的超越之動作，他把卡繆說成屬於「歐洲的邊疆地區」，但凡任何知道有關法國、阿爾及利亞和卡繆的人——歐布萊恩當然知道許多——就不會把這種殖民的聯結歸屬於一種在歐洲及其邊疆地區的關係。相似地，康拉德和卡繆不只是如此相對地無足輕重的事情——所謂「西方意識」——的代言人，甚且還是西方人在非西方世界的「**支配**」之代言人。康拉德在他的論文〈地理和某些探險家〉（Geography and Some Explorers）中以正確無誤的力量創造了此一抽象的論點。他讚許英國人發現了北極，然後以他自己的「軍事地理學」的例子下了結論。他說，經由這個方式，「把我的手指放在那時還是一片空白的非洲心臟地區極中心位置上的一點，我誓言將來有一天，我將會去那裡。」[196]當然，以後他眞的去那裡了，並在《黑暗之心》中恢復了這個手勢。

歐布萊恩和康拉德如此煞費苦心所描述的西方殖民主義，首先是對歐洲疆域「**以外**」地區的滲透，然後「**進入**」另一個地理實體的心臟地區；其次，它是特殊的，不是因爲它是一種反歷史的「在與非西方世界產生關係時……西方意識」（大部分的非洲或印度土著認爲他們身上的重擔與其說和「西方意識」有關，倒不如說是因爲特定之殖民實踐。諸如：奴隸制度、土地徵收、屠殺式的武裝力量），而是因爲一種費盡心力所建構的關係，在其中，法國和英國自稱是「**西方**」，並與在一個非常落後、停滯的「**非西方世界**」之卑屈的、劣等的民族相對而言。[197]

在歐布萊恩也還算是態度強硬、直言不諱的對卡繆的分析中，當他處理卡繆身爲一位藝術家的個人，充滿苦悶的面臨各種困難的抉擇時，省略和壓縮就出現了。根據歐布萊恩的說法，不像沙特和金森(Jeanson)，對他們而言，在阿爾及利亞戰爭中選擇反對法國政策相當容易，然而卡繆在法屬阿爾及利亞出生、長大，在他定居法國之後，他的家庭仍住在那裡，他涉入與「民族解放陣線」(FLN)的鬥爭乃是生死抉擇的大事。當然，人們會很同意歐布萊恩的這種說詞，但更難以接受的一點是，歐布萊恩如何能將卡繆的困境提升到「西方意識」的象徵性位階，一個空無一物的容器，只有導致情感和反思的能力罷了。

歐布萊恩更進一步地將卡繆從他自己給卡繆設下的困窘情境中拯救出來，乃是經由強調卡繆個人經驗的殊勝之處。運用這種策略，我們大概引發某種同情，因爲無論法國殖民者在阿爾及利亞的行爲有多麼充滿不幸的集體本質，沒有理由給卡繆挑上此一重擔；他在阿爾及利亞的整個法國式教育經驗（在赫伯特・洛特曼(Herbert Lottman)的傳記中有極佳描述），⑲⁸沒有妨礙他在大戰之前去寫出一篇有關這塊土地的悲慘狀況之報告，將這些慘況歸因於法國殖民主義。⑲⁹在此我們看到了一個有道德的人，生活在一個不道德的情境。卡繆所關注的焦點是處在某一社會場景中的個體：《異鄉人》是如此，正如《瘟疫》和《墮落》(*La Chute*)也是如此。他禮讚在一個惡劣的情境之中尚能具有自覺、幻滅後的成熟和道德的堅定不移之品格。

但這裡必須提出三個方法論的要點。第一點，是質疑並解構卡繆爲《異鄉人》(1942)、《瘟疫》(*La Peste*, 1947)和他的極爲有趣的一群短篇故事，蒐集在標題爲《放逐與王國》(*L'Exil et le royaume*, 1957)的集子裡，所選擇的地理場景。爲什麼以阿爾及利亞爲場景的敘述，其主要的參考點（就前兩部而言）總是被詮釋爲法國的一般情況，更特定的，納粹佔領期間的法國呢？歐布萊恩比大部分的人做更進一步的推論，強調這個選擇並非無辜的，在其故事中的許多事情（例如：繆索特的審判），要不是對法國統治的潛藏或無意識的自圓其說，就是將之美化的一種意識型態企圖。⑳⁰但試圖在做爲一位個別藝術家的卡繆和阿爾及利亞的法國殖民主義之間建立聯貫性，則我們必須問是否卡繆的敘事本身與早先的更顯然之法國的帝國敘事有關聯，且從中獲益。加寬歷史的角度，從將卡繆看作是一九四〇年代和五〇年代的一個吸引人的孤獨作家出發，然後將法國在阿爾及利亞一個世紀之久的佔領包含進來，恐怕我們可以更了解到的不只是他的敘事之形式和意識型態的涵義，還包括在什麼程度上，他的作品影射、指涉、鞏固且更精確地指陳了當地法國殖民事業的本質。

第二個方法學的要點，是有關此一更寬廣的視域所必須具備的證據類型，和是誰做詮釋的相關問題。一位歷史導向的歐洲批評家，大概會相信卡繆代表了瀕臨於歷史的重大分水嶺之一刻、面對「**歐洲**」的危機所產生的悲劇性地停滯不前的法國意識；雖然卡繆似乎直到一九六〇年（這年他剛好過世了）仍視殖民屯墾爲可以挽回並可繼續延長的，從歷史來看，他完全錯了，既然只在兩年後，法國人已讓出了對阿爾及利亞的所有權及任何主權宣示，就他的作品清楚地提到當代的阿爾及利亞來看，卡繆一般性的關注是法國——阿爾及利亞事務的實際狀況，而不是以他們的長期命運來看他們的劇烈轉變之歷史。除了一些偶然的狀況，他經常無視於或忽略歷史，然而對一位阿爾及利亞人而言，法國人的出現乃涉及一種「**日常的**」權力行使，他就不會忽略歷史了。因而，對一位阿爾及利亞人，一九六二年會更傾向於被看作是歷史上一個漫長不愉快時代的結束，它始於一八三〇年法國人之到達，而一九六二年則爲歷史新紀元昂揚之發軔。因而，詮釋卡繆小說的相關方式是將之視爲法國人在阿爾及利亞所做所爲的歷史過程中介入的事端，內涵努力促使並保持阿爾及利亞為法國的，而不是把它們看作是告訴我們有關其作者之心理狀態的小說。卡繆對阿爾及利亞歷史之結合並對之做某些假設，必須拿來和獨立**之後**阿爾及利亞人所寫的歷史相比較，以便能夠對阿爾及利亞民族主義和法國殖民主義之間的競爭有更充分的體認。正確的是將卡繆的小說視為和法國殖民的冒險事業本身（既然他假定其為不可轉變的），以及對阿爾及利亞獨立的斷然反對兩者有其歷史性的關聯。這個阿爾及利亞的角度可以排除障礙，並解除了被卡繆所隱藏、視為理所當然或否定掉的層面。

最後，鉅細彌遺、耐心、堅持，在處理卡繆非常壓縮式的文本有其基本的方法學價值，這些態度是為了讓讀者將卡繆的小說和寫有關法國的法文小說相串聯，不只因為它們的語言和形式似乎傳承自諸如《阿道爾夫》(*Adolphe*)和《三個故事》(*Trois Contes*)等著名的先例，也是因為他選擇阿爾及利亞這個地點，似乎只是其身旁之迫人道德課題的附屬品而已。幾乎就在它們首次問世之後的半世紀，他的小說因此是被解讀為人類處境的寓言。真的，繆索特殺了一個阿拉伯人，但這個阿拉伯人沒有名字，似乎也沒有歷史，更不用說有父母親了；同樣的，阿拉伯人死於俄蘭城的瘟疫，但他們也沒有名字，這也是千眞萬確的。然而，留克和塔勞卻挺身而出，展開行動了。我們大概會說，應該要閱讀文本本身所展現的豐富內容，而不是去看是否有什麼內容被排除掉了。但我想堅持人們在卡繆的小說，可發現到過去曾被認為已被清理掉的東西——有關開始於一八三○年非常特殊的法國殖民征服，而一直持續到卡繆生存的時代，並投射到其文本之創作中。

這個還原式的詮釋不是要採報復式的態度。我無意在事發之後才來「責備」卡繆在他的小說中隱藏了關於阿爾及利亞的事情，例如：他煞費苦心想要解釋蒐集在《阿爾及利亞編年史》（*Chroniques algériennes*）中的一些文章。我想做的是，將卡繆的小說看做是歷經幾代之後所完成之對阿爾及利亞依一套方法與程序所建構之政治地理的要素之一。最好把它看作是對再現、定居和佔有這個疆域本身的政治與詮釋之競賽，提供一個引人注目的說明——而正是在這個時候，英國人離開印度，卡繆的寫作乃由一種不尋常、的過時的、在某些方面是不適切的殖民之敏感度所展現出來的，並借用一種文學形式來行使一種帝國的態勢，也就是在寫實主義小說的形式之內，而這種形式在歐洲的最偉大成就老早已經成爲過往雲煙了。

對此一主題最著名的篇章是在〈通姦的婦人〉（La Femme adultère）結尾時的一段插曲，我想加以引用。當珍妮這個女主角在阿爾及利亞鄉下一間小旅館裡整晚睡不著時，她離開了她先生的床邊。她的先生先前是一位前途看好的法科學生，然後變成一位旅行銷售商；在一段漫長和令人疲憊的巴士旅途後，這對夫婦抵達了目的地，在此地他和許多他的阿拉伯顧客談了幾個回合。在旅行期間，珍妮一直對土著阿爾及利亞人的沉默消極和不可思議的特質，印象深刻；他們的出現似乎僅只是一個顯著的自然事實，在她處於情緒困擾之際，這些人很少被她所留意到。當她離開旅館及熟睡中的丈夫時，珍妮碰到巡夜者，他以阿拉伯語跟她講話，但她顯然聽不懂阿拉伯語，故事的高潮是她和天空和沙漠的令人著迷的、幾乎是泛神論式的一體感。我想很清楚地，卡繆的意圖是以性的語言來表現女人和地理之間的關係，以做爲當時已幾近終結與她丈夫關係的替代方案，而這個姦情在故事的標題中已提示出來了。

她轉向它們〔飄盪的星辰在空中以**「一種緩步迴旋的方式」**移動著〕，這醒目的穩定行進，一步又一步地貼近她的存有之核心，在其中冷冽與欲望當下正互相競逐著。在她的面前，星辰逐一殞落，在沙漠的岩石間消逝，每一剎那，珍妮向著夜空更加敞開心胸一些。深深地呼吸著，她忘懷了他人的冰涼、死寂般的沈重感，及生命的瘋狂和窒悶、漫長的生與死之苦悶。在這麼許多年的瘋狂、毫無目的地逃避恐懼，最後她來到終點站了。同時，她似乎恢復了她的生命之源，當她緊伸向移動的夜空，靠著欄杆時，空氣在她身上昇起；她現在只等待著讓她悸動的心平靜下來，並使她獲致內在的沉寂。銀河最後幾個星辰簇擁著，墜落在沙漠地平線更低些許之處時，一切變得靜謐。然後，夜晚之露水開始以無可承受的輕柔注入珍妮，淹沒著涼意，逐漸從她存有之隱密的核心深處昇起，甚至於躍起到她嗚咽呢喃的嘴邊。下個瞬間，整個夜空攫住她，落在她平躺於冰涼土地上的背脊。(201)

這裡呈現出一個脫離時間的剎那，在其中，珍妮逃離她的現實生活之卑賤的敘事，然後進入到本書標題所稱的王國；如同卡繆在一個註解提到的，他想要在這個集子裡的下個版本插入這段話，「王國……巧遇某個自由和赤裸的生命，這可以由我們自己來重新尋獲，以便最後能得以重生。」⑳她的過去和現在從她身上剝落，其他存有的眞實性亦然〔le poids des êtres，被賈斯丁・歐布萊恩(Justin O'Brien)極具徵候性地誤譯爲「他人的死寂般的沉重感」〕。在這段文字中，珍妮「最後來到終點站」，靜止不動、豐饒、準備和這片夜空和沙漠合爲一體，在這裡（迴響著卡繆解釋性的註解，被用來對這六篇故事做事後的闡釋）女人——居阿法國人及移殖民——發現了其生命之源。她的眞實認同是或者可能由這段文字後面的部分來判斷，在那個時候，她無疑地是達到了性高潮，卡繆在此說到她「存有之隱密的核心深處」，暗示了她自己矇矓和無知的感受，卡繆亦然。她做爲一位在阿爾及利亞的法國女人之特殊的歷史已無關緊要了，因爲她已達成了一次併發性地和這片特別的土地和夜空直接而立即的親近了。

在《放逐與王國》的每一篇故事（除了一篇例外，即那篇有關巴黎藝術家生活的充滿聒噪和眞情流露的寓言）處理了曾有一段非歐洲歷史經驗的人們之放逐生活（四段故事的場景在阿爾及利亞，一個在巴黎，一個在巴西）。他們的過去都深深地，甚至是壓迫性地令人不愉快，並試圖隨興地達成休憩的瞬間、牧歌般地與世隔絕、詩意地自我實現。只在〈通姦的婦人〉這一篇和那篇巴西場景的故事，透過犧牲和許諾，一位歐洲人才能被土著接納爲其親密的圈子內，以取代成爲一位全然的土著，在此有某種暗示指出卡繆使自己相信歐洲人可以實現與海外疆域持續和滿意的認同。在〈背叛者〉（Le Renégat），一位傳教士被一個流浪在阿爾及利亞南部的部落擄獲，他的舌頭被撕開（一個可怖的情景，和保羅．包利斯（Paul Bowles）的故事《一個遙遠的插曲》（*A Distant Episode*）可相比擬），變成這個部落超級狂熱的愛國主義者，並參加了一次對法國武力的伏擊行動。這好像是說變成土著，只會導致傷殘的結果，產生了一個病態、終致全然不可接受的認同之喪失。

大約與這本相當晚才出版的故事集（*1957*，每篇故事各別的出版先於或緊接在《墮落》一書在一九五六年問世之前後）相隔幾個月之後，卡繆正在寫作《阿爾及利亞編年史》的最後幾段的內容，該書出版於一九五八年。雖然《放逐與王國》中的段落可回溯到更早期的《婚禮》（*Noces*）——這是卡繆少數幾篇具有阿爾及利亞生活氣氛的作品之一——之抒情風格和節制的懷舊之情，但這些故事仍充滿著對滙聚之危機的焦慮感。我們應該謹記在心，阿爾及利亞革命在一九五四年十一月一日正式宣布與發動；法國軍隊對阿爾及利亞平民在色提夫（Setif）的屠殺發生在一九四五年五月，事件發生的前幾年，卡繆正著手《異鄉人》的寫作，這段期間塡滿了許多標誌出阿爾及利亞民族主義對法國之長期而血腥反抗的事件。

儘管當時卡繆是位成長於阿爾及利亞的「法國」青年，根據所有爲他寫傳記之作者的說法，他一直被法阿之間鬥爭的徵兆所環繞，但他似乎對大部分或予以迴避，或是在他晚年，公然將之轉譯成一個獨一無二的法國式意志力對抗土著的穆斯林居民，以爭取阿爾及利亞之語言、想像和地理學的領悟。在一九五七年法蘭科伊斯・密特朗(François Mitterrand)的著作《法國的存在與放棄》(*Presence française et abandon*)說得很露骨：「如果沒有非洲，便不會有二十一世紀的法國歷史。」(203)

將卡繆「**對位式**」地放在他的實際歷史經驗的大部分(與一小部分相對比)情境中，人們必定會警覺到他眞正的法國先輩，以及獨立後阿爾及利亞的小說家、歷史家、社會學家和政治科學家的作品。今天仍持續存在著一個隨時準備做解釋的(和堅持不變的)歐洲中心之傳統，詮釋性地擺平了卡繆(和密特朗)所擺平之有關阿爾及利亞的情形，也擺平了他和他的小說角色所擺平者。在他的生命中之最後幾年，卡繆公然地，且甚強烈地反對民族主義者企盼追求阿爾及利亞獨立的要求，打從他的藝術創作生涯的開始，就以這種相同的方式來再現阿爾及利亞，雖然現在他的話令人沮喪地和官方的英—法蘇彝士運河辯護的調調形成共鳴。他對「**納瑟上校**」和阿拉伯與穆斯林帝國主義的評論和我們的相近，但他對阿爾及利亞之極端不妥協的嚴厲政治聲明文件，看起來就像他先前著作的一個毫不修飾的政治總結：

> 就阿爾及利亞而言，民族獨立只不過是由激情所驅使的一則公式而已。尚不曾有一個阿爾及利亞民族存在。猶太人、土耳其人、希臘人、義大利人或柏柏人都有權利取得這個潛在民族的領導權。事實擺在眼前，阿拉伯人單獨不足以構成阿爾及利亞的整體。特別是，法國屯墾區的規模和持久性足以創造一個史無

前例的問題。阿爾及利亞的法國人也是土著，甚至就這個詞最嚴格的意義亦然。此外，純阿拉伯的阿爾及利亞不可能達成經濟獨立，而沒有經濟獨立，政治獨立只不過是幻覺，無論法國人過去的所做所為有多麼不對，他們對這塊土地所投入的努力之比重，已使今天將沒有其他國家會同意要挑下這個重責大任的。

反諷的是，無論是卡繆在他的小說或敘述性文章中說一個故事，法國在阿爾及利亞的出現被提到的方式，要不是一種超出敘述之外，既不受時間，也不受詮釋所限制的本質（像珍妮），就是唯一值得被敘述「**爲歷史**」的歷史。（皮爾・布迪厄（Pierre Bourdieu）的《阿爾及利亞的社會學》（*Sociologie de l'Algérie*），也同樣出版於一九五八年，在態度和語調上是多麼不同啊！他的分析駁斥了卡繆的枯燥無味之公式，率直地說殖民戰爭乃是**兩個**社會之間衝突的結果。）卡繆的頑固不化，足以解釋被繆索特所殺的阿拉伯人之背景是一片空白且隻字未提；因而，在俄蘭的毀滅之感覺所隱含的意義，主要不是表現阿拉伯人的死亡（儘管就人口統計上來看，這是重要的事件），而是法國人的意識。

因而，確切地說，卡繆的敘述對阿爾及利亞的地理設定了一些嚴格且本體論式的前提。對法國殖民冒險事業在此的擴張稍有粗略認識的任何人來說，必會知道這些前提其實就和一九三八年三月法國部長喬坦普斯（Chautemps）的一次演說所說的：阿拉伯文在阿爾及利亞是「**外國語**」一樣是荒唐胡扯。雖然，卡繆給這些講法一種半清晰易懂和持續之潮流。這些講法在有關阿爾及利亞的殖民寫作之長期傳統中已形成一種慣例，而卡繆繼承且毫不批判地接受它們。但他的讀者和批評家今天已經忘記了或無法體認到這些，大部分的人發覺將他的作品詮釋爲有關於「**人類處境**」是更容易些的。

到底卡繆的讀者和批評家分享了多少有關法國殖民地的許多假設，在由曼紐拉・賽米黛(Manuela Semidei)對從第一次世界大戰直到二次世界大戰結束爲止的階段，法國學校教科書的令人激賞之研究中提出一個卓越的指標。她的發現顯示自第一次世界大戰之後，法國對其殖民角色持續昇高且堅持不放，乃是其成爲「**世界強權**」之歷史的「**光榮插曲**」。其中也包括法國的殖民成就之牧歌式描述、建立了和平和繁榮、開設許多學校和醫院嘉惠了土著等事跡；偶爾也提到使用暴力的手段，但這些乃被法國美好的整體目標：廢除奴隸制度、專制政權，代之以和平和繁榮的光芒所掩蓋。北非的形象卓越地突顯出來，但根據賽米黛的研究，這些教科書從未承認殖民地可以獨立自主；一九三〇年代的民族主義運動是一些「**困境**」，而非嚴肅之挑戰。

賽米黛提到這些兩次大戰之間的學校教科書，偏好將法國優越的殖民統治拿來和英國的相比，暗示法國的治理不像英國那樣，充滿偏見與種族歧視。直到一九三〇年代爲止，這個主題無止境地被重複著，例如：當提到在阿爾及利亞使用暴力時，他們被教導成要以這種方式看問題，因爲土著是「**宗教狂熱及因爲搶掠行爲的吸引力**」，以表現出法國武力必須採行這類不被同意的斷然措施。[205] 現在，無論如何，阿爾及利亞已成爲

「**一個新法國**」了：繁榮，到處都有卓越的學校、醫院和馬路。甚至在獨立之後，法國的殖民歷史基本上也被視爲具有建設性的，爲法國與其原殖民地之間「**友誼**」的聯繫立下根基。

只是因爲在一場競賽中，只有其中一方才和法國觀衆有明顯關涉；或只因爲殖民屯墾和本土反抗之間的完整之動態發展，令人困窘地減損了一個歐洲大傳統的引人入勝之人本主義的關懷，就可以成爲只是沿著這種詮釋的潮流，或是接受這些建構的產物和意識型態的形象，這實在不成理由。就這點我要強調**因爲**卡繆最著名的小說合併、不加變更地擷取，以及在許多方面依賴一個龐大的阿爾及利亞之法國式論述，它屬於法國之帝國態度和地理參考事項的語言，因而他的作品**更爲**有趣，而非更不有趣。他的清晰風格、他以赤裸裸的方式設下的苦悶之道德兩難困境、他的角色之充滿苦惱的個人命運，這一切他都以非常細膩和規律性的反諷手法來處理——所有這一切，勾勒出且事實上再度活現了法國支配阿爾及利亞的歷史，兼具有愼密精確的特質與令人震撼地缺乏憐憫或慈悲。

凡在卡繆的小說中，他以被沙特稱作是提供「**一種荒謬之氣氛**」的超結構覆蓋之處，我們就有必要將其中的地理和政治競賽之間的關係再次正確地重新賦予活力。[206]《異鄉人》和《瘟疫》兩者是有關於阿拉伯人之死亡的小說，死亡強調且悄悄地揭示了法國主角的良知和反省的困境。此外，如此生動地被呈現的市民社會結構——市政府執法機構、醫院、旅館、俱樂部、娛樂場所和學校——是法國式的，雖然它們主要都是執掌非法國人口的事務。在卡繆如何寫作這些題材和法國教科書如何寫之間的符應關係是引人入勝的：小說和短篇故事敘述了對一群被鎮壓、被滅絕的穆斯林人口取得勝利的結果，他們對土地的權利已經嚴厲地被剝奪了。因此，爲肯定並鞏固法國的優越性，卡繆對超過一百年反制阿爾及利亞穆斯林以護衛法國主權的行動，既不爭辯，也無異議。

這場競賽的核心是軍事鬥爭，雙方個別的第一位偉大的主角是希奧多・布鳩德元帥和阿布達爾・卡德統領（Emir Abdel Qader）。前者是一位殘忍且紀律嚴明的軍官，他對阿爾及利亞土著之父權式的嚴厲始於一八三六年，他致力訓誡土著，十年後結束，或者稍晚之後，開始採行滅種屠殺和大規模土地徵收的政策；後者是一位蘇菲神祕修行者及不屈不撓的游擊隊戰士，無休止地重組、改革，再度將他的部隊獻身於反抗一個更強大、更現代化的侵略敵人。研讀這個時期的文獻——無論是布鳩德的信件、演說和報告（在大約與《異鄉人》同時候編纂和出版），或阿布達爾・卡德的蘇菲詩集的最近版本（由米契爾・喬德凱維茨（Michel Chodkiewicz）編輯並翻譯成法文）207，或者是由莫斯塔法・拉契洛夫（Mostafa Lacheraf）這位「民族解放陣線」的資深成員和獨立後時期阿爾及耳大學的教授，從一八三〇年代至四〇年代的法文日誌和信件所重建出來的一幅令人激賞之征服心理學圖像208——就會體認到讓卡繆降低阿拉伯人出現頻率之所以不可避免，有其背後的動力來源。

就布鳩德和他的軍官所宣稱的，法國軍事政策的核心是「**突襲**」（razzia），或對阿爾及利亞人的村莊、家園、收成、婦女和小孩施予懲戒式的襲擊。「阿拉伯人，」布鳩德說，「必須防止他們去播種、收割和牧養羊群。」[209]拉契洛夫提供了由法國的軍官在執勤時一次又一次地記錄下來之充滿詩意興奮的一些樣本，他們最後所感受到的是在此有機會超出所有道德和需求之外，去追求「**殊死戰**」。例如：錢賈尼爾(Changarnier)將軍敘及一次愉快的消遣，慰勞他的軍隊去劫掠和平的村莊；他說這類活動在《聖經》中有教導到，其中約書亞和其他偉大的領袖進行「許多可怕的劫掠」，且被上帝所祝福。破壞、趕盡殺絕、無可妥協之殘暴，所以被原宥，不只因爲上帝予以合法化，還因爲從布鳩德以迄薩蘭(Salan)，不斷地迴響著這樣的說詞：「阿拉伯人只能用蠻力馴服。」[210]

拉契洛夫評論到，在前面幾十年，法國的軍事作爲遠超出了其目標——對阿爾及利亞人反抗的鎮壓——而達到了一個理想的絕對地位。[211]其另一方面就是殖民化，正如布鳩德本人以永不倦怠的狂熱所表現出來的一樣。直到他在阿爾及利亞駐留期間爲止，他時常惱怒於歐洲的平民移民者正在以毫不節制或毫無理由的方式用盡阿爾及利亞的資源，在信中他寫道，將殖民化的任務丟給軍隊，但卻又沒有可用之資源。[212]

正當這些事情發生之際，一個沈默的主題，打從巴爾札克以迄皮西察利和羅逖的法國小說中一再出現，就是這種在阿爾及利亞之濫權，以及被那些毫無顧忌的個人所操弄之靠不住的財務詭計而引發之醜聞。對這些人而言，假如有利可圖、有機可趁的話，這塊土地之門戶開放，幾乎會讓所有可以想到的事情都有人會去做。此一情況難以忘懷的圖像可以在都德的《塔拉斯孔的吹牛漢》(*Tartarin de Tarascon*)和莫泊桑的《俊友》中看到〔兩者在馬丁・勞特菲（Martine Loutfi）敏銳的《殖民主義文學》（*Littérature et colonialisme*）中均有提到〕。[213]

由法國人所加諸在阿爾及利亞的破壞，一方面是有系統的，另一方面，則組成了一個新的法國政權。對這點來講，沒有任何在一八四〇至一八七〇年期間的目擊者會有所懷疑。像托克維爾（Tocqueville），他嚴厲地批評美國對黑人和印地安土著的政策，卻深信歐洲文明的推展必然對穆斯林「**土著**」施予殘暴的行為：就他的觀點，完全征服等同於榮耀法國之偉大。他認爲伊斯蘭等同於「一夫多妻、隔絕女性、缺乏任何政治生活、一個獨裁和無所不在的政府、強迫人們將自己隱藏起來，並在家庭生活中追求所有的滿足。」[214]因爲他認爲土著是遊牧民族，他相信：「所有可以滅絕這些部落的方法應該被運用。我認爲唯一的例外只有在國際法和人道原則禁止的情況之下。」但正如梅爾文・里赫特（Melvin Richter）評論道：「在一八四六年，當幾百個阿拉伯人在『突擊』期間被煙燻窒息而死的事件被揭發出來時，他對過去所贊同之人道原則，」卻沒說半句話。[215]「不幸的必然，」托克維爾認爲，故沒有什麼會像法國政府對「**半文明**」的穆斯林建立「**優良的政府**」之恩惠那樣重要的。

今日頂尖的北非歷史家阿布都拉・拉勞伊（Abdullah Laroui）以爲，法國殖民政策只不過是意圖要毀滅阿爾及利亞政權而已，過去就是如此。顯然，卡繆宣稱阿爾及利亞民族從未存在，先設法國的蹂躪政策已將其紀錄掃除乾淨了。然而，我已說過，後殖民的事件加諸我們一個更長期的敘事，以及更包容性和去神祕化的詮釋。拉勞伊說：

從一八三〇至一八七〇年，阿爾及利亞的歷史由偽裝所組成：殖民者宣稱想要轉化阿爾及利亞人變成像他們一樣，然而實際上，他們的唯一欲望是轉換阿爾及利亞的土地成為法國人的土地；軍隊，理應尊重地方傳統和生活方式，然而在實際上，他們唯一的興趣是以儘可能最少的努力去行使統治；拿破崙三世宣稱他正建立一個阿拉伯王國，其實他的中心想法是法國經濟的「**美國化**」和阿爾及利亞的法國殖民化。㉖

當都德在一八七二年抵達阿爾及利亞時，他的吹牛漢沒有看到什麼許諾予他的「**東方**」之跡象，反而發覺他自己正置身於他的故鄉塔拉斯孔的海外翻版。對西格倫和紀德這樣的作家而言，阿爾及利亞是一個異國情調的區域，在這裡他們自己的精神問題——像珍妮的——可以被提出來，且以精神治療的方式來處理。對土著少有留意，其目的只是例行性地提供短暫的顫慄或練習意志力的機會——不只在《背德者》中的米契爾，也是在馬爾勞的《王道》柬埔寨場景中的主角普庚。法國對阿爾及利亞的再現之差別，不論是由馬列克・阿勞拉如此難忘地加以研究之粗俗的閨房明信片，或由芳妮・柯隆納(Fanny Colonna)和克勞德・布拉希米(Claude Brahimi)所發掘之複雜的人類學建構，㉘或是卡繆的作品所提供之如此重要範例之令人印象深刻地叙述結構，都可以追溯至法國殖民實踐的地理之「致命之手」。

法國論述是多麼深刻地被感受到、持續地被增添、被結合，並被建制化的一個事業，我們可以進一步地在二十世紀初期的地理學和殖民思想的作品中發現到這些。亞伯特・沙勞的《殖民服侍的光榮》(*Grandeur et servitude coloniales*)提到的不只是人類在生物學上的單一性，即「**人類一家**」(la solidarite humaine)，同樣也是一種追求殖民主義的目標。那些無能善用其資源的民族（例如：法國海外疆域的土著），必須被帶回到人類的大家庭來；「對殖民者來說，這裡呈現出佔有行動的正式之對等物，它排除了此一行動之掠奪特質，而使其成爲人類律法之創制。」[219]喬治・哈代古典的《十九、二十世紀的殖民與土地分配》，大膽的論及殖民地同化於法國，「促使人們靈感泉湧，不只導致許多殖民小說的出現，也開放心胸面對道德和精神形式的異質性，鼓勵作家去採用新的心理學探索之模式。」[220]哈代的書在一九三七年出版；他是阿爾及耳學院的院長，也是殖民學校的主任，從他古怪的宣示性語詞來看，他是卡繆直接的先驅。

因此，卡繆的小說和故事非常精確地萃取傳統、諺語和法國佔領阿爾及利亞的推理式策略。他賦予其最優雅的陳述，此一龐大的「**感情結構**」的最終之演化。但思考這個結構，我們必須將卡繆的作品視爲殖民兩難困境在其宗主國的變形：它們代表著爲一群法國讀者所寫的殖民作品，這些讀者的個人歷史無可改變地和這個法國南部省份緊密結合在一起，這部歷史若發生在其他地方，將會是全然不可理解的。然而，和領土緊密結合在一起的典禮——由繆索特在阿爾及耳所開演，由塔勞和留克在俄蘭的城牆內揭開序幕，珍妮則在一個撒哈拉的熬夜期間——反諷地，激起讀者心中的疑問，爲何需要這種肯定。當法國充滿暴力的過去就這樣在無意中被喚回之際，這些典禮於是被透視般地呈現出來，這是生存之極爲壓迫式的祭典，一個無處可去的社區之祭典。

繆索特的困境比其他人更嚴重，因爲即使我們假定這個錯誤地組成之法庭（康納・克魯茲・歐布萊恩說的很對，這是最不可能審判一位殺死阿拉伯人之法國人的地方）繼續存在著，繆索特他自己將會瞭解此一終極性；最後，他同時體驗到解脫和公然蔑視：「我總是對的，我再次是對的，我仍然是對的。我一直像這樣活著，可能也繼續如此。我有做這一件事，而沒有做那一件事。我沒有做那些其他事情。這又怎麼樣呢？這一切好像我一直在等待著此一剎那以及這個破曉時刻，到時候我就會獲得一切證明。」㉑

在此沒有留下任何選擇、沒有選項、沒有人道的替代品。這位殖民者既體現了他的社區所貢獻的眞正人爲努力，也體現了拒絕放棄一個系統性地不正義的政治體系之障礙。繆索特自殺式的坦承所展現之深刻的衝突力量，只可能從那個特定的歷史和特定的社區中出現。在結尾的時候，他接受了他自己的所做所爲，甚且了解爲什麼他的母親閉鎖在一個老人的家裡，最後決定要再婚：「她已重頭再來一次……如此接近死亡，媽必定覺得很自由，且準備要再度重溫每一件事。」㉒我們已經做完我們在此已做過的事情，因此讓我們再來一次。這個悲劇性地不動感情的執拗，轉換成人類追求更新與再生的無懼之能力。卡繆的讀者則將一個解放的存有之人性，以鹵直的斯多噶主義去面對宇宙之漠視和人類的殘酷之普遍性，轉嫁到卡繆的《異鄉人》。

重新將《異鄉人》置於其敘述的軌道所出現之地理脈絡，乃是將其視爲歷史經驗提昇之形式來詮釋。像歐威爾的作品和他在英國之地位，卡繆的平實風格和對社會情境不加修飾的報告穩固地隱藏了複雜的矛盾，不可能經由說說而已就可解決之矛盾，正如批評家所言，他忠於法屬阿爾及利亞的感情變成人類處境的寓言，這是他的社會和文學聲望所賴以存續的。然而，因爲總是有一個更困難及更具挑戰性的替代方案，首先下判決，然後拒絕掉法國對領土奪取與政治主權，並加以制止，如同一個慈悲的、相互了解的阿爾及利亞民族主義所做的，卡繆的局限性似乎不可接受地令人癱瘓。與這個時期的去殖民化文學加以對比，無論是法國式的或阿拉伯式的——傑曼恩・提良（Germaine Tillion）、卡提巴・雅辛（Kateb Yacine）、法農或吉奈——卡繆的敘事有一種否定的生動性。其中，殖民成就內含之人類悲劇式的嚴肅性在面臨毀滅之前，已完成其最後偉大之釐清工作了。它們表現出一種荒蕪和憂傷，這是我們仍然尚未完全了解或從中復原過來的。

8 對現代主義的註腳
A Note on Modernism

沒有任何觀點可以比社會系統本身更能對其領域實行全盤之霸權。研究那些和歐洲與美國帝國之全球事業愉快地共處，或給予支持的文化文本時，並不是對它們採集體控訴，或認定因爲它們以複雜方式成爲帝國主義事業的一部分，故其做爲藝術作品的興趣就因此減少了。這裡我說「絕大部分」對海外支配採不反對或不抵制的態度，而不是「完全」不反對。我們必然會對下列情形印象深刻：直到十九世紀結束爲止，例如歐洲的殖民遊說，不論是由陰謀集團或由大衆所支持者，都可能迫使國家投入更多的土地掠奪行動，使更多土著被迫投入帝國的勞務，而在國內很少有人出面停止或制止此一過程。然而，無論多麼無效，總是會有反抗的。帝國主義不只是一種支配關係，也是一種特定之擴張意識型態的投注心力；正該歸功於西萊，他承認擴張不只是一種癖好，「它是現代英國歷史自明的偉大事實。」㉓美國的馬漢司令和法國的拉羅伊—比留有類似的宣稱。在歐洲和美國，這個便足夠去推展相關的任務了。

一旦歐洲和西方掌控非西方世界的基本事實被認定就是事實，情勢就不可避免地變得相當複雜了，我要補充一點的是，如此則敵對的文化討論會開始引人注意地更頻繁出現。這並未立即擾亂了主權永恆性和不可改變的呈現之感覺，但在西方社會，這導致一種極爲重要的文化實踐模式，對在殖民地的反帝國主義反抗之發展，扮演一個重要角色。

亞伯特・赫須曼（Albert O. Hirschman）的《情感和利益》（*The Passions and the Interests*）之讀者會記得他描述伴隨著歐洲經濟擴張的知性爭辯，它從此一論題開展出來：人類「情感」應該讓路給「利益」做爲統治世界的方法，然後其論點鞏固起來。當此一論點取得優勢，直到十八世紀末期，它變成是浪漫主義者抓住機會攻擊的目標，他們從中看到了在一個利益中心的世界，人們繼承自先前世代之單調、無趣和自私情境的一個象徵。(224)

讓我們擴大赫須曼的方法至帝國主義的問題。直到十九世紀末期，英國之帝國獨步全球，而擁護帝國之文化論證正在取得勝利。帝國終究是一眞實事物，如同西萊告訴其讀者，「在歐洲，我們……相當同意眞理的寶藏型塑了西方文明的核心，它是無可比擬地，不只是比與它競爭的波羅門神祕主義更貨眞價實，甚至也比羅馬時代的啓蒙更貨眞價實，而此一古老帝國已轉變成歐洲諸民族。」(225)

在這個相當具有信心的論點之核心，有兩個稍微違反常軌的現實，西萊將之靈巧地結合起來，但仍然加以免除掉：一爲競爭之土著（婆羅門神祕主義本身），其次是其他帝國之存在，過去的和現在的。在這兩個例子中，西萊暗示性地記下了帝國主義勝利的弔詭結果，然後跳到其他主題。因爲若是帝國主義像利益之教條一般，已變成歐洲的泛世界使命的政治理念中不易之規範，然後，反諷地，他的反對者之魅力、它的被臣服階級的不可轉變性、抗拒它的不可抗拒之影響力，必須被釐淸且要加以強調。西萊以一位現實主義者的身分來處理這些問題，而非一位詩人的身分。後者或許想讓其中之一表現的高貴或浪漫，或許便使另一方成爲一位卑鄙和不道德的競爭者。西萊也沒有企圖用霍布森（他的帝國主義之著作正是不滿的反對者）的方式，提出一個修正主義式的說明。

讓我現在唐突地跳回到在本章中我相當關注的寫實主義小說。直到十九世紀末期，其中心主題是除魅，或盧卡奇所稱之反諷式幻滅。悲劇式地，或有時候有點喜劇式地，受挫的主角是突兀地，且經常是粗暴地被小說的行動導致在他們幻覺般的期望和社會現實之間的落差所驚醒，哈代的玖德、喬治・伊利奧特的桃樂西亞、福樓拜的佛烈德力克、左拉的娜娜、巴特勒的恩斯特、詹姆士的伊莎貝爾、吉辛的里爾登、梅瑞狄斯的費佛羅——這個名單甚長。這個充滿失落和無能爲力的叙事逐漸被一個替代項所揷入——不只是坦率的異國情調和充滿信心的帝國之小說，還有旅行記述、殖民發現和學術的作品、回憶錄、個人經驗和專業報告均有。在李文史東醫師的個人叙事和賀迦的《她》(*She*)、吉卜齡的印度政府、羅逖的《一位北非騎兵的小說故事》(*Le Roman d'un Saphi*)和朱利斯・沃恩(Jules Verne)冒險故事的一大部分，我們都體會到一種新的叙事發展，並意氣風發。幾乎毫無例外，這些都是叙事作品，更明白地說，像這種作品有好幾百部，都是根據在殖民世界中冒險的興奮和興趣所寫的，對帝國的事業一點也不存有懷疑，並用來肯定和禮讚其成就。探險家找到他們所尋找者，冒險家安然返家並致富，甚至歷經磨難的金姆也被徵召加入「**大遊戲**」的行列。

與此種樂觀主義、肯定和沈靜的信心相對立，康拉德的敘事——我經常提到他的作品，因爲他比任何其他人更能處理帝國細膩的文化增強與宣示——幅射出一個極端不安的焦慮：他們之回應帝國的勝利之方式，正如赫須曼所說的浪漫主義者回應一個以利益爲中心觀點之世界的勝利所採取之方式。康拉德的故事和小說就某一方面，再生產了帝國主義事業全盛期的攻擊性之輪廓，但另一方面也感染了極輕易就可察覺到的後寫實主義之現代主義敏感性的反諷性認知。康拉德、佛斯特、馬爾勞和勞倫斯從帝國主義凱旋式的經驗擷取敘述題材，並將之轉換成自我意識，不連續性、自我指涉和侵蝕性的反諷之極致，這些作品形式上的模式，我們已視其爲現代主義文化的標記了，此一文化仍然包括了喬埃斯、艾略特、普魯斯特、湯瑪斯・曼（Thomas Mann）和葉慈的主要作品。我想特別指出，現代主義文化的許多最突出的特質，我們一直以爲純粹來自於西方社會和文化的內在動態性，實際上要包括對來自「帝國領域」的文化之外在壓力的一個回應。當然，這就康拉德的全部「創作」而言是眞的，同樣對佛斯特、勞倫斯、馬爾勞的創作也是眞的；從不同的方式來看，帝國對一種愛爾蘭敏感性的衝擊，也深印於葉慈和喬埃斯的作品，對美國僑居海外的作家的衝擊也可見諸於艾略特和龐德的作品。

在湯瑪斯・曼的有關於創造力和疾病之間的結合之偉大寓言中——《魂斷威尼斯》（*Death in Venice*）——傳染歐洲的瘟疫根源於亞洲；恐懼與許諾、墮落和慾望的結合，被艾森巴哈的心理學如此有效地表現出來。我相信這是湯瑪斯・曼點出歐洲之藝術心靈和文明遺跡不再是無懈可擊、不再能夠忽略其與海外領土之聯繫的一個呈現方式。相似地，喬埃斯筆下的愛爾蘭民族主義者和知識份子史蒂芬・狄達勒斯，反諷地不是被其愛爾蘭天主教的同胞，而是被一位流浪的猶太人里帕德・布魯姆所護衛，他的異國風格和四海一家的技巧降低了狄達勒斯叛逆的病態式莊嚴。像普魯斯特小說的有趣倒轉，布魯姆在歐洲展示了一個新的風貌：一個相當引人入勝的風貌，被用毫無疑問地取材自海外發現、征服和觀點的異國年鑑之術語所描繪。只有在此刻，他們才已經不是「**在那裡**」(out there)，而是「**在這裡**」(here)了，並和這種《春之祭禮》(*Sacre du printemps*)的原始韻律或畢卡索藝術作品中的非洲聖像一般令人困擾了。

現代主義文化中形式上的脫節和移置，及其最震撼人心之到處瀰漫的反諷手法，正是被西萊所提到的，由帝國主義所導致的兩個惱人的因素所影響：競爭的土著和其他帝國存在的事實。伴隨著「**老人們**」破壞並劫奪了他的偉大冒險，在勞倫斯《智慧的七大支柱》中的阿拉伯人促使他承認憂傷和不滿，正如帝國之法國和土耳其也是一樣。在《印度之旅》中，佛斯特的偉大成就，是以令人激賞的精確（或不悅）來呈現當代印度的神祕主義和民族主義的道德戲劇——果德波和阿濟茲——如何揭開序幕，且是以更古老的大英帝國和蒙兀兒帝國的衝突爲背景。在羅逖的《冰島漁夫》(*L'Inde, sans les Anglais*)中，我們讀到取材自一次航向印度的旅程之旅行記敘，在其中對統治的英國人審愼地、甚至是惡意地一字不提，226 好像要強調「**只有**」看到土著，然而，當然印度全是英國（顯然不是法國）的領地。

我進一步強調，當歐洲文化最後開始對帝國之「**幻覺和發現**」提出適當的考量——這裡採用班尼塔・帕里（Benita Parry）對英國——印度之文化遭遇的美妙語詞[227]——它如此做不是對立地，而是反諷性地以一種孤注一擲的企圖想達成一個新的包容性。這就好像持續幾個世紀以來，人們總認爲帝國是一個國家使命的事實，要不是被視爲理所當然，就是被稱頌、強化並增值，現在支配性的歐洲文化之成員開始以驚訝者的懷疑態度和混淆方式來看海外之地，恐怕甚至被他們所看到的震撼著。文化的文本從外國輸入歐洲，以非常清楚地包容帝國事業的標記方式呈現出來，有探險家和民族誌學家的、有地質學家和地理學家的，也有商人和士兵的。首先，他們激發了歐洲讀者的興趣；直到二十世紀之始，它們被用來傳達歐洲是多麼脆弱的一種反諷的感受，以及——用康拉德偉大的名言來說——「這裡也一直是地球上黑暗之地的一隅。」

爲了處理這個情況，一種新的百科全書式的形式變得必要，且有三個不同的特質。第一，一種結構的周遍性，同時是無所不包且開放式的：《尤利西斯》（*Ulysses*）、《黑暗之心》、《追憶逝水年華》（*A la recherche*）、《荒原》（*The Waste Land*）、《頌歌》（*Cantos*）、《前往燈塔》（*To the Lighthouse*）。第二，一種幾乎完全建基於許多老舊的，甚至是過時的片斷之重新公式化所形成的虛構性，這些片斷乃具有自我意識地取材自各別的地點、材料和文化：現代主義形式的標誌是喜劇和悲劇、高昂和低沉、平常性和異國風，熟悉和疏離之間的古怪並置，其最精妙絕倫的解決方案便是喬埃斯混合了《奧德賽》

（*Odyssey*）和流浪的猶太人、廣告活動和維吉爾〔Virgil或但丁〕、完美的對稱和推銷員的目錄。第三，一種形式上的反諷著意於將其本身視爲替代性的藝術與創作，以便取代過去曾有可能實現之世界帝國的綜合體。當你不再可能假設大英帝國將可永遠統治四海，你必須重新思索著，將現實世界視爲可以由你這位藝術家以歷史而非地理的方式重新匯聚起來的事物。空間性，反諷地變成一種美學的，而非政治支配的特質，此時正當更多更多的地區——從印度、非洲、而至加勒比海——挑戰了古典帝國與他們的文化。

註釋：

① Richard Slotkin, *Regeneration Through Violence: The Mythology of the American Frontier, 1600–1860* (Middletown: Weslyan University Press, 1973)；Patricia Nelson Limerick, *The Legacy of Conquest: The Unbroken Past of the American West* (New York: Norton, 1988)；Michael Paul Rogin, *Fathers and Children: Andrew Jackson and the Subjugation of the American Indian* (New York: Knopf, 1975).

② Bruce Robbins, *The Servant's Hand: English Fiction from Below* (New York: Columbia University Press, 1986).

③ Gareth Stedman Jones, *Outcast London: A Study in the Relationship Between the Classes in Victorian Society* (1971; rprt. New York: Pantheon, 1984).

④ Eric Wolf, *Europe and the People Without History* (Berkeley: University of California Press, 1982).

⑤ Martin Green, *Dreams of Adventure, Deeds of Empire* (New York: Basic Books, 1979); Molly Mahood, *The Colonial Encounter: A Reading of Six Novels* (London: Rex Collings, 1977); John A. McClure, *Kipling and Conrad: The Colonial Fiction* (Cambridge, Mass.: Harvard University Press, 1981); Patrick Brantlinger, *The Rule of Darkness: British Literature and Imperialism, 1830–1914* (Ithaca: Cornell University Press, 1988).也參見John Barrell, *The Infection of Thomas de Quincey: A Psychopathology of Imperialism* (New Haven: Yale University Press, 1991).

⑥ William Appleman Williams, *Empire as a Way of Life* (New York and Oxford: Oxford University Press, 1980), pp. 112–13.

⑦ Jonah Raskin, *The Mythology of Imperialism* (New York: Random House, 1971); Gordon K. Lewis, *Slavery, Imperialism, and Freedom: Studies in English Radical Thought* (New York: Monthly Review, 1978); V. G. Kiernan, *The Lords of Human Kind: Black Man, Yellow Man, and White Man in an Age of Empire* (1969; rprt. New York: Columbia University Press, 1986和*Marxism and Imperialism* (New York: St. Martin's Press, 1974)。一部更晚近的作品是Eric Cheyfitz, *The Poetics of Imperialism: Translation and Colonization from* The Tempest *to* Tarzan (New York: Oxford University Press, 1991). Benita Parry, *Conrad and Imperialism* (London: Macmillan, 1983), 令人信服地論及由康拉德小說所提供脈絡的這些作品。

⑧ E. M. Forster, *Howards End* (New York: Knopf, 1921), p. 204.

⑨ Raymond Williams, *Politics and Letters: Interviews with New Left Review* (London: New Left, 1979), p. 118.

⑩ 威廉斯的《文化與社會，一七八〇～一九五〇》(*Culture and Society,* 1780–1950)出版於一九五八年

(London：Chatto & Windus).

⑪ Joseph Conrad, "Heart of Darkness,"收錄於 *Youth and Two Other Stories* (Garden City：Doubleday, Page, 1925), pp. 50–51。對現代文化的救贖之間的關聯之去神祕化的說明，參見 Leo Bersani, *The Culture of Redemption* (Cambridge, Mass.：Harvard University Press, 1990).

⑫ 帝國風格的理論和正當化——古代對現代、英國對法國等等——在一八八〇年之後大量出籠。一個著名之案例，參見 Evelyn Baring (Cromer), *Ancient and Modern Imperialism* (London：Murray, 1910)，也參見 C. A. Bodelsen, *Studies in Mid-Victorian Imperialism* (New York：Howard Fertig, 1968)和 Richard Faber, *The Vision and the Need：Late Victorian Imperialist Aims* (London：Faber & Faber, 1966)。一部早期但仍可用的著作是 Klaus Knorr, *British Colonial Theories* (Toronto：University of Toronto Press, 1944).

⑬ Ian Watt, *The Rise of the Novel* (Berkeley：University of California Press, 1957)；Lennard Davis, *Factual Fictions：The Origins of the English Novel* (New York：Columbia University Press, 1983)；John Richetti, *Popular Fiction Before Richardson* (London：Oxford University Press, 1969)；Michael McKeon, *The Origin of the English Novel, 1600–1740* (Baltimore：Johns Hopkins University Press, 1987).

⑭ J. R. Seeley, *The Expansion of England* (1884；rprt. Chicago：University of Chicago Press, 1971), p. 12；J. A. Hobson, *Imperialism：A Study* (1902；rprt. Ann Arbor：University of Michigan Press, 1972), p. 15。雖然霍布森隱含其他歐洲列強乃帝國主義之濫用，英國特別突顯。

⑮ Raymond Williams, *The Country and the City* (New York：Oxford University Press, 1973), pp. 165–82 and *passim.*

⑯ D. C. M. Platt, *Finance, Trade and Politics in British Foreign Policy, 1815–1914* (Oxford：Clarendon Press, 1968), p.

536.

⑰ 前揭書 p. 357.

⑱ Joseph Schumpeter, *Imperialism and Social Classes,* trans. Heinz Norden (New York: Augustus M. Kelley, 1951), p. 12.

⑲ Platt, *Finance, Trade and Politics,* p. 359.

⑳ Ronald Robinson and John Gallagher, with Alice Denny, *Africa and the Victorians: The Official Mind of Imperialism* (1961; new ed. London: Macmillan, 1981), p. 10。但要想對此一主題之學術上關於帝國的討論有何效果而獲得一生動的了解，參見 William Roger Louis, ed., *Imperialism: The Robinson and Gallagher Controversy* (New York: Franklin Watts, 1976)。對此研究領域整體的一個基本之輯錄是 Robin Winks, ed., *The Historiography of the British Empire-Commonwealth: Trends, Interpretations, and Resources* (Durham: Duke University Press, 1966)。 Winks所提到的兩個合集是 *Historians of India Pakistan and Ceylon,* ed. Cyril H. Philips, 和 *Historians of South East Asia,* ed. D. G. E. Hall。

㉑ Fredric Jameson, *The Political Unconscious: Narrative as a Socially Symbolic Act* (Ithaca: Cornell University Press, 1981); David A. Miller, *The Novel and the Police* (Berkeley: University of California Press, 1988)。也參見 Hugh Ridley, *Images of Imperial Rule* (London: Croom Helm, 1983).

㉒ 在 John MacKenzie, *Propaganda and Empire: The Manipulation of British Public Opinion, 1880-1960* (Manchester: Manchester University Press, 1984)對於帝國的官方時代，大眾文化如何產生效果有一卓越的說明。也參見 MacKenzie, ed., *Imperialism and Popular Culture* (Manchester: Manchester University Press,

1986)；在同一時期，對英國民族認同的更細膩之操弄，參見 Robert Colls and Philip Dodd, eds., *Englishness: Politics and Culture, 1880–1920* (London: Croom Helm, 1987).也參見 Raphael Samuel, ed., *Patriotism: The Making and Unmaking of British National Identity,* 3 vols. (London: Routledge, 1989).

㉓ E. M. Forster, *A Passage to India* (1924; rprt. New. York: Harcourt, Brace & World, 1952), p. 231.

㉔ 對康拉德之抨擊，參見 Chinua Achebe, "An Image of Africa: Racism in Conrad's *Heart of Darkness,*收錄於 *Hopes and Impediments: Selected Essays* (New York: Doubleday, Anchor, 1989), pp. 1–20。由阿契比所提出的某些議題被 Brantlinger, *Rule of Darkness,* pp. 269–74充分討論。

㉕ Deirdre David, *Fictions of Resolution in Three Victorian Novels* (New York: Columbia University Press, 1981).

㉖ Georg Lukacs, *The Historical Novel,* trans. Hannah and Stanley Mitchell (London: Merlin Press, 1962), pp. 19–88.

㉗ 前揭書 pp. 30–63.

㉘ 羅斯金的幾段話在 R. Koebner and H. Schmidt, *Imperialism: The Story and Significance of a Political World, 1840–1866* (Cambridge: Cambridge University Press, 1964), p. 99被引用和討論。

㉙ V. G. Kiernan, *Marxism and Imperialism* (New York: St. Martin's Press, 1974), p. 100.

㉚ John Stuart Mill, *Disquisitions and Discussions,* Vol. 3 (London: Longmans, Green, Reader & Dyer, 1875), pp. 167–68對這點的一個更早期之觀點，可參見 Nicholas Canny, "The Ideology of English Colonization: From Ireland to America," *William and Mary Quarterly 30* (1973), 575–98所做的討論。

㉛ Williams, *Country and the City,* p. 281.

㉜ Peter Hulme, *Colonial Encounters: Europe and the Native Caribbean, 1492–1797* (London: Methuen, 1986)。也

參見他和 Neil L. Whitehead, *Wild Majesty: Encounters With Caribs from Columbus to the Present Day* (Oxford: Clarendon Press, 1992)合編的文選。

㉝ Hobson, *Imperialism,* p. 6

㉞ 就這點，最令人難忘的討論乃 C. L. R. James's *The Black Jacobins: Toussaint L'Ouverture and the San Domingo Revolution* (1938; rprt. New York: Vintage, 1963)，特別是第11章"The Owners."也參見 Robin Blackburn *The Overthrow of Colonial Slavery, 1776-1848* (London: Verso, 1988), pp. 149-53.

㉟ Williams, *Country and the City,* p. 117.

㊱ Jane Austen, *Mansfield Park,* ed. Tony Tanner (1814; rprt. Harmondsworth: Penguin, 1966), p. 42。這部小說最佳詮釋乃 Tony Tanner's *Jane Austen* (Cambridge, Mass.: Harvard University Press, 1986).

㊲ 前揭書 p. 54.

㊳ 前揭書 p. 206.

㊴ Warren Roberts, *Jane Austen and the French Revolution* (London: Macmillan, 1979), pp. 97-98。也參見 Avrom Fleishman, *A Reading of* Mansfield Park: *An Essay in Critical Synthesis* (Minneapolis: University of Minnesota Press, 1967), pp. 36-39 and *passim.*

㊵ Austen, *Mansfield Park,* pp. 375-76.

㊶ John Stuart Mill, *Principles of Political Economy,* Vol. 3, ed. J. M. Robson (Toronto: University of Toronto Press, 1965), p. 693。這段文字乃引用自 Sidney W. Mintz, *Sweetness and Power: The Place of Sugar in Modern History* (New York: Viking, 1985), p. 42.

㊷ Austen, *Mansfield Park*, p. 446.

㊸ 前揭書 p. 448.

㊹ 前揭書 p. 450.

㊺ 前揭書 p. 456.

㊻ John Gallagher, *The Decline, Revival and Fall of the British Empire* (Cambridge：Cambridge University Press, 1982), p. 76.

㊼ Austen, *Mansfield Park*, p. 308.

㊽ Lowell Joseph Ragatz, *The Fall of the Planter Class in the British Caribbean, 1783-1833：A Study in Social and Economic History* (1928；rprt. New York：Octagon, 1963), p. 27.

㊾ Eric Williams, *Capitalism and Slavery* (New York：Russell & Russell, 1961), p. 211。也參見他的 *From Columbus to Castro：The History of the Caribbean, 1492-1969* (London：Deutsch, 1970), pp. 177-254.

㊿ Austen, *Mansfield Park*, p. 213.

51 Tzvetan Todorov, *Nous et les autres：La réflexion sur la diversité humaine* (Paris：Seuil, 1989).

52 Raoul Girardet, *L'Idée coloniale en France, 1871-1962* (Paris：La Table Ronde, 1972), pp. 7, 10-13.

53 Basil Davidson, *The African Past：Chronicles from Antiquity to Modern Times* (London：Longmans, 1964), pp. 36-37。也參見 Philip D. Curtin, *Image of Africa：British Ideas and Action, 1780-1850*, 2 vols. (Madison：University of Wisconsin Press, 1964)；Bernard Smith, *European Vision and the South Pacific* (New Haven：Yale University Press, 1985).

(54) Stephen Jay Gould, *The Mismeasure of Man* (New York: Norton, 1981); *Nancy Stepan, The Idea of Race in Science: Great Britain, 1800–1960* (London: Macmillan, 1982).

(55) 早期人類學的這些趨勢之徹底的說明，參見 George W. Stocking, *Victorian Anthropology* (New York: Free Press, 1987).

(56) 節錄於 Philip D. Curtin, *Imperialism* (New York: Walker, 1971), pp. 158–59.

(57) John Ruskin, "Inaugural Lecture" (1870)，收錄於 *The Works of John Ruskin,* Vol. 20, ed. E. T. Cook and Alexander Weddenburn (London: George Allen, 1905), p. 41, n.2.

(58) 前揭書， pp. 41–43.

(59) V. G. Kiernan, "Tennyson, King Arthur and Imperialism,"收錄於他的 *Poets, Politics and the People,* ed. Harvey J. Kaye (London: Verso, 1989),p. 134

(60) 在西方和非西方之間的階層關係歷史中的一個主要插曲之討論，參見 E. W. Said, *Orientalism* (New York: Pantheon, 1978), pp. 48–92, and *Passim.*

(61) Hobson, *Imperialism,* pp. 199–200.

(62) 引自 Hubert Deschamps, *Les Méthodes et les doctrines coloniales de la France du XVIe siécle à nos jours*(Paris: Armand Colin, 1953), pp. 126–27.

(63) 參見 Anna Davin, "Imperialism and Motherhood,"收錄於 Samuel, ed., *Patriotism,* Vol. 1, pp. 203–35.

(64) Michael Rosenthal, *The Character Factory: Baden–Powell's Boy Scouts and the Imperatives of Empire* (New York: Pantheon, 1986)，特別是 pp. 131–60。也參見 H. John Field, *Toward a Programme of Imperial Life: The British*

Empire at the Turn of the Century (Westport: Greenwood Press, 1982).

(65) Johannes Fabian, *Time and the Other: How Anthropology Makes Its Object* (New York: Columbia University Press, 1983), pp. 25–69.

(66) 參見 Marianna Torgovnick, *Gone Primitive: Savage Intellects, Modern Lives* (Chicago: University of Chicago Press, 1990),和對分類、典則、蒐集和展示之研究，James Clifford, *The Predicament of Culture: Twentieth Century Ethnography, Literature, and Art* (Cambridge, Mass.: Harvard University Press, 1988)還有 Street, Savage in Literature, 和 *Roy Harvey Pearce, Savagism and Civilization: A Study of the Indian and the Anerican Mind* (1953; rev. ed. Berkeley: University of California Press, 1988).

(67) K. M. Panikkar, *Asia and Western Dominance* (1959; rprt. New York: Macmillan, 1969),和 Michael Adas, *Macbines as the Measure of Men: Science, Technology, and Ideologies of Western Dominance* (Ithaca: Cornell University Press, 1989).此外有趣的尚有 Daniel R. Headrick, *The Tools of Empire: Technology and European Imperialism in the Nineteenth Century* (New York: Oxford University Press, 1981).

(68) Henri Brunschwig, *French Colonialism, 1871–1914: Myths and Realities*, trans. W. G. Brown (New York: Praeger, 1964), pp. 9–10.

(69) 參見 Brantlinger, *Rule of Darkness*; *Suvendrini Perera, Reaches of Empire*: *The English Novel from Edgeworth to Dickens* (New York: Columbia University Press, 1991); Christopher Miller, *Blank Darkness: Africanist Discourse in Frcnch* (Chicago: University of Chicago Press, 1985).

(70) 引自 Gauri Viswanathan, *The Masks of Conquest: Literary Study and British Rule in India* (New York: Columbia

University Press, 1989), p. 132.

⑦① Alfred Crosby, *Ecological Imperialism: The Biological Expansion of Europe, 900–1900* (Cambridge: Cambridge University Press, 1986).

⑦② Guy de Maupassant, *Bel-Ami* (1885);喬治·杜洛伊是一位騎兵，在阿爾及利亞服役，並在巴黎以新聞記者爲業，在某些支助下，寫些有關阿爾及利亞之生活。後來他在參與坦吉爾斯征服時，介入財務醜聞中。

⑦③ Johannes Fabian, *Language and Colonial Power: The Appropriation of Swahili in the Former Belgian Congo, 1880–1938* (Cambridge: Cambridge University Press, 1986); Ranajit Guha, *A Rule of Property for Bengal: An Essay on the Idea of Permanent Settlement* (Paris and The Hague: Mouton, 1963); Bernard S. Cohn, "Representing Authority in Victorian India,"收錄於 Eric Hobsbawm and Terence Ranger, eds., *The Invention of Tradition* (Cambridge: Cambridge University Press, 1983), pp. 185–207，以及他的 *An Anthropologist Among the Historians and Other Essarys* (Delhi: Oxford University Press, 1990)兩部相關作品爲 Richard G. Fox, *Lions of the Punjab: Culture in the Making* (Berkeley: University of California Press, 1985)，和 Douglas E. Haynes, *Rhetoric and Ritual in Colonial India: The Shaping of Public Culture in Surat City, 1852–1928* (Berkeley: University of California Press, 1991).

⑦④ Fabian, *Language and Colonial Power,* p. 79.

⑦⑤ Ronald Inden, *Imagining India* (London: Blackwell, 1990).

⑦⑥ Timothy Mitchell, *Colonising Egypt* (Cambridge: Cambridge University Press, 1988).

⑦⑦ Leila Kinney and Zeynep Çelik, "Ethnography and Exhibitionism at the Expositions Universelles," *Assemblages 13*

(December 1990), 35–59.

(78) T. J. Clark, *The Painting of Modern Life: Paris in the Art of Manet and His Followers* (New York: Knopf, 1984), pp. 133–46; Malek Alloula, *The Colonial Harem*, trans. Myrna and Wlad Godzich (Minneapolis: University of Minnesota Press, 1986);也參見 Sarah Graham-Brown, *Images of Women: The Portrayal of Women in Photography of the Middle East, 1860–1950* (New York: Columbia University Press, 1988).

(79) 例如：參見 Zeynep Çelik, *Displaying the Orient: Architecture of Islam at Nineteenth Century World's Fairs* (Berkeley: University of California Press, 1992)，和 Robert W. Rydell, *All the World's a Fair: Visions of Empire at American International Expositions, 1876–1916* (Chicago: University of Chicago Press, 1984).

(80) Herbert Lindenberger, *Opera: The Extravagant Art* (Ithaca: Cornell University Press, 1984), pp. 270–80.

(81) Antoine Goléa, *Gespräche mit Wieland Wagner* (Salzburg: SN Verlag, 1967), p. 58.

(82) *Opera* 13, No.1 (January 1962), 33。也參見 Geoffrey Skelton, *Wieland Wagner: The Positive Sceptic* (New York: St. Martin's Press, 1971), pp. 159 ff.

(83) Joseph Kerman, *Opera as Drama* (New York: Knopf, 1956), p. 160.

(84) Paul Robinson, *Opera and Ideas: From Mozart to Strauss* (New York: Harper & Row, 1985), p. 163.

(85) 前揭書 p. 164.

(86) *Verdi's "Aida": The History of an Opera in Letters and Documents*, trans. and collected by Hans Busch (Minneapolis: University of Minnesota Press, 1978), p. 3.

(87) 前揭書 pp. 4,5.

(88) 前揭書 p. 126.

(89) 前揭書 p. 150.

(90) 前揭書 p. 17.

(91) 前揭書 p. 50。也參見 Philip Gossett, "Verdi, Ghizlanzoni, and *Aida*: The Uses of Convention," *Critical Inquiry* 1, No.1 (1974), 291-334.

(92) Verdi's "*Aida*," p. 153.

(93) 前揭書 p. 212.

(94) 前揭書 p. 183.

(95) Stephen Bann, *The Clothing of Clio* (Cambridge: Cambridge University Press, 1984), pp. 93-111.

(96) Raymond Schwab, *The Oriental Renaissance*, trans. Gene Patterson-Black and Victor Reinking (New York: Columbia University Press, 1984), p. 86。也參見 E. W. Said, *Orientalism*, pp. 80-88.

(97) Martin Bernal, *Black Athena: The Afroasiatic Roots of Classical Civilization*, Vol.1 (New Brunswick: Rutgers University Press, 1987), pp. 161-88.

(98) Schwab, *Oriental Renaissance*, p. 25.

(99) Jean Humbert, "A propos de l'egyptomanie dans l'oeuvre de Verdi: Attribution à Auguste Mariette d'un scénario anonyme de l'opéra *Aida*," *Revue de Musicologie* 62, No. 2 (1976), 229-55.

(100) Kinney and Çelik, "Ethnography and Exhibitionism," p. 36.

(101) Brian Fagan, *The Rape of the Nile* (New York: Scribner's, 1975), p. 278.

⑩② 前揭書 p. 276.

⑩③ Kinney and Çelik, "Ethnography and Exhibitionism," p. 36.

⑩④ *Verdi's "Aida,"* p. 444.

⑩⑤ 前揭書 p. 186.

⑩⑥ 前揭書 pp. 261–62.

⑩⑦ 歌劇《阿伊達》，1986.

⑩⑧ Skelton, *Wieland Wagner*, p. 160。也參見 Goléa, *Gespräche mit Wieland Wagner*, pp. 62–63.

⑩⑨ *Verdi's "Aida,"* p. 138.

⑪⓪ Muhammad Sabry, *Episode de la question d'Afrique: L'Empire egyptian sous Ismail et L'ingérence anglo-française* (1863–1879) (Paris: Geuthner, 1933), pp. 391 ff.

⑪① 正如在 Roger Owen, *The Middle East and the World Economy, 1800–1914* (London: Methuen, 1981).

⑪② 前揭書 p. 122.

⑪③ David Landes, *Bankers and Pashas* (Cambridge, Mass.: Harvard University Press, 1958).

⑪④ Sabry, p. 313.

⑪⑤ 前揭書 p. 322.

⑪⑥ Georges Douin, *Histoire du règne du Khedive Ismail*, Vol. 2 (Rome: Royal Egyptian Geographic Society, 1934).

⑪⑦ Landes, *Bankers and Pashas*, p. 209.

⑪⑧ Owen, *Middle East*, pp. 149–50.

⑲ 前揭書 p. 128.

⑳ Janet L. Abu-Lughod, *Cairo: 1001 Years of the City Victorious* (Princeton: Princeton University Press, 1971), p. 98.

(121) 前揭書 p. 107.

(122) Jacques Berque, *Egypt: Imperialism and Revolution,* trans. Jean Stewart (New York: Praeger, 1972), pp. 96-98.

(123) Bernard Semmel, *Jamaican Blood and Victorian Conscience: The Governor Eyre Controversy* (Boston: Riverside Press, 1963), p. 179。隱瞞的1個可供比較之事例在 Irfan Habib, "Studying a Colonial Economy-Without Perceiving Colonialism," *Modern Asian Studies* 19, No.3 (1985), 355-81有研究。

(124) Thomas Hodgkin, *Nationalism in Colonial Africa* (London: Muller, 1956), pp. 29-59.

(125) 參見 Adas, *Machines as the Measure of Men,* pp. 199-270.

(126) 這種思維方式的1個樣本，參見 J. B. Kelly, *Arabia, the Gulf and the West* (London: Weidenfeld & Nicolson, 1980).

(127) Rosenthal, *Character Factory,* p. 52 and *passim.*

(128) J. A. Mangan, *The Games Ethic and Imperialism: Aspects of the Diffusion of an Ideal* (Harmondsworth: Viking, 1986).

(129) J. M. S. Tompkins, "Kipling's Later Tales: The Theme of Healing," *Modern Language Review* 45 (1950), 18-32.

(130) Victor Turner, *Dramas, Fields, and Metaphors: Symbolic Action in Human Society* (Ithaca: Cornell University Press, 1974), pp. 258-59。對顏色和種姓問題的1個細膩沈思，參見 S. p. Mohanty, "Kipling's Children and the Colour Line," *Race and Class, 31,* No.1 (1989), 21-40。也在他的"Us and Them: On the Philosophical Bases of

Political Criticism," *Yale Journal of Criticism* 2, No.2 (1989), 1–31.

⑬¹ Rudyard Kipling, *Kim* (1901; rprt. Garden City: Doubleday, Doran, 1941), p. 516.

⑬² 前揭書 pp. 516–17.

⑬³ 前揭書 p. 517.

⑬⁴ 前揭書 p. 523.

⑬⁵ George Eliot, *Middlemarch*, ed. Bert G. Hornback (New York: Norton, 1977), p. 544.

⑬⁶ Mark Kinkead-Weekes, "Vision in Kipling's Novels," in *Kipling's Mind and Art*, ed. Andrew Rutherford (London: Oliver & Boyd, 1964).

⑬⁷ Edmund Wilson, "The Kipling that Nobody Read," *The Wound and the Bow* (New York: Oxford University Press, 1947), pp. 100–1, 103.

⑬⁸ Kipling, *Kim*, p. 242.

⑬⁹ 前揭書 p. 268.

⑭⁰ 前揭書 p. 271.

⑭¹ Francis Hutchins, *The Illusion of Permanence: British Imperialism in India* (Princeton: Princeton University Press, 1967), p. 157。也參見 George Bearce, *British Attitudes Towards India, 1784–1858* (Oxford: Oxford University Press, 1961)。以及對此系統的闡明，參見 B. R. Tomlinson, *The Political Economy of the Raj, 1914–1947: The Economics of Decolonization in India* (London: Macmillan, 1979).

⑭² Angus Wilson, *The Strange Ride of Rudyard Kipling* (London: Penguin, 1977), p. 43.

⑭③ George Orwell, "Rudyard Kipling,"收錄於 *A Collection of Essays* (New York：Doubleday, Anchor, 1954), pp. 133–35.

⑭④ Michael Edwardes, *The Sahibs and the Lotus：The British in India* (London：Constable, 1988), p. 59.

⑭⑤ 參見 Edward W. Said, "Representing the Colonized：Anthropology's Interlocutors," *Critical Inquiry 15*, No.2 (Winter 1989), 205–25。也參見 Lewis D. Wurgaft, *The Imperial Imagination：Magic and Myth in Kipling's India* (Middletown：Wesleyan University Press, 1983), pp. 54–78, and of course the work of Bernard S. Cohn, *Anthropologist Among the Historians.*

⑭⑥ 參見 Eric Stokes, *The English Utilitarians and India* (Oxford：Clarendon Press, 1959)和 Bearce, *British Attitudes Towards India*, pp. 153–74。關於班亭克的教育改革參見 Viswanathan, *Masks of Conquest*, pp. 44–47.

⑭⑦ Noel Annan, "Kipling's Place in the History of Ideas," *Victorian Studies 3*, No.4 (June 1960), 323.

⑭⑧ 看註⑪和⑫。

⑭⑨ Geoffrey Moorhouse, *India Britannica* (London：Paladin, 1984), p. 103.

⑮⓪ 前揭書 p. 102.

⑮① Georg Lukacs, *The Theory of the Novel*, trans. Anna Bostock (Cambridge, Mass：MIT Press, 1971), pp. 35 ff.

⑮② Kipling, *Kim*, p. 246.

⑮③ 前揭書 p. 248.

⑮④ Lukacs, *Theory of the Novel*, pp. 125–26.

⑮⑤ Kipling, *Kim*, p. 466.

⑯ Frantz Fanon, *The Wretched of the Earth,* trans. Constance Farrington（1961；rprt. New York：Grove, 1968），p. 77對此一宣示之實質作法以及合法化和「客觀性」論述在帝國主義的角色，參見 Fabiola Jara 和 Edmundo Magana, "Rules of Imperialist Method," *Dialectical Anthropology 7,* No. 2（September 1982），115–36.

⑰ Robert Stafford, *Scientist of Empire：Sir Roderick Murchison, Scientific Exploration and Victorian Imperialism*（Cambridge：Cambridge University Press, 1989）。對在印度的1個更早期的例子，參見 Marika Vicziany, "Imperialism, Botany and Statistics in Early Nineteenth-Century India：The Surveys of Francis Buchanan（1762–1829），" *Modern Asian Studies 20,* No.4（1986），625–60.

⑱ Stafford, *Scientist of Empire,* p. 208.

⑲ J. Stengers, "King Leopold's Imperialism,"收錄於 Roger Owen和 Bob Sutcliffe, eds., *Studies in the Theory of Imperialism*（London：Longmans, 1972），p. 260。也參見 Neil Ascherson, *The King Incorporated：Leopold II in the Age of Trusts*（London：Allen & Unwin, 1963）.

⑳ Achebe, *Hopes and Impediments*;參見註㉔。

㉑ Linda Nochlin, "The Imaginary Orient," *Art in America*（May 1983），118–31, 187–91。此外，Nochlin論文的1個擴充，參見令人激賞而有趣的波士頓大學博士論文 Todd B. Porterfield, *Art in the Service of French Imperialism in the Near East, 1798–1848：Four Case Studies*（Ann Arbor：University Microfilms, 1991）.

㉒ A. P. Thornton, *The Imperial Idea and Its Enemies：A Study in British Power*（1959；rev. ed. London：Macmillan, 1985）；Bernard Porter, *Critics of Empire：British Radical Attitudes to Colonialism in Africa, 1895–1914*（London：Macmillan, 1968）；Hobson, *Imperialism*。法國的情況，參見 Charles Robert Ageron, *L'Anticolonialisme en*

*France de 1871 **à** 1914* (Paris: Presses Universitaires de France, 1973).

⑯ 參見 Bodelsen, *Studies in Mid-Victorian Imperialism*, pp. 147-214.

⑯ Stephen Charles Neill, *Colonialism*和 *Christian Missions* (London: Lutterworth, 1966) Neill的極爲1般性的作品之論點，必須被許多有關傳教活動的詳細內容之著作所補充並修訂，例如：Murray A. Rubinstein有關中國的作品："The Missionary as Observer and Imagemaker. Samuel Wells Williams和 the Chinese," *American Studies* (Taipei) 10, No.3 (September 1980), 31-44;和"The Northeastern Connection: American Board Missionaries and the Formation of American Opinion Toward China: 1830-1860," *Bulletin of the Modern History* (Academica Sinica), Taiwan, July 1980.

⑯ 參見 Bearce, *British Attitudes Towards India*, pp. 65-77和 Stokes, *English Utilitarians and India.*

⑯ 引自 Syed Hussein Alatas, *The Myth of the Lazy Native: A Study of the Image of the Malays, Filipinos and Javanese from the Sixteenth to the Twentieth Century and Its Function in the Ideology of Colonial Capitalism* (London: Fank Cass, 1977), p. 59.

⑯ 前揭書 p. 62.

⑯ 前揭書 p. 223.

⑯ Romila Thapar, "Ideology and the Interpretation of Early Indian History," *Review 5*, No.3 (Winter 1982), 390.

⑰ Karl Marx and Friedrich Engels, *On Colonialism: Articles from the* New York Tribune and *Other Writings* (New York: International, 1972), p. 156.

⑰ Katherine George, "The Civilized West Looks at Africa: 1400-1800. A Study in Ethnocentrism," *Isis 49, No.155*

(March 1958), 66, 69–70.

⑰ 對透過此一技巧來界定「原始人」，參見 Torgovnick, *Gone Primitive*, pp. 3–41。也參見 Ronald L. Mees, *Social Science and the Ignoble Savage* (Cambridge：Cambridge University Press, 1976)提供建立在歐洲哲學和文化思想的野蠻人四階段理論之詳細觀點。

⑱ Brunschwig, *French Colonialism*, p. 14

⑲ Robert Delavigne 和 Charles André Julien, *Les Constructeurs de la France d'outre-mer* (Paris：Corea, 1946), p. 16 雖然處理相同的人物，但提供一有趣而不同觀點的著作是 *African Proconsuls：European Governors in Africa*, eds. L. H. Gann and Peter Duignan (New York：Free Press, 1978)。也參見 Mort Rosenblum, *Mission to Civilize：The French Way* (New York：Harcourt Brace Jovanovich, 1986).

⑳ Agnes Murphy, *The Ideology of French Imperialism, 1817–1881* (Washington：Catholic University of America Press, 1968), p. 46 and *passim.*

176 Raoul Girardet, *L'Idée coloniale en France, 1871–1962* (Paris：La Table Ronde, 1972), pp. 44–45。也參見 Stuart Michael Persell, *The French Colonial Lobby* (Stanford：Hoover Institution Press, 1983).

177 引自 Murphy, *Ideology of French Imperialism*, p. 25.

178 Raymond F. Betts, *Assimilation and Association in French Colonial Theory, 1840–1914* (New York：Columbia University Press, 1961), p. 88.

179 就有關十九世紀末期帝國主義用來動員國家安全之理論，我使用這份材料來討論，可見於 "Nationalism, Human Rights, and Interpretation," in *Freedom and Interpretation*, ed. Barbara Johnson (New York：

Basic Books, 1992).

⑱ Betts, *Association and Assimilation*, p. 108.

⑱ 前揭書 p. 174

⑱ Girardet, L'Idée coloniale en France, p. 48.

⑱ 對與英國之帝國競爭的小插曲，看由 Albert Hourani, "T. E. Lawrence and Louis Massignon,"所提供之有趣的驚鴻一瞥。收錄於 *European Thought* (Cambridge: Cambridge University Press, 1991), pp. 116-28。也參見 Christopher M. Andrew and A. S. Kanya-Forstner, *The Climax of French Imperial Expansion, 1914-1924* (Stanford: Stanford University Press, 1981).

⑱ David Prochaska, *Making Algeria French: Colonialism in Bône, 1870-1920* (Cambridge: Cambridge University Press, 1990), p. 85。對法國社會科學家和都市計畫者如何運用阿爾及利亞來做爲實驗和重新規劃的場所之有趣研究，參見 Gwendolyn Wright, *The Politics of Design in French Colonial Urbanism* (Chicago: University of Chicago Press, 1991), pp. 66-84。這本書的後半段探討這些計劃之於摩洛哥、中南半島和馬達加斯加的影響。無論如何，決定性的研究仍是 Janet Abu-Lughod, Rabad: *Urban Apartheid in Morocco* (Princeton: Princeton University Press, 1980).

⑱ 前揭書 p. 124.

⑱ 前揭書 p. 141-42.

⑱ 前揭書 p. 255.

⑱ 前揭書 p. 254.

⑱⑨ 前揭書 p. 255.

⑲⓪ 前揭書 p. 70.

⑲① Roland Barthes, *Le Degré zéro de l'écriture* (1953; rprt. Paris: Gonthier, 1964), p. 10.

⑲② Raymond Williams, *George Orwell* (New York: Viking, 1971)特別是 pp. 77–78.

⑲③ Christopher Hitchens, *Prepared for the Worst* (New York: Hill & Wang, 1989), pp. 78–90.

⑲④ Michael Walzer使卡繆成爲一位典範知識份子正是因爲他的苦悶、躊躇、反對恐怖主義和對母親的敬愛，參見 Walzer, "Albert Camus's Algerian War，收錄於 *The Company of Critics: Social Criticism and Political Commitment in the Twentieth Century* (New York: Basic Books, 1988), pp. 136–52.

⑲⑤ Conor Cruise O'Brien, *Albert Camus* (New York: Viking, 1970), p. 103.

⑲⑥ Joseph Conrad, *Last Essays,* ed. Richard Curle (London: Dent, 1926), pp. 10–17.

⑲⑦ 後來歐布萊恩有著像這些引人注目的論點，且不同於他關於卡繆著作的本旨，他一點也未隱藏其對「第三世界」劣等民族的厭惡。他和 Said之間後續的不同意見，可參見 *Salmagundi 70–71* (Spring-Summer 1986), 65–81.

⑲⑧ Herbert R. Lottman, *Albert Camus: A Biography* (New York: Doubléday, 1979)。卡繆在殖民戰爭期間在阿爾及利亞實際的行爲，在 Yves Carrière's *La Guerre d'Algérie II: Le Temps des léopards* (Paris: Fayard, 1969)。有最佳之編年記載。

⑲⑨ "Misère de la Kabylie" (1939)，收錄於 Camus, *Essais* (Paris: Gallimard, 1965) pp. 905–38.

⑳⓪ O'Brien, *Camus*, pp. 22–28.

(201) Camus, *Exile and the Kingdom*, trans. Justin O'Brien (New York: Knopf, 1958), pp. 32–33對卡繆在北非脈絡的一個敏銳之解讀，可參見 Barbara Harlow, "The Maghrib and *The Stranger*," *Alif 3* (Spring 1983), 39–55.

(202) Camus, *Essais*, p. 2039.

(203) 引自 Manuela Semidei, "De L'Empire à la decolonisation à travers les manuels scolaires," *Revue française de science politique 16*, No.1 (February 1961), 85.

(204) Camus, *Essais*, pp. 1012–13.

(205) Semidei, "De L'Empire à la decolonisation," 75.

(206) Jean-Paul Sartre, *Literary Essays*, trans. Annette Michelson (New York: Philosophical Library, 1957), p. 32.

(207) Emir Abdel Kader, *Ecrits spirituels*, trans. Michel Chodkiewicz (Paris: Seuil, 1982).

(208) Mostafa Lacheraf, *L'Algérie: Nation et societé* (Paris: Maspéro, 1965)。對這個時期之美妙的小說式和個人式重構，乃見諸 Assia Djebar的小說 *L'Amour, la fantasia* (Paris: Jean-Claude Lattès, 1985).

(209) 引自 Abdullah Laroui, *The History of the Magreb: An Interpretive Essay*, trans. *Ralph Manheim* (Princeton: Princeton University Press, 1977), p. 301.

(210) Lacheraf, *L'Algérie*, p. 92.

(211) 前揭書 p. 93.

(212) Theodore Bugeaud, *Par l'Epée et par la charrue* (Paris: PUF, 1948)。布鳩德後期生涯同樣是極特出的：他指揮軍隊向一八四八年二月二十三日騷亂的群眾開火，這在福樓拜的《情感教育》予以回報了，其中，這位不受歡迎的元帥之畫像從胃部被戳入，這發生在一八四八年二月二十四日的帕萊斯王室風暴。

㉑³ Martine Astier Loutfi, *Littérature et colonialisme: L'Expansion coloniale vue dans la littérature romanesque française, 1871–1914* (Paris: Mouton, 1971).

㉑⁴ Melvin Richter, "Tocqueville on Algeria," *Review of Politics 25* (1963), 377.

㉑⁵ 前揭書 p. 380。此一體材之更充分和更晚近的說明，參見 Marwan R. Buheiry, *The Formation and Perception of the Modern Arab World*, ed. Lawrence I. Conrad (Princeton: Darwin Press, 1989)，特別是第一部，"European Perceptions of the Orient,"有四篇論文與十九世紀法國的阿爾及利亞有關，其中之一關於托克維爾和伊斯蘭。

㉑⁶ Laroui, *History of the Magreb*, p. 305.

㉑⁷ 參見 Alloula, *Colonial Harem.*

㉑⁸ Fanny Colonna and Claude Haim Brahimi, "Du bon usage de la science coloniale,"收錄於 *Le Mal de voir* (Paris: Union Générale d'editions, 1976).

㉑⁹ Albert Sarraut, *Grandeur et servitude coloniales* (Paris: Editions du Sagittaire, 1931), p. 113.

㉒⁰ Georges Hardy, *La Politique coloniale et le partage du terre aux XIXe et XXe siècles* (Paris: Albin Michel, 1937), p. 441.

㉒¹ Camus, *Théâtre, Récits, Nouvelles* (Paris: Gallimard, 1962), p. 1210.

㉒² 前揭書 p. 1211.

㉒³ Seeley, *Expansion of England*, p. 16.

㉔ Albert O. Hirschman, *The Passions and the Interests: Political Arguments for Capitalism Before Its Triumph* (Princeton: Princeton University Press, 1977), pp. 12–33.

㉕ Seeley, *Expansion of England*, p. 193.

㉖ 參見 Alec G. Hargreaves, *The Colonial Experience in French Fiction* (London: Macmillan, 1983), p. 31，其中這個奇怪的省略被留意到，並有趣地被解釋爲是羅逖特異的心理學和仇英症的結果。無論如何，羅逖小說正式的結局不被注意到。對此的一個更充分說明，看普林斯頓大學未出版的論文：Panivong Norindr, *Colonialism and Figures of the Exotic in the Work of Pierre Loti* (Ann Arbor: University Microfilms, 1990).

㉗ Benita Parry, *Delusions and Discoveries: Studies on India in the British Imagination, 1880–1930* (London: Allen Lane, 1972).

Ⅲ

抗拒與反對

Resistance and Opposition

以你覆著閃亮黏土的雙臂來捆綁我吧。

——艾米・沙塞爾(Aimé Césaire)，
《回鄉筆記》(*Cahier d'un vetour au pays natal*)

事理之兩面
There Are Two Sides

思想史和文化研究的一個標準課題，是去找出可以被匯集於「影響」這個一般性主題之下的各種關係所構成之組合。在這本書的開頭即引用艾略特著名的論文〈傳統與個人天賦〉，以其最基本，甚至抽象的形式來介紹有關「影響」的題材：現在與過去的過去式（或尚未過去）之間的關聯，正如艾略特所討論的，這種關聯包括了一位個別作家和他或她身處其中的傳統之間的關係。我以為研究「西方」和被它所支配的文化「他者」之間的關係，不只是理解在不平等的兩造對話者之間不平等關係的一種方式，而且也是研究西方文化實踐本身之形構和意義的切入點：假如我們要正確地了解像小說、民族誌和歷史論述、某幾類詩歌和歌劇的文化形式，我們必須將西方和非西方世界之間持續的不對稱權力關係納入考量，而在這些文化形式中有大量蘊藏著對此種不對稱性之暗示，或者其結構本身就是建立在這種不對稱性之上。我繼續論及，縱使在某些方面，中立性的文化部門，諸如：文學和批評理論，匯集於更弱小和臣屬的文化，以不變的非歐洲和歐洲本質的理念、有關地理佔領的敘事、合法性與救贖的形象來詮釋之，其令人驚異的結果便是對權力情境之僞裝，且將更強大的一方之經驗和更弱小的一方之諸多重疊性、以及很怪異地，將強者是多麼依賴弱者的情況，加以隱藏起來！

此種情況的一個例子見於紀德的《背德者》(1902)。這部作品經常被解讀爲一個男人終於接受了自己古怪的性癖好，令他自己不只脫離了和他太太瑪薩琳的關係，也放棄他的事業，甚至弔詭地，揚棄了他個人意志的故事。米契爾是一位語言學家，他對歐洲野蠻時代的過去之學術研究，爲他揭發了他自己被壓抑的本能、期望和癖好。正如湯瑪斯·曼的《魂斷威尼斯》一樣，其場景代表一個正好位於歐洲疆域之外的異國場所；《背德者》呈現的主要場所是法屬阿爾及利亞，一個充滿著沙漠、窒悶消沈的綠洲、不道德的土著男孩和女孩之場所。米契爾的尼采式導師，梅納克，直截了當地被描繪爲一位殖民官員。雖然，他直接來自於一個帝國的世界，對勞倫斯或馬爾勞的讀者均可辨識出來，他的淫慾和享樂主義的樣子，是相當紀德式的。梅納克(比米契爾更甚)從他的充滿「前途未卜的遠征行動」、感官的耽溺和反家庭生活的自由，汲取知識和愉悅。「生命，梅納克的一點點手勢，」米契爾反省著，他將他自己學術演講的內容和這位燦爛耀眼的帝國主義者相比，「不是比我的講課更具千倍的說服力嗎？」①

無論如何，首先聯結這兩個人的，既非理念，亦非生命史，而是莫克特這位在碧斯可拉(這是紀德一部又一部的小說經常回來的場所)的土著男孩之告白，他告訴梅納克，他如何看到米契爾在他偷竊瑪薩琳的剪刀之行動中窺伺著他。這三人的同性戀共謀毫無問題是一個階層關係。這位非洲男孩莫克特給予他雇主米契爾一種偷偷摸摸的刺激，而這是使米契爾朝向自覺之路的一步，在這個過程中梅納克優越的洞見引導著他。莫克特所想或所感覺的（假如這不是與種族特質有關的話，也似乎是與生俱來的頑皮性格）遠比米契爾和梅納克所經驗到的更不那麼重要。紀德顯然將米契爾的直覺和他的阿爾及利亞經驗聯結在一起，這個經驗又和他的妻子之去世、他的知性上的重新取向、以及他最後相當可憫的雙性戀淒慘之冒險，具有因果上的關聯。

談到法屬北非——米契爾心中所想的是突尼西亞——他提供下列的驚鴻一瞥：

這片樂土令人滿足，無須撫平慾望；事實上每次的滿足只是將之提升。從藝術作品中解放出來的一片土地。我鄙視那些只能從已被轉錄及詮釋的東西中體會美感的人。對阿拉伯人，有一件值得讚美之事；他們活在他們的藝術之中，他們日復一日地歌頌並散播之；他們無須緊抱它；也無須從**作品**中獲得慰藉。這是他們缺乏偉大藝術家的原因和結果……正當我回到旅館時，我仍記得一群阿拉伯人，我注意到他們正露天地躺在一間小咖啡屋的墊席上，我過去和他們睡在一起。我回來時全身爬滿了蝨子。②

非洲民族，特別是阿拉伯人，只不過是在那裡，他們沒有累積沈澱為作品的藝術和歷史。假如沒有歐洲的觀察者見證其存在，它將無關緊要，處在那些人之間是愉悅的，但需要接受其風險（例如，蝨子）。

《背德者》就其第一人稱的敘述中尚有一格外有問題之層面——米契爾訴說他自己的故事——很大一部分依賴在他自己所述之許多總括性的面向：透過他，北非人、他的太太和梅納克出場了。米契爾是一位富裕的諾曼地地主，一位學者和新教徒——顯示了紀德意圖藉由多面向的人格，以便能處理在自我和世間兩方面的苦惱做最後的分析，所有這些層面有賴米契爾在非洲的自我發現，然而他的自我發現又局限於暫時性、透視性和不受評價。再一次地，這個敘事有——「態度和指涉的結構」，賦予歐洲的作者主體有權利掌握一個海外疆域，從中取利並依賴它，但最後拒絕讓它取得自主性或獨立。

紀德是一特殊個案——在他的北非作品中處理相對有限的素材——伊斯蘭、阿拉伯和同性戀。雖然只是一個非常個人主義式的藝術家特例，紀德與非洲的關係屬於歐洲人對非洲大陸之態度和實踐的一個更大形構，從中形成了二十世紀後期批評家所稱的「非洲主義」(Africanism)或非洲論述，一種為西方世界處理和研究非洲的系統性語言。③原始主義的概念與之結合，以及許多引申自非洲源頭的具有特殊之認識論特權的概念，諸如：部落主義、生機論、原創性。我們可以看到這些服志願役的概念在康拉德和伊薩克・丁內森(Isak Dinesen)的作品中運作；稍後，在里奧・弗洛貝尼斯(Leo Frobenius)的大膽學術作品中看到，這位德國人類學家宣稱已經發現到非洲體系的完美秩序；以及普雷西德・坦普斯(Placide Tempels)，這位比利時傳教士的作品《班圖哲學》(*Bantu Philosophy*)提出一種在非洲哲學核心的本質論（和化約式）的生機性。這種非洲認同的觀念是如此具有生產力和適應性，它可被西方傳教士所運用，然後是人類學家，然後是馬克思主義歷史家，然後，甚至敵對性的解放運動，如同穆丁姆（V. Y. Mudimbe）在他的引人入勝的《發明非洲》（*The Invention of Afica*, 1988）一書所揭示的，他稱之爲一種非洲靈智（gnosis）的歷史。④

直到現代時期，特別是大約第一次世界大戰，在西方世界和其海外帝國之間所取得的一般文化情勢與這種模式取得協調一致。既然我的龐大主題在這個階段應由一般性的方式轉變爲非常特定和地區性的研究來處理最好，在此我仍要簡述帝國推動者和被帝國化者之間取得聯繫的互動經驗。研究文化和帝國主義關係的此一相當早期的發展階段，所需要的既非簡單的編年記載，也不是簡單的軼事性敘事（相當多這類作品已經存在於不同的領域了），但要從一個全球化的（不是整體的）敘事來著手。當然，對文化和帝國之間聯繫的任何研究本身都是這個主題的一個整合部分，也就是喬治·伊利奧特以另一種關係來看，所述及之同樣被捲入糾紛之媒介的一部分——而不是一個從遙遠且不涉入的觀點所寫的論述。在一九四五年之後，幾乎一百個歷經了去殖民化過程之新興後殖民國家的出現，不是一個中立事實，而是對討論它的學者、歷史家、政治活躍份子所支持或反對的一個事實。

正是在其顛峰期，帝國主義傾向於只許可一種文化論述從其內部規劃出來，今日後帝國主義，主要也只允許一種對先前被殖民的民族採取懷疑態度的文化論述，就宗主國的知識份子而言，這是最好在理論上加以避免的文化論述。我發現自己陷於兩者之間，正如我們之中成長於古典殖民帝國解組期間的許多人一樣。我們屬於同時存在殖民主義和反抗殖民主義的階段；然而，我們也屬於無與倫比的理論構思之階段，解構和結構主義、盧卡奇式和阿圖塞式(Althusserian)的馬克思主義之普遍化技術的時期。我在實際介入和理論之間對立的自己獨門製造內含的解決方案內含一個寬廣的角度，從此處我們可以看到文化和帝國主義兩者，儘管其無數細節不得不在一些偶然情況下會有例外，但從這個角度，兩者之間巨大的歷史辯證可以被觀察到。我將從下列假設出發，縱然文化的整體是分立的，但其中許多重要的部門可以**對位式地**共同運作來加以了解。

這裡我特別關心的是在二十世紀初期，西方文化和帝國之間的關係頗不尋常的、幾乎是哥白尼式的轉變。將這個轉變視爲在範圍上和意義上與早先的兩個轉變有其相似性，這點有其用處。其一爲在歐洲文藝復興的人文主義時期，希臘文明的再發現；其二爲「東方文藝復興」——由其偉大的現代史家雷蒙・許瓦伯(Raymond Schwab)所稱呼⑤——從十八世紀末期到十九世紀中期，印度、中國、日本、波斯和伊斯蘭的文化豐富性穩固地儲存在歐洲文明的核心中。其次，許瓦伯所謂的歐洲對東方波瀾壯闊的採擷——德國和法國文法學家對梵文的發現；英國、德國和法國詩人和藝術家的偉大印度民族史詩之發現；以及從歌德至愛默森的許多歐洲和甚至美國思想家對波斯人想像豐富的創作和蘇菲哲學的發現——是人類冒險史上最輝煌的插曲之一，這也是一個充分而自足的主題。

在許瓦伯的敘事中所失落的是政治面向，比起文化面向，前者遠爲令人悲傷和更不具教化性。正如我在《東方主義》所論及，意識到不平等的夥伴之間從事文化交換的淨效果，是人們因而感到痛苦。希臘古典作品服侍義大利、法國和英國人文學者，無須實際上希臘人令人困擾的介入。由死者所寫的文本被想像著一個理想國度的人們所閱讀、賞識和採用，這便是學者很少充滿懷疑地和輕蔑地談到文藝復興的一個理由。無論如何，在現代，思考文化交換，涉及到思考支配和強制採用：某人失去、某人獲得。例如：今天討論美國歷史，逐漸頻繁地會面對該歷史如何對待土著人民的問題，以及移民人口和被壓制的少數民族之質問。

但只有在最近，西方人開始察覺到他們對「臣屬」民族的歷史和文化所說的一切，正被這些民族自己所挑戰。在幾年以前，他們及其文化、土地、歷史和所有一切，尚只是被巨大的西方和他們的學科論述所兼併（這並非在詆毀許多西方學者、歷史家、藝術家、哲學家、音樂家和傳教士的成就，他們的集體和個人的努力去了解歐洲以外的世界，是一令人驚異的成就）。

一個巨大的反殖民和終極地反帝國的活動、思想和修正的浪潮，已經衝擊了西方帝國龐大的根基並挑戰之，使用格蘭西生動的隱喻，即處在一個相互圍剿的態勢。這是第一次西方人被要求面對他們自己，不只做爲統治者，而是做爲某一文化的代表，且甚至被譴責爲犯罪的種族——暴力的罪行、壓制的罪行、良知的罪行。「今天，」法農在《地球的受苦者》(*The Wretched of the Earth*, 1961)說：「第三世界……像一群巨大的人潮面對歐洲，他們的目標應是試圖解決西方人無能發現解答的問題。」⑥當然，如此的譴責在過去已有人提出，甚至是像一些無畏的歐洲人如撒母耳．約翰森(Samuel Johnson)和布蘭特(W. S. Blunt)。有更早期的殖民地起義遍布整個非歐洲世界，從聖．多明哥革命和阿布達爾．卡德起義，而至一八五七年叛變、歐拉比(Orabi)叛亂和義和團事變。還有許多報復行動、政權更替、著名訟案、爭辯、改革與檢討重估，雖然所有均發生過，但帝國幅員的利潤自然有增無減，此一新情勢維持著對帝國「就是西方」採取敵我分明和系統性的反抗。長期醞釀的敵視白人之憤慨，從太平洋地區直到大西洋地區，已爆發而為完全發展成熟的獨立運動。泛非洲和泛亞洲的武裝團體形成，其勢不可擋矣！

在兩次大戰之間的武裝團體不是很明確地或全然地反西方的。某些人相信從殖民主義解脫出來可以透過和基督教攜手合作；其他人相信西化是解決之道。根據巴塞爾．大衛森的說法，在非洲，這些兩次大戰之間的努力，乃由下列諸人所代表：赫伯特．麥考萊(Herbert Macaulay)、里帕德．桑戈(Leopold Senghor)、喀斯利．海福德(J. H. Casely Hayford)、撒母耳．阿胡瑪(Samuel Ahuma)；⑦在這個期間的阿拉伯世界，與之相當的人物有薩德．札格勞爾(Saad Zaghloul)、努利．薩依德(Nuri as-Said)、畢斯哈拉．郝利(Bishara al-Khoury)。甚至更晚期的革命領導——例如：越南的胡志明——原本認為西方文化的某些層面可以有助於終結殖民主義。但他們的努力和理念在宗主國受到很小的迴響，不久他們的反抗也開始轉型了。

誠如沙特在他的一篇戰後的論文所言，因為假如殖民主義是一個系統，則反抗者也開始感到必須有系統了。⑧在沙特給法農的《地球的受苦者》(1961)一書序言的開頭幾句話，像他這樣的人也會說：世界眞的形成了兩個互相戰鬥的陣營，「五億人民和十五億土著。前者說出聖言（the Word）；後者運用它……在殖民地，眞理赤裸裸呈現，但母國的公民偏好讓眞理穿上衣服。」⑨大衛森以其慣有的雄辯式敏銳洞見來俱陳非洲人對此一情況的新反應：

> 歷史……不是一台計算機，它在心靈和想像中揭開序幕，在一個民族的文化本身由物質現實的無限微妙之傳達媒介、構成支柱的經濟事實，和堅忍的客觀性所組成的多樣反應中具體成形。在一九四五年之後的非洲文化之反應，如同人們可以預期的，因為來自如此衆多的民族和被認知的利益，故非常多樣繁複。但它們首先由一個幾乎是前所未見的生氣蓬勃之變遷期望所啓發，當然在過去也未曾如此強烈地或訴求如此廣泛地被感受到；它們由那些心靈敲擊著英勇的音樂之男女們所訴說著，這是將非洲歷史推進到一個新方向的回應。⑩

在此一「西方—非西方」的關係中，從歐洲人的角度來看，則感受一股巨大、迷失方向的變遷，這是全新的經驗，即使在歐洲的文藝復興或在三個世紀後的東方世界之「發現」，都不曾被經驗到。想想，在一四六〇年代波里札諾（Poliziano）重新發現並編輯希臘古典作品，或在一八一〇年代包普（Bopp）和許勒格（Schlegel）研讀梵文文法學者的著作，和在一九六一年阿爾及利亞戰爭期間一位法國政治理論家或東方學者研讀法農的著作，或研讀在一九五五年正在法國於奠邊府戰役中失利之後問世之沙塞爾的《殖民主義論述》(*Discours sur le colonialisme*)之間的差異吧！但最後這位不幸的學者，當他的軍隊被土著所攻擊時，不只面對土著的說教，而這是他的先輩未曾碰過的，而且他還讀到一個文本，使用波緒埃(Bossuet)和夏多布里昂的語言，及黑格爾、馬克思和弗洛依德的概念，來控訴產生所有這些思想的非凡文明。法農則更進一步的翻轉了歐洲給予殖民地現代性之迄今爲止還被接受的典範，而且論道：不只「歐洲的幸福和進步……建立在黑人、阿拉伯人、印度人和黃種人的血汗及屍體之上，」⑪但「歐洲全然就是第三世界所創造的。」⑫此一指控一而再、再而三的被華爾特・羅德尼(Walter Rodney)、秦維祖(Chinweizu)和其他人所提出。爲這個荒謬的重建事物新秩序下個結論，沙特說：「既然歐洲人只能透過創造奴隸和怪物而變成人，沒有比種族主義式的人本主義更前後一致的了。」⑬我們發現他迴響了法農的觀點（而不是顚倒過來）。

第一次世界大戰未能解除西方人對殖民疆域的掌控，因爲西方需要那些疆域以便供給歐洲人力和資源準備打一場與非洲人和亞洲人少有直接關聯的戰爭。⑭然而，導致二次戰後獨立運動的過程已經在進行中了。正確標明在臣屬的疆域中反抗帝國主義的日期，對雙方而言都是基本的問題，這關係到雙方如何看待帝國主義。對成功地領導反抗歐洲列強的鬥爭之民族主義政黨，其合法性和文化優先性有賴他們能肯定一個未中斷的連續性，可追溯至起而反抗入侵的白人之第一批戰士。因此，阿爾及利亞民族解放陣線在一九五四年開始其反法起義，並追溯其始祖至一八三〇年代到四〇年代期間反擊法國佔領的阿布達爾・卡德統領。在幾內亞和馬利的反法抗爭追溯至幾代之前，以迄薩摩利(Samory)和哈只・烏瑪爾(Hajji Omar)。⑮但只在一些偶然的情況，帝國的書記們才會承認這些反抗的正當性；如同我們在吉卜齡的討論中看到的，對土著的出現有許多貶損的合理化作法（例如：「他們」眞的非常快樂，直到被一些擾亂份子挑撥爲止），對他們的不滿偏好用相當簡單的理由解釋，而土著則期待從在他們的土地上出現的歐洲人掌控中解放出來。

在歐洲和美國，此一論戰持續直到今日的歷史學家之間，是否如同麥可・阿達斯(Michael Adas)所說的，那些早期之「反叛先知」是向後看的、浪漫的、不切實際的人，其做爲只是在否定促進「現代化」的歐洲人，⑯或者我們應該嚴肅地看待他們的現代繼承人之說法——例如：朱利亞斯・尼葉勒爾(Julius Nyerere)和尼爾森・曼德拉(Nelson Mandela)——以便體認到他們早期經常注定失敗的努力之持續至今的重大意義呢？特連斯・蘭格(Terence Ranger)指出這些不只是學術性冥想的素材，也具有迫切的政治時局之意義。例如：許多反抗運動，「形塑了促成往後政治局勢發展的環境……反抗對白人的政策和態度有深遠的效果……在反抗的進程中，有些反抗運動，其政治組織和理念所啓發的不同類型出現了，並對未來開展出重要的途徑；某些運動直接地、其他則間接地和稍後的非洲人對抗〔歐洲帝國主義〕之宣示主張有所聯繫。」⑰蘭格指陳，對民族主義者之反抗帝國主義的連續性和一貫性的知性和道德之論戰持續幾十年，且變成帝國經驗的一個有機部分。假如身爲一位非洲人或阿拉伯人，你決定牢記一八九六至九七年的恩德比—索納(Ndebele-Shona)的起義和歐拉比起義，你等於是尊崇這些民族主義的領導者，他們的**失敗**卻開創了後來一八八二年的成功；大概歐洲人會更鄙視地詮釋這些起義，將之視爲是派系或瘋狂的千禧運動信徒的傑作等等。

之後，令人驚訝地，直到第二次世界大戰之後，大致上整個世界都已歷經去殖民化的過程，格里莫(Grimal)的研究包括了一份大英帝國顚峰期的地圖：這是一個迫人的證據，顯示其領土是多麼的遼闊，而在一九四五年戰爭結束之後才短短幾年，這些領土竟幾乎完全失去了。約翰・史崔契(John Strachey)的名著《帝國的終結》(*The End of Empire*, 1959)明確地爲這個喪失留下翔實難忘的紀錄。來自倫敦的英國政治家、軍人、商人、學者、教育家、傳教士、官僚、情報員對澳大利亞、紐西蘭、香港、新幾內亞、錫蘭、馬來亞、整個亞洲次大陸、大部分中東地區、埃及至南非的整個東非地區、一大塊中西非地區（包括奈及利亞）、圭亞那，一些加勒比海島嶼、愛爾蘭和加拿大的失去，都負有關鍵性的責任。

比英國明顯地較小，法國的帝國組成太平洋和印度洋的一大群島嶼、加勒比海地區（馬達加斯加、新卡勒多利亞、大溪地、瓜得洛普等等）、圭亞那和整個中南半島（安南、柬埔寨、交趾、寮國和東京灣區）；在非洲，法國激烈地從事爭霸——大部分非洲大陸的西半部，從地中海岸到赤道地區均被法國人掌握，尚有法屬索馬利蘭。此外，像許多法國的非洲和亞洲殖民地，法國有叙利亞和黎巴嫩侵入了英國的通路和疆域。大英帝國總督中最著名而令人畏懼者之一的克羅莫爵士（正如他過去曾相當傲慢地說道：「我們不要統治埃及，我們只統治埃及的統治者。」），⑱在他於一八八三至一九〇七年期間，幾乎一手包辦地統治埃及之前，他在印度有卓著的功績，經常惱怒地提到法國人在英國殖民地的「輕浮」之影響。

對這些巨大的疆域（以及比利時、荷蘭、西班牙、葡萄牙和德國的），宗主國西方文化設計許多大規模的投資和策略，在英國和法國，似乎非常少的人會認爲事情會有任何改變。我試圖呈現大部分的文化形構先設帝國勢力永恆的優越性。然而，一個帝國主義的替代觀點崛起，持續發展，最後蔓延各地。

直到一九五〇年，印度尼西亞已脫離荷蘭贏得自由；一九四七年，英國將印度交給國大黨，巴基斯坦立刻分裂出去，並由金納(Jinnah)的穆斯林聯盟領導；馬來西亞、錫蘭和緬甸也取得獨立；「法屬」東南亞諸國亦然。遍及整個東、西和北非，英國、法國和比利時佔領已宣告終止，有時候（如在阿爾及利亞）會出現巨大的生命和財產損失。直到一九九〇年，四十九個新的非洲國家出現了。但這些鬥爭中無一是無中生有而出現的，正如格里莫指出者，殖民者和被殖民者之間國際化的關係乃由全球性的力量所驅策——教會、聯合國、馬克思主義、蘇聯和美國。反帝國的鬥爭，正如許多泛非洲、泛阿拉伯、泛亞洲會議所證實的，被普及化，而西方（白人、歐洲、先進）和非西方（有色人種、土著、低度發展）文化和民族的衝突被戲劇化了。

因爲世界地圖的重劃是如此地劇烈，我們已喪失了（恐怕是被鼓勵去喪失）一種正確的歷史感，更不用說道德感了，去體認到甚至在鬥爭的競爭性之中，帝國主義及其敵對者乃爲相同的領域而戰鬥、爲相同的歷史而競爭。當然，就在法式教育的阿爾及利亞人或越南人，或英式教育的東或西印度人、阿拉伯人或非洲人，遭遇到他們的帝國主人時，他們重疊在一起了。在倫敦和巴黎對帝國的對抗，乃受到德里和阿爾及耳所提供之反抗所影響。雖然這並非一群人與另一群和自己相同的人之間的鬥爭（一個典型的帝國主義之錯誤再現，會說是由獨特的西方自由之理念領導反殖民統治的抗爭，這個觀點不幸地忽略了在印度和阿拉伯文化的固有價值一直是抗拒帝國主義的，並因此宣稱反抗帝國主義的鬥爭也是帝國主義主要的勝利之一），在相同文化背景的反對者卻有著引人入勝的遭遇。若沒有宗主國的懷疑和反對，土著之反抗帝國主義的特色、用語及特出之結構會是非常不同的。這裡又呈現了文化先於政治、軍事史或經濟過程的情況。

這個重疊現象不是一個細小或可以忽略的論點。正如文化可以預先令某一社會具有對其他社會進行海外支配的傾向，並使之積極地從事於此，它也可以使這個社會準備去廢除或修正海外支配的理念。這些轉變，沒有一批男女群衆有抗拒殖民統治壓力之意願，肯拿起武器，籌劃解放的理念，並想像（如班尼迪特・安德森（Benedict Anderson）所言）一個新的民族社群，進行最後一擊的話，根本是不可能發生的。除非帝國的國內形成經濟和政治衰竭，除非帝國的理念和殖民統治的成本公開地被挑戰，除非帝國主義的再現開始失去其自圓其說和合法性，以及最後，除非反叛的「土著」以其本有文化的獨立性和嚴整性，而使宗主國文化印象深刻，並免於殖民的侵害，才可能有所改變。但強調所有這些前提之後，我們仍應承認在重劃地圖的兩方，反對和抗拒帝國主義乃是在一個由文化所提供的、雖有爭議、但大體上是共通的領域上，一起表達出來的。

什麼是土著和自由派的歐洲人雙方可以並存和相互了解的文化基礎呢？他們可以相互支援多少呢？在帝國支配的圈內，他們如何可能在激烈的變遷發生之前相互對待呢？首先思考一下佛斯特的《印度之旅》，這部小說確實表達了作者對這塊土地的情感（有時候是焦躁的、神祕化的）。我一直覺得《印度之旅》最有趣的一件事是佛斯特利用印度，以便再現一些事實上只訴求於小說形式的教條是不可能再現的素材——遼闊、不可思議的信條、隱祕的動作、歷史和社會形式。特別是摩爾太太以及費爾汀兩位主角，清楚地意含著他們必須被理解爲是已超越了人神同形論之規範，並停留在（對他們而言）令人恐怖的新要素之歐洲人——在費爾汀的情況，就是經驗到印度的複雜性，但然後回到熟悉的人本主義（在審判之後，他體驗到一種印度**可以**對個人的時空感產生何等影響之令人震慄的預感，然後他穿越蘇彝士運河，經由義大利，回到英國老家）。

但佛斯特是一位對現實太過縝密的觀察者，如此他便可以包容、令其保持原狀、不加更動，在其最後的段落，這部小說回到社會禮節的傳統意義，此處作者審愼且肯定地引入這種慣有的小說式家務事的處理方式（結婚和分財產）於印度：費爾汀和摩爾太太的女兒結婚，然而他和阿濟兹——一位穆斯林民族主義者——共患難又仍然分道揚鑣：『他們不想要這樣，』他們說了千百次：『不，還是不行。』而天空也應道：『不，不是這裡。』」有解決之道並可合爲一體，但都無法圓滿。⑲

假如今日的印度不是認同、匯合和交會的場所與時間（佛斯特的取向是細心的），那麼又是什麼呢？小說指出這個議題的政治起源立基於英國人的現身，然而它仍許諾給人們予政治衝突將可在未來輕易被解決的感覺，以便體驗此一僵局的不同層面。果德波和阿濟茲相互對立之反抗帝國的方式是被體認到——阿濟茲是穆斯林民族主義者，果德波幾乎是一位超現實的印度教徒——費爾汀的天生之反對立場也同樣被體認到，雖然他不可能將他對英國統治的邪惡不公之反對以政治或哲學術語表達出來，而只能對地方上的濫權做一些局部的反對。班尼塔・佩利在《幻覺和發現》(*Delusions and Discoveries*)有趣地論及佛斯特以積極的方式結束這部小說，重點放在佛斯特提供之「曇華一現的暗示」，而非「整體的文本」：⑳更確切地說，他意圖使印度和英國的鴻溝繼續維持，但允許間歇性地來回穿梭，縱然可以這麼做，我們仍有權結合印度人對英國統治的敵意，在阿濟茲審判期間，這是以一個可見之印度人的抗拒而被展示出來，費爾汀則勉爲其難地在阿濟茲身上看到這點，阿濟茲民族主義的模範之一是日本。英國俱樂部的會員之冷落迫使費爾汀辭職，這是緊張且十分令人厭惡的。他們認爲阿濟茲的違規是如此嚴重，任何顯示「脆弱」的跡象都會造成對英國統治本身的攻擊：這是對一個毫無希望的氣氛之指標。

幾乎正是因爲對費爾汀觀點和態度的自由、人性化之擁護，《印度之旅》是有缺失的，部分是因爲佛斯特對小說形式的承諾，使他暴露在無能處理的印度困境中。像康拉德的非洲，佛斯特的印度是經常被描述爲不可理解和太龐大的一個地區。有一次當隆尼和阿德拉在小說開頭時在一起，他們看到一隻鳥消失在樹叢中，然而他們不能辨識牠，誠如佛斯特爲他們和我們的利益而補充道：「在印度沒有任何事情可界定淸楚的，僅僅問一個問題會導致它消失或合併到其他事物上。」㉑因而，小說的關鍵處是英國的殖民者——「發育良好的身體、相當先進的智力，和尚未發展的心靈」——和印度之間持續的遭遇。

當阿德拉接近馬拉巴山洞時，她留意到火車轟隆、轟隆聲伴隨著她的沈思，這裡面有一個她無法揣度的訊息。

人的心智如何可能掌握到這個國家呢？幾個世代的入侵者嘗試如此，但他們仍然被放逐於這個社會之外。他們所建造的重要城鎮只是隱居之所，他們的爭吵只不過是不能找到返鄉之路者的微恙不適而已。印度知道他們的困擾，她知道這整個世界的困擾以至其極深之處。她以其千百張嘴巴、無數可笑威嚴的事物呼喚著「來吧」！但來做什麼？她從未界定淸楚。她不是一個許諾，只是一個訴求。㉒

然而，佛斯特顯示了英國的「官方主義」(officialism)如何試著強加諸於印度其想法。有許多先例規範、具有一套規則的俱樂部、限制令、軍事階層，以及高高在上、命令一切的英國權力。印度「不是一個茶會，」隆尼・希斯洛普說：「我只知道當英國人和印度人企圖在社交上更密切些時，災難就發生了。交往，可以；禮貌，當然沒問題。親密——絕不可能、絕不可能。」㉓難怪當摩爾太太脫掉她的鞋子要進入清眞寺時，阿濟茲醫師非常驚訝。這個動作雖然暗示了尊重並建立友誼，可是其作法卻被律法所禁止。

費爾汀也是特立獨行的，非常聰明和敏感，他在私下交談時與對方達成相互妥協讓步，對他而言這是人性最大樂事，然而他的理解和同情的能力在印度浩瀚的不可思議性之前失靈了；在佛斯特的早期小說中他就可算是一位完美的英雄了，但在此他卻慘敗了。至少，費爾汀和阿濟茲這樣的角色發生「關係」了。佛斯特在其英國小說中處理印度的策略是將它分成兩半：一爲伊斯蘭教，另一爲印度教，而阿濟茲正好代表前者這一半。在一八五七年，哈列特・瑪提紐(Harriet Martineau)就討論過：「毫無準備的心智，不論是印度教徒或伊斯蘭教徒，在亞洲的生活條件發展之下，不可能在理智上或道德上，多少和基督教化的歐洲心智產生交流同情。」㉔佛斯特較強調穆斯林，印度教徒(包括果德波)與他們相比是邊際性的，好像他們無法被小說手法所處理。伊斯蘭更接近西方文化，在佛斯特筆下的錢德拉坡，站在英國人和印度教徒的中介地位。佛斯特在《印度之旅》中，與印度教相較，稍微更接近伊斯蘭，但其缺乏最終之同情了解是顯然的。

根據這部小說，印度教徒相信所有一切都是混沌狀態，一切都有相互關聯，神是獨一的，又不是獨一的。過去不是，又是。與之相比，由阿濟茲所代表的伊斯蘭了解秩序和一個特別的上帝（「伊斯蘭教徒比較起來有較單純的心靈，」㉕佛斯特含糊地說，好像同時意含著阿濟茲有一顆比較單純的心，一般而言，「伊斯蘭教徒」也是如此）。對費爾汀而言，阿濟茲是準義大利人，雖然他對蒙兀兒王朝的過去有誇大的觀點，他對詩歌的熱愛、他對隨身攜帶的太太之照片有種古怪的**虔敬感**，這都顯示了一個異國之地中海式的反派人格。除了費爾汀美妙的布魯姆斯柏利（Bloomsbury）的文人氣質外，他充滿慈悲和愛心去判斷事情的能力、他建基在人性規範的熱忱知性，最後他仍被印度本身所排斥了，他的迷亂的心性只有摩爾太太能看透，可惜她最後被她的洞見所害死。阿濟茲醫師變成一位民族主義者，但我想佛斯特對他有點失望，這似乎只是他的故作姿態而已；他不可能將他和印度獨立運動的更廣大和一貫的脈絡關聯起來。根據法蘭西斯・赫金斯的觀點：「極令人訝異地，」十九世紀至二十世紀初的「民族主義運動沒有能夠從英國人對印度的想像中找到任何回應。」㉖

當碧翠絲和席德尼・韋伯夫婦在一九一二年在印度旅行時，他們注意到英國雇主要讓印度勞工爲殖民政府工作相當困難，或者是因爲懶惰是一種反抗的形式（正如阿拉塔斯（S. H. Alatas）所呈現的，在亞洲其他地方這是非常普遍的」，㉗或者是因爲達達巴海・諾洛吉（Dadabhai Naoroji）所謂的「榨取理論」，其論點主張印度的財富已被英國人所榨乾，而民族主義黨派對他的論點頗爲滿意，韋伯夫婦則譴責道：「那些長久住在印度的歐洲居民沒有習得管理印度人的藝術。」然後他們補充說：

同樣清楚的事實是，有時候，印度人是特別難得流汗的工人。他不在意他是否賺得夠。他偏好浪費且生活在半餓殍的狀態，也不願過度工作。無論其生活水準多低，他的工作標準更低——尤其是當他為他不喜歡的雇主工作時更是如此。他的不規律性真是把人難倒了。㉘

這可說完全沒有提到兩個處於戰爭狀態的民族。相似地，在《印度之旅》中，佛斯特發覺印度是令人困擾的，因爲它是如此奇怪和難以界定，或者因爲像阿濟茲這樣的人們，竟會讓自己受到幼稚的民族主義情感所誘惑，或者因爲假如某人像摩爾太太那樣想要坦誠面對它，就不可能從這種遭遇中復原過來。

對西方人而言，摩爾太太是討厭鬼，而在她遊歷了洞穴後，她也覺得自己是如此，對在法庭審判的場景中，被瞬間激起某種民族主義的協同一致之印度人而言，摩爾太太不是一個人，而只是一個動員的口號而已，一個可笑的印度化之抗議團結的原則：「摩爾女士萬歲！」她有一個她所無法了解的印度經驗，正如費爾汀膚淺地了解，但無深刻的經驗，小說中的無助感顯然並非一路貫徹到底，並譴責（或護衛）英國殖民主義，有時既不是譴責、也不護衛印度民族主義。誠然，佛斯特的嘲諷貶損了每一個人，從高傲頑固的托頓夫婦和波頓夫婦，到裝模作樣、滑稽的印度人，但我們不得不感覺到從一九一〇年代和二〇年代的政治現實來看，甚至像《印度之旅》這樣出色的小說，仍是立基於印度民族主義的無可迴避之事實。佛斯特以一位英國人費爾汀來界定其敘述主線，他所能了解的只是印度是太遼闊和令人深感挫折，像阿濟茲這樣的穆斯林只可能做朋友到某個程度。顯然他對殖民主義的敵意，是如此難以接受地愚蠢，故印度和英國是兩個敵對的國家（雖然他們的立場重疊）的感覺被淡化、消音和磨蝕掉。

這是一部處理個人、而非官方或民族歷史的小說所享有的特權。相反地，吉卜齡直接承認政治現實，不只將之視爲小說反諷手法的材料，而不論英國在印度的歷史對他而言是多麼具壓迫性、悲劇性或充滿暴力。印度人種類紛雜，他們有必要被知曉、被了解，英國的權力必須在印度用來對印度人加以正名之：從政治上來講，這是吉卜齡的配套方案。佛斯特則是推諉規避且更耍派頭的；故佩利的評論還算眞實：「《印度之旅》是英國人以想像力發現印度的勝利之表現。」㉙但下列看法也是眞的：佛斯特的印度如此充滿個人情懷且如此無情地形而上學式的，因而他對印度人做爲一個民族，對英國爭取主權的主張不把它在政治上看得很嚴肅，或甚至會去尊重之。想想下面這段話：

> 哈米都拉要去參加一個顯貴政要所組成的擾人之委員會之前，先順道來訪。這個委員會具有民族主義傾向，由一些印度教徒、穆斯林、兩位錫克教徒、兩位祆教徒、一位耆那教徒和一位本土基督教徒共同組成，試圖要表現的比常態下更加地彼此親近歡喜。若有人詆毀英國人，大家都還可以相安無事，但沒有任何建設性的事情被實現，假如英國人一離開印度，這個委員會也會立即消失無蹤。他喜愛阿濟茲，他的家庭和他自己的家庭有所聯繫，他為阿濟茲對政治沒

有興趣感到高興，政治會破壞一個人的人格和事業，然而沒有政治又會一事無成。他想起劍橋——令人憂傷地，正像一首詩已結束了一般。二十年前，他在那裡的時候是多麼快樂啊！政治對班尼斯特院長夫婦是無關緊要的。在那裡，球賽工作和令人愉悅的社團交織在一起，顯然對一個民族的生活提供了充分的基礎結構。在這裡，一切充滿明爭暗鬥的恐懼不安。[30]

這標示了政治氣候的某種改變：過去在班尼斯特院長家中和在劍橋，可能那一套方式在現在此一喧囂的民族主義時代已不再適用了。但當佛斯特說派系們彼此不喜歡是「常態」，或當他排除了民族主義委員會的力量可持續到英國人統治行使之後，或者雖然民族主義可能是單調乏味、不夠氣派的，但被佛斯特說成是「明爭暗鬥和恐懼不安」時，他實際上是用帝國之眼來看印度人。他的假設是「他」可以略過幼稚的民族主義之裝扮，直透印度的本質；當談到統治印度的問題時，正是哈米都拉和其他人所挑動之事——英國人最好繼續執行統治任務，雖然他們也有犯錯，但「他們」印度這班人還未有充分的自治之準備。

當然，這個觀點可以回溯到彌爾，且令人訝異地和在一八七八至一八七九年擔任總督的布爾瓦—李頓(Bulwer-Lytton)的立場相似，他說：

> 次等的印度官員和膚淺的英國慈善家們的可悲心態已經促成極大的不公，且忽

略種族特性的基本和無可克服的差別，這對我們在印度之地位具有根本的重要性；因而，無意間縱容了半開化的土著之欺瞞和虛浮，這是對常識和對現實之健全認知的嚴重傷害。㉛

在另一個場合，他說：「下孟加拉的印度紳士雖然有不忠的傾向，幸運地是膽小的，他們的唯一槍砲是墨水瓶；雖然它很骯髒，但不危險。」㉜在《印度民族主義的出現》（*The Emergence of Indian Nationalism*）一書中，這些段落被引用，其作者安尼爾・錫耳（Anil Seal）強調布爾瓦—李頓忽略了印度政治的主要趨勢，一位留心的縣協辦大臣察覺到此一趨勢，他寫道：

> 二十年前……我們必須考量地方的民族性和特殊的種族，馬赫拉塔人（Mahratta）的憤慨並未導致孟加拉人相同的情緒……現在……我們已挑戰所有這些說法，並開始面對面去發現事實，不只是對個別省份的人口，而是和由我們自己的開創和促成的同情和交往所統一起來的二億人民。㉝

當然，佛斯特是一位小說家，不是具政治色彩之軍官、理論家或先知。然而，他找到運用小說機制的方式，以便詳盡闡述態度和指涉的現存結構，並且不加改變之。這個結構容許人們對印度人和印度普遍地產生情感，甚至與之親近，但讓人們將印度政治看作是英國人的責任，而且在文化上拒絕賦予印度民族主義其特有的權利（比方說，同樣的權利卻會很樂意地就給予希臘人或義大利人）。安尼爾・錫耳又說：

在埃及，正如在印度，凡是英國人不滿意的活動就被判定為是自利的陰謀，而非真誠的民族主義，格拉斯頓（Gladstone）政府視埃及的阿拉比（Arabi）叛亂為幾位軍官所策動，並由一些偏好閱讀拉馬丁（Lamartine）作品的埃及知識份子所教唆——這是一個安慰性的討論，以便可以為格拉斯頓派人士之否定他們自己的原則而自圓其說。究竟，在開羅沒有加里波底（Garibaldis），加爾各答和孟買也沒有。㉞

在佛斯特自己的作品中，他並沒有明白地思考下列問題：一個反抗的民族主義如何可能由一位對它充滿同情的英國作家所再現呢？無論如何，這個問題被一位英國在印度政策的聖戰士般之反對者：愛德華・湯普森（Edward Thompson），在他出版於一九二六年的著作《勳章的另一面》（*The Other Side of the Mdeal*）以非常動人的方式研究著。這本書出版於《印度之旅》兩年後，湯普森的主題乃是有關錯誤的再現，他說，印度人看英國人乃是完全透過一八五七年「兵變」中對英國人殘暴的經驗。英國人在印度之統治者的自大、冷血之宗教性達到最惡劣的情況時，他們視印度人及其歷史乃是野蠻的、不文明的、無人道的。湯普森指出在兩種錯誤再現之間的不平衡，其中一個有現代科技的力量與其向四方的擴散來支撐之——從軍隊到《牛津印度史》(*The Oxford History of India*)——而另一個再現則有賴一群被壓制人民的小冊子和正在動員之拒斥論的情緒。然後，湯普森說，我們必須承認下列事實：

> 印度人存在著仇恨——野蠻、頑強之仇恨——當然如此；我們若能更快地體認之，並探尋其理由，則情況會變得更好。對我們的統治之不滿普遍地成長。首先，必定先有廣泛散布之大衆記憶以便說明此一不滿之所以能夠散布的原因；其次，在其心中有熾盛的仇恨，促使其累積如此迅速的動量。㉟

因此，他說，我們必須要求「印度歷史中的一個新取向，」我們必須表現出爲我們所做所爲去「贖罪」。首先，我們應該要承認印度男女們「期待自尊能夠歸還給他們。使他們再度獲得自由，使他們能夠雙眼注視著我們每一個人，他們將表現得像個自由的人民，且不再說謊了。」㊱

湯普森的強而有力和令人激賞的著作，從兩方面來看，深刻地顯示了某種徵候。他承認文化在鞏固帝國情感之極端重要性。他提了又提，說道歷史寫作和帝國的擴張緊密結合，他所做的算是在宗主國裡面企圖將帝國主義理解爲是對殖民者和被殖民者的文化磨難之最早和最具說服力者之一。但他受制於下列這個想法：即在與兩造有所關涉的事件中有「一個眞理」超越他們而存在。因爲印度人不自由，所以他們「說謊」，反之，他（和其他像他一樣的反對人物）可以看到這個眞理，因爲他們**是**自由的，且因爲他們是英國人。如此，湯普森所能掌握的也不會多過佛斯特——如同法農所論者——帝國從不可能在善意之外，還放棄任何東西。㊲它不可能**給予**印度人自由，但若一個延續的政治、文化和甚至軍事鬥爭在時間不斷過去之後，雙方仍變得更爲對立，而非更緩和，結果才會迫使其讓步。同樣地，英國人握有帝國之大權，也是此一相同動態過程的一部分；他們的心態可能只會是防禦性的，直到他們被擊敗爲止。

在土著和白人之間的戰爭，直到一九二六年爲止，雙方必然已形成可見之串聯集結，故湯普森才會把自己看作是站在「另一邊」。現在有兩方、兩個民族處在戰鬥中，而不只是白人主宰的聲音被殖民的暴發戶輪唱式地——回應式地——回答著，法農以一段戲劇式的引文來稱呼之：「決裂、衝突、戰爭的變動性」。㊳湯普森比佛斯特更充分地接受這點，對後者而言，小說在十九世紀看待土著爲臣屬和依賴的這個遺產，此時仍然是強而有力的。

在法國，沒有人像吉卜齡這樣，甚至在稱頌帝國的同時還警告其迫在眉梢的災難性崩解，也無人像佛斯特一樣。法國在文化上執著於拉勿爾・吉拉迭所說的驕傲和困擾的雙重運動——對殖民地所成就的偉績感到驕傲，但對殖民地的命運又充滿憂懼。㊴但如同英國，法國對亞洲和非洲民族主義的反應也很少有超過蹙一下眉毛的程度，除了當共產黨與第三國際連成一線，去支持反殖民革命和反抗帝國。吉拉迭討論紀德的兩部寫於

《背德者》幾年之後的重要作品：《剛果紀行》(*Voyage an Congo*, 1927)和《查德歸來》(*Retour du Tchad*, 1928)，對法國在非洲撒哈拉地區的殖民主義提出質疑，但他準確地補充道，紀德全然沒有質問「殖民主義的原則本身」。㊵

唉！其模式總是一樣的，像紀德和托克維爾這樣的殖民主義批評者，抨擊某地方之權力濫用，同時卻沒有充分觸及問題。要不是寬恕了他們所關懷之法國疆域上的濫權作法，要不就是無能提出一個普遍的反抗**所有**壓制或帝國霸權的主張，什麼也不說。

在一九三〇年代，一系列嚴肅的民族誌文獻以令人喜愛和煞費苦心的方式討論到在**帝國**疆域內的土著社會，由毛里斯・狄拉霍斯(Maurice Delafosse)、查理士・安德烈・朱利恩(Charles André Julien)、拉鮑列特(Labouret)、馬賽爾・格里奧爾(Marcel Griaule)、米契爾・賴利斯(Michel Leiris)所寫的作品，對遙遠且經常是少人知悉的文化實質且細心的思索，並給它們一個尊重的地位，否則它們會在政治帝國主義的責難下受到否定。㊶

學術的關注和帝國的固步自封之特殊的混合，可以在馬爾勞的《王道》(1930)中發現到一些。這是他的作品中最鮮爲人知和最少被討論到的其中一部。馬爾勞自己既是冒險家，也是業餘的民族誌暨考古學家；其創作背景中有里奧・弗洛貝尼斯、康拉德的《黑暗之心》、勞倫斯、琳寶德(Rimbaud)、尼采和，我認爲，還有紀德的梅納克此一角色。《王道》展開一個「內地」之旅程，在此指法屬中南半島(馬爾勞主要批評家很少留意於此一事實，對他們這些人而言，正如卡繆和**他的**批評家一樣，唯一值得探討的場景是歐洲的)。一方面有普庚和克勞德(叙述者)，另一方面有法國權威當局，爭取支配和掠奪的事業：普庚希望取得柬埔寨浮雕，官吏們以懷疑和不爽來看待他所追求的。當冒險家找到格拉伯特，一位克茲式的人物，他被土著所俘擄，弄瞎和折磨，他們試圖將他從俘擄他的土著手中營救回來，但他已精神分裂了。在普庚受傷且他的病腿正在銷毀他時，這位不屈不撓的自我中心主義者（像克茲在他最後的苦悶中表現的那樣）對悲慟的克勞德（像馬羅）宣布他的輕蔑之訊息：

「沒有……死亡……只有……我……一隻手指在大腿上逐漸僵硬。……即將死去的……我。」㊷

中南半島的叢林和部落在《王道》中以一種混合著恐懼和逗人之誘惑的方式來再現，格拉伯特被莫伊斯部族所俘擄；普庚統治史騰族已有一段時日；他像一位奉獻的人類學家，徒勞無功地嘗試著保護他們免於現代化（以殖民鐵路之形式來代表）之侵犯。然而除了小說之帝國場景的威脅和不安之外，少有提到**政治**威脅，或分隔克勞德、普庚和格拉伯特的宇宙浩劫，事實上比人們必須發揮其意志力去反抗的一般性厄運更見歷史的具體性。是的，人們可以在這個**土著**的異鄉世界磋商一些小交易（例如：普庚和莫伊斯人進行這樣的交易），但他對柬埔寨整體的仇恨以相當通俗鬧劇式的方式，暗示了分隔東方和西方的形上學鴻溝。

我之所以對《王道》賦予如此的重要性，乃因做爲不凡才華的歐洲作家所做的一部作品，它如此確切地見證了西方人本主義的良知在面對帝國疆域中的政治挑戰時，是如此無能爲力的。對一九二〇年代的佛斯特和一九三〇年代的馬爾勞這兩位對非歐洲世界有眞正熟悉的人士，一個輝煌的願景擺在西方世界的面前，而非區區的民族自決——包含有自我意識的意志，或甚至是品味和區辨的深刻議題。恐怕是小說形式本身內含著傳承自上個世紀的態度和指涉結構，使他們的認知變得遲鈍了。假如人們拿馬爾勞和法國著名的中南半島文化專家保羅・穆斯（Paul Mus）相比，其差異是驚人的。穆斯的作品《越南：戰爭社會學》（*Vietnam: Sociologie d'une Guerre*）二十年後問世，正在奠邊府之役的前夕，正如愛德華・湯普森所言，穆斯看到了分隔法國和中南半島的深遠之政治危機。在標題爲〈通往越南之路〉（Sur la route Vietnamienne，恐怕是回應《王道》）之引人入勝的一章裡，穆斯坦白地說到法國制度體系和它對越南神聖價値的世俗性侵犯；他說，中國人比法國人更了解越南，他們建設鐵路、學校和「基層行政體系」。沒有宗教上的天命，對越南傳統道德少有知識，甚至對地方的本土主義和情感少有留意，法國人只不過是無心的征服者而已。[43]

像湯普森一樣，穆斯視歐洲人和亞洲人必須結合在一起，還有一點也像湯普森，他反對持續殖民體系。撇開蘇聯和中國的威脅，他提倡越南獨立，但仍希望簽定中法協定，以便給法國對越南之重建享有特權（這是本書最後一章的重擔：「怎麼辦？」（*Que faire?*））這個呼籲確實比馬爾勞的好太多了，但也只不過是歐洲人對非歐洲人行使監護權的概念做一個小小的轉變而已——誠然是開明的監護權。它缺乏的是，從西方帝國主義的所做所爲來看，其已經轉化成第三世界敵對之民族主義的整體強度之體認，這個民族主義所表現出的不是合作，而是敵對。

緩慢且經常充滿困惱的地理疆域之收復有關的爭議，是去殖民過程的核心問題，而——如同帝國本身也是一樣——它又是先由文化疆域之劃定所揭開序幕的，在「原初的反抗」階段——也就是指打擊外來的侵略——結束之後，接著第二個階段來臨，也就是意識型態的反抗，這個時候心力放在重組一個「破碎的社群，拯救或恢復對社群反抗殖民體系所有壓力之認知和事實，」㊹正如巴塞爾·大衛森所言，這又進而使新而獨立自主的關鍵局勢之確立成爲可能。重要的是，在此我們主要不是在談論烏托邦式的領域——也就是所謂牧歌式的草原——由反抗的知識份子、詩人、先知、領袖和歷史學家從他們個人緬懷過去所發現的東西。大衛森提到在他們反抗的早期階段，某些人所編造的「超世俗」之許諾，例如：楊棄基督教和不穿著西方服裝。但上述所有人都在回應殖民主義所帶來的恥辱，並導致「民族主義的根本教訓：必須去追尋意識型態的基礎，以達到比任何過去所知的更廣泛之統一性。」㊺

我相信其基礎乃是建立在，重新發現和重返被帝國主義的過程所壓制之土著過去的歷史。因此，我們可以了解法農堅持基於殖民情境重新解讀黑格爾的主－奴辯證關係，在此一情境中，法農討論到帝國主義的主人如何「根本上不同於黑格爾所描述的主人。對黑格爾而言，在其中有一互惠性；在殖民關係中主人嘲笑奴隸的意識，他想從奴隸身上獲得的不是承認，而是工作」。㊻獲得承認，必須重劃疆界，然後佔領在帝國的文化形式中被保留做爲臣服之用的場所，具有自我意識地佔領之，在這個過去被一種假設已規劃的劣等他者之臣服意識所統治的相同疆域上進行戰鬥。然後，**重新銘記**（reinscription）。反諷的是，黑格爾的辯證法終究是黑格爾的：他一開始就擺在那裡了，正如在法農的《詛咒》（*Les Damnés*），使用馬克思的辯證法來解釋殖民者和被殖民者的鬥爭之前，馬克思的主客辯證法就已擺在那裡了。

這是反抗的部分悲劇。就某種程度，它必須從事於恢復被帝國文化所建立或至少所影響或滲透的既有形式。這是我所謂的重疊之疆域的另一個例子，例如：在二十世紀爲爭霸非洲進行的鬥爭，是在由來自歐洲的探險家歷經幾代之設計、再設計的疆域上開展的，此一過程在菲利普・柯汀（Philip Curtin）的《非洲形象》（*The Image of Africa*）相當難忘且煞費苦心地傳達出來。㊼正如歐洲人以論辯方式來看待非洲，當他們將之佔領時，就視其爲一個空白處女地，或者當他們在一八八四至八五年柏林會議的圖謀瓜分之時，假設其怠惰式的屈服讓步特質並能加以利用，故去殖民化的非洲人發現有必要以剝除掉其帝國之過去來重新想像非洲。

讓我們拿所謂「追尋」(quest)或「歷程」(voyage)的主題，做爲競逐計謀或意識型態之形象而戰鬥的一個特殊個例來考量。這個主題在許多歐洲文學，特別是寫有關非歐洲世界的作品者。在所有的晚期文藝復興時代之偉大探險家敘事〔丹尼爾·狄弗特(Daniel Defert)適切地稱之爲「世界採風」(la collecte de monde)〕[48]，以及十九世紀的探險家和民族誌學者的著作中，更不用說康拉德的剛果河航行，有瑪麗·路易絲·普雷特(Mary Louise Pratt)所稱之南向航程的**主題**，她也提到紀德和卡繆[49]，在其中控制和權威的主題「似乎未曾間斷地被呈現出來」。對開始看到和聽到此一持續性論調的土著而言，它聽起來好像「充滿危機、流放、從核心地帶流亡出來、從家園流亡出來的調調」。這是史蒂芬·狄達勒斯在《尤利西斯》的圖書館插曲的場景中，令人難忘地說出來的那段話；[50]去殖民化的本土作家——諸如喬埃斯，被英國人所殖民的愛爾蘭作家——重新經驗到「追尋—歷程」的主題。從這裡，他也就跟著流亡出來，並運用帝國時代傳承的相同隱喻手法帶入其新文化，重新利用並賦予其生命力。

詹姆士·努及〔James Ngugi，以後又稱努及·瓦·提安哥(Ngugi wa Thiongo)〕的《界河》(*The River Between*)重演了《黑暗之心》，在小說的首頁就將生命注入了康拉德之河。「這條河流叫賀尼亞，其意爲治療或復甦生命，賀尼亞河從未乾涸：它似乎擁有一個強烈的生命意志力，蔑視乾旱和氣候轉變。以同一方式細水長流、從不急促、從不猶豫，人們看到這樣都很快樂。」[51]康拉德的河流之形象，探索和神祕的場景，當我們讀到時，從未遠離我們的認知，然而他們以相當不同地方式被量度著，以一種不同的——

甚至是驚人的——縝密的低調手法處理著，以自我意識且不多著墨和質樸的語言來體驗之。在努及的著作中，白人的重要地位消退了——他是被壓縮成爲象徵式地被稱爲李文斯頓的單身傳教士角色來代表——雖然他的影響力乃在分隔不同村莊、河岸和人民的區域中被感受到。在摧殘維亞基人民生活的內部衝突中，努及有力地傳達了不可解的緊張對立，預料在小說結束後仍將持續下去，小說本身無意去加以抑制。一個新的模式在《黑暗之心》中被壓抑，但從努及所產生的一個新題旨中出現，其纖弱的歷程和最終的朦朧性暗示了回歸到非洲人的非洲。

在塔伊伯・沙里赫的《遷徙北方的季節》(*Seasons of Migration to the North*)中，現在康拉德的河流變成尼羅河：它的流水復甦了其人民，康拉德的第一人稱英國人叙述的風格和歐洲角色從某種意義上被逆轉了，首先是阿拉伯文之使用；其次是沙里赫的小說關注一位蘇丹人往北前去歐洲的旅程；第三，叙述者從一個蘇寮村莊說起，航向黑暗之心的旅程因此轉換爲一種聖化的**流亡**(hegira)，仍然肩負其殖民遺產的重擔，從蘇丹鄉村流亡至歐洲的心臟地區。在此，莫斯塔法・薩依德(Mostapha Said)，一位克茲的翻版，行使了對他自己、對歐洲婦女、對叙述者理解力的儀式性暴力。**流亡**以薩依德的回歸其家鄉，並自殺於此地做了結。沙里赫對康拉德之模擬式的翻轉如此慎思熟慮，甚至克茲掛滿骷髏頭的籬笆也被複製並扭轉爲儲存在薩依德祕密圖書室中的歐洲藏書。從北到南和從南到北的介入和穿越擴大，並複雜化了由康拉德所繪製之殖民軌道的來回運動；其結果不只是一種小說疆域的重新佔領，也是對康拉德的壯闊散文所消音之某些差異性和其想像之後果，加以表達出來了。

那裡和這裡一樣，既未更好也未更壞，但我來自這裡，正如矗立在我們房子庭院的椰棗樹一樣，是在**我們的**房子成長的，不是在其他人的地方。事實是他們來到我們的土地，我們不知道為什麼，那就意味著我們應該毒害我們的現在和我們的未來嗎？不久之後，他們將離開我們的國家，正如在歷史上有許多民族也曾經離開過許多國家一樣。鐵路、船舶、醫院、工廠和學校將是我們的，我們將說他們的語言，既沒有罪惡感，也沒有感激之心。再一次我們將回到我們過去的狀況——普通百姓——假如我們本身就是謊言，我們將是我們自己所編織的謊言。(52)

因而，第三世界的後帝國之作家承受內在於他們自己的過去——是羞辱的創傷疤痕、是挑起不同實踐之煽動、是可以潛在地導向一個後殖民未來的對過去之被修正的觀點、是迫切地可以再詮釋和再配置的經驗，其中，先前沈默的土著說話了，並行使於其收復之疆域上，以為掙脫殖民者之普遍性反抗運動之一部分。

另一個主題在反抗文化中出現，考量一下在許多現代拉丁美洲和加勒比海地區之莎士比亞《暴風雨》的翻版，企圖宣示對一個區域掌握復原和重新賦予活力之權威，所展現之令人驚異的文化奮鬥。這個寓言是許多挺身護衛新世界想像者的寓言故事之一；其他故事是哥倫布、魯賓遜、約翰・史密斯和波卡漢妲斯（Pocahontas）的冒險和探索，以及印克爾和雅力可（Inkle and Yariko）之冒險〔彼德・胡姆（Peter Hulme）炫人耳目之研究：《殖民遭遇》（*Colonial Encounsters*），以相當細節研究所有這些故事〕。㊸它是一個尺碼，測量這類「開創性的角色」已變得多麼的充滿嚴陣以待的氣氛，現在已全然不可能對他們之中的任何一人簡單說說而已了。若說這種再詮釋的狂熱只是單純幼稚、報復性的或變異性的，我想是不對的。在西方文化中，以整體全新的方式出現了非洲藝術家和學者之介入，不可能把他們排除掉或加以消音。這些介入，不只是運動的一個整合部分，而且從許多方面來看，這個運動**成功地**指引著想像、理智和形構的能量，重新看待與重新思考白人和非白人的共同藩籬。對許多厚顏無恥的西方人而言，土著之重新佔領疆域，實是無法想像的。

艾米・沙塞爾的加勒比海《暴風雨》之核心，不是**憤慨**（ressentiment），而是一種情感上欲和莎士比亞競爭去再現加勒比海的權利。競爭的衝動乃是雄心萬丈地努力去發展不同於先前依賴關係所衍生的認同，而是一個整全性認同基礎的一部分，根據喬治・蘭明的說法，卡立班「是被排斥者，永遠是在可能性之下的人……他只是被視爲可有可無的、一個可以被徵用和被剝削者、爲服侍另一個人所擁有的發展目的而存在的狀態」。㊹假如眞是如此，則卡立班必須呈現出可以被人們所認知到的屬於自己之歷史，且是由卡立班自己努力的結果。根據蘭明的看法，我們必須透過「以更新的語言」洗禮，來「破除普洛斯佩洛的古老神話」；但「直到我們能揭示語言乃是人類努力的產物；直到我們能充分利用所有由仍然被視爲無語言可用，及畸形奴隸之不幸子孫所著手之相關事業的成果」，[55]這一切才可能實現。

蘭明的論點指出認同是根本的，但只肯定了一種不同之認同還是不夠的，重要的是一個能夠將卡立班看作擁有發展能力的歷史，並做爲其工作成長、成熟過程的一部分，過去似乎只有歐洲人被認爲有如此權利。因而，每次對《暴風雨》之美洲式的重新銘印，是這個偉大古老故事的一個地方版本，被一個揭開的政治和文化史的壓力所賦予活力並形成變化。古巴批評家羅勃托・費南德茲・李塔瑪(Roberto Fernandez Retamar)提出下列意義重大的論點：對現代拉丁美洲和加勒比海人而言，卡立班本人，而非阿里爾是雜種的主要象徵，他具有不同特性之奇特和不可預期的混合。對新美洲大陸的「土生歐洲人」(Creole)，或**混血兒**(mestizo)的混雜人種，這更爲眞確。[56]

李塔瑪選擇卡立班，而非阿里爾，標示了在爭取去殖民化的文化奮鬥之核心中，有一個深切而重要的意識型態爭論，即在獨立民族國家的政治建立之後，仍持續不懈地長期奮鬥以便重建社群，並重新享有本身之文化。我這裡所說的反抗和去殖民化，在成功的民族主義之奮鬥劃下休止符之後，仍持續進行，這個爭論象徵性地表現在努及的《心靈之去殖民化》(*Decolonizing the Mind*, 1986)，這本書記載著他向英文說再見，並進一步地努力要更深入地探索非洲語言和文學，以便深化解放的目標，[57]在芭芭拉・哈洛(Barbara Harlow)的重要著作《反抗文學》(*Resistance Literature*, 1987)中，也體現了相似之努力，她的目的是要採用晚近文學理論的工具，去賦予「這些理論所置身並加以回應之特定社會和政治組織相對立的地理區域所發展出來的文學作品」其應有的場域。58

這個爭論的基本形式，最好立即被轉譯爲我們可以引申自阿里爾—卡立班抉擇的一組選項，這組選項在拉丁美洲的歷史中是特別不平常的，但對其他地區也會是有用的。拉丁美洲的討論〔李塔瑪是晚近在這個領域中著名的貢獻者；其他人有喬斯・安立奎・羅多(José Enrique Rodó)和喬斯・馬蒂(José Martí)〕是對於一個文化如何去尋求獨立自主於帝國主義，並想像它自己的過去之問題，提出一個眞實的回應。一個選擇是像阿里爾所做的，也就是成爲普洛斯佩洛志願的僕從；阿里爾樂意地做別人告訴他要做的事，當他獲得自由後，他回歸其本土的特質，某種土著資產階級，且從不因爲他和普洛斯佩洛勾結而遭受困擾。第二個選擇是像卡立班一樣，認知到並接受他的雜種身世，但並不因此而無能追求未來的發展。第三個選擇是成爲另一個卡立班，在發覺他的基本、前殖民時代之自我的過程中，揚棄掉他現在的奴役狀態和扭曲的外貌。**這個**卡立班還是在本土主義和激進民族主義背後，產生了**黑人認同**(négritude)、伊斯蘭基本教義信仰、阿拉伯主義等等概念者。

兩位卡立班彼此相互依賴、共榮共存。在歐洲、澳洲、非洲、亞洲和美洲，每一個臣屬的社群都有這樣一位痛苦地被審判且被壓制的卡立班，表演給像普洛斯佩洛這樣的外來主宰者看戲。體認到自我乃屬於一群臣屬人民，是反帝國的民族主義賴以肇始之洞見。從這個洞見孕育出文學、無數的政黨、一大批爭取少數民族和女性權益的鬥爭，以及許多時候追求新興獨立國家的鬥爭。然而，如同法農正確地觀察到的，民族主義意識可能極易導向凍結式僵化的教條；他說若只是把白人的軍官和行政官吏換成有色人種的官吏，一點也沒有保證這批民族主義的官僚機制不會複製了原有老式的上下尊卑之區隔，沙文主義和排外心態的危險（「非洲是非洲人的非洲」）極爲眞實。最好當卡立班看到了他自己的歷史也是**所有**被臣服的男女們的歷史之一個層面時，能夠充分了解他自己的社會和歷史情境的複雜眞相。

我們不該小看那個肇始之洞見其震撼人心的重要性——人們意識到他們在自己的土地上竟然成爲囚徒時——因爲在被帝國所主宰的世界文學作品中，這個洞見一而再、再而三地出現。帝國的歷史——由遍及十九世紀大部分的時候所產生的抗暴起義所標註著——在印度；在德屬、法屬、比屬、英屬非洲；在海地、馬達加斯加、北非、緬甸、菲律賓、埃及和其他地方——除非人們體認到憤慨的囚刑之感受，混雜著追求社群團結的情感，奠立了文化奮鬥中反帝國主義的抗拒之基礎，否則會覺得這一切充滿不一致性。艾米．沙塞爾寫道：

這也是屬於我：一間
汝拉山裡的小牢房
一間小牢房，雪像是兩道白色柵欄的化身
雪是一名白色的獄卒
在監獄前守衛

屬於我的：
被白色所監禁的，孤獨之人
一個人，孤零零地抵抗
白色死亡的白色吼叫
（萬聖節、萬聖節開幕）[59]

最經常發生的是種族的概念本身，賦予囚牢其**存在的理由**；它幾乎在抗拒的文化之每一處浮現。泰戈爾在他出版於一九一七年的《民族主義》偉大演說中說到這點。對泰戈爾而言，「民族」是一個會產生順服的緊綳且不可原諒的權力接受器，不論其爲英國的、中國的、印度的或日本的。他說，印度的回應不該是提供一個爭強好勝的民族主義，而是提供對由種族意識所產生的區隔性之創造性的解答。[60]相似的洞見也是杜・波伊斯(W. E. B. Du Bois)的《黑人民衆的靈魂》(*The Souls of Black Folk*, 1903)中的核心主題：「如何可以感受到這是一個問題呢？……爲什麼上帝讓我在我自己的家園中，也成爲一位受鄙視輕賤的陌生人呢？」[61]無論如何，泰戈爾和杜・波伊斯兩人均對全盤、毫不分辨地對白人或西方文化加以抨擊提出警告。泰戈爾說，不是西方文化應受責難，而是「將白人批評東方世界的重擔挑在自己肩上的民族之充滿審判意味的吝嗇心態」才應受責難。[62]

三個重大主題出現在去殖民化的文化抗拒中，爲了分析之目的要加以分開而論，但其實三者互有關聯。當然，其一是堅持將其社群的歷史視爲整體、一致和統合的權利，將受到囚禁的民族重新恢復其自我（班尼迪特・安德森(Benedict Anderson)將歐洲的這個情形關聯到其「印刷—資本主義」(Print-Capitalism)，因其「賦予語言一種新的固定性」和「在拉丁文之下，口語方言之上，創造了一個統一之交換和溝通的領域。」）[63]民族語言的概念是集中性，但卻未有一個民族文化之實踐——從口號到小冊子及新聞，從民間故事和英雄到史詩般的詩歌、小說和戲劇——這種語言有其隋性；民族文化組織並支持社群記憶，正如當非洲人反抗故事中，早期戰爭失利的事件被重述之時（「在一九○三年，他們拿走我們的武器；現在我們從他們手中奪回。」）；它運用復原的生活方式、英雄、女英雄和剝削的事跡，來重新固定其景象；它規劃驕傲和抵制之表現和情緒，進而形成主要之民族獨立黨派的支柱。地方上的奴役之叙事、靈性體驗的自傳、獄中回憶錄，形成了與西方列強的里程碑式歷史、官方論述和綜覽全景式的擬科學觀點之對比。例如，在埃及，焦吉・札伊登(Girgi Zaydan)的歷史小說，首次綜合成一個特殊之阿拉伯叙事（和華爾特・司各特在一個世紀之前所做的方式極相似）。在西班牙的美洲屬地，根據安德森的說法，**土生歐人**社群，「塑造了具有意識地重新界定這些（混血）人民成爲民族同胞的土生歐人。」[64]安德森和漢娜・鄂蘭都強調此一遍布全球的運動，「以一個基本上是想像的基礎達成了團結一致」。[65]

其二是抗拒的理念，一點也不只是對帝國主義的一種回應，而是認識人類歷史的一個替代方案。特別重要的是了解到，這個替代性的再認識有多少是立基於文化之間藩籬的破除。當然，正如一本興味盎然的著作之標題，**寫回**宗主國文化、解組了對東方和非洲之歐洲人的敘事。以一種更遊戲人間或更強而有力的新敘述風格來取代它們，這是其過程中的主要成份。[66]撒門・魯西迪的小說《午夜之子》(*Midnight's Children*)乃源自獨立本身解放式想像的絢爛作品，充滿著混亂和矛盾，渾然天成。進入歐洲和西方論述、加以混合、加以轉換之意識上的努力，使其體認到被邊際化、被壓抑，或被遺忘的歷史，這在魯西迪的著作中，及在更早期一代的反抗寫作中特別有趣。這種作品由上打在邊緣世界的學者、批評家和知識份子所實現；我稱此種努力為**心路歷程**(the voyage in)。

第三，一個令人注目的拉力引導分離主義式的民族主義，通往一個更整合式的人類社群之人性解放的觀點，我想對這點弄得非常清楚。沒有人有必要被提醒到在去殖民化的時期，由各種不同的民族主義所引燃之抗議、反抗和獨立運動遍及帝國世界，今日有關第三世界民族主義的爭議在數量及興趣上均大幅提升，這多少因為對許多西方學者和觀察家而言，民族主義的復甦乃是某些時空錯置的態度之重振；例如：艾萊・克杜里(Elie Kedourie)認為非西方的民族主義基本上應加以譴責，一種對宣示之文化和社會劣質性的負向之反動，一種對「西方人」的政治行為之模仿，不會帶來多少好事情；其他人，如艾力克・霍布斯邦和恩斯特・吉爾納(Ernst Gelner)認為，民族主義是逐漸會被新起之現代經濟、電子媒介傳播和超強的軍事計畫等跨國之現實情況所超越的一種政治行為模式。[67]我相信，所有這些觀點中，有某種對非西方社會取得獨立之昭然若揭的不爽

（以我個人的看法，這是反歷史的）。人們相信民族獨立就他們自己的民族精神而言，是一種「外來的」。因而，對「西方人」的民族主義哲學之優越性的反覆堅持，導致其並不適用於阿拉伯人、祖魯人、印尼人、愛爾蘭人或牙買加人，且容易被他們所濫用。

我想這是對新興獨立民族的一種批評，帶有某種對這些先前臣屬民族有權利如同更先進、因而是更高貴的民族，如德意志和義大利般，擁有相同之民族主義此一命題的一個廣泛的**文化**上之否決（左派和右派均有提出者）。某種優越性的混淆和狹隘的觀念，只允許某一理念的原創者可以理解和使用它。但是，所有文化的歷史是文化採借的歷史。文化不是不可穿透的；正如西方科學從阿拉伯人採借一些東西，他們也從印度和希臘借用一些。文化從不只是所有權的問題，也不是具有絕對的負債者和債主之借貸關係，但是實際上乃各種不同文化之間的採用、共通經驗和相互依存的關係，這是一個普遍規範。反過來說，誰能來決定受到宰制的其他民族對英國和法國的巨大國家財富提供多少貢獻呢？

對非西方民族主義的一個更有趣的批判，來自於印度學者和理論家帕薩・恰特吉（Partha Chatterjee，「賤民研究」團體的一員）。他說，大部分印度民族主義思想依賴於殖民權力的現實情況，要不是完全反對之，便是採取對愛國意識之肯定。這「不可避免地導致一種知識階層的菁英主義，植根於一種民族文化激進的復甦之觀點」。[68] 在這種情形下，**復興**民族基本上是一種浪漫之烏托邦夢想，這種夢想會被政治現實所抑遏。根據恰特吉的說法，民族主義的激進里程碑在甘地對現代文明全然之反對而達成。受到反現代的思想家，如羅斯金和托爾斯泰所影響，甘地在認識論上立足於後啓蒙思想的綱領之外。[69]尼赫魯的成就，是將被甘地從現代性所解放出來的印度民族完全定位在國家概念之內。「具體的世界，充滿著差異、衝突、階級鬥爭、歷史與政治的世界，現在於國家的生命中發現其統一性。」[70]

恰特吉提到，成功的反帝國主義之民族主義有一個籠統和迴避的歷史。此種民族主義變成了**不去**處理經濟上分配不均、社會不公和新興獨立國家由一群民族主義菁英所俘擄等問題的萬靈丹。但我想，他沒有充分強調文化對國家主義的貢獻經常是一種分離主義式的，甚至是沙文主義式和威權主義式的民族主義概念的結果。無論如何，在民族主義的共識之中，也有一個前後連貫的思想趨勢，充滿活力地富有批判性，拒絕分離主義和趾高氣揚的教條之短視近利，支持更寬廣、更慷慨的、體認到社群乃**置身於**不同文化、不同民族和不同社會之人類現實處境的觀點。此種社群是眞正的人性解放，由對帝國主義之反抗所預示。巴塞爾‧大衛森在他的鉅構《現代史中的非洲：追尋一個新社會》（*Africa in Modern History: The Search for a New Society*）中提出大略相同的論點。[71]

我不想被誤解爲是在倡導一種簡單的反民族主義立場。民族主義——社群的復興、認同之肯定、新興文化實踐的出現——乃是遍及非歐洲世界、激發出來以進行反抗西方支配之鬥爭的一個動員起來的政治力量，這是歷史事實。反對這點，和反對牛頓對重力的發現一樣，都是徒然的。是否爲菲律賓，或者任何非洲疆域、印度次大陸、阿拉伯世界、加勒比海和拉丁美洲許多地區、中國或日本，土著們為獨立和民族主義之團結而攜手並進，這是被建基於一種族群、宗教或社群之認同感，並以之對抗西方人進一步的侵略。這從一開始就發生了，它已成為二十世紀全球性事實，因為對西方之侵略的反動是如此普遍，正如西方的侵略也同樣變得格外普遍；除少數例外，人們團結在一起，以肯定對他們認為加諸他們身上之不正義的作為加以反抗，主要正是因為他們是非西方人。當然，確實這些團結的人們有時候會狂暴地排外，正如許多民族主義史家所顯示的。但我們也必須集中在民族主義反抗之內在的思想和文化辯論，正當獨立爭取到之後，對社會和文化新而想像性之重新概念化被追求著，以便避免老式的正統性和不正義情形。

婦女運動在此是重心，因為在原初的反抗開始進行時，緊接著是羽翼豐滿的民族主義政黨，此時不公的男性迫害手段，如：三妻四妾、一夫多妻、纏足、**自焚殉夫**(sati)和全然的奴役，變成女性反抗的焦點。在埃及、土耳其、印尼、中國和錫蘭，二十世紀初期婦女解放的鬥爭有機地和民族主義的起義結合在一起：拉賈・拉穆漢・羅伊(Raja Ramuhan Roy)，受瑪麗・渥爾史東克拉芙(Mary Wollstonecraft)所影響的十九世紀初期之民族主義者，動員了爭取印度婦女權力的初期之運動，在殖民世界中這是共通的模式，在這些地方，最早反抗不公的思想激盪，包括留意到所有被壓迫階級之權力受剝奪的情況。稍後女性作家和知識份子——經常來自具有權勢的階級，且經常和西方女權運動的使徒，像安妮・畢珊(Annie Besant)，聯合起來——站在起義之最前線去爭取婦女教育。

庫瑪莉‧賈亞瓦蒂娜(Kumari Jayawardena)的主要作品《第三世界女性主義和民族主義》(*Feminism and Nationalism in the Third World*)描述了印度改革者的努力，像托拉‧達特、卡爾文(D. K. Karve)和柯內莉爾‧索拉伯姬(Cornelia Sorabjee)和充滿戰士精神者，像是龐狄妲‧拉瑪拜(Pundita Ramabai)，他們的志同道合者有的在菲律賓、在埃及〔胡妲‧莎阿拉薇(Huda Shaarawi)〕、在印尼〔拉登‧卡爾汀妮(Raden Kartini)〕，拓寬並匯集成女性主義的巨流，在獨立之後，已變成主要的解放運動趨勢之一了。⑫

在民族主義的成果一直被壓制或是進行甚爲遲緩的地方——阿爾及利亞、幾內亞、巴勒斯坦、部分伊斯蘭和阿拉伯世界和南非——更廣泛地追求解放運動其實最爲顯而易見。我想，後殖民政治的學者尚未充分正視那些緩和正統性和威權式或父權式思想的理念，那些對認同政治的壓迫性本質採取嚴厲的觀點者。恐怕這是因爲第三世界的阿敏和海珊等獨裁者，已經如此完全地且以如此致命的方式挾持了民族主義。有時候，許多民族主義者比其他人或者更具壓迫性，或者在知性上更自我批判，這點非常淸楚，但我自己的主題是在最佳狀況下，民族主義對帝國主義的反抗總是自我批判的。

對在民族主義的行列中出類拔萃的人物，加以留心解讀——諸如詹姆士、聶魯達、泰戈爾本人、法農、卡布洛和其他作家——就會在反帝國主義的民族主義陣營中，衆多相互匹敵以爭取出頭天的力量之間加以區別，詹姆士就這點來說是完美的例子。長期爲黑人民族主義的急先鋒，他總是鄭重宣示並耳提面命道，族群特性的肯定是不夠的，正如毫不批判的團結一致也是不夠的，以便使其倡議更爲溫和。從這種作法才會導引出許多的希望，只因爲我們一點也不是處在歷史的終結時期，而是立足於可以爲我們自己的現在和未來的歷史做一些事的時刻，而且不論我們是生活在宗主國之內或之外。

總之，去殖民化是有關不同的政治使命、不同的歷史和地理的方略之一場非常複雜的戰爭，充滿著想像、學術和反學術的工作。這場鬥爭採取罷工、遊行、暴力攻擊、報復和反報復的形式。它的構造也由小說家和殖民官員寫出有關於例如：印度人心靈的本質、孟加拉土地租賃的大略狀況和印度社會結構特性所組成；與之回應的則組成了印度人有關在統治權的行使中分享更多權力的小說，印度知識份子和演說家則訴求於大衆，要求更積極之投注和動員起來以爭取獨立。

一個人不可能拿出時間表或對此訂出日期。印度遵循一個路線，緬甸則有另一個路線，西非有另一個，阿爾及利亞也有另一個，埃及、敘利亞和塞內加爾通通都有其他路線，但在所有這些事例中，我們看到逐漸形成兩個判然有別之龐大的民族壁壘：一邊是西方——法國、英國、荷蘭、比利時、德國等等——另一邊是大部分的土著。所以，一般而言，反帝國主義的抗爭逐漸地從間歇式和經常不成功的叛亂中逐漸成形，直到第一次世界大戰之後，爆發成爲遍及帝國的許多主要政黨、運動和人物；在第二次世界大戰之後三十年，變得更加好戰且關心獨立自主，在非洲和亞洲誕生許多新國家。此一過程，永遠地改變了西方列強的內部情勢，並分成帝國政策的反對者和支持者。

3 葉慈和去殖民化
Yeats and Decolonization

葉慈，目前已經幾乎完全被現代英國文學和歐洲現代主義高峰期的正典以及論述所吸納了。這兩者均把他定位為一位偉大的愛爾蘭現代詩人，深刻地與他的本土傳統、他的時代之歷史和政治脈絡，與處在一個動亂之民族主義時代的愛爾蘭，以英文寫作的複雜情境等要素充分結合在一起且互動的詩人。我卻以為除了葉慈明顯且持續地在愛爾蘭、在英國文化和文學，和在歐洲現代主義中呈現出來之外，他也展現出另一個有趣的層面：一位無可爭議的偉大的**民族**詩人，在反帝國主義之抗拒的期間，表達出一個民族受到一個海外強權支配而受苦的經驗、靈感和復古的觀點。

從這個觀點來看，葉慈這位詩人屬於一個通常不被認為是屬於他的傳統，也就是由歐洲帝國主義所統治、處在一個叛亂巔峰期之殖民世界的傳統。假如這不是慣有的詮釋葉慈之方式，我們必須說就愛爾蘭的殖民地位來看，他自然也屬於他所置身的文化領域，這和一大群非歐洲區域一樣，文化依賴和文化對抗交織在一起。

帝國主義的高峰期被認為始於一八七〇年代末期，但在英語世界的範域內，早在七百年前就已經開始了，正如安格斯・卡爾德(Angus Calder)扣人心弦的著作：《革命的帝國》(*Revolutionary Empire*)所如此美妙地呈現的一樣。愛爾蘭在一一五〇年代被教皇割讓給英格蘭的亨利二世；他自己則在一一七一年來到愛爾蘭。從那時候開始，英國對愛爾蘭存在著一個令人驚訝的持久不變的文化態度，即視其為住著一個野蠻和墮落人種的地方。最近的批評家和歷史學家——其中有西馬斯・汀(Seamus Deane)、尼可拉斯・堪尼(Nicholas Canny)、約瑟夫・里爾森(Joseph Leerson)和雷保(R. N. Lebow)等人——已經研究並紀錄下這段歷史，而一些赫赫有名的人物，諸如：艾德蒙・史賓塞和大衛・休姆(David Hume)對此一歷史之建構貢獻良多。

因此，印度、北非、加勒比海地區、中美洲和南美洲、非洲的許多地方、中國和日本、太平洋群島、馬來西亞、澳洲、紐西蘭、北美，當然還有愛爾蘭，同屬於一個群體，雖然這個時期的大部分時間，它們被分別予以對待，在一八七〇年之前，所有這些地方是各方勢力競逐的場所，或者各種地區的反抗團體之間，或者是歐洲列強本身之間，在某些情況下，例如：印度和非洲反抗外來支配的鬥爭在一八五七年之前已同時持續了一段時間了，也在十九世紀結束之際，許多處理非洲問題的歐洲會議進行之前有一段時間了。

在此重點是，無論人們想要怎麼去區分帝國主義高峰期的不同階段——在那個時期，幾乎在歐洲和美洲的每一個人，都相信他或她自己正服侍於帝國的文明和商業鼎盛時期的主張——帝國主義本身已經是持續幾個世紀的海外征服、侵略和科學探險的過程了。對一位印度人、愛爾蘭人或阿爾及利亞人而言，其土地曾經或已經被一個外來強權所支配，無論該強權爲自由派的、王權派的或是革命派的皆然。

但現代歐洲帝國主義與更早期形式的帝國主義，具有一種在構成上極其不同類型的海外支配，規模和範圍只是此一差異的一部分而已。當然，無論是拜占庭帝國、羅馬帝國、雅典帝國、巴格達的哈利發帝國，或是十五、十六世紀的西班牙和葡萄牙帝國，都未曾掌控像十九世紀的英國和法國所掌控的如此龐大之疆域。更重要的差別，首先是不對稱的權力之維持如此長期的壽命，其次是其權力組織之龐大，並對生活的許多小節，而不只是大略方向，產生重大影響。直到十九世紀初期，歐洲開始其經濟上的工業轉型——英國領先其風潮；封建和傳統的土地所有權結構正在改變；新的重商主義型態之海外貿易、海軍武力和殖民主義的移墾正被建立；資產階級革命進入其鼎盛階段，所有這一切發展賦予歐洲進一步凌駕其海外領地的優勢，形成一個氣勢迫人，甚至令人顫慄的權力之身影。直到第一次世界大戰開始爲止，歐洲和美國以某種殖民式的降服掌握了地球表面的大部分土地。

這個情況因許多理由而發生，可以擺滿一整個圖書館的系統性研究〔始於帝國主義最侵略性階段時所出現之帝國主義批判者的作品，如霍布森、羅莎・盧森堡（Rosa Luxemburg）和列寧〕將之大半歸諸於經濟的，和有點含糊地被歸類與陳述的政治過程〔以約瑟夫・熊彼得（Joseph Schumpeter）的觀點而言，還包括心理上的攻擊性因素〕。我在這本書所進行的理論是文化扮演一非常重要、且事實上不可分離的角色。在帝國主義擴張的幾十年期間，歐洲文化的心臟地帶放置著一個難以抵擋且毫無情義的歐洲中心主義。這個主義可以累積經驗、疆域、人民和歷史；它對這些東西加以研究、分類、檢證、和，如同卡爾德所言，它允許「歐洲的事業家」享有權力「從事龐大的計謀」(73)；但最重要的是，它經由將這些人民的認同從白人基督教歐洲的文化和事實上是特有的理念放逐出來，只留下成爲一種更低級的存有形式，以便將他們加以屈服。這個文化過程，必須被視爲是和帝國主義的物質核心之經濟和政治機器，形成一種生動的、發人深省和充滿活力的對位式。這個歐洲中心主義的文化，無情地將非歐洲的、邊際世界的每一件事情納入固定典則，加以觀察，且以如此徹底的方式、以如此鉅細彌遺的方式，以至於少有主題不被觸及、少有文化不被研究、少有人民和地點不被述及。

從上述這些觀點來看，幾乎自從文藝復興時代以來就沒有任何顯著的差別，假如對我們而言，討論那些長期以來被我們認爲是進步的社會要素，就其涉及帝國之層面來看，根本上是退步的，著實是令人困窘的，我們仍無須害怕去談論之。先進的作家和藝術家、工人階級、婦女——在西方世界邊際的團體——顯示出一種帝國主義的熱忱，就在許多歐洲和美國列強競爭的殘暴和無情之際，甚至無利可圖的操控逐漸增強之時，這股狂熱之強度也隨之增加。歐洲中心主義滲透到勞工運動、婦女運動、前衛藝術運動的核心，無任何一個重要的事情不被觸及。

當帝國主義的範圍和深度增加時，在殖民地本身的反抗也隨之提升。正如在歐洲，促成殖民區域匯入世界市場經濟的全球性累積，由一個賦予帝國意識型態許可證的文化所支持和推動。因而，在海外的**領地**上，龐大的政治、經濟和軍事反抗，被一個積極地煽動性和挑戰性的反抗文化所帶領出來，並公開宣示著。這個文化有自成一格的長期之嚴整與威武的傳統，不只是一個遲來之消極性地對西方帝國主義的反應而已。

在愛爾蘭，卡爾德說：屠殺蓋爾人(Gaels)的想法從一開始便是：「皇軍任務的一部分，或者由皇室所同意，〔被認爲〕是愛國的、英雄式的且符合正義的。」⑭英國人種優越性的觀念根深柢固；像艾德蒙・史賓塞這樣人道的詩人和紳士，在他的《現今愛爾蘭狀況的觀點》(*View of the Present State of Ireland*, 1596)大膽地提出，既然愛爾蘭人是野蠻的塞西亞民族，他們大部分人應被滅絕。反叛英國人的暴亂自然是很早就開始了，直到十八世紀在吳爾夫・童(Wolfe Tone)和格拉騰(Grattan)的領導下，反對力量獲得其自我的認同，有組織、格言和規範。在十八世紀中期，「愛國主義變成一種時尚」⑮，卡爾德繼續提到，基於史威夫特、哥德斯密和柏克的不凡天賦，給予愛爾蘭的反抗一種完全自成一格的論述。

許多——但無論如何不是所有的——對帝國主義的反抗，在民族主義廣泛的脈絡中進行著。「民族主義」仍是一個賦予所有各類未分殊化事物意義的字眼，但它提供我相當正確地去界定一群擁有共通的歷史、宗教和語言的人民，串聯起來去反抗一個外來侵略的帝國之動員力量。然而，因爲橫越許多殖民主宰的疆域，均取得其成果——事實上，正因爲其成功——民族主義持續成爲一個非常令人質疑的事業。當民族主義驅使人們到街上遊行反抗白人主宰時，它常由律師、醫師和作家所領導，他們這些人部分是由殖民強權所形成的，或在某種程度上由其生產出來的，民族資產階級和他們的專業化菁英，法農以如此不祥的方式說出來，事實上傾向於以一種新的階級基礎、且全然是剝削性的方式來取代殖民勢力，以新的方式複製了舊式殖民結構。遍及先前殖民的世界，有許多國家繁衍了權力的病態，如同伊克巴・阿合馬所說的那樣。㊱因而，民族主義的文化水平，致命地受限於其所先設的殖民者和被殖民者共通的歷史。帝國主義依然是一個合夥的冒險事業，其現代版的一個突出特點是它成爲（或宣稱是）一個教育運動；它相當有心地開創現代化、發展、教導和文明化的工作。在亞洲、非洲、拉丁美洲、歐洲和美洲的學校、傳教工作、大學、學術社團、醫院的年鑑上塡滿這種歷史，歷經一段時間，建立了所謂現代化的趨勢，同樣也減弱了帝國主義支配的嚴厲面向。但其核心仍保留了十九世紀之土著和西方人的區別。

例如：偉大的殖民學校，教導了幾代的本土資產階級有關歷史、科學和文化的重要眞理。從這樣的學習過程中，幾百萬人掌握到現代生活的基本事項，然而仍是一種建基於其他地方的、而非他們自己生命之中的權威之屈從的依賴者。既然殖民教育的目的之一是推廣法國或英國的歷史，此一相同的教育也降格了本土的歷史。因此，對土著而言，總有英國人、法國人、德國人、荷蘭人所提供之遙遠的、好像聖旨一般的語言寶庫，就算不提在生產性勾結的年代，土著和「白人」之間發展的親密關係。喬埃斯的史蒂芬・狄達勒斯面對他的英語研究主任時，提供了某人以其非凡的萬鈞之力發現到這點的一個著名例子：

我們所說的語言在成為語言之前是屬於他的。這些字眼：**家**、**基督**、**啤酒和主人**，從他嘴唇和我們的嘴唇說出來是多麼不同的啊！若不讓自己的精神忙碌不休，我不可能說或寫那些話，他的語言，既如此熟悉又是外來的，對我而言終究是一種後天習得的語言。我既未能創造、也未能接受那些字眼。我的聲音阻止它們不能入侵，我的靈魂在他的語言之陰影中煩躁不安。⑰

例如：在愛爾蘭、印度和埃及，民族主義植根於民族主義政黨，如：新芬黨（Sinn Fein）、國大黨和瓦夫德黨（*Wafd*，意譯：委任黨）等，長期持續爭取本土權力和獨立的鬥爭，相似的過程發生在非洲和亞洲的其他部分。尼赫魯、納瑟、蘇卡諾、尼葉勒爾、恩克魯瑪：萬薩會議的諸神們，以其受盡苦難和偉大被發揚光大著，這是因爲民族主義的動力，文化上被體現在發人深省的自傳、教誨的手冊，和那些偉大民族主義領導者的哲學冥想。在古典民族主義，分毫不差的父權模式隨處可聞，伴隨著對婦女和弱勢群體權力之延緩及扭曲（更不用說民主自由了），這種情形時至今日仍可看到。基本的作品，像潘尼卡（Panikar）的《亞洲和西方支配》（*Asia and Western Dominance*）、喬治・安東尼奧斯的《阿拉伯的覺醒》和愛爾蘭復振運動的許多作品，仍然從古典民族主義中產生出來。

在民族主義的復振之中，無論是愛爾蘭的或是其他地方的，有兩個判然有別的政治時期，每一個有其自己想像的文化，若其中之後者無前者的話，實不可想像。前者是宣示出歐洲和西方文化做為帝國主義的覺醒；此一意識反射性的時期，促使非洲人、加勒比海人、愛爾蘭人、拉丁美洲人或亞洲的公民肯定了歐洲主張要引導和（／或）教誨非歐洲或非大陸地區的個體之文化宣示終結掉。正如湯瑪斯・霍吉金（Thomas Hodgkin）所論，首先，這個主張經常是由「先知和祭司們」所為，⑱在它們之中，詩人和幻想家恐怕就是霍布斯邦的「原始反叛者」之另一翻版。後者則是發生第二次世界大戰之後，西方帝國使命戲劇性地在許多殖民地區延長的期間，更為公然出現的解放主義運動，主要有阿爾及利亞、越南、巴勒斯坦、愛爾蘭、幾內亞和古巴。無論是在印度憲法中，或在泛阿拉伯主義和泛亞洲主義的宣示之中，或者在諸如皮爾斯（Pearse）的蓋爾民族性、或桑戈的**黑人認同**的特殊主義之形式中，傳統的民族主義顯示出其不充分性，但卻又是基本的，只是做為第一步。解放的理念來自於這種弔詭，一種強烈的新起之後民族主義的綱領，內含於諸如：康諾利（Connolly）、迦維（Garvey）、瑪蒂（Martí）、莫里亞提吉（Mariategi）、卡布洛（Cabral）和杜・波伊斯（Du Bois）的作品中，但還需要具有推動性之理論融合，和甚至融合武裝、煽動性的軍事行動，以便使其清楚地展現出來。

讓我們再次檢視前一個時期，也就是反帝國主義抗拒時期的文學作品。假如有任何事情足以根本上區別反帝國主義的想像，那便是地理學要素的優先性了。帝國主義終究是透過地理上之暴力的行動，去探索、勘界，最後是全然加以控制世界上的每一寸土地。對土著來說，殖民奴隸的歷史始於喪失自己的區域給外來者；其地理認同在其後必須被追求，在某些方面，被恢復過來。因爲殖民的外來者之出現，故土地可以重新收復回來的主張，在一開始只能透過想像。

讓我提出三個例子來說明帝國主義的複雜且穩固的地理學之**致命的魔掌**，如何從一般性延伸到特定的區域。最一般性的呈現在克羅斯比（Crosby）的《生態帝國主義》（*Ecological Imperialism*）。克羅斯比說不管歐洲人去哪裡，他們立即開始改變地方習俗，他們的意圖是將其疆域轉型成他們所置於此地的形象。這個過程從未結束，一大批的植物、動物、穀物以及建築方法，逐漸將殖民地轉變成一個新的場所，充滿著新疾病、環境失衡，及受到壓制的土著之創傷的遷移經驗。⑲一個被改變的生態也引介著一個被改變的政治系統，從稍後的民族主義詩人和幻想家的眼中看來，這使人民和他們的眞正傳統、生活方式和政治組織異化。許多浪漫的神話製造者，發展出對帝國主義如何異化土地的民族主義式詮釋，但我們也無須懷疑眞實加諸其上之改變的範圍有多大了。

第二個例子是長期持續的疆域佔領之合理化的計畫，以便追求使土地例行性地有利可圖，同時將之和外來統治整合在一起。地理學家奈爾・史密斯（Neil Smith）在他的著作《不均衡的發展》（*Uneven Development*）中，敏銳地對在歷史上資本主義如何生產出一種特別的自然和空間、一個整合貧與富、工業的都市化和農業蕭條的不平等發展之景象，做出確切的陳述。這個過程的極致是帝國主義，也就是在宗主國中心的卵翼下，支配、分類並普遍地商品化所有的空間。它在文化上的類比物，是十九世紀末期的商品地理學，它的角度（例如在麥金德和齊梭姆的作品中）將帝國主義正當化爲「自然」之肥沃和貧瘠、可用的航海線、永久分化的區域、疆域、氣候和人民等等因素的結果。[80]因而，「資本主義的普世性」圓滿達成，這乃是「基於疆域之分工所開創出來的國家空間之分化」。[81]

遵循黑格爾、馬克思和盧卡奇，史密斯稱此種科學的「自然」世界之生產爲**第二**自然。就此一反帝國主義之想像來說，我們邊陲地區之家園的空間乃被竊據著，並被外來者以其目的來加以利用。因而，有必要去尋找出、繪出、發明出或者發現出一種**第三**自然，不是原始的或史前的（葉慈說：「羅馬時代的愛爾蘭已消逝不復返了。」），但引申自現在之剝奪狀態。此種衝動乃是圖學式的，其中最令人震撼的例子是早期葉慈蒐集在〈玫瑰〉(The Rose)的詩歌、聶魯達許多繪出智利景象的詩歌，和沙塞爾之於安地列斯群島、法伊茲之於巴基斯坦，和達文須之於巴勒斯坦的詩篇——

恢復我容顏之春色
和軀體的暖流，
心與眼之光，
麵包與土地之鹽……祖國啊！[82]

但——第三個例子——殖民空間必須被充分地轉變，以至於以帝國的眼光來看，不再看起來像異國一般。比任何其他殖民地更有甚者，英國的愛爾蘭透過一而再、再而三的屯墾計畫，被屈服於無計數的變形扭曲，最終於一八〇一年的「聯合法案」，就全然被合併了。之後，在一八二四年，英國下令進行「愛爾蘭勘輿調查」，其目的是將地名英國化，重劃土地疆界，以便容許土地估價(進一步可有利於英國「諸侯」家族進行土地徵收)，並永久地臣服其人民，這個調查幾乎全爲英國人事幕僚所實行，正如瑪莉・哈默(Mary Hamer)有說服力地論道：「其立即效果便是將愛爾蘭民族認定爲是無能的，〔以及〕……壓抑〔他們的〕民族成就。」⑧布萊恩・弗利爾(Brian Friel)最動人的戲劇之一，《轉譯》(*Translations*, 1980)，處理到「勘輿調查」對原住民之摧殘效果，「在這個過程中，」哈默繼續說：「殖民者典型地〔被認爲是〕消極的、由別人代爲發言的、無法控制其自我之再現，故必須以訴諸於霸權的衝動來再現的，由此它被建構爲一個穩定和統一的實體。」⑧在愛爾蘭所做的，也在孟加拉被做過，或由法國人在阿爾及利亞做過。

文化抗拒的首要任務之一便是重申主權、重新命名並重新定居於土地之上。伴隨此而來的，爲一整組更進一步的肯定、收復和認同，所有這一切相當直截了當地建基在這種詩歌性構思的基礎上。追求眞確性、追求一種比殖民歷史所提供者更爲合適的民族起源、追求一種新的英雄和(有時)女英雄、神話和宗教的新萬神殿——這一切也因其民族重新收復其失土的意念，才成爲可能的。伴隨著這些去殖民化認同的民族主義預告，總會出現一種對本土語言幾乎是魔術般地啓示、擬似煉金術般的重新發揚光大。

就此點而言，葉慈是格外有趣的。和加勒比海和某些非洲作家一樣，他表現出與殖民主宰共享同一語言的困境。當然，他就許多重要的方面來說，屬於「新教徒勃興運動」(Protestant Ascendancy)，其對愛爾蘭的忠誠溫和地來說，就算不是相當矛盾的，就他的情況而言，也是充滿困惑的。從葉慈早期的蓋爾人主義，充滿其塞爾特人的傾向和主題，直到他晚期的系統性神話，正如在系列長詩，如：〈自我讚歌〉(Ego Dominus Tuus)，和論文《一個觀點》(*A Vision*)所建構的一樣，有一個明顯之邏輯上的進展。對葉慈來講，他所知之存在於他身上的愛爾蘭民族主義和英國文化遺產之間的重疊，兩者均支配並強化著他，注定是要造成緊張的，人們可能會設想著正是這種迫切的政治和世俗緊張的壓力，促使他試圖在一個「更高」的，也就是非政治的層次上解決這個問題。他在《一個觀點》中所產生的十分古怪和美學化的歷史和晚期擬宗教的詩歌，將這種緊張提升到一個超世俗的層次，可以說，好像愛爾蘭最好是在超出土地之上的某一層次被收復一般。

西馬斯・汀在《塞爾特復振》(*Celtic Revivals*)提出葉慈的超世間之革命理念最有趣和敏銳的說明，認爲葉慈早期發明出來的愛爾蘭「受制於他的想像……〔另一方面，〕最後他發現另一個愛爾蘭去反抗它，而將之加以終結。」汀正確地提到，當葉慈嘗試要去調和他的奧祕論點與眞實之愛爾蘭時——正如在〈雕像〉(The Statues)——結果總是導致緊張。㊱因爲，葉慈的愛爾蘭是一個革命性的國家，他可以運用它的落後做爲激進地混亂的、崩解式的回歸到已在高度發展的現代歐洲中喪失掉的精神之理想泉源。在像一九一六年復活節起義這樣戲劇性的現實情況中，葉慈也看到了一個無止境循環的破除，恐怕終歸是無意義的反覆，由庫楚連顯然是無限的勞苦所象徵著。汀的理論是，一個愛爾蘭民族認同的誕生，對葉慈而言，乃和此一循環之破除同時發生，雖然在葉慈自己身上，這也同時強調且增強了殖民主義的英國對一個特定之愛爾蘭民族特性的態度。因此，葉慈的回歸神祕主義和求助於法西斯主義，汀頗有洞見地說，強調了殖民的困境，也被表現在諸如奈波爾對印度的再現，即一種文化在其自我形象上及一種「英國性」的感受上，受惠於其母國，但仍須變成一個殖民地：「因爲這兩個島國不同的歷史，如此一種民族標記的追尋變成是殖民式的。如此一種追尋的最偉大之綻放便是葉慈的詩歌。」㊲一點也沒有再現一種過時的民族主義，葉慈刻意營造的神祕主義和不一致性體現了一個革命的潛能，詩人堅持「愛爾蘭應該保持其形上學問題之意識覺醒，以維繫其文化」，正如汀所言一般。㊳在資本主義激烈的緊綳狀態已排除了思想和反省的世界之際，一個詩人能激發出永恆和死亡的感受，轉入意識之中，是一種眞實的反叛者，這個人物所承受之殖民的貶抑，驅使他對他的社會和「文明化」的現代性採取一種否定的理解。

這個相當阿多諾風格的葉慈困境之公式化，當然是極其動人心弦的。然而，恐怕它被想要視葉慈更爲英雄式的、而不去採取一種率直之政治式的解讀所提示著，因而使其論點顯得薄弱了，並經由轉譯下述之葉慈的政治觀點成爲阿多諾「否定的辯證」的一個例子，以藉此寬宥了他的難以令人接受和無法消受的反動政治學——即：他的徹底之法西斯主義、他對舊有故鄉和家庭的狂想、他的不一致地奧祕的離題。來個小小的修正，我們可以更確切地視葉慈爲，因殖民之遭遇而流行各地（如：**黑人認同**論）的「本土主義」現象之一個加倍沈重的例子。

確實，在物理上和地理上的關聯，英國和愛爾蘭之間比英國和印度之間或法國和阿爾及利亞或塞內加爾之間更爲密切，但帝國的關係在這三者中都存在著。愛爾蘭人民不可能是英國人，正如柬埔塞人或阿爾及利亞人不可能是法國人一樣。對我而言，似乎在每一種殖民關係皆是如此。因爲，第一原理是在統治者和被統治者之間維持一種穩固的涇渭分明、絕對之階層差別，無論後者是白人與否皆然。可嘆啊！本土主義甚至在重新評價了弱勢或扈從的同夥之時，仍強化了這種區別。它經常導致有關土著之過去歷史的強迫性和煽動性的論斷，不論表現在叙事中，或實際情況，都超脫於世俗的時間之外。人們可看到此種情況在諸如桑戈的**黑人認同**論或在拉斯塔法拉（Rastfarian）運動，或是迦維派（Garveyite）之主張美洲黑人回到非洲運動，或無數對前殖民時代穆斯林純淨本質之再發現的各種志業。

在本土主義巨大的**憤慨**之外〔例如：賈拉爾·阿里·阿合馬的《西方病毒論》（*Occidentosis*），一本出版於一九七八年具有影響力的伊朗人之小册子，責備世上大部分的罪惡來自西方〕，有兩個理由去拒絕或至少重新體認這種本土主義的志業。如同汀所言，它是不一致的。然而，由於對政治和歷史之否定，仍可算是充滿英雄式的革命性，對我而言，這種說法好像已落入了本土主義的立場，好像這是去殖民之反抗的民族主義唯一選擇一般。但我們見證了其破壞的跡象：接受本土主義便是接受帝國主義的結果，即帝國主義所加諸的種族、宗教和政治的區隔。離開歷史的世界於不顧，而去追求像**黑人認同**、伊朗民族性、伊斯蘭或天主教這種本質的形上學，乃是揚棄歷史、追求本質化，它有使人類彼此相互對抗的力量存在；經常這種棄世俗世界於不顧的作法，會導致一種千禧年主義，如果這個運動有群衆基礎的話，或者它會惡化爲一種小規模的私人狂熱，或者無可想像地變成對帝國主義所鼓動之刻板印象、神話、憎恨和傳統的接受。這種主張幾乎不是大反抗運動能夠想像爲其目標者。

以分析的方式掌握這點，一個更好而有用之方式，是去檢視同一問題在非洲脈絡之分析：沃爾・索因卡（Wole Soyinka）出版於一九七六年的對**黑人認同論**之枯槁的批判。索因卡指出**黑人認同**的概念在這個「歐洲 vs.非洲」的對立是次要和劣等的一方，「接受了歐州意識型態對立的辯證結構，但又借了其種族主義式三段論的實際成份。」⑱因此，歐洲人有分析能力，非洲人「缺乏分析思維的能力。因而非洲人不是高度發展的」，反觀歐洲人則是。根據索因卡的說法，結果是——

> **黑人認同**論自己陷入了一種原為防衛性的角色，儘管其論調是高亢的、其語法充滿浮誇、其策略充滿攻擊性……**黑人認同**論仍然處在由歐洲中心主義對其人

民和社會的知性分析所預先設定的一套系統中，試圖以那些外在化的名詞重新界定非洲人和其社會。(89)

我們獲得了索因卡自己表達出來的詭論（他心中所想到的是法農），禮讚黑人和厭惡黑人都同樣「令人作嘔」。正當不可能避免好戰式的、論斷式的本土主義認同的早期階段——它們**總是**就發生了。葉慈早期詩作不只是有關於愛爾蘭，但還有關於愛爾蘭民族性——有許多超越這類情況的許諾，不需要繼續陷入在歌頌個人之自我認同的情緒性自我迷戀之中。首先，發現到**不是**從充滿戰爭氣息的本質所建構出來的世界之可能性。其次，有一種普世主義的可能性，不是局限的或強制性的，以致相信所有人們只有一個單一的認同——所有愛爾蘭人只是愛爾蘭人、印度人只是印度人、非洲人只是非洲人等等**令人作嘔**之事。第三，最重要的，超越本土主義並不意味著放棄民族性，而是意味著思考地域的認同不必然就已經是毫無遺漏了，因而，也無須憂心忡忡地將自己局限在自己個人的領域，且禮敬著歸屬感、根深柢固的沙文主義、和局限性的安全感。

民族性、民族主義、本土主義：我相信其發展是變得越來越狹隘。在像阿爾及利亞和肯亞這些國家中，我們可以看到部分是從殖民的墮落中形成的社群之英雄式反抗，導致與帝國強權延續不斷的武裝和文化衝突，進一步造成獨裁統治的一黨專政國家，在阿爾及利亞的情況，則出現了一個不妥協的伊斯蘭基本教義派反對力量。肯亞莫伊政權的令人衰竭之專制主義，很少有人會說其已實行了毛毛族起義的解放主義浪潮。這裡沒有社會意識之轉型，只有令人膽寒之權力病態在其他地方複製著——在菲律賓、印尼、巴基斯坦、查德、摩洛哥和伊朗。

無論如何，本土主義**不是**唯一選項。存在著一個對世界之更寬容和多元主義觀點的可能性，帝國主義仍如同過去一樣，以不同的形式過時般地繼續橫行無阻於全球（我們這個時代的南北對立是其中之一）。支配的關係持續著，但解放之契機是開放的。儘管在一九三九年，葉慈的生命結束之時，已出現了一個愛爾蘭自由國家，他部分也屬於此一第二個時期，正如被揭示在他的堅持反英情緒和無政府般混亂的最後詩作之憤怒和歡愉。在這個階段，不是民族主義式的獨立，而是**解放**，乃是新的替代方案，用法農的話來說，解放以其真確的本質，發展成超越民族意識的社會意識之轉型。[90]

從這個觀點來看，當時在一九二〇年代期間，葉慈陷入不一致性和神祕主義，對政治的拒絕，以及或許是有些著魔地信奉法西斯主義的傲慢心態（或一種義大利式或南美式的威權主義）不應被寬容、不應太快就被辯證化為這種否定的烏托邦模式。因為，人們可能很輕易地將葉慈那些難以接受的態度，放入某種情境並批判之，毫不改變其對葉慈身為去殖民化詩人的觀點。

這個超越本土主義之路，在沙塞爾的《回鄉筆記》之高潮的重大轉折中展現出來。此時的詩人了解這一切，在重新發現及重新經驗他的過去、在重新進入到他做為黑人之歷史的激情、恐懼和環境之後、在感受到，然後空掉一切他的憤怒之後、在接受之後——

我接受……我接受……全然地，毫無保留地
我的種族沒有混合著百合花與牛膝草之香料的洗滌可以加以純化之
我的種族沾滿污點
我的種族是成熟的葡萄，為著醉酒的雙足所踩踏。(91)

——縱然如此，他突然地被健旺的生命力所侵襲，好像一隻公牛(comme un taureau)，並開始了解到：

因為人類勞動所做的不是真的
我們在地球上毫無事跡不是真的
我們寄生在世界不是真的
對我們而言，只要溫馴地跟隨著世界的走向即足夠了，這也不是真的。
反之，勞動才剛開始而已
且人們仍必須克服一切禁令
嵌入在他的狂熱歇止之處，而且沒有任何種族足以
壟斷美麗、知性和強健。

而且已沒有空間讓每個人都參與這場征服的召集大會
而且現在我們知道太陽繞著我們的地球旋轉
照亮著單獨由我們的意志所設計的行囊
且每一顆星辰在我們全能的命令下從天際墜落地上。㊽

最令人震撼的句子是「克服一切禁令／嵌入在他的狂熱歇止之處」和「太陽……／照亮著單獨由我們的意志所設計的行囊」。你沒有陷入自我設限的嚴格性和禁令，與種族、時期或環境並存；取而代之，你突破這些限制，通往一種充滿活力且擴展視域之「征服的召集大會」的感受，這必然牽涉到比你的愛爾蘭、你的馬丁尼克、你的巴基斯坦更多的東西。

我無意用沙塞爾來**反對**葉慈（或西瑪斯・汀的葉慈），但更充分地將葉慈詩作的一個要素和去殖民化與反抗的詩作，及和破除本土主義的僵局狀態之歷史替代方案得以結合起來。在許多其他方面，葉慈像其他反抗帝國主義的詩人——他堅持爲他的人民開創一種新敘事，包括：他對英國爲愛爾蘭瓜分所設下的計謀感到憤怒（爲了完整性而熱血沸騰）、對以暴力產生新秩序加以讚許和禮敬，以及在民族主義的舞台上忠誠和背叛的曲折離奇之纏綿悱惻。葉慈和帕尼爾（Parnell）與歐利里（O'Leary）直接的交往，以及和修道院劇場與復活節起義之直接牽連，都使他的詩作正如布雷克穆爾借用榮格的術語所說的：「一種直接經驗之令人顫慄的曖昧性」。[93]葉慈在一九二〇年代初期的作品，不可思議地和半世紀以後達文須的巴勒斯坦詩作之纏綿和曖昧性極類似。不論就其暴力之指涉、氣勢逼人的突兀和歷史事件的驚異之描述，和政治與詩歌抵抗暴力和槍砲的對比〔看他的壯麗之抒情詩〈玫瑰與字典〉(The Rose and the Dictionary)〕[94]，在最後的一線疆界已被跨越、最後的一片天空已飛馳而入之後，尚在追尋拖延片刻的情境。「山丘上人首馬身的聖像已被毀滅，」葉慈說：「我已一無所有，只留下激憤的太陽。」

人們在閱讀一九一六年復活節起義之後顛峰時期的偉大詩歌，如〈一九一九〉(Nineteen Hundred and Nineteen)或〈一九一六年復活節〉(Easter 1916)，和〈一九一三年九月〉(September 1913)，會感覺到不只是對生命陷溺在「泥濘的黏土」之絕望，或是道路和馬匹的暴力、「鼬鼠在洞穴中相鬥」的暴力，或是所謂血祭之詩的儀式，都還有一種恐怖的新美感，改變了舊有的政治和道德的景象。像所有去殖民化的詩人一樣，葉慈奮鬥著以宣告一個想像或理想的社群之輪廓，不只被對它自己的，也被對其敵人的感受所結晶。「想像的社群」在此是恰當的，不過這是就我們不須被迫去接受班尼迪特・安德森錯誤地單線的階段化而言，才是恰當的。在去殖民化的文化論述中，許多語言、歷史、形式大量流通。正如芭芭拉・哈洛在《反抗文學》(*Resistance Literature*)所呈現的，時間充滿著不穩定性，必須由人民及其領導者所創造並重新塑造，在所有的文體中，人們看到此一主題——靈性的自傳、抗議詩、獄中回憶、陳述意見之說教劇。在葉慈對其偉大的循環之述說中所出現的轉變，召喚著此種不穩定性，如同在他的詩作中，通俗和正式言語之間，和民間故事和學術寫作之間，輕鬆的交易所呈現的。艾略特所說的時間之狡獪的歷史〔和〕巧思的迴廊——錯誤的轉折、重疊，無意義的重複、和偶然之光榮時刻——提供葉慈，正如其他所有去殖民化文士一般——泰戈爾、桑戈、沙塞爾——充滿堅定的軍事般口氣、英雄主義和「在殘暴的地板上不可抑遏的神祕性」之摩拳擦掌似的堅持。因而，作家從他的民族環境中躍升而出，獲得了普世的意義。

在帕布洛・聶魯達回憶錄中的第一册，他說在一九三七年馬德里召開的一個作家大會正在護衛著共和體制。對這次邀請之「無價的回應從各處湧入。一個來自葉慈，愛爾蘭的民族詩人；另一個來自西爾馬・拉格洛夫（Selma Lagerlof），著名的瑞典作家。他們兩人太老了，以致無法旅行到像馬德里一樣被圍困的城市，該城被持續地砲擊，但他們聯合擁護西班牙共和國。」[95]正如聶魯達毫無困難地想到，自己是一位同時面對著智利之國內殖民主義和遍及拉丁美洲的外在帝國主義的詩人，我相信我們應該認爲葉慈身爲一位愛爾蘭詩人，有比嚴格的愛爾蘭地域性更多的意義和關涉面。聶魯達接受他是一位代表愛爾蘭民族的民族詩人，在戰時反抗獨裁政權，根據聶魯達的說法，葉慈積極回應正確無誤的反法西斯主義的號召，不提他時常被引述之歐洲法西斯主義的傾向。

在聶魯達極著名的詩作〈人民〉（El Pueblo）〔收於一九六二年詩集《充分強化》（*Plenos Poderes*），由阿拉斯泰爾・里德（Alastair Reid）所翻譯，即我們使用的版本，《充分強化》（*Fully Empowered*）〕和葉慈的〈漁夫〉（The Fisherman）有驚人的相似性：在這兩首詩中，主角都是其民族中的一位匿名者，其堅強和孤獨乃是其民族的一個沈默之表白，此種特質啓發詩人之創作。葉慈寫道：

有好長一段時間，自從我開始
憶及浮現在眼前的
這位智慧且單純的人。
整天我都在注視著這張臉龐
我所一直期盼的便是
為和自己的民族與現實而寫作。⑯

聶魯達寫道：

我知道此人，且當我能夠之時，
當我仍有雙眼在我頭上，
當我仍有聲音在我喉中，
我在墓碑中尋找他且我向他說，
壓著他的尚未化為塵土的臂膀：
「每件事終將過去，你仍將活著，
你點燃生命之火。

你創造屬於你自己的。」
因此使無人受到煩擾，當
我似乎獨處及不是獨處時皆然；
我並非沒有伴侶且我為所有人發言。
某人正聽我所說的，卻不知其意，
但那些我所歌頌之人，他們知道，
繼續誕生著，且將漫過整個世界。⑰

這個詩歌的召喚，從人民和詩人之間締造的協定發展出來；因而，由這種角色所提供之此一召喚力量，足以創作一首實際的詩歌，這似乎對他們兩人都是必要的。

這個環節並未在此打住，縱然聶魯達繼續（在〈詩人的責任〉〔Deber del Poeta〕）宣稱：「透過我，自由和海洋／將呼喚著回應包裹著壽衣的心。」葉慈在〈塔〉（The Tower）中也說道發揮想像力，「並呼喚著意象和記憶／來自廢墟或來自古老的樹。」⑱因為如此的訓誨和擴張的約定，在宰制的陰影底下宣告出來，我們可以將之和在法農的《地球的受苦者》如此令人難忘地被引述的解放敘事聯繫起來。因為一方面，殖民秩序的區隔和分離凍結了人們陷入陰鬱呆滯的俘擄狀態，「新的宣泄管道……促使被殖民者追求暴力之意圖。」⑲法農區別了權利宣言、喧嚷要求自由言論和工會需求；此後，一個全新的歷史揭開序幕，來自都市貧民、流浪漢、罪犯和**低賤階級**的行伍，組成革命的戰士階級，攻略鄉村地區，在此慢慢形成武裝活躍份子的小組，並回到城市以便進行叛亂的最後階段。

法農寫作之不凡的力量是其被呈現爲對殖民政權的離心力之潛藏的反叙事，在法農叙事的目的論中，此一政權當然會被擊垮。法農和葉慈之間的差別是，法農的理論和恐怕甚至是形上學的反帝國主義去殖民化之叙事，徹底被標示著解放的腔調和變化；這遠遠勝過消極回應式的本土防衛性，後者的主要問題是(正如索因卡所分析的)，它潛在地接受、而未超越歐洲和非歐洲根本的對立，法農是期待勝利、解放之論述，標示著去殖民化的第二個時期。與之相較，葉慈的早期作品像是民族主義的老調，站在一個它無法橫越的出口，雖然他建立一個和其他去殖民化詩人共通的軌道，像是聶魯達和達文須，儘管恐怕他們比他走的更遠，而他卻不可能完成之。人們至少可以把在其詩作中預示的解放論和烏托邦的革命思想歸功於他，此種思想被他後期的反動政治觀所掩飾，且甚至被抵銷掉。葉慈在最近幾年經常被引用，以他的詩作來警惕民族主義的偏激行爲。例如，在蓋瑞・錫克(Gary Sick)有關一九七九至八一年期間卡特政府處理伊朗人質危機的著作中，沒有說明其作者出處而引用之〔《全功盡棄》(*All Fall Down*)〕；[100]以及一九七五至七七年期間，《紐約時報》先前駐貝魯特的特派員詹姆士・馬克漢(James Markham)在有關一九七六年黎巴嫩內戰爆發的一篇文章中，從〈二度降臨〉(The Second Coming)一詩中引用相同的段落。「東西脫落；中心無能掌握」(Things fall apart; the center cannot hold)是其中一句。另一句是：「最佳者未有任何裁決，然而最壞者／充滿激情的緊張。」(The best lack all conviction, while the worst/Are full of passionate intensity.)錫克和馬克漢兩人均以美國的自由派身分寫作，警告過去被西方列強所約束的第三世界現在正橫掃著革命的浪潮。他們帶有恐嚇性地引用葉慈：維持秩序，否則你將毀於你所無法控制的狂亂狀態。至於在動盪的殖民情勢中，被殖民者如何被認為得以掌握中心，錫克和馬克漢均未告訴我們，但無論如何，他們的假設是葉慈總是反對內戰的無政府狀態。言下之意似乎，兩人在一開始，都不認為以殖民式的干預來對付此一失序狀態——而這卻正是一九五九年，齊紐・阿契比在他的偉大小說《東西脫落》(*Things Fall Apart*)所認為的。[101]

重點是葉慈最強而有力的地方，正是當他想像並提出此一關鍵時刻。記住葉慈的詩集充溢著「英國—愛爾蘭衝突」，乃是一個「二十世紀解放戰爭的模式」，這將有所助益。[102]他最偉大的去殖民化作品牽涉到暴力的誕生，或者是變亂的暴力式誕生，正如在〈麗達與天鵝〉(Leda and the Swan)，這是同時併發的令人目眩之火光，乍現於他殖民之眼的瞬間——女孩的強暴，與此同時浮現了這個問題：「她以他的力量穿戴在她的知識之外/在漠視的鳥喙可能讓她墜落之前？」[103]葉慈讓他自己置身在此一關鍵時刻，在此變亂的暴力是無可辯駁的，但暴力的結果乞求必要的——假如不總是充分的——理由。他的偉大主題在《塔》(1928)的詩作中達於顛峰，探索如何能夠調和殖民衝突之不可避免的暴力與進行之民族鬥爭的日常生活之政治，以及如何將衝突中的不同政黨之權力和理性、勸服、組織的論述與詩歌的追求互相配合。葉慈的先知式覺察指出在某些情況下，暴力是不夠的、政治和理性的策略必須表現出來，就我所知，這是在去殖民化脈絡中，要求以迫切的政治和組織過程以平衡暴力的首次重要通告。法農認定解放不可能只是透過奪取權力來達成（雖然「甚至最智慧的人在緊張狀況下成長／伴隨著某種暴力」），[104]這幾乎在半個世紀之後才來臨。既非葉慈、亦非法農，提供引導去殖民化**之後**轉型至一個新階段的處方。在此新時代，一個新政治秩序達成道德霸權，是千萬人民在今日世界生存所面臨的困境之徵候。

愛爾蘭解放問題不只比其他相近的鬥爭持續更長，且經常不被視為一個帝國或民族主義的議題；反之，它被理解為是英國領域內的一個變數而已。然而事實卻決定性地揭示了反面的情況。自從史賓塞寫於一五九六年有關愛爾蘭的短論之後，整個英國和歐洲思想的傳統視愛爾蘭人為一個分離和劣等的種族，經常是毫無重生希望的野蠻人，時常有不良行為且幼稚。愛爾蘭民族主義至少持續兩百年，被許多涉及土地問題、教會、政黨和領導之本質的兩敗俱傷鬥爭所標示著，但主導這場運動的是企圖重獲對土地之掌控。以一九一六年締造愛爾蘭共和國之宣言的話來說：「愛爾蘭人民對愛爾蘭土地的所有權利，對愛爾蘭命運的不受約束之自我掌控權利、（此一權利乃是）至高無上和無可摒除的。」[105]

葉慈不可能從此一訴求被切割開來。無視於他的令人驚異之天才，如同湯瑪斯・佛內那根(Tomas Flanagan)所言，他貢獻了「以愛爾蘭的觀點，當然也以一個獨特地強大和迫人的特質，同時表現了抽離和具像化的過程，對邏輯之蔑視，這正是民族主義的核心」。⑯幾個世代的更次要之作家，也同樣貢獻於此一工作，表達了愛爾蘭之認同，呈現出其對土地的情懷，嚮往塞爾特文化的根源，擁護成長中的民族主義經驗和領導之個體〔吳爾夫．童、康諾利、米契爾（Mitchel）、伊薩克．布特（Isaac Butt）、奧康內爾（O'Connell）、「聯合愛爾蘭民族」（the United Irishmen）、「家園統治運動」（the Home Rule Movement）等等〕，以及奉獻於一個特有的民族文學。⑰文學民族主義也回溯式地包括了許多先驅者：湯瑪斯．摩爾（Tomas Moore）、早期史學家，諸如：麥喬菲漢修士（the Abbe McGeoghehan）和撒母耳．佛固森（Samuel Ferguson）、詹姆士．克雷任斯．曼根（James Clarence Mangan）、「橘色青年愛爾蘭運動」（the Orange-Young Ireland movement）、史丹狄須．奧格雷狄（Standish O'Grady）。在今日的「原野日夥伴」（Field Day Company）〔西馬斯．希尼（Seamus Heaney）、布萊恩．弗來爾、西馬斯．汀、湯姆．保林（Tom Paulin）〕的詩歌、戲劇和學術作品，和文學史家狄克蘭．契柏德（Declan Kiberd）和麥可瑪克（W. J. McCormack）的作品中，這些愛爾蘭民族經驗的「復振」是輝煌地被重新想像著，並進行民族主義的冒險，追求口語表現的新形式。⑱

葉慈的基本主題迴響於他的早期和後期文學作品：肯定知識與權力結合的問題，理解暴力的問題；有趣地，這些主題也在格蘭西約略同時代的作品迴響著，在一個不同的脈絡中，被著手和深思熟慮著。布雷克穆爾說，在愛爾蘭殖民場景中，葉慈似乎最能夠發人深省地一再的提出問題，使用他的詩歌做為苦惱的技巧。⑲他在總結與展現觀點的偉大詩篇中更為前進，像是〈學童之間〉（Among School Children）、〈塔〉、〈為我的女兒祈禱〉(A Prayer for My Daughter)、〈在班・布爾班之下〉(Under Ben Bulben)、〈馬戲團動物的遺棄〉(The Circus Animals' Desertion)。當然，這些是系譜學和再現式的詩篇：一再重述他的生平故事，從早期民族主義的動亂，直到以一位大學理事的身分走過教室並思考著麗達的身影如何展現在所有他們過去的歷史中，或是一個慈愛的父親思念他的孩子，或一位年長的藝術家試圖達成視象之靜謐，或最後，做爲一位文學巨匠，在某方面恢復了他已失去(揚棄)了的能量，葉慈詩性地重構他的生命史，並做爲其民族生命的縮影。

這些詩篇逆轉了愛爾蘭現況之化約式和誹謗式的窄化，根據約瑟夫・里爾森的學術著作《只是愛爾蘭人和高地蓋爾民族》(Mere Irish and Fior-Ghael)，這已經是八個世紀以來，愛爾蘭人落在英國作家掌握中的命運，葉慈的著作取代了一些反歷史的正字標記，像是「吃馬鈴薯者」、「沼澤居民」或「陋屋民族」。⑩葉慈的詩歌將他的民族與歷史相結合，在其中更見命定式地，爲人父者，或爲「六十歲微笑著的公衆老者」，或爲人子、爲人夫，詩人假設個人經驗的敘事和密度相當於他的民族之經驗。在〈學童之間〉的結尾幾節中提示的事項，暗示著葉慈正提醒他的讀者，歷史和民族是不可分的，正如舞者與舞曲不可分一樣。

葉慈恢復被壓制的歷史，並使民族與之復合的成就之戲劇，被法農所述之葉慈必須超越的情境完美地表現出來：「殖民主義不僅只滿足於將一個民族牢牢掌控住，且將土著腦中的所有形式和內容全然掏空。經由一種曲解的邏輯，它轉向民族的過去，扭曲、變形和摧毀之。」⑪葉慈從個人和民俗經驗的層次，躍升至民俗原型的層面，並未失去前者的親在性和後者的高昂精神。他正確無誤地選擇系譜學的寓言和角色，述及殖民主義的另一層面，正如法農所述：它具有將他或她自己的本能生活從個人分離出來的能力，破除了民族認同的衍生性輪廓：

因而，在潛意識的層面，殖民主義不欲強求讓土著認其為一位溫柔慈愛的母親，保護其子免於生存於仇視的環境，而是一位無休止地限制她的原來就性格乖張的子孫，不要想不開去自殺，並不令他們隨心所欲地發展自己罪惡的本能之母親。殖民之母保護其子，不去面對自己、不去面對它的自我、它的生理學，它的生物學、以及它自己的不幸，而這一切正是其實在的本質。在這種情境中，本土知識份子〔和詩人〕的宣告，在任何協同一致的綱領中都不只是一個奢侈品，而是一種必然性，也就是本土知識份子拿起武器以便防衛他的民族之合法性，他樂意將自己赤裸袒裎，以便徹底研究他的身體之歷史，然後他被迫去解剖他的民族之心靈。⑫

難怪葉慈教導他的愛爾蘭詩人去

鄙視現在成長茁壯的這副模樣

一切來自從腳趾到頭頂的形狀，
他們的健忘之心靈和頭腦
底床所産生之劣等産品。(113)

在這個過程中，葉慈最終並未創造個體，而是類型，「無能全然克服它們所孕育出來的抽離。」再次根據布雷克穆爾的說法，(114)就去殖民化的綱領和其在愛爾蘭臣服歷史的背景被忽略的方面而言，確是如此，正如布雷克穆爾本人慣有的作法；他的詮釋頗有大師氣派，但是反歷史的。當殖民的現實被加以考量時，我們獲得洞見和經驗，不僅是「以行動來加以攪和的寓言式幻象。」(115)

葉慈之循環、迴旋之整體系統，似乎只在其象徵了他努力所要把握的一個遙遠卻又具有秩序的現實界，以做爲他脫離眼前經驗之動亂避難所，才是重要的。在拜占庭詩篇中，他要求組合出永恆性的策略，要求從時代中逃離出來以獲得憩息，並從他以後所稱之「蒼蠅在果醬中的鬥爭」逃離出來，這些甚至處理的更爲頑固。否則，閱讀他的大部分詩作是困難的，且輕易感覺到史威夫特的毀滅性憤怒和天才，被葉慈所駕馭、並舉起愛爾蘭殖民苦悶的重擔。確實，他駐足不前，缺乏想像充分的政治解放，但畢竟他給我們在文化之去殖民化過程中的一個主要之國際性成就。

4 心路歷程與反對勢力的出現
The Voyage In and Emergence of Opposition

愛爾蘭經驗和當代世界其他部分的殖民歷史，證實了一個新現象：盤旋而上、並跳脫出歐洲和西方世界的範圍。我不是說只有本土作家才屬於這一種轉型，但此一過程的開展，在邊緣與遠離中心地區作品中最具生產力，並逐漸進入到西方世界，然後有待人們承認其地位。

晚到最近三十年之前，少有歐洲或美國大學在課程上投注心力於非洲文學。現在人們開始對貝西・赫德(Bessie Head)、艾立克斯・拉・古瑪(Alex La Guma)、沃爾・索因卡、納汀・葛蒂瑪(Nadine Gordimer)、柯澤(J. M. Coetzee)的作品有充分的興趣，他們的文學作品各自獨立地道出某種非洲經驗。相似地，人們不再可能去忽略安塔・狄歐普(Anta Diop)、保林・洪通吉(Paulin Hountondjii) 、穆汀伯、阿里・馬茲瑞(Ali Mazrui)等人的作品，甚至在非洲歷史、政治和哲學之最急就章式的探討中亦會提到他們。確實，爭辯的氣氛圍繞著這類作品，但這只是因爲人們不能正視非洲的寫作，除非放在帝國主義與對之加以反抗的歷史之政治環境中，才能看出其所體現出來之意義。當然，這是最重要的事項之一。這並不是說非洲文化比法國或英國文化更不是文化，而是說更難以對非洲文化的政治內涵視而不見。「非洲」仍是一個辯論的場所，就好像我們可以說當我們留意到有關非洲的學者時，像中東的學者一樣，經常將之放在由舊式的帝國主義政治所建立的範疇，如支持解放運動、反種族隔離政策等等，來談論這些作品。因此，舉例而言，一組聯盟或知性的社會形構將巴塞爾・大衛森的英文作品和阿米卡・卡布洛的政治學串聯起來，以便產生出反對派和獨立自主的學術成果。

然而，無數西方主要文化形構的組成部分，在歷史上一直隱藏在帝國主義鞏固的觀點之內或之旁，這些「邊際的」作品也是其一。人們會聯想到莫泊桑在艾菲爾鐵塔享受著每日例行的午餐，因爲對他而言，這是巴黎唯一可以使他不用去面對那些壓迫人之結構的地方。甚至直到現在，既然大部分歐洲文化史的敘述很少留意帝國，特別是這些偉大的小說家，在分析他們的作品時，好像他們完全與其無關。今天的學者和批評家已習於接受他們權威的中心地位，而並未留意到在其一旁的是他們的帝國之態度和指涉。

然而，無論意識型態或社會系統的宰制性顯然是多麼完全的，這些作品內仍反覆呈現出，總有某些部分的社會經驗是其無法掩飾和掌控的。從這些部分，極常出現反對宰制的力量，包括自我意識和辯證式的，這並不像它乍聽之下那麼複雜。反對一種宰制性結構，源自於置身此一結構之外或之內的個人或團體出現一種可察覺的、甚至是戰鬥式的體認。例如：某些政策是錯誤的。正如：路易士(Gordon K. Lewis)的《奴隸制度、帝國主義和自由》(*Slavery, Imperialism and Freedom*)和羅賓・布萊克本(Robin Blackburn)的《殖民奴隸制度的推翻，一七七六～一八四八》(*The Overthrow of Colonial Slavery, 1776~1848*)等主要作品所呈現的，⑯宗主國個人和運動的奇特結合——千禧年運動者、復振運動者、社會慈善人士、政治激進份子、憤世嫉俗的開拓者和精明的政客——共同促成一八四〇年代奴隸買賣的沒落和終結。這個過程一點也不只是一套單純且不被反對的英國殖民利益，比方說，直接從漢諾威王室傳承至維多利亞女皇。可以被稱之爲是修正主義或反對派的歷史研究，呈現出諸多利益混雜之競爭。像路易士、布萊克本、巴塞爾・大衛森、特連斯・蘭格和湯普森(E. P. Thompson)這些學者，還有許多其他人，將其作品預設在帝國主義**之內**出現的文化和政治反抗所提供之典範的基礎上。因此，例如殖民時期印度和非洲的英國歷史學家，著手寫出這些區域的反對運動歷史，並和地方上之文化以及政治上被視爲是民族主義和反帝國主義之力量形成同情式的結盟，正如湯瑪斯・霍吉金所強調的，在解釋完了帝國主義的興起和附帶的效應之後，這些知識份子試圖呈現出「此一整體的關係系統，及從此衍生出來的態度，如何可能被破除或轉化」。⑰

反殖民主義和反帝國主義之間的區別，有必要迅速地被指陳出來。至少自從十八世紀中葉以來，對掌握殖民地的得與失有一持續不斷的爭論在歐洲熱烈進行著。在其背後的，是由巴托羅謬・狄・拉斯・卡薩斯(Bartolomé de las Casas)、法蘭西斯柯・狄・維托利亞(Francisco de Vitoria)、法蘭西斯柯・蘇奧瑞茲(Francisco Suarez)、卡莫因斯(Camöens)和教廷所提出的早期立場，關心著土著人民的權利和歐洲人的濫權。大部分的法國啓蒙思想家，其中有狄德羅和孟德斯鳩，贊同雷納修士反對奴隸制度和殖民主義的立場；相似論點仍在約翰森、考柏(Cowper)和柏克，以及伏爾泰、盧梭和伯納汀・狄・聖皮爾(Bernardin de St. Pierre)的著作中表現出來〔馬賽爾・墨爾(Marcel Merle)的《歐洲反殖民主義：從狄・拉斯・卡薩斯到卡爾・馬克思》(*L'Anticolonialisme Européen de Las Casas a Karl Marx*)是有關這些人思想的一個可用之選集〕。[118]在十九世紀期間，假如我們排除掉像荷蘭作家墨塔圖利(Multatuli)這種少數例外，對殖民地的論戰經常變成是其利潤、管理之得失，及諸如：是否殖民主義可以和**自由放任**或關稅政策並行不悖，及如何做到的理論問題；一種**帝國主義**或反歐洲中心主義的架構，隱含地被接受。這種討論有許多是模糊不清的，正如哈利・布雷肯(Harry Bracken)和其他人所言，曖昧不明，甚至在涉及歐洲人支配非歐洲人的本體論地位之更深刻問題上是矛盾的，確是如此。[119]換句話說，自由派的反帝國主義論採取人道立場，主張殖民地和奴隸不應太嚴厲地被統治或掌控，但——就啓蒙哲學家的情況而言——不去爭辯西方人，或在某些情況下，白種人的根本上之優越性。

這個觀點巧妙地滲透到十九世紀那些有賴於在殖民場所觀察和蒐集到之知識所構成之學科和論述的核心地帶。[120]但這個時期的去殖民化有所不同，它是一個轉變中的文化情境問題，而非全然有別的時期：正如在殖民地的民族主義或反帝國主義的反抗，逐漸變得更引人注目，一群激烈地互相矛盾的反帝國主義力量亦然。最早、恐怕也是最著名的歐洲人對帝國主義的批判之一——霍布森的《帝國主義：一個研究》(*Imperialism: A*

Study, 1902)——攻擊帝國主義之無情的經濟學、其資本輸出、其與殘暴武力之結盟，及其善意的「文明化」藉口之僞裝。然而，本書卻未提供對「劣等種族」觀念的批判，霍布森認爲這是可以接受的。[121]相似觀點由蘭賽·麥克唐納(Ramsay MacDonald)所推展，當然他是一位英國帝國主義實踐的批判者，但並未反對帝國主義整體。

沒有人比桑頓(A. P. Thornton)的《帝國的理念及其敵人》(*The Imperial Idea and Its Enemies*)、伯納德·波特(Bemard Porter)的《帝國的批判者》(*Critics of Empire*)和拉勿爾·吉拉迭的《法國的帝國理念》(*L'Idée coloniale en France*)對英國和法國的反帝國主義運動做出更好的研究。他們的總結突顯出兩個特質：當然有一些十九世紀末的知識份子〔威弗利德·史卡溫·布蘭特(Wilfrid Scawen Blunt)和威廉·莫里斯(William Morris)〕全然反對帝國主義，但他們一點也沒有影響力；他們中有許多人，如瑪麗·金斯利(Mary Kingsley)和利物浦學派，自稱是帝國主義者和極端愛國主義者，但對此系統之濫權和殘暴確有無情嚴苛之批判。換句話說——我的看法是——一直都沒有對帝國主義全盤之譴責，直到土著的起義以風起雲湧、難以忽視或不易被擊退的態勢出現**之後**，情形才有所改變。

(對這點有一個註腳值得提出：像托克維爾之於阿爾及利亞一樣，歐洲知識份子傾向於抨擊敵對的帝國之濫權，同時卻又緩解或原諒了自己的帝國之運作。[122]這就是爲什麼雖然他們許多人否認並強調自己的帝國行徑和別國不一樣，我仍堅持要去說明現代帝國如何能彼此如法炮製，以及一種嚴格地反帝國主義之立場的必然性。直到第二次大戰結束，美國是公開地反帝國主義國家，所以許多第三世界的民族主義政黨和領導者例行地會倒向美國。直到一九五〇年代和六〇年代初期，一切都因爲美國不贊同法國殖民主義，所以美國對阿爾及利亞的政策便開始轉向，而導致美──法關係的誠摯友誼相當明顯地改變了。然而一般而論，在第二次世界大戰之後，美國認定他自己對第三世界的許多部分均負有責任，這些地方乃是英國人和法國人撤離之地──當然，越南是主要的例子⑫──且因爲植基於一個反殖民革命合法性的例外之歷史觀點，使美國大大地豁免於被譴責它以其特有的方式，也開始仿效英國和法國的行徑了。文化例外論的教條，整體而言實在多不勝數。）

第二個特質，特別由吉拉迭所提出，乃是指在民族主義者首先在帝國疆域內挺身而出之後，僑居的知識份子和活躍份子才從此在宗主國發展出一個重大的反殖民主義運動。對吉拉迭而言，像艾米·沙塞爾和當時候的法農，在某方面而言代表了某種可疑之「革命彌賽亞主義」，但他們刺激了沙特和其他歐洲人公開反對一九五〇年代法國在阿爾及利亞和中南半島的殖民政策。⑫從那些運動的締造者才有其他主張追隨而來：人道主義者對像苦刑和流放這樣的殖民措施公開反對、對全球性的帝國終結時代的新體認，以及伴隨而來之民族目標的重新界定，還有在冷戰時代，還不算不太重要的，「自由世界」的許多防衛措施，力主透過文化期刊、旅行和學術研討來爭取後殖民土著的向心力。還有一點也不該加以忽視的部分，是由蘇聯和聯合國所推行的，雖不總是有良好意圖的。

就前者而言，不是基於利他主義的理由；幾乎在第二次世界大戰之後，每個成功之第三世界解放運動，都由蘇聯之反制美國、英國、法國、葡萄牙和荷蘭的反平衡之影響所提供援助。

大部分歐洲的美學現代主義之歷史著作，忽略掉非歐洲文化在本世紀最初幾年期間，規模龐大之融入宗主國核心地區文化的事實，既然他們對現代主義派的藝術家，如：畢卡索、史特拉汶斯基和馬蒂斯等人有特別重大影響，並對大致上相信自己是同質的白人與西方社會之眞正架構，產生實質影響。在兩次大戰期間，來自印度、塞內加爾、越南和加勒比海地區的學生群聚於倫敦和巴黎；⑫⑤期刊、評論和政治結社形成，人們想到的是在英國之泛非洲大會，像《黑人吶喊》(*Cri des nègres*)雜誌，像由僑民、異議份子、流亡人士和難民所組成的「黑人苦力聯盟」(Union des Travaileurs negre's)。弔詭的是，他們在帝國的核心比在其廣背四方的殖民領地運作得更好，或者像是由「哈林文藝復興」(Harlem Renaissance)提供動力促成之非洲運動一樣。⑫⑥一個共通的反帝國主義經驗被感受到，並伴隨著歐洲人、美洲人和非歐洲人之間新的結盟，他們轉化了各種學科，並宣揚新觀念，穩定持續地改變了在歐洲文化之內已持續好幾代的態度和指涉結構。這種非洲民族主義之間相互扶持、彼此栽培的情形，一方面由喬治·帕迪默爾(George Padmore)、恩克魯瑪、詹姆士等人所代表著，另一方面，沙塞爾、桑戈、「哈林文藝復興」詩人，如：克勞德·麥凱(Claude McKay)和蘭斯頓·休斯(Langston Hughes)等人的作品所構成之新文學風格的出現，是現代主義全球歷史的核心部分。

觀察角度和理解上的巨大與引人注目的調整，被要求用以對去殖民化的現代主義、反抗文化，以及反對帝國主義的文學作品之貢獻做出闡述。正如我先前所言，雖然調整尚未全然出現，有某些好理由使我們認定它已開始形成了。今天對西方世界的許多辯護，事實上是防禦性的，好像是在承認舊有的帝國理念已嚴厲地受到來自非洲、亞洲和加勒比海地區的詩人、學者和政治領袖所付出之巨大的犧牲奉獻形成之作品、傳統和文化所挑戰了。此外，傅柯所說的臣服之知識已爆發出來了，並漫過從前被掌握的領域，比方說，被猶太—基督教傳統所掌握的部分；我們這些生活在西方世界的人們，已深深地被來自後殖民世界輻射出來的頂級文學作品和學術成果之令人驚嘆的巨流所感動了，而這個後殖民世界也不再是一個像康拉德著名的描述所稱之「地球上黑暗地帶之一隅」的區域了，卻是再一次地成爲生動活潑之文化成就的場所。今天談到馬奎斯、魯西迪、卡洛斯、費恩提斯（Carlos Fuentes）、阿契比、索因卡、法伊茲・阿合馬・法伊茲和其他許多與他們旗鼓相當的人，也等於在談論一個相當醒目地呈現出來的小說文化，若沒有其同夥的前輩們，如詹姆士、安東尼奧斯、愛德華・威爾莫特・布萊登（Edward Wilmot Blyden）、杜・波伊斯和馬蒂的早期作品，這是無法想像的。

我想討論此種強大之文化侵略的一個極爲特異之層面，也就是來自殖民或邊緣地區的知識份子以「帝國」的語言寫作，又同時感到他們自己與大衆對帝國之反抗形成了有機的關聯，並使他們自己在正面遭逢宗主國文化時，進行修正主義式和批判性的任務，但他們卻使用在過去特別只是爲歐洲人所用的學術和批判之技巧、論述和武器。他們的作品自有其貢獻，只是表面上依賴（無論如何並未寄生）於西方主流的論述；其原創性導致了這些學科的實際範域之轉型。

我將要討論的這個現象之一般性、擬理論性的說明出現在雷蒙・威廉斯之《文化》（*Culture*,1981）。在他稱作〈形構〉(Formations)的這一章中，威廉斯開始討論了行會、專業、俱樂部和運動，然後進行到學派、黨派、異議份子和反叛者這些更爲複雜的議題。他說，所有這一切「與在一個單一國家社會秩序之內的某些發展有關」。無論如何，二十世紀新的國際或超國家的形構出現，在宗主國的中心地區，傾向於形成前衛運動。從某方面而言，這些「超形構」(para-formations)——一八九〇～一九三〇年的巴黎、一九四〇～一九七〇年的紐約——乃是新興崛起的市場力量，將文化國際化的結果——例如：「西方音樂」、二十世紀藝術、歐洲文學。但更有趣的是「前衛運動的貢獻者是前往宗主國的移民，不只來自其國家的境外領土，也來自其他更弱小的民族文化，現在他們被看作是在和宗主國有關的地域性文化」。威廉斯的例子是阿波里奈爾(Apollinaire)，雖然他寫出有關「宗主國的遭遇和移民」與主流團體「之間串聯的社會學」，這種情況「創造了對異議團體特別有利與奧援的條件」。(127)

威廉斯結論道：是否這種遭遇產生了「與傳統之實踐尖銳、甚至暴力般的決裂」效果（不滿或叛逆，而非文學上的前衛運動），或是否他們被「一個繼起之都會式和超國家時代的宰制性文化」所吸納，並成爲後者的一部分，仍無法確定。然而，假定我們在一開始就將威廉斯的論證加以歷史化和政治化，然後將之放入帝國主義和反帝國主義的歷史場景，一些因素就會變得更清楚了。首先，由來自邊陲地區、並移入或者拜訪宗主國地區的作家、學者所寫的反帝國主義的知性和學術作品，經常深入發生大規模群衆運動的宗主國地區。這點的一個活生生之呈現發生於阿爾及利亞戰爭期間，當時「民族解放陣線」（FLN）稱法國爲「第七省區」(the Seventh Wilaya)，其他六個構成阿爾及利亞本土，[128]因此，將去殖民化的對抗從邊陲移往核心地區。其次，這些侵入涉及到迄今爲止仍單方面地被宗主國核心地區所主導之經驗、文化、歷史和傳統的相同領域。當法農寫他的作品時，他傾向於談論從一位法國人的角度所看到的殖民主義經驗，且是從迄今爲止不容侵犯、但現在已被一位不滿的土著所侵入、並批判地重新檢視的法國空間之內來看的。因此，有某種重疊和互賴性，理論上不可能被描述爲只是一個分立的殖民或本土認同的消極性肯定而已。最後，我相信這些**心路歷程**再現了在宗主國文化內在的一個仍然不可解的矛盾或差異。宗主國文化透過互相標榜、稀釋和規避，部分承認、亦部分拒絕了此一努力。

然後，**心路歷程**構成雜種文化創作的一個格外有趣之變種。其存在全然是在一個持久的帝國結構時代中，出現敵對的國際化之徵兆。理性言說不在如同過去那樣，只是排外性地坐落在倫敦和巴黎。歷史不再如黑格爾所確信的，單線式的從東到西、從南到北，向前發展，逐漸變得更複雜和高度發展，更不那麼幼稚和落伍。取而代之，批判的武器變成是帝國歷史遺產的一部分，在其中「分而治之」的區隔和排他的方式被抹除掉，令人驚訝的新形貌洶湧而出。

我想要討論的四部文本中的每一部，都特定屬於某一個特殊的歷史瞬間：前兩部是詹姆士的《黑人雅各賓黨》（*The Black Jacobins*），在一九三八年出版，以及幾乎是在同時間問世的喬治・安東尼奧斯的《阿拉伯的覺醒》。第一部是有關十八世紀末期黑人加勒比海地區的動亂，第二部是有關最近阿拉伯地區的動亂；兩部作品均處理過去的事件，其模式、主導者和敵對者乃是作者所關心的，它們足以探查到過去被歐洲所忽視或背棄的一個本土或殖民的現實情況。兩位作者均為才氣逼人的名家、引人注目的人物（詹姆士本人是運動健將），他們早年在英國殖民學校的養成時期，促發他們對英國文化有奇妙的賞識、以及嚴厲地不表苟同，現在兩本著作似乎同樣具有令人讚嘆的先見之明，詹姆士預告了一個苦悶的且仍然深深地動盪不安的加勒比海生活之連續不輟的歷史，安東尼奧斯正好也準確地預見了今日來自中東的頭條故事和令人震撼的電視場景，以巴關係的情勢仍是紛擾不斷，從阿拉伯人的觀點來看，乃因一九四八年以色列的建國，這些事端已發展成一種充滿敵對之難以預測的情勢，在事件發生的十年前，已被安東尼奧斯以一些悲慘的先兆所預測到了。

一方面，詹姆士和安東尼奧斯的著作被定位為是來自追求獨立的民族運動內部，以一般讀者為對象的學術性和倡導性的嚴肅作品；另一方面，我的另兩部作品，拉納吉・古哈的《孟加拉財產權法規》（1963）和阿拉塔斯的《懶惰土著的神話》（1977）則是後殖民的與專業的，主要針對更特定議題，以一群更少數的讀者爲對象。這兩本書的前一本作者爲孟加拉的政治經濟學家，後者爲馬來西亞穆斯林史家和社會理論家，兩者都呈現出作家勤勉的檔案研究，和細密而趕上時代的文獻蒐集、論證和通則化處理。

古哈的著作乃是以更晚近的後結構主義作家（包括古哈自己）所熟悉的特質所寫成的，也就是對一八二六年孟加拉永久居留法案——根據該法案，英國人得以用無可變異的精確性來規範孟加拉的地租和收入——的考古學式和解構式研究，該書探討此一法案如何引申自歐洲重農學派和意識型態思想的複雜背景，然後在十八世紀末期的孟加拉由菲立浦・法蘭西斯(Philip Francis)推動並付諸實行。阿拉塔斯的作品，正如古哈的作品一般，以其獨特的方式展現出令人驚訝的原創性，它詳細討論歐洲殖民主義如何創造了一個對象，也就是懶惰的土著，它在阿拉塔斯所稱的殖民資本主義之計算和倡導中實行了一個基本功能。這個土著服從於壓榨式的規則與嚴格的訓戒。用一位在一八四三年被任命去治理菲律賓，使之成爲西班牙殖民地的西班牙官員辛波度・狄・馬斯(Sinbaldo de Mas)的話來說，這意味著土著必須被保持「在一種理智和道德的狀態，雖然他們在人數上佔優勢，但其政治上的份量少於一條黃金」；[129]這位土著被談論著、被分析、被侵害，且工作著、以粗惡的食物和鴉片餵飽、與他或她的自然環境隔離開來、並被加諸一套論述，其目的便是讓他勤奮且服從。因此，阿拉塔斯說：「賭博、鴉片、不人道的勞動條件、片面的法規，所有這一切以不同的方式被交織成爲殖民意識型態的構造，並賦予其可敬的氣氛。一切在這些之外的東西皆被嘲笑。」[130]

一方面是詹姆士和安東尼奧斯，另一方面有古哈和阿拉塔斯，兩方之間的對比不只在於早先的作家更直接投入同時代的政治活動，反之，晚近的兩位學者對後殖民的印度和馬來西亞的學術爭議關注甚多，尚且，後殖民歷史本身也改變辯論的許多名詞和論證的眞正本質。對詹姆士和安東尼奧斯而言，在一九三〇年代加勒比海地區和阿拉伯東方世界的土著所處身的論述世界，光榮地依賴著西方世界，詹姆士說如果沒有雷納修士、其他百科全書派和法國大革命本身，陶珊・勞沃卻(Toussaint L'Ouverture)不可能以他所爲的方式來討論事情：

> 在危機時刻，陶珊像過去一樣不受教誨，卻可以找到狄德羅、盧梭、雷納、米拉波、羅伯斯庇爾和丹頓的語言和口氣。從某方面來說，他超越了所有這些人。因為甚至這些演說和寫作的大師們，基於他們社會階級的錯綜複雜，經常必須停頓、猶豫並斟酌再三。陶珊則可以毫無保留地捍衛黑人的自由，這賦予他的宣示某種強度和純正性，在同時代的偉大文獻中是少見的。法國的資產階級不可能了解之。在他們了解之前，已經血流成河，奔流而下，這卻昇華為陶珊的語調。他所寫的東西既不浮誇、也不修辭，但是道出單純且最嚴肅的真理。⑬¹

對一個將歐洲啓蒙運動所提出之普世主義情感的嚴格眞理完全內化的人，詹姆士做出了上面這段美妙的敘述，他呈現出陶珊的眞誠以及他潛在的缺憾，他樂意信奉歐洲人的宣言，視其爲嚴正的意圖，而非利益和團體之階級性與受歷史所決定的討論。

安東尼奧斯發展了許多相同的主題；他對阿拉伯覺醒的編年史，在本世紀初期由英國所孕育出來，集中討論阿拉伯人在一九一七和一九一八年使自己從鄂圖曼帝國的掌控下解放出來之後，他們如何將英國許諾阿拉伯人獨立的地位視爲千眞萬確的眞理。安東尼奧斯解釋胡珊統領（Sherif Hussein）與亨利・麥克馬洪爵士（Sir Henry McMahon）之間通信往返，其間英國長官許諾其人民獨立與主權，符應了詹姆士對陶珊如何緊握並履行「人權宣言」的描述。然而，對安東尼奧斯這位以阿拉伯人和英國人的同路人來寫作的人而言——假如曾有如此個案的話，他也該算是互賴性的一個古典個案——這是精心謀畫的欺瞞，他並未將之歸因於階級或歷史的因素，而只是一種不夠光明正大的可恥行徑，對他而言，這會導致天下大亂。

少有人懷疑歷史的裁決將實質上會背書阿拉伯人的觀點。無論對聖里莫裁決（San Remo decisions）有任何其他說法〔於一九二〇年春形成，提到「整塊地中海和波斯邊界之間的阿拉伯長方形區域必須被置於規定的統治之下」〕，它們違反了同盟國所宣示的一般原則與特別承諾，特別是大英帝國的宣示。宣示的要旨以祕密方式為之者，現在已是衆所皆知了：與此有關者和公開所為之確認，學者擁有所有足以下判斷的相關材料。正是基於那些許諾的強度，阿拉伯人加入戰爭，且做出其貢獻與犧牲：僅此一事實便足以使相應的義務轉變成一個榮譽的債務。聖里莫會議所做的，事實上是無視於此一債務，並做出決定，基於所有根本的要點，做出違反關係重大的民族期望之事來。[132]

忽視詹姆士和安東尼奧斯之間的差異是錯誤的，他們兩人不只是因意識型態和種族不同，而判然有別，且氣質和教育程度也不同。然而，卻有相同之憂傷、絕望與毫無回報的希望，分毫不差的散布在他們的文章中。倆人皆屬於殖民化的政治，並受其形塑。詹姆士屬於千里達的中下階段；他是一位自學者、運動員，曾經——正如我自己親眼所看到的，在一九八七年六月的布理斯頓，我拜訪他，那時他八十六歲——是位早熟的學童，有著革命家對歷史、政治和理論之興趣，以及知識份子對理念、矛盾事物的留意，和對優良文學作品、音樂和聊天之純眞而大而化之的冒險式興趣。安東尼奧斯，正如亞伯特・何蘭尼以令人難忘的方式描述到他，[133]屬於更老式的地中海東岸之敘利亞人的世俗階級。曾有一段時間住在埃及（在此，他入學於維多利亞學院，也是我自己上過的學校）；他從劍橋大學畢業。當他寫作《阿拉伯的覺醒》時，安東尼奧斯四十多歲（他逝於一九四二年，時年五十歲）；詹姆士剛好年輕十歲。當安東尼奧斯有一段豐富的經歷，成爲英國高級軍官的親信，並成爲阿拉伯主要領袖和菁英的顧問，從胡珊、費瑟（Faysal）、直到法利斯・尼姆爾（Faris Nimr）和哈只・那米爾・胡賽尼（Haj Amin al-Husayni），且繼承了幾十年阿拉伯民族主義的思想和行動，是一位世俗之人，常和其他位居權位的世俗之人交往。詹姆士則新到英國，擔任一位板球報社通訊員；他是黑人、馬克思主義者、偉大的公衆演說家和組織者；最重要的是，他是一位埋首於非洲、加勒比海、黑人民族主義的革命家。《黑人雅各賓黨》首先並非發表成書，而是在倫敦成爲保羅・洛比森(Paul Robeson)的舞台表演腳本；在這齣戲開演時，洛比森和詹姆士調整了陶珊和黛莎琳絲(Dessalines)的部分。(134)

不談這位貧困且遊歷四方的西印度群島黑人馬克思主義歷史家和那位更保守、受到更高教育且具備耀眼之良好關係的阿拉伯人之間的差別，兩人均向他們認爲是屬於自己的世界發表他們的作品，儘管正是充滿著權力和殖民支配的歐洲世界排拒著他們，在某種程度上迫使他們屈服，並深深地令他們絕望。他們置身在這個世界中，並對之發表其作品，他們立足於其文化基礎之上論辯事情，並以戲劇性、爭議性、親近性的方式表達對其文化的替代性詮釋。在他們的作品中，無論表達出對殖民的和／或非西方民族感到敵意的經驗有多少，他們並未感覺到自己是站在西方文化傳統之外。在一九六〇和一九七〇年代的黑人民族主義和本土主義的「黑人認同」論興起之際，詹姆士固執地支持西方遺產，同時他也屬於動亂的反帝國主義時期，在這方面，他和法農、卡布洛、羅德尼等人有共同的觀點，在一次訪談中，他說：

何以我必須回歸非歐洲的根源呢？假如這意味著今日的加勒比海作家應該體認到，在他們的寫作裡要強調我們虧欠非歐洲、非莎士比亞的文化根源甚多，以及過去的音樂沒有貝多芬，我同意。但我不喜歡他們在那裡擺出一副姿態，好像告訴人們只有**或此／或彼**(either-or)的選擇。我不認為如此，我想**兩者**兼得。基本上，我們是一個文學和美學固有傳統植根於西歐文明的民族。⑬⑤

假如，安東尼奧斯對阿拉伯民族主義的興起之大師級的說明，強調重新發掘阿拉伯語文和古典伊斯蘭遺產的關鍵重要性（最常見的是經由像他一樣的基督教思想家之作品來發掘，此一呼籲已被繼起之歷史學家批評爲是過分誇大了）。他也堅持阿拉伯傳統在根本上並未與西方傳統衝突，反之，兩者之間有某種相互孕育、傳承和串聯的關係，例如：他在下列重要的段落解釋道：

> 在早期階段〔一八五〇年代和六〇年代〕，美國傳教士的教育活動表現許多美德，並有一個卓越的貢獻；他們賦予阿拉伯文令人引以為傲的地位，當他們決定投注心力去教授之，並與致勃勃地肩負著提供正確文獻的使命，就這點而言，他們是先驅者；正因為那樣，標示出阿拉伯復振運動的第一波浪潮的知性活力，大半要歸功於他們的苦勞。⑬⑥

在古哈和阿拉塔斯的著作中，並未看到如此一種西方與其海外殖民地的和諧共鳴。之後，殖民戰爭和曠日彌久的政治和軍事衝突就介入其中了。假如直接的政治控制已消失了，經濟、政治、有時候也有軍事支配、結合文化霸權——正如格蘭西所稱之統治的權力和**指導的**（dirigente）理念——從西方擴散出來對邊陲世界施行其權力，繼續維繫其殖民控制。在阿拉塔斯的《懶惰土著的神話》中，最尖銳的抨擊之一指向那些持續在他們自己的思維中產生殖民意識型態的馬來西亞人，他們創造並維持「懶惰土著」的理念，在幾段足可呼應法農對民族主義資產階級的責難之文章中，阿拉塔斯呈現出殖民資本主義的殘渣，如何仍留在新興獨立自主的馬來人思想中，束縛他們——換言之，那些尚未具有方法論的自我意識和未察覺到足以影響思想之階級關聯的人們——於「殖民資本主義思想」的範疇中。因此，他繼續提道：

> 錯誤意識扭曲現實情況，馬來執政黨從英國人直接繼承統治權，從未進行諸如印尼、印度和菲律賓所發生之追求獨立的鬥爭。因此，也沒有意識型態鬥爭。深刻的思想層面上，並未與英國的意識型態思維進行知性上的決裂。此一政黨的領導者乃從英國人所訓練的文官體系之高階人員所甄選出來，也來自中產階級的馬來學校老師和文職公務員。少數一些專業人員結合這個系統，但沒有建立任何模式。(137)

古哈也同樣關注連續性和不連續性的問題，但對他而言，這個議題具有自傳式的共鳴，由他自己深切地具有自我意識的方法論癖好所提供。當某人身為一個現代的印度人，其出身、成長和家庭現況在歷史上皆依賴英國強權，如何能夠研究強烈地被該強權所影響的印度過去歷史，並不是抽象地，而是具體地加以研究呢？當某一個人一直是此種關係的一部分，而非自外於此種關係，他如何能在印度獨立之後，去看待其關係呢？古哈的困境以一種知性的策略而解決了，即戲劇化英國統治的極端「他者特性」（otherness），其不只產生了「永久居留法案」，也產生了他的階級：

在作者的青少年時代，像與他同世代在孟加拉的許多其他人一樣，在「永久居留法案」的陰影下成長：他的生計，像他的家族一樣，都來自他們從未拜訪過的遙遠產業；他的教育由殖民官僚的需要來引導，此一官僚從孔瓦利斯爵士（Lord Cornwallis）的食客之後裔子孫中甄拔其幹部；他的文化世界嚴密地被不依土地之膏腴維生，且和農民大衆的本土文化脫節的一個中產階級之價值觀所圍繞。因而，他學習視「永久居留法案」為一個社會和經濟停滯的憲章。接著，做為一個加爾各答大學的研究生，他閱讀到有關菲立浦・法蘭西斯的反封建理念，就立即面對一個問題，這是教科書和學院本身不可能提供他一個解答的。何以一七九三年擬封建式的「土地移墾法」，竟會源自於一位法國大革命的偉大讚美者之想法呢？人們不可能從那些歷史書本中了解到什麼，此一矛盾確實存在，有必要被解釋。許多手冊滿意地提到英國在印度所做的善舉，代表了一系列成功的實驗，這和歐洲出生的統治者所繼承的理念和偏見少有關係。將英國政策視為「無根的花團錦簇」之觀點，並未被土地法的歷史所證實，在印度殖民政府下，該法律有最長的歷史。作者希望他能將「永久居留法規」的起源置於諸多理念的合流之中，在此，英國和法國思想的兩大主流匯合於十八世紀的後半葉。⑱

區隔的行動重複了去殖民化的基本姿態。經由了解到產生印度的「永久居留法案」之意識型態，就歷史上追溯衍生自法國和英國之根源，並經由了解到他自己的階級屬性不是來自於土地，而是來自殖民權力的結構，古哈就此在理智上使他自己脫離出來，正如對阿拉塔斯亦然，歷史對古哈而言是批判的，不是對殖民者的標的物、意識型態和論證的義務性複製。在後續的作品中，兩人專注於試圖將受到壓制的土著之聲音從殖民史拯救出來，且引申出新的史地學觀點，不只探討過去，也探討土著社會中使其如此長期無力抵禦像「永久居留法案」如此詭計的眞正弱點所在。

一九八二年，在古哈的支持之下，由一群志同道合學者所創辦之一系列論文集《賤民研究》（*Subaltern Studies*）的序論中，古哈論及殖民印度的「反歷史之史地學」忽略了「人民之政治學」，擁護由英國人所創造之民族主義菁英。因而，「民族無能尋回它自己所擁有的，這種歷史學的失敗進而促使對這一失敗之研究，構成了殖民印度史地學的核心問題」。⑲

簡言之，宗主國文化，現在可能被看作是壓制了被殖民社會的眞實要素。問題不只是說阿拉塔斯和古哈是學院派專家而已，而是在獨立幾十年後，文化之間的關係被極端地看作是反命題。這種戰後新看法的一個跡象，乃是敘事之逐漸消失。《阿拉伯的覺醒》和《黑人雅各賓黨》的主題是由非凡之領導者推動的群衆運動。在此，有許多扣人心弦、甚至高貴的故事，述說著大衆反抗運動的興起——在聖多明哥的奴隸反叛、阿拉伯人的反叛——以尚—法蘭科伊斯・李歐塔的話來說，這是啓蒙和解放的偉大叙事，但沒有這種故事賦予阿拉塔斯和古哈的扉頁活力。

兩部早期著作的一個驚人相似的層面，乃是他們有意擴大西方讀者的認知，對後者而言，這些叙述事件先前被來自於宗主國的目擊者所複述著。詹姆士的任務是創作一個法國大革命的叙事，結合法國和海外的事件，故對他而言，陶珊和拿破崙是由法國大革命所產生出來的兩位偉人。《阿拉伯的覺醒》以各種興味盎然的方式構想，以便限制並反制由勞倫斯在《智慧的七大支柱》所寫的更爲誇張之對阿拉伯人反叛非常著名的叙事。最後，安東尼奧斯好像在說，阿拉伯人、他們的領導者、戰士和思想家，可以說出他們自己的故事一樣。他們寬容之歷史觀點的一個層面便是，詹姆士和安東尼奧斯兩人提供一個替代的叙事，可以被解讀爲是一篇已爲歐洲讀者所熟知的故事之一部分，但直到最近才以一個土著的觀點而爲人所熟知。當然，兩人都是從一個逐漸成形的大衆政治鬥爭之立場來寫——就詹姆士來說，是「黑人革命」；就安東尼奧斯而言，是阿拉伯民族主義。直到現在，敵人仍然一樣是歐洲和西方。

安東尼奧斯著作的一個問題是，因爲他主要集中在他自己有涉入其中的政治事件，但對先前時期阿拉伯世界的巨大文化復振，要不是略微一提，就是沒有正確地加以評估。後來的歷史家——提巴瓦(A. L. Tibawi)、亞伯特・何蘭尼、希珊・夏拉比(Hisham Sharabi)、巴善・提比(Bassam Tibi)、穆罕默德・阿布德、賈布里(Mohammad Abed al-Jabry)——對這個復振運動，及其對西方帝國強權加諸於伊斯蘭之侵略的覺察（已在賈巴提的著作中呈現出來），提供一個更精確和更寬廣的說明。[140]向埃及作家塔赫塔維(Tahtawi)或突尼西亞的哈易爾・丁(Khayr al-Din)，或十九世紀末期重要的宗教小冊子作家和改革家，包括：賈瑪爾・丁・阿富汗尼(Jamal al-Din al-Afghani)和穆罕默德・阿布都(Muhammad Abduh)，強調發展一個復甦、自主性文化，以反抗西方世界、科技上與之競爭，以便能形成一個協同一致的本土阿拉伯伊斯蘭認同的重要性。像杜里(A. A. Duri)的《阿拉伯民族的歷史形構》(*The Historical Formation of the Arab Nation*, 1984)[141]這樣重要的著作，發揮此一故事，成爲一個整合民族的經典式阿拉伯民族主義敘事，強調此一民族雖然有帝國主義、內部的停滯、經濟低度發展、政治專制諸多障礙，仍能追求其自己的發展之路。

在所有這些作品中，包括安東尼奧斯的，敘事從依賴和卑劣的地位一直向前推展到民族主義復振、獨立國家形成、文化自主性，並焦慮地與西方世界合夥。這一點也不是一個凱旋式的故事，比方說，在其核心的是希望、背叛和苦澀的失望之混合體；今日阿拉伯主義的論述與此一混合體齊頭並進。結果便是一個尚未實現、尚未完成的文化，以一種苦惱、憤怒的堅持，經常是毫不批判地譴責外來的（經常是西方的）敵人之斷片式語言來表現自己。因此，後殖民時代的阿拉伯國家有兩個選擇：像敘利亞和伊拉克一樣的許多國家，堅持泛阿拉伯式的變調扭曲，運用它來正當化一黨專政的國家安全政體，幾乎完全吞沒了市民社會；像沙烏地阿拉伯、埃及和摩洛哥等其他國家，堅持第一選項的某些層面，已經轉而成爲一個區域性或地方性的民族主義，我相信，其政治文化沒有發展出超越對宗主國西方的依賴。內含於《阿拉伯的覺醒》之兩個替代方案，和安東尼奧斯自己對尊嚴和完整的自主性之偏好相對照，頗不搭調。

詹姆士的《黑人雅各賓黨》，一方面是加勒比海地區、特別是黑人的歷史；另一方面是歐洲的歷史，他爲兩者之間重要的文化和政治鴻溝搭起一座橋樑。然而，本書也被一個更寬廣的巨流中更多的浪潮和激流所淹沒，甚至遠超出其豐富的叙事所暗示的。大約在同時期，詹姆士寫作《黑人反叛的歷史》（*A History of Negro Revolt*, 1938），就華爾特・羅德尼對這部作品的精闢描述而言，其目的是要「賦予反抗的過程本身歷史深度」。[142]羅德尼強調詹姆士體認到在非洲和加勒比海地區對殖民主義長期（縱使經常是不成功的）反抗，不被殖民史家所承認。再一次的，像安東尼奧斯的作品一樣，他的作品是他從事並投注心力於非洲和西印度群島的政治鬥爭的添加物而已，這個全心投入的奉獻，促使他前往美國、非洲〔在此地他和喬治・帕迪默爾發展出畢生之情誼，並和恩克魯瑪形成患難之交，這對迦納政治的形成是關鍵的，這可從他的非常批判性之研究《恩克魯瑪和迦納革命》（*Nkrumah and the Ghana Revolution*）清楚地看出來〕，然後再次回到西印度群島，最後到達英國。

雖然，詹姆士是一位反史達林主義的辯證學家，像安東尼奧斯一樣，他對西方帝國中心的批判性態度從未令他不去理解其文化成就，或不去批判他所支持的黑人愛國者（如恩克魯瑪）的失敗。當然，他活得比安東尼奧斯更久，但當他的意見擴充並改變、增加許多經驗領域、將之放入其解放論的關注焦點、並涉入許多論戰和爭議之後，又跳脫出來，他始終保持對**故事**之持久的關注（這個要點因而能持續發明更多故事）。他以現行的方式來看待政治和歷史核心的型態——「從杜・波伊斯到法農」、「從陶珊到卡斯楚」——他的基本隱喻是一個由理念和人民所掌舵之航程；這些曾經是奴隸和臣服的階級，可能首先成爲移民，然後成爲一個異質新社會的基本知識份子。

在古哈和阿拉塔斯的作品中，人類冒險的敘述性感受被反諷手法所取代。兩人均彰顯了毫無吸引力的策略，並和帝國主義的虛矯手法同步運作，指出其現在已經完全無可信賴的高貴化和學究式的改革意識型態。首先，思考一下古哈對英屬東印度公司官員綜合經驗主義、反封建主義和法國重農學派哲學（其根本是土地收入的意識型態），以便對達成英國統治權的持久方式有明察秋毫之重構，在此是使用古哈的主角菲立浦・法蘭西斯所採用的語詞來講。[143] 古哈對法蘭西斯的大師級說明——「他是一位年輕的阿西比奧狄斯」（Young Alcibiades）、柏克的友人、華倫・哈斯汀同時代的人、反主權論者、廢除奴隸論者，及完美至極的政治動物——他的「永久居留」理念以一種蒙太奇剪接手法被訴說著，有著許多刪減和疊接，而不像一個英雄故事。古哈呈現出法蘭西斯有關土地的理念，解釋其如何能在他任職期間之後一段時間逐漸被接受，這和哈斯汀形象的翻新齊步並進，並如何有助於促進豐富化和拱衛帝國的理念，引用古哈的話來說，

這已經迅速地剝除掉其締造者個別紀錄的重要性，如同一種抽離手法，預設公司的善意之於其建立者的人格，具有獨立性。⑭

因而，古哈主題的抽離方式，不只需要加諸於人們，也加諸於地理。其中心觀點是，英國人做爲帝國主義者，感覺到他們英國人的使命是去解決「在孟加拉主權的問題」⑮，極其自然地，以維護英國王室爲目的。法蘭西斯宣示此一計謀，由此在孟加拉的所有土地租金，必須基於數學公式被永遠固定下來，其眞正成就是，他成功地「形成或恢復了大英帝國的憲章」。⑯

古哈的作品意圖顯示一種拆解帝國史地學的方法——由英國人印度疆域的劃定所支撐著——此一史地學與其說是在印度，倒不如說是在歐洲，以法蘭西斯所採用的語詞來講，歐洲是其最偉大的安定、永垂不朽與至高無上權威的根源所在。這個反諷手法由一位土著來從事這項工作，不只掌握了材料和方法，且具有雷霆萬鈞之抽離手法，其在帝國主義者心靈的痕跡，在被原創出來之際，甚至連他們自己都很少能察覺到。

相同之戲劇性成就，出現在阿拉塔斯的作品。一方面，古哈的主角們是嚴格地意識型態專家，關注在以哲學上一致的方式來確認對印度的權威；反之，在阿拉塔斯所分析

的葡萄牙、西班牙和英國的殖民者之中，並未公開宣示出這樣的思想綱領。他們在東南太平洋地區上取得寶藏（橡膠和金屬礦產）和廉價勞力，以追求經濟利潤，需要土著的勞務，他們便設計許多的計謀來追求有利可圖的殖民經濟，在這過程中，摧毀地方上中層的貿易商，臣服且全然地奴役土著，並挑起中國人、爪哇人和馬來西亞人社群之間兩敗俱傷的族群戰爭，以便利於統治，並使土著彼此分裂及脆弱。從這場混戰中，出現了懶惰土著的神話般人物，將其存在視爲一個東方社會中根本而無可改變的常數，一些被假設的基本眞理便流行起來了。阿拉塔斯極有耐心地記載著這些描述——所有這一切立基於殖民者的「錯誤意識」，不願意接受土著的拒絕工作，乃是反抗歐洲侵略的最早期形式之一的事實——如何持續地獲得一致性、權威及客觀事實的無可辯駁之歷歷指證，言猶在耳。觀察家像是萊弗士，因而便建構出進一步降服並懲罰土著的理由，既然土著個性上的墮落已經發生了，正如殖民行政人員所看到的那樣，故而是無可逆轉的。

阿拉塔斯提供我們一個有關懶惰土著的意義之替代性的論證，或者更確切地說，他提供我們一個論證，以便解釋爲什麼歐洲人成功地力保此一神話持續如此長期的一段時間。事實上，他也呈現此一神話如何維持下去，以艾力克・威廉斯先前所引用的話來說，「一個已趨衰敗的利益，雖然就歷史的觀點而言，其破產已可上達天聽了，但卻還是足以造成阻擾和破壞的效果，這只能以它先前所提供的強大服務以及先前所造成的侵害來加以解釋了」。⑭⑦懶惰土著的神話等同於支配，而支配根本就是權力。許多學者已經變得習於只是將權力視爲一種推論式的效果，而阿拉塔斯則描述了殖民者如何系統性地摧毀了蘇門答臘和馬來西亞地區的沿海商業國家，疆域征服如何導致土著階級，如：漁民和武器工匠的消滅，以及最重要的，外國領主如何做出本土統治階級從來未曾做過的事情，似乎以其直言不諱震撼著我們：

權力落入荷蘭人之手不同於權力落入土著統治的繼承者之手。土著掌權者一般而言在貿易上更自由些，它沒有摧毀遍及整個地區的本有之貿易商階級，繼續使用它自己的工業產品，它建造自己的船舶，最後但並非最不重要的是，無能去對印尼的主要區域強制建立全面壟斷。儘管掌握王權者是位獨裁者，它仍激勵了其人民的能力。[148]

在此，由阿拉塔斯和古哈的著作中所描述的這種控制，幾乎全然且毀滅性地與被殖民化的社會持續衝突。因而，要說清楚在歐洲和其邊陲殖民地之間如何建立一種延續性的故事是不可能的，無論從歐洲人的角度，或從殖民地的角度皆然。反之，對去殖民化的學者，似乎最恰當的是一種懷疑的詮釋學，然而，解放式民族主義的磅礴之激勵人心的樂觀敘事，不再能像其在一九三〇年代之於詹姆士和安東尼奧斯的那樣，有助於肯定一個文化社群，但一個新的方法學之社群——其所訴求的更困難且嚴苛——代之而興。古哈的作品刺激了一個重要的合作式學術事業，「賤民研究」，進一步使古哈和他的學術夥伴推展出更深入且令人激賞的許多研究，涉及權力、史地學和人民的歷史諸問題。

阿拉塔斯的作品有兩個目標：建立了南亞歷史和社會之後殖民方法論的一個基礎，更進一步地促成了在《懶惰土著的神話》所提示之去神祕化和解構式的工作。

我並無意指出這兩位戰前知識份子的狂熱和激情地敘述之作品已被拒絕且被後代學者所期盼著，或認爲阿拉塔斯和古哈的更技術性和控訴性的作品，呈現出宗主國西方讀者的一種更偏狹的專業性和可嘆之文化上更不那麼寬容的觀點。的確，對我而言，似乎詹姆士和安東尼奧斯道出了已經發動並邁向自決的運動，雖然其爲偏頗且終究是非常無法令人滿意的一種結果；另一方面，古哈和阿拉塔斯在他們討論由後殖民的困境所引發之議題時，視早先的成就（諸如民族獨立）爲理所當然的，同時也強調了迄今所取得之去殖民化、自由和自我認同的不完美。同樣地，古哈和阿拉塔斯同時對西方學者和同胞們提出其見解，指出土著學者仍被殖民者對他們自己過去的歷史之概念所牢牢束縛住。

訴求對象的問題引發了有關讀者聽衆之更一般性的問題；正當《黑人雅各賓黨》或《阿拉伯的覺醒》之許多一般讀者可能會迅速地有所體會，後者之更學術性和考究的著作之讀者群縮小了。詹姆士和安東尼奧斯假設他們有必要說出來的事情，具有關鍵性的政治和美學之重要性。詹姆士將陶珊刻畫爲是一位動人而頗値讚賞的人，並無復仇心態、極爲聰明、細膩、對他的海地同胞之苦難頗有責任感。「偉人創造歷史，」詹姆士說：「但只有這種歷史是他們可能創造的。」[149]陶珊很少信任他的人民，且誤解了他的敵人。詹姆士不犯這種錯誤，堅持不做任何幻想。在《黑人雅各賓黨》中，他以診斷的方式重構了自利和道德之疑慮所孕育出來的英國廢除奴隸論和意圖良好的威柏霍斯之帝國主義脈絡；但當法國和海地黑人陷入浴血苦戰之時，英國政府操縱著慈善心腸的情感，以拓展英國在加勒比海的權力，並使法國和她的其餘敵人付出了代價。詹姆士嚴斥帝國主義從未放棄過什麼東西。然而，他堅持其對某種叙事之勸誡力量的信念，此一叙事的主要成份是鬥爭以追求自由，這對法國和海地都是共通的，並期盼去了解和有所行動；這支撐起他做爲一位兼顧到力爭上游的黑人讀者以及宗主國白人讀者雙方的黑人史家之所有創作活動。

這個**心路歷程**是報復性的嗎？被壓制的殖民對象一直糾纏並尾隨著現代歐洲人的腳步，對歐洲人而言，陶珊是這個世界的「杜華利家族」（Duvaliers）和楚吉洛斯家族（Trujillos）之扭曲變形的遺產，肯定了非歐洲人是野蠻的想法嗎？詹姆士在他的一九六二年序言時，沒有掉入主要是反動的陷阱，而是偏向於顯示陶珊的革命理念如何重新出現於成功的解放鬥爭，並以同樣的力量，出現於新興的具有自我意識和信心的民族文化誕生中，體認到殖民的過去，且推向「一個加勒比海式的民族認同訴求之終極階段」。⑮⓪詹姆士被許多作家——喬治・蘭明、奈波爾、艾力克・威廉斯、威爾遜・哈里斯（Wilson Harris）——認爲是當代西印度群島文化的偉大長老，不是沒有道理的。

相似地，對於安東尼奧斯，同盟國對阿拉伯人的背叛沒有降低了他的叙事之大格局回溯性的遠眺，其中阿拉伯人被與歐洲人共同享有的自由理念所推動。正如《黑人雅各賓黨》奠定了現代「黑人反叛」（詹姆士的用詞）研究的基礎，《阿拉伯的覺醒》也開啓了阿拉伯民族主義之學院式探究，這已經逐漸變成一門學科，不只是在阿拉伯世界，也在西方世界。在此，與一個逐漸成形的政治相串聯特別令人感動，安東尼奧斯以他的個案來向阻礙此一歷史性運動的西方政客和思想家所組成的相同陪審團來表現阿拉伯人尚未實現的自決。他像詹姆士一樣，同時對著他自己的人民以及視非白人的解放變成只是邊際性議題的充滿抗拒心態的白人聽衆發表意見。此一訴求不是要求公平或慈悲，而是針對歷史本身經常是令人驚訝和突然併發的現實狀況。因此，閱讀安東尼奧斯之包含於一九三五年在普林斯頓的一場演講中的評論，是多麼令人讚嘆啊！那時他正在寫作《阿拉伯的覺醒》：

> 在民族歷史中，經常發生對立的力量之間的衝突，似乎無可避免地注定要結束於更強的一方之勝利，卻被新力量的出現而造成不被預期之扭轉，而新力量的出現又得力於前述之勝利的結果。[151]

不可思議地，對我而言，安東尼奧斯似乎從現存之絕望的深度看出去、一直穿透到眞正的大衆起義之爆發，在他的書中，似乎這就是他隱含地要爲之辯護者（巴勒斯坦人的「抗暴起義」，我們這個時代最偉大的反殖民起義之一，繼續爲歷史上的巴勒斯坦而鬥爭，這是《阿拉伯的覺醒》之基本主題之一）。

此一觀察令我們唐突地回到學術與政治的一般主題。我所討論的每一位學者穩固地植根於一個地區的情境，有其歷史、傳統和串聯，多少反映了其主題之選擇和其處理方式。例如，安東尼奧斯的著作今天仍籲求我們的注意，可視其為二十世紀初期阿拉伯民族主義的歷史，並記載著在一九三〇年代和四〇年代之後被一群更激進、大衆化和本土派的以阿拉伯文寫作之作家所取代的一個名士階級所留下的辛辣文獻；西方的決策者不再可能，或一點也沒有必要被提到，更不會從一個共通的論述整體之內被提到。古哈以一位流亡者身分出現於一九六〇年代，深深地與印度政治格格不入，此時印度的權力是被塔利克・阿里(Tariq Ali)所稱之「尼赫魯派和甘地派」所完全掌控著。(152)

政治——在他們作品背後率眞的政治衝動——自然影響了所有四位學者所展現的學術研究。其明顯的政治或人性的迫切性之基調及他們著作的旨趣，和現代西方世界所展現的學術規範之間的對比是值得關注的（西方的此種學術規範，以其先設的超然性、其信誓旦旦的客觀性和公正不偏頗、其**溫文儒雅**和儀式性鎮靜之典則所表現出來，到底這個規範是如何產生出來的，已成為品味和知識社會學的問題了）。這四位第三世界知識份子的每一位，皆從一個特定的政治情境孕育出其創作，並在此種情境中繼續寫作，其壓力是持續不變的，而不只是片刻的煩惱或小小的經驗性關懷，可以只因為一個更高層次目標的利益之下，而就將之輕易掃除掉的。這個不可解的政治情境已浮現在文字的表層，並感染了其修辭，或者歪曲了其學術的調調，因為作者確實是從一種知識的和權威式的學術立場來寫作的，但也是從充滿反抗和對抗之言詞的人民立場來寫的，這種言詞乃是受盡壓迫所造成的歷史結果。正如阿多諾所言，語言顯然的肢解被運用在此一情境，「另一方面，由支配本身所貼上去的臣服者之語言，更進一步地搶奪了以未受肢解的自主性語言所許諾的正義，這是要賦予所有自由的足以毫不受斥責地去宣告正義的人們」。(153)

我無意主張反對派學者必定是尖銳刺耳的，且令人不快地堅持己見的，或安東尼奧斯和詹姆士（或古哈和阿拉塔斯基於這個理由）以辱罵和責難來加強他們的論述。我只是要說學術和政治在那些著作中以更為公開的方式結合在一起，這是因為這些作家認為他們自己是代表著政治自由和尚未被實現的、被阻礙的、被拖延的目標之西方文化的使者。誤解他們的說詞、論述和介入的歷史力量、責難他們（如康納・克魯茲・歐布萊恩曾說過的(154)）乃是哭泣著要求別人的同情、貶損他們為亢奮的活躍份子和成群結黨的政客，發出情緒性和主觀的**心靈吶喊**（cris de coeur），乃是要稀釋他們的力量、錯估他們的價值、且貶低了他們對知識巨大的貢獻。難怪法農要說：「對土著而言，客觀性總是被導向去對付他的。」(155)

宗主國讀者所渴望的經常是導致這類著作和其他相似的作品，被看成僅只是由「土著報導人」所寫的土著文學作品的實例、而非同時代人們對知識的貢獻。甚至像安東尼奧斯和詹姆士的作品，西方的學術權威已將之邊際化，因為對西方專業學者而言，它們似乎只不過是從外面進來順便拜訪一下的東西而已。恐怕這是為什麼古哈和阿拉塔斯，在一個世代以後，選擇要集中在修辭、理念和語言，而非集中在歷史的**整體模型**（tout court)；偏好分析權力的言語徵候，而非其粗暴的運作；其過程和策略，而非其根源；其知性的方法和宣示性的技巧，而非其德性——解構，而非摧毀。

重新結合經驗和文化，當然是對位式地同時從宗主國中心和從邊陲地區研讀本文，既不必去訴求於「客觀性」是「在我們這邊」的特權，也不必去說「主觀性」是「他們那邊」的障礙。⑮問題在於知道**如何**去讀，正如解構論者所言，且不必將此點從知道閱讀**什麼**的議題上析離出來，文本不是已完成的對象，正如威廉斯曾說過的，他們是註解和文化實踐。文本不只創造了他們自己的先例，也創造其繼承者，正如波赫斯所談到的卡夫卡。過去兩百年的偉大帝國經驗是全球性的和普世性的；它意味著全球的每一角落，殖民者和被殖民者都是緊靠在一起的。因爲西方獲得全球的支配，且因爲它似乎已完成了其軌道，經由促成法蘭西斯・福山所稱之「歷史的終結」，西方人預設了他們文化巨構、他們的學術，和他們的論述之世界的嚴整性和不可侵犯性；世界的其他部分只能站在我們窗台之旁訴求著我們的注目。然而，我相信將文化從它與其場景的串聯剝除掉是一極端的謬誤，或是將文化從其所競逐的藩籬中拉出來，或——更傾向於是在西方文化之內一股反對趨勢的觀點——否定其眞實的影響力。珍・奧斯汀的《曼斯斐爾公園》是有關英國**和**有關安蒂瓜的小說，其間的關聯明白地由奧斯汀所創造出來；因而，它是有關於家園的秩序和海外的奴隸制度，可以——事實上應該——以那種方式來閱讀，並將這本書和艾力克・威廉斯及詹姆士並列在一起。相似地，卡繆和紀德所寫出的正是和法農和卡提巴・雅辛所寫出的阿爾及利亞相同的。

假如這些對位、交織和整合的理念，有比對觀點之普世性做出一種率直而高亢的暗示包含更多東西的話，那便是他們再次肯定了帝國主義的歷史經驗，首先因爲互賴之歷史和重疊之領域，其次因爲某些需要知性和政治抉擇的事情。例如：假使法國和阿爾及利亞或越南的歷史，加勒比海、非洲或印度和英國的歷史被分開研究，而非放在一起，然後支配和被支配的經驗仍然是人爲地且錯誤地被隔離開來。若思考帝國的支配和對它加以反抗乃是一個雙重的過程，邁向去殖民化，然後獨立，也就是大致上將自己和此一過程聯合起來，然後不只是詮釋學式地、也是政治式地去詮釋競賽的雙方。《黑人雅各賓黨》、《阿拉伯的覺醒》、《財產權法規》和《懶惰土著的神話》這些著作正好都不偏不倚地屬於這個競賽本身。他們所創造出來詮釋性抉擇更爲清楚，更難以去避開。

思考一下將當代阿拉伯世界的歷史視爲持續緊張紛擾的歷史之一例。安東尼奧斯的成就是確立阿拉伯民族主義和西方（或其區域性代理者）之間的互動，這點有必要被研究，且或者被支持、或者被反擊之。緊接在《阿拉伯的覺醒》之後的，特別是在美國、法國和英國，在人類學、歷史、社會學、政治科學、經濟學和文學，出現了一種「中東研究」的學術領域，這和在此一區域的政治緊張狀態及兩個先前的殖民強權和現在的超強之立場均有關係。自從第二次世界大戰之後，在「中東研究」的學術中，根本不可能去迴避以色列和阿拉伯之間的衝突或各別社會之研究。因此，寫有關巴勒斯坦議題者，基本上要求人們決定是否巴勒斯坦是一個民族（或國家社群），這進一步地意味著支持或反對他們的自決權力。就雙方而言，學術討論可回溯到安東尼奧斯——接受他有關背叛的論點，或反過來，西方認定錫安主義有更大的文化重要性，故西方有權將巴勒斯坦許諾給錫安主義運動。[157]

這個抉擇開啓了其他抉擇。一方面，除了某種政治或意識型態的正常化外，人們還可以有任何其他理由會去說現在「阿拉伯的心靈」時，強調其暴力之昭然若揭的癖性、其羞恥的文化、伊斯蘭的歷史超決定論、其政治語意學、其相對於猶太教和基督教的墮落狀態嗎？這類觀念產生了一些別有用心的作品，諸如：拉斐爾・帕泰(Raphael Patai)的《阿拉伯的心靈》、大衛・普萊斯—瓊斯(David Pryce-Jones)的《封閉循環》(*The Closed Circle*)、伯納德・路易士的《伊斯蘭的政治語言》(*The Political Language of Islam*)、派翠西亞・克隆(Patricia Crone)和麥可・庫克(Michael Cook)的《夏甲信仰》(*Hagarism*)。[158]他們穿著學術的外衣，但無一作品跨越出首先由安東尼奧斯所界定之在西方世界的鬥爭議題；無一作品能被說是已免於對阿拉伯人的集體渴盼去打破在殖民的角度中被發展出來的歷史決定論主張產生仇視的心理。

另一方面，更老一代的學者，像安華・阿布達爾—馬列克和馬克西姆・羅汀森(Maxime Rodinson)的批判性和反東方主義的論述，由更年輕一代的學者所繼承，他們由提摩西・米契爾(Timothy Mitchell)、朱蒂絲・塔克(Judith Tucker)、彼得・葛蘭(Peter Gran)、拉須德・哈立迪(Rashid al-Khalidi)和他們在歐洲的同道所組成。在一九八〇年代，先前保守的「中東研究協會」進行一個重要的意識型態轉型，便是由上述這些人所發動的。「中東研究協會」（MESA）先前和主流學院派、石油公司主管、政府顧問和官員聯合起來，並經常由他們提供幕僚人事，在其年度大會上，公開討論具有當代政治意義的議題：伊朗革命、波斯灣戰爭、巴勒斯坦**抗暴起義**、黎巴嫩內戰、大衛營協定、中東學術和政治意識型態的關係——這些議題先前在個人的研究中，像路易士、帕泰，加上更最近的華爾特・拉奎爾（Walter Laqueur）、伊曼紐爾・西文（Emmanuel Sivan）和丹尼爾・皮普斯（Daniel Pipes），被隱藏起來或被低調處理。學術作品倡導一種政策方針，反對本土阿拉伯或伊斯蘭民族主義，這點一直主導了專業和甚至新聞雜誌的討論（正如在這類「新聞學變成速成學術」的暢銷作品中，如湯瑪斯・傅立德曼（Thomas Friedman）的《從貝魯特到耶路撒冷》（*From Beirut to Jerusalem*）和大衛・席普勒（David Shipler）的《阿拉伯人和猶太人》（*Arab and Jew*）），但這一切已開始改變了。

在這個「舊」方針的核心，是將阿拉伯人視為基本上是無可置疑的、與生俱來的本質化「他者」，在其構思著「阿拉伯」的反民主、暴力和對世界退縮的態度時，表示著種族主義的弦外之音。這個態度的核心有著另一個要素，以色列，這又貢獻了此一兩極化命題：建立起民主的以色列和同質性地不民主的阿拉伯世界之間的對比，在其中，被以色列所剝奪和放逐的巴勒斯坦人，進而代表了「恐怖主義」，除此之外幾乎沒有其他東西。但是現在更年輕一輩的反東方主義學者正確地展現出諸多阿拉伯民族、社會和形構分化的歷史；他們尊重阿拉伯世界之內的歷史和發展，重新恢復其尚未實現的邁向獨立之路、人權（特別是女性和劣勢的少數族群）和免於受到外來（經常是帝國主義）的干預、內部的貪污或勾結所迫害的自由所組成的動態意義。

因而，在「中東研究協會」中所發生的是對西方支配的文化反抗，由宗主國立場所寫的故事。它被在非洲、印度、加勒比海地區和拉丁美洲研究中彼此相近之重要變遷所抗衡著。這些領域不再被離職的殖民官員或一批說著適切語言的學院派所主導著。取而代之，對解放運動和後殖民的批評論述出現了某種新的接受度，新興之具有體認的反對團體（美國的民權運動、英國的移民權利運動）有效地奪取被歐洲知識份子和政客所掌控的壟斷性論述。在此，巴塞爾・大衛森、特連斯・蘭格、約翰尼斯・法比恩、湯瑪斯・霍吉金、戈登・路易士、阿里・馬茲瑞、史都華・霍爾（Stuart Hall）是基本的，他們的學術作品對其他學者是一個觸媒。對所有這些人，我在此所討論的四位學者之開創性作品——他們的心路歷程——對現在建立在邊陲地區的反帝國主義之抗拒和歐洲及美國的反對派文化之間的文化結盟是基本的。

5 勾結、獨立與解放

Collabration, Independence, and Liberation

一九六九至一九七〇年在牛津所舉辦的帝國主義研討會中，隆納德・羅賓森的文章〈歐洲帝國主義的非歐洲基礎〉(Non-European Foundations of European Imperialism)是其中最有趣的貢獻之一。和湯瑪斯・霍吉金的〈非洲和第三世界的帝國主義理論〉(African and Third World Theories of Imperialism)一樣，羅賓森對理論和經驗研究的「提議」顯示了我所提到之許多後殖民發展的影響：

> 任何新的理論，必須體認到帝國主義乃是其犧牲者與之勾結或不與勾結所發生的功能及其結果……這些當地人的政治也同樣是歐洲擴張的功能及其結果……並非〔無須其統治菁英志願性或強制性的合作，和〕無須在地者之勾結，當時候到來之際，歐洲人可能已征服或統治他們的本土帝國了。從一開始，統治持續地被抵抗；正如土著持續的中介作用有其必要一樣，以便轉移抵抗或加以壓制。[159]

羅賓森繼續探討在一八八二年之前的埃及，總督們和卡地夫王朝如何勾結，允許歐洲人之滲透，一八八二年之後，這個部分因歐拉比民族主義者之叛亂，而戲劇性地蒙上一層陰影。因此，英國人就直接軍事佔領其國家。雖然他沒有繼續補充說明，但可以說許多集團和個人之所以和帝國主義勾結，均始於試圖趕上西方現代模式，基於他們所體認到的歐洲先進方法來追求現代化。在十九世紀的前二十年，穆罕默德・阿里派遣特使到歐洲，在日本特使基於相同目的來到美國和歐洲之前三十年。在法國殖民的範圍之內，其中有天賦的學生也被帶到法國接受教育，以迄一九二〇和一九三〇年代，雖然他們之中的一些人，像桑戈、沙塞爾及許多中南半島的知識分子，轉而成爲帝國之激烈反對者。這些早期前往西方的特使，原來的目的是去學習先進白人的許多方法、翻譯他們的著作、效法他們的習慣。最近這個主題被三善正男〔《當我們看到他們》（*As We Saw Them*）〕和伊卜拉欣・阿布─盧果德〔《阿拉伯人對歐洲之再發現》（*The Arab Rediscovery of Europe*）〕⑯的研究所呈現出來，說明帝國的科層組織如何以資訊、有用的教科書和足可獲益之習慣，傳授給來自東方的充滿熱望之留學生。⑯

從這個依賴的特殊動力中，首次出現了長期之本土主義式反帝國主義的回應經驗，由出版於一八八三年之《兩世界評論》所載的阿富汗尼和恩斯特・雷南之間的對談提供一個典型，其中本土學者運用由雷南所預先界定好的術語，試圖去「否證」歐洲人對他的劣根性之種族主義式和文化上傲慢自大的假設。正如雷南談到伊斯蘭的地位比起猶太教和基督教更低下，阿富汗尼肯定伊斯蘭「更好」，宣稱西方因從穆斯林借來許多東西以改良其本身的文化。阿富汗尼辯稱伊斯蘭在科學上的發展比西方科學出現的更早，假如對宗教有任何事情是落伍的話，那是因爲伊斯蘭源自於所有宗教均共有的某種東西，其和科學有不可調和性，故並非只是伊斯蘭的問題。⑯

阿富汗尼的強調是溫和的，儘管他明顯地反對雷南。與後來帝國主義的反抗者相對比——對他們而言，解放是關鍵主題——阿富汗尼，像一八八〇年代的印度律師，屬於一個特定階層的人們，當他們爲其族群奮鬥時，正在試圖爲他們自己在與西方世界共同享有的文化架構內，找到一個適當位置。他們是領導許多民族主義獨立運動的菁英，由殖民強權交給他們權威：因此，蒙巴頓交給尼赫魯，或戴高樂交給「民族解放陣線」（FLN）。這種與敵方的勾結屬於文化依賴性的諸多不同型態。如同西方顧問努力不懈以協助土著的人民或民族「興旺」起來〔其中一個層面在約拿單・史潘斯（Jonathan Spence）有關西方顧問的作品《改變中國》（*To Change China*）有按年代次序之敘述〕，那些拯救被壓迫人民的西方急先鋒——傑利比太太是一個早期的典型人物、利物浦學派成員是後期的一個範例——代表個人自己對土著利益的觀點。另一個例子是勞倫斯和馬西格農（Louis Massignon）在第一次世界大戰正好結束之後的相互較勁，在何蘭尼的一篇論文中以極爲細膩方式描述出來。⑯ 兩人均對阿拉伯人在大戰期間反擊鄂圖曼人有眞正的同情理解。事實上，馬西格農對伊斯蘭的同情乃是他的一神教社群與亞伯拉罕傳承的理論之眞正核心。然而，在帝國的裁決之下，兩人均以他們各自的方式參與了在法國和英國之間瓜分阿拉伯世界的責任：勞倫斯服侍英國、馬西格農服侍法國，兩人都是爲了阿拉伯人。

橫跨五大洲的文化史中有一整個龐大的章節，一方面是土著、另一方面是帝國主義傳統之古怪與矛盾的代表之間的勾結所組成的。對此，我們存有敬意，承認孕育出我們之中許多人的共同分享與混雜交融之經驗，同時我們必須強調，縱然如此，在其核心仍保留了十九世紀土著和西方人之間的帝國式區隔。例如，在遠東、印度、阿拉伯世界、東非和西非的殖民學校，教育了幾代的本土資產階級有關於歷史、科學和文化的重要眞理。此一學習過程中，數以百萬計的土著掌握了現代生活的基本內涵，然而仍舊是一個外來之帝國權威的臣服依賴者。

依賴之動力發展到極致，終於在遍及全球的先前殖民國家中，促成了誕生許多獨立國家的民族主義。有兩個政治因素，其重要性已在文化中昭彰甚明，現在則已標示出民族主義式的反帝國主義時期之結束，以及解放論式的反帝國主義抗拒時期之開始。其一是對文化視爲帝國主義宣示的體認，意識反省的瞬間促使新興獨立的公民肯定了歐洲要去引導或教導非歐洲人的文化宣示已經終結了；其二是在許多地區，西方帝國的使命戲劇性地持續延長，我已提過，主要有阿爾及利亞、越南、巴勒斯坦、幾內亞和古巴，於是解放有別於民族主義式的獨立而變成強勢的新主題，這個主題已經內含於一些更早期的作品中。例如：馬庫斯・迦維、喬斯・馬蒂和杜・波伊斯等人所寫的作品，但現在則有待理論與間歇進行之武裝、叛亂的軍事行動達成推進式的融合。

鬥爭以便從帝國主義的支配中解放出來的民族認同，發現自己正建立在國家體制之上，且明顯地由國家體制來實現之，由軍隊、旗幟、立法機構、民族教育綱領和宰制性（如果不是一黨獨大的話）政黨所促成，且經常是賦予民族主義菁英過去由英國人和法國人所佔領的位置。巴塞爾・大衛森提出對大衆動員（例如：龐大的印度群衆在加爾各答的街頭示威）和大衆**參與**之間重大的差別，強調了民族主義菁英和鄉村與都市大衆之間的區別，而後者僅只是民族主義綱領的一個有機部分而已。葉慈在愛爾蘭所做的是有助於創造重建社群的認同感——一個雀躍著「歌舞的伴侶，使愛爾蘭的過錯變得甜美，民謠和故事，追逐與歌唱」[164]的愛爾蘭——但在其核心，站著一群蒙受選召的男女們。

當這些新興民族國家成立之後，帕薩・恰特吉以爲它並非由先知和浪漫的反抗者所統治，而是，以印度爲例，被尼赫魯所統治，「一個國家締造者，務實且具有自我意識」。[165]對他而言，農民和都市窮人乃由情感而非理性所引導；他們可以被像泰戈爾這樣的詩人，或是像甘地這樣具超人魅力形象者所動員，但在獨立之後，這一大批人民應該被國家所吸納，在國家發展中要能發揮其功能。然而，恰特吉提出下列有趣的論點：經由將民族主義轉化成一個嶄新的區域或國家的意識型態，後殖民國家使自己屈服在一個全球的理性化過程，建基於外在規範。在戰後幾年的現代化和發展，乃是由一個世界體系的邏輯所統治的過程，其典型是全球資本主義，在頂端站著一小撮主導的工業國家來統御這個過程。

恰特吉說：「無論其所採行的技術多麼美妙，現在國家技術官僚和現代科技之運用不可能有效地壓制仍然無可解決的眞實緊張狀態」。⑯這是正確的。以伊克巴・阿合馬的話來說，這種新的權力病理學，產生了國家安全政體，促成獨裁體制、寡頭政治、一黨專政體系。在奈波爾的小說《河曲地》（1979）中，一個不知名的非洲國家由一位「大人物」（Big Man）所統治，既無須指名道姓，也不用出場，他卻操控著歐洲顧問、印度和穆斯林的少數族群，他自己的族人在嚴厲的本土主義教條中進進出出〔這像是格達費的《綠皮書》（*Green Book*）崇拜或莫布杜（Mobutu）所發明的部落傳統〕，直到本書結束時，許多它的臣民無情地被殺害了；有一、兩個人倖免於難，且了解什麼事情發生了——像主角薩林姆——判斷這個情勢毫無希望，因而另一次移民是有必要的（來自一個東非印度穆斯林家庭，薩林姆流落到由「大人物」所統治的內陸地區，然後離開被遺棄之地，全然充滿沮喪之情）。奈波爾的意識型態論點是，在第三世界民族主義的昂揚，不只在後殖民國家中「壓制了極眞實的緊張……不可解決的」，且排除了反抗的最後希望和西方所影響的最終文明化之遺跡。

奈波爾，一位令人激賞的具有天賦之旅行作家和小說家，成功地戲劇化了在西方的某種意識型態立場，從這個立場，便可能去控訴後殖民國家之無條件地贏得獨立。他基於宗教狂熱主義〔在《信徒之間》（*Among the Believers*）〕、墮落的政治〔在《游擊隊》（*Guerrillas*）〕和根本的劣根性（在他有關印度的前兩部著作）而抨擊後殖民的世界，⑯這部分是對第三世界夢想破滅的結果。在一九七〇和一九八〇年代，曾經讓許多人獻身其中，他們之間有一些人是第三世界民族主義的西方卓越之倡議者，像康納・克魯茲・

歐布萊恩、巴斯卡・布魯克納（Pascal Bruckner）〔《白人之淚》（*The Tears of the White Man*）〕和吉拉德・恰連德（Gérard Chaliand）。在一本更早期有關法國對第三世界反抗的支持之半文獻集成的有趣歷史書：《第三世界主義的起源：法國的被殖民者與反殖民主義者1919～1939》（*Aux Origines des tiers-mondismes：Colonise、s et anti-colonialistes en France：*1919～1939）中，克勞德・廖祖（Claude Liauzu）推展此一主題，直到一九七五年，像早期那樣的反帝國主義陣營不再存在了。[168] 一個國內之反抗帝國主義運動的消失，就法國的主流文化而言，恐怕也是就整個大西洋兩岸之西方世界一般情況而言，都是一個解釋此一現象的可行論點，但它無助於解釋持續存在的競逐場所，不論是在新國家，或是在宗主國文化。對權力和權威的質疑，過去被導向英國和法國這類古典的帝國，現在被投向繼承之專制政權，並反抗非洲和亞洲國家應仍維持奴役和依賴狀態的理念。

就這點的證據是充滿戲劇性的。捍衛人權和民主權利的鬥爭持續進行，只提幾個地方做例子：肯亞、海地、奈及利亞、摩洛哥、巴基斯坦、埃及、緬甸、突尼西亞和薩爾瓦多。婦女活動漸增之重要性，也已經對寡頭式國家主義和軍事（或一黨）統治施加更多壓力。此外，反對派文化仍然繼續在西方和非歐世界串聯，例如：人們首先在沙塞爾和馬克思主義與超現實主義之結盟上看到此種串聯的證據，之後在《賤民研究》和格蘭西與巴特之間看到此種串聯。在先前之殖民文化世界中，許多知識份子拒絕讓奈波爾筆下之印達爾不幸的命運穩定下來，這位印達爾曾是一位前途看好的鄉下青年，在美國被基金會所挑選上，但現在成爲無處可去的受遺棄和無望的人。

有時候那就是他所知道的一切，對他而言，那是回家的時候了。在他的腦中，有一些夢幻般的村莊。在這段期間，他做最低賤的工作。他知道他有能力做更好的事情，但他不想要這麽做。我相信他樂於被告知他可以做得更好。現在，我們已經放棄了。他不希望再冒任何風險。⑯⑼

印達爾是「新人」之一，一位第三世界的知識份子，躍升到優勢地位，並非他値得擁有的，而是在第一世界之浮躁的熱情擁護者處在一種支持民族主義的情緒中才發生的，但當他們變得不那麼熱烈時，他就失去一切了。

那便是對反抗政治和文化的所有一切正確的再現了嗎？推動阿爾及利亞人和印度人投入群衆叛亂的激進能量，卻被獨立所套住並消滅掉嗎？不，因爲民族主義只是反抗的一個層面而已，不是最有趣和持久的。

事實上，我們以如此嚴厲的方式看待和判斷民族主義的歷史，這是由一個更深沈的反對力量，建基於歷史上帝國主義之整體經驗所提供的激進地全新角度來驗證的；它的正面來自弗洛依德、馬克思和尼采的去中心化教義，負面來自民族主義意識型態的不充分性，它揉合了艾米・沙塞爾的《殖民主義論述》（*Discourse on Colonialism*），其中殖民依賴和黑人的劣根性之意識型態被呈現出來，並暗地裡合併於現代精神病學的術語，進一步容許沙塞爾運用爲它奠基之解構式理論力量以崩解它自己的帝國權威。民族主義文化有時候戲劇性的被一個反抗的豐厚文化所超越，其核心是精力充沛的叛亂，某種「製造困擾的技術」，矛頭指向帝國權威和論述。

但可嘆的是，這並未總是或在大部分的時間均會發生的。所有民族主義文化沈重地依賴民族認同的概念，民族主義政治是一種認同政治：埃及人的埃及、非洲人的非洲、印度人的印度等等。巴塞爾・大衛森所稱之民族主義的「含混之多產性」（ambiguous fertility）⑰⓪不只透過民族的教育系統，創造了一種在過去不完整且受壓制，但最後終於被恢復的認同所肯定，且創造了新的權威式教導。在美國這同樣是眞實的，這裡的非裔美國人、婦女和少數族群展現出聲調高亢之力道，到處被轉變成教條，好像批判美國白人神話的渴望，也意味著必須以教條式的新神話來取代原有的神話。

例如，在阿爾及利亞，法國人禁止阿拉伯語成爲教育和行政的正式語言；在一九六二年之後，可以理解地，「民族解放陣線」使阿拉伯語成爲唯一官方語言，並建立了一個阿拉伯—伊斯蘭教育的新系統。然後，「民族解放陣線」政治上推展到將整個阿爾及利亞市民社會完全吸納：在三十年內，國家和政黨權威的聯盟，伴隨著重新恢復認同，不只導致由一黨壟斷了大部分的政治運作和民主生活幾乎完全的腐蝕，而且在右翼的陣營中，一個伊斯蘭反對派出現並挑戰現況，擁護建立在《古蘭》天啓（**律法**（*Shari'ah*））原理的一種戰鬥性穆斯林阿爾及利亞認同。直到一九九〇年代，國家處在一種危機狀態，其結果便是：一方是宣告選舉結果及大部分自由政治活動無效的政府；另一方是訴求於過去的歷史和正統性做爲其權威的伊斯蘭運動，兩者之間極爲惡化的正面對決，兩方均宣稱對阿爾及利亞的統治權。

在法農《地球的受苦者》之〈民族主義意識的高潮〉(the Pitfalls of Nationalist Consuiousness)一章中，他預期這些事件的逆轉局面。他的想法是，除非民族意識在其成功的時刻就某些方面轉變成一種社會意識，未來將不只阻撓解放過程，且延長了帝國主義統治。他的暴力理論不只意圖回答在一個歐洲警察國家的父權式鎮壓下，一個土著躁怒的訴求，這位土著就某種方面，還偏好在他的地方有一位土著軍官的服務。與之相反，它首先再現了殖民主義以此種方式滋長的一個整體化系統——法農隱含的類比是令人癱瘓的——人類行爲乃由潛意識慾望所促發。在一個二度的擬黑格爾式運動中，一種摩尼教式的二元對立出現了，叛亂的土著厭倦於將他加以化約的邏輯、區隔他的地理、將他去人性化的本體論和剝奪他，使其成爲本質上無法重生的認識論。「殖民政權的暴力和土著的反暴力，以一種極端互惠式的同質性，彼此平衡、彼此回應。」⑰鬥爭必須提升到一個競爭的新層次，由一個解放戰爭所呈現的結合，對此而言，整個全新的後民族主義之理論文化有其必要。

假如我所以如此經常引用法農，乃是因爲我相信他比任何其他人更戲劇性地、決定性地表現了從民族主義獨立的藩籬到解放的理論領域之巨大的文化轉移。這個轉移主要發生在大部分其他殖民國家已取得獨立之後，非洲帝國主義仍持續存在之處，換言之，阿爾及利亞和幾內亞—比紹。無論如何，若無法掌握到法農的作品乃是對由晚期西方資本主義文化所產生、由第三世界土著知識份子所接受為一種壓制和殖民奴隸的文化之理論思考所做的回應，便無法了解他。法農的整體**作品**，乃是企圖超越由某種政治意志的行動所促成之那些實為相同的理論思考之執著，將它們轉向去打擊其作者，以便能夠——用他從沙塞爾借來的語詞來說——發明新的靈魂。

法農極具穿透力地將開拓者的征服歷史和帝國主義的眞理政權串聯起來，其上有西方文化的偉大神話統轄著：

> 開拓者創造歷史；他的生活是一個新紀元，一種奧德賽之旅。他是絕對的開端，「這塊土地由我們所創造，」他是永不休止的原因：「假如我們離開，一切將失去，國家將回到中世紀。」麻木不仁的人們欺壓他，浪擲於狂熱，執著於古代習俗，形成此一革新的殖民重商主義動態性之幾乎毫無生機的背景。⑰

正如弗洛依德挖掘西方理性基礎底層的根源，馬克思和尼采詮釋資產階級社會物質化的根源，經由將之轉譯以回歸通往支配和累積的幼稚且具生產力的衝動，法農則解讀西方人本主義，藉由將「希臘—拉丁文化基座」之聲勢凌人的大補帖全體運送到殖民的荒地，然而在此地，「這個人為造作的崗哨終究化為塵土」。⑰它不可能和由歐洲的開拓者夜以繼日所為的貶損作為並列在一起，還能存續下來的。在法農寫作的顚覆性態勢中，有一位意識非常清楚的人，非常深思熟慮且反諷地重複著他相信一直在壓抑他的文化策略。一方是弗洛依德、馬克思和尼采，另一方是法農這種「本土知識份子」，雙方之間的差別是這位遲來的殖民思想家在地理上固定了他的先輩——他們是西方的——最好是將他們的能量從生產他們的壓迫性文化母體中釋放出來。藉由以反命題的方式來看待他們，視之爲內涵於殖民體系且同時潛在地與此一體系戰鬥，法農表演了帝國落幕的一場戲，且宣告一個新紀元。他說：「現在必須經由一個非常迅速的轉型，轉化爲社會和政治需要的意識，而使其豐富並深化，換句話說，轉變成〔眞正的〕人文主義。」⑰⁴

這個字眼「人文主義」在此一脈絡聽起來有多麼古怪啊！它已從帝國主義之正當化白人統治的自戀式個人主義、區隔性和殖民主義式自我中心論解放出來了。像沙塞爾在他的《回鄉筆記》所述，法農所重新體認到的帝國主義，就其積極的面向而言，是一個集體行動，重新賦予一大群遲滯的沈默土著其活力，並重新將他們導入一個對歷史新而包容性的概念。

> 這個龐大的任務，由重新將人類，整體人類，導入世界而組成，且將配合著歐洲人民之不可分離的支援而實現，歐洲人自己必須了解到在過去，他們經常在關涉到殖民問題的地方，聯合於我們共同的主宰之行列。為了實現此一任務，歐洲人民必須首先要毅然決然地覺醒過來，自我奮勵，使用他們的大腦，停止表演睡美人的愚蠢淫蕩之戲碼。⑰⁵

如何才可能實現這個任務的問題，帶引我們從公然的勸誡和開示而進入《地球的受苦者》之格外有趣的結構和方法。法農在這本最後遺著（一九六一年出版，在他逝世後幾個月）的成就，首先是以其摩尼教式的二元對立之對抗來再現殖民主義和民族主義，然後促成獨立運動的誕生，最後將此一運動轉換爲事實上是一種超個人與超民族的力量。法農遺作的幻象式及革新的特質衍生自其令人讚嘆的細膩性。透過巧妙的處理，他在預見到對帝國主義和民族主義之超越而通向解放之路的過程中，卻強迫使帝國主義的文化和其民族主義的敵對者之文化**扭曲變形**。像在他之前的沙塞爾，法農譴責帝國主義，因爲它乃是由強大之修辭性與結構化的統合行動所創造出來的。這些足以釐清帝國主義長期以來的文化史，且——更具說服力的——允許法農去規劃追求解放的新策略和目標。

《地球的受苦者》是一本雜種的著作——部分是論文、部分是想像的故事、部分是哲學分析、部分是心理學的個案史、部分是民族主義的寓言、部分是歷史之幻象式超越。它始於殖民空間之疆界區劃，以區隔乾淨、燈火通明的歐洲城市和黑暗、惡臭、燈火黯淡的舊城區。從這種摩尼教式二元論和物理上被設定的僵局狀態，法農的整部作品接著開展出來，換言之，由土著的暴力所推動起來，一種意圖要去爲白人和非白人的鴻溝搭建橋樑的力量。對法農而言，如同我早先所言，暴力是超越白人做爲主體、黑人做爲客體之物化狀態的統合行動。我的猜想是，當法農寫這部作品時，他正閱讀著盧卡奇的《歷史與階級意識》，當時正值一九六〇年，其法譯本在巴黎上市之際，盧卡奇呈現出資本主義的效果是片斷化和物化：在如此一種區隔狀態，每個人變成一個客體或商品，人類勞動產品與其製造者異化，整體或社群的形象全然消失。最重要的是，由盧卡奇所開展出來的叛逆和異端的馬克思主義（在一九二三年出版之後不久，盧卡奇自己將本書從市面上移除掉），呈現主體意識與客觀世界的區隔。他說，這可以經由精神意志的行動來超越，藉此，個人孤獨的心靈可以經由想像與他人之盟誓而聯合起來，破除使人類成爲外來獨裁式武力所奴隸的強迫性僵化狀態。因而，促成主體和客體之間的調合和綜攝。

藉著法農所說的暴力，土著可以克服白人和土著的區隔，極爲密切地呼應著盧卡奇有關以意志的行動來克服片斷化的主題；盧卡奇稱之爲「不是單純地、不用反覆地將障蔽此一過程的面紗撕下即可，並且需要對僵固化、矛盾和運動之絕不中輟的轉化」。⑰⑥因而，像監獄一般停滯不動的主—客物化過程就被摧毀了。法農採用許多這類極爲大膽的主題，甚至在立於反對派的馬克思主義陣營中，他也是站在反對立場的。這個主題可見於像下列之引文，裡面提到開拓者的意識，運作起來像是一位資本家，將人類勞動轉變爲非人的與無意識的客體：

開拓者創造歷史，並充分意識到正在創造之。因為他持續地提到他的母國之歷史，他清楚地指出他自己是母國的延伸。因而，他所寫的歷史不是他所掠奪的國家之歷史，而是他自己民族的歷史，涉及到這個民族所榨取的一切，她所侵害和促成困厄的一切。

停滯性〔以後他述及種族隔離政策乃是「區段分隔」的形式之一：「土著，」他補述道：「正被四面套住……土著所學習到的第一件事便是停留在他自己的位置。」〕⑰乃是土著所譴責的，假如土著決心要終止殖民化的歷史——掠奪的歷史，這種停滯狀態才可能被質疑，並將民族的歷史——去殖民化的歷史締造出來。⑱

在法農的世界，僅當如盧卡奇所述之異化勞動的土著決心要終止殖民化，才有可能產生改變——換言之，必須有一個認識論的革命。只有那個時候，才可能出現運動。在這個關鍵點，暴力介入，「一個廓清一切的武力」，使殖民者和被殖民者直接對決：

殖民政權的暴力和土著的反暴力，以一種極端互惠式的同質性，彼此平衡、彼此回應……開拓者的工作是甚至使土著去夢想自由變為不可能的。土著的工作則是去想像所有可能的方法以摧毀開拓者。在邏輯的層面上，開拓者的摩尼教式二元論產生了土著的摩尼教式二元論，「土著絕對罪惡」的理論由「開拓者的絕對罪惡」所回應。⑲

在此，法農以盧卡奇所提出的名詞重新塑造殖民經驗，且將形成中之對帝國主義的文化和政治的敵對賦予特色，他對這個形成中的局勢之想像，採用生物學方式來說明：

開拓者的出現意味著以融合主義的方式來促使原住民社會滅亡、文化的昏睡狀態及個人的石化。對土著而言，生命只可以從開拓者的腐敗屍體再度湧現而出……但對被殖民者而言，因為此種暴力構成他們唯一的勞動，故促成了以積極和創造性的特質投入他們的個性於其中。暴力之實踐使他們締結在一起，成為一個整體，每個人都在這個大串聯中構成一個暴力的環節，也就是暴力之偉大有機體的一部分。⑱

當然，在這裡，法農有賴法國殖民主義早先的語言，其中的宣傳家有像朱利斯・哈曼德和拉羅伊—比留，運用誕生、分娩和系譜的生物學想像，以描述法國與其殖民之子的親子關係。法農顚倒事物，運用此種語言來描述一個新國家的誕生，以及運用滅亡的語言來描述殖民的開拓者之祖國。無論如何，甚至這種敵對狀態沒有涵蓋正值叛亂開始而「生命（呈現爲）一個無休止的競賽」⑱的時刻所湧現出來的差異。主要區分是合法和非法的民族主義，一方是民族主義改革和單純的去殖民化之政治，另一方是解放的越軌式政治。

這些區隔，與被殖民者和殖民者之間的區隔同等重要（亞伯特・梅米（Albert Memmi）對這些主題整體有更爲簡明之思考）。⑱事實上，《地球的受苦者》眞正先知式的天才正好是在此：法農認知到阿爾及利亞的民族主義資產階級和「民族解放陣線」的解放論者在趨向上的區別，他也確立了相互衝突的敘事和歷史之模式。當叛亂逐步進行時，民族主義菁英試圖要向法國看齊：要求人權、自治、工會等等。既然法國帝國主義稱自己爲「同化論者」，官方民族主義政黨陷入了成爲統治權威的被委派之買辦（例如：這便是法赫特・阿巴斯（Farhat Abbas）悲慘的命運，當他取得法國官方的同意之後，卻失去了贏得群衆支持的任何希望）。因此，官方的資產階級民族主義者只能掉入歐洲敘述性的模式，以奈波爾的字眼來說，期待變成「東施效顰者」（mimic men），故只不過是他們的帝國主宰之土著翻版而已。

法農對解放論傾向的敏銳分析，開啓了第二章：〈自發性：其強度和弱點〉（Spontaneity: Its Strength and Weakness），其根本乃是存在於「民族主義政黨的領導者和民衆之間」的時間落差和節奏上的**不同**（décalage）。⑱當民族主義者從西方的政黨照抄其方法時，各種緊張狀態在民族主義陣營中發展出來——在鄉村和城市之間、在領導者和基層幹部之間、在資產階級和農民之間、在封建勢力和政治領導之間——他們所有人均受到帝國主義者的剝削。核心的問題是：雖然官方的民族主義者想要破除殖民主義，然而「另一個相當不同的意念（顯露出來）：也就是和殖民主義取得友誼協定的念頭」。⑱此後，一個非法團體質疑這個政策有問題，但卻很快被孤立，經常被監禁。

因此，我們可以觀察到黨內的非法和合法傾向之間引發的決裂過程……一個地下政黨，即合法政黨的一個支派，即為其結果。⑱⁵

法農呈現此一地下政黨功能的方法，是將其存在視爲反叙事而加以戲劇化。一個地下叙事，由逃犯、流浪漢、被通緝的知識份子所推動，他們流亡到鄉村地區，以其組織運作來廓清並破壞官方民族主義叙事的弱點。一點也沒有帶領

> 被殖民者一下子邁向至高無上的主權，民族的每個組成部分可以相同的速率與你並肩作戰、並以相同的光明引導向前推進之確定性，賦予你希望的強度。現在一切以經驗的基礎來看，變成一個極大弱點的徵候。⑱⁶

然而，傳遞「經驗的基礎」之力量，正是位於賦予解放論政黨活力的非法傾向之中。這個政黨告訴所有人：種族偏見和復仇「無能支持一場解放戰爭」；因而，土著「發現」到，「破除了殖民壓制時，他也自動地建立了另一個剝削系統」。只要東施效顰者繼續領導，此時剝削系統就被賦予「一張黑臉或阿拉伯臉」。

「歷史清楚地教導著，」法農在這點上討論道：「反抗殖民主義的戰爭沒有直接沿著民族主義線道而跑。」⑱⁷在「民族主義線道」的形象之中，法農了解到，正如我們在

康拉德的作品所注意到的，約定俗成的敘事對帝國主義的強取式和支配性的特質至關重大。敘事本身是權力的再現，其目的論是結合西方的全球性角色。法農是反帝國主義的主要理論家中第一個了解到正統民族主義追隨由帝國主義所開闢出的相同路徑而行的人，當帝國主義公然將權威轉讓給民族主義的資產階級時，它眞的已擴充其霸權了。因而，講一個簡單的民族故事，便是反覆、擴充並促成新形式的帝國主義。獨立之後的民族主義留給自己的，將是「躲藏在民族主義本身淺薄的外殼中，支離破碎地成爲地域主義了」。[188]區域間舊有的衝突，現在重複上演，特權被一個民族以凌駕其他民族來加以壟斷，由帝國主義所構成的層級節制和區隔被重新建立，只是現在是由阿爾及利亞人、塞內加爾人、印度人等等來統御這些組織。

法農稍後一點說，除非「從民族意識踏出一個快速的步伐，進入政治和社會意識」。[189]首先，他意指建立在認同論式的（identitarian，例如：民族主義的）意識之需求必須被超越，新而普遍的集體性——非洲的、阿拉伯的、伊斯蘭的——應該優先於特殊主義式的集體。因而，在過去被帝國主義所分隔爲許多自主性部落、敘事和文化的人民之間，建立單面的、非敘事性的串聯。其次——法農遵循盧卡奇的某些理念——中心（首都、官方文化、被任命的領導者）必須被去神聖化及去神祕化，一個新的流動性關係之系統必須取代傳承自帝國主義的科層組織。爲了導入熾熱的能量，法農訴求於詩歌和戲劇、訴求於雷納・查爾(René Char)和凱塔・佛迪巴(Keita Fodeba)。解放便是自我意識，「不是關閉溝通之門」，[190]而是「發現和鼓舞」的一個永無止境之過程，以通往眞正的民族自我解放和普世主義。

閱讀了《地球的受苦者》最後幾頁時，人們會有如下的印象：法農以具有偉大的解構力量之反叙事，投入於對抗帝國主義和正統民族主義的戰鬥，然而他不可能令那種反叙事的複雜且反認同論的力量彰顯出來。但在法農散文的朦朧和困難之中，充滿詩意和幻象式的暗示，使新興獨立民族的解放情況乃變成一個**過程**，而非一個自動地被涵攝的目標。整部《地球的受苦者》（以法文寫作），法農似乎意圖要將歐洲人以及土著結合在一起，形成一個覺醒且反帝國主義之新興非敵對社群。

在法農的詛咒歐洲人卻又期待引起歐洲人的注意中，我們發現了許多與在努及、阿契比和沙里赫的小說所看到的相同文化能量，其信息是我們必須戮力將所有人類從帝國主義中解放出來；我們所有人必須寫出我們的歷史和文化，以一個全新的方式重新加以刻畫；儘管對我們中的一些人，歷史充滿了奴役化，我們分享相同的歷史。簡言之，這是來自殖民地的寫作，與後殖民解放的眞實潛能殊途同歸。阿爾及利亞已被解放了，肯亞和蘇丹也一樣。和先前帝國列強的重要關係維持不變，同時對先前的關係有什麼是可能或不可能依靠或取得什麼援助，有一個全新而釐清的認知。再一次，文化和文化的努力成果預示了即將來臨的事情之發展路線——遠在由美國這個現存唯一的超強所支配之後殖民階段的文化政治發生之前。

既然反抗文學有許多是在戰鬥的濃郁氣氛中寫出來的，可以理解地，有某種集中在其戰鬥性的、經常是尖銳高亢的肯定性傾向。或者就這點而言，可以去看一個正字標記的事件，即波布政權的恐怖。一方面，最近如洪水般湧現之有關法農的文章，視法農爲嚴厲地號召被壓迫者使用暴力的佈道者，除暴力外，別無它途，但很少人提到法國殖民的暴力；根據席德尼・胡克(Sidney Hook)尖銳的辯駁，法農只不過是一位非理性的人，終究是「西方」的愚蠢敵人；另一方面，很難錯過在阿米卡・卡布洛引人注目的演說和短論中，所蘊涵之動員力量的非凡強度、其敵意和暴力、其憤慨和仇恨持續湧現的方式——所有這一切若放在葡萄牙殖民主義特別醜陋的背景來看，就會更加明白了。然而，假如我們錯過了卡布洛激勵人心的烏托邦主義和理論的寬容，人們就會嚴重地誤解諸如〈理論的武器〉(The Weapons of Theory)或〈民族解放和文化〉(National Liberation and Culture)的文本；正如，若沒有看出法農在暴力衝突的禮讚之外，還有某些值得思考的東西，就會對他產生誤解。對卡布洛和法農兩人而言，強調「武裝鬥爭」，最多不過是一種策略而已。對卡布洛而言，因爲帝國主義已經使非歐洲人從只允許白人擁有之經驗隔離開來，故由暴力、組織和軍事行動以取得解放有其必要。但卡布洛說：「企圖使支配人民的事業永垂不朽，此時文化被視爲是享有特權人民或民族的特性，以及因爲無知和不誠實，文化與技術水準混淆——假如不是和人們的膚色和眼型相混淆的話——這樣的時代已經過去了。」⑲克服那些障礙、必須承認非歐洲人具備全盤的人類經驗；至少所有人類可以有一個使命，更重要的，有一部歷史。

當然，如同我先前說過的，對帝國主義的文化抗拒經常採取我們所稱之本土主義的形式，用來做為一個私人避難所。人們不只在賈巴提身上發現這點，也在早期阿爾及利亞反抗的偉大英雄阿布達爾・卡德統領身上發現到。當與法國佔領軍對抗時，這位十九世紀的戰士也遵循一種隱士般靈性的學徒生活，效法十三世紀蘇菲大師伊本・阿拉比(Ibn Arabi)。⑲以這種方式來反擊加諸在你的認同之上之扭曲，乃是回歸一個前帝國時期，去尋求一種「純粹」的本土文化，這和修正主義的詮釋是一件相當不同的事情，諸如：古哈或杭士基，他們的目的是將建制內專門研究「落後」文化的學者之相關利益加以去神祕化，且鑑賞著詮釋過程的複雜性。就某方面來說，本土主義者認為人們可以將過去完全詮釋為純粹現象，一個意義嚴謹的事情，祈求同意與肯定，而非爭辯和探究。此種濃郁的激情某些部分可見諸像賈拉爾・阿里・阿合馬的《西方毒素論：來自西方的瘟疫》(1961-62)⑲對「西方」全盤性加以譴責，或是在沃爾・索因卡隱含著一個純粹土著非洲的存在（正如他對伊斯蘭和阿拉伯人不幸的抨擊，認為他們污損了非洲經驗）；⑲人們可以在安華・阿布達爾—馬列克有關「文明化計畫」和教條性文化(endogamous cultures)的理論提議中看到此種濃郁情感，以更有趣及生產性的方式來運用。⑲

我並不特別有興趣花許多時間探討民族主義在伊拉克、烏干達、薩伊、利比亞、菲律賓、伊朗和整個拉丁美洲所導致的顯然不幸之文化後果。民族主義使人充滿無力感，一直揮之不去，且由一大批評論家、專家、業餘人士所組成的部隊，花相當長時間來加以諷刺之，對這些人而言，非西方世界在白人離開之後，似乎已變成只不過是部落酋長、專制的野蠻人和無心腸的基本教義派之令人厭惡的大會串。對本土主義傾向——及使其成爲可能之極爲天眞的基要主義論意識型態——更有趣的評論由對土生歐人和「混血」文化的下列說明所提供，諸如：羅多(Rodo)的《阿里爾》(*Ariel*)和那些拉丁美洲的寓言作家們所寫的作品，其內容呈現了明顯的「不純粹性」，在所有經驗中現實和超現實之興味盎然的混合。當人們閱讀「魔幻寫實主義者」的作品，像卡本特——他是首先描述此種風格者——波赫斯、賈西亞・馬奎茲和費提斯，人們活生生地理解到一種不同趨勢緊密地交替牽扯在一起的歷史，並斥責線型的敘事、輕易就可回復的「本質」和「純粹」再現之教條式模擬。

反對和抗拒的文化以其最佳狀態，「提示」著以非帝國主義的方式來重新體認人類經驗的理論替代方案和實踐方法。我使用帶有嘗試性意義的「提示」(suggests)這個字眼，而非更具信心的「提供」(provides)，至於其理由，我希望後來將變得更爲顯而易見。

首先，讓我迅速地將我所論證的主要觀點做個摘要。反抗帝國主義的意識型態和文化戰爭發生在殖民地的抗拒形式，以後蔓延到歐洲和美國，在宗主國以反對或不滿的形式表現出來。這個動力的第一個階段產生了民族主義的獨立運動；稍後第二個階段，也是更劇烈的階段，產生解放鬥爭。這個分析的基本前提是：雖然帝國的區隔事實上將宗主國從邊陲地區隔離開來；雖然每一種文化論述，採行不同的議題項目、修辭手法和形象而揭示出來，事實上它們彼此之間，假如不總是完美地彼此符應，也是串聯在一起的。印度殖民政府需要印度紳士的支持，正如以後尼赫魯派和甘地派接管由英國所建立的印度。我已說過，此一串聯在文化層面上被創造出來，而像所有的文化實踐一樣，帝國主義的經驗也是交織與重疊的。不只殖民者彼此抗衡、相互競爭，被殖民者也是如此，他們經常從相同的一般類型之「原初的反抗」發展到相近的民族主義政黨，尋求主權與獨立。

但所有帝國主義及其敵人所帶來的，只是一個永無止境的壓迫與反壓迫的循環嗎？或者有一個新視野開展出來嗎？

少有懷疑之處，例如：如果法農和卡布洛今天還活著，將會非常地絕望於他們所努力的結果。我冥想著將他們的作品視爲不只是一種抗拒和去殖民化的理論，也是一種解放的理論。他們的作品，以各種方式試圖要表達出尙未成形的歷史力量、令人混淆的反命題、未同步化的事件，這些過去沒有完全被掌握或被提出來。法農對民族資產階級貪婪與區隔的特質之看法，顯然是正確的，但他沒有也無能對其帶來的破壞提供一個制度性的或甚至理論上的解決之道。

但最偉大的反抗作家，像法農和卡布洛，應該被加以研讀和詮釋，但不是當作國家締造者，或像「國父」（founding father）這種令人驚異的稱呼，雖然民族解放鬥爭與民族獨立有連續性。閱讀法農和卡布洛，或詹姆士和喬治・蘭明，或巴塞爾・大衛森和湯瑪斯・霍吉金，僅僅將他們視爲某些執政黨的許多「施洗者約翰」中的幾位，或外交事務專家，根本就是歪曲事實的。某些其他事情繼續發展，激烈地崩潰，然後驟然從原有的帝國主義和文化之間逐漸成形的單一性中偏離出來。爲什麼這會如此難以察覺出來呢？

基於某種理由，解放論之作家所提出的理論和理論結構，很少被賦予主導性權威——我意指此一字眼的極嚴格字面上的意義——或被賦予他們同時代大部分西方與其相當之作品那種快活的普世主義。就這點有許多理由，我在先前章節所提到的那點不是最不重要的，也就是非常像是在《黑暗之心》的那種敘述工具，許多文化理論僞裝作是普世主義，預設並結合種族的不平等、劣等文化的依附，和以馬克思的字眼來說，那些不可能代表他們自己，並因而必須被別人所代表的人之默認。「因而，」摩洛哥學者阿布都拉·拉勞伊說：「第三世界知識份子對文化帝國主義的譴責，有時候，被由舊有的自由派家長權作法、馬克思的歐洲中心主義和結構主義式的反種族主義（李維—史陀）所加諸之虐待所困擾。這是因爲他們不樂意見到這些第三世界的思潮如何可能成爲相同的霸權系統之一部分。」[196] 或者正如齊紐·阿契比所述，當討論到西方批評家經常挑剔非洲寫作爲缺乏「普世性」時：

> 那些普世論者曾經試圖玩一個遊戲，將在美國小說的人物和地點的名字加以改變，比方說菲立浦·羅斯或某位厄普達克，然後將非洲名字插入，看看它如何可以有效運作？當然，西方人不會去懷疑他們自己文學作品的普世性的。以事物的本質來說，一位西方作家的作品總是自動地表現出普世性。只有其他民族

的作家才必須付出全神貫注地努力，以達到這點。某某作品是普世的：他已真得達成了！好像普世性是路上的一個有點距離的轉彎，假使你往歐洲和美國的方向做更長途的旅行達到足夠的距離，假如你在你自己和你的家鄉保持適當的距離，你就可達到這種普世性了。⑰

這個不幸狀況的一個啓迪人心之事例，可以思考一下米歇・傅柯和法蘭茲・法農大約是同時代的作品，兩人均強調在西方知識和訓誡的系統之核心乃是停滯化和禁錮的無可迴避之問題。法農的作品按照程序去尋求同時一起處理殖民和宗主國社會這兩個有差異但相關的實體，而傅柯的作品遠遠地從對社會整體的嚴肅考慮中移開了，反而集中在且被消解於一種不可避免地步步進逼的「權力之微視物理學」(microphysics of power)⑱的個人，而這是無望去加以反抗的。法農再現了一個雙重區域的利益，即本土的和西方的，從禁錮轉移到解放；傅柯無視於他自己的理論之帝國脈絡，實際上似乎再現了一個無可抗拒的殖民化運動，弔詭地拱衛著孤獨的個別學者和包圍他的系統之優勢。法農和傅柯兩人均有黑格爾、馬克思、弗洛依德、尼采、坎貴海姆(Canguihelm)和沙特做爲他們的傳承遺產，然而，只有法農強力使此一難以抵敵的兵工廠轉而爲反威權主義服務。傅柯恐怕因爲他對一九六〇年代的反叛和伊朗革命的夢想破滅，因此全然從政治事務中脫離出來。⑲多數的西方馬克思主義，就其美學和文化的部門而言，同樣是對帝國主義事務視而不見，法蘭克福學派的批判理論，雖然對有關支配、現代社會和透過藝術做爲批判以獲取救贖的機會，三者之間的關係有其啓發人心的洞見，對種族主義理論、反帝國主義抗拒和帝國中反對勢力的運作，卻令人驚異地相當沈默。唯恐此一沈默表現被詮釋爲一時疏忽，我們引用今日主要的法蘭克福學派理論家，哈伯瑪斯，在一次訪談的解釋（原來出版於《新左派評論》（*The New Left Review*）是否沈默是審愼考慮後棄權的表示。他說，不，我們對「第三世界反帝國主義和反資本主義鬥爭」沒有什麼好說的，儘管如此，他補充道：「我明瞭這是一個歐洲中心主義的局限觀點，這是事實。」⑳所有法國主要的理論家，除了德留茲、塔多洛夫（Todorov）和德希達（Derrida）之外，對此同樣是毫不在意的，但這沒有使他們的工作坊免於大量生產馬克思主義、語言、心理分析和歷史的理論，並隱含著這些都是可以應用到全世界的，共通的情形也大致上可用來描述大部分英美文化理論，除了女性主義和一小部分由受雷蒙・威廉斯和史都華・霍爾所影響的年輕批評家的作品是重要的例外。

因此，假如歐洲理論和西方馬克思主義可做爲解放的文化共變項，在反抗帝國主義上，大體是無法證明它們是可信賴的盟友——相反地，人們會懷疑他們是幾個世紀以來聯結文化和帝國主義相同而令人厭惡的「普世主義」之一部分——解放論式的反帝國主義如何能試圖破除這個束縛人的統一性呢？首先，經由歷史中一個新的整合性或對位式的取向，即因爲西方和非西方的經驗由帝國主義串聯在一起，故視其經驗爲彼此互涉的；其次，經由一個想像、甚至是烏托邦的觀點，重新體會解放的（與禁錮的相反）理論和實踐；第三，經由一種投資，但既非投資於新權威、教條和被制訂下來的正統性，亦非投資於建制和主義，而是一種特殊的遊牧式、遷移式和反敘事的能量。

讓我以審視詹姆士的《黑人雅各賓黨》一段美妙引文來說明我的觀點。在一九三八年出版他的著作二十幾年後，詹姆士多增加一章：〈從陶珊・勞沃卻到費道爾・卡斯楚〉(From Toussaint L'Ouverture to Fidel Castro)。如我所言，詹姆士是一位十分原創性的人物，致力於結合他和許多宗主國的歷史家和新聞編輯——英國的巴塞爾・大衛森、湯瑪斯・霍吉金、麥孔・柯德威爾 (Malcolm Caldwell) 等人；法國的馬克西姆・羅汀森、雷克斯・切斯瑙克斯 (Jacques Chesnaux)、查理士—羅伯・阿吉隆 (Charles-Robert Ageron) 等人——的作品，他並未將這個部分去掉，上述這些人也都在帝國主義與文化的交界處努力工作，範圍從新聞雜誌編輯、小說到學術研究。換言之，不只人們意圖寫出充溢著帝國歐洲和邊陲地區鬥爭的歷史，並盡量加以詳細說明，甚至還從反抗帝國宰制的鬥爭立足點與其內部，基於主題和方法的論點，來寫其歷史。對他們所有人而言，第三世界的歷史必須克服內含於殖民敘事中的預設、態度和價值。假如這是如同經常被意含的那樣，採用一種倡導式之黨派性觀點的話，然後就讓它如此吧；無論採用多麼暗示性的方式，寫有關於解放和民族主義之事，不可能不同時也宣示個人是支持它或反對之，我相信，他們預設了像帝國主義那樣的全球化世界觀中不可能有中立性，這是正確的：某人要不是站在帝國的一方，要不就是反對之，既然他們自己生活在帝國之中（身為土著或身為白人），就對之無法迴避。

詹姆士《黑人雅各賓黨》視聖多明哥奴隸起義為與法國大革命的相同歷史脈絡中開

展出來的過程，拿破崙和陶珊是主導那些動亂年代的兩位偉大人物。法國和海地的事件交錯在一起，且彼此輝映，好像是賦格的樂聲般。詹姆士的叙事被打破，好像一部四處散布在地理、在檔案材料的歷史，同時強調黑人和法國人。此外，詹姆士筆下的陶珊是一位從事追求人性自由鬥爭的人士——此一鬥爭延續到宗主國，這裡是他在文化上虧欠甚多之處，他從宗主國借來其語言和許多道德效忠的目標——具有一種在次等公民中少有之恆心毅力，在奴隸之間則更少。他不是以一個黑人而是一個人類的身分來運用大革命的原理，他探索狄德羅、盧梭和羅伯斯比爾的語言，並追求如何創造性地追隨前輩、使用相同的語言、如何採取將修辭轉化爲實際行動的變奏式緊密歷史覺醒來從事這些工作。

陶珊的生命恐怖地終結，成爲拿破崙的囚徒，拘禁在法國。然而，嚴格說來，詹姆士作品的主題，如果把海地叛亂略過不提的話，與其說是被蘊涵在陶珊的傳記中，倒不如說是在法國大革命的歷史中展現出來更爲恰當。此一過程繼續發展迄今——因而，詹姆士一九六二年的附錄，「從陶珊到卡斯楚」——困境仍然存在。一部非帝國的或後帝國的歷史，若非天眞地烏托邦式或絕望地悲觀的話，如何能在第三世界持續紛擾的宰制實況，把它以其他方式寫出來呢？這是一部方法論和形上歷史的格言集，詹姆士對此明快的解決充滿絢爛的想像。

在簡潔地岔入對艾米・沙塞爾的《回鄉筆記》之詮釋時，詹姆士揭發了詩人穿越西印度生活的剝削、穿過「白人世界」的「藍色而鋼鐵般嚴格的紀律」和「虛榮的征服」，再度奔向西印度群島，在此處他渴望從過去對他的壓迫者所感到的仇恨中解脫出來，詩人宣告他成為「這個獨一無二種族之撫育者」的使命感。換句話說，沙塞爾發現帝國主義的延續，意味著有必要去思考「男人」（這個排他的陽性特質之強調相當令人訝異）乃是比「世界的寄生者」富有更多內涵的東西。「和世界保持同步」不只是一個責任：

但人類的勞動才剛開始而已
並有待人類去征服所有
由過度激情所鞏固的暴力。
沒有種族擁有對美麗、武力的壟斷權，甚且
有一個場所可以令所有人參與凱旋的聚會。[201]（詹姆士的翻譯）

詹姆士說，這是沙塞爾詩歌的眞正核心，他正確地發現人們對認同的防禦性肯定，但**黑人認同**是不夠的，**黑人認同**只是對「凱旋的聚會」的一個貢獻而已。「詩人的觀點，」詹姆士補充道：「不是經濟學和政治學，而是詩意，**獨特性**，對自我眞誠，無須其他眞理。但在此如果沒有看到馬克思著名的句子之詩歌化身，便會成為最庸俗的種族主義：『人性眞正的歷史才將開始。』」[202]

此一瞬間，詹姆士達成了另一次對位的、非敘事性的轉折。他並不遵循沙塞爾回歸西印度群島或第三世界歷史，也不顯示其即興的詩歌之意識型態式或政治的先輩，詹姆士將自己並置於其同時代偉大的英美詩人艾略特之旁，他的結論是〈化身〉(Incarnation)：

這裡存在的諸領域不可能的統合已經實現了，
這裡過去和未來被征服、被調和，
這裡行動乃是截然不同的運動
只是被推動著。
且其中沒有任何運動的來源。[203]

經由如此意料之外地從沙塞爾推進到艾略特的〈海難岩〉(Dry Salvages)，人們可能會認爲這是一位屬於全然不同領域之詩人所寫的詩句，詹姆士搭乘著沙塞爾的「對自我眞誠」爲交通工具，以便從一個歷史潮流的地域主義出發，通往對其他歷史的了解，所有這一切被一種「不可能的統合」賦予活力並在其中實現。這是馬克思的掌握人類歷史的開端嚴格意義下的一個事例，這賦予他的散文如同一個民族的歷史一樣實在的社會群體層面，且和詩人的觀點一樣具有普遍性。

既非抽象與被包裹住的理論，亦非敘述性事實令人沮喪的蒐集，詹姆士著作的此一瞬間體現了（不僅再現或傳達）反帝國主義解放的能量。我懷疑任何人能從中獲取某種可反覆的教條、可用之理論，或令人難忘的故事，更不會出現一個未來國家的官僚制度，恐怕人們會說這是帝國主義、奴隸制度、征服和宰制的歷史和政治，由詩歌所解放出來，尋求對眞正解放之影響，假如並非去促成之。就在當時其他的開創行動所能親近的範圍內而言，如《黑人雅各賓黨》這樣的著作，乃是人類歷史中可以推動我們從宰制的歷史通往解放之實現的一部分。這個運動在抗拒已被理論、教義和正統性的系統所劃定和控制的敘述性分界線和邊緣。但正如詹姆士的整體作品所見證的，它沒有放棄群體、批判性警覺和理論性取向的社會原理。在當代的歐洲和美國，此種運動具備其精神上的膽識和寬容，這是在我們邁向二十一世紀時特別需要的。

註釋：

① André Gide, *L'Immoraliste* (Paris: Mercure de France, 1902), pp. 113-14.

② Gide, *The Immoralist*, trans. Richard Howard (New York: Knopf, 1970), pp. 158-59對紀德和卡繆之間的關聯，參見Mary Louise Pratt, "Mapping Ideology: Gide, Camus, and Algeria," *College Literature* 8 (1981), 158-74.

③ 如同被Christopher Miller所運用的*Blank Darkness: Africanist Discourse in French* (Chicago: University of Chicago Press, 1985)；對「非洲主義」哲學的深刻之哲學性批判可見之於Paulin J. Hountondji, *Sur la "philosophie africaine"* (Paris: Maspéro, 1976)，洪通吉在他對Placicle Tempels作品的批判中賦予其特別的優越性。

④ V. Y. Mudimbe, *The Invention of Africa: Gnosis, Philosophy, and the Order of Knowledge* (Bloomington: Indiana University Press, 1988)

⑤ Raymond Schwab, *The Oriental Renaissance, trans. Gene Patterson-Black and Victor Reinking* (New York: Columbia University Press, 1984).

⑥ Frantz Fanon, *The Wretched of the Earth,* trans. Constance Farrington (1961; New York: Grove, 1968), p. 314.

⑦ Basil Davidson, *Africa in Modern History: The Search for a New Society* (London: Allen Lane, 1978), pp. 178-80.

⑧ Jean-Paul Sartre, "Le Colonialisme est un système," 收錄於 *Situations V: Colonialisme et néo-colonialisme* (Paris: Gallimard, 1964).

⑨ Sartre, "Preface" to Fanon, *Wretched of the Earth,* p. 7.

⑩ Davidson, *Africa in Modern History,* p. 200.

⑪ Fanon, *Wretched of the Earth,* p. 96.

⑫ 前揭書 p. 102.

⑬ Sartre, "Preface," p. 26.

⑭ Henri Grimal, *Decolonization: The British, French, Dutch and Belgian Empires, 1919-1963,* trans. Stephan de Vos (1965; rprt. London: Routledge & Kegan Paul, 1978), p. 9。對去殖民化有一龐大的文獻，其中有幾本值得參考的是 R. F. Holland, *European Decolonization, 1918-1981: An Introductory Survey* (London: Macmillan, 1985); Miles Kahler, *Decolonization in Britain and France: The Domestic Consequences of International Relations* (Princeton: Princeton University Press, 1984); Franz Ansprenger, *The Dissolution of the Colonial Empires*

(1981; rprt. London: Routledge, 1989); A. N. Porter and A. J. Stockwell, vol.1, *British Imperial Policy and Decolonization, 1938-51*和 Vol. 2, 1951-64 (London: Macmillan, 1987, 1989) John Strachey, *The End of Empire* (London: Gollancz, 1959).

⑮ Terence Ranger, "Connexions Between Primary Resistance Movements and Modern Mass Nationalisms in East and Central Africa," pts. 1 and 2, Journal of African History 9, No.3 (1968), 439。也參見 Michael Crowder, ed., *West African Resistance: The Military Response to Colonial Occupation* (London: Hutchinson, 1971)的後面章節 (pp. 268 ff) S. C. Malik, ed., *Dissent, Protest and Reform in Indian Civilization* (Simla: Indian Institute of Advanced Study, 1977).

⑯ Michael Adas, *Prophets of Rebellion: Millenarian Protest Movements Against the European Colonial Order* (Chapel Hill: University of North Carolina, 1979)。另1個例子參見 Stephen Ellis, *The Rising of the Red Shawls: A Revolt in Madagascar, 1895-1899* (Cambridge: Cambridge University Press, 1985).

⑰ Ranger, "Connexions," p. 631.

⑱ 引自 Afaf Lutfi al-Sayyid, *Egypt and Cromer* (New York: Praeger, 1969), p. 68.

⑲ E. M. Forster, *A Passage to India* (1924; rprt. New York: Harcourt, Brace & World, 1952), p. 322.

⑳ 參見後文，Benita Parry, *Delusions and Discoveries: Studies on India in the British Imagination, 1880-1930* (London: Allen Lane, 1972)與之相較，在 *The Rhetoric of English India* (Chicago: University of Chicago Press, 1992), Sara Suleri以心理性慾的觀點來解讀阿濟茲和費爾汀之間的關係。

㉑ Forster, *Passage to India*, p. 86.

㉒前揭書 p. 136.

㉓前揭書 p. 164.

㉔引自 Francis Hutchins, *The Illusion of Permanence: British Imperialism in India* (Princeton: Princeton University Press, 1967), p. 41.

㉕ Forster, *Passage to India,* p. 76.

㉖ Hutchins, *Illusion of Permanence,* p. 187.

㉗在 Syed Hussein Alatas, *The Myth of the Lazy Native A Study of the Image of the Malays, Filipinos, and Javanese from the Sixteenth to the Twentieth Century and Its Function in the Ideology of Colonial Capitalism* (London: Frank Cass, 1977)。也參見 James Scott, *Weapons of the Weak: Everyday Forms of Peasant Resistance* (New Haven: Yale University Press, 1985).

㉘ Sidney and Beatrice Webb, *Indian Diary* (Delhi: Oxford University Press, 1988), p. 98。關於殖民生活之古怪地隔離之氣氛，參見 Margaret MacMillan, *Women of the Raj* (London: Thames & Hudson, 1988).

㉙ Parry, *Delusions and Discoveries,* p. 274.

㉚ Forster, *Passage to India,* pp. 106–7.

㉛引自 Anil Seal, *The Emergence of Indian Nationalism: Competition and Collaboration in the Later Nineteenth Century* (Cambridge: Cambridge University Press, 1971), p. 140.

㉜前揭書 p. 141.

㉝前揭書 p. 147，原文有省略。

㉞ 前揭書 p. 191.

㉟ Edward Thompson, *The Other Side of the Medal* (1926；rprt. Westport：Greenwood Press, 1974), p. 26.

㊱ 前揭書 p. 126也可參見 Parry對 Thompson的敏感之說明，收錄於 *Delusions and Discoveries*, pp. 164–202.

㊲ Fanon, *Wretched of the Earth*, p. 106.

㊳ Frantz Fanon, *Black Skin, White Masks*, trans. Charles Lam Markmann (1952；rprt. New York：Grove Press, 1967), p. 222。對法農早期心理學化的風格之補充，參見 Ashis Nandy, *The Intimate Enemy：Loss and Recovery of Self Under Colonialism* (Delhi：Oxford University Press, 1983).

㊴ Raoul Girardet, *L'Idée coloniale en France, 1871–1962* (Paris：La Table Ronde, 1972), p. 136.

㊵ 前揭書 p. 148.

㊶ 前揭書 pp. 159–72，對格里奧爾的生涯和貢獻，參見 James Clifford之卓越的篇章 *The Predicament of Culture：Twentieth Century Ethnography, Literature, and Art* (Cambridge, Mass.：Harvard University Press, 1988), pp. 55–91；也參見 Clifford對 Leiris的說明 pp. 165–74。無論如何，在這兩個例子中，Clifford沒有將他的作家再去殖民化關聯起來，而在 Girardet，一個全球性的政治脈絡突顯出來。

㊷ André Malraux, *La Voie royale* (Paris：Grasset, 1930), p. 268.

㊸ Paul Mus, *Viet-Nam：Sociologie d'une guerre* (Paris：Seuil, 1952), pp. 134–35法蘭西斯・費滋傑羅 (Frauces FitzGerald)有關美國越戰的一九七二年之得獎著作：《湖中之火》(*Fire in the Lake*)乃是獻給 Mus的。

㊹ Davidson, *Africa in Modern History*, p. 155.

㊺前揭書 p. 156.

㊻Fanon, *Black Skin, White Masks,* p. 220.

㊼Philip D. Curtin, *The Image of Africa: British Ideas and Action, 1780–1850,* 2 vols. (Madison: University of Wisconsin Press, 1964).

㊽Daniel Defert, "The Collection of the World: Accounts of Voyages from the Sixteenth to the Eighteenth Centuries," *Dialectical Anthropology* 7 (1982), 11–20.

㊾Pratt, "Mapping Ideology."也可參見她的令人激賞之 *Imperial Eyes: Travel Writing and Transculturation* (New York and London: Routledge, 1992).

㊿James Joyce, *Ulysses* (1922; rprt. New York: Vintage, 1966), p. 212.

(51)James Ngugi, *The River Between* (London: Heinemann, 1965), p. 1.

(52)Tayeb Salih, *Season of Migration to the North,* trans. Denys Johnson–Davies (London: Heinemann, 1970), pp. 49–50.

(53)Peter Hulme, *Colonial Encounters: Europe and the Native Carihbean, 1492–1797* (London: Methuen, 1986).

(54)George Lamming, *The Pleasures of Exile* (London: Allison & Busby, 1984), p. 107.

(55)前揭書 p. 119.

(56)Roberto Fernández Retamar, *Caliban and Other Essays,* trans. Edward Baker (Minneapolis: University of Minnesota Press, 1989), p. 14。其結果參見 Thomas Cartelli, "Prospero in Africa: *The Tempest* as Colonialist Text and Pretext," in *Shakespeare Reproduced: The Text in History and Ideology,* eds. Jean E. Howard and Marion F. O'Connor

(London: Methuen, 1987), pp. 99-115.

(57) Ngugi wa Thiongo, *Decolonising the Mind: The Politics of Language in African Literature* (London: James Curry, 1986).

(58) Barbara Harlow, *Resistance Literature* (New York: Methuen, 1987), p. xvi。關於這點先驅的作品是 Chinweizu, *The West and the Rest of Us: White Predators, Black Slaves and the African Elite* (New York: Random House, 1975).

(59) Aimé Césaire, *The Collected Poetry,* eds. and trans. Clayton Eshleman and Annette Smith (Berkeley: University of California Press, 1983), p. 46.

(60) Rabindranath Tagore, *Nationalism* (New York: Macmillan, 1917), p. 19 and *passim.*

(61) W. E. B. du Bois, *The Souls of Black Folk* (1903; rprt New York: New American Library, 1969), pp. 44-45.

(62) Tagore, *Nationalism,* p. 62.

(63) Benedict Anderson, *Imagined Communities: Reflections on the Origin and Spread of Nationalism* (London: New Left, 1983), p. 47.

(64) 前揭書 p. 52.

(65) 前揭書 p. 74.

(66) Bill Ashcroft, Gareth Griffiths, and Helen Tiflin, *The Empire Writes Back: Theory and Practice in Post-Colonial Literatures* (London and New York: Routledge, 1989).

(67) Eric Hobsbawm, *Nations and Nationalism Since 1780: Programme, Myth, Reality* (Cambrdge: Cambridge University

Press, 1990)；Ernest Gellner, *Natioins and Natioinalism* (Ithaca：Cornell University Press, 1983).

⑥⑧ Partha Chatterjee, *Nationalist Thought and the Colonial World：A Derivative Discourse?* (London：Zed, 1986), p. 79。也參見 Rajat K. Ray, "Three Interpretations of Indian Nationalism," 收錄於 *Essays in Modern India*, ed. B. Q. Nanda (Delhi：Oxford University Press, 1980), pp. 1-41.

⑥⑨ Chatterjee, *Nationalist Thought*, p. 100.

⑦⓪ 前揭書 p. 161.

⑦① Davidson, *Africa in Modern History*，特別是 p. 204。也參見 *General History of Africa*, ed. A. Adu Boaher, Vol. 7, *Africa Under Colonial Domination, 1880-1935*(Berkeley, Paris, and London：University of California Press, UNESCO, James Currey, 1990)和 *The Colonial Moment in Africa：Essays on the Movement of Minds and Materials, 1900-1940*, ed. Andrew Roberts (Cambridge：Cambridge University Press, 1990).

⑦② Kumari Jayawardena, *Feminism and Nationalism in the Third World* (London：Zed, 1986)，特別是 pp. 43-56, 73-108, 137-54 and *passim*。對女性主義和帝國主義之解放式觀點，也參見 Laura Nader, "Orientalism, Occidentalism and the Control Women," *Cultural Dynamics 1*, No.3 (1989), 323-55；Maria Mies, *Patriarchy and Accumulation on a World Scale：Women in the International Division of Labour* (London：Zed, 1986)。也參見 Helen Callaway, *Gender, Culture and Empire：European Women in Colonial Nigeria* (Urbana：University of Illinois Press, 1987)和 eds. Nupur Chandur and Margaret Strobel, *Western Women and Imperialism：Complicity and Resistance* (Bloomington：Indiana University Press, 1992).

⑦③ Angus Calder, *Revolutionary Empire：The Rise of the English-Speaking Empires from the Eighteenth Century to the*

1780's (London: Cape, 1981), p. 14。一個哲學和意識型態的結合由 Samir Amin 所提供（可嘆的是，以一個恐怖的複雜術語）*Eurocentrism,* trans. Russell Moore (New York: Monthly Review, 1989)。與此相較，一個解放論的說明——也在一全球的規模——見之 Jan Nederveen Pietersee, *Empire and Emancipation* (London: Pluto Press, 1991).

(74) Calder, *Revolutionary Empire,* p. 36.

(75) 前揭書 p. 650.

(76) Eqbal Ahmad, "The Neo-Fascist State: Notes on the Pathology of Power in the Third World," *Arab Studies Quarterly 3,* No. 2 (Spring 1981), 170-80.

(77) James Joyce, *A Portrait of the Artist as a Young Man* (1916; rprt. New York: Viking, 1964), p. 189.

(78) Thomas Hodgkin, *Nationalism in Colonial Africa* (London: Muller, 1956), pp. 93-114.

(79) Alfred Crosby, *Ecological Imperialism: The Biological Expansion of Europe, 900-1900* (Cambridge: Cambridge University Press, 1986), pp. 196-216.

(80) Neil Smith, *Uneven Development: Nature, Capital, and the Production of Space* (Oxford: Blackwell, 1984), p. 102.

(81) 前揭書 p. 146，更進一步的空間分化，及其之於藝術和休閒的結果，發生於風景和國家公園的規劃。參見 W. J. T. Mitchell, "Imperial Landscape,"收錄於 *Landscape and Power,* ed. W. J. T. Mitchell (Chicago: University of Chicago Press, 1993)和 Jane Carruthers, "Creating a National Park, 1910 to 1926," *Journal of South African Studies 15,* No.2 (January 1989), 188-216。在一個不同的層面，與 Mark Bassin 之比較，"Inventing Siberia: Visions of the Russian East in the Early Nineteenth Century," *American Historical Review 96,* No.3 (June

1991), 763–94.

⑧② Mahmoud Darwish, "A Lover from Palestine,"收錄於 *Splinters of Bone,* trans, B. M. Bannani (Greenfield Center, N. Y.: Greenfield Review Press, 1974), p. 23.

⑧③ Mary Hamer, "Putting Ireland on the Map," *Textual Practice 3,* No.2 (Summer 1989), 184–201.

⑧④ 前揭書 p. 195.

⑧⑤ Seamus Deane, *Celtic Revivals: Essays in Modern Irish Literature* (London: Faber & Faber, 1985), p. 38.

⑧⑥ 前揭書 p. 49.

⑧⑦ 前揭書。

⑧⑧ Wole Soyinka, *Myth, Literature and the African World* (Cambridge: Cambridge University Press, 1976), p. 127。也參見 Mudimbe, *Invention of Africa,* pp. 83–97.

⑧⑨ 前揭書 pp. 129, 136.

⑨⓪ Fanon, *Wretched of the Earth,* p. 203.

⑨① Césaire, *Collected Poetry,* p. 72.

⑨② 前揭書 pp. 76 and 77.

⑨③ R. P. Blackmur, *Eleven Essays in the European Novel* (New York: Harcourt, Brace & World, 1964), p. 3.

⑨④ Mahmoud Darwish, *The Music of Human Flesh,* trans. Denys Johnson-Davies (London: Heinemann, 1980), p. 18.

⑨⑤ Pablo Neruda, *Memoirs,* trans. Hardie St. Martin (London: Penguin, 1977), p. 130。這段引文可能含有任何過去被歐布萊恩論文"Passion and Cunning: An Essay on the Politics of W. B. Yeats,"所影響的人感到訝異。收

錄於他的 *Passion and Cunning*（London：Weidenfeld & Nicolson, 1988）。它的宣告和資料不正確，特別是與 Elizabeth Cullingford's *Yeats, Ireland and Fascism*（London：Macmillan, 1981)相比較，Cullinglord 也提到聶魯達的引文。

⑯ W. B. Yeats, *Collected Poems*（New York：Macmillan, 1959）, p. 146.

⑰ Pablo Neruda, *Fully Empowered,* trans. Alastair Reid（New York：Farrar, Straus & Giroux, 1986）, p. 131.

⑱ Yeats, *Collected Poetry,* p. 193.

⑲ Fanon, *Wretched of the Earth,* p.59.

⑩ Gary Sick, *All Fall Down：America's Tragic Encounter With Iran*（New York：Random House, 1985）.

⑩Chinua Achebe, *Things Fall Apart*（1959；rprt. New York：Fawcett, 1969）.

⑩Lawrence J. McCaffrey, "Components of Irish Nationalism,"收錄於 *Perspectives on Irish Nationalism,* eds. Thomas E. Hachey and Lawrence J. McCaffrey（Lexington：University of Kentucky Press, 1989）, p. 16.

⑩Yeats, *Collected Poetry,* p. 212.

⑩前揭書 p. 342.

⑩引自 Hachey and McCaffrey, *Perspectives on Irish Nationalism,* p. 117.

⑩前揭書 p. 106.

⑩參見 David Lloyd, *Nationalism and Minor Literature：James Clarence Mangan and the Emergence of Irish Cultural Nationalism*（Berkeley：University of California Press, 1987）.

⑩對部分他們的作品之選集參見 *Ireland's Field Day*（London：Hutchinson, 1985）。這本選集包括保林希尼

汀・凱尼和契伯德。也參見 W. J. McCormack, *The Battle of the Books* (Gigginstown, Ireland: Lillput Press, 1986).

⑽ R. P. Blackmur, *A Primer of Ignorance*, ed. Joseph Frank (New York: Harcourt, Brace & World, 1967), pp. 21-37.

⑾ Joseph Leerssen, *Mere Irish and Fior-Ghael: Studies in the Idea of Irish Nationality, Its Development, and Literary Expression Prior to the Nineteenth Century* (Amsterdam and Philadelphia: Benjamins, 1986).

⑾ Fanon, *Wretched of the Earth*, p. 210.

⑿ 前揭書 p. 214.

⒀ Yeats, *Collected Poetry*, p. 343.

⒁ R. P. Blackmur, *Language as Gesture: Essays in Poetry* (London: Allen & Unwin, 1954), p. 118.

⒂ 前揭書 p. 119.

⒃ Gordon K. Lewis, *Slavery, Imperialism, and Freedom* (New York: Monthly Review, 1978)和 Robin Blackburn, *The Overthrow of Colonial Slavery, 1776-1848* (London: Verso, 1988).

⒄ Thomas Hodgkin, "Some African and Third World Theories of Imperialism"收錄於 *Studies in the Theory of Imperialism*, eds. Roger Owen and Bob Sutcliffe (London: Longman, 1977), p. 95.

⒅ Marcel Merle, ed., *L'Anticolonialisme Européen de Las Casas* à *Karl Marx* (Paris: Colin, 1969)還有 Charles Robert Ageron, *L'Anticolonialisme en France de 1871 à 1914* (Paris: Presses Universitaires de France, 1973).

⒆ Harry Bracken, "Essence, Accident and Race," *Hermathena 116* (Winter 1973), 81-96.

⒇ Gerard Leclerc, *Anthropologie et colonialisme: Essai sur l'histoire de l'africanisme* (Paris: Seuil, 1972).

(121) J. A. Hobson, *Imperialism: A Study* (1902; rprt. Ann Arbor: University of Michigan Press, 1972), pp. 223–84.

(122) 另一個例子，被 C. L. R. Janes苛刻地分析，是威柏霍斯的個案，以廢奴論主張被 Pitt所操弄。 *The Black Jacobins: Toussaint L'Ouverture and the San Domingo Revolution* (1938; rprt. New York: Vintage, 1963), pp. 53–54.

(123) 參見 Noam Chomsky, *American Power and the New Mandarins* (New York: Pantheon, 1969), pp. 221–366.

(124) Girardet, *L'Idée coloniale en France*, p. 213.

(125) 參見 Hue-Tam Ho Tai, *Radicalism and the Origins of the Vietnamese Revolution* (Cambridge, Mass.: Harvard University Press, 1992)，提供二次大戰之間在巴黎的年輕越南知識份子的卓越說明。

(126) 在 Janet G. Vaillant, *Black, French, and African: A Life of Léopold Sédar Senghor* (Cambridge, Mass.: Harvard University Press, 1990), pp. 87–146有極佳描述。

(127) Raymond Williams, *Culture* (London: Fontana, 1981), pp. 83–5.

(128) Ali Haroun, *La 7e Wilaya: La Guerre de FLN en France, 1954–1962* (Paris: Seuil, 1986).

(129) Alatas, *Myth of the Lazy Native*, p. 56.

(130) 前揭書 p. 96.

(131) James, *Black Jacobins*, p. 198.

(132) George Antonius, *The Arab Awakening: The Story of the Arab National Movement* (1938; rprt. Beirut: Librairie du Liban, 1969), pp. 305–6.

(133) Albert Hourani, *The Emergence of the Modern Middle East* (Berkeley: University of California Press, 1981), pp. 193–

234。也參見喬治城大學博士論文 of Susan Silsby, *Antonius：Palestine, Zionism and British Imperialism, 1929–1939* (Ann Arbor：University Microfilms, 1986)。對安東尼奧斯的生平有令人印象深刻的大量資料。

⑬④Paul Buhle, *C. L. R. James：The Artist as Revolutionary* (London：Verso, 1988), pp. 56–57.

⑬⑤"An Audience with C. L. R. James," *Third World Book Review 1,* No.2 (1984), 7.

⑬⑥Antonius, *Arab Awakening,* p. 43.

⑬⑦Alatas, *Myth of the Lazy Native,* p. 152.

⑬⑧Ranajit Guha, *A Rule of Property for Bengal：An Essay on the Idea of Permanent Settlement* (Paris and The Hague：Mouton, 1963), p. 8.

⑬⑨Guha, "On Some Aspects of the Historiography of Colonial India,"收錄於 *Subaltern Studies I* (Delhi：Oxford University Press, 1982), pp. 5, 7。對古哈思想的發展，更晚近參見他的"Dominance Without Hegemony and Its Historiography," *Subaltern Studies VI* (Delhi：Oxford University Press, 1986), pp. 210–309.

⑭⓪A. L. Tibawi, *A Modern History of History, Including Lebanon and Palestine* (London：Macmillan, 1969)；Albert Hourani, *Arabic Thought in the Liberal Age, 1798–1939* (Cambridge：Cambridge University Press, 1983)；Hisham Sharabi, *Arab Intellectuals and the West：The Formative Years, 1875–1914* (Baltimore：Johns Hopkins University Press, 1972)；Bassam Tibi, *Arab Nationalism：A Critical Analysis,* trans. M. F. and Peter Sluglett (New York：St. Martin's Press, 1990)；Mohammad Abed al-Jabry, Nagd al-Aql al-'Arabi, 2 vols. (Beirut：Dar al Tali'ah, 1984, 1986).

⑭①A. A. Duri, *The Historical Formation of the Arab Nation：A Study in Identity and Consciousness,* trans. Lawrence I.

Conrad (1984; London: Croom Helm, 1987).

⑭Walter Rodney, "The African Revolution,"收錄於 *C. L. R. James: His Life and Work*, ed. Paul Buhle (London: Allison & Busby, 1986), p. 35.

⑭Guha, *Rule of Property for Bengal*, p. 35.

⑭前揭書 p. 62.

⑭前揭書 p. 145.

⑭前揭書 p. 92.

⑭Eric Williams, *Capitalism and Slavery* (New York: Russell & Russell, 1961), p. 211.

⑭Alatas, *Myth of the Lazy Native*, p. 200.

⑭James, *Black Jacobins*, p. X.

⑮前揭書 p. 391.

⑮引自 Silsby, *Antonius*, p. 184.

⑮Tariq Ali, *The Nehrus and the Gandhis: An Indian Dynasty* (London: Pan, 1985).

⑮Theodor Adorno, *Minima Moralia: Reflections from a Damaged Life*, trans. E. F. N. Jephcott (1951; trans. London: New Left, 1974), p. 102.

⑮Conor Cruise O'Brien, "Why the Wailing Ought to Stop," *The Observer*, June 3, 1984.

⑮Fanon, *Wretched of the Earth*, p. 77.

⑮參見 S. p. Mohanty, "Us and Them: On the Philosophical Bases of Political Criticism," *Yale Journal of Criticism* 2,

No.2 (1989), 1-31。如此方法運用的三個例子是 Timothy Brennan, *Salman Rushdie and the Third World: Myths of the Nation* (New York: St. Martin's Press, 1989); Mary Layoun, *Travels of a Genre: The Modern Novel and Ideology* (Princeton: Princeton University Press, 1990); Rob Nixon, *London Calling: V. S. Naipaul, Postcolonial Mandarin* (New York: Oxford University Press, 1992).

⑮⑦體現在一九一九年英國外長巴爾佛爵士的下列討論中，就西方自由派的意見所涉及的範圍而言，一般而言，這仍是眞實的：在巴勒斯坦，我們甚至沒有提出完成諮詢這個國家的居民之期望的形式，雖然美國評議會已完成了詢問他們是何人的形式。四大強權對錫安主義的承諾，錫安主義不論其爲正確或錯誤，好或壞，植根於長期傳統，於現有之需要，於未來的希望，遠比現在居住在這塊古老土地上的七十萬阿拉伯之慾望和偏見更有深切的重要性。就我的觀點，這是對的。引自 Christopher Sykes, *Crossroads to Israel, 1917-1948* (1965; rprt. Bloomington: Indiana University Press, 1973), p. 5.

⑮⑧Raphael Patai, *The Arab Mind* (New York: Scribner's, 1983); David Pryce-Jones, *The Closed Circle: An Interpretation of the Arabs* (New York: Harper & Row, 1989); Bernard K. Lewis, *The Political Language of Islam* (Chicago: University of Chicago Press, 1988); Patricia Crone and Michael Cook, *Hagarism: The Making of the Islamic World* (Cambridge: Cambridge University Press, 1977).

⑮⑨Ronald Robinson, "Non-European Foundations of European Imperialism: Sketch for a Theory of Collaboration," 收錄於 Owen and Sutcliffe, *Studies in the Theory of Imperialism*, pp. 118, 120.

⑯⓪Masao Miyoshi, *As We Saw Them: The First Japanese Embassy to the United States (1860)* (Berkeley: University of California Press, 1979); Ibrahim Abu-Lughod, *The Arab Rediscovery of Europe: A Study in Cultural Encounters*

(Princeton：Princeton University Press, 1963).

⑯Homi K. Bhabha, "Signs Taken for Wonders：Questions of Ambivalence and Authority Under a Tree Outside Delhi May 1817," *Critical Inquiry 12,* No.1 (1985), 144-65.

⑯阿富汗尼對雷南的回應蒐集於 Nikki R. Keddie, *An Islamic Response to Imperialism：Political and Religious Writings of Sayyid Jamal ad-Din al-Afghani* (1968；rprt. Berkeley：University of California Press, 1983), pp.181-87.

⑯Albert Hourani, "T. E. Lawrence and Louis Massignon,"收錄於 *Islam in European Thought* (Cambridge：Cambridge University Press, 1991), pp. 116-28.

⑯Yeats, *Collected Poetry,* p. 49.

⑯Chatterjee, *Nationalist Thought,* p. 147.

⑯前揭書 p. 169.

⑯V. S. Naipaul, *Among the Believers：An Islamic Journey* (New York：Alfred A. Knopf, 1981)和 *Guerrillas* (New York：Alfred A. Knopf, 1975)還有他的 *India：A Wounded Civilization* (New York：Vintage, 1977)和 *An Area of Darkness* (New York：Vintage, 1981).

⑯Claude Liauzu, *Aux origines des tiers-mondismes：Colonises et anti-colonialistes en France (1919-1939)* (Paris：L'Harmattan, 1982), p. 7.

⑯V. S. Naipaul, *A Bend in the River* (New York：Knopf, 1979), p. 244.

⑰Davidson, *Africa in Modern History,* p. 374.

⑰Fanon, *Wretched of the Earth,* p. 88.

(172)前揭書 p. 51.

(173)前揭書 p. 47.

(174)前揭書 p. 204.

(175)前揭書 p. 106。就法農所處理的「重新將人類引導於世界」之主題，參看由 Patrick Taylor, *The Narrative of Liberation: Perspectives on Afro-Caribbean Literature, Popular Culture and Politics* (Ithaca: Cornell University Press, 1989), pp. 7-94具洞見的討論。法農對民族文化的疑懼，參見 Irene Gendzier, *Frantz Fanon, a Biography* (1973; rprt. New York: Grove Press, 1985), pp. 224-30.

(176)Georg Lukacs, *History and Class Consciousness: Studies in Marxist Dialectics,* trans. Rodney Livingston (London: Merlin Press, 1971), p. 199.

(177)Fanon, *Wretched of the Earth,* p. 52.

(178)前揭書 p. 51.

(179)前揭書 pp. 88, 93.

(180)前揭書 p. 93.

(181)前揭書 p. 94.

(182)Albert Memmi, *The Colonizer and the Colonized* (1957; trans. New York: Orion Press, 1965).

(183)Fanon, *Wretched of the Earth,* p. 107.

(184)前揭書 p. 124.

(185)前揭書 p. 125.

⑱6前揭書 p. 131.

⑱7前揭書 p. 148.

⑱8前揭書 p. 159.

⑱9前揭書 p. 203.

⑲0前揭書 p. 247.

⑲1Amílcar Cabral, *Unity and Struggle：Speeches and Writings,* trans. Michael Wolfers（New York：Monthly Review, 1979）, p. 143.

⑲2Michel Chodkiewicz, "Introduction," to Emir Abdel Kader, *Ecrits spirituels,* trans. Chodkiewicz（Paris：Seuil, 1982）, pp. 20–22.

⑲3Jalal Ali Ahmad, *Occidentosis：A Plague from the West,* trans. R. Campbell（1978；Berkeley：Mizan Press, 1984）.

⑲4Wole Soyinka, "Triple Tropes of Trickery," *Transition,* No. 54（1991）, 178–83.

⑲5Anwar Abdel-Malek, "Le Project de civilisation：Positions,"收錄於 *Les Conditions de l'independence nationale dans le monde moderne*（Paris：Editions Cujas, 1977）pp. 499–509.

⑲6Abdullah Laroui, *The Crisis of the Arab Intellectuals*（Berkeley：University of California Press, 1976）, p. 100.

⑲7Chinua Achebe, *Hopes and Impediments：Selected Essays*（New York：Doubleday, Anchor, 1989）, p. 76.

⑲8這個片語首次出現於 Michel Foucault, *Discipline and Punish：The Birth of the Prison,* trans. Alan Sheridan（New York：Pantheon, 1977）, p. 26。這個觀念相關的度期理念遍及他的 *The History of Sexuality, Vol. 1,* trans. Robert Hurley（new York：Pantheon, 1978）和衆多的訪談中。它影響了 Chantal Mouffe and Ernest Laclau,

Hegemony and Socialist Strategy: Towards a Radical Democratic Politics (London: Verso, 1985)。我的批判可參見"Foucault and the Imagination of Power,"收錄於 *Foucault: A Critical Reader*, ed. David Hoy (London: Blackwell, 1986), pp. 149–55.

⑲我在"Michel Foucault, 1926–1984,"收錄於 *After Foucault: Humanistic Knowledge, Postmodern Challenges*, ed. Jonathan Arac (New Brunswick: Rutgers University Press, 1988), pp. 8–9討論其可能性。

⑳Jürgen Habermas, *Autonomy and Solidarity: Interviews*, ed. Peter Dews (London: Verso, 1986), p. 187.

㉑James, *Black Jacobins*, p. 401.

㉒前揭書 p. 401.

㉓前揭書 p. 402.

Ⅳ
脱離宰制、邁向自由的未來

Freedom from Domination in the Future

帝國的新人類是那些相信歷史的
新紀元、新篇章、新頁的人們；
我則仍舊致力追求舊有的傳奇故事。
我期待在舊希望被實現之前，
爲什麼這值得我花費如此心力去奮鬥的理由，
將會彰顯出來！

——柯澤(J. M. Coetzee)，
《等待野蠻民族》(*Waiting for the Barbarians*)

美國勢力之勃興：公共領域的論戰
American Ascendancy: The Public Space at War

當去殖民化開始使古典的帝國崩解之際，帝國主義並未結束，並未突然地變成「過去式」。掛勾聯盟的歷史遺產仍然將阿爾及利亞和法國與印度和英國個別結合起來，大批來自原先殖民疆域的穆斯林、非洲人、西印度群島人現在居住在歐洲的大都會，甚至義大利、德國、斯堪地納維亞半島，今日都必須處理那些移民帶來的問題，從某方面來說，這是帝國主義、去殖民化及歐洲人口增加所造成的結果。此外，冷戰的結束及蘇聯的解體也明顯地改變世界地圖。美國崛起成爲最後的超強，料將重整全球權力分配的結構，這在六〇和七〇年代已經有跡可循了。

麥可・巴拉特—布朗（Michael Barratt-Brown）在其《帝國主義之後》（*After Imperialism*, 1963）的一九七〇年第二版序言中辯稱：「帝國主義毫無疑問仍是在今日國際之經濟、政治和軍事關係中最強大的力量，由此，經濟上較未開發的地區必得臣服於經濟開發的地區。我們仍在期待帝國主義之終結。」[1]反諷地，新型帝國主義經常採用充滿誇大與天啓式的語詞描述現況，這在過去古典帝國的顛峰時代是不可能的。

部分描述用語有種格外令人氣結的必然性和某種急就章式的、淹沒一切的、非人格式的決定論特質。所謂全球性的資本累積、世界資本主義系統、低度發展的發展、帝國主義與依賴或依賴的結構、貧窮與帝國主義，這些名目在經濟學、政治、科學、歷史、社會學是耳熟能詳的，這與其說是「世界新秩序」，不如說是某一群充滿爭議性的左翼思想學派的說法罷了。然而，這些術語和概念的文化內涵是顯而易見的——撇開其高度爭議性和難以界定清楚的特質——可嘆啊！毫無疑問地，甚至對於最無知的人看來，這些語詞也是令人沮喪的。

何者爲老式帝國主義不平等再現的主要特性呢？以阿諾・麥耶（Arno Mayer）的用詞，「老式政權的執著」爲何？②當然，首先是窮國和富國之間巨大的經濟對立，其基本狀況被以一種僵硬的名詞描繪在所謂「布蘭特報告」（Brandt Report）的簡化敘事中，即《南—北：生存綱領》（*North-South: A Program for Survival*, 1980）。③它的結論以充滿危機與緊急狀態的語言教訓讀者：南半球最貧窮的國家必須先提出其「優先需求」（priority needs）、必須消除飢餓、增加商品收益；北半球的製造業必須允許也在南半球製造業中心眞正成長、跨國公司應該限制其行爲、全球金融系統應該改革、財政發展應以排除一般所言之「債務陷阱」（debt trap）爲要務④，正如本報告之用語，關鍵要務爲權力分享；換言之，給予南半球國家在金融與財政制度的權力和決策更平等之分享。⑤

對該報告的診斷很難反對，因其持平的語調、對北半球國家漫無節制的掠奪、貪婪和不道德冷靜的具陳以及其建言，均很有可信度。但這些改革從何產生？戰後，將全球所有國家分成三個「世界」——由一位法國新聞編輯所創——已被棄之不用了。⑥威利・布蘭特和他的同門隱約承認聯合國原則上爲一個值得稱許的組織，但仍未能確實解決逐漸頻繁發生的無計數區域性和全球性衝突。除了一些小團體所從事的工作之外（例如，「世界秩序模範計劃」），全球性思維傾向於再生產舊有的超強、冷戰、區域性、意識型態或族群的對抗，而在核子和後核子時代，這些對抗甚至更具其危險性，正如南斯拉夫的恐怖情勢所見證者。有權勢者似乎變得更有權勢與更富裕，弱小者變得更無力和更貧窮；兩者之間的鴻溝凌駕了先前社會主義和資本主義政權的區分，至少在歐洲，後一區分變得更不具意義了。

一九八二年，諾姆・杭士基下結論道，在一九八〇年代期間

> 「南北」衝突將不會平息，新形式的支配必將被設計用來確保西方工業社會的特權部門維持對全球的人力和物力資源之實質掌控，且從此一掌控中不成比例地獲取利益。因此，不令人訝異地，美國的意識型態重構在遍及全球的工業國家中引發迴響……但西方的意識型態系統，絕對有必要在有著對人性尊嚴、自由和自決之傳統承諾的西方文明世界和那些基於某些理由——恐怕是有缺陷的基因——無能體認到此一深邃之歷史承諾的野蠻殘暴民族之間，建立一道巨大的鴻溝，例如，美國的亞洲戰爭就完美地呈現此點。⑦

我想，雖然美國經濟力量銳減；國內的都市、經濟和文化充滿危機；太平洋海盆地區的國家崛起；一個多極世界所帶來的混淆，這一切都已經使雷根時代的叫囂聲安靜下來了，但杭士基從南北對立轉移到美國和西方的支配，基本上是正確的。因爲，首先，它突顯了對以文化的方式來鞏固並正當化支配意識型態的需求有其延續性，自從十九世紀或甚至更早，西方世界一直如此。其次，它正確地挑出建基於對美國權勢反覆的構思與理論化之主題，聽起來似乎經常是極爲不安穩的，因而是以誇大其辭的方式來表達。總之，我們今天生活在一個美國崛起的時代。

從本世紀中葉以後的幾十年間，一些著名學者所做的研究，清楚顯示了我上面所提到的內容。隆那德・史蒂爾(Ronald Steel)的《華爾特・李普曼和美國的世紀》(*Walter Lippmann and the American Century*)代表了這種美國勢力高漲的心態，這也銘印在李普曼這位本世紀美國最著名、最有權勢和聲望的新聞記者的生涯之中。史蒂爾書中所呈現出的李普曼生涯中最不凡的事情，並非他的報導和對國際大事的預測相當正確或特別敏銳(事實不然)，而是他從一位「局內人的」(insider's，這是他自己的用詞)立場，毫不猶豫地表白了美國支配全球的地位——撇開越南的挫敗。他把自己視爲一位權威，幫助他的同胞「適應國際現狀」(an adjustment to reality)，一種美國在全球無可匹敵的權力之現狀。他強調其道德性、現實性、利他性，並運用「卓越的技巧以便使其見解不致偏離輿論之趨向」，而使其更具可接受性。⑧

與此類似的觀點可見於喬治・肯楠（George Kennan）具影響力的作品，與李普曼不同的是他更具一種官大人的嚴肅姿態，又對美國全球性角色具備菁英式的認知。這位圍堵政策的締造者，在冷戰期間大致引導了美國的官方思維，肯楠相信他的國家是西方文明的捍衛者。對他而言，這是命中注定的，所以美國並不需要努力去使其在歐洲以外的世界受歡迎（他責罵這種想法為「扶輪社式理想主義」〔rotarian idealism〕），而必須依賴「直接行使權力的概念」（straight power concepts）。既然沒有任何先前殖民的民族或國家有足夠資源，在軍事上及經濟上挑戰美國，他主張一切謹慎節制。尤有甚者，在一九四八年一份寫給政策規劃幕僚小組（Policy Planning Staff）的備忘錄中，他同意對非洲再殖民，而在一九七一年，雖然他不同意美國出兵越南和「純粹美國式的非正式帝國體系」，肯楠提及「種族隔離」（apartheid）（無論如何，不是加以濫用）。⑨無疑地，在他心目中，歐洲和美國必須領導世界，不做第二人想，這種論點使他視其祖國尚處於能夠扮演過去大英帝國角色的「青春期」（adolescent）。

除了李普曼和肯楠之外，尚有其他勢力形塑戰後美國外交政策。上述兩人都是獨行俠，疏離於一般民眾社會，他們均痛恨好戰主義與美式的粗魯攻擊行為。他們明白孤立主義、軍事干預主義、反殖民主義、自由貿易帝國主義均和美國人政治生活的特質有關，這便是理查・霍夫史塔特（Richard Hofstadter）所述的「反智」（anti-intellectual）和「妄想症」（paranoid）：這些特質造成戰前美國外交政策的不一致、冒進、退縮的亂象。然而，美國主導與美國「例外論」（exceptionalism）的理念在這些主張中從不欠缺。無論美國做什麼，這些權威人士經常不欲美國效法其他帝國列強的做法，取而代之，偏好「世界責任」這種觀念，以做爲合理化其作爲之藉口，早先的藉口——「門羅綱領」(Monroe Doctrine)、「宣示使命」(Manifest Destiny)等等——導引出「世界責任」，這正呼應於美國在戰後全球利益之擴張，與由外交決策和知識界菁英所規劃的強權概念。

對這種主張所帶來的傷害，在一份頗具說服力的報告中清楚呈現。理查・巴涅特(Richard Barnet)強調從一九四五至一九六七年間，美國對第三世界的軍事干預年年發生(他並未進一步計算次數)。從那時起，美國積極於國際事務令人印象深刻，最著者爲一九九一年的波斯灣戰爭，六十五萬大軍派遣到六千英里以外，協助美國中東盟邦反擊伊拉克的侵略。巴涅特在《戰爭之根源》(*The Roots of War*)說這種軍事干預具備了「強大帝國信條的所有要素……使命感、歷史必然性、福音式狂熱」。他繼續解釋：

帝國信條有賴一種立法理論。從唱高調的全球主義者(strident globalists)——如林頓・班尼斯・詹森(Lyndon Baines Johnson)，和沈默的全球主義者(muted globalists)——如尼克森——的觀點而言，美國外交政策的目標是讓世界逐漸導向法治的正軌。但引用國務卿魯斯克的話，美國必須「組織和平」。美國建立全球經濟發展及軍力配置的基本規則，以維護「國際利益」。因此，美國人釐訂規則，規範蘇聯在古巴的行為、巴西人在巴西的行為、越南人在越南的行為。冷戰的政策由一系列指令展現出來，以規範美國疆域之外的事務，諸如是否英國可以和古巴貿易，或英屬圭亞那政府可以由一位有馬克思主義傾向的牙醫師來領導之。這和西塞羅對古羅馬帝國的定義頗為相似。在其疆域內，羅馬政府享有法權以強制其法律之施行。今日，美國的自我委任狀亦通行世界無阻，包括蘇聯和中國，美國政府認定其軍用飛機有權飛入所有領空。上天獨佑美國，擁有無比的財富和不凡的歷史，故單獨超越於國際體系之上，而非置身其中。凌駕所有民族之上，她隨時準備成為無上律則的護衛者。⑩

雖然巴涅特的書出版於一九七二年，但用上段文字來描述入侵巴拿馬及波斯灣戰爭期間的美國實更爲精確。美國持續嘗試將其國際法與和平的觀點實行於全世界。令人驚訝的不是美國企圖這麼做的事情本身，而是其以如此具有共識與無異議的方式，在公共領域被倡導，用這種被建構出的文化空間來呈現與解釋此種觀點。在內政危機的階段（換言之，波斯灣戰後一年內）這種道德昂揚的論調被擱在一邊了。然而，之後，媒體扮演「製造共識」的特殊角色，正如同杭士基所言，促使一般美國人感覺：該由我們來矯正世界的錯誤之處，排除矛盾與不一致的罪惡。波斯灣出兵之前即已有一連串的軍事干預（巴拿馬、格瑞納達、利比亞），所有干預均被廣泛討論，大部分被同意或至少未被抵制，彷彿這是「我們」的權利。正如凱南所言：「美國人總愛以爲：凡我們所想要的，也正是全人類都想要的。」⑪

許多年來，美國政府對中南美洲事務積極採取一種直接公開干預的政策：古巴、尼加拉瓜、巴拿馬、智利、瓜地馬拉、薩爾瓦多、格瑞納達，這些國家的主權被用不同方式侵害，從斷然出兵、政變、公然顛覆、暗殺到軍售反政府軍。在東亞，美國動員兩次大規模戰爭，支援大規模軍事行動，假手友邦政府（印尼之於東帝汶）殺害了成千上萬的生命，推翻異己之政府（一九五三年之伊朗），支持許多國家從事非法活動，蔑視聯合國決議，抵制原有之政策（土耳其、以色列），大部分時候，官方說法總是：美國正在保護其國家利益、維持秩序、帶來正義，以對付不正義與惡行。尚且，就出兵伊拉克的事件上，美國運用聯合國安理會以遂行戰爭訴求，同時在許多案例上（主要是和以色列有關的），由美國所支持的聯合國決議並未被執行或根本被忽略，而美國尚欠聯合國幾億元會費。

異議文學作品在美國一直生存於權威公共領域之中；這種文學作品可說是全國性官方版本與說法的反對者。有所謂修正主義史家，諸如：威廉・艾波曼・威廉斯、加百利・寇可(Gabriel Kolko)、霍華・金，及幾位重量級的公共評論家，如：諾姆・杭士基、理查・巴涅特、理查・霍克(Richard Falk)，和其他許多人。所有這些人不只卓越地表達個人心聲，而且共同組成了美國國內一群非常不同於主流的、反帝國的流派。與他們同一陣線的左翼——自由派期刊尚有《民族》(*The Nation*)、《進步》(*The Progressive*)，以及史東(I. F. Stone)還在人世時的《史東的週刊》(*Weekly*)。到底有多少人支持上述這種反對立場，實在很難說；總是有一群反對者——想想美國的這些反帝國主義者，如：馬克・吐溫、威廉・詹姆士（William James）和蘭道夫・彭恩（Randolph Bourne）——但令人沮喪的是他們的**反制**力量是起不了作用的。那些反對美國攻擊伊拉克的論調根本無法阻止、延遲或減緩其災難性的力量。普遍流行的論調是由主流共識頗不尋常地凝聚起來的，這裡面包括政府的官方說法、決策者、軍隊、智庫、媒體和學術中心匯聚成對美國用武力去維護最終的國際正義之必然性的共識。而且長期以來，許多理論家與辯護專家，打從安德魯・傑克遜（Andrew Jackson）、希奧多・羅斯福（Theodore Roosevelt），直到亨利・季辛吉（Henry Kissinger）和羅勃・塔克（Robert W. Tucker）爲主，都已準備一套說詞來辯解美國的立場了。

證諸美國歷史的不同階段，卻有類似的論調，不同時期頗可以相互輝映。有心人士卻常加以巧言虛飾或將整個歷史遺忘掉了。十九世紀的「宣示使命」綱領（費斯克〔John Fiske〕，一本一八九〇年出版書籍的標題），強調美國疆域之擴張，許多爲此辯解的文獻紛紛出籠（歷史性使命、道德重生、自由的擴張：溫伯格〔Albert K. Weinberg〕一九五八年卷帙浩繁的鉅著：《宣示使命》〔*Manifest Destiny*〕[12]再度研究那些主題。）；與此相呼應的是自二次大戰之後，美國反覆以一套公式來辯解其出兵攻擊某個國家有其必要性。這種論調很少公開宣示出來，特別是在開戰之後，千萬顆炸彈開始掉在遙遠異邦之不知名的敵境上時，這些辯詞就會消失了，「我們」做什麼以達到我們的利益，以有計畫的方式加以消音。明顯地，沒有帝國之使命及籌畫曾經完全達到永遠維繫其海外殖民地的掌控；歷史教導我們，支配醞釀反抗帝國的競賽內含暴力，爲了一時的利益和愉悅，卻帶來雙方之困苦。這些眞理在今日充溢著昔日帝國主義的傷痛記憶之際，足以令人信服。今日世界上有太多高度政治化的人民，不會心甘情願接受美國領導世界的終極使命。已有太多美國文化史家的作品讓我們明白使美國朝向支配世界的驅動力根源，和這種驅力如何被再現，如何被眾人所接受。理查・史洛金在《透過暴力重生》（*Regeneration Through Violence*）一書辯稱：美國歷史形塑的經驗是始於與原住民美洲印第安人的開拓疆域之戰爭；這反而造成了美國人的形象，不是做爲來自平原的殺人者（plain killers，如同勞倫斯所言），而是「一個新民族，獨立於天生墮入黑暗罪惡深淵的民族，追求一個全新的，與自然最原始關係的狩獵者、開拓者、先驅者與尋覓者」。⑬如此形象在十九世紀的文學作品中一再出現，最著名的是梅爾維爾的《白鯨記》（*Moby Dick*）。詹姆士和凱南以非美國式的觀點討論這部作品，視阿哈伯船長是美國世界征服的寓言式代表；他是執著的、迫人的、無可抵擋的，完全陷溺於個人之修辭性的合理化與宇宙浩瀚之象徵（cosmic symbolism）的感受。⑭

沒人會把梅爾維爾的偉大作品只視爲眞實世界的事件之文學裝飾品而已；此外，梅爾維爾自己對阿哈伯船長的美國人性格充滿批判。然而，在十九世紀期間，美國確實在開疆拓土，常以原住民爲犧牲，終於取得了對北美洲大陸及其鄰近疆域及海域之霸權。十九世紀的航海經驗包括從北海岸，到菲律賓、中國、夏威夷，當然也遍及加勒比海和中美洲。普遍的傾向是擴張及控制權之延伸，無暇反省異民族之尊嚴及獨立，反而自視美國的降臨對他們是無上的祝福。

美國權力意志的一個特別但也是很典型的事例是海地和美國之關係，如同戴須(J. Michael Dash)在《海地與美國：民族刻版印象和文學想像》(*Haiti and the United States: National Stereotypes and the Literary Imagination*)指出：幾乎從一八〇三年，海地贏得了做爲黑人共和國的獨立之後，美國人就將海地視爲一個空的容器，他們可以任意將其想法流注其內。戴須說，廢除奴隸論者認爲海地及其人民並無其尊嚴，只是可以安置解放之黑奴的場所，以後海地島及其人民代表沈淪、劣等民族。美國在一九一五年佔領該島（一九一六，尼加拉瓜）建立一本土獨裁政權，使原已令人絕望的情況加速惡化。⑮在一九九一和一九九二年，上千海地難民企圖進入佛羅里達，大部分被強制遣返。

當危機及軍事干預結束之後，很少美國人會關心像伊拉克或海地這樣的國家。奇怪的是，撇開美國遼闊的幅員及社會組成之複雜，其對世界之支配充滿偏狹的心態。外交決策菁英沒有像英國或法國一樣，有長期直接治理海外地區的傳統，故其工作推行常採即興式的，一大堆的外交詞令，龐大資源之慷慨投入（如越南、利比亞、伊拉克、巴拿馬），接著又是一段沈寂，凱南說：「雖比大英帝國處理更多樣的事務，美國新霸權卻較不能夠尋求一貫的行動綱領，而是魯莽的自我否定，因而，常由公司總裁及情報幹員來策劃執行。」⑯

縱然美國的擴張主義基本上是經濟性的，它仍然非常依賴關於美國自我形象的文化和意識型態，並反覆地公開宣示。凱南正確地提醒我們：「一種經濟體系也像民族或宗教一樣，不能只賴麵包維持，必須依賴信仰、異象、白日夢等，雖然這一切充滿錯謬，但支持其體系運作是重要的。」⑰一代又一代地，爲了對美國之全球擴張的責任予以合理化，製造許多千篇一律的設計、術語和理論。美國學界最近的研究描畫出一幅黯淡的景象，指出他們所形成的態度和政策幾乎大都立基於躁進的誤解和無知，由強烈的支配宰制之慾望所推動，且帶有美國例外論的標記。美國和其遠東太平洋地區的對手——中國、日本、韓國、中南半島——的關係透露著種族偏見訊息，突如其來的關注焦點，緊接著巨大的壓力，從幾千里外的地方傳來，這些地區和大部分美國人在地理上和心態上相距甚遠，想想看入江昭、三善正男、約翰・道爾(John Dower)和瑪莉蓮・楊格(Marilyn Young)等人學術著作的啓發，我們可發現那些亞洲國家對美國也充滿誤解，但除了日本之外，這些國家並未影響及於美國本土。

我們可以看到這種不對稱完全展現在美國之發展與現代化的論述（和政策）中。實際上在格拉姆・格林的小說《沈默的美國人》即處理了這問題，而雷德勒(Lederer)和柏狄克(Burdick)的《醜陋的美國人》(*The Ugly American*)則以較不具有統攝力的寫作技巧處理之。一個著實令人驚異的概念軍械庫——經濟發展階段、社會類型、傳統社會、系統轉型、綏靖、社會動員等理論——被部署在全世界，大學和智庫領取大量政府補助以探索那些理念，許多已引起美國政府內部或有關的戰略規劃專家和政策專家的注意。直到越戰的動亂之後，較具批判性的學者才注意及此，幾乎也是首次地，批判的聲浪不只指向美國在中南半島的政策，也指向美國對亞洲的帝國主義心態。發展與現代化的論述從反戰之批判中獲益，一個對此論述深具說服力的說明是伊林・甘濟爾(Irene Gendzier)的《管理政治變遷》(*Managing Political Change*)⑱。她顯示毫無節制的展開全球性的擴張，產生去政治化的效應，使得美國以外的社會之尊嚴被貶損，甚至被抹殺了。誠然這些社會亟須現代化，如同瓦特・惠特曼・羅斯托(Walt Whitman Rostow)所謂的「經濟起飛」(economic take-off)。

雖然上面所舉之特性還不夠完整，我認爲已正確描述了一個相當具有社會權威的政策，此政策創造了普列特(D. C. M. Platt)在討論英國脈絡時所說的「部門觀點」。甘濟爾分析了幾位頂尖的學院大師——杭廷頓、派(Pye)、佛巴(Verba)、勒那(Lerner)、拉斯威爾(Lasswell)——指出他們決定了政府與學院中深具影響力部門的思考議題和角度。顚覆、激進民族主義、獨立運動之負面評論：所有那些古典帝國主義結束後之去殖民化現象，被放在冷戰的指導原則之下來看，這些現象必須被翻轉過來，或加以包容吸納進來；以韓國、中國、越南的個案，重新恢復昂貴之軍事行動有其必要。在可笑的後巴蒂斯塔(Post-Batista)古巴政權之案例上，所謂對美國權威的挑戰，眞正關鍵的幾乎不是安全議題，而是一種霸權心態，美國不容許在其勢力範圍內（北半球）有任何對其「自由」(freedom)之侵犯或意識型態的挑戰。

權力與合法性這對孿生兄弟，前者使人獲得對世界的直接支配，後者則在文化領域運作，兩者是古典帝國霸權之一大特色。在美國人的世紀裡，不同點在於其文化權威的成就上有重大躍升，這得歸功於資訊傳播與操控之工具有前所未見之快速成長。大家都明白，媒體對國內文化的形塑無比重要，一世紀之前，歐洲文化伴隨白人的來到，事實上，其個人必須直接以君臨天下的態勢出現（因而也是可加以反抗的），現在我們則有國際媒體之展現，經常性的潛入意識認知之底層，涉及心靈的不同面向。於是，「文化帝國主義」一詞乃由賈克斯・藍(Jacgues Lang)所倡導而流行起來。若只就電視連續劇，諸如《朝代》(*Dynasty*)和《達拉斯》(*Dallas*)等，在法國或日本放映，則尚無多大意義，但若以全球性觀點來看，則「文化帝國主義」頗爲中肯。

最能說明此種論點的是由「國際傳播問題研究評議會」(International Commission for the Study of Communication Problems)，在「聯合國文教組織」(UNESCO)指揮下，由西恩・麥克布萊德(Sean McBride)擔任主席所召開的研討會出版之報告：《許多聲音，一個世界》(*Many Voices, One World*, 1980)，提出所謂「世界資訊新秩序」(New World Information Order)。⑲ 這份報告堆砌了許多不相干的文字，充滿憤怒的分析及謾罵，大部分由美國新聞業者及無時無刻不在譴責「共產主義者」和「第三世界」妨礙新聞自由和思想自由的賢士們所寫，他們也認爲這些國家妨礙了形成電子傳媒、新聞和電腦工業發展之市場力量，但甚至只要我們不經意的瞄一下麥克布萊德的報告，就會發現大部分評議會成員也懷疑在當前世界資訊秩序的無政府狀態，假使我們不提倡如文檢制度這種最簡單的解決方式，有何妙法可維持平衡及公正。例如，甚至不是全具同情態度的作家安東尼・史密斯(Anthony Smith)在其《資訊的地緣政治》(*The Geopolitics of Information*)一書中也承認這個課題的嚴重性：

> 在二十世紀末，來自新的電子科技之對獨立自主之威脅可能比殖民主義本身更大。我們開始了解到去殖民化和超民族主義的成長並未終止帝國之關係，而只是延伸了自文藝復興以降不斷在擴張的地緣政治網絡，新媒體比先前任何西方科技更有能力去深深地滲透一個「接納」的文化。這可能導致巨大的災難，今日開發中國家之社會矛盾將會加劇。⑳

無人可否定此種電子媒體權力的最大擁有者是美國，這或者是因為一些美國跨國公司控制新聞之生產、分配與篩選，世界上大部分國家均頗依賴之（甚至，海珊總統似乎有賴CNN提供有關他自己的新聞），或者因為以美國為中心輻射出來的不同形式的文化控制以無可匹敵的方式擴張，創造一種合作與依賴的新機制，並以此強迫與降服不只美國國內社會，也使弱勢文化被迫屈服。批判理論學者的某些作品——特別是赫伯特・馬庫色的單面向社會的概念，阿多諾和艾增斯柏格(Enzensberger)的意識工業(consciousness industry)——已經釐清了在西方社會，以壓制與容忍交互使用做為安撫人心工具的內涵（這些議題在一個世代之前，喬治・歐威爾、赫胥黎和詹姆斯・班漢也曾討論過）；西方，特別是美國媒體帝國主義對其他世界的影響，強化了「麥克布萊德評議會」的發現，赫伯特・謝林（Herbert Schiller）和安曼德・梅特拉特（Armand Mattelart）對生產與流通形象、新聞與再現之工具所有權的非常重要之走向，也指出相同之事實。㉑

在媒介到海外傳播訊息時，很有效率地將陌生且令人倍感威脅的外國文化再現給國內觀衆，再也沒有比一九九○至一九九一波斯灣戰爭危機期間，成功地創造了一種敵視文化「他者」之仇恨和暴力的味口之更好事例了。十九世紀之英國與法國習於派遣遠征軍去炸土著——「明顯地，」康拉德的馬羅去到非洲時說：「法國人在附近有一場戰事……在這天、地、流水的浩瀚蒼茫之中，（他，一位法國戰士）在那裡，不可思議地，對著遙遠的大陸開火。砰，六吋大砲中的一門射了出去。」——現在，美國也這麼做。想想目前波斯灣戰爭如何可被大家接受：一九九○年十二月中，在《華爾街日報》和《紐約時報》版面上有一個小規模的論戰：前者之卡林・伊利奧特・豪斯（Karen Elliott House）與後者之安東尼・路易士（Anthony Lewis）打對台。豪斯的論點是美國不應該等到國際制裁才行動，應立即攻擊伊拉克，使海珊輸得服服貼貼。路易士的反駁顯示其慣有之理性與自由派的信念，使其在美國卓越的專欄作家中與衆不同。他支持布希對伊拉克入侵科威特做出立即回應，但卻覺得爆發戰爭的可能性甚高，故應該避免。他對超級鷹派保羅・奈茲（Paul Nitze）的論點印象深刻，後者認爲如果美國在波斯灣從事地面攻擊，一大堆的麻煩事將會發生，美國要靜候其變，逐次提高經濟和外交施壓，然後，晚一點再宣戰即可。兩個星期後，這兩位對手在「麥克尼爾／雷勒新聞時間」（Mac Neil/Lehrer New Hour），一個晚間全國性節目，讓兩方進行一個冗長之討論與分析——戲劇性地表現其立場。收看這場辯論，等於是在一個夜深人靜的一個敏感時刻，看兩派對立的哲學觀點進行一場激辯。美國似已蓄勢待發，以備戰爭：這裡我們看到正反雙方雄辯滔滔地呈現在一個被認可的公共領域，一個全國性的晚間新聞節目中。

像豪斯和路易士這樣的現實主義論者，也認爲「我們」——這個人稱代名詞比任何其他字眼更能強化某種幻覺，以爲所有美國共同擁有公共領域，一起參與美國勇往直前對外出兵的決策——應該**到**波斯灣**去**，規範幾千英里遠之外的政府、軍隊、人民的作爲，民族存續不會是個議題，也從不產生。但對原則、道德、權利卻說了一大套，兩個人說得好像他可以任意運用兵力，遣送任務，並適時撤退一般。因此，聯合國最好按美國政策行事。因爲這兩位對手都還算是有份量的人，他們既非鷹派（如季辛吉，從不怠於使用「戰術性轟炸」），也不是國家安全專家（像布里辛斯基，他以地緣政治之理由強烈反戰），使此一爭辯更加令人沮喪。

對豪斯和路易士而言，「我們」採取的行動乃秉持美國一貫的作法，事實上，美國對外出兵干預已有兩個世紀的歷史，經常造成毀滅性的結果，但也一貫地被人遺忘。在這場爭辯中，阿拉伯人與戰爭的關係很少提及，例如：是戰爭的犧牲者或是（可能同樣具有說服力）其挑動者。人們得到某種印象，彷佛這個危機只是美國內政問題，完全可以**私下**解決。即將降臨的大難，赤裸裸的令人恐怖之摧毀，還很遙遠，再一次地，除了（非常少數的）運回之屍袋及悲慟的家庭外，美國人大部分置身度外。這種抽離的特質傳達給整個情境之冷酷與無情的感覺。

美國人和阿拉伯人生活在兩個世界，我覺得這一切格外令人深感困擾，因爲兩個世界的對立是如此全面的，具有擴及全球的影響，沒有任何方法可以**避開**這種情境。阿拉伯世界或其部分成員從來不曾像現在這樣，被用許多詞語加以謾罵，也從未有過如此怪異地抽象又毫無內容的描述，很少對他們有任何關心或在意，這種情形即使美國並未和**全部的**阿拉伯人作戰也是如此。阿拉伯世界引人著迷與興味，但卻又抑制情感與熱忱及更進一步的知識。例如：沒有其他文化族群（現在仍是），人們知道得這麼少的：如果去問一個趕得上時代的美國人，**舉出**小說或詩歌的一位阿拉伯作家的名字，大概唯一能想得出來的一位便是卡赫里爾•紀伯倫。爲什麼在某一個層面互動如此頻繁的兩方，會在其他層面有如此少的眞實了解呢？

從阿拉伯這一方來看，這情況也是一樣偏頗。幾乎沒有任何阿拉伯文學作品描述美國人；最有趣的例外是阿布都拉赫曼•穆尼夫（Abdelrahman el Munif）巨冊的系列小說《鹽城》（*Cities of Salt*），[22]但他的著作在許多國家被禁，而他的祖國沙烏地阿拉伯也褫奪了他的公民權。就我所知，在阿拉伯世界，沒有任何主要機構和學院系所，其設立目的是從事美國研究的，雖然美國是今日影響阿拉伯世界最大、最深遠的外國列強。某些阿拉伯領袖雖然窮其一生之力譴責美國人之自私自利，但仍花費不少的精力將他們的子女送到美國大學受教育，並取得綠卡。令人難以理解的是，甚至受過高等教育及閱歷豐富的阿拉伯朋友，明知道美國外交政策不是由中情局執行的，也不是由陰謀論所主導或由一個情治網絡來監控，但幾乎我所認識的每個人都相信美國在幕後策畫所有在中東地區發生過的每個重大事件，甚至某人令人吃驚地提議中竟還包括巴勒斯坦**抗暴起義**在內。

這種長期熟悉對方（詹姆士・菲爾德〔James Field〕的《美國與地中海世界》〔*America and Mediterranean World*〕一書敘之甚詳㉓）、彼此敵視與無知所混合而成的持久而複雜的情感，應歸咎於晚近雙方繼續不斷的文化遭遇所致。在沙漠風暴軍事行動時，人們無時不感受到一種不可避免性，正如同布希總統宣示**必須**「進軍該地」和（如他本人所用之戲謔用語）「打屁股」以便對付海珊頑強粗魯的表現，其主張後殖民時代的阿拉伯必須對抗美國、以牙還牙、勇敢而不眨眼地站在美國面前。換言之，公共論調表現出完全不顧細節、現實情境與前因後果，而採取毫不遲疑及有欠考慮的態度。至少近十年來，美國突擊隊的電影總是用笨拙的藍波或以高科技呼嘯而過的「三角洲兵團」（Delta Force）對抗阿拉伯／穆斯林恐怖主義者——亡命之徒。在一九九一年，彷彿鎮壓伊拉克的一種幾乎是形上學式的意向已經飛躍而出，不是因為伊拉克的侵犯是排山倒海式的突如其來（雖也威力不小），但因為一個非白人的小國竟敢搗亂，使一個突然振作起來的充滿熱誠的超強感到痛心，只有這些「族長」、獨裁者、駱駝騎士們表現順從與馴服才可令超強滿意。只有像沙達特這樣的阿拉伯人才真正可接受，他們幾乎滌淨了他們那種令人困擾的民族自性，並變成一位友善的脫口秀來賓。

從歷史觀點而言，美國的媒體和恐怕所有西方世界皆然，一直是其主流文化脈絡的官能性外延。阿拉伯人只不過是最晚近的一個招惹嚴厲的白人震怒的受貶抑「他者」，白人具有一種清教徒之超我，勇於深入蠻荒，從不劃地自限，爲達目標，努力不懈。當然，「帝國主義」一詞在美國人有關波斯灣地區的討論中，很明顯地被遺漏了。照歷史學家理查・凡・阿爾斯坦(Richard W. Van Alstyne)的《崛起的美國帝國》一書所述：「在美國，把其國家說成是帝國幾乎是一種異端的行徑。」㉔然而，他說早期共和之父們包括喬治・華盛頓，都將其國家塑造爲一個帝國，其接下來之外交政策也揚棄革命路線，而促進帝國之成長。在一段論證之後，他引述類似蘭霍・尼布爾(Reinhold Niebuhr)之尖酸刻薄的話說，美國是「上帝的美洲以色列」，她的「任務」是做爲「文明世界之上帝的代理人」。因此，在波斯灣戰爭期間，要想不聽到這相同之冠冕堂皇式自抬身價論調的迴響是很難的。正當伊拉克的侵犯在美國大衆的眼前逐漸壯大之時，海珊就變成了希特勒，巴格達的屠夫、狂人（如參議員阿蘭・辛普森〔Alan Simpson〕所言），而必須加以降服。

任何人讀了《白鯨記》之後，會發現很難不將這本偉大的小說和現實世界互相印證，美國帝國就像阿哈伯船長一樣，準備再次地料理一個要被定罪的惡魔。首先，是無須檢視的道德使命，然後，運用媒體做爲其軍事、地緣、戰略的延伸。媒體最令人沮喪之事，除了他們像綿羊一般地順從政府的政策模式，一開始就爲戰爭而動員起來外，便是裝出一副好像對阿拉伯人很懂的樣子，賣弄一些「專業」的中東知識。條條大路通市集；阿拉伯人只懂得武力；粗魯與暴力是阿拉伯文明之一部分；伊斯蘭是一個不寬容、與外界隔離的、「中世紀的」、狂熱的、殘忍的、反女人的宗教。任何討論的脈絡、架構及背景事實上已被那些想法所限定、所凍結了。可想而知，雖然有點難以理解，人們最後看到由海珊所代表的「阿拉伯人」終於得到其應有之懲罰的情形，確是一大樂事。許多舊帳終將和西方的宿敵：巴勒斯坦人，阿拉伯民族主義，伊斯蘭文明清算了結。

有太多事情被忽略了，石油公司的利潤很少被報導，或者油價上漲如何和供給量之減少無什關聯；石油持續增產。伊拉克對付科威特，或甚至科威特本身的特性，某些方面頗自由，另外一些方面則毫無自由——幾乎聽不到任何消息。對波斯灣國家、美國、歐洲和伊拉克之間在兩伊戰爭期間的共謀和僞善很少人提及與分析。對此類議題的意見只在戰爭過後才流傳開來，例如：在希奧多•德瑞普(Theodore Draper)的一篇載於《紐約書評》(*The New York Review of Books*, 1992. 1. 16)的論文中提到若能事先體認到伊拉克在科威特宣戰之內涵，或可防止戰爭之發生。小部分學者會做過分析，撇開海珊政權的不得民心，仍有許多阿拉伯民眾支持他，但這些見解並未被採納，或與美國官方政策的轉折被花時間一併考量。美國政策實際上是先前支持海珊，而後加以妖魔化，然後又再次學習如何與他和平共存。

波斯灣衝突中令人好奇卻也充滿某種徵兆的是，「串聯」(linkage)一字一而再，再而三地反覆被昭告，但卻從未被分析過。「串聯」是醜陋的措詞不當，這個詞被發明出來做爲美國無庸置疑的權利之象徵，可以隨時加以漠視，或相反的，全盤地將全球的每個地區納入其利益考量。在波斯灣危機期間，「串聯」並不意味有某種由志同道合、共同情感或共同之地理、歷史等而結合起來之關係，相反地，**根本沒有**這種關係。這些全被丟在一邊，一切只爲了滿足某種目的，爲了美國專橫的決策者、戰略專家、區域專家的利益，如同史威夫特所言，每個人只使用他自己的切肉刀。中東內部所形成的各種紐帶——那根本無關緊要。阿拉伯人可以視佔領科威特的海珊及比方說佔領賽浦路斯的土耳其有某種關係——其實這也毫無根據。美國政策本身包含某種「串聯」是一禁忌話題，只有那些扮演操縱大衆共識以備戰的專業權威人士才可談那些話題，其實這種所謂共識從未眞正出現過。

整個前提是殖民。一個區區第三世界的獨裁政權，由西方所扶植與支持壯大，毫無權利與白種且優越的美國挑戰。在一九二○年代，英國曾因伊拉克人膽敢反抗殖民統治而砲擊伊拉克軍隊，七○年後美國如出一轍，以一種更充滿道德情感的論調來虛飾，但這根本無法掩示美國視中東石油富源爲美國禁臠的基調。這種做法充滿時空錯置，且極具殺傷力，這不只使戰爭持續可能而且充滿誘惑力，甚至阻止人們去追求更爲重要的一套歷史、外交、政治的正確知識。

在《外交事務》(*Foreign Affairs*)季刊之一九九一年冬季號的一篇文章，〈阿拉伯不滿的夏天〉(The Summer of Arab Discontent)以下列一段話做爲開頭，完美地具現了知識與權力之結合，促成了「沙漠風暴」軍事行動的令人遺憾之情況：

當阿拉伯／穆斯林世界揮別了何梅尼聖戰之憤怒與激情之後，另一個霸主已在巴格達崛起。這位新霸主成分不同於來自庫姆(Qum)戴頭巾的救世主：海珊既非伊斯蘭政府論的作家，也非宗教學院高等教育之產物。他不是為信仰者的心靈而展開精心籌劃的意識型態鬥爭，他來自一個貧瘠的土地，一個界於波斯灣與阿拉伯半島之間邊緣國家，對文化、書籍及偉大理念，少有作為。這位新霸主是獨裁者，無情而詭計多端的獄吏，馴服他的疆域，使其變成一個超大的監獄。㉕

甚至連小學生都知道伊拉克是阿巴斯文明的發祥地，乃九至十二世紀間阿拉伯文化最鼎盛時期之所在，這裡誕生了許多偉大的文學作品，至今仍被傳誦，如同莎士比亞、但丁、狄更斯等大師之作品一般，巴格達，乃王朝之首都，為伊斯蘭藝術之偉大里程碑之一。㉖此外，巴格達與開羅、大馬士革，為十九、二十世紀阿拉伯藝術和文學復興之所在。巴格達孕育了至少五位二十世紀最偉大的阿拉伯詩人，和大部分屬領導地位的藝術家、建築師和雕刻家。甚至雖然海珊是一位特克里爾族人，但說伊拉克和她的公民完全和書籍與理念無關，就根本遺忘了蘇美、巴比倫、尼尼微、漢摩拉比、亞述，和所有古代美索不達米亞（與世界）文明的偉大里程碑，而伊拉克則是其發祥地。以如何毫無品味的話，說什麼伊拉克是「貧瘠」之地，強調其乾燥與不毛的情況，顯示了連小學生都會感到訝異的無知。底格里斯河與幼發拉底河之間的青翠河谷發生什麼事了？從古代以來，中東地區的所有國家，伊拉克一直是最肥沃的，現在怎麼搞的呢？

作者頌讚當代之沙烏地阿拉伯，其實比起伊拉克，沙國更爲貧瘠，對書籍、理念及文化事業等，更不關心。我並無意藐視沙烏地阿拉伯，畢竟她是一個有重大貢獻的國家。但上述的文章可說是知識份子想要公開取悅權勢的一個徵兆，說上位者想聽的話，告訴他們可以動手殺戮、轟炸、破壞，反正遭受攻擊的只不過是無足輕重的貧瘠之地，和書籍、理念與文化均無關，甚至委婉地說，和活生生的人們亦無關。像這種對伊拉克的描述，則寬恕、人道與合乎人性關懷的討論如何有機會出現呢？唉！當然鮮有可能。在沙漠風暴一年後，人們舉行一場泡水且毫無歡樂之情的紀念活動，這時候，甚至右派的專欄作家及知識份子也哀傷於布希的「帝國總統任期」及這場毫無結果的戰爭，只是延長了國家所面臨的許多危機。

世界不可能長期處在這種魯莽的愛國主義，相對的獨斷論，社會權威、漫無節制的攻擊及對他人之防衛心態。今日，美國在國際上顯得趾高氣揚，以一種近乎發燒的方式想要證明自己是世界第一，恐怕藉此彌補經濟衰退、遍及各地的有關都市、貧窮、衛生、教育、生產，及歐洲—日本之挑戰等病態問題。雖然我是美國人，但生長在一個充滿阿拉伯民族主義至上的文化框架之社會中，而這又是一個心碎的及尚未實現的民族主義，被陰謀、內外在的敵人和各種障礙所包圍，人們可以不計任何代價以克服之。

我的阿拉伯環境充滿殖民色彩，但我成長時期，可以從黎巴嫩和敘利亞採陸路旅行經過巴勒斯坦到埃及，和更西邊地點。今天這已不可能。每個國家在邊界設下難以逾越的障礙（對巴勒斯坦人而言，越界是一特別恐怖的經驗，經常是那些口頭上支持巴勒斯坦的國家，實際上對待巴勒斯坦人最壞）。阿拉伯民族主義尚未死去，但也已經使自己分解成更小更小的單位了。在阿拉伯世界中，串聯合作不太重視。過去不算美好，但人們可說是更健康地聯合起來；人們彼此間互相交往，而非彼此透過重重設防的邊界互相大眼瞪小眼。過去在許多學校，你可以碰到來自不同地方的阿拉伯人，有基督徒、有穆斯林，還有亞美尼亞人、猶太人、希臘人、義大利人、印度人、伊朗人，所有人水乳交融，雖然各自被不同的殖民政權所統治，但互動密切，如像這一切均很自然。今日，國家民族主義破碎成許許多多的家族及派系。黎巴嫩和以色列就是最好的例子：嚴格的地域情結表現成不同形式，現在隨處可見，就算實際上沒有表現出來，但已成爲一種團體情感，並由政府派其官僚體系及祕密警察從旁加以協助，統治者由宗族、家族、朋黨、年老的寡頭之圈內份子所組成，幾乎神話般的防止新血輪及改變，如同馬奎茲的秋天之族長所示的一般。

以民族主義之名（**而非**解放），努力求得一致性並區隔人群造成了巨大的犧牲及失敗。大部分的阿拉伯世界、市民社會（大學、媒體，以及更廣義文化）已被政治社群所吞沒了，其主要形式是國家體制。戰後初期之阿拉伯民族主義政府最大成就之一爲提升大衆識字率：在埃及，其成果極爲豐碩，幾乎超乎想像。然而，識字率提高與煽動群衆之意識型態的結合，確實產生了法農心中恐懼。我的印象是更多努力投注在維繫團結，支持自己是敘利亞人、伊拉克人、埃及人，或沙烏地阿拉伯人的理念已足夠矣，而不是致力於批判性地、大膽地思考其民族救亡圖存之綱領。認同、不斷的認同，遠遠重於認識其他友邦。

在這種不均衡的局勢中，軍國主義在阿拉伯世界的道德經濟(moral economy)中取得了遠爲優先之考量。其中理由多半和感到被不公平的對待有關，在這點上巴勒斯坦的教條、血之盟誓，以及無止盡境的軍國主義具體個案，結果是始於災難性的敗戰，而以肉體的懲罰與威嚇的姿態收場嗎？我不知道有任何一個阿拉伯人會私下反對或不同意國家獨佔地運用武力強制手段幾乎已完全使民主在阿拉伯世界被排除了，在統治者與被統治者間創造巨大的仇恨，太過強調順從、機會主義、逢迎諂媚、團結一致，而不是推展新理念、批判精神或異議。

這種想法若走過頭，容易產生一偏激做法，也就是如果你沒有達到目標或有些事情讓你不高興，很簡單，除掉它，從某方面而言，這正是伊拉克攻擊科威特背後的想法。是什麼樣的胡搞及時代錯置的俾斯麥式「整合」想法，而造成了爲「阿拉伯統一」的目標，必須消滅一個國家，摧毀其社會呢？最令人氣餒的是，有許多人，自己是這種粗暴的邏輯之犧牲者，卻跳出來支持這個攻擊行動，而一點也不同情科威特，就算人們認爲科威特人不受歡迎（難道一個人只有受歡迎，才可以不被別人所消滅嗎？），就算伊拉克宣稱全力支持巴勒斯坦，挺身而出抵抗以色列及美國，但如果就此說一個國家應該就這樣被消滅掉，這豈不是一種謀殺式的命題嗎？完全不是一個偉大文明社會應有的作爲。這就是今日阿拉伯世界的政治文化中令人感到害怕的狀況，如此偏激的論調很流行。

石油，無論它是否可以帶來多少發展與繁榮——它確是如此——如果和暴力、意識型態的矯飾、政治防衛心態，及對美國的文化依賴相結合，其所製造的衝突及社會問題就會多過其所能療癒者。對任何期待阿拉伯世界能夠擁有某種程度的內部團結一致的人，大概都會對目前瀰漫在這個區域內的無能及貪污腐化的風氣感到極大困惑及充滿絕望，特別是這個地區又有無限的財富，歷史與文化特別豐富，且人才濟濟。民主，就這個理念的實質意含而論，至今仍然未在「民族主義」的中東生根：要不就是特權寡頭階級或特權族群把持政治，大多數民眾被獨裁政權或不事生產、毫無責任，及不受歡迎的政府所壓榨。但若以為美國對這種令人恐懼的情形是清白、無罪的，則令人無法接受。

這導致此一命題：波斯灣戰爭不是布希和海珊之間的戰爭——大致上是的——美國的做法全然是基於聯合國的利益。基本上，這場戰爭是一場典型化的鬥爭，一方是第三世界的獨裁者，美國與之有長期交往（海爾・賽拉西〔Haile Selassie〕、蘇慕薩〔Somoza〕、辛格曼・黎〔Syngman Rhee〕、伊朗王國、皮諾契特〔Pinochet〕、馬可仕（Marcos）、諾瑞加〔Noriega〕等），他們的統治受到鼓勵，並長期享有美國之支持；另一方是一國之總統，挑起從英國與法國繼承而來的帝國之重擔，毅然決然要維護其在中東的石油及地緣戰略與政治利益。

持續兩個世代，美國在中東一直和獨裁政權及不正義站在同一線上，美國官方從未支持其民主鬥爭、女權、世俗主義或少數民族權益，反而一任又一任的總統均支持那些順從但不受歡迎的夥伴，對弱小民族換取從軍事佔領解放出來的努力不予理會，反而協助他們的敵人。美國促成了漫無節制的軍國主義（和法國、英國、中國、德國，及其他國家一起），在中東地區每個地方從事大規模軍售，大多數賣給那些越來越走向極端的政府，這是由於美國耿耿於懷且誇大了海珊總統的力量。只因認爲戰後阿拉伯世界將由埃及、沙烏地阿拉伯及叙利亞的統治者所主導，他們便聯合起來建立一個神聖美利堅帝國(Pax Americana)以維護世界新秩序，這不論就理智上或道德上都難以令人信服。

撇開權力概念在這個變得越來越小、人人緊密地聯繫在一起的世界其實是充滿危險的，但在美國的公共領域中還未發展出一種論述，除了認同於權力外，尚強調其他事情的。例如：美國只佔全世界人口的百分之六，不應以一種好戰的姿態，預設自己有權利消耗全世界能源的百分之三十，但還有更多諸如此類的事情。幾十年來，在美國，有一種反阿拉伯及反伊斯蘭的文化戰爭：對阿拉伯與穆斯林令人駭異的、充滿種族偏見的影像再現，彷彿告訴人們他們要不是恐怖主義，就是長老式人物，這地方只是一大片的貧瘠之貧民窟，只適於追求利潤或戰爭，強調他們有其歷史、文化、社會——事實上，包含許多不同的社會——的理念只在媒體的舞台上展現一、二片刻，甚至在那些宣示出「多元文化主義」的德性之合唱曲時，也是如此，新聞編輯所寫的一大堆瑣碎速食式書本氾濫市場，使得一些貶抑人生的刻板印象流行起來，使阿拉伯人基本上只是海珊的不同變種而已。對不幸的庫德族人和什葉派反抗者，首先被美國鼓動起來反抗海珊，然後被遺棄而受到海珊無情的報仇，他們很少被人們所記得，更不用說被提及了。

在長期有中東事務經驗的格拉斯派大使（April Glaspie）突然去職之後，美國政府就幾乎沒有任何非常專業的人才，具備中東地區、語言、人民之知識和經驗，在有計畫地攻擊其民生設施之後，伊拉克仍繼續遭受摧殘的命運——饑荒、疾病、亡命冒險等，這一切不是因爲她攻擊科威特，而是因爲美國希望涉足於波斯灣地區，以科威特做爲藉口，以便在石油利益取得相對立於歐洲及日本的槓桿，此外也因爲美國想要設定世界事務之議題，以及伊拉克對以色列仍是一大威脅。

忠誠和愛國主義必須被建立在對事實基礎的批判性認知上，做爲此一日漸在縮小，資源日漸枯竭的地球之居民，美國人對他們的鄰居及其他人類應負擔責任。若毫不批判地和現行的政策站在同一陣線上，特別是此一政策代價之高，超出想像，這是不應被容許的。

沙漠風暴終究是一場帝國主義者反伊拉克人民的戰爭，把努力去打擊與屠殺伊拉克人民做爲打擊海珊之一環。然而，這種時空錯置及極其血腥的面向，卻盡量不能讓美國電視觀衆看到，以便使戰爭影像看來像是毫無痛苦的十九點遊戲練習一般，而美國士兵則仍然是善良、乾淨的形象。如果美國人知道巴格達前一次被摧毀的時間是一二五八年的蒙古西征（英國人提供了相對較晚近的暴力攻擊阿拉伯人的先例），也許那可以使美國人做法有點不同吧！雖然美國人通常對歷史不感興趣。

美國發洩出一個幾乎不可想像的集體暴力以對付一個遙遠的非白人敵國，而在社會內部卻又完全欠缺明顯的反制行動的情形，是可理解的，對此凱南對爲何美國知識份子，除了少數個人與團體外，對其國家在七〇年代的行爲均不提出批判，其實是這種批判聲音難以集結成「足夠的數量以便給他們（批判論調）具有實踐上的動量」。凱南承認，「美國長期之驕傲自滿，視其爲一全新的文明」或許是眞實的，但將這種情感「借給危險地歪曲事實之煽情政客所用」也是眞的。假如自滿的情感變成一種俾斯麥式的**文化**——「讓『文化』轉變成一種僵化的科技式之『知道怎麼做』（know-how）——是危險的。此外，「如同英國先前之優越感，美國人的優越感更被某種高度絕緣於、無知於外在世界的情況而變本加厲了」。

這種遙遠蒼涼感促使現代美國知識份子一種脫離生活或歷史現實的相類似之遙遠蒼涼感。對異議人士而言，要想破除此種心理藩籬並不容易。在兩次大戰期間的抗議文學中，存在一種膚淺性格，無能提升到自我超越新聞報導的層次……它缺乏想像力深度及只可能從一種充滿回應能力的環境中提煉出來的共鳴。從大戰開始後，知識份子逐漸導向公共活動，其終極動力來源是產業—軍事複合體。他們參與戰略規劃、科技戰與反顛覆滲透戰之發展，也被奉承似地邀請到白宮作客，對總統則以忠誠之香火報答之。歷經冷戰，學者又從事拉丁美洲研究，承攬有關「好鄰居」的意識型態，也就是如何讓美國及其餘世界利益相互和諧的意識型態，杭士基有極好的理由強調我們有「極為迫切」的需要去反抗「一個世代的灌輸教條與長期自我諂媚所造成的效果」；他訴求所有知識份子要睜開雙眼來面對「使我們的知性史扭曲變形的天真與自以為是的傳統。」㉗

這極有力地適用於一九九一年的波斯灣戰爭。美國透過電視觀看戰爭，充滿相對無可置疑的確實性，以爲自己看到眞相了，其實他們所看到的是在歷史上最被掩蓋眞相、最不忠實報導的一場戰爭。圖像和鉛字被政府掌控，大部分美國媒體互相抄襲，再改頭換面一下就可傳播到全球（像CNN），幾乎沒有人關心戰爭對敵人所帶來的災害，同時，有些知識份子保持沈默，深感無助，或者貢獻心力於「公共」討論，以一種毫不批判地迎合帝國主義者求戰之慾望的說詞來討論。

知性生活專業化過度蔓延的結果，已經造成如朱里安・班達所描述的知識份子的使命感已完全被吞沒了。政策導向的知識份子已內化國家規範。當他們被召喚到華府時，事實上國家已成爲他們的雇主了，這種批判性經常很輕易地被拋棄掉。知識份子的資糧包括價值觀念和原理——文學、哲學、歷史等專家——美國大學有豐富的資源、烏托邦式的學術聖殿、可觀的異質性，這一切將他們寵壞了。一大串幾乎難以置信的討人厭之學術行話主導他們的風格。學術思想流派，如後現代主義、論述分析、新歷史主義、解構和新實用主義等已經載著他們通往藍調國度；以一種令人驚異的輕浮感，來指涉充滿歷史之重力與個人責任之事務，因此消耗了他們對公共事務與公共論述的關注。這導致了當目擊一些最令人氣餒的現象時，仍舊是躊躇不決，甚至整個社會已經因無方向感與協合感而隨波逐流時，種族主義、貧窮、生態反撲、疾病和令人震驚之快速擴散的無知：這一切只丟給媒體，和在競選期間，丟給古怪的候選人去處理了。

我們並無意過分激烈地大聲疾呼杭士基所說的：「意識型態重構」之可怕，這個重構包括了幾個理念要素：西方猶太─基督教的必勝論，非西方世界的先天落後，外國信仰教條的危險，及「反民主」陰謀之擴散，教條作品、作家、反思想的提倡及復興等。但反過來說，其他文化卻也越來越被以病理學和（或）疾病治療的角度來檢視了。許多在倫敦、巴黎、紐約等地上市的書籍，有這類的標題：《非洲的情況》（*The African Condition*）、《阿拉伯的困境》（*The Arab Predicament*）、《恐怖共和國》（*The Republic of Fear*）、《拉丁美洲徵候群》（*The Latin American Syndrone*），無論這些作品之學術性反省與分析多麼確實與認眞，但它們乃是以坎內斯・柏克(Kenneth Burke)所言的「接受的概念架構」(frameworks of acceptance)被讀者所消費的，而此種架構的情境是極奇特的。

一方面，直到一九九一年八月爲止，無人在此一被宰制的公共空間內對伊拉克之社會、文化、歷史等方面有更多關注；但是在這之後，卻有一大堆速成的書籍和電視節目大量出籠，其勢幾乎不可抑遏。舉例而言，一九八九年出版的《恐怖共和國》一直無人留意，但該書作者之後卻聲名大噪。這不是因為他的書有學術上的貢獻——他也並未如此裝模作樣——但因為該書所呈現之執著與單調的伊拉克「景象」極完美地符合於這個被認為是阿拉伯的希特勒具體實現的國家之再現的需要，使其去人性化、反歷史及像妖魔鬼怪一般，做為一個非西方人（這個物化的標籤本身內含某種徵候），因此就每一方面而言，都是本體上的不幸，不須事實去應證，非西方人最壞的可能是精神錯亂，最好的則是追隨者，一個懶惰的消費者，如同奈波爾在某處所言，只會用電話，但從來不可能發明電話。

另一方面，所有文化建構之產物已被「去神祕化」了，所有「我們的」與「他們的」皆然，許多學者、批評家及藝術家已將此一新事實呈現在我們面前。例如：今天我們談論歷史，不可能不在我們的談論中有一迴旋空間，納入如海頓・懷特（Hayden White）在《形上歷史》（*Metahistory*）所說的：所有的歷史寫作**正是**書寫而已，透過模擬的語言和再現的比喻，並在換喻、隱喻或寓言反諷的法則中交替運用，從盧卡奇、詹明信、傅柯、德希達、沙特、阿多諾及班傑明——在此只提到一些最顯赫的名字——我們活生生地理解到文化霸權自我再生產的規則及權力之過程，甚至使詩作及靈性壓縮成為行政官僚及商品的形式。

然而基本上，那些有實際成果的宗主國理論家和現行或歷史上的帝國經驗之間，有一個巨大的裂痕。帝國對觀賞與敘事的藝術、學科形成，及理論論述的貢獻卻被忽略了；或者是太過吹毛求疵的判斷，恐怕是拘謹之性格，使這些新的理論發現，例行地跳過在他們的發現成果和來自第三世界反抗文化中釋放出來的解放能量之間合流的可能。我們很少看到從一個領域直接運用到另一個領域的例子。我們只能舉出一孤立的例子，安諾德・克魯帕特（Arnold Krupat）將後結構主義的理論資源運用在「美洲原住民文學」，其所呈現的悲慘景象來自於滅種屠殺及文化失憶症，透過此一理論之運用，便能詮釋在其文本中所內含之權力與眞實經驗所構成的風貌。㉘

我們可以，或甚至必須深思，爲何西方自由派的理論資本會一直在實踐上自我設限；同時爲什麼在先前的殖民世界，其文化雖具有強烈解放論的成分，但前景卻似乎相當黯淡。

讓我舉一個例子。一九八五年，我被邀請拜訪波斯灣地區某國家一所國立大學一個星期，我的任務是評估其英文教學課程和提供某些改進的建議。我非常驚訝地發覺，在大學的任何系所中，英文都是吸引最多年輕學生的科目，但對其課程設計卻頗感沮喪。整體課程平分爲語言學（即文法及音韻結構）和文學兩部分。我認爲文學課程部分是嚴格地遵循正統模式：如同在那些較老牌而著名的阿拉伯大學所採行的，如開羅和艾恩・夏姆斯（Ain Shams）大學。年輕的阿拉伯學生照章行事地研讀米爾頓、莎士比亞、華茨華斯、奧斯汀、狄更斯，如像是在研讀梵文或中世紀紋章學一般，並未強調英文和殖民過程的關係，如何透過英國人的殖民將其語言及文學帶到阿拉伯世界。我並未發現人們對加勒比海、非洲或亞洲之新型的英語文學有任何興趣。這是塡鴨式學習法、無批判性的教學，和（更仁慈一點的說）偶發的狀況所共同形成的一個時空錯置及奇異的匯合。

此外，做為一位世俗知識份子及批評者，有兩件事情使我感到興趣。一位略感不滿的教師坦白地解釋為什麼有這麼多學生要學英文：許多學生計劃畢業後到航空公司、銀行找工作，在這些行業中，英文是世界**通用語言**。這種情形最後導致英文只做為一種技術性用語的層次，完全排除了表現性及美學的特質，也剝奪了任何批判性與自我意識的面向。學習英文只是為了用電腦，做例行的回饋、傳送電報、解讀文宣品等等，這就可以了。另一件令我感到驚異的是，英文竟被放入伊斯蘭復振運動的沸騰釜鍋中了。伊斯蘭的教條竟和大學監事會議之選舉扯上關係而被貼在各個角落之牆上（後來我發現許多伊斯蘭色彩的候選人贏得漂亮的多數，雖非壓倒性的）。一九八九年，我在埃及對開羅大學的英語系教師發表一個小時的演說，題目是關於民族主義、獨立及解放做為帝國主義文化實踐之替代方案時，我被問到有關「神權政治」的替代方案，我一開始誤解發問人是問「蘇格拉底的替代方案」，但很快被糾正過來。發問人是一位健談的年輕女子，戴著面紗，基於我的反神職體系及世俗的狂熱，我忽略了她的關懷（我仍然直言不諱地大肆抨擊）！

因此，那些同樣使用英文且追求高層次文學成就的人，批判性地使用英語以促成如同努及・瓦・提安哥（Ngugi wa Thiongo）所言的心靈之去殖民化，他們和非常不同的新社群共存於一個全新且更不令人心動的文化風貌。過去英文曾是統治者和行政官員的語言，現在則普及性大不如前，要不是成為完全工具性的特質之技術用語，就只是一可以和廣大英語世界取得聯繫的外語，但其出現和勢不可擋的崛起之組織化宗教狂熱相互競爭。既然伊斯蘭的語言是阿拉伯文，這是一個擁有廣大文學社群與宗教力量的語言，故英文的重要性大爲降低，人們的興趣大減，且影響層面也大爲減少。

英文在其他脈絡獲得可觀之優勢地位，和增加了許多文學、批評與哲學實踐有趣的新社群，如何在此時刻，去評估一種新的附從關係，我們只須稍加回憶伊斯蘭世界對撒門‧魯西迪的小說《撒旦詩篇》被伊斯蘭的神職及世俗權威下達禁令，褫奪其人權和恐嚇一事所做的令人訝異之默許，就可了解其中堂奧。我並不是說整個伊斯蘭世界均默許此事，但許多官方機構及發言人要不是盲目地拒斥該書，就是強烈反對去處理一本大多數人都沒讀過的書（柯梅尼下達的律令雖比單純的拒斥更進一步，但伊朗的立場究竟只是孤立的個案）。該書所觸犯者乃因它以英文處理伊斯蘭，故其讀者群大都是西方人。但同樣重要的，有兩個因素影響了英語世界對《撒旦詩篇》一書之相關事件的反應。一者爲謹愼而且膽怯地對伊斯蘭全然無異議之譴責，他們所共同訴求的主張對大多數宗主國地區的作家和知識份子而言均是安全的且政治上正確的。但反觀在美國盟友（摩洛哥、巴基斯坦、以色列）或反美的所謂「恐怖主義」國家（利比亞、伊朗和敘利亞），有許多作家被殺害、監禁及作品被查禁，卻很少有人提及。其次，當支持魯西迪及譴責伊斯蘭的儀式層面被宣示完後，無論對伊斯蘭世界整體或當地作者人權的條件，人們就興趣缺缺了。更大的熱情和能量花費在與那些伊斯蘭世界的文學和知識界的名人展開對話（馬夫茲〔Mahfouz〕、達文須、穆尼夫和其他人），這些人在比格林威治村及漢普斯替更不安定的環境之下偶爾會辯護（或抨擊）魯西迪。

在由美國所主導的英語世界集團之內部或與其緊鄰的新的社群和國家中，出現了極具顯著意義的**變形**（deformations）現象，這個群體包含了異質的聲音、多種語言、駁雜的形式，給予英語寫作一極特殊與可疑之身分。在最近幾十年，一個所謂「伊斯蘭」的令人驚異之文化建構出現了，是這種**變形**之一例；其他的還有「共產主義」、「日本」和「西方」，每一個均擁有論辯的風格、論述之電池，一種變動不居的、豐富的、向外擴散之機會，在構築出一幅由這些巨大的諷刺畫風格式的本質化所主控的龐大領域之地圖中，我們更可以充分嘗試與詮釋某些更小的文學團體所開創的少許成就，究竟他們不是由毫無情感的論辯所結合的，而是彼此的親緣性、同情與彼此體諒而團結在一起的。

在去殖民化和早期第三世界民族主義沸騰到最高點的時候，少有人去密切注意到在反殖民的陣營中，一個小心地被扶植的本土主義如何逐漸成長到一個不正常的特大比例。所有那些民族主義的訴求，如純淨或眞正之伊斯蘭，或非洲中心主義、黑人認同論，和阿拉伯主義均能引發強烈迴響，但人們卻未充分意識到那些族群和精神性的本質隨時可以回來向其所成就的追隨者索取甚高代價。法農是少數討論到像這種由未受教誨的民族意識所帶動的去殖民化之大規模社會政治運動有其危險性的學者。這也同樣可適用到未受教誨之宗教意識的危險。因此，出現了許多宗教導師、將校軍官、一黨專制政權，宣示國家安全發生危機，呼籲人民以捍衛其如棄兒般風雨飄搖的革命政府做爲基本綱領，以蒙混過關的方式將一堆新的問題又帶進原來尚未解決繁重的帝國主義遺毒。

要想舉出許多可以豁免於在理智上和歷史上，積極參與新的後殖民時代之國際架構的國家和政權，是不太可能的。國家安全與分離主義的認同，是普遍的口號，與那些權威人士擺在一起的——統治者、民族英雄和烈士、建制的宗教權威——新興的政客似乎首先規定之疆界和護照。過去一直是某一民族之想像中的解放——艾米・沙塞爾的「新靈魂的發明」（inventions of new souls）——和大膽的精神疆域之隱喻式構圖，卻被殖民主人所竄奪，且迅速地轉譯或調整成一種全球性的藩籬、地圖、疆域、警察武力、海關，及貿易管制的系統，對此種令人沮喪的情況做出最細膩、最具輓歌式的評論者，是巴塞爾・大衛森在對阿米卡・卡布洛之遺教的一篇追憶式的反省中所提出。反覆指出在民族解放之後要怎麼辦的問題從未被慮及時，大衛森總結道，深化的危機促成了新帝國主義，也促使資產階級統治者穩固地掌權。但他接著說：

> 這股改革派民族主義不斷地在自掘墳墓。當墳墓越掘越深時，越來越少的在位者能將其頭伸出到墳墓之外。由大批的外國專家在莊嚴的合唱聲中奏出安魂曲；或由享有非常優渥（且舒適）的薪水之專業人士的**主導**下進行葬禮。疆界在那裡，是神聖不可侵犯的。畢竟，還有其他什麼更能保障統治菁英的特權和權力的呢？㉙

齊紐・阿契比最近的小說：《薩凡娜的蟻丘》（*Anthills of the Savannah*）是這種精力衰弱及

令人沮喪的景象之動人心迫的省察。

大衛森接著修正自己描述的這種灰暗景象，指出人民有「從殖民時代以來所沿襲之擺脫這種束縛的方案」。

人們的想法，從他們不斷地越過地圖所劃的那些疆界移民他處，和從事走私行業即可見其一般了。因此，甚至「資產階級之非洲」嚴密防守其疆域、邊界監控的方法推陳出新，而且大肆叫囂反人口及商品走私，「人民」非洲卻以另一種方法來謀生。㉚

當然我們很熟悉於那種大膽的，但代價甚大的走私與移民相結合的特殊文化關聯性，這種情形的一個極佳範例是一群新的作家，在汀姆・布利南(Tim Brennan)頗有洞見的分析中，㉛這群作家被視為普世主義文化的產物。跨越疆界、移民之典型的剝削及振奮之激情，已經變成後殖民時代藝術之主要題材。

雖然有人可能會說那些作家和題材構成了一全新的文化風貌，也可以讚譽有加地指出遍及世界各地的區域性美學成就，我卻相信我們必須從某種更不吸引人的，但我的意見是，更現實與更政治的觀點來研究此文化風貌。我們公正地讚美魯西迪作品的取材及成就之際，我們仍應同時將其視為在英語文學中一種特出形構的一部分加以評估，並認知到具有美學的價值的作品可能也是一種具有威脅與強制性的、深深地反文學與反知性活動之社會形構的一部分。在一九八八年《撒旦詩篇》上市之前，魯西迪因爲其評論文章及早期作品，對英國人而言已是問題人物了。無論如何，在英國及南亞次大陸的許多印度人和巴基斯坦人而言，他不只是一個他們引以爲傲的著名作家，還是一個爭取移民權益的急先鋒和對過時的帝國主義之激烈的批判者。在**格殺令**之後，他的地位急轉直下，已變成了他先前的讚美者之詛咒了。過去他是印度伊斯蘭的好楷模，現在卻激發了伊斯蘭基本教義派的憤慨——這證明了藝術與政治的密切關聯，可以是非常具爆炸性的。

華爾特・班傑明說：「沒有任何一個文明的歷史文獻不是同時也是野蠻的歷史文獻。」那種黑暗的關聯也可以在今天有趣的政治與文化的時局中找到相似之處。他們也和那些詮釋學與烏托邦式的作品一樣，可以激發我們個人與集體批判的工作。當然，我們閱讀討論和反思後者之作品時，是會感到更輕鬆愉快的。

讓我更具體地說明。不只是那些疲累、被迫害及被剝奪的一無所有的難民想越過疆界並企圖在新的生活環境中被同化，而且是整個龐大的大衆媒體系統是遍在的。可以溜過大部分的藩籬在幾乎所有地方安頓下來，我已提到赫伯特・謝林(Herbert Schiller)和安曼德・梅特拉特(Armand Mattelart)使我們更意識到一小撮負責新聞媒體再現之生產與分配的跨國集團的宰制力量，謝林最近的研究：《文化，公司》(*Culture, Inc*)描述所有的文化部門（不只是新聞報導）已如何被一群持續擴張之私有公司所滲透，且封閉在一個小圈圈之內。㉜

這導致幾項結果：一、國際媒體系統事實上已經實現了唯心主義式的或意識型態所發展的集體性觀念——想像的社群——所期盼實現者。例如：當我們討論及研究我所謂的大英國協文學或英語的世界文學時，實際上我們的努力是在一般所公認的層次上進行的；如：加勒比海及非洲小說中的魔幻寫實主義的討論，暗指或甚至大略將包含那些作品的「後現代」或民族的領域之輪廓勾勒出來，但我們也了解到與這些作品、其作者和讀者有關的作品中所陳述之地域環境，當我們分析作品被接受的條件常採取一種對比，一方是倫敦與紐約，另一方是邊緣地區，我們常忽略那些地域環境。與四個主要西方國家的新聞機構的運作方式相比較，國際英語電視新聞的選材、蒐集和再報導來自世界各地的圖像之模式或好萊塢節目，諸如：《恭禧發財》(*Bonanza*)、《我愛露西》(*I Love Lucy*)等所採取的方法，大同小異，甚至黎巴嫩內戰也是如此報導的，我們批判性的努力太少且幼稚，但媒體不只是個完全整合的實踐網絡，也是透過**表達意見**而進行全球性串聯的模式。

這個世界體系，表述並生產文化、經濟和政治權力，結合其軍事及人口共變項，有一種制度化的傾向，生產超越尺度的跨國形象，以便引導國際社會的論述與發展過程。就此點可提出一例：即在一九八〇年代出現的兩個重要的詞彙：「恐怖主義」和「基本教義派」。你幾乎不可能對某人分析（指在公共空間的國際局勢論述）政治衝突，卻提到遜尼派、什葉派、庫德族和伊拉克人，或坦米爾人和錫蘭人，或錫克教徒和印度教徒——這串名單是極長的——而不用偶然必須訴求於「恐怖主義」和「基本教義派」的範疇和形象，這些完全從像華盛頓及倫敦等宗主國中心的關懷焦點及知識製造廠中引申出來，他們是令人恐怖的形象，雖然缺少判然有別的內容和定義，但他們意指道德力量及對使用他們的人之認可、道德之防衛性，並可以罪犯般對待被任何他們所設計定罪之人。這兩個巨大化約式的名詞可以動員軍隊並驅散一整個社群。以我個人的看法，若不參考整個討論的邏輯及由我先前所描述之盛氣凌人之系統所發動的個別細微的表述和反應，我們將難以理解伊朗對魯西迪小說的官方反應，在西方的伊斯蘭社群中非官方性的狂熱擁護他，以及在西方，反對**格殺令**的公開及私人的憤怒之表現。

因此，舉例而言，對新興的後殖民英語文學或法語文學產生興趣的讀者群，處在相當開放的環境中，基本形勢不是由詮釋學的研討過程，或由同理心與文學直觀，或非正式的閱讀所導引或主控，卻由更粗糙的、更工具性的過程，以動員同意、根除不滿，及促進幾乎全然盲目的愛國主義爲目標所導引。藉由此種方式，大批民衆的可統治性被確保了。在大衆社會中，少數具有潛在追求民主及表意自由之搗亂野心份子被鎮壓（或被痲醉）住了，當然包括西方社會亦然。

「恐怖主義」和「基本教義派」的大格局之形象所引發的害怕和恐怖，喚起人們一種由外國惡魔所組成之國際或跨國的想像中的角色，促使人們會對此一時刻之宰制性的規範更加順從。這在新興後殖民社會是如此，在一般西方社會，特別是美國亦是如此。因此，與此種體現於恐怖主義和基本教義派的脫軌與極端主義相對比——我的例子只有一丁點兒的諷刺意味——仍是爲了擁護溫和、理性、行政中立等這些含糊地指涉「西方」

（或者是地域的或愛國主義的先設）精神之概念。反諷的是，我們一點也沒有賦予西方精神之信任與安全的「正常性」，而是與特權和正直的態度結合，這種文字的張力，使「我們」激起正義感的憤怒與防衛心態，結果，「他者」就被視爲敵人，專心致力於破壞我們的文明及生活方式。

以上敘述僅提供一個草圖，說明強制性的正統權威及自我膨脹的模式更加強化了不可思議的認同與不可挑戰的教條之權力。這些觀點經過一段時間，不斷反覆運用，慢慢地就會更加完美，然後，經由原先設計好的敵人，使對問題的回答有相應的終極性。因此，穆斯林、非洲人、印度人或日本人以他們的俚語及從他們自己備受威脅的地區觀點出發，來抨擊西方、美國化或帝國主義，當然也未必比西方人所加諸他們身上的涉及更多的細節、批判性分辨、區別及特點。美國人也是一樣如此，對他們而言，愛國主義僅次於對神的敬愛，這是一種終極性感覺的張力。無論「邊界戰爭」的目的爲何，他們帶來窮困，個人必須聯合主軸或建制的群體，或者如果是次等「他者」，則必須接受劣勢的地位；或個人必須拚死奮戰。

這些邊界戰爭是本質化的表現——非洲化非洲人、東方化東方人、西方化西方人、美國化美國人，這要持續多久，沒有一個明確的時間，也沒有任何替代方案（既然非洲、東方及西方的本質必然只是本質）——此一模式已從古典帝國主義及其系統的時代就傳承下來了。什麼東西能抗拒它呢？伊曼紐爾・華勒斯坦（Immanuel Wallerstein）舉出一個明顯例子，他認為所謂反體系的運動(anti-systemic movements)，也只是歷史上資本主義的一個結果而已。㉝晚近所出現的運動中，有足夠的案例可以振奮最不為所動的悲觀論者：社會主義陣營各方的民主運動，巴勒斯坦的**抗暴起義**，遍及南、北美洲的許多社會、生態與文化運動、婦女運動。然而，那些運動要想引出他們自己的疆域以外的世界其他地區的興趣，或取得將其運動普及化的能力與自由是很困難的。如果你是菲律賓、巴勒斯坦、巴西反對運動的一份子，你必須處理日常生活鬥爭中的策略性及戰術上的需求。但我還是認為這種努力頗具有發展前景，假如不能成為一種普遍的理論，也可以視為一個共同思辨推論的準備工作，以疆域區分的方式劃出一個基本的世界地圖，恐怕，我們可以開始談論這種有點容易被迴避掉的反對氣氛，與其逐漸顯現的策略，以便形成一種國際主義者的反論述。

這種國際主義所訴求的是何種新的理智與文化的政治呢？㉞在我們傳統與歐洲中心主義所界定下的作家、知識份子與批評家之理念需要有什麼重大的遞變與轉型呢？英文和法文是世界語言，疆界與好戰的本質概念之邏輯乃是整體化，所以我們應該首先承認世界地圖沒有神聖地或教條地被認可的空間、本質或特權。無論如何，我可以討論世俗空間和人性所建構的和相互依存的歷史，基本上雖然不是透過大理論和系統性的整體化，但卻是可認識與了解的。透過這本書，我一直要表明的是，人類經驗是細膩地被編織成的，細密地和可以親近的，**無須**讓歷史與世俗的仲介者來闡明與解釋之。我所談論的是一種將我們的世界視為可透過探究及詢問、對談而可以了解的，無須經由魔術之鑰、專門術語、工具，及垂簾聽政式的做法。

我們需要一個不同且革新的典範來從事人文學的研究。學者可以坦白地從事現實的政治與時尚興趣之事務——打開心眼，運用嚴格的分析能量，與優雅的社會價值，而擁有這些價值的人們所關懷的既非學科的山頭及行會的生存，亦非像「印度」或「美洲」的那種滿足操控慾式的認同，卻是關懷著某一社群之追求生存鬥爭，其他社群之間的那種生命力之改良及非強迫性的繁衍再生。人們不應小看這本書所強調的此種發明新義的、立足於發掘探索的工作，也不必追求單一的根源性本質，或者想恢復之，或者想將之置於不可否決的榮耀中。例如：從**賤民研究**的觀點來看印度史的研究，乃是一種階級及其所爭論的認識論之間進行的一場競賽；同樣的，對由拉菲爾·撒母耳（Raphael Samuel）所編的三冊《愛國主義》（*Patriotism*）的那些作者而言，「英國民族性」在歷史之前被賦予優先性，同樣地，在伯納（Bernal）《黑色雅典娜》一書所呈現的「雅典文明」，僅僅被用來做爲一個優越文明的反歷史典型而已。

那些作品背後的理念是，正統而權威性的民族與建制性版本的歷史，原則上傾向於凍結臨時性及非常具爭議性的版本之歷史，使之轉換成官方歷史。因官方版的英國歷史可說具現於一八七六年爲迎接維多利亞女皇所任命之印度總督的印度宮廷儀式中，該歷史僞稱英國統治印度幾乎是神話式的萬壽無疆。印度之服侍、禮敬順從的傳統隱含在那些典禮中，以至於創造了一整個印度大陸的超歷史之認同之形象，完全凝聚在面對一個英國之形象表示順服一事上。英國人自己所建構的認同是其已經且必須一直統治海洋與印度。㉟一方面，這些官方版的歷史試著確立認同論式的權威（使用阿多諾的用語）——哈里發、國家、正統神職、建制等，在我前面所引的那些創新的作品則包含了除魅、爭議的及系統性的懷疑論式之探究，賦予這些拼湊的、雜種的認同一種否定的辯證，將這些認同消解為多樣性的建構之成分。比起官方論述所流行的穩定之認同更重要得多的，乃是某種詮釋方法的爭議性力量，其素材是異質的，但相互交錯、相互依存，最重要的，乃是歷史經驗交錯重疊之洪流。

此股勢力的一個絕佳而大膽的個例可在今日頂尖的阿拉伯詩人阿多尼斯對阿拉伯文學和文化傳統進行的詮釋發現到，他的筆名是阿里・阿合馬・薩依德（Ali Ahmed Said）。自從在一九七四至一九七八年間出版了三冊的《常數與變數》（*Al-Thabit wa al-Mutahawwil*），他個人幾乎單挑了由來已久的那種他認為是食古不化、被傳統所束縛的阿拉伯—伊斯蘭遺產，他認為這個傳統不只固執於過去，且是對過去之一種嚴格且權威式的解讀。他說，這種解讀的目的只是防止不讓阿拉伯人真正地面對**現代性**（al-hadatha）。在他有關阿拉伯詩學的作品中，阿多尼斯將文義式的、生硬的偉大阿拉伯詩歌的解讀與統治者聯結起來；但另一方面，在古典傳統的核心中，充滿著一種想像力的解讀——甚至包括《古蘭經》的解讀——揭示了一種顛覆性與不滿的張力，反抗由得意一時的權威所宣示的表面文章式之正統性。他顯示在阿拉伯社會，法治使權力隔離於批判，傳統隔離於革新，因而使歷史局限於一種無止境的先例之反覆的貧乏法則。與此體系相對比，他提出批判的現代性之消解性力量：

> 當權者基於哈里發式的文化，設法讓每個人不要像**革新的人們**(ahl-al-ihdath)一樣思考，並以異端的指控防止他們在平常伊斯蘭的宗教活動中作怪，這解釋了何以這些被用來描述違反古代詩學原理的詩作，如*ihdath*（現代性）和*muhdath*（現代或新穎），原本來自於宗教詞彙，結果，我們可以發現現代詩對統治建制而言，是對政權主導的文化之政治性及知性的攻擊，及對古代的理想化標準之揚棄；因而，我們也了解到何以在阿拉伯人的生活中，詩歌一直就和政治、宗教事務相結合，事實上，以後也將是如此。[36]

雖然阿多尼斯和他的夥伴刊載於《驛站》(*Mawaqif*)期刊的作品在阿拉伯世界以外的地方很少有人知道，但他的作品可以視作一個更廣大的國際文壇流派的一部分，該流派包括愛爾蘭的「田野日」(Field Day)之作家，印度的**賤民研究**團體，大多數東歐異議作家，和那些可溯自詹姆士之傳承的許多作家和藝術家（威爾遜・哈里斯〔Wilson Harris〕、喬治・蘭明、艾力克・威廉斯、德瑞克・華爾科特、愛德華・布雷斯維特〔Edward Braithwaite〕和早期之奈波爾）。對所有這些文學運動及個人而言，口頭禪和愛國主義式的理想化之官方歷史，以及其知性包袱的遺產和防衛性的指控，都可以解消掉。就如同西瑪斯・汀(Seamus Deane)對愛爾蘭的個例所說的：「愛爾蘭民族性的神話、愛爾蘭非現實性的觀念，圍繞在愛爾蘭民族相關的雄辯偉論，所有這一切都是政治題材，自從十九世紀，愛爾蘭的民族性被發明出來以後，文學就被固定在這些題材的基礎之上而至一極端的程度。」㊲故而這些文化界的知識份子所面對的工作不是去接受一套已被設定的認同政治學，而是去揭示所有的再現，都是為某種目的、被某些人、用某種成分建構出來的。

這一點不是容易之事。一種令人心驚的防衛心態已蔓延到了美國官方的自我形象中，特別是對其民族之過去歷史的再現中。每一社會及官方傳統均極力自衛，以對付妨礙其所批可的敘事之再現；經過一段時間，這些就取得了幾乎是神學式的地位，包括了建國之先聖先賢們，被珍惜愛護之理念和價值、民族寓言故事等，對其文化及政治生活均有不可估量之效果。其中的兩個要素——美國乃一先驅地位的社會，及美國政治生活乃民主實踐的直接反應——最近已經被再提出來仔細檢驗了，其所導致的騷亂相當可觀。在這兩個案例上，一直有一些、但不是很足夠的知識份子，以嚴肅的及世俗的知性努力提出批判性的觀點；然而像那些已經內化了這套權力規範的媒體台柱們，他們也已充分內化了官方自我認定的一套規範了。

讓我們思考一九九一年在美國國家藝廊的「西部美國」(America as West)之展覽會的內容；這個藝廊是史密森氏機構(Smithsonian Institute)的一環，一部分由聯邦政府所支持。從這個展示來看，西部的征服及其併入美利堅合衆國，被轉化成一英雄式的改良論之敘事、虛飾、浪漫化，單面向地排除了實際征服過程的多面向眞理，和美洲原住民及其生活環境之破壞。例如：十九世紀美國繪畫的印第安人形象——高貴、驕傲、反省——被擺在牆上，與一段文本並排，其中敘述了美洲原住民在白人手中逐漸沒落的情形。如此一種「解構」激怒了國會議員，無論是否他們有沒有看這次展覽都無關緊要；他們覺得這種不愛國及反美的觀點無法接受，特別是在一個聯邦政府機構中展示出來，教授、學者專家、新聞編輯群起而攻之，他們認爲這是對美國的「獨特性」(uniqueness)的惡意中傷，以《華盛頓郵報》的話來說，這種獨特性是「建國時代以來的希望及樂觀主義、慷慨的許諾，及其政府之堅持的奮鬥」。㊳只有少數例外提出與此相對的觀點，例如羅伯特・休斯(Robert Hughes)在《時代週刊》(一九九一年五月三十一日)寫道，這次藝展是「以彩繪及石塊所建立的基礎神話」。

由發明、歷史與自我膨脹的一個奇妙的混合被放進了民族誕生的故事，所有這一切由一種半官方式的共識所主導，這實在一點也不適合於美國這種社會，弔詭地，美國是一移民社會，由許多文化所組成，但其公共論述卻更受監控，更不安地要強調本國是清白無污的，更聯結在被一層像鐵皮般強調其純眞式志得意滿的主流叙事之內。努力使事情簡單及善良，使美國和其他社會和人民失去聯繫關係，藉此強化其與世隔絕及島民心態。

另一個特別的例子，是環繞在奧立佛・史東所導的有許多嚴重缺陷的電影《誰殺了甘迺迪》(JFK)之爭議。這部片子在一九九一年底上映，其前提是認爲甘迺迪的暗殺是由一群反對他要結束越戰的意圖之美國人所主導的陰謀。就算這部片子是良莠不齊，且混淆視聽，就算史東拍這部片子的主要理由只是爲了賣點，爲什麼有這麼多的非官方的文化權威機構——新聞報導、建制內之歷史學家及政客——認爲抨擊這部電影是如此重要的呢？對一位非美國人而言，要接受大部分——如果不是全部——的政治暗殺**都是**有陰謀的做爲推理的立足點，一點也不成問題，因爲他們認爲世界本來就是如此。但這些美國賢士們卻齊聲合唱，花費了好幾畝的印刷文字版面來否決政治陰謀在美國發生，既然「我們」美國代表了一個全新的，更善良、更無邪的世界。同時，有許多證據顯示美國官方運用陰謀和暗殺企圖做掉那些被認定的「外國惡魔」（卡斯楚、格達費、海珊等）。沒有任何關聯被提到，提醒者則仍未被告知內情。

從此種情形導引出一系列的結果。假如主要的、最具官方色彩的、最具強制力和壓迫性的認同，是具有疆域、海關、執政黨與權威體制、官方版的敘事與形象的國家，假如知識份子認爲這種認同有待不斷地批評與分析，則其他以相似方式被建構起來的認同，也有待類似的探究及質疑。我們這些對文學及文化研究有興趣的人所受的教育，大部分是被組織在幾個正字標記的學科領域之下的——有創造力的作家、自足與自主性強的作品、國家文學、不同的文體——這些都幾乎是以商品拜物教式的方式呈現出來了的。現在，如果有人說個別的作家及作品不存在，或法國、日本、阿拉伯文學不是判然有別的東西，或說米爾頓、泰戈爾和阿雷喬•卡本特（Alejo Carpentier）只是相同主題的不同變種，其差別是瑣碎不足道的，可能會被認爲是瘋了。當然我並不認爲一篇討論《大希望》的文評及狄更斯的《大希望》這篇小說是同一件事。但我強調「認同」不必然意味本體論上被設定的，及永恆地被決定的穩定特質、或獨特性、或不可化約的特色、或者擁有特權的地位，好像是一種整體及完全自給自足的事物一樣，我偏向視小說之詮釋爲從許多不同的寫作模式中選擇其中一種而已，寫作活動也不過是許多不同的社會模式中的一種而已，文學的範疇只是被創造出來服務許多世間目的的事物罷了，這恐怕包括了最主要的美學目的。因此，討論的焦點放在對那些實際上是反對國家及疆域的作品本身所具備之去穩定化的、試探性的態度，例如：去討論一部藝術作品開始如何成其爲作品，開始**從**一種政治、社會、文化情境出發，開始**做**某些事而不做其他事的前因後果。

現代文學研究的歷史被局限於文化民族主義的發展，其目的首先是要區分民族的正典，然後維繫其優越性、權威性及美學自主性。甚至於在論及文化的一般特性時，似乎在民族的差異性之上，會遵從一個普遍性的面向，於是層級關係及族群偏好（如在歐洲及非歐洲地區之間的比較中）會被堅守住，這對馬修・安諾德是眞的，對二十世紀的文化及語言批評家也是眞的——如奧爾巴哈、阿多諾、史派茲、布雷克穆爾——這些人是我尊敬的，但對這些人而言，從某種程度上，他們的文化是唯一的文化。對他們的文化之威脅主要來自其內部——對現代人而言，是法西斯主義和共產主義——而他們所支持的是歐洲布爾喬亞人文主義，既非時代精神，亦非嚴格的訓練會要求薰陶教化，也沒有其所需求的不凡戒律門規得以生存下來，雖然偶爾人們可聽到讚美及內省的學徒制論點，但已沒有批判性的作品可以達到《模擬》一書的層次了。現在，取代歐洲的布爾喬亞人文主義的是由一種民族主義的殘留物所提供的基本前提，有許多不同的引申之權威，並和專業主義結盟，將題材切分成不同領域、部門、專業、資格及其他類似的東西，美學自主性所殘留的教條已經沈淪爲一種結合某種專業方法的形式主義─結構主義、解構主義等等。

看看這些自從第二次大戰以後所開創出來的某些新的學術領域，特別是因爲非歐民族主義的鬥爭，顯示了一種非常不同的形勢、一組不同的無上命令。一方面，今日非歐文學的學生和老師必須從一開始就將他們所研究對象的政治性考慮進去；某人不可能既已從事對現代印度、非洲、拉丁美洲和北美、阿拉伯、加勒比海、大英國協文學做認眞探究，卻遲遲不討論奴隸制度、殖民主義和種族主義。但若討論這些地區的文學，卻又不涉及其所面臨之充滿備戰狀態的環境，也是一種知性上不負責任的態度。這些環境可能是後殖民的社會之狀態，但在宗主國中心的課程中，這些卻被局限於次等地位之邊際化或（且）被納入從屬地位的主題；也不可能將自己隱藏在實證論及經驗論中，或隨便地就「配備」理論的武器。另一方面，以爲「其他」非歐文學，若具有更明顯和全球的權力和政治息息相關的地區之文學，可以用更「尊重」的態度來研究，正好像他們事實上也是一種高妙的、自主的、美學上獨立的、令人滿意的，如同西方文學被認定的一樣。「黑皮膚、白面具」的觀點在文學研究上及在政治上同樣都不必太過去運用與重視之，東施效顰和仿造是不會有多大進步的。

這裡使用污損是錯誤的字眼，但事實上，文學和所有文化的某些觀念確是「雜種的」

（hybrid）（以洪米・巴巴〔Homi Bhabha〕對這字的複雜意義而言㊴），經常被視為與本題無關的要素所阻礙、糾纏在一起、重疊在一起——把這個觀點作為今日充滿革命性的現實世界之根本理念，令我震撼不已。誠然，世俗世界的各種地方勢力之間的競逐，確實激起了我們對所讀及所寫的文本之各種意義加以思考。我們不再滿足於強調線型發展或黑格爾式超越論的歷史概念，同樣也不能接受地理或疆域的預設，將大西洋世界擺在中心位置，而將非西方地區認為與生俱來的，甚至是罪過式的邊際地位，假如像「英語世界文學」或「世界文學」這些範域有任何意義的話，那是因為就他們的實存及現實開展面來看，可以檢證其為文本及歷史經驗所內含的現有勢力之競逐、持續不斷地鬥爭之意義，也因為他們活生生地挑戰了文學創作與研究的民族主義基礎，以及表現出高尚的獨立自主，及對習於強調西方宗主國世界之文學的漠視。

當我們接受文學經驗的各種實際形勢彼此交疊在一起、互存互賴，無視於民族疆界和強制釐定的民族自主，歷史與地理便被轉型而出現新的地圖，形成新的、更不穩定的實體、一種全新類型的串聯。放逐，一點也不是被褫奪公權、放棄國籍、幾近被遺忘的不幸人們之命運，卻反而變成是某種生活常規、一種跨越疆界、劃定新疆域的經驗，以反抗古典教條的劃地自限，不用去在意其失落與悲慘是否有被承認或被記載。新形成的模式與類型排擠掉舊式的，文學讀者及作家——已失去了其固有的形式，接受後殖民經驗的新證書、修正及印記，包括：地下生活、奴隸的告白、女性文學、監獄——而不再一定得和某種與世隔絕的詩人和學者的形象緊密扣住，無須追求安全、穩定、民族認同、階級、性別、專業之形象，但可以去思考和經驗在巴勒斯坦或阿爾及利亞的吉奈、或塔伊伯・沙里赫以一位黑人在倫敦的經驗、或牙買加・金凱德(Jamaica Kincaid)在白人世界的經驗、或者魯西迪在印度和英國的經驗等等。

我們必須邁出**如何**閱讀、**如何**寫作，及讀**什麼**、寫**什麼**的此類問題所被提出及回答之一套固定模式的水平。在此引述艾力克・奧爾巴哈在其後期的一篇論文所討論的：我們語言學之安宅是整個世界，而不是民族，也不是特定的作家。這意味著我們這些文學專業學者必須思考許多嚴肅的議題，即使因此而不受歡迎或被指責為自大狂亦在所不辭。因為在大眾媒體的時代，我稱之為「同意的大量生產」(manufacture of consent)之時代，如果以為對某些藝術作品之閱讀深具人文主義、專業的、美學的意義，而其閱讀不過是私人活動，只會產生微不足道的公衆效果，則就顯得太過像「愚昧的樂觀主義」(Panglossian)。文本是變化多端的事物，它們和周遭環境及政治事物多少有些關係，這些均需要留意和批判。當然，無人可以涵蓋每一件事情，正如同沒有一個理論可以解釋或說明文本和社會之間的各種關聯。但閱讀與寫作從來不可能是一種中立的活動：無論一部作品的美學及娛樂效果如何，總有利益、權力、情感、愉快內含於其間。媒體、政治經濟、大眾機制——總之，世俗權力的軌跡及國家的影響——是我們所謂文學的一部分，正如同我們不可能只從男性，而不從女性觀點來閱讀文學作品是眞的一樣——此種變形正是文學的形式——同樣的，我們確實也不可能只處理邊緣地區的文學，而不照顧到宗主國中心的文學。

取代由於多民族的，或系統性的理論學派所提供的偏頗分析，我提出一個全球性分析的對位式主線，在其中文本與現世的機制被視爲是一起運作的；在其中狄更斯和薩克萊既是倫敦的作者，也同時是被其所覺察到的印度及澳大利亞的殖民事業歷史經驗所形塑的作家；在其中大英國協的文學和其他地區的文學交互影響。分離主義及本土主義的事業被視爲充分的，實在令我訝異；文學開創意義之生態學不可能只是附著到一種本質或有關某件事物的判然有別之理念。但這種全球式的、對位式的分析，不應在一種交響曲式的基礎上，被模塑出來（早期比較文學的觀念即是如此），而是在一種非調性的合奏基礎上；我們有必要考量以類型的空間或地理及修辭的實踐——影響、限制、約束、侵入、包容、禁止——所有這一切可以闡釋某種複雜與不連續的圖像。一位有天份的批評家之直覺式的綜合，此種由於詮釋學或語言學之詮釋所供應的方式（狄爾泰爲其原型）仍有價值，但若視其爲只是對一個比我們的時代更安詳的時代深切之提醒者，則令我訝異。

這又使我們回到政治的問題。沒有任何一個國家可以免於有關讀什麼、教什麼、寫什麼的爭議。我經常對美國的理論家感到嫉妒，對他們而言，對現狀之激進的懷疑論或順服式的尊重是兩個眞實的選項。但恐怕因爲我自己的歷史和情境不允許我有這種奢侈、退隱及滿足，我也不覺得他們眞可如此。然而我相信某些文學作品確實很好，有一些則很差，假如不是像讀一本古典作品所獲得之救贖式的價值，而只是像注視電視銀幕而已，然後透過心靈之運作，獲致潛在的增加個人之敏感度及意識，我和任何人一樣仍維持較保守的態度。假設我將此議題化約爲如同我們的「單調無聊」和步行一般的日常工作，我們這些讀者和作家只不過爾爾，一方面，專業主義和愛國主義無用武之地，另一方面，等待天啓示的改變也同樣是枉然。我寧願回到——簡明地和理想主義式地——對抗與緩和壓迫性的宰制之理念，透過理性分析，嘗試擺脫某些負擔，將不同的文學作品就其相互間的關係及其歷史存有模式，放入不同的情境，以求對現狀有所轉變。我所說的是在不同的形構中，經由發生在我們周遭的這些轉變，讀者和作家現在均成爲具有對其個人角色之檔案式的、表現性的、深思熟慮的及道德的責任感之世俗知識份子。

對美國知識份子而言，目前更是處在一種危急存亡之秋。我們的國家告訴我們，她具有無比重要之全球性地位，有一個嚴肅議題由保羅・甘迺迪的作品——他本人主張所有偉大的帝國都因爲過度擴張而沒落㊵——和約瑟夫・奈（Joseph Nye）的作品——其在《注定要領導》（*Bound to Lead*）的新序言中主張美國帝國式的宣示：世界第一，特別是在波斯灣戰爭之後，必須重新予以肯定——之間的正反論調所引申出來。所有的證據對甘迺迪有利，但奈聰明反被聰明誤，以致沒有了解「在二十一世紀，美國權力的問題將不是對其霸權之新的挑戰，而是跨國之互相依存關係的新挑戰」。㊶他總結道：「美國仍將爲最大、最富裕之超強，具備形塑未來之最大能力。在一個民主政體裡，其抉擇操在人民手中。」㊷然而問題是「人民」有直接行使其權力嗎？或是這種權力之再現如此具有組織，且透過文化方式來進行，故必須有一個不同的分析方法呢？

論及今日之無情的商品化和專業化，我想此時也算是規劃此種分析之開始吧，特別是美國之專家及專業主義之崇拜（在其文化論述中享有霸權）及誇耀戰利品式的觀點及意志是如此先進。過去在人類歷史，少有某個文化對另一文化有如此自大的干預力量及理念，如同今日美國對其餘世界一般的（奈就這點而言是正確的）。稍後我會再回到此一議題。然而，總體而言，我們有罕見之片斷的、如此尖銳地化約式的，及如此全然地、退化的對我們眞正（相對於被公開確認的）文化認同之了解，這卻也是眞的。這部分歸咎於專業化及隔離式的知識之幻想式的爆炸：非洲中心主義、歐洲中心主義、西方主義、女性主義、馬克思主義、解構主義等等。這些學派無能也無力強化和引發對原創性的洞見之興趣。這轉而淸除了一個爲被認可的國家文化目標之修辭所保留的空間，具體展現在由洛克斐勒基金會所委託的研究：《美國生活中的人文性》(*The Humanities in American Life*)㊸之文獻中，或更最近的、更具政治性的前教育部長（和前國家人文基金會主任）威廉·巴涅特的許多告誡，在其「開拓遺產」(To Reclaim a Heritage)中，他不只做爲雷根政府的一位內閣官員，還是一位自我設定之西方代言人，自由世界之某種首腦。他加入愛倫·布魯姆及其追隨者，這些知識份子認爲在學術界中，婦女、非裔美國人、同性戀者、美洲原住民等（所有這些均討論眞正之多元文化主義及新知識）的出現乃是一種野蠻民族對「西方文明」的威脅。

這些「文化狀況」(state of the culture)的冗長乏味之文章告訴我們什麼呢？僅僅是人文學是重要的、傳統的、發人深省的，必須放在中心位置。布魯姆希望我們只讀一些希臘和啓蒙哲學家，以便牢記他的理論——美國高等教育是爲「菁英」而設的。巴涅特更變本加厲地說，經由「開拓」我們的傳統，以便能「有」人文素質——這些集體代名詞和合於禮節的腔調是重要的，即經由研讀二十多篇主要的文本。假如每一美國學生被規定要去讀荷馬、莎士比亞、《聖經》、傑弗遜，我們就可企及對國家目標的完整認知。隱藏在那些牙牙學語式(epigonal)的複製馬修・安諾德對文化意義的告誡底下的，乃是愛國主義的社會權威透過「我們的」文化以建構保衛認同的堡壘，經由這樣我們可以用反制及自信的態式來面對世界的挑戰；正如法蘭西斯・福山(Francis Fukuyama)的勝利式宣告：「我們」美國人可以視我們自己是正邁向實現歷史的終結之路。

這是一種極端地對我們所習得之文化劃下清楚界線的偏激方式——其生產力、其成分的歧異性、其批判的及矛盾的能量、其激進的反命題式的特質，和最重要的，其豐富之世故性對帝國之征服及解放的陰謀。我們被告知：文化和人文研究是恢復猶太—基督教或西方的遺產，從美洲原住民的文化解放出來（猶太—基督教傳統在早期美洲大陸的具體表現便是著手展開滅種大屠殺），和從此一傳統在非西方世界的冒險事業中逃離出來。

然而，多元文化的學科事實上在當代美國學院找到了一個慈善的收容所，這是一個格外重要的歷史事實。威廉・巴涅特特別以此做爲他的攻擊目標，狄內須・德索沙(Dinesh D'Souza)、羅傑・金博(Roger Kimball)、和艾文・柯南(Alvin Kernan)也有同樣說法；我們則一直認爲總是存在著一個現代大學世俗任務之合法概念（如同艾文・高德納

（Alvin Gouldner）所述），即大學是多樣性和矛盾的理念可以和建制的教條及正典式的教義共存共榮的場所。現在這種想法被一種新保守主義的教條所駁斥，這種教條宣稱「政治正確」（political correctness）乃是其敵人。此種新保守主義的假設是美國大學承認了馬克思主義、結構主義、女性主義和第三世界研究，並將之納入正式課程（在此之前，這些只被一整個世代的流亡學者所代表），也就是抵制了其先設權威之基礎，現在美國大學被一個「布朗基派」（Blanquist）的無容忍之意識型態家的陰謀集團所「掌控」了。

反諷的是，大學的做法承認此類文化理論的顛覆性，以便從某種程度上將其固定在學院專業次領域的地位，而中立化其影響。因此，我們目擊此一奇特景象：教師們教一些理論完全地從其本身的脈絡被「置換」（displaced）出來——「扭轉」（wrenched）或者是更好的字眼——我在其他地方稱此種現象為「旅行理論」（travelling theory）㊹，在許多學院系所有此現象，尤以文學、哲學、歷史為然——理論被拿來教學生，以便使其相信他或她自己可以變成一位馬克思主義者、女性主義者、非洲中心主義者或解放主義者，並規定以相同的努力和心力投注去研讀從書單上選擇出來的一些主題。在這種瑣碎化之上的固定不變地對專業技術的更有力之崇拜，其主要意識型態必須負擔規定社會、政治、階級基礎的承諾應該納入專業學科的規範之下，因此，假如你是一位文學或文化批評的專業學者，所有你和眞實世界的聯繫必須附屬在你在那些領域的專業工作之下。相似地，你的責任與其說是在你的社區和社會做一個觀衆，倒不如說是對你同夥專家的公司行會負責，對你的專業系所及學科負責。在這種相同的精神及相同的分工律則之下，某些人的工作是「外交事務」或「斯拉夫或中東區域研究」，他們就負責那些相關事務，並避免你去插手其中。因此你的販賣、行銷、升遷和包裝，你的專業——從一所大學到另一所大學，從一個出版社到另一個出版社，從一個市場到另一個市場——便有保障，其價值可被維持，你的能力便被增值。羅伯•麥克考菲(Robert McCanghey)已經寫了一個有趣的研究報告說明此一過程如何在國際事務上運作；其標題可以告訴我們整個故事：《國際事務研究和學院事業：美國學術封閉性外一章》(*International Studies and Academic Enterprise: A Chapter in the Enclosure of American Learning*)。㊺

這裡我並不是在討論當代美國社會的**所有**文化實踐——一點也不是如此。我只是描述一種特別有影響力的形式，對於文化與帝國主義的關係具有決定性的指引方向，此種關係模式是美國在二十世紀從歐洲繼承過來的。外交政策的專業從來不曾像今天這樣有利可圖的——因而也從來沒有像今天一樣，從公衆的干預中被隔離出來。因此，一方面，我們擁有從學院篩選出來的外交與區域專家（只有印度專家可以說印度、非洲專家談非洲）；另一方面，那些篩選被媒體和政府所重新肯定了，這些相當緩慢而平靜的過程可以找到令人驚嘆的證據，也就是在美國和其利益出現重大國外危機的期間，被突然而印象深刻地揭發出來——例如：伊朗人質危機、韓航〇〇七班機被擊落事件、**阿契爾•羅洛**(Achille Lauro)事件、利比亞、巴拿馬及伊拉克戰爭。然後，好像芝麻開門一般神奇的過程，且必須毫無爭議地被遵從，而以極細密的方式計劃出來，結果公共知覺完全被浸淫在媒體分析及巨大的新聞報導。因此，這類似一種虛脫的經驗，阿多諾說：

經由資訊、宣傳、評論，將戰爭完全抹除掉，攝影師拍著第一列坦克，戰地記者英雄式的死亡，輿論及遺忘活動之啓蒙式的操縱搞成一堆。所有這一切是經驗枯萎的另一種表現，人及其命運之間的虛空，而他們真實的命運便横躺其中，好像已物化的、僵硬化的投擲灰泥的事件已取代了真實事件本身。人被化約成在怪物般的紀錄片中扮演沈默的跑龍套角色者。㊻

若無視於美國電子媒體對非西方世界的報導——和出版文化中的錯置效果——所造成之美國人及其外交政策對世局態度之效應，這是不負責任的。我認爲一九八一年的案例㊼（今日這更爲眞實）限制了公共對媒體表現的影響，這結合了流行之政府政策和規範新聞報告及選擇的意識型態（由被認可的專家和媒體管理者互相合作所設定之議題）之間幾乎完美地互相呼應，這使美國對非西方世界的帝國式觀點得以持續。因此，美國政策便由宰制性文化所支持，此一文化從不反對美國之主要信條：支持獨裁及不得民心的政權、主張對本土的武裝起義反抗美國之盟友者，採用不成比例的以暴制暴方式以鎮壓之、對本土民族主義之合法性有持續的敵視。

在上述觀點和透過媒體向全世界所做宣示的訊息之間的一致性，是分毫不差的。其他文化的歷史在其爆發出來和美國正面對抗之前，是不存在的；對大部分的外國社會而言，那些事情是重要的，則壓縮進入三十二項主題來判斷，「時間到」(sound-bites)，就放進是否他們是親美或反美、自由、資本主義及民主等問題來考量。今日大部分美國人認識及討論運動競賽技巧的嫻熟度高出討論他們自己的政府在非洲、中南半島、拉丁美洲的行爲，最近的民意測驗顯示有百分之八十九的初中生相信多倫多在義大利。媒體所架構出來，而由專業詮釋者或研究「其他」民族的專家所面對之選擇，只是告訴公衆目前所發生的事情對美國是否「好」或不好——好像所謂「好」的事情可以由十五秒鐘的時間到機智問答來陳述一樣——然後建議某項行動之政策，每一位評論者或專家潛在地成爲幾分鐘的國務卿。

在文化論述中將規範內化，以便在論述時有遵循之規則，「歷史」有其官方版本，並和非官方的歷史相反對：所有這些當然是所有社會管制公共討論的方式。差別是在美國的全球性權力的史詩般規模，和由電子媒體所創造出來的國內共識的相應力量，是史無前例的。從來沒有一種共識是如此困難加以反對的，也從未有如此容易、且合乎邏輯地在無意識中就加以順從接受的。康拉德視克茲爲一位在非洲叢林的歐洲人，而高爾德則是在南美山區的啓蒙之西方人，既能夠使原住民更文明，也可以完全將他們消滅掉；從全球的範圍來看，今日的美國確實擁有相同的權力，撇開其正趨向沒落的經濟力量不提。

假如我未提到另一重要因素，我的分析便不完整。論及控制與共識，我使用霸權(hegemony)此一字眼有其用意，雖然很難否認美國目前有建立霸權之企圖。在當前美國的文化論述和美國在附庸之非西方世界的政策間有符應關係，毫無疑問，其間有一種直接強制要求順從之政權機制在運作。確實，經由一個壓力與限制的系統，整個文化個體維持其基本的帝國認同及方向。這便是爲何主流文化有其相當持續的規律性、嚴整性及可預期性，這看法是正確的。另一個陳述此一觀點的方式是認知到當代文化中新的宰制類型，在此可借用詹明信對後現代主義的敘述。㊽詹明信的論證是套在他對消費文化的描述上，此種文化的中心特性是和植基於模仿和懷舊的過去建立某種新關係，這種關係具有內在於文化產品的嶄新且大雜燴式的隨機性、空間之重組和具有多國資本的特質。就這點而言，我們必須增加文化的表象上之接合能力，這事實上使任何人說任何事情似乎都是全然可能的，但每一件事情都可被導向宰制的主流或被放逐到邊緣地位。

在美國，邊際化意味著某種不重要的地域性。這意思是說一事無成，並和非主流、非核心的、非權力之事物相結合——簡而言之，這意指與那些委婉式地被視爲「替代的」(alternative)事物相結合，如「替代」的模式、替代的政府、人民、文化、替代的劇場、出版品、報紙、藝術家、學者和風格，這些以後可能變成中心的或至少成爲流行時尚的、更不立即明顯和更不迅速的印刷文化之過程，及與其相伴之固有的範疇：歷史的階級、繼承的財產及傳統的特權之符碼化。在今日美國文化中，此種行政職權的現身是其「中心性」的新形象——直接和米爾斯所說的權力菁英相關——凌駕了更徐緩、反省核心：總統、電視評論員、公司主管、名流。中心性是身分認同，表示當權的、重要的和**我們的**。中心性保持兩個極端間的平衡；它賦予某些理念溫和、合理性、實用主義的平衡感，它使中間立場者團結起來。

中心性創造半官方的敘事，權威化和激發了對特定事件之因果次序，同時也防止反官方敘事之出現。最常見的因果次序是如下之老生常談：美國在全球代表善的力量，經常挺身而出排除由本體論上有害的和「反」美的外國陰謀所安排的障礙。因此，美國對越南和伊朗的援助一方面被共產主義，另一方面被恐怖主義的基本教義派所搞砸了，造成奇恥大辱及苦澀之絕望。反過來說，冷戰期間，英勇的阿富汗**聖戰士**（moujahidin，自由鬥士）、波蘭的團結工聯運動、尼加拉瓜的「反抗軍」、安哥拉叛軍、薩爾瓦多的正規軍——所有「我們」所支持的——若我們交給他們適當的裝備，他們便因「我們的」援助而取得勝利，但國內好管閒事的自由派及海外反情報專家的作爲，使我們的援外效果大打折扣。直到波斯灣戰爭之後，「我們」終於消除我們自己的「越南徵候群」（Vietnam syndrome）。

這些振振有詞的隨手可用之摘要式歷史，絕妙地被投射在達特羅（E. L. Doctorow）、董·狄里洛（Don DeLillo）、羅伯特·史東的小說中，被新聞記者，如亞歷山大·柯克伯恩（Alexander Cockburn）、克里斯多福·希金斯、西莫爾·赫許（Seymour Hersh），以及杭士基不厭其煩的作品所無情地分析著。這些官方敘事仍有權力禁止、邊際化、扣上罪名於相同歷史的替代性版本——在越南、伊朗、中東、非洲、中美洲、東歐。一個簡單且合乎經驗的事例顯示我所說的意思，便是留意當你有機會表現一更複雜、但更不具因果次序的歷史時，什麼事情將會發生：事實上，你被迫要重述「事實」，甚至以從原點開始去發明一種語言的方式進行，就如同我先前所討論的波斯灣戰爭的例子。在波斯灣戰爭期間，最難說清楚的是外國社會從過去到現在可能並不同意西方政治和軍事力量的壓迫，這不是因爲他們認定外國力量先天上是罪惡，但只不過因爲它們是外來的。要試圖了解所有文化事實上有其特有做法之如此明顯無爭議的眞理，竟像是一種過失的行爲一般；給你一些機會，以多元主義及公正之名去說明某件事實，卻嚴格地被局限於對事實之毫無結果式的爆發，但這又經常被蓋上極端或無關緊要的標記。既然沒有可以接受的敍事可依賴，甚至沒有敍事的持續許可，你感覺被排擠掉和必須保持沈默。

爲了將這個相當荒涼的圖像完成，讓我們增加一些對第三世界最後的觀察。明顯地，我們不可能脫離西方世界相關的發展脈絡來討論非西方世界。殖民戰爭的復仇、反叛的民族主義和失序的帝國主義控制之間延續不絕的衝突、好辯的新基本教義派和本土主義運動被絕望和憤怒所滋養、世界體系向發展世界中的擴張——這些情境直接和西方世界的實況有關。一方面，伊克巴・阿合馬提供對我們所處的這些情境之最好說明。他說在古典殖民主義的時代，佔主導地位的農民和前資本主義階級，在新政權時代已經被驅散而解組爲新的都市化和永不休止的階級，和宗主國西方世界之具吸納力量的經濟和政治權力結下不解之緣。例如，在巴基斯坦和埃及，充滿異議的基本教義派不是由農民或工人階級中的知識份子所領導，但被接受西氏教育的工程師、醫師、律師所領導。少數的統治集團在新的權力結構中，以新的畸形樣貌出現。㊾這些病態現象，和其所導致的對權威魔咒之解除，促成了從新法西斯主義到王朝寡頭式政權等政治形式，只有少數一些國家仍維持議會之運作及民主系統。另一方面，第三世界的危機促成一些挑戰，這形成了阿合馬所說的「勇往直前的邏輯」（a logic of daring）[50]之可觀景象。在必須放棄傳統信仰之際，新而獨立的國家認知到社會之相對主義和內涵於信仰及文化實踐系統之諸多可能性，實現獨立的經驗養成了「樂觀主義——希望和權力感之出現和擴散，並抱持著對現存的一切不必然繼續存在的信念，假如人民願意嘗試，他們可以大幅改善現狀……理性主義……透過計畫、組織和科學知識的運用將可解決社會問題的預設到處散布著」。[51]

3 運動與移民 Movements and Migrations

在大眾社會的時代中所發展出來的、新的、通盤性的宰制模式，是由上而下的，以一套強力的集中式文化與一套複雜的公司經濟所指揮的，雖然表現上有其龐大的權力，但亦有其不穩定性，就如同著名的法國都市社會學家保羅・維利里歐(Paul Virilio)所說的，這是一種建立在速率、立即傳播、無遠弗屆、固定出現之緊急狀態、由升高之危機所引發的不安定性等因素的政體，有些因素可導致戰爭，在這種情況下，現實之公共空間的快速佔領——即殖民化——變成是現代國家的中央軍事化之特殊權能，如同美國要派遣龐大部隊到波斯灣去時，也會統籌指揮媒體去協助實行此一任務。維利里歐立意反抗此種做法，故提出現代主義的「解放式語言/言說」(liberating language/speech, *la libération de la parole*)的理論設計與關鍵性空間——如：醫院、大學、戲院、工廠、教會、空曠建築物等——的解放是相互平行的；在這兩個例子裡，基本的侵犯行動是在正常的情況下，將不固定的事物加以固定住。㊿例如：維利里歐引用那些目前身分地位曖昧不明的人民做例證，這些人要不是去殖民化後的結果（外籍勞工、流亡人士，**客勞**

〔Gastarbeiter〕），或者是重大的人口或政治轉型的產物（黑人、移民、都市非法居留者、學生、群衆起義等）。這些形成了對國家權威的眞正替代方案。

如果現在人們記得一九六〇年代是歐美社會大規模群衆抗議的年代（主要是大學校園與反戰的示威），一九八〇年代正是西方世界之外的群衆抗議之年代。伊朗、菲律賓、阿根廷、韓國、巴基斯坦、阿爾及利亞、中國、南非、整個東歐、巴勒斯坦之以色列佔領區，這些地區都是發生過最令人印象深刻的群衆活動的地點，每個地點都擠滿了大批無武裝的平民大衆，他們的情緒表現出對統治他們很久的政府之強制剝削、獨裁及麻木不仁的忍耐已超出臨界點了。最値得回憶的是：一方面，示威抗議者本身資源豐富及令人驚異的運用象徵語言及理念（例如：扔石頭的巴勒斯坦青年、搖擺舞蹈的南非團體，或翻越圍牆的東德人民）；另一方面，政府殘酷的鎭壓、瓦解及可恥的逃亡。

雖然這些群衆抗議運動，意識型態上有甚大差異，但它們共同挑戰了每一種政府統治技藝及理論的某些基本事項，以及圍堵的原理。被統治的人民必須被算計、被課稅、被教育，當然也必須在被規範的場所受約束（如住宅、學校、醫院、工作場所），其最極致的範例是呈現在監獄和精神病院，正如傅柯所討論者。眞的，在加薩走廊、維謝瑟斯拉斯廣場及天安門廣場的騷亂群衆有某種嘉年華會的層面，但一九八〇年代持續之大衆掙脫束縛及不守本份的表現之所造成的結果，只比過去的大衆抗議更不具戲劇性（令人沮喪的）。巴勒斯坦人無可解決的困境直接表達了一個不受擺布的主張，一個反抗的民族爲其反抗付出極重大的代價。仍有其他的例子：流亡人士和「船民」（boat people）、那些永不休止及脆弱的漂泊流浪者、南半球餓殍的人民、雖窮困但堅毅的無家可歸者，像是許多的流浪漢，站在西方城市的耶誕節購物者的陰影之下；尚未被記錄下來的移民者及被剝削的「外勞」，提供了廉價及經常性的季節性勞工。處在不滿及挑戰性的都市暴民的偏激行爲和半外國的、未被充分照顧的人民向洪水般湧入的兩種混亂現象，世界上的世俗及宗教的權威都在尋求全新的或加以改良的統治模式。

似乎沒有任何方法可以比訴求於傳統、民族、或宗教認同或愛國主義一樣更垂手可用、更可令人滿足、且充滿吸引力的。因爲這些訴求以完美的媒體系統配合大衆文化做倡導，加以擴散並傳布。它們的效果令人震驚，雖然不能說是令人恐懼。在一九八六年春，雷根政府決定給「恐怖主義」一次打擊時，轟炸利比亞行動的時間正好是發生在黃金時段的全國晚間新聞開始之際，「美國嚴厲反擊」和傳遍穆斯林世界的令人毛骨悚然之「伊斯蘭」口號相互迴響，這轉而在「西方世界」激發了如雪崩般的形象、寫作和政治姿態的湧現，強調「我們」猶太—基督教（西方、自由、民主）遺產的價値及「他們」（伊斯蘭、第三世界等等）的邪門、罪惡、殘暴及不成熟。

轟炸利比亞的事件發人深省，這不只因爲雙方的行爲可說相互輝映，尚因爲他們均以無可置疑的方式混合了正義的權威及復仇的暴力，且重複同樣的行爲。確實這是一個**神權式的教主**（ayatollahs）紛立的時代，護法者（柯梅尼、教宗、柴契爾）的行伍既簡化又護衛了一個又一個的教條、本質、主軸信仰。一種基本教義信仰令人反感地以純正、自由、善良之名攻擊異己，一個奇特的弔詭是宗教狂熱幾乎總是將神聖及神明的理念搞得含糊了，好像這些理念不可能在熱過頭的、非常世俗性的基本教義派戰鬥氣氛中存續。當你被柯梅尼所動員時（或像在一九八〇年代，由海珊所發動之戰爭最險惡的時刻，阿拉伯人勇往直前，打倒「波斯人」），你不認爲可以祈求上帝慈悲的本性：你努力效命、你打戰、你義正詞嚴。同樣地，冷戰時期大規模的軍事競賽，如同雷根和柴契爾所追求的盡忠職守以反擊邪惡帝國，其強調正義和權力少有神職人員可與匹敵。

在對其他宗教與文化之猛烈攻擊與極其保守的自詡之間，並未填上言而有據的分析及討論。大量的有關魯西迪《撒旦詩篇》的評論文章中，只有一小部分討論該書內容；那些反對該書並建議將其焚毀、其作者應處死的人卻不願意唸它；反過來說，那些支持作者之自由寫作權者，卻自以爲是，也不想去讀那本書。在美國和歐洲，許多有關「文化素養」(cultural literacy)的情緒性爭議，大都放在**應該**讀什麼書上——二十至三十本基本讀物——但對**爲何**應該讀則並未涉及，在許多美國大學裡，對新近、逐漸強勢的邊際團體之訴求，常有的正確思維式的反應是說「告訴我誰是非洲的（或亞洲的、或女性的）普魯斯特」，或是「假如你擅改西方文學正典，你可能會促成一夫多妻制或奴隸制的恢復」。是否這種**比較方式**，或這種對歷史過程類似諷刺漫畫的觀點，可說是爲「我們的」文化之人文主義及偉大設立典範，恐怕那些聖賢也並不會自願去做這種事吧！

他們的論斷和大批的文化肯定論相結合，其特色是這些論點均由學者及專家所宣示。與此同時，如同左派或右派所經常強調的，通才式的世俗知識份子已經消逝了。在一九八〇年代，沙特、羅蘭・巴特、史東（I. F. Stone）、傅柯、雷蒙・威廉斯和詹姆士相繼去世，標示了一個舊秩序的終結。他們一直是代表學問及權威的名士，他們對許多領域的通盤式視域使其超出了專業能力，換句話說，一種批判性知識份子的風格；與此相反，如同李歐塔在《後現代條件》（*Postmodern Conditions*）[53]所言，技術官僚基本上有能力解決局部性的問題，卻無能提出由解放及啓蒙的大格局敘事所設定之大問題，然後出現了由官方所小心委派的政策專家，服侍所謂的安全管理專家去指導國際事務。

因爲大系統及整體性理論（冷戰、布列頓森林**和議**、蘇聯與中國的集體化經濟、第三世界的反帝國主義之民族主義）之全然枯竭，我們進入一高度不確定的新時代。這情形由戈巴契夫強而有力地呈現出來，一直到他被更具確定性的葉爾欽所繼承爲止，**重建**（perestroika）和**新思維**（glasnost）這兩個和戈巴契夫改革相連的基本概念，表現了對過去的不滿，更主要的，對未來空泛的希望，但它們既非理論，亦非觀點，他不眠不休地旅行各地，逐漸顯示一幅世界的新地圖，其中大部分地區幾乎驚人地相互依賴著，但大部分疆界，不論就知性上、哲學上、族群上，甚至是想像上，均還未被劃定淸楚。大批民衆，比過去數目更龐大、有更多期望、想要吃得更多、更好；大批民衆仍然想要遷移、交談、歌唱、衣著。如果舊有的體系不能對那些需求有所回應，由媒體所緊密操控的巨大形象雖可號召行政式的暴力和瘋狂的偏狹心態，卻不能眞正滿足人們的需要，他們可以一時得逞，但之後便失去了動員能力，在化約式的格局及難以匹敵的衝動和驅力之間，存有太多的矛盾了。

被發明出來的古老歷史傳統和各種統治之方案正逐漸讓位給更新穎的、更具彈性的和鬆散的理論，在當代的時刻，其爲間斷的和緊張的。在西方，**後現代主義**抓緊了反歷史的失重感、消費主義、新秩序之景象。與其相關的理念，諸如：後馬克思主義、後結構主義、以及義大利哲學家賈尼・瓦提莫(Gianni Vatimo)所述之各類「終結現代性」(the end of modernity)的「弱思想」(the weak thought)。然而在阿拉伯及伊斯蘭世界，許多藝術家及知識份子，諸如：阿多尼斯、艾力斯・豪尼(Elias Khoury)、卡默爾・阿布・迪比(Kamal Abu Deeb)、穆罕默德・阿爾孔(Muhammad Arkoun)和賈梅爾・班・沙亦赫(Jamal Ben Sheikh)仍關心**現代性**，其仍未枯竭，「現代性」仍是對由**傳統遺產**(turath, heritage)和正統所支配之文化的主要挑戰。在加勒比海、東歐、拉丁美洲、非洲和印度次大陸，其情況亦類似，這些運動在令人興味盎然的都會空間中，形成文化交匯的盛況，並由國際聞名的優秀作家賦予活力，如：魯西迪、卡爾洛斯・芳提斯(Carlos Fuentes)、馬奎斯、米蘭・昆德拉，他們不只以小說家的身分，且以評論家及社論作家的身分強力界入其間。他們的何爲現代或後現代的論戰並與如何現代化的焦慮及迫切的問題相結合。世界正步入**頹廢**(fin de siècle)，正經驗到災難性變局，換言之，正當現今社會如發熱病般的貪求已經威脅著將人性的存在剝除淨盡之際，我們如何能夠繼續保有生命本身的尊嚴呢？

日本的個案特別顯示了此種徵候，如同日裔美籍的知識份子三善正雄所述的，他討論每個人均熟知的所謂「日本力量之謎」的之研究。日本銀行、公司、房地產會社現在已經大幅凌駕了（事實上已矮化了）其美國的對手，日本的房地產價值比美國高出許多倍，想想過去這是資本的非常重要之靠山，世界的前十大銀行大部分是日本的，多數美國的龐大外債掌握在日本手中（和台灣）。雖然在七〇年代阿拉伯產油國家崛起時，這種情形已有些預兆了，但正如三善所言，日本國際經濟力量是無可匹敵的，相較於其幾乎全然欠缺一種國際文化力量更顯特別。日本當代的口語文化是寒酸的，甚至是貧乏的——由脫口秀、喜劇、書刊、冷酷無情的會議及小組討論所支配。三善診斷出一種新的文化問題，乃是其國家令人敬羨的財力資源之必然結果。整體的虛幻及經濟領域上全球性支配兩種之間有一絕對的不對等，而在文化論述上充滿貧乏的退縮以至對西方的依賴。[54]

從日常生活的細節到一連串巨大的影響全球性的力量（包括所謂「自然之死亡」）——所有這一切再三地對苦惱的心靈提出呼籲，但少有方法可以緩和它們的力量及它們所創造的危機。幾乎每一個角落，人們具有共識的兩個普遍的議題領域爲個人自由應受保障、地球環境應受保護，免於進一步的惡化，民主和生態各自提供一區域性的脈絡，及許多具體的戰鬥區域，其形成背後均有一個全球性的時代背景。無論民族鬥爭或森林消失及全球性警訊的問題，在個人認同（具現於個人生活上之小動作，如吸煙或使用罐裝噴霧器）和普遍的架構間的互動是極爲直接的，而世世代代享有盛譽之藝術、歷史，和哲學之慣俗先例似乎不適於解決這些問題。四十年來，如此令人興奮的許多關於西方現代主義及其成果——表現在精心構思的批判理論之詮釋性策略和文學及音樂之各類形式的自我意識之中——幾乎是出奇的抽象，以今日觀點來看，乃是令人絕望地歐洲中心主義。現今更可信賴的是來自前線的報導，即在國內的獨裁政權和其唯心主義式的反對者之間的鬥爭陣線，其乃現實主義和狂想的雜種混合，充滿圖學式的及考古學式的描述及探索，結合不同的形式（社論、錄影帶或影片、照相、回憶錄、故事、格言）之無家可歸的流亡經驗。

因而，當前主要的任務是能夠掌握我們的時代之新的經濟及社會—政治風貌及錯置的情況，結合一種強調人類彼此互賴共存的全球性角度所呈現出來之諸多令人驚嘆的實況。如果日本、東歐、伊斯蘭和西方的事例表現出某些共通現象，那便是我們需要一個新的批判意識，這只能透過修正對教育的態度而達成。若只迫使學生堅持自己原有的認同、歷史、傳統、獨特性，或者可以一開始使他們能夠對追求民主、追求人權，以獲得更肯定、更合理的人性存在的基本要件均能朗朗上口。但我們必須繼續努力，使那些基本要件放在其他認同、其他民族、其他文化的時空情境中，撇開其間的差異性，然後去研究如何它們總是彼此交錯，經由非官僚階層的影響、橫越、聯合、喚醒記憶、審愼的遺忘、當然還有經由衝突。我們根本無所謂逼近「歷史的終結」，但我們仍然一點也不能從某些對此論點之壟斷性態度自由地解放出來。當然過去或許沒什麼好的——縱然是分離主義的認同、多元文化主義、少數族群的論述之政治性吶喊——若我們能教育我們自己找到替代方案，我們將會生活得更美好與安定。事實是，我們彼此混雜在一起，此種生活方式，大部分的國家教育體系從未夢想到的。如何將文藝及科學的知識和這些整合性的現實情況相配合，我相信是當前重要的知性及文化的挑戰。

對民族主義堅定的批判，引申自我前面討論過的許多解放理論家，這些不該被遺忘掉，因爲我們無須譴責我們自己重複了帝國的經驗。在此一重新界定且是當代之非常密切的文化與帝國主義的關係，而此種關係又促成了令人不安之宰制的形式，我們如何可能維持由八〇年代的大規模去殖民化的反抗運動及群衆起義所釋放出來的解放能量呢？那些能量能夠逃過現代生活同質化的過程，並堅忍地對新帝國中心的干預做出有力的反制嗎？「所有事物均反抗，充滿著原始、多餘、奇異」，吉拉德・曼利・霍普金斯(Gerard Manley Hopkins)在〈斑駁之美〉(Pied Beauty)中如是說。問題是：「**哪裡？**」我們可以問道：哪裡有這樣的地方，可使時間之令人驚異地和諧景象能和發生在〈小紀汀〉(Little Gidding)結尾的那種無時間感相交呢？艾略特將此一瞬間形諸文字：

新與舊之簡單的交易；
平易的言語正確而不庸俗；
正式的言語精確卻不學究；
完美的佳偶同步共舞。[55]

維利里歐的觀點是「居無定所」(counter-habitation)：活得像移民一般，居無定所，然而卻又有其公共空間。相似的觀點出現在由吉爾斯・德留茲(Gilles Deleuze)和費利克斯・瓜塔里(Félix Guattari)的《一千個高地》(〔*Mille Plateaux*〕,《反伊底帕斯》〔*Anti-Oedipe*〕的第二册)。這本內容豐富的鉅著有許多部分不易親近，但我發覺它神祕性地發人深省。標題為〈遊牧民族學的特質：戰爭機器〉(Traitéde nomadologie: La Machine de guerre)的一章，以維利里歐的作品為基礎，擴大其運動與空間之理念，結合於一個四處流浪的戰爭機器的非常古怪之研究。此一相當具原創性的論著內含一個隱喻，涉及在此一制度化、軍事統制及同派互選的時代中的一種紀律性知性動員。德留茲和瓜塔里說：戰爭機器可以被同化於國家的軍事力量——但既然它基本上是一分立的實體，故不需要這麼做，性靈之遊牧般的漂泊是無須一直服侍於制度的。戰爭機器堅強的根源不只是其游牧式的自由，還是其冶金術式的藝術——德留茲和瓜塔里將其和音樂作曲的藝術相比——素材不斷被鍛鍊，模塑成「超越分離的形式(冶金術像音樂)，強調形式本身繼續不斷地發展；超越個別不同的素材，強調材質本身的繼續不斷的變異」。(56)精確、具體、持續、形式——所有這一切均具有遊牧生活實踐的特性，維利里歐說，其權力不是來自攻擊性，但來自其脫軌性。(57)

我們可以在當代世界的政治地圖上察覺此一眞理。因為，確實當代最令人不快的特色之一便是製造了比過去歷史上更多流亡人士、移民、被移置的人們和放逐者。反諷的是，他們大部分和大規模的後殖民和帝國衝突相伴而生，或是由後者所出的鬼主義。當追求獨立之鬥爭產生了新國家及新疆域，也產生了無家可歸的流浪漢、遊牧者、漂泊者，不被制度性權力的逐漸成形之結構所同化，也被建制之秩序所拒絕，因爲他們有不妥協、頑固不化的叛逆性。從這些人民生存於新舊時代之間、老帝國和新國家之間來看，他們的生存條件表達了在帝國主義的文化地圖上揭示之重疊疆域的緊張、無解及矛盾。

無論如何，在單純樂觀的動員力和知性的生命力之間有極大差異；而我所引用的許多理論家之作品所述及的「勇往直前的邏輯」和本世紀的移民及其被殘害的生命所承受的龐大脫節、荒蕪、悲慘及恐怖經驗之間，亦有極大不同。然而，若說解放乃是一種知性的任務，其產生源自抗拒與反對帝國主義的束縛及復仇，其重責大任目前已從那些文化上定居的、體制內的及安樂窩式的道德驅力轉移到無家可歸的、離心的和放逐的道德能量，今日其能量的化身是移民者，其意識是放逐知識份子及藝術家的意識，是那些處身在疆域之間、形式之間、安樂窩之間，及語言之間的異端政治人物。從這個角度來看，所有事物均反抗、充滿著原始、多餘、奇異。從這個角度來看，吾人也可看到對位式地「完美的佳偶同步共舞」。這一點也不誇張，若說放逐的知識份子之勇敢的表現和被移置的人們或流亡者的悲慘境遇是同一件事，這會是最罪大惡極的愚昧樂觀主義式的不誠實。但我認爲有可能視知識份子爲最先實行淬煉出那種使現代性變得不成形的困境，然後加以表達出來的功能——這些困境包括大規模的驅逐、監禁、人口遷移、集體剝奪權益、強制移民。

「我們知道，過去移民的生活完全無人在意。」阿多諾在《道德之最低限度》（*Minima Moralia*）（副標題《來自受傷害生命之反省》（*Reflections from a Damaged Life, Reflexionen aus dem beschadigten Leben*））一書中如是說。爲什麼？「因爲無事不被物化，凡不可計算及測量者，就不再存在了。」[58] 或者像他稍後所提的，被擺在只是「背景」的位置，雖然現代人命運中無能爲力的層面是顯而易見的，其本質及可能性值得加以探索。因此，移民的意識——引用華萊士・史蒂文斯（Wallace Stevens）的詩句：冬季的心靈——發現其邊際性格，「將凝視從常軌中移開，對粗暴之厭恨，追尋尚未被一般模式所包容的新鮮概念，這是思想的最後希望」。[59] 阿多諾所說的「一般模式」就是它在別處所說的「被行政掌控的世界」（administered world），或就文化中無法抵抗的支配者而言，便是所謂的「意識工業」（consciousness industry）。因此，不只在移民的脫軌性格中存有因流亡造成的不利後果，但仍有挑戰此體系之有利效果，用那些已經無法被受壓制的人們所用的語言來描述此種情況：

> 在不斷地促使每一個人能回答問題之知性階層制度中，只有不應不答的能力可以直接對階層制度指名道姓地叫罵。在知識流通領域的污點是被知性的圈外人所塗抹上去的，正當避難所不再存在的剎那間，該領域正為已被出賣的心靈打開最後一個避難所。他所提供之能夠賣出的東西是獨一無二的，所以無人想買，他卻因此充分表現了免於交易的自由，甚至他自己並無意於此。[60]

當然這些是最低限度的機會。然而，幾頁之後，阿多諾經由提示某種充滿隱晦、曖昧及迂迴的表現形式來擴充自由的可能性——「其形式邏輯肇始的全然透徹性」是缺乏的——脫離了宰制體系之後，其內含之「不適切性」(inadequacy)反而促動了某種解放的判準：

> 此種「不適切性」與生命的「不適切性」類似。其傳達某種擺盪且偏離的曲線，雖然與其前提比較令人絕望，雖然它總是比應有的更少一些，但只有在這種實際的軌跡中，才能在既定的存有條件之下，展現出不受統制的生命。[61]

我們似乎會說從組織統制中暫時喘一口氣，這或者太過私人化了，我們不只可在頑固不化的主體性中，甚至在提倡否定性的阿多諾中，再度發現此種不適切性，也可在像阿里・薩里亞提(Ali Shariati)這樣的伊斯蘭知識份子之公衆言論中找到。他是伊朗革命初期的主要領袖，他抨擊「所謂眞實而直接的正道、平坦而神聖之大道」——組織化的正統性，並與之和不斷遊走的偏離行動相對比：

> 人，是一充滿辯證的現象，總是被驅策著必須一直處在動態之中……因而人從不可能達到一個終點休息站，然後在上帝之中尋復安宅之處……因此，所有固定不移的準則何其可悲啊！誰可固執一個準則呢？人是「抉擇」、鬥爭、處在

持續不斷的變化之中。他是一場無限的遷徙，自我內在之遷徙，從黏土而至上帝；他是自我內在靈魂的遷徙者。[62]

這裡我們看到了一個追求非強制性文化的眞實潛能浮現出來（雖然薩里亞提只提到「男人」，而非「女人」），內含對具體的障礙及具體步驟的覺知，正確而不庸俗，精確而不學究，分享了一切從新開始的感受，促使其發揮眞誠而勇往直前的努力，一切從頭再來[63]——例如，在維琴尼亞・吳爾芙的《自己的房間》(*A Room of One's Own*)的女性經驗之嘗試性權威化；或是時間和角色的令人難以置信之重新設定，創造了《午夜之子》的分離世代；或是非裔美人經驗之頗可玩味的普遍化，這出現在東妮・莫里遜的《瀝青嬰兒》(*Tar Baby*)和《被愛者》(*Beloved*)明晰的細節，推力和張力從周遭環境產生出來——否則帝國主義的權力將迫使你消失，或接受某種關於你的自我之濃縮版，並變成一個教條，然後被放入課程指定讀本而被傳述。這些並非新的主宰論述、強而有力的新敘事，但只不過是另一種講述方式而已，如同約翰・柏格(John Berger)的節目所示，照相或文本只是被用來建立認同與呈現——僅僅給我們「**女人**」、「**印度人**」的再現形象——他們進入了柏格所說的控制系統。它們先天上便是含糊不清的，因而是負面的、反敘述性的剛愎自用，但卻無須被否定掉。無論如何，它們容許不受統治的主體性具有一種社會功能：「脆弱的形象（家庭攝影）經常是貼心的，被放在床邊，被用來提醒有些事物是歷史時間所沒有權利摧毀的。」[64]

從另一個角度來談，現代生活之放逐、邊際性、主體性、遷移性的能量是解放式鬥爭所配置的。當這些能量非常具有韌性而硬是不輕易失散掉時，就會出現伊曼紐爾・華勒斯坦所說的「反體系的運動」。記住，帝國主義擴張的主要特質，從歷史而言是累積，其過程在二十世紀更加迅速了，華勒斯坦的論證認爲基本上，資本累積是不理性的；儘管其成本太昂貴，高過其所得，其添加物、其貪得無饜之利得繼續毫無節制的擴張——爲維繫此一累積過程，不惜以付出戰爭代價來保護之或「買掉」(buying off)、或從同門派中選出「中介幹部」，或在一個持久性的危機氣氛中謀生活。因此，華勒斯坦說：「〔國家權力及支持國家權力理念的國家文化〕之非凡的超結構，扮演了在世界經濟中將生產因素自由流通極大化之角色，同時也是被用來動員反抗內在於世界體系之不平等的民族運動之托兒所。」(65)那些被體系所強迫來扮演扈從者或者監禁者角色的人民，將出現成爲有意識的對抗者而解組該體系，提出宣言，開展對世界市場之集體主義式強迫性的爭辯議題。並非每一件事情都可被「買掉」的。

所有這些紛雜的反抗能量在許多領域、個人，及不同時刻運作，提供了一個由衆多反體系的暗示和實踐所組成的一個社群與文化，以追求集體的人類存有(既非教條，亦非理論)，但這並非建立在強制及宰制的基礎上，它們點燃了一九八〇年代的起義，這些我先前已說過了。帝國的權威式的、強制性的形象已伸入並掌控了做爲現代文明核心之知性控制的許多程序。但此一帝國的形象已發現其反對者了，也就是在知性和世俗的不純粹性所內含之可更新的、幾乎是運動競賽式的不連續性中發現其反對者——混雜的文體、傳統及虛構的出乎意料之混合、立基於努力及詮釋（就此詞之更廣泛意含）的社群之政治經濟，而非以佔有、撥用，及權力爲主之階級或公司的基礎之上。

我自己反覆不斷地回想到十二世紀來自薩克森的僧侶聖維克多・雨果（Hugo of St. Victor)的餘音繞樑之美麗篇章：

> 因而，對實踐之心靈有一種偉大德性的泉源值得一點一滴的加以學習，首先，在可見及遷流不息的事物中不斷自我轉換，以便之後將其一起拋諸腦後。凡是一個人覺得其家園是甜蜜，則他仍然只是一位纖弱的初學者而已；認為每一寸土地都是其故土者，則已算是強者；若將整個世界視為是異域，則他已是位完人了。纖弱的靈魂只將他的愛固著在世界的某一定點上；強人則將他的愛擴充到所有的地方；完人則止熄了他的愛。[66]

艾力克・奧爾巴哈這位偉大的德國學者於二次大戰期間在土耳其過其流亡生活，引用這段文字做爲任何人的人格典範——無論男人**或**女人——若其人欲超越帝國、國家或區域之局限的話。例如：只有透過這種態度，歷史家可以開始掌握到人類經驗，及其書寫紀錄之異質性及特殊性；否則，其人將只是執著在更多充滿偏見的排斥及反應，而非眞知識所具有的否定之自由。但要注意的是雨果兩次強調「強」人或「完」人之實現乃是經由**執著之過程**，而非拒絕之過程，以成就獨立自主及不執著，流亡由個人對其生存之故土的愛及眞實的牽掛所宣示出來；流亡之普遍眞理並非某人已失去所愛之家園，但內含其中的是一種不可預期的、無可奈何的失落。因而視其經驗**宛若**這一切將會消失掉：在實際上，是什麼在支撐他們，並使他們在現實中扎根的呢？你將保住哪些？你將捨棄哪些？你將恢復哪些呢？爲了回答這些問題，你必須獨立自主，並擺脫掉某人的家園是「甜蜜」的想法，而實際情況也使其要想再抓住那種甜蜜性終究是不可能的。甚至於要想從由幻覺和教條所提供之替代物來獲得滿足，更是不可能：不論他是從對某人之遺產中引申出的驕傲，或從有關「我們」是誰的確定性中。

今天，無人純粹只代表**一件**事物。像印度人、女人、穆斯林，或美國人這些標籤只不過是起始點，緊接著與其相關的實際經驗會在瞬間之後便將之拋諸腦後，帝國主義在全球性的範域中凝聚了文化與認同的混合體。但其最壞和最弔詭的賜予是讓人們確信他們只是、主要是，或排他性的是白人、黑人、西方人、東方人。然而，正如人們開創他們自己的歷史，他們仍創造他們的文化和族群認同，無人可否定長期之傳統、持久之習性、民族之語言、文化之地理綿延不絕之連續性，但除了恐懼與偏見之原因外，似乎沒有理由堅持它們所代表之隔離和區別特質，好像人類生活只不過就是如此罷了。事實上，生存就是如何讓許多事物聯繫在一起；用艾略特的話來說：現實世界也不可能完全消除「縈繞在花園的其他迴音」。多用具體的、同情的及對位的方式來爲他人設想，將比只想到「我們」自己會更有報酬——當然這也更困難。但這仍意味著不要試著想去統治他人，不要試想將別人歸類，或將別人排列等級，更重要的，不要不斷反覆地說「我們的」文化或國家如何如何是世界第一（或因上述之同樣理由，**不是**世界第一）。對知識份子而言，可以不要**那些**東西，而仍有足夠的價值去追求了。

註釋：

① Michael Barrett-Brown, *After Imperialism* (rev. ed. New York: Humanities, 1970), p. viii.

② Arno J. Mayer, *The Persistence of the Old Regime: Europe to the Great War* (New York: Pantheon, 1981)。梅耶柏的書處理了從十九世紀到二十世紀初期舊秩序的再生產，應該由一本詳細討論在兩大戰期間從大英帝國到美國的舊殖民系統和委任關係之移轉過程的著作所補充：William Roger Louis, *Imperialism at Bay: The United States and the Decolonization of the British Empire, 1941-1945* (London: Oxford University Press; 1977).

③ *North-South: A Programme for Survival* (Cambridge, Mass.: MIT Press, 1980). For a bleaker，就一個更荒蕪的、恐怕更眞實之此一相同現實情況的觀點，A. Sivananden, "New Circuits of Imperialism," *Race and Class 30,* No. 4 (April-June 1989), 1-19.

④ Cheryl Payer, *The Debt Trap: The IMF and the Third World* (New York: Monthly Review, 1974).

⑤ *North-South*, p. 275.

⑥ 對三個世界的分類之有用的歷史，參見 Carl E. Pletsch, "The Three Worlds, or the Division of Social Scientific

Labor, circa 1950–1975," *Comparative Studies in Society and History 23* (October 1981), 565–90。也參見 Peter Worlsley's now classic *The Third World* (Chicago：University of Chicago Press, 1964).

⑦ Noam Chomsky, *Towards a New Cold War：Essays on the Current Crisis and How We Got There* (New York：Pantheon, 1982), pp. 84–85.

⑧ Ronald Steel, *Walter Lippmann and the American Century* (Boston：Little, Brown, 1980), p. 496.

⑨ 參見 Anders Stephanson, *Kennan and the Art of Foreign Policy* (Cambridge, Mass.：Harvard University Press, 1989), pp.167, 173.

⑩ Richard J. Barnet, *The Roots of War* (New York：Atheneum, 1972), p. 21。也參見 Eqbal Ahmad, "Political Culture and Foreign Policy：Notes on American Interventions in the Third World,"收錄於 *For Better or Worse：The American Influence in the World,* ed. Allen F. Davis (Westport：Greenwood Press, 1981), pp. 119–31.

⑪ V. G. Kiernan, *America：The New Imperialism：From White Settlement to World Hegemony* (London：Zed, 1978), p. 127.

⑫ Albert K. Weinberg, *Manifest Destiny：A Study of Nationalist Expansionism in American History* (Gloucester, Mass.：Smith, 1958)，也參見 Reginald Horsman, *Race and Manifest Destiny：The Origin of American Racial Anglo–Saxonism* (Cambridge, Mass.：Harvard University Press, 1981).

⑬ Richard Slotkin, *Regeneration Through Violence：The Mythology of the American Frontier, 1600–1860* (Middletown：Wesleyan University Press, 1973), p. 557。也參見其續集，*The Fatal Environment：The Myth of the Frontier in the Age of Industrialization. 1800–1890* (Middletown：Wesleyan University Press, 1985).

⑭ C. L. R. James, *Mariners, Renegades and Castaways: The Story of Herman Melville and the World We Live In* (1953; new ed. London: Allison & Busby, 1985), p. 51 and *passim*，還有 Kiernan, *America*, pp. 49–50.

⑮ 參見 J. Michael Dash, *Haiti and the United States: National Stereotypes and the Literary Imagination* (London: Macmillan, 1988), pp. 9, 22–25 and *passim*.

⑯ Kiernan, *America*, p. 206.

⑰ 前揭書 p. 114.

⑱ Irene Gendzier, *Managing Political Change: Social Scientists and the Third World* (Boulder and London: Westview Press, 1985)，特別是 pp. 40–41, 127–47.

⑲ *Many Voices, One World* (Paris: UNESCO, 1980).

⑳ Anthony Smith, *The Geopolitics of Information: How Western Culture Dominates the World* (New York: Oxford University Press, 1980), p. 176.

㉑ Herbert I. Schiller, *The Mind Managers* (Boston: Beacon Press, 1973)和 *Mass Communications and American Empire* (Boston: Beacon Press, 1969); Armand Mattelart, *Transnationals and the Third World: The Struggle for Culture* (South Hadley, Mass.: Bergin & Garvey, 1983)。這是僅有的三部，由這些作品就此一主題所寫的作品。

㉒ 穆尼夫這一系列的五本小說，以阿拉伯文出版於一九八四至一九八八，兩本有卓越之英文翻譯出版，即 Peter Theroux, *Cities of Salt* (New York: Vintage, 1989)和 *The Trench* (New York: Pantheon, 1991).

㉓ James A. Field, Jr., *America and the Mediterranean World, 1776–1882* (Princeton: Princeton University Press, 1969),

特別是 Chapters 3, 6, 8, and II.

㉔ Richard W. Van Alstyne, *The Rising American Empire* (New York: Norton, 1974), p. 6.

㉕ Fouad Ajami, "The Summer of Arab Discontent," *Foreign Affairs 69*, No.5 (Winter 1990-91),1.

㉖ 伊斯蘭藝術的頂尖歷史家之一，Oleg Grabar討論巴格達市爲藝術遺產的三大主要里程碑之一：*The Formation of Islamic Art* (1973; rev. ed. New Haven: Yale University Press, 1987), pp. 64-71.

㉗ Kiernan, *America*, pp. 262-63.

㉘ Arnold Krupat, *For Those Who Came After: A Study of Native American Autobiography* (Berkeley: University of California Press, 1985).

㉙ Basil Davidson, "On Revolutionary Nationalism: The Legacy of Cabral" *Race and Class 27*, No.3 (Winter 1986), 43.

㉚ 前揭書 p. 44，大衛森在他的深刻反省之 *The Black Man's Burden: Africa and the Curse of the Nation-State* (New York: Times, 1992) 擴大並發展此一主題。

㉛ Timothy Brennan, "Cosmopolitans and Celebrities," *Race and Class* 31, No.1 (July-September 1989), 1-19.

㉜ 見於 Herbert I. Schiller, *Culture, Inc.: The Corporate Takeover of Public Expression* (New York: Oxford University Press, 1989).

㉝ Immanuel Wallerstein, *Historical Capitalism* (London: Verso, 1983), p. 65 and *passim*。也參見 Giovanni Arrighi, Terence K. Hopkins, and Immanuel Wallerstein, *Antisystemic Movements* (London and New York: Verso, 1989).

㉞ 這點非常迫人的說明，由 Jonathan Rée in "Internationality," *Radical Philosophy*, 60 (Spring 1992), 3-11所提供。

㉟ Bernard S. Cohn, "Representing Authority in Victorian India,"收錄於 *The Invention of Tradition,* eds. Eric Hobsbawm and Terence Ranger (Cambridge: Cambridge University Press, 1983), pp. 192–207.

㊱ Adonis, *An Introduction to Arab Poetics,* trans. Catherine Cobban (London: Saqi, 1990), p. 76.

㊲ Seamus Deane, "Heroic Styles: The Tradition of an Idea,"收錄於 *Ireland's Field Day* (London: Hutchinson, 1985), p. 58.

㊳ Ken Ringle, *The Washington Post,* March 31, 1991。對這個展覽之諷刺性攻擊，在龐大且動人之目錄 *The West as America: Reinterpreting Images of the Frontier, 1820–1970,* ed. William H. Truettner (Washington and London: Smithsonian Institution Press, 1991)中有一卓越的矯正，參觀者對這次展覽的回應之樣本複製於 *American Art 5,* No.2 (Summer 1991), 3–11.

㊴ 這個觀點以非凡之細膩性在 Homi K. Bhabha, "The Postcolonial Critic," *Arena 96* (1991), 61–63和 "DissemiNation: Time, Narrative, and the Margins of the Modern Nation," *Nation and Narration,* ed. Homi K. Bhabha (London and New York: Routledge, 1990), pp. 291–322被探索著。

㊵ Paul Kennedy, *The Rise and Fall of the Great Powers: Economic Change and Military Conflict from 1500–2000* (New York: Random House, 1987).

㊶ Joseph S. Nye, Jr., *Bound to Lead: The Changing Nature of American Power* (1990; rev. ed. New York: Basic, 1991), p. 260.

㊷ 前揭書 p. 261.

㊸ *The Humanities in American Life: Report of the Commission on the Humanities* (Berkeley: University of California

Press, 1980).

㊹見於 Edward W. Said, *The World, the Text, and the Critic*(Cambridge, Mass.: Harvard University Press, 1983), pp. 226–47.

㊺ Robert A. McCaughey, *International Studies and Academic Enterprise: A Chapter in the Enclosure of American Learning* (New York: Columbia University Press, 1984).

㊻ Theodor Adorno, *Minima Moralis: Reflections from a Damaged Life,* trans. E. F. N. Jephcott (1951; trans. London: New Left, 1974), p. 55.

㊼ In Edward W. Said, *Covering Islam* (New York: Pantheon, 1981).

㊽ Fredric Jameson, "Postmodernism and Consumer Society,"收錄於 *The Anti–Aesthetie Essays on Postmodern Culture,* ed. Hal Foster (Port Townsend, Wash.: Bay Press, 1983), pp. 123–25.

㊾ Eqbal Ahmad, "The Neo–Fascist State: Notes on the Pathology of Power in the Third World," *Arab Studies Quarterly* 3, No. 2 (Spring 1981), 170–80.

㊿ Eqbal Ahmad, "From Potato Sack to Potato Mash: The Contemporary Crisis of the Third World," *Arab Studies Quarterly 2* No. 3 (Summer 1980), 230–32.

51 前揭書 p. 231.

52 Paul Virilio, *L'Insecurité du territoire* (Paris: Stock, 1976), p. 88 ff.

53 Jean–François Lyotard, *The Postmodern Condition: A Report on Knowledge,* trans, Geoff Bennington and Brian Massumi (Minneapolis: University of Minnesota Press, 1984), pp. 37, 46.

㉞ Masao Miyoshi, *Off Center: Power and Culture Relations Between Japan and the United States* (Cambridge, Mass.: Harvard University Press, 1991), pp. 623–24.

㉟ T. S. Eliot, "Little Gidding,"收錄於 *Collected Poems, 1909–1962* (New York: Harcourt, Brace & World, 1963), pp. 207–8.

㊱ Gilles Deleuze and Felix Guattari, *Mille Plateaux* (Paris: Minuit, 1980), p. 511 翻譯是我作的。

㊲ Virillio, *L'Insecurite du territoire,* p. 84.

㊳ Adorno, *Minima Moralia,* pp. 46–47.

㊴ 前揭書 pp. 67–68.

㊵ 前揭書 p. 68.

㊶ 前揭書 p. 81.

㊷ Ali Shariati, *On the Sociology of Islam: Lectures by Ali Shariati, trans.* Hamid Algar (Berkeley: Mizan Press, 1979), pp. 92–93.

㊸ 在我的 *Beginnings: Intention and Method* (1975; rprt. New York: Columbia University Press, 1985)描述得很詳細。

㊹ John Berger and Jean Mohr, *Another Way of Telling* (New York: Pantheon, 1982), p. 108.

㊺ Immanuel Wallerstein, "Crisis as Transition," 收錄於 Samir Amin, Giovanni Arrighi, André Gunder Frank, and Immanuel Wallerstein, *Dynamics of Global Crisis* (New York: Monthly Review, 1982), p. 30.

㊻ Hugo of St. Victor, *Didascalicon,* trans. Jerome Taylór (New York: Columbia University Press, 1961), p. 101.

中英文索引

二畫

三畫

四畫

五畫

六畫

八畫

九畫

十畫

十一畫

十二畫

十三畫

十四畫

十五畫

十六畫

十七畫

十八畫

十九畫

二十畫

二十一畫

二十三畫

內容簡介：

從十九世紀以迄二十世紀初，西方列強建立了從澳大利亞直抵西印度群島的殖民帝國；在此同時，西方文藝大師也創造了從《曼斯斐爾公園》以至《黑暗之心》和《阿伊達》等傑作。然而，大部份的文化批評家仍視其爲兩個互相分離的現象。

由《東方主義》的作者所寫的這本里程碑式的鉅作，則精心構築了西方帝國之野心與其文化之間戲劇性的關聯，兩者相互輝映、相互增強。同時，薩依德也檢視了葉慈、阿契比、魯西迪等作家的作品，以顯示被支配的臣民如何產生了屬於他們自己的反對與抗拒之充滿盎然生機的文化。如此寬廣的視域與令人驚異的博學，《文化與帝國主義》再度開啓了文學與其時代生命的對話。

作者：

薩依德(Edward W. Said)

薩依德是世界影響力有數的文學兼文化評論大師。他是哥倫比亞大學英國文學與比較文學教授，有《東方主義》(*Orientalism*)、《鄉關何處》(*Out of Place*)、《開始》(*Beginnings*)等十七部著作，其中《東方主義》曾獲美國全國書評家獎。薩依德也是樂評家、歌劇學者、鋼琴家，兼爲巴勒斯坦在西方最雄辯的代言人。

譯者：
蔡源林
台灣大學政治研究所碩士，美國天普大學宗教學博士，現任南華大學生死學所助理教授。
校對：
李鳳珠
台灣大學中文系畢業，專業校對。

國家圖書館出版品預行編目(CIP) 資料

文化與帝國主義/ 愛德華・薩依德(Edward W. Said)作；
蔡源林譯 -- 二版 -- 新北市新店區：立緒文化事業有限公司,
民112.05
面； 公分. -- (新世紀叢書)
譯自 : Culture and Imperialism

ISBN 978-986-360-209-5(平裝)

1. 帝國主義 2. 西洋文學 3. 文學評論

870.2 112005246

文化與帝國主義（2023 年版）

Culture and Imperialism

出版——立緒文化事業有限公司（於中華民國 84 年元月由郝碧蓮、鍾惠民創辦）
作者——愛德華・薩依德（Edward W. Said）
譯者——蔡源林

發行人——郝碧蓮
顧問——鍾惠民

地址——新北市新店區中央六街 62 號 1 樓
電話——(02) 2219-2173
傳真——(02) 2219-4998
E-mail Address —— service@ncp.com.tw
劃撥帳號—— 1839142-0 號 立緒文化事業有限公司帳戶
行政院新聞局局版臺業字第 6426 號

總經銷——大和書報圖書股份有限公司
電話——(02) 8990-2588
傳真——(02) 2290-1658
地址——新北市新莊區五工五路 2 號
排版——浩瀚電腦排版有限公司
印刷——尖端數位印刷股份有限公司

法律顧問——敦旭法律事務所吳展旭律師

分類號碼—— 870.2
ISBN —— 978-986-360-209-5
出版日期——中華民國 90 年 1 月～ 103 年 10 月初版 一～九刷（1 ～ 8,800）
中華民國 112 年 5 月二版 一刷（1 ～ 800）

定價◎ 520 元（平裝）

立緒文化事業有限公司　信用卡申購單

■信用卡資料

信用卡別（請勾選下列任何一種）

□VISA　□MASTER CARD　□JCB　□聯合信用卡

卡號：________________

信用卡有效期限：______年______月

身份證字號：________________

訂購總金額：________________

持卡人簽名：________________（與信用卡簽名同）

訂購日期：______年______月______日

所持信用卡銀行________________

授權號碼：________________（請勿填寫）

■訂購人姓名：________________性別：□男□女

出生日期：______年______月______日

學歷：□大學以上□大專□高中職□國中

電話：________________　職業：________________

寄書地址：□□□

____

■開立三聯式發票：□需要　□不需要（以下免填）

發票抬頭：________________

統一編號：________________

發票地址：________________

■訂購書目：

書名：__________、______本。書名__________、______本。

書名：__________、______本。書名__________、______本。

書名：__________、______本。書名__________、______本。

共______本，總金額______________元。

⊙請詳細填寫後，影印放大傳真或郵寄至本公司，傳真電話：(02)2219-4998

信用卡訂購最低消費金額為一千元，不滿一千元者不予受理，如有不便之處，敬請見諒。